पंचतंत्र की कहानियाँ

(पण्डित विष्णु शर्मा रचित पंचतंत्र का अविकल हिन्दी अनुवाद)

पंचतंत्र की कहानियाँ

(पण्डित विष्णु शर्मा रचित पंचतंत्र का अविकल हिन्दी अनुवाद)

अनुवादक

रामप्रताप त्रिपाठी शास्त्री

लोकभारती प्रकाशन

लोकभारती प्रकाशन
पहली मंजिल, दरबारी बिल्डिंग, महात्मा गाँधी मार्ग
प्रयागराज-211 001

वेवसाइट : www.lokbhartiprakashan.com
ईमेल : info@lokbhartiprakashan.com

शाखाएँ : 1-बी, नेताजी सुभाष मार्ग, दरियागंज
नयी दिल्ली-110 002
अशोक राजपथ, साइंस कॉलेज के सामने
पटना-800 006 (बिहार)
1, अनमोल सोराबजी संतुक लेन, मरीन लाइंस
मुम्बई-40002

मूल्य : ₹ 600

वर्तमान संस्करण : 2025

आस्था पेपर कन्वर्टर
प्रयागराज द्वारा मुद्रित

PANCHTANTRA KI KAHANIYAN
by Pt. Vishnu Sharma
Translated by Ram Pratap Tripathi Shastri

ISBN : 978-81-8031-033-1

अपने पूज्य पिता जी

स्वर्गीय पण्डित रामकरण त्रिपाठी

के चरणों में

निवेदन

विश्व के कथा-साहित्य में 'पंचतंत्र' की कथाओं का अनुपम स्थान है। यह संस्कृत-साहित्य की ही अनमोल कृति नहीं है, प्रत्युत अन्य प्राचीन भाषाओं के साहित्य में भी उसे उच्च स्थान प्राप्त है। ये कहानियाँ न केवल अपनी परम प्राचीनता के कारण ही विख्यात हैं, प्रत्युत विश्व के प्राचीन कथा-साहित्य की सब प्रकार की शैलियों एवं परम्पराओं का भी इनमें पालन हुआ है। यद्यपि यह सामान्य लोक-कथाओं का ही एक सुन्दर संग्रह है, तथापि इसकी रचना का प्रयोजन महान् है। ग्रंथकार की प्रतिज्ञा के अनुसार महिलारोप्य के राजा अमरशक्ति के तीन परम मूर्ख पुत्रों को केवल 6 महीने में नीतिशास्त्र के आचार्य वृहस्पति एवं पुराणप्रसिद्ध परम कूटनीतिज्ञ इंद्र को भी पराजित करनेवाली बुद्धि दिलाने में ये कहानियाँ सफल हुई हैं। यद्यपि इन कहानियों के पात्र पशु-पक्षी अथवा कीट-पतंगादि अधिक हैं। अपेक्षाकृत मनुष्य कम हैं, तथापि इनके पशु-पक्षी अथवा कीट-पतंगादिकों में भी मानवीय संवेदनाओं का ही प्रामुख्य है। जैसे सब में मानवीय सहानुभूति, घृणा, क्रोध, लोभ, ईर्ष्या अथवा बदला चुकाने की भावना विद्यमान है। इसी प्रकार मानवीय राजनीतिज्ञता, कूटबुद्धि, कामुकता, धर्मपरायणता, नीतिमत्ता, सामाजिक चेतना अथवा उपकार बुद्धि भी उनमें कूट-कूट कर भरी हुई है। मानव-जीवन का कोई भी ऐसा पहलू नहीं दिखाई पड़ता, जो पंचतंत्र की कहानियों में न हो। यह सत्य है कि आधुनिक मनोवैज्ञानिक तथ्यों की यथेष्ट रक्षा इन कहानियों में नहीं हुई है, किन्तु किसी भी भाषा के प्राचीन कथा-साहित्य में इन आधुनिक तथ्यों का समावेश कहाँ हुआ है? आधुनिक पश्चिम की यथार्थवादी कथाशैली ने स्वाभाविकता एवं मनोवैज्ञानिक सत्यता का जो रंग या ढाँचा हमारे सामने रखा है, उनकी तुलना में प्राचीन कथा-शैली को रखना उचित नहीं है, क्योंकि यह विकास अत्याधुनिक है। किसी भी प्राचीन कथा-साहित्य को लीजिए, उसमें भी पंचतंत्र जैसी ही कथा-शैली मिलेगी। उस प्राचीन कथा-शैली का उद्देश्य होता था—मनोरंजन, कुतूहल और उपदेश। जबकि आज की कथाओं का उद्देश्य होता है, स्वाभाविक चित्रण अथवा आदर्शोन्मुख यथार्थवाद। एक की दिशा यदि पूर्व है, तो दूसरे की पश्चिम। इन पुरानी शैली की कथाओं के पात्र यद्यपि पशु-पक्षी और कीट-पतंगादि ही हैं, तंथापि इनमें मानव-जीवन की समस्त आकांक्षाओं एवं प्रवृत्तियों के शाश्वतिक प्रतिबिम्ब हैं। देश और काल की संकुचित सीमा का उनमें तनिक भी प्रभाव नहीं है। जीवन की अजर-अमर लालसाओं का इनमें वह स्वरूप चित्रित हुआ है, जो आज युगों के बाद भी उसी तरह का है, जैसा उस समय रहा होगा। किन्तु आधुनिक यथार्थवादी कहानियों के

सम्बन्ध में निश्चयपूर्वक यह नहीं कहा जा सकता कि आज से सौ दो सौ वर्षों के बाद उनका क्या होगा? इनमें से अधिकांश में वर्णित वस्तुतत्त्व अथवा समस्याओं का यह रूप उस समय भी स्थिर रहेगा अथवा इन्हें समझने के लिए उस समय के पाठकों को आजकल की सामाजिक एवं सांस्कृतिक परिस्थितियों का अध्ययन करना पड़ेगा, यह तो भविष्य के गर्भ में है।

कथाओं की विशेषता

पंचतंत्र की कथाओं की विशेषता सबसे बढ़कर यह है कि वे बहुत छोटी-छोटी हैं, किन्तु उनमें समाज-नीति, शिक्षा, मनोरंजन और कहानीपन के कुतूहल का सम्मिश्रण इतने सुन्दर ढंग से हुआ है कि पाठक आनन्दविभोर होकर सब कुछ भूल जाता है। एक कहानी के भीतर अनेक छोटी-छोटी कहानियों का सम्बन्ध इतनी निपुणता से जोड़ा गया है कि कहीं अस्वाभाविकता अथवा ऊब को स्थान नहीं मिलता। यही दशा विविध नीतियों से सम्बन्ध रखनेवाले उन सैकड़ों श्लोकों का है, जो फुटकर रूप में संस्कृत के विशाल वाङ्मय में फैलकर उसकी शोभा बढ़ाते हैं और इन कहानियों में आकर इनके जीवन-धन हैं। सहस्रों वर्षों की लम्बी अवधि तक इस विशाल देश की सांस्कृतिक भावधारा में ठोकर खाकर ये श्लोक इतने चिकने और मनोहर बन गए हैं कि सचमुच उनकी उपमा शालिग्राम की मूर्तियों से की जा सकती है। गौरवमयी भारतीय संस्कृति का संक्षेप में परिचय देने की क्षमता कितनी अधिक उन श्लोकों में है, इसका परिचय अनुभवी ही दे सकते हैं? गागर में सागर भरने की उक्ति उन श्लोकों के लिए पूर्णतः सत्य सिद्ध हुई है। धर्मशास्त्र, राजनीति, आचार, वर्णाश्रम-व्यवस्था, कूटनीति, समाज-विज्ञान आदि विषयों के अनेक ग्रन्थों का निचोड़ उन श्लोकों में भरा हुआ है और वे ही श्लोक पंचतंत्र की कहानियों में सुन्दर ढंग से इस प्रकार समलंकृत किए गए हैं कि कहीं भी अस्वाभाविकता अथवा कृत्रिमता का बोध नहीं होता।

लोकोपयोगिता की दृष्टि से भी इन कहानियों का अनुपम महत्त्व है। यह सत्य है कि आज सहस्रों वर्षों के बाद भी, इन कहानियों में वर्णित परिस्थितियों तथा पात्रों का परिचय प्राप्त करना लाभदायक है। समग्र लोकव्यवहार की शिक्षा देने के लिए अकेला पंचतंत्र आज भी पर्याप्त है और यदि प्राचीन भारतीय मर्यादा अथवा संस्कृति के परिचयार्थ कोई एक पुस्तक पढ़ने के लिए किसी को दी जा सकती है, तो वह पंचतंत्र ही हो सकती है। यही कारण है कि भारतीय संस्कृति के प्रचार एवं प्रसार के साथ ही इस ग्रन्थरत्न को भी शताब्दियों से अद्वितीय लोकप्रियता प्राप्त हुई है। इसकी उक्त लोकप्रियता का प्रमाण इसी से बताया जा सकता है कि आज इसके दो सौ से अधिक संस्करण प्राप्त हैं और संसार की पचास से अधिक भाषाओं में इसकी अद्‌भुत कहानियों की अपनी प्रतिष्ठा है। भारत की सम्पूर्ण भाषाओं में यदि इसके अनुवाद प्राप्त हैं तो यह कोई बड़ी बात नहीं है, क्योंकि सहस्रों वर्षों से आसेतु हिमाचल हमारे देश में इस पुस्तक की अनुपम प्रतिष्ठा है। खूबी तो यह है कि लगभग चालीस विदेशी भाषाओं में इसके

अनुवाद हो चुके हैं और प्रति वर्ष लाखों की संख्या में इसका प्रकाशन होता है। सम्भवतः बाइबिल के बाद यही एक ऐसी पुस्तक है, जिसका इतनी भाषाओं में और इतनी विशाल संख्या में प्रचार और प्रसार हुआ है।

कथाओं का प्रसार

कुछ इतिहासकारों का कथन है कि सन् 1100 ई॰ में इसका भाषान्तर डिब्रू भाषा में हुआ और 1570 ई॰ से पूर्व यह यूनानी, लैटिन, स्पेनिश, जर्मन, पुरानी स्लैवोनिक जैक और इंगलिश भाषा में भी अनूदित हो चुका था। किन्तु एक दूसरे प्रमाण द्वारा यह सिद्ध होता है कि सन् 550 ईस्वी के लगभग भारतवर्ष में अमृत बूटी की खोज के लिए ईरान के बादशाह का प्रमुख राजवैद्य और मंत्री बुर्जुए यहाँ आया था और यहाँ किसी ऐसी बूटी को न पाकर इसको ही वह अपने साथ ईरान ले गया। वहीं पर उसने सर्वप्रथम पहलवी भाषा में इसका अनुवाद प्रस्तुत किया और उसी के थोड़े दिनों बाद लगभग 570 ईस्वी में इसका दूसरा अनुवाद सीरिया देश की प्राचीन भाषा में हुआ। संयोगवश बहुत दिनों तक यह अनुवाद प्रकाश में नहीं आ सका और अन्ततः उन्नीसवीं शताब्दी के मध्य भाग में कतिपय जर्मन विद्वानों ने इसका सम्पादन और अनुवाद किया। आज तक विदेशों में पंचतंत्र के जितने भी अनुवाद प्राप्य हैं, उन सब में यही वर्तमान संस्कृत के पंचतंत्र के सब प्रकार से समीप है।

पहलवी भाषा से पंचतंत्र का अनुवाद आठवीं शताब्दी में अरबी भाषा में हुआ था, जो आज भी कलीलः व दिमनः के रूप में प्राप्त होता है और जो मूल पंचतंत्र के प्रथमतंत्र मित्रभेद के प्रमुख शृगालपात्र करटक और दमनक का एक रूपभेद मालूम पड़ता है। एक प्रकार से यह अरबी अनुवाद ही विदेशों की अन्य भाषाओं का मूलरूप है। किन्तु ज्यों-ज्यों अनुवाद का क्षेत्र विस्तृत हुआ, त्यों-त्यों मूल का स्वरूप भी विस्तृत अथवा विकृत होता गया। मूल संस्कृत के पंचतंत्र से वह दूर—दूरतर होते गए और उसका नाम भी ओझल हो गया। फारसी में यदि उसका नामान्तर 'अनुवार सुहेली' हुआ तो फ्रेंच भाषा में वह 'पिलपिली साहब की कहानियों' के रूप में प्रसिद्ध हुआ। धरती के इतने विशाल भूखण्ड की सांस्कृतिक एवं भौगोलिक चेतना का भी उस पर प्रत्यक्ष प्रभाव पड़ा और यह पहचानना सुगम नहीं रहा कि ये सब कहानियाँ पण्डित विष्णु शर्मा के अद्वितीय ग्रंथ पंचतंत्र की कहानियों के रूपान्तर मात्र हैं।

विदेशों की बातें जाने दीजिए, स्वयं अपने देश की विशाल सीमा के भीतर भी पंचतंत्र के अनेक संस्करण प्राप्त होते हैं। मूल पंचतंत्र का पता लगाना भी अब सुगम नहीं रह गया है और आज उसके अनेक संस्करण, जिनमें पाठ-परम्परा का विपुल अन्तर है, उपलब्ध हैं। इसका कारण यह रहा है कि भले ही पंचतंत्र का आदिम रूप संस्कृत में रहा हो, किन्तु मध्यवर्ती काल में इसका अनुवाद उस समय की प्रचलित लोकभाषाओं में भी हुआ था और देश के भीतर प्रचलित अन्य लोकप्रिय कथाओं के ग्रंथों ने अपने भीतर इसकी कथाओं का स्वच्छन्दता से उपयोग किया था। हमारा तात्पर्य

बेताल पंचविंशतिः, शुकद्विसप्ततिः तथा सिंहासन द्वात्रिंशतिका आदि से है। इन सबमें कथाओं के उपयोग एवं लोकभाषाओं के अनुवाद के बाद इसका पुनः संस्कृत में अनुवाद हुआ है। इसे कभी एकदम पद्य के रूप में रखा गया है, तो कभी गद्य के रूप में और कभी गद्य-पद्य दोनों के रूप में। इस उलट-पलट का इतना प्रभाव पड़ना स्वाभाविक था कि आज उस मूल पंचतंत्र का पता लगाना असंभव हो गया है, जिसकी रचना आरम्भ में पण्डित विष्णु शर्मा ने की होगी।

कश्मीर में इसका यदि एक पाठ उपलब्ध होता है, तो उसी से समीप नेपाल में दूसरा पाठ उपलब्ध है। दक्षिण भारत की सीमा में एक तीसरे पाठ की परम्परा विद्यमान है, जिससे अक्षरशः किसी का भी मेल नहीं है। किसी विद्वान ने अपनी पुस्तक का महत्त्व बढ़ाने के लिए पंचतंत्र की अनेक कहानियों को अपने ग्रंथ की भाषा में रखकर पचा लिया है, तो किसी दूसरे ने संस्कृत में अनुवाद प्रस्तुत करके उसके पुराने रूप को ठीक कर दिया है। पूर्व और पश्चिम की सीमा में पंचतंत्र के पाठों में वही परिवर्तन पाए जाते हैं, जो दक्षिण और उत्तर के पाठों में है। सारांश यह है कि शताब्दियों तक इस विशाल देश में पंचतंत्र की ये अमर कहानियाँ एक रूप से दूसरे रूप में और दूसरे रूप से तीसरे रूप में परिवर्तित होती रही हैं और आज उन सब बिखरे हुए रूपों को एकत्र कर मूल रूप का पता लगाना उतना ही कठिन गहरा कार्य है, जितना हरिद्वार की गंगा की पावन धारा में पड़े हुए चिकने पत्थरों को बटोर कर उनके उद्‌गम अथवा आदिम स्वरूप का पता लगाना।

किन्तु इतना निश्चित है कि आज जिस पंचतंत्र का सर्वाधिक प्रचार और प्रसार है, उसका आधार पश्चिमी भारत की पाठ-परम्परा है। इस परम्परा का रूप एक सहस्त्र ईस्वी के लगभग स्थिर हो चुका था और यही कुछ परिवर्तनों के साथ आज निर्णय सागर, बम्बई संस्कृत सीरीज आदि प्रकाशनों के द्वारा हमें प्राप्य है। इसका आदिम संस्कर्त्ता पूर्णभद्र था, जिसने 1199 ई॰ में पञ्चाख्यान ग्रंथ के रूप में सर्वत्र बिखरे हुए रूपों का एक सुव्यवस्थित संकलन किया था और जो सर्वप्रथम बार एक निश्चित पाठ-परम्परा के रूप में समादृत हुआ था। पूर्णभद्र ने स्वयं लिखा है कि उसके समय में पंचतंत्र की पाठ-परम्परा बिखरी हुई थी और उसने पंचतंत्र की सब उपलब्ध सामग्री को एकत्र संकलित कर उसका जीर्णोद्धार किया और प्रत्येक अक्षर, प्रत्येक पद, प्रत्येक वाक्य, प्रत्येक श्लोक और प्रत्येक कथा का संशोधन एवं सम्पादन किया।

पूर्णभद्र की भाँति ही पाश्चात्य डॉ॰ एजर्टन ने भी मूल पंचतंत्र की बिखरी हुई सम्पूर्ण सामग्री का संकलन किया था और उसका वैज्ञानिक ढंग से संपादन कर एक मूल पंचतंत्र का संस्करण प्रस्तुत किया था, जिसका नाम उन्होंने (Panch-tantra Reconstructed) अर्थात् पुनर्गठित पंचतंत्र रखा था। उस संस्करण की भाषा, शब्दावली, कथनशैली, पद-विंयास सब कुछ अत्यन्त सजीव, आकर्षक और कवित्वपूर्ण है। उसका साहित्यिक सौन्दर्य सर्वश्रेष्ठ है और यह मानना पड़ता है कि पंचतंत्र के जितने स्वरूप प्राप्य हैं, उनमें वह सबसे सुन्दर और कलापूर्ण कृति है।

रचनाकार

पंचतंत्र के रचयिता पण्डित विष्णु शर्मा थे, जो अनेक विद्याओं एवं कलाओं के पारगामी विद्वान् होने के साथ ही निपुण कथा-शिल्पी, कवि तथा नीतिमान् थे। पंचतंत्र के जितने संस्करण प्राप्त होते हैं, उन सबमें विष्णु शर्मा का उल्लेख है। किन्तु केवल नाम के अतिरिक्त विष्णु शर्मा के सम्बन्ध में अन्य कोई भी सामग्री प्राप्त नहीं है। पंचतंत्र की प्रस्तावना के अनुसार दक्षिण प्रदेश में महिलारोप्य नाम का कोई नगर था, जिसका राजा अमरशक्ति न केवल सर्वशास्त्रविशारद और दानपरायण था, प्रत्युत उसे समस्त विद्याओं और कलाओं में भी निपुणता प्राप्त थी। इसी राजा अमरशक्ति के तीन परम मूर्ख पुत्रों को छः महीने के भीतर राजनीति विशारद बनाने का भार विष्णु शर्मा ने अपने ऊपर लिया था और इसी कार्य के लिए उसने इस पंचतंत्र नामक ग्रंथ की रचना की थी। इस संक्षिप्त इतिवृत्त के सिवा ग्रन्थकार ने प्रस्तुत ग्रंथ में अपने लिए कहीं भूलकर भी एक पंक्ति नहीं लिखी और न किसी अन्य साधन द्वारा ही उसके संबंध में कुछ सामग्री प्राप्त होती है। जब तक कोई विरोधी प्रमाण उपलब्ध नहीं होता, तब तक यह मानने के लिए कोई कारण नहीं है कि ग्रन्थकार का यह नाम काल्पनिक है।

विष्णु शर्मा का जीवनचरित हमें भले ही न ज्ञात हो, किन्तु उसके व्यक्तित्व पर प्रकाश डालने वाली विपुल सामग्री पंचतंत्र में विद्यमान है। यह निश्चित है कि वह एक परम बुद्धिमान, पण्डित, निर्लोभ तथा स्वाभिमानी स्मार्त ब्राह्मण थे, जैसा कि उन्होंने ग्रंथारंभ में ही ब्रह्मा, शिव, कार्त्तिकेय, विष्णु, वरुण, यमराज, अग्नि, इन्द्र, कुबेर, चन्द्रमा, सूर्य, सरस्वती, अश्विनी कुमार, चण्डिका, प्रभृति आर्य देवताओं को तथा आर्यों की परम्परा के ही अनुसार समुद्र, नदी, तीर्थस्थल, वेद, यज्ञादि को नमस्कार करते हैं और फिर मनु, वृहस्पति, शुक्र, पराशर, व्यास एवं चाणक्य प्रभृति नीति एवं आचारशास्त्र के रचयिताओं की वंदना करते हैं। इससे यही सिद्ध होता है कि वह कोई बौद्ध या जैन नहीं थे।

विष्णु शर्मा का स्वभाव अत्यन्त उदार, परदुःखकातर तथा स्वाभिमानी था, किन्तु उन्हें छल-छिद्र एवं दम्भ-पाखण्ड की भी पूरी जानकारी थी। मानव प्रकृति के सभी रहस्यों की बात तो जाने दीजिए, वह पशु-पक्षियों तथा कीट-पतंगों के स्वभाव एवं जीवन के भी पारखी थे। यद्यपि उनके इस प्रकार के पात्रों में मानव जीवन की घटनाओं का ही गुम्फन हुआ है, तथापि उनके सहज स्वभाव एवं प्रकृति का चित्रण अत्यन्त सूक्ष्म तथा मनोरंजक है। वह न केवल समग्र शास्त्रों के ही पण्डित थे, वरन् सांसारिक व्यवहारों का भी उन्हें प्रगाढ़ अनुभव था। कामशास्त्र और धर्मशास्त्र से लेकर आयुर्वेद और ज्योतिष तक का परिचय तो उन्हें था ही, रणनीति और कूटनीति में भी वह परम निपुण थे। यज्ञागादि एवं सद्धर्म कथाओं के वह प्रेमी थे तथा बौद्ध एवं जैन मत के प्रति उनका दृष्टिकोण अत्यन्त उदार था। कुछ सामाजिक रूढ़ियाँ भी उनमें थीं, किन्तु उस समय की परिस्थिति के अनुकूल वे क्षम्य थीं। जैसे स्त्रियों के प्रति उनका दृष्टिकोण बहुत

बहुत ही एकांगी था। वे स्त्रियों का विश्वास कभी न करने की चेतावनी यद्यपि बार-बार देते हैं, तथापि ऐसा लगता है कि उन्हें पूरा सन्तोष नहीं था। सन्मित्रों के लिए वह सर्वस्व अर्पण करने को कहते हैं और जब कहीं थोड़ा भी अवसर उन्हें प्राप्त होता है, मित्रों के प्रति सहज प्रेम की कोई न कोई सदुक्ति वह सुना ही देते हैं। यही सतत् जागरूकता की स्थिति शत्रुओं के प्रति भी उनकी है। अपने शत्रुओं के वह प्रचण्ड बैरी थे और अनेक छल-छिद्रपूर्ण उपायों द्वारा भी उनके विनाश का उपदेश करते हुए उन्हें थकावट नहीं होती थी।

यद्यपि वह ब्राह्मण थे, किन्तु उनके स्वभाव की विशेषताओं से ऐसा स्पष्ट हो जाता है कि वह चाणक्य के दूसरे अवतार थे। शास्त्र चिन्ता के साथ-साथ उन्हें शस्त्र-चिन्ता भी थी और व्यक्तिगत स्वार्थों की कोई अपेक्षा न कर वह सर्वदा सर्वत्र समष्टि अथवा समाज-हित-चिन्ता में तत्पर रहते थे। अपने अनेक पात्रों में उन्होंने प्रायः सौन्दर्य एवं सौमनस्य की सृष्टि की है। यद्यपि उनके अनेक खल पात्र भी हैं, जो उनकी अनेक प्रवृत्तियों की जानकारी होने की सूचना मात्र देते हैं, तथापि यह ध्वनित होता है कि वह श्रृंगारी एवं रसिक तबियत के पुरुष थे। जहाँ कहीं उन्हें अवसर लगा है, कामक्रीड़ा के वर्णन में भी प्रवृत्त हो गए हैं। उनकी दानशीलता और निर्लोभिता भी उच्चकोटि की थी। सर्वस्व समर्पण की उच्च आकांक्षा में उनके अनेक पात्रों का जीवन बीतता है और निर्लोभ बने रहने को भी अनेक प्रसंग वर्णित हैं, किन्तु मानव-जीवन में धन-सम्पत्ति एवं ऐश्वर्य-पराक्रम की चिंता भी उन्हें थी। एक अटूट साहसी तथा देश-विदेशों में घूमे हुए वह एक बहुश्रुत व्यक्ति थे; तथापि विद्या बेंचकर धन अर्जन करना भी उन्हें इष्ट नहीं था। कठिन से कठिन विपत्तियों में उनका धैर्य समाप्त नहीं होता था और सहस्त्रों विघ्नों से भी पीछे हटने वाले नहीं थे। इसी प्रकार वाणिज्य-व्यवसाय एवं कृषि कार्यों में भी उनकी विशेष अभिरुचि थी। संगीत एवं चित्रकला की निपुणता भी उनमें थी एवं चोरी-जारी की कुप्रवृत्तियों का भी उन्हें पूरा ज्ञान था। संक्षेप में तात्पर्य यह है कि वह एक पूरे संसारी महापुरुष थे। संसार में आकर उसकी सम्पूर्ण सुख-सुविधाओं का उन्होंने लाभ उठाया था और परलोक की दुश्चिन्ता में इस लोक से उपेक्षित रहने वाले पुराने ऋषियों-मुनियों जैसा जीवन उन्हें पसन्द नहीं था। लौकिक जीवन को स्वर्गोपम बनाकर भोगने की कला उन्हें ज्ञात थी और उस कला का उन्होंने पूरा परिचय भी दिया है।

रचना-स्थल

पंचतंत्र की रचना विष्णु शर्मा ने कहाँ रहकर की, इसका भी अनुमान ही किया जा सकता है, क्योंकि कहीं भी इसका कोई उल्लेख नहीं है। प्रायः अनेक कहानियों में उन्होंने दक्षिण जनपदों की एवं पर्वतों की चर्चा करते हुए उसका विशेषण 'दक्षिण' शब्द से दिया है। इससे यह अनुमान होता है कि वह उत्तरी भारत के निवासी थे। मि॰ हर्टल का अनुमान है कि पंचतंत्र का निर्माण कश्मीर प्रदेश में हुआ था; क्योंकि पंचतंत्र की

असली प्रति में शेर और हाथी का वर्णन नहीं है। वर्तमान संस्करण में तो शेरों की सभी पशुओं से अधिक चर्चा है, जबकि ऊँट का वर्णन अनेक अवसरों पर आया है।

किन्तु इस अनुमान के विरोध में भी अनेक तर्क हैं। यदि वह कश्मीरी होते तो हिमालय एवं उत्तरी भारत के किसी-न-किसी पुराने नगर की चर्चा अवश्य करते अथवा न किसी का सही तो कश्मीर की ही कुछ चर्चा करते, जबकि ऐसा नहीं हुआ है। हिमालय का नाम आया अवश्य है एकाध बार, किन्तु वह नाममात्र ही है। उज्जैन के महाकालेश्वर की चर्चा उन्होंने अवश्य की है और क्षिप्रा के पावन जल की भी प्रशंसा की है, किन्तु उतने ही से कोई निश्चित अन्दाज नहीं लगता कि उन्होंने कहाँ रहकर पंचतंत्र की रचना की? ग्रन्थारम्भ का यदि यह सन्दर्भ सत्य माना जाय कि विष्णु शर्मा ने दक्षिणात्य जनपद महिलारोप्य के राजा अमरशक्ति के पुत्रों के लिए इसकी रचना की तो यह युक्तिसंगत लगता है कि पंचतंत्र की रचना भी उन्होंने दक्षिण में ही रहकर की होगी, क्योंकि कथामुख में इस बात की भी चर्चा है कि राजा ने विष्णु शर्मा को अपनी राजधानी में बुला भेजा था और उस समय उनकी अवस्था लगभग अस्सी वर्ष की थी। यातायात के वर्तमान साधन उन दिनों इतने उन्नत और सुविधाजनक नहीं थे कि एक अस्सी वर्ष का बूढ़ा कोई लम्बी यात्रा कर सकता? फलतः यह निष्कर्ष निकालना कि वे दक्षिणी ब्राह्मण थे और वहीं रहकर उन्होंने पंचतंत्र की रचना भी की, कोई अनुचित न होगा। ऋष्यमूक, गोदावरी आदि के वर्णनों का भी फलितार्थ यही निकलता है।

रचना काल

इसी प्रकार पंचतंत्र के रचनाकाल का निश्चय करना भी एक जटिल समस्या है। कोई ठीक समय तो बताया ही नहीं जा सकता। हाँ, यह अवश्य कहा जा सकता है कि चन्द्रगुप्त मौर्य (चाणक्य के समय) के राज्य काल के कुछ अन्तर ही इसका प्रणयन हुआ होगा। साथ ही यह भी ध्यान में रखना चाहिए कि ईसा की छठीं शताब्दी से पूर्व ही यह ग्रंथ आजकल के गोस्वामी तुलसीदास रचित रामचरितमानस की भाँति सर्वत्र प्रसिद्ध हो चुका था, जबकि इसकी प्रथम विदेश यात्रा हुई होगी। इस प्रकार ईसा की प्रथम अथवा द्वितीय शताब्दी के आसपास इसकी रचना का अनुमान पुष्ट होता है, क्योंकि इतनी अधिक लोकप्रसिद्धि और प्रशंसा को प्राप्त करने के लिए अवश्य ही इसे 300, 400 वर्षों की अवधि मिलनी चाहिए।

भाषा और शैली

पंचतंत्र की आरम्भिक भाषा संस्कृति ही थी, इसमें तो किसी को सन्देह की गुंजाइश नहीं होनी चाहिए, क्योंकि जिस समय की यह रचना है, उस समय संस्कृत को छोड़कर किसी अन्य भाषा में ग्रंथ लिखने की आवश्यकता थी भी नहीं और विशेष

रूप से ऐसे ब्राह्मण पण्डित के लिए तो और भी नहीं थी, जो आर्य मान्यताओं का अविचल पुजारी रहा। किन्तु इसमें कुछ सन्देह तो अवश्य है ही कि आज के पंचतंत्र की जो भाषा है, वही विष्णु शर्मा रचित पंचतंत्र की भी भाषा रही होगी; क्योंकि पंचतंत्र के पाठ-भेदों एवं स्वरूपों के सम्बन्ध में ऊपर जिन प्रसंगों की चर्चा की गई है, उन्हें देखते हुए यह मानना पड़ता है कि इसकी कथाओं के साथ-साथ इसकी भाषा में भी मध्यकाल में बीच-बीच में कुछ परिवर्तन परिवर्द्धन भी होते रहे होंगे। किन्तु जहाँ तक उपलब्ध संस्करणों के पाठ का प्रश्न है, वह तो जैसा कि पहले बताया जा चुका है, पश्चिम भारतीय संस्करण की पुरानी भाषा ही है और वह आज भी सरल संस्कृत में उपलब्ध है।

विषय के अनुरूप पंचतंत्र की कथाओं के समान सरल-सुगम भाषा का प्रयोग आज तक संस्कृत-साहित्य में भी नहीं मिलता। साधारण संस्कृत जानने वाला भी पंचतंत्र का रसास्वादन कर सकता है और उसकी शैली तथा रचना चातुरी का अनुकरण कर स्वयं भी संस्कृत बोलना और लिखना सीख सकता है। उसके पद्यभाग अथवा बीच-बीच में आए हुए श्लोकों की भी यही दशा है। वे इतने सरल, सुबोध, अर्थ-गांभीर्य संयुक्त तथा प्रभावशाली हैं कि दो-तीन बार के पाठ करने से ही कण्ठस्थ हो जाते हैं। यही कारण है कि पंचतंत्र के समान लोकप्रिय संस्कृत साहित्य में कोई दूसरा ग्रन्थ नहीं है। कोई भी ऐसा संस्कृत का जानकार न मिलेगा, जिसे पंचतंत्र की मनोरंजक कथाएँ तथा कुछ नीति भरे श्लोक कण्ठस्थ न हों। जिस व्यावहारिक ज्ञान की शिक्षा के लिए विष्णु शर्मा ने इसकी रचना की थी, उसी प्रकार की व्यावहारिक शैली का भी उन्होंने इसमें प्रयोग किया था। राजा अमरशक्ति के तीन पुत्रों को इन्द्र के समान कूटनीतिज्ञ, लोकप्रिय एवं कुशल शासक बनाने की क्षमता का रहस्य सचमुच पंचतंत्र की इसी सरल भाषा तथा मनोरंजक एवं आकर्षक शैली में ही छिपा है। विशाल संस्कृत साहित्य में ऐसे ग्रन्थों की कमी नहीं है, जो पंचतंत्र के समान लोकोपयोगी विषयों की शिक्षा देने वाली सामग्रियों से समलंकृत न हों, किन्तु उनमें से किसी को भी पंचतंत्र की प्रतिष्ठा और लोकप्रियता प्राप्त नहीं हुई। इसका कारण उन ग्रंथों की भाषा और वर्णन शैली की जटिलता भी है।

पंचतंत्र की कहानियों में पाण्डित्य और हास्यरस का जो अपूर्व समन्वय देखने को मिलता है, उससे ज्ञात होता है कि इसका रचयिता कितना मधुर कथाकार तथा निपुण लेखक था। उसकी तीक्ष्ण बुद्धि राजनीति और कूटनीति की गुत्थियों में जितनी रमती थी, उतनी ही पाठकों तथा श्रोताओं की सहानुभूति, अभिरुचि, कल्पना एवं मनोरंजन की भावना को तुष्ट करने के लिए भी प्रयत्नशील रहती थी। उसने एक ऐसी कथाशैली का आविष्कार किया, जो आज के युग में भी अनुकरणीय बनी हुई है। उसकी प्रत्येक कहानी स्वयं कहानी के रूप में जितनी मनोहारिणी तथा लोकरंजक है, उतनी ही किसी धर्म-कथा, राजनीति, कूटनीति अथवा सामाजिक हित-चिन्ता का मनोहर दृष्टान्त उपस्थित करने वाली भी है। आजकल की मनोवैज्ञानिक कथाओं की

भाँति उसमें रस-परिपाक भी सुन्दर ढंग से हुआ है। कोई कहानी आदि से लेकर अन्त यदि शृंगार, वीर अथवा करुण रस से बोझिल है, तो किसी में हास्य की अपूर्व छटा निखरी हुई है।

पंचतंत्र की कथावस्तु में जिस प्रकार जीवन की किसी भी दशा को चित्रित करने से शेष नहीं छोड़ा गया है, उसी प्रकार कवित्व के सभी अंगों का भी सुन्दर समावेश किया गया है। वस्तुतत्त्व की अधिकता के कारण अथवा केवल इतिवृत्तात्मक कथा ग्रंथ होने के कारण यद्यपि इसमें काव्य के उपयोगी गुणों का पूर्ण विकास करने की स्थिति अधिक नहीं है, तथापि जहाँ कहीं अवसर लगा है कथा लेखक ने प्रकृति चित्रण, सुन्दर संवाद, अलंकार, रसपरिपाक, व्यंग्य आदि काव्यगुणों को सुन्दर ढंग से निभाया है। कहीं-कहीं तो उसने इतनी सजगता तथा सहानुभूति से कोई वर्णन किया है कि उसी के आधार पर रेखाचित्र प्रस्तुत किया जा सकता है। चार ही छः पंक्तियों में पात्रों के व्यक्तित्व के सर्वतोमुखी चित्रण में तो पंचतंत्र अपने क्षेत्र में अद्वितीय है। किसी महाकाव्य अथवा खण्डकाव्य के पात्रों का भी उसकी विपुल सामग्री द्वारा उतना सुंदर परिचय नहीं प्राप्त किया जा सकता, जितना सुन्दर परिचय अपने पात्रों के सम्बन्ध में विष्णु शर्मा की पाँच पंक्तियाँ दे जाती हैं।

तात्पर्य यह है कि पंचतंत्र की कथाशैली अपने क्षेत्र में अनुपम है। यद्यपि कतिपय अन्य कथाकारों ने स्वयं यह स्वीकार किया है कि वह पंचतंत्र के आधार पर ही नहीं, उसकी अनेक कथाएँ लेकर भी अपना ग्रंथ मोटा कर रहे हैं, तथापि विष्णु शर्मा की कथा-शैली वहाँ भी अपनी मनोहरता में अलग हो गयी है। साहित्य के सम्पूर्ण अंगों और लोकव्यवहार की समस्त प्रवृत्तियों—इन दोनों का समन्वय जितनी निपुणता से पंचतंत्र की कथाओं में हुआ है, उतनी उसी ग्रंथ की इतर कथाओं में नहीं मिलता।

पंचतंत्र की कथाओं की एक और विशेषता यह भी है कि कुशल कथाकार ने अपनी सम्पूर्ण कथाओं का पूरा-पूरा चित्र एक संक्षिप्त श्लोकों में इस रूप में रख दिया है कि वे दृष्टान्त के अनुपम उदाहरण बन गए हैं। उसी एक श्लोक में पूरी कथा से निकलने वाली शिक्षा भी ऐसे चोटीले शब्दों में दे दी गयी है कि वह चिरकाल के लिए तुरन्त ही हृदयगंम हो जाती है। इसका कारण यह है कि प्रायः जितनी कथाएँ इसमें दी गयी हैं, वे सब चिरकाल के अनुभव, अध्ययन और स्वाभाविकता के संबल से परिपुष्ट हैं। उनमें युगों-युगों की मानव चेतना तथा अनुभूति ही नहीं है, तर्क हैं, युक्तियाँ हैं, निदर्शन हैं तथा इन सबसे बढ़कर अटूट विश्वास और गहरी निष्ठा है। इसका परिणाम यह होता है कि ज्यों ही किसी कहानी का पात्र पाठक की दृष्टि में आता है, पाठक अपनी सहानुभूति में उसे दृढ़ता से बाँध लेता है और अंत में कहानी के परिणाम को अपने जीवन की घटना बना लेता है और यह सब होता है केवल कथाकार की विचित्र कथन-शैली के अमोघ प्रसाद से, जिस पर शताब्दियों से प्रशस्तियों की झड़ी लगती रही है।

पंचतंत्र के श्लोकों की छटा तो सचमुच निराली है। रामायण, महाभारत अथवा

मनु आदि की स्मृतियों के मनोहर छन्दों की शैली में ही वे ऐसे पले हैं कि फुटकर प्रयोग करने पर यह ज्ञात करना कठिन हो जाता है कि वे कहाँ के हैं? न तो उनमें कहीं दीर्घ समास पदावली है और न कहीं दुरूहता अथवा व्यर्थ का वाग्जाल। अर्थ उनका इतना सुस्पष्ट है कि शब्दोच्चारण के साथ ही वह पाठक के हृदय में स्वयं छलकता हुआ मालूम पड़ता है। यद्यपि यह सत्य है कि पंचतंत्र के सभी श्लोक कथाकार की अपनी रचना नहीं हैं, विविध धार्मिक, राजनीतिक एवं पुराण ग्रंथों से वे संकलित भी किए गए हैं, तथापि सभी श्लोक ऐसे ही हैं—यह कहना उचित नहीं होगा। ग्रन्थकार की अपनी प्रतिभा स्वयं इतनी उज्ज्वल तथा सशक्त थी कि वह गद्यभाग को लिखने में जितना सफल हुआ है, उतना ही पद्यों के लिखने में भी। इस बात का पता उसके अनेक स्वरचित श्लोकों से लगता है। इन स्वरचित श्लोकों से, जब वह देखता है कि उसके कथन का पूरा अभिप्राय प्रकट नहीं हो पा रहा है, तब वह इधर-उधर के उन्हीं उत्तम श्लोकों का चयन करता है, जो उसके सन्दर्भ की शोभा को बढ़ाने में सशक्त दिखाई पड़ते हैं। यह भी कम निपुणता की बात नहीं थी, जो प्रकृत प्रसंगों के अनुकूल विविध ग्रंथों से सैकड़ों छन्दों का उसने चयन किया और उन्हें इतनी खूबी से आभूषणों में नग की भाँति ऐसा जड़ दिया कि मानो वे श्लोक उसी की कथा के प्रसंग के लिए ही बनाए गए थे।

पंचतंत्र में, जैसा कि नाम से ही सुस्पष्ट है, पाँच तंत्र अथवा स्वतंत्र अध्याय हैं। तंत्रों के नाम उन अध्यायों के आरम्भ में आई हुई मुख्य कथा के आधार पर हैं, जो उस तंत्र के आरम्भ में प्रस्तावित होकर अन्त में जाकर ही समाप्त होती है। तंत्र की उसी मुख्य कहानी के अन्तर्गत अनेक छोटी-बड़ी स्वच्छन्द कहानियाँ इस कुशलता से गुम्फित की गई हैं कि जैसे उनके बिना उक्त मुख्यकथा अधूरी ही रह जाती। जिस मुख्य तथ्य को उपदिष्ट करने के लिए वह मूल कथा चलती है, उसी के अंगोंपागों की पुष्टि में ही उन इतर कहानियों का उपयोग हुआ है अथवा यों समझिए कि उक्त मुख्य कथा के प्रतिपाद्य विषय को पुष्ट और प्रमाणित करने के लिए जितने भी पहलू हो सकते हैं, उन्हीं का इन अन्य कहानियों में स्वरूप दिखलाया गया है।

पाँचों तंत्र इस प्रकार हैं—(1) मित्रभेद (2) मित्रसम्प्राप्ति (3) काकोलूकीय (4) लब्धप्रणाश तथा (5) अपरीक्षितकारक। प्रथम तंत्र मित्रभेद में एक सिंह और बैल की कथा है, जो परस्पर विरोधी स्वभाव के होते हुए भी कार्यकारण भाव से परम मित्र बन गए थे। एक कूटनीतिज्ञ सियार ने उन दोनों की इस स्पृहणीय एकता में अपने पक्ष की स्वार्थहानि देखी और उनसे अलग-अलग फूट डालने की बातें बढ़ा-चढ़ाकर इस प्रकार कहा कि दोनों में धीरे-धीरे वैमनस्य हो गया और अन्त में सिंह ने बैल को मार डाला। दो मित्रों के इसी भेद के कारण इसका नाम मित्रभेद पड़ा है।

दूसरे तंत्र में एक कछुआ, हिरण, कौआ और चूहे की अनन्य मैत्री का बड़ा मोहक वर्णन है। वे परस्पर किस प्रकार से मित्र बने और इस मित्रता से उन्होंने कितनी भीषण कठिनाइयाँ पार कीं, इसी का जीवित वर्णन ही मित्रसम्प्राप्ति है। इस तंत्र में

मानवीय सहानुभूतियों को उद्बुद्ध करने के अनेक रोमांचकारी स्थल हैं और सम्भवतः समूचे ग्रंथ की ही नहीं, विश्व के विस्तृत वाङ्मय में संवेदन और उन्नत उदार जीवन के क्षणों में अमिट प्रकाश बिखेरने वाली यह अद्वितीय सामग्री है। प्रेम, स्नेह, उदारता, वत्सलता, भक्ति, श्रद्धा, विश्वास, सहानुभूति और इन सबसे बढ़कर मित्र के लिए अपने प्राणोत्सर्ग तक की उद्दाम मैत्री-लालसा का इतना मनोग्राही वर्णन इस तंत्र में हुआ है कि सचमुच एक बार पाषाण हृदय भी विष्णु शर्मा के स्वर में स्वर मिलाकर यह कह पड़ेगा कि—

यानि कानि च मित्राणि कर्त्तव्यानि शतान्यपि।

तीसरा तंत्र छल-छिद्रों और कूटनीति का अखाड़ा है। एक से एक भयंकर स्वभाव वाले क्रूरकर्मा पात्र इसमें आते हैं, जिनका सम्पूर्ण जीवन अपनी तृष्णा, इच्छा और लालसा की पूर्ति के लिए दूसरे को समूल विनाश करने में ही बीतता है, जिन्हें रात-दिन यही चिन्ता रहती है कि अभी हमारा एक शत्रु जी रहा है। इसमें दो षड़यंत्रकारी सहज विरोधी पार्टियाँ हैं, एक में कौए हैं और दूसरे में उलूक। दोनों ही सहज बैरी और विरोधी स्वभावों के हैं। एक कौवा किस प्रकार अपने दुर्जय शत्रुओं—उलूकों के गढ़ में घुसकर उनका सर्वनाश कर देता है, यह न केवल कुतूहल और मनोरंजन की सामग्री है, प्रत्युत कथा को समाप्त करते-करते अनायास ही मुँह से यह निकल पड़ता है कि बुद्धि से बढ़कर इस संसार में कोई मूल्यवान वस्तु नहीं है और शत्रु से बढ़कर भयंकर कोई प्राणी नहीं है। कौओं और उलूकों की इसी विग्रह कथा के नाम पर इस तंत्र का काकोलूकीय नाम पड़ा है।

चौथा तंत्र लब्धप्रणाश भी दो कृत्रिम मित्रों की मनोरंजक कहानी है। नदी में निवास करने वाले मगर की मैत्री एक वानर से होती है, जो मीठी-मीठी जामुन तोड़कर मगर को खिलाता है और मगर की पत्नी के लिए घर ले जाने को भी दे देता है। मगर की पत्नी को यह मैत्री सह्य नहीं होती, वह पति से दुराग्रह करती है कि जैसे भी हो वानर का कलेजा मुझे खिलाओ। अन्ततः मगर अपनी स्त्री की बातों में आ जाता है और वानर को जलमार्ग द्वारा अपने निवास की ओर ले चलता है। बातों ही बातों में वानर को मगर की चतुराई का पता लग जाता है, फिर तो वह ऐसी प्रत्युत्पन्न मति दिखाता है कि मगर सदा के लिए मूर्ख बन जाता है और वानर सकुशल अपने निवास स्थल पर वापस पहुँचकर सुख की साँस लेता है। लब्धप्रणाश का अर्थ है, प्राप्त करके खो देना। मगर ने वानर को प्राप्त करके भी खो दिया—यही इस तंत्र की प्रमुख कहानी है।

पाँचवाँ तंत्र है, अपरीक्षित कारक। इसमें बिना परीक्षा अथवा विचार किए कोई काण्ड कर बैठने के दुष्परिणाम की अनेक कहानियाँ हैं। एक नाई ने अपने यजमान के घर लाठी द्वारा एक बौद्ध संन्यासी को मारते हुए देखा। उसने देखा कि लाठी से मारने पर वह बौद्ध संन्यासी सुवर्णमय होकर गिर पड़ता है। फिर तो उसे पक्का विश्वास हो जाता है कि ये जितने भी बौद्ध संन्यासी हैं, उन सबको मारने से विपुल सुवर्णराशि

प्राप्त हो सकती है। उसने भी ऐसा ही किया, किन्तु प्रचुर सुवर्णराशि मिलने के स्थान पर उसे कारागार की हवा खानी पड़ी। तात्पर्य यह है कि कोई भी कार्य तब तक नहीं करना चाहिए, जब तक कि उसके सम्बन्ध में पूरी जानकारी न प्राप्त हो जाय।

इन्हीं पाँचों तंत्रों के अन्तर्गत प्रस्तुत पंचतंत्र में कुल मिलाकर 68 छोटी-बड़ी कथाएँ, 5 प्रस्ताव कथाएँ तथा 1102 श्लोक हैं।

पंचतंत्र की सामाजिक स्थिति

पंचतंत्र में वर्णित समाज की स्थिति बहुत अच्छी नहीं कही जा सकती, न तो आर्थिक दृष्टि से और न सांस्कृतिक दृष्टि से ही, क्योंकि इसमें जितने भी पात्र आए हैं, जितनी भी घटनाएँ और परिस्थितियाँ वर्णित हैं, उनका विश्लेषण करने से यह ज्ञात होता है कि उस समय भी आजकल की भाँति छल-छिद्र, दम्भ-पाखंड का वही जोर था। निर्धनता भी कम नहीं थी और चोरी-जारी के प्रसंग भी बहुधा उपस्थित होते रहते थे। समाज में वीरता, धैर्य, पराक्रम और दानपरायणता भी थी और लोभ, मोह, कृपणता तथा नीच बुद्धि भी थी। वाणिज्य उत्तम था और कृषि मध्यम थी। कर्मकाण्डों पर और भाग्यवाद पर विश्वास रखते हुए भी लोगों में कर्मण्यता भरी हुई थी और परस्पर वैर-विरोध की भी अधिकता थी। विद्या के प्रति निष्ठा थी और यज्ञ-यागादि तो गृहस्थों के मुख्य कर्म थे। यद्यपि देश में वैदिक आर्य मतावलंबियों की संख्या अधिक थी, किन्तु समाज में बौद्ध-भिक्षुओं तथा जैन साधुओं के प्रति भी आदर था। नदियों तथा समुद्र से व्यापार होता था तथा राजाओं एवं सामन्तों में परस्पर षड़यंत्र भी चला करते थे। राजा प्रजा का सब कुछ था और वह सर्वदेवमय माना जाता था। रूढ़ियों और अन्धविश्वासों की मान्यता थी। तीर्थों एवं गुरुजनों की सर्वत्र प्रतिष्ठा थी। कहीं-कहीं तो ऐसा दिखाई पड़ता है कि उस समय की सामाजिक एवं राजनैतिक चेतना आज की भाँति ही संघर्षमयी थी।

अथवा यह भी हो सकता है कि रचयिता ने केवल उन्हीं पक्षों का चित्र खींचा हो, जिसकी जानकारी दे देने से शेष लोगों के संबंध में कुछ कहना बाकी नहीं रहता? किन्तु कुछ भी हो, अन्तरतम की रेखाएँ मुखमण्डल से छिपाई नहीं जा सकतीं। ऐसा लगता है कि उस समय देश छोटे-छोटे भूखण्डों में विभक्त होकर अनेक राजाओं के अधीन था और उनकी शासन-व्यवस्था ढीली-ढाली तथा प्रजा वर्ग के लिए कष्टदायिनी थी। राजा और प्रजावर्ग में परस्पर खींचातानी थी। ऐसे प्रसंग की एक झलक मित्रभेद के निम्नलिखित श्लोक में मिलती है—

नरपतिहितकर्त्ता द्वेषतां याति लोके,
जनपदहितकर्त्ता त्यज्यते पार्थिवेन्द्रैः।
इति महति विरोधे वर्तमाने समाने,
नृपतिजनपदानां दुर्लभः कार्यकर्त्ता।।

राजाओं के परस्पर वैर-विरोध के कारण जनता संत्रस्त थी और उसमें राजनीतिक चेतना का आविर्भाव हो रहा था।

पंचतंत्र की पारिवारिक स्थिति भी आज जैसी ही ज्ञात होती है। पुत्र की उत्पत्ति के लिए लोग यज्ञ-यागादि करते थे, देवता-पितर मनाते थे और कन्या उत्पन्न होने पर शोक-भार से दब जाते थे। कन्या का पिता होना उस समय भी एक बड़ा अभिशाप था, क्योंकि उसके विवाह की कठिनाइयाँ ही अधिक चिंता की वस्तु नहीं थीं, उसके सुदूर भविष्य की भी चिन्ता करनी होती थी। पुरुषों के बहु-विवाह की प्रथा उस समय भी थी तथा समाज में स्त्रियों को उचित आदर नहीं दिया जाता था। पंचतंत्र की स्त्रियाँ बहुधा कुलटा, स्वैरिणी, मायाविनी, कर्कशा तथा अविश्वसनीय हैं। उनके लिए यह स्पष्ट रूप से कहा गया है कि स्त्रियों का कभी विश्वास नहीं करना चाहिए। उन्हें केवल अन्न-वस्त्र और ऋतु समागम से सन्तुष्ट करना ही उचित है, सलाह करने की तो वे कभी भी पात्र नहीं हैं।

पता नहीं, यह पंचतंत्र की सामाजिक चेतना की पृष्ठभूमि है अथवा विष्णु शर्मा की व्यक्तिगत धारणा का प्रतिबिम्ब है। कुछ हो, पंचतंत्र नारी जाति के प्रति अनुदार है। उसके किसी स्त्री पात्र के प्रति पाठक की सहानुभूति का उदय होता ही नहीं, एक से एक बढ़कर भयंकर स्त्रियाँ मिलती हैं, किन्तु किसी में ही कदाचित् नारीसुलभ शील, सदाचरण एवं वात्सल्य का चित्रण किया गया है। यद्यपि एकाध स्थलों पर यह कहा गया है कि—

'न गृहं गृहमित्याहुः गृहिणी गृहमुच्यते'

तथापि पंचतंत्र के स्त्री पात्रों के अध्ययन का सारांश वही है, जो ऊपर की पंक्तियों में निवेदित किया गया है।

इसके लिए हम विष्णु शर्मा को दोष ही क्यों दें? आर्य राजनीति में जिन आचार्यों ने अपने कठोर नियमों से राजतंत्र के अनुशासन का ढाँचा बनाया है, उनमें से प्रायः अधिकांश की विष्णु शर्मा जैसी ही अनुदार मनोवृत्ति थी। स्त्री-सम्बन्धी सबकी धारणाओं में अद्‌भुत समानता पाई जाती है। अतएव इस सम्बन्ध में यह निवेदन कर देना उचित है कि पंचतंत्र प्रमुख रूप से राजनीतिक चेतना का ग्रंथ है। राजनीति में स्त्रियों के भाग लेने को आज भी कुछ लोग खतरे की बात समझते हैं। यही भावना उस समय के लोगों में प्रबल रूप में रही। पंचतंत्र की कथाएँ तथा स्त्री पात्रों के चरित्र हमें केवल इसी बात की सूचना देते हैं। बस, पंचतंत्र के सम्बन्ध में संक्षेप में मुझे यही निवेदन करना था।

अपने अनुवाद के सम्बन्ध में

अपने इस अनुवाद के सम्बन्ध में कुछ कहते हुए मुझे संकोच हो रहा है। यह जैसा कुछ है सुधी पाठकों के सामने है। आज तो पंचतंत्र के अनेक सुन्दर अनुवाद हिन्दी

में प्रकाशित हो चुके हैं, तब फिर इस पिष्टपेषण की क्या आवश्यकता थी, यह मैं समझ रहा हूँ। किन्तु मैं विवश था, मेरी अनेक चेष्टाएँ भी इसे आज के पूर्व प्रकाश में नहीं ला सकीं, जिसका मुझे क्लेश है।

पंचतंत्र के ऐसे हिन्दी अनुवाद की ओर मेरा ध्यान सन् 1946 ई॰ में ही मेरे आदरणीय मित्र श्री रामचन्द्र जी टण्डन ने दिलाया था। टण्डन जी की प्रेरणा से मैंने यह अनुवाद उर्दू के सुप्रसिद्ध कवि श्री फिराक़ जी के लिए किया था। फिराक़ जी उन दिनों ऐसी पुस्तकों के प्रकाशन का कुछ कार्य आरम्भ करना चाहते थे। किन्तु जब मैं अनुवाद कर चुका, तब फिराक़ जी अपना इरादा बदल चुके थे। अन्ततः निरुपाय होकर मैंने इसे हिन्दी के सुप्रसिद्ध प्रकाशक स्थानीय किताब महल के स्वामी श्रीनिवास जी को दे दिया। उन्होंने इसे अपने पास 7 वर्षों तक रखा। बीच-बीच में मैंने अनेक बार उनसे इसे शीघ्र प्रकाशित करने की प्रार्थनाएँ भी कीं और यह भी कहा कि आप यदि शीघ्रता न कर सकें तो वापस ही कर दें; किन्तु उन्होंने एक न सुनी और बराबर यही उत्तर दिया कि अब अगले महीने में ही मैं उसे प्रेस में दे रहा हूँ। किन्तु उनका वह अगला महीना सात वर्षों तक नहीं आया!

इधर जब डॉ॰ मोतीचन्द्र जी का तथा श्री सत्यकाम विद्यालंकार जी का हिन्दी पंचतंत्र प्रकाश में आ गया, तब तो मैंने इसको प्रकाशित कराने का विचार ही त्याग दिया, किन्तु श्रीनिवास जी कब मानने लगे! वे बड़े दृढ़निश्चयी हैं, उन्होंने अपने निश्चय को कार्य रूप दे ही दिया और उन्हें अब भी यह अब तक के अनुवादों में श्रेष्ठ लगता है और उनका कहना है कि इसकी आवश्यकता अब भी बनी है।

किन्तु मैं ऐसी गर्वोक्ति क्यों करूँ? फिर भी इतना निवेदन तो अवश्य करूँगा कि मेरे इस अनुवाद में मूल संस्कृत के शब्दगत् अर्थों पर ही निर्भर किया गया है। यह मूल पंचतंत्र का भावार्थ या संक्षेप नहीं है, उसका अविकल अनुवाद है। मैंने शक्ति भर प्रयत्न किया है कि अनुवाद की भाषा में प्रांजलता और प्रवाह भी रहे, सरलता, सरसता और सौन्दर्य भी रहे। पता नहीं मेरा यह यत्न कहाँ तक सफल हुआ है, इसे तो आप सुधी पाठक ही बता सकते हैं।

रामप्रताप त्रिपाठी

देवशयनी एकादशी, 2011

प्रकाश निकेतन, कीडगंज
प्रयाग

कथा-सूची

मित्र सम्प्राप्ति (द्वितीय तन्त्र) 126-162

काकोलूकीय (तृतीय तन्त्र) 163-208

लब्ध प्रणाश (चतुर्थ तन्त्र) 209-234

रक्तमुख वानर तथा करालमुख मगर की कथा (प्रस्तावना)

अपरीक्षित कारक (पाँचवाँ तन्त्र) 235-364

मणिभद्र सेठ की कथा (प्रस्तावना)

प्रस्तावना

ब्रह्मा, रुद्र, स्वामिकार्त्तिकेय, हरि, वरुण, यमराज, अग्नि, इन्द्र, कुबेर, चन्द्रमा, आदित्य (सूर्य), सरस्वती देवी, समुद्र, युग, पर्वत, वायु, पृथ्वी, सर्प, सिद्ध, नदियाँ, दोनों अश्विनीकुमार, लक्ष्मी, दिति, अदिति-पुत्र (देवगण), चण्डिका आदि माताएँ, चारों वेद, तीर्थ, यज्ञ, शिव के प्रमथ गण, आठों वसु, सातों मुनि एवं नवग्रह गण नित्य रक्षा करें।

स्वायम्भुव मनु, सुरगुरु वाचस्पति, असुर गुरु शुक्राचार्य, पुत्र (वेद-व्यास) समेत पराशर, परमपण्डित चाणक्य तथा अन्यान्य नीतिशास्त्र के बनाने वालों को हमारा नमस्कार है।

विष्णु शर्मा नामक विद्वान ने इस जगत में समस्त अर्थशास्त्र के सारांशों को भली-भाँति देख-सुनकर पाँच तन्त्रों (भागों में) इस मनोहर पुस्तक की रचना की।

सुना जाता है कि भारतवर्ष के दक्षिण प्रदेश में महिलारोप्य नाम का एक नगर है। उसमें एक अमरशक्ति नाम का राजा रहता था, जो याचकों की अभिलाषा को पूरा करने में कल्पवृक्ष के समान था। उसके दोनों चरणों पर संसार के बड़े-बड़े राजाओं के मुकुट में लगी हुई मणियों की किरणों से एक अजीब शोभा होती थी। वह चौंसठों कलाओं में निपुण था। उसके तीन लड़के थे। बहुशक्ति, उग्रशक्ति और अनन्तशक्ति। पर वे तीन के तीनों लड़के बड़े ही मूर्ख थे। वे कभी पढ़ने-लिखने में मन नहीं लगाते थे। एक बार राजा ने उन्हें इस तरह पढ़ने-लिखने से विमुख देखकर अपने मंत्रियों को बुलवाया और कहा—''मंत्रियों! आप सबको यह मालूम ही है कि मेरे तीनों पुत्र किस प्रकार शास्त्र से विमुख और विवेक से रहित हैं? यही कारण है कि इन्हें इस तरह देखकर मैं इतने बड़े राज्य का स्वामी बनकर भी अपने को सुखी नहीं मानता? यह बहुत ठीक कहा गया है कि पैदा न होनेवाले, पैदा होकर मर जाने वाले और मूर्ख—इन तीन प्रकार के पुत्रों में पहले दोनों अर्थात् जो पैदा नहीं हुए अथवा जो पैदा होकर मर गए—ये दोनों पुत्र भले हैं क्योंकि इनसे बहुत कम दुःख मिलता है, किन्तु मूर्ख पुत्र तो जब तक पिता जीवित रहता है तब तक जलाता रहता है। गर्भ का गिर जाना अच्छा है, ऋतुकाल में स्त्री के साथ समागम का न करना भी भला है, यह भी अच्छा है कि उत्पन्न होते ही नालायक पुत्र मर जाय अथवा पुत्री ही पैदा हो। स्त्री का बाँझ होना या गर्भवती न रहना भी अच्छा है, लेकिन मूर्ख पुत्र का होना अच्छा नहीं है, चाहे वह देखने में सुन्दर, धनवान् अथवा गुणी भी क्यों न हो? जैसे उस गाय से, जो न बच्चे देती

है और न दूध देती है, कोई कार्य सिद्ध नहीं होता; उसी तरह उस पुत्र के पैदा होने से कोई लाभ नहीं है, जो न तो विद्वान है और न भक्तिमान है।

इस संसार में पुत्र का मर जाना बल्कि अच्छा है, लेकिन कुल में पैदा होकर उसका मूर्ख होना अच्छा नहीं है, क्योंकि उसके कारण विद्वानों की सभा में मनुष्य को जारज (छिनाल से पैदा होने वाले) की तरह लज्जित होना पड़ता है।

गुणवान् व्यक्तियों की गिनती करते समय जिस पुत्र के लिए प्रशंसा के साथ कनिष्ठिका (हाथ की सबसे छोटी) अंगुली की रेखा का प्रयोग नहीं होता, उस पुत्र से यदि उसकी माता पुत्रवाली कही जाय तो बताइये कि बन्ध्या कैसी होती है? अर्थात् ऐसे मूर्ख पुत्रों की माता को तो बन्ध्या ही समझना चाहिए।

तो मेरे इन पुत्रों की बुद्धि का प्रकाश जिस उपाय से भी हो, उसे तुरन्त कीजिए। मेरी राजसभा में पाँच सौ ऐसे पण्डित हैं, जो मेरी ही दी हुई वृत्ति से अपनी जीविका चलाते हैं, उनसे इस विषय में सहायता लीजिए अथवा मैं यह सब कुछ नहीं जानता? जिस उपाय से भी मेरे मनोरथ सिद्ध हों, वैसा कीजिए।''

राजा के इस तरह दुःखी होकर कहने पर मंत्रियों में एक ने कहा—''महाराज! बारह वर्ष तक पढ़ कर केवल व्याकरणशास्त्र का मर्म जाना जाता है। फिर उसके बाद मनु आदि के बनाए हुए धर्मशास्त्र, चाणक्य आदि के बनाए हुए अर्थशास्त्र, वात्स्यायन आदि के बनाए हुए कामशास्त्र का अध्ययन किया जाता है। इस तरह तब कहीं जाकर धर्म, अर्थ एवं कामशास्त्र की पूरी जानकारी होती है और तभी वास्तविक ज्ञान भी होता है।''

इसके बाद उन मंत्रियों में से सुमति नामक एक दूसरे मंत्री ने कहा—''राजन्! मनुष्य का जीवन बहुत थोड़ा और नाशमान है और शास्त्र आदि इतने जटिल और महान् हैं कि बहुत अधिक दिनों में चलकर इनकी जानकारी हो सकती है। इस दशा में बहुत थोड़े समय में जिस तरह सभी विषयों की जानकारी इनको हो जाय, ऐसी पढ़ाई की व्यवस्था सोचनी चाहिए; क्योंकि कहा भी गया है कि एक मनुष्य को समस्त शब्दशास्त्रों का पार पाना बहुत असम्भव है, क्योंकि आयु बहुत थोड़ी होती है और उसमें भी बहुतेरे विघ्न आ पड़ते हैं। इसलिए मनुष्य को हंस की तरह पानी में से दूध की भाँति निरर्थक बातों को छोड़कर जो-जो सार बात हों, ग्रहण कर लेनी चाहिए। सो यहाँ पर एक विष्णु शर्मा नामक ब्राह्मण हैं, जो सभी शास्त्रों में परम निपुण हैं और विद्यार्थी समाज में उनकी बड़ी प्रशंसा है। उन्हीं की सेवा में इन पुत्रों को समर्पित कर दीजिए। मैं समझता हूँ वे बहुत शीघ्र ही इनको सभी विषयों में अच्छा जानकार बना देंगे।''

मंत्रिवर सुमति की ऐसी बातें सुन कर राजा ने विष्णु शर्मा को बुलवाया और उनसे कहा—''भगवन्! मेरे इन पुत्रों को आप जिस उपाय से चाहें शीघ्र ही अर्थशास्त्र में असाधारण जानकारी करा दें, आपकी मेरे ऊपर बड़ी कृपा होगी। इस प्रकार पुत्रों के अर्थशास्त्र में निपुण हो जान कर मैं आपको सौ कोस का राज्य दे दूँगा।'' ऐसा कहने पर विष्णु शर्मा ने राजा से कहा—''महाराज! मेरी सत्य बात सुनिये, आपके सौ कोस

के राज्य देने पर भी मैं विद्या का विक्रय तो नहीं करूँगा, किन्तु यह कहता हूँ कि तुम्हारे इन पुत्रों को केवल 6 महीने में यदि नीतिशास्त्र का पण्डित न बना दूँ तो अपना नाम छोड़ दूँ। बहुत अधिक अपनी प्रशंसा मैं क्या करूँ? किन्तु मेरी यह सिंहगर्जना सुन लीजिए, मैं धन की लालच से ऐसा नहीं कह रहा हूँ। मेरी उमर अस्सी वर्ष की है, मेरी सारी इन्द्रियाँ अपने-अपने विषयों से निःस्पन्द हो गई हैं, इस दशा में रुपये-पैसे से मेरा कोई प्रयोजन नहीं है। केवल तुम्हारी प्रार्थना को पूरा करने के लिए कुछ विद्याविनोद करूँगा। तो आप आज का दिन लिख लीजिए, यदि आज से 6 महीने के भीतर मैं आपके पुत्रों को नीतिशास्त्र का असाधारण जानकार न कर दूँ, तो भगवान् मुझे स्वर्ग न दें।''

इस प्रकार ब्राह्मण विष्णु शर्मा की असम्भव प्रतिज्ञा को सुनकर मंत्रियों समेत राजा परम प्रसन्न तथा आश्चर्यचकित हो गया। तदनन्तर उसने अपने पुत्रों को विष्णु शर्मा की सेवा में अर्पित कर परम सन्तोष प्राप्त किया। ब्राह्मण विष्णु शर्मा ने उन तीनों राजकुमारों को अपने साथ लाकर उनके लिए मित्रभेद, मित्रसम्प्राप्ति, काकोलूकीय, लब्धप्रणाश और अपरीक्षित कारक नामक पाँच तंत्रों की रचना की और उन्हें विधिवत् इसे पढ़ाया। सचमुच वे राजपुत्र भी केवल 6 महीने में उन पाँचों तंत्रों को पढ़कर उसी तरह नीतिनिपुण हो गये, जैसी विष्णु शर्मा ने राजा के सामने प्रतिज्ञा की थी। उसी समय से यह पंचतंत्र नामक नीतिशास्त्र इस पृथ्वीतल पर बालकों को चतुर बनाने के लिए प्रचलित हुआ। इसके बारे में अधिक क्या कहा जाय, केवल इतना ही समझना चाहिए कि इस नीतिशास्त्र को जो नित्य पढ़ता है या सुनता है, वह कभी देवराज इन्द्र से भी पराजित नहीं हो सकता।

□□□

मित्रभेद

[1]

अब इसके बाद उन पाँचों तंत्रों में से प्रथम मित्रभेद नामक तंत्रों को प्रारम्भ किया जा रहा है; जिसका पहला छंद यह है।

एक वन में रहने वाले सिंह तथा बैल की बढ़ती हुई मित्रता को एक अत्यन्त लालची तथा चुगुलखोर स्यार ने मारा नष्ट कर दिया।

यह कथा इस तरह सुनी जाती है कि भारत के दक्षिणी प्रदेश में महिलारोप्य नामक एक नगर है। उसमें एक वर्धमान नामक बनिये का लड़का रहता था। उसने धर्म और न्याय से अपने व्यापार में बहुत अधिक धन पैदा किया था। एक बार रात के समय, जब वह अपनी शैय्या पर सोने की तैयारी कर रहा था, उसने सोचा कि यद्यपि बहुत अधिक धन मेरे पास है, फिर भी उसके उपार्जन करने का अन्य उपाय सोचना चाहिए और उनको कार्यरूप में परिणत करना चाहिए; क्योंकि कहा गया है कि—

इस संसार में ऐसी कोई वस्तु नहीं है जो धन से प्राप्त नहीं हो सकती हो, इसलिए बुद्धिमान् आदमी को प्रयत्न करके एकमात्र धन को उपार्जित करना चाहिए।

इस दुनियाँ में आकर जिसके पास धन है उसी के मित्र हैं, उसी के परिवार हैं, वही एक पुरुष माना जाता है और वही पण्डित है। न वह विद्या है, न वह दान है, न वह शिल्प है, न वह कला है, न वह धनियों की गम्भीरता है, जिसकी याचकों द्वारा प्रशंसा न की जाती हो।

इस संसार में जो लोग धनी होते हैं, उनके साथ पराये लोग भी स्वजनों की तरह व्यवहार करते हैं और दरिद्रों के स्वजन भी सर्वदा परायों का-सा व्यवहार करते हैं।

इधर-उधर से इकट्ठे किये गये और बढ़े हुए धन से ही दुनिया के सारे काम-काज इस तरह चलते हैं, जैसे पर्वतों से नदियाँ निकलती हैं।

अपूज्य लोग भी जो पूजित होते हैं तथा जिनके यहाँ कभी नहीं जाना चाहिए ऐसे लोगों के यहाँ भी लोग खुशी से जाते हैं, जिनसे प्रणाम नहीं करना चाहिए ऐसे लोगों की भी जो लोग बन्दगी बजाते हैं, सो यह सब करामात धन ही की तो है।

जिस प्रकार भोजन करने से ही सब इन्द्रियाँ अपना-अपना काम ठीक से करती हैं, उसी प्रकार पास में धन रहने से ही मनुष्य के सारे काम-काज सिद्ध होते हैं। यही कारण है कि इस संसार में धन ही सबका मुख्य साधन कहा जाता है।

इस दुनिया के लोग धन की कामना से श्मशान का भी सेवन करते हैं और धन से रहित होने पर अपने जन्म देने वाले पिता को भी दूर से छोड़कर चले जाते हैं।

जिनके पास धन है, वे यदि वृद्ध भी हो चुके हैं तो जवान हैं और जो धन से रहित हैं वे जवानी में भी बुड्ढे हैं।

सो वह धन मनुष्य को 6 उपायों से प्राप्त होता है। भिक्षा माँगने से, राजा की नौकरी करने से, खेती करने से, विद्या पढ़ने से, लेन-देन के व्यवहार से तथा बनियों का काम करने से। इन सब उपायों में वाणिज्य व्यवसाय से जो धन मिलता है, वह सबसे अधिक श्रेष्ठ और प्रशंसनीय है; क्योंकि कहा गया है कि—

दुनियाँ में अनेक लोग भिक्षा माँगते हैं, अतएव भिक्षा माँगने से अधिक धन नहीं मिल सकता। राजा भी नौकरी करने पर उचित धन नहीं देता, खेती बड़ी कठिनता से होती है। विद्या बड़ी ही कठिन वस्तु है, तिस पर भी यह गुरु की सेवा और रात-दिन की विनती से प्राप्त होती है। लेन-देन में मिलने वाले सूद के लोभ से जो गठरी दी जाती है, वह अक्सर दूसरे के हाथ में पड़कर नष्ट हो जाती है; अतः इसके करने वाले भी दरिद्र हो जाते हैं, इसलिए मैं तो इन उपायों में वाणिज्य से बढ़कर लाभकर कोई दूसरा उपाय नहीं मानता।

सभी उपायों में बिक्री के लिए रखी गई विविध वस्तुओं का संग्रह करना अर्थात् वाणिज्य का करना ही धन के लिए प्रशंसनीय कहा गया है, उसे छोड़कर जो अन्य उपाय हैं, वे सभी सन्देह से भरे हैं।

वह वाणिज्य कर्म अधिक धन पैदा करने के लिए सात प्रकार का होता है; जैसे— सुगन्धित पदार्थों का क्रय-विक्रय, गिरवी रखकर रुपये देना, गोपालन, परिचित ग्राहकों का बराबर आते रहना, वस्तु का दाम सदा झूठा बतलाना, कम या अधिक तौलना, दूसरे देश से बर्तन मंगवाकर बेचना। कहा भी गया है कि—

बिक्री के लिए रखने वाली सामग्रियों में सुगन्धित पदार्थों—तेल, इत्र आदि के रखने से बहुत अधिक लाभ होता है, इनके सामने दूसरी सोने आदि से बनी हुई वस्तुएँ भी बेकार हैं, क्योंकि इनमें बहुतेरी ऐसी वस्तुएँ होती हैं जो एक की खरीदी जाती हैं और सौ की बेची जाती हैं।

जब कोई आभूषण या दूसरी कोई कीमती वस्तु सेठ अपनी कोठी में गिरवी रखता है, तो वह अपने देवता से प्रार्थना करता है कि यदि सोना गिरवी रखने वाला मर जायेगा तो तुम्हें अमुक पूजा चढ़ाऊँगा।

गोपालन के कर्म में लगा हुआ सेठ प्रसन्नचित्त होकर यह बराबर सोचता रहता है कि धन-सम्पत्ति एवं अन्नादि से भरी हुई वसुधा को आज मैंने प्राप्त कर लिया, अब दूसरे काम से मेरा कोई प्रयोजन नहीं है। प्रतिदिन के परिचित ग्राहक को दुकान पर आता देख कर उसके धन का लोभी सेठ उत्कण्ठा से देखकर इस प्रकार हर्षित होता है, जिस प्रकार पुत्र पैदा होने से। और भी,

कभी पूरा और कभी अधूरा तौलना, प्रतिदिन परिचित लोगों को ठगना तथा अपनी खरीद के मूल्य को झूठा बतलाना यह बनियों की स्वाभाविक आदत है। और भी,

बरतनों की खरीदारी में निपुण लोग दूर देशों में जाकर अपने उद्योग और परिश्रम से दुगुना-तिगुना धन पैदा कर लेते हैं।

इस प्रकार अच्छी तरह सोच-विचार कर अपने गुरुजनों से सहमति प्राप्त कर उसने एक अच्छी तिथि में मथुरा जाने वाले बरतनों को साथ लेकर एक सुन्दर रथ पर सवार होकर प्रस्थान किया। उनके घर में उत्पन्न होने वाले संजीवक और नन्दक नामक दो बैल रथ के धुरे में जुते हुए थे, वे दोनों देखने में बड़े सुन्दर, पुष्ट और शुभ लक्षणों से युक्त थे। यमुना के कछार में पहुँचकर उनमें से संजीवक नामक जो बैल था, वह कीचड़ के एक दलदल में फँसकर रथ के जूए को छोड़ कर बैठ गया। उसके पैरों में मोच आ गई। उसे इस दशा में देख कर वर्धमान को बड़ा दुःख हुआ। उसके स्नेह से विवश होकर उसने अपनी यात्रा को तीन दिन तक रोक दिया। इस प्रकार उसको बहुत दुःखी देखकर साथियों ने कहा—"सेठ जी, आपने एक बैल के लिए इस परम भयानक आपत्तियों से भरे हुए जंगल में, जिसमें बाघ और सिंह भरे हुए हैं, अपने सभी साथियों के जीवन को क्यों सन्देह में डाल दिया है? कहा गया है—

बुद्धिमान् मनुष्य को थोड़े के लिए अधिक का विनाश नहीं करना चाहिए। थोड़े को गँवाकर अधिक की रक्षा करना यही बुद्धिमानी है।"

साथियों की ऐसी बातें सुनकर वर्द्धमान ने यह विचार कर कि ये ठीक कह रहे हैं, संजीवक की रखवाली के लिए कुछ रखवालों को रखकर शेष साथियों के साथ आगे की ओर प्रस्थान किया। उसके चले जाने के बाद रखवालों ने उस वन को अनेक विपत्तियों से भरा देखकर संजीवक को वहीं छोड़ दिया और पीछे-पीछे चलकर दूसरे दिन वर्द्धमान से यह झूठी बात कही कि—'स्वामिन्! संजीवक मर गया। हम लोगों ने यह सोचकर कि वह स्वामी का बड़ा प्रेमपात्र था, उसका अग्नि संस्कार कर दिया।'

रखवालों की ये बातें सुनकर वर्द्धमान का हृदय कृतज्ञता से भर गया, उसने संजीवक के दग्ध संस्कार के बाद होने वाले वृषोत्सर्ग आदि सभी संस्कारों को सम्पन्न किया। उधर संजीवक भी आयु के बाकी होने से यमुना जल से मिश्रित अत्यन्त शीतल वायु के झोंकों से शरीर के कुछ स्वस्थ हो जाने से किसी तरह आकर यमुना के किनारे पहुँचा। वहाँ मरकत मणि की तरह अत्यन्त हरी-भरी छोटी-छोटी घासों के गोफों को खा-खाकर वह कुछ ही दिनों में महादेव के वृषभ नन्दीश्वर की भाँति मोटा हो गया। मोटी डील निकल आई और बहुत बलवान् भी हो गया और प्रतिदिन ऊँचे-ऊँचे टीलों और शिखरों को सींगों से विदारित करता हुआ गरजने लगा। यह बहुत ठीक कहा गया है कि—

जिस वस्तु की कोई रक्षा नहीं करता, वह दैव की कृपा से सुरक्षित होकर रहती है और जिसकी बड़ी रक्षा की जाती है, वह दैव से अरक्षित होकर विनष्ट हो जाती है।

माता-पिता द्वारा वन में छोड़ा गया अनाथ भी जीवित रहता है, किन्तु घर में अनेक प्रयत्न करने पर भी नहीं जीवित रहता।

इसके बाद एक बार कभी पिंगलक नामक सिंह अनेक जंगली जानवरों के साथ प्यास से व्याकुल होकर यमुना के तट पर पानी पीने के लिए आया और दूर से ही संजीवक के गंभीर गर्जन को सुना। उस गंभीर गर्जन को सुन कर वह बहुत घबड़ा गया, उसका हृदय काँपने लगा। किन्तु बाहर से अपने भयभीत चेहरे को छिपाकर वह एक बरगद के नीचे बीच में बैठ गया और चारों ओर सभी जंगली जानवरों को चतुर्मण्डलावस्थान में बैठा दिया। वह चतुर्मण्डलावस्थान इस प्रकार था। बीच में सिंह थे, फिर सिंह के पीछे चलने वाले थे, फिर कौओं के समान अधिक शोर मचाने वाले थे और सबसे आखीर में क्या हो रहा है—इस समाचार को जानने वाले थे। पिंगलक के मंत्रिपुत्र करटक और दमनक नामक दो सिआर थे, जो अधिकार से वंचित कर दिये गये थे, किन्तु फिर भी सदा उसकी आज्ञा में चलने वाले थे। उन दोनों ने आपस में सलाह की। उनमें से दमनक ने कहा—"भाई करटक—हमारे स्वामी पिंगलक पानी पीने के लिए यमुना के कछार में उतर कर फिर बैठ गये। क्या ऐसा कारण है कि प्यास से अत्यन्त व्याकुल होकर भी वे लौट पड़े और व्यूह की रचना कर भयभीत होकर बरगद के नीचे बैठ गए?" करटक ने कहा—"भाई! हम दोनों को उनके इस काम से क्या लाभ है? क्योंकि कहा गया है कि—

जो आदमी बिना काम का (निष्प्रयोजन) काम करना चाहता है, वह कील उखाड़ने वाले वानर की तरह विनाश को प्राप्त करता है।"

दमनक ने कहा--"यह कैसा दृष्टान्त दे रहे हो?"

उसने कहा—

किसी एक नगर के समीप में किसी बनिये के लड़के ने वृक्षों के समूह के बीच में एक देवमन्दिर बनवाना प्रारम्भ किया था। उसमें जो काम करने वाले बढ़ई आदि मजदूर थे, वे दोपहरी में खाने-पीने के लिए नगर में चले जाते थे। एक बार कभी वहाँ वानरों का एक झुण्ड इधर-उधर घूमता हुआ आ पहुँचा। वहाँ पर किसी एक कारीगर का आधा फाड़ा गया अर्जुन काष्ठ का खम्भा खैर की कील पर, जो बीच में ठोंक दी गई थी, टिका हुआ था। इसी बीच में वे सब के सब वानर अपनी इच्छा से मन्दिर के शिखर से लेकर दूसरे भवनों की ऊँची चोटियों तथा चीरने के लिए फैली हुई लकड़ियों पर चढ़-चढ़कर खिलवाड़ करने लगे। उनमें से एक, जिसकी मौत एकदम नजदीक आ गई थी, अपनी चंचलता से उसी आधे फाड़े गये खम्भे पर बैठकर दोनों हाथों से उसी कील को उखाड़ने की चेष्टा करने लगा। उस समय उसके दोनों अण्डे उसी फाड़े गए खम्भे के बीच में लटक रहे थे, फिर तो जो कुछ हुआ वह पहले ही कहा जा चुका है अर्थात् अण्डों के दब जाने से उसकी मौत हो गई। इसीलिए मैं कह रहा हूँ कि जो बिना काम का काम...आदि। हम दोनों को खाने-पीने से भी बचत हो जाती है, तो फिर इस बेकाम के काम करने से क्या लाभ है?"

दमनक ने कहा—तो क्या आप केवल पेट भरने के लिए इस दुनियाँ में जीवित हैं? यह तो ठीक नहीं है; क्योंकि कहा गया है कि—अपने मित्रों और हितैषियों का उपकार करने के लिए तथा शत्रुओं का अपकार करने के लिए बुद्धिमान लोग राजाओं का आश्रय ग्रहण करते हैं, केवल पेट को कौन नहीं भर लेता—

और यह भी तो है कि—

जिसके जीने से अनेक लोग जीते हैं, वही इस संसार में जीवित रहने का अधिकारी है। क्या पक्षी भी अपनी छोटी-छोटी चंचुओं से अपनी उदर की पूर्ति नहीं कर लेते?

और भी,

इस संसार में अपनी विद्वत्ता, शूरवीरता, वैभव, दया, क्षमा आदि सद्गुणों से युक्त होने के कारण जो मानव-समाज में प्रतिष्ठित होकर क्षण भर के लिए भी जीवित रहता है, उसके जानने वाले वास्तव में उसी को जीवित कहते हैं, वैसे तो कौआ भी बहुत दिनों तक जीवित रहता है और दूसरे की दी हुई बलि को खाता है।

जो स्वयं अपने द्वारा तथा दूसरे के द्वारा अपने भाई-बन्धुओं के, दीनों के अथवा सर्वसाधारण जनता के ऊपर दया का बर्ताव नहीं करता, इस मनुष्य लोक में उसके जीने का फल क्या है, वैसे तो कौआ भी बहुत दिनों तक जीवित रहता है और दूसरों की दी हुई बलि खाता है। और यह भी तो है कि—

क्षुद्र नदियाँ बहुत जल्द ही उमड़ पड़ती हैं, चूहे की अंजलि भी थोड़े ही दानों में एकदम भर जाती है, इसी तरह छोटी बुद्धि वाले पुरुष भी बहुत थोड़े ही में सन्तुष्ट हो जाते हैं। यह ठीक कहा गया है कि—

माता के गर्भ में रह कर उसकी जवानी नष्ट करने वाले उस पुरुष के जन्म होने से क्या लाभ है जो अपने कुल-परिवार के आगे ध्वजा के समान स्थित नहीं हो जाता।

इस परिवर्तनशील संसार में कौन नहीं मरता और कौन पैदा नहीं होता अर्थात् प्रतिदिन अनेक लोग जन्मते-मरते हैं, किन्तु उसी पैदा होने वाले की गिनती होती है जो अपने कर्मों की महान् प्रतिष्ठा से शोभायमान होकर जगमगाता रहता है।

बहुत ठीक कहा गया है कि—

नदी के किनारे पर पैदा होने वाले उस तिनके का भी जन्म सफल है जो जल में डूबने वाले के हाथ का एक सहारा हो जाता है।

और भी इसी तरह कहा गया है कि—

कभी नीचे और कभी ऊँचे घूमने वाले तथा जनता का सन्ताप दूर करने वाले बादलों की तरह बहुत विरले सत्पुरुष इस संसार में पैदा होते हैं।

विद्वान लोग उस महान् पुरुष के जन्म के कारण उसकी माता की बहुत बड़ी महिमा एवं आभार याद करते हैं, जो उस गर्भ को धारण करती है, जो बहुत बड़े-बड़े लोगों के लिए भी गुरु (भारी) होता है।

अपनी शक्ति को प्रकट न करने से शक्तिशाली पुरुष भी अपमान सहन करता है। काठ के भीतर रहने वाली आग को लोग आसानी से लाँघ जाते हैं, किन्तु जलती हुई आग को नहीं।

दमनक की इन नीतिभरी बातों को सुनकर करटक ने कहा—

भाई! हम लोग यहाँ किसी मुख्य पद पर तो हैं नहीं, तो फिर बेकार इस निष्प्रयोजन काम से क्या लाभ है? कहा गया है कि—

राजसभा में किसी पद पर न रहने वाला कुबुद्धि यदि बिना पूछे राजा के समान कुछ कहता है तो न केवल वह असम्मानित ही होता है, बल्कि अपने शिर पर विपत्ति मोल लेता है।

इसी प्रसंग में यह भी कहा गया है कि—

चतुर मनुष्य को उसी स्थल पर अपने वचन का प्रयोग करना चाहिए जहाँ उसका कोई फल हो। ऐसे स्थल पर कहा गया वचन सफेद कपड़े पर रंग की तरह बहुत टिकाऊ और कीमती होता है।

करटक की इस प्रकार की बातें सुनकर दमनक ने कहा—भाई करटक! ऐसा तो मत कहो।

राजाओं के यहाँ न तो कोई प्रमुख है न कोई अप्रमुख। उनके यहाँ तो अप्रमुख भी यदि बराबर सेवा में लगा रहता है तो प्रमुख बन सकता है और प्रमुख होकर भी यदि सेवा से विमुख है तो अप्रमुख बन जाता है।

क्योंकि कहा गया है कि—

राजा लोग अपने समीप नित्य उपस्थित रहने वाले की ही इज्जत करते हैं। वह चाहे मूर्ख हो, अकुलीन हो या असभ्य हो। स्त्रियाँ, राजा और लताएँ—इनका प्रायः ऐसा स्वभाव होता है कि जो ही बगल में मिलता है, उसी से लिपट जाती हैं।

और यह भी तो है कि—

जो राजा के सेवक उसकी प्रसन्नता तथा क्रोध के कारणों की बराबर खोज रखते हैं, वे धीरे-धीरे अपने ऊपर चिढ़े हुए राजा को भी वश में कर लेते हैं।

महत्त्वाकांक्षी विद्वान, शिल्प कर्म में निपुण कारीगर, शूरवीर एवं सेवा-वृत्ति में चतुर लोगों के लिए राजा के बिना कहीं दूसरी जगह आश्रय नहीं मिलता।

इनमें जो लोग अपनी जाति आदि के बड़े घमंड के कारण राजा के पास नहीं जाते, ऐसे मूर्ख के लिए मृत्यु पर्यन्त भीख माँगने का प्रायश्चित्त बनाया गया है।

जो दुरात्मा यह कहते हैं कि राजा लोग बड़ी कठिनता से प्रसन्न होते हैं, वे सचमुच इस तरह अपनी असावधानी, आलस्य और मूर्खता का परिचय देते हैं।

साँप, बाघ, हाथी तथा सिंह जैसे हिंसक जानवर भी उपायों से वश में किये जाते देखे गए हैं, तो सर्वदा सावधान रहने वाले बुद्धिमान पुरुष के लिए 'राजा' कौन-सी

बड़ी बात है?

विद्वान लोग तो सचमुच राजा को ही प्राप्त करके उच्च पदों पर पहुँच सकते हैं, क्योंकि मलय पर्वत को छोड़कर चन्दन का पौधा दूसरी जगह कहाँ पैदा होता है?

क्योंकि राजा के प्रसन्न होने पर ही उसे श्वेत छत्र, मन को मोह लेने वाले घोड़े तथा हमेशा मतवाले बने रहनेवाले मातंगों की प्राप्ति होती है।

करटक ने कहा—तो भाई! आप क्या करना चाहते हैं?

उसने कहा—आज मेरे स्वामी पिंगलक खुद बहुत डरे हुए हैं और उनके साथ वाले भी बहुत डरे हुए हैं। तो उनके पास चलकर इस तरह सबके भयभीत होने का कारण जानकर संधि, विग्रह, मान, आसन, संश्रय, द्वैधीभाव*—इन सब उपायों में से किसी एक का सहारा लेना चाहिए।

उसने कहा—इसमें क्या जानना है?

ठीक ही कहा गया है कि—

कहे गये प्रयोजन को पशु भी समझ लेते हैं, घोड़े और हाथी मनुष्य के इशारे पर भार ढोते हैं। बुद्धिमान् लोग बिना बतलाये हुए ही प्रयोजन को समझ लेते हैं; क्योंकि दूसरे के इशारों को समझना ही उनकी बुद्धि की उपयोगिता है।

इस विषय में मनु जी ने भी ठीक ही कहा है कि—

मनुष्य का अन्तःकरण उसके आकार, संकेत, गति, चेहरे की बनावट बोलचाल तथा आँख और मुख के विकारों से मालूम पड़ जाता है।

तो आज उनके पास चलकर यह देखूँगा कि वे सचमुच भयभीत हैं तो अपनी बुद्धि के प्रभाव से निर्भय करके अपने वश में कर लूँगा और इस तरह अपने विनष्ट मंत्रिपद को प्राप्त करूँगा।

दमनक की ये बातें सुन कर करटक ने कहा—बात तो सही है; पर राजा की सेवा किस तरह करनी चाहिए, इस विषय में आप विशेष निपुण नहीं हैं; तो फिर किस तरह

---

* पुराने जमाने में राजा लोग अपने दुश्मनों के साथ इन्हीं छहों उपायों में से किसी एक का सहारा लेते थे। संधि के अर्थ होते हैं सुलह के, अर्थात् जब दुश्मन बहुत बलवान होता था तो उसके साथ सुलह कर लेते थे, उसमें कुछ देना पड़ता था। यदि वह बहुत बलवान नहीं होता था तो उससे विग्रह अर्थात् युद्ध करते थे। यदि वह और कमजोर होता था तो उसके ऊपर यान अर्थात् चढ़ाई कर देते थे। कुछ ऐसे दुश्मन, जिनके ऊपर तुरन्त चढ़ाई करने से हानि की सम्भावना होती थी, उस पर आसन का प्रयोग करते थे अर्थात् उपयुक्त समय की प्रतीक्षा करते थे। जब वह किसी आफत में होता तो चढ़ाई कर देते। कुछ दुश्मनों को वश में करने के लिए संश्रय अर्थात् अन्य की शरण लेते थे। और कुछ के लिए द्वैधीभाव करते थे अर्थात् हमेशा सन्देह की दृष्टि से देखते थे और तैयारी में रहते थे कि जब कभी उसका आक्रमण हो, डटकर सामना किया जाय। मतलब यह कि जिस दुश्मन के लिए जिस उपाय का मौका ठीक समझा जाता था, उसे करते थे।

उन्हें अपने वश में करोगे।

उसने कहा—कैसे जानते हो कि मैं राजसेवा में विशेष निपुण नहीं हूँ। अपने बचपन में पूज्य पिता जी की गोद में खेलते हुए मैंने उनके पास आनेवाले नीतिविशारद सत्पुरुषों के मुख से नीति के शास्त्र को सुना है, उसमें सेवा धर्म की जो मुख्य-मुख्य बातें हैं, उन्हें हृदय में रख लिया है—सुनो, उनमें से कुछ ये हैं।

सुवर्ण रूपी पुष्पों से फूली हुई इस पृथ्वी को तीन प्रकार के आदमी चुनते हैं—शूरवीर, विद्वान और वे जो सेवा करने में निपुण होते हैं।

सच्ची सेवा वही है, जो स्वामी का हित करने वाली होती है, उस सेवा को स्वामी के वचन से ही ग्रहण करना चाहिए अर्थात् स्वामी जैसी आज्ञा दें, उसे उसी रूप में करना चाहिए। सेवा में चतुर लोग इसी द्वार से राजा का सेवन करते हैं, इसके अतिरिक्त राजा की सेवा करने का कोई दूसरा द्वार नहीं है।

जो स्वामी सेवक के गुणों की कदर नहीं करता, चतुर सेवक उसकी सेवा न करे, ऐसे स्वामी की सेवा से इस तरह कोई फल नहीं निकलता जिस तरह ऊसर जमीन के बहुत जोतने से।

यदि स्वामी ऐसे सद्‌गुणों से युक्त है, जिसके कारण उसकी सेवा करना उचित है तो उसकी सेवा करनी चाहिए भले ही वह धन-सम्पत्ति एवं राजपाट से हीन हो; क्योंकि ऐसी सेवा का फल इसी जीवन में अथवा दूसरे जन्म में भी प्राप्त होता है, वह निष्फल कभी नहीं जाती।

चतुर पुरुष का भूख से अत्यन्त दुःखी होकर, ठूंठ के समान स्थित रहकर सूखते रहना भी अच्छा है, किन्तु अज्ञानी और मूढ़ स्वामी से उसे कभी जीविका नहीं ग्रहण करनी चाहिए।

सेवक लोग अपने कंजूस और कठोर बोलने वाले स्वामी की अक्सर निन्दा करते हैं, किन्तु वे स्वयं अपनी निन्दा क्यों नहीं करते, जो इतना भी नहीं जानते कि कैसे स्वामी की सेवा करनी चाहिए? कैसे की नहीं?

भूख से अधीर एवं व्याकुल सेवक जिस स्वामी के पास जाकर वास्तविक शान्ति को नहीं प्राप्त करते वह राजा फूल और फलों से युक्त आक (मदार) के पौदे के समान सदा छोड़ देने योग्य है।

चतुर सेवक को राजा की माता, रानी, राजकुमार, प्रधानमंत्री, राजपुरोहित और द्वारपाल के साथ सदा राजा के समान ही व्यवहार करना चाहिए।

इस समय यह करना चाहिए, यह नहीं करना चाहिए, इन सब बातों में जो निपुण सेवक होते हैं, वे राजा के बुलाने पर उन्हें आशीर्वाद देते हुए जवाब दें और उसकी आज्ञा का पालन बिना कुछ सोचे-विचारे ही करें। जो सेवक ऐसा व्यवहार करता है, वही राजा का प्रेमपात्र होता है।

स्वामी सुप्रसन्न होकर जो वस्त्र आदि इनाम में दे, उसे चतुर सेवक लेते समय

'बहुत मिला' ऐसा सन्तोष प्रकट करे और उसी को राजा के सामने धारण भी करे। जो ऐसा करता है, वही राजा का प्रेमपात्र होता है।

जो सेवक राजा के अन्तःपुर में रहने वाले व्यक्तियों से तथा राजा की स्त्रियों से किसी प्रकार की सलाह नहीं लेता, वह राजा का प्रेमपात्र होता है।

जो सेवक जुए को यमराज के दूत के समान भयानक, मदिरा को हलाहल विष के समान मृत्यु देने वाली तथा स्त्रियों को व्यर्थ आकृतिवाली समझता है, वह राजा का प्रेमपात्र होता है।

जो सेवक युद्ध के अवसर पर राजा के आगे-आगे चलता है तथा राजधानी में सर्वदा पीछे-पीछे चलता है तथा राजमहल में द्वार पर स्थित रहता है, वह राजा का प्रेमपात्र होता है।

राजा मुझे बहुत मानते हैं—ऐसा सोचकर जो सेवक किसी कठिनाई में भी अपनी मर्यादा का लंघन नहीं करता, वह राजा का प्रेमपात्र होता है।

जो सेवक राजा से वैर करने वालों के साथ हमेशा वैर का भाव रखता है तथा इष्टमित्रों के साथ इष्टमित्र जैसा व्यवहार करता है, वह राजा का प्रेमपात्र होता है।

जो सेवक प्रभु के पूछने पर कभी विरुद्ध प्रत्युत्तर नहीं देता और उसके समीप ऊँचे स्वर से नहीं हँसता, वह राजा का प्रेमपात्र होता है।

जो सेवक भय से रहित होकर रणक्षेत्र को राजा के घर के समान मानता है, परदेश को स्वदेश के निवास के समान जानता है, वह राजा का प्रेमपात्र होता है।

जो सेवक राजा की स्त्रियों के साथ संगति नहीं करता, न उनकी कहीं निन्दा करता है और न विवाद करता है, वह राजा का प्रेमपात्र होता है।

दमनक की इस तरह की सेवा नीति को सुनकर करटक ने कहा—यह मैं मानता हूँ कि आप सेवा में निपुण हैं, किन्तु राजा के पास वहाँ जाकर पहले क्या कहेंगे, उसे तो मुझे बतलाइये।

दमनक ने कहा—जिस तरह अच्छी वृष्टि होने से एक बीज से दूसरे बीजों की उत्पत्ति होती है, उसी प्रकार बोलने में जो चतुर लोग होते हैं, उनके एक उत्तर से दूसरे उत्तर की बातें अपने आप निकल आती हैं। उन्हें पहले से सोचने की आवश्यकता नहीं पड़ती।

बुद्धिमान लोग नीति के गुणों से प्रेरित कार्य की विपत्ति को और सिद्धि को आगे चमकती हुई के समान पहले ही से इसलिए बतला देते हैं कि वे ठीक उपायों के न देखने से यह जान जाते हैं कि कार्य सिद्ध नहीं होगा और इसी तरह ठीक उपायों को देखने से यह भी जान जाते हैं कि कार्यसिद्धि हो जायगी; अर्थात् उन्हें कार्य का परिणाम पहले ही से मालूम हो जाता है।

मनुष्य की सुन्दर बातें तीन तरह से प्रकट होती हैं। एक प्रकार के लोग ऐसी बातें बोलते हैं, जो सुग्गे के शब्द की भाँति केवल सुनने में मधुर होती है, किन्तु उनके हृदय

में कठोरता होती है। दूसरे प्रकार के लोगों की बात सुनने में कुछ कठोर होती है, परन्तु हृदय से मूक अर्थात् कपट रहित होती है और तीसरे प्रकार के लोगों की बातें हृदय में और बोलने में—दोनों ही जगह सुन्दर लगती हैं।

आप यह समझ लीजिए कि मैं बेमौके की बात नहीं कहूँगा, जैसा कि अभी कह चुका हूँ। मैंने पूज्य पिता जी की गोद का सेवन करते हुए बचपन ही में नीतिशास्त्रों को सुन रखा है। अतः यह जानता हूँ कि—

अगर वृहस्पति भी बेमौके की बात कहते हैं, तो उन्हें बहुत अपमान और बेइज्जती उठानी पड़ती है।

करटक ने कहा—भाई! बात तो सच है, मगर राजा लोग हमेशा पर्वतों के समान ही बड़ी कठिनता से सेवन करने योग्य होते हैं। इनमें और पर्वतों में अजीब समानता भी है; जैसे पर्वत, सर्प आदि हिंसक जन्तुओं से भरे रहते हैं, वैसे ही राजा भी बहुत हिंसक स्वभाव के लोगों से घिरे रहते हैं। पर्वत भी विषम अर्थात् ऊँचे-नीचे होते हैं और राजा भी प्रकृति से विषम होते हैं। पर्वत भी दुष्ट, चोर-डाकुओं से सेवित होते हैं और राजा भी दुष्ट प्रकृति के लोगों से सेवित होते हैं। पर्वत भी कठोर होते हैं और राजा भी कठोर स्वभाव के होते हैं।

और भी सुनो, राजाओं के बारे में किसी ने सर्प से दुष्ट राजा की बहुत अच्छी बराबरी बतलाई है।

जिस तरह सर्प सदा भोग (फण) से युक्त रहते हैं, उसी प्रकार राजा भी भोग (विलास) में हमेशा लगा रहता है। सर्प कंचुक (केंचुल) धारण करते हैं, राजा भी कंचुक (रेशमी वस्त्र) से सुशोभित होता है। सर्प कुटिल (टेढ़े-मेढ़े) चलने वाले होते हैं, राजा भी कुटिल स्वभाव के होते हैं। सर्प क्रूर चेष्टा करने वाले होते हैं, राजा भी क्रूर चेष्टा करने वाले होते हैं। सर्प भी मंत्र से वश में लाये जाते हैं और दुष्ट राजा भी मंत्र (नेक सलाह) से वश में किये जा सकते हैं।

यही नहीं, सर्पों के साथ उनकी और भी समानता सुनिये—

सर्पों की दो जीभें होती हैं, राजा भी दो जीभ वाले होते हैं; अर्थात् वे एक ही बात कभी एक ढंग से कहते हैं और कभी दूसरे ढंग से। सर्प की तरह ये भी क्रूर कर्मा, दूर से ही देखने वाले, दूसरों का अनिष्ट करने वाले तथा दूसरे का छिद्र* ढूँढ़ने वाले हैं। राजा के हितचिन्तक और अभीष्ट होकर जो पापी थोड़ा भी राजा का उपकार कर देते हैं, वे अग्नि में पतिंगों की भाँति तुरन्त भस्म हो जाते हैं।

---

* **कहा जाता है कि सर्प कभी अपने निवास के लिए बिल नहीं बनाते। जिस किसी भी जन्तु की बिल पाते हैं, रहने लगते हैं; अर्थात् जैसे यह दूसरे के छिद्र में प्रवेश करते हैं, उसी प्रकार राजा भी अपने शत्रुओं के ऊपर जब देखता है कि विपत्ति आई हुई है तो तुरन्त उस पर चढ़ाई कर देता है अथवा नौकर-चाकरों की बुराइयाँ ताका करता है। यह उसका छिद्रानुसरण ही है।**

राजाओं का पद सभी लोगों से नमस्कार करने योग्य तथा बड़ी कठिनता से प्राप्त करने योग्य होता है, इसीलिए वह ब्राह्मणत्व की तरह थोड़े भी अपकार से दूषित हो जाता है।

राजाओं की लक्ष्मी बड़ी कठिनता से सेवन करने योग्य होती है। इसी कारणवश वह दुर्लभ तथा कठिनता से धारण करने योग्य भी होती है। किन्तु अपने सद्‌गुणों से यदि वह प्राप्त हो जाय, तो बरतन में रखे गए जल की तरह यत्न से बहुत दिनों तक स्थायी रहती है।

दमनक ने कहा—आप सच कह रहे हैं, किन्तु जिस स्वामी का जैसा मनोभाव हो, उसी के अनुकूल बुद्धिमान सेवक को अपना आचरण करना चाहिए, इस प्रकार चित्त में प्रवेश कर वह उसे बहुत शीघ्र ही अपने वश में कर लेता है।

स्वामी की चित्तवृत्ति के अनुकूल चलना ही सेवक का सबसे बड़ा कर्त्तव्य है। हमेशा उनकी इच्छा के अनुकूल चलने वाले मनुष्य राक्षसों को भी अपने वश में कर लेते हैं।

राजा को वश में करने का यह वशीकरण बिना मंत्र के ही सिद्ध होता है। जिस समय वह रुष्ट हो उस समय उसकी प्रार्थना करे। उसके इष्ट-मित्रों में सर्वथा प्रेम-व्यवहार, उसके शत्रुओं में द्वेष तथा उसके दान की प्रशंसा करें।

करटक ने कहा—भाई! आप यदि इस प्रकार सभी विषयों में निपुण तथा स्वामी के पास जाने का विचार निश्चित कर चुके हैं तो जाइये आपका मार्ग कल्याणयुक्त हो। जैसी इच्छा हो वैसा कीजिए।

इस प्रकार करटक की स्वीकृति मिल जाने पर दमनक ने उससे प्रणाम कर पिंगलक की ओर प्रस्थान किया। दूर से दमनक को आते हुए पिंगलक ने जब देखा तो अपने द्वारपाल से कहा—"बेंत की लता को प्रवेश द्वार से हटा दो। यह दमनक हमारे पुराने मंत्री का पुत्र आ रहा है, इसके यहाँ आने में कोई रोक-टोक नहीं है। उसे यहाँ बुलाकर दूसरी लाइन में बैठाओ।" द्वारपाल ने कहा—"आपकी जो आज्ञा!" इसके बाद दमनक अपने लिए बतलाये गये आसन पर पिंगलक को सादर प्रणाम कर और उसकी आज्ञा प्राप्त कर बैठ गया। फिर पिंगलक ने अपने नख रूपी वज्र से सुशोभित दाहिने हाथ को ऊपर उठाकर स्वाभिमान के साथ पूछा—"कल्याण तो है न तुम्हारा? क्या बात है जो बहुत दिनों बाद दिखाई पड़े हो?" दमनक ने कहा—यद्यपि पूज्य महाराज का अब हमसे कोई प्रयोजन नहीं है, किन्तु अवसर आने पर तो आपसे कहना ही पड़ेगा, क्योंकि राजाओं को बड़े, छोटे, नीच सभी तरह के लोगों से काम पड़ता है। ठीक ही कहा गया है कि—

दाँत खोदने के लिए तथा कान खुजलाने के लिए बड़े-बड़े प्रभुओं को भी जब सदा तिनके से काम पड़ता है, तो हे राजन्! हाथ और वचन आदि से युक्त मनुष्य से क्यों न पड़ेगा?

और सो भी हम लोग तो पूज्य महाराज के चरण के खानदानी सेवक हैं और

आपत्ति के समय में भी पीछे चलने वाले हैं। यद्यपि आज दुर्भाग्यवश हम अपने पहले अधिकार के पद पर नहीं रह गये हैं, पर यह तो प्रभुवर के लिए उचित नहीं है।

कहा गया है कि सेवक और आभूषण—इनको उचित स्थान पर ही नियुक्त करना चाहिए। मैं स्वामी हूँ चाहे जो करूँ—ऐसा सोच कर मस्तक के किरीट में लगने वाली मणि को कोई पैर में नहीं पहनता।

क्योंकि—

जो राजा गुणों का आदर करना नहीं जानता, वह भले ही धनवान, उच्च कुल में उत्पन्न तथा खानदान की परम्परा से सेवित हो पर सेवक उसको छोड़ देते हैं।

इस विषय पर बहुत ठीक कहावत है कि—

जो समान नहीं हैं उनके साथ समानता करने पर, जो समान हैं उनसे कम सत्कार पाने पर तथा कार्यभार में नियुक्त न किये जाने पर इन तीन कारणों से सेवक अपने स्वामी को छोड़ देते हैं।

राजा जो अपनी अविवेकता के कारण उच्च पद पर नियुक्त करने योग्य सेवकों को निम्न पदों पर नियुक्त कर देता है तो वे उस स्थान पर नहीं टिकते। इसमें उनका कुछ दोष नहीं है, उस राजा का दोष है। क्योंकि कहावत है कि—

सुवर्ण के बने हुए आभूषणों में गुँथने योग्य मणि यदि सीसे या जस्ते के बीच में लगाई जाती है तो वह रोती नहीं और न शोभित ही होती है, किन्तु इससे उस लगाने वाले की ही निन्दा होती है।

और जो स्वामी यह पूछ रहे हैं कि 'क्यों बहुत दिनों बाद दिखलाई पड़े' सो उसका भी कारण सुनिए—

जिस स्थान पर दाहिने और बाएँ हाथों में विशेषता नहीं है वहाँ पर कौन ऐसा गतिशील और श्रेष्ठ गुणसम्पन्न व्यक्ति है जो एक क्षण भी रहना पसन्द करे।

जिनकी बुद्धि नकली सीसे की गोली में मणि का और सच्ची मणि में सीसे की गोली का निर्णय नहीं कर पाती, उनके समीप नामधारी सेवक भी नहीं टिक सकता।

जिस देश में पारखी नहीं होते, वहाँ समुद्र में उत्पन्न होने वाले रत्नों का कोई मूल्य नहीं होता। यह प्रसिद्ध बात है कि अहीरों के देश में चन्द्रकान्ता मणि को गोप लोग तीन कौड़ी लेकर बेच देते हैं।

जहाँ लोहित मणि में और पद्मराग (लाल) मणि में कोई फर्क नहीं होता, वहाँ रत्नों की बिक्री किस प्रकार हो सकती है?

जब स्वामी अपने सभी नौकरों में विशेषता का ध्यान न रख समान बरताव करने लगता है, तब उद्यमी और साहसी नौकरों का उत्साह नष्ट हो जाता है।

राजा सेवकों के बिना और सेवक राजा के बिना नहीं रह सकते। उन दोनों का व्यवहार एवं सम्बन्ध एक-दूसरे से मिला हुआ होता है।

साधारण जनता के हितैषी सेवकों के बिना तेजस्वी और पराक्रमशील भी राजा इस प्रकार नहीं शोभित होता, जिस प्रकार किरणों के बिना सूर्य नहीं शोभा पाता।

चक्के में लगे हुए आरागजों पर धुरी टिकी रहती है और उसी धुरी में वे सारे आरागज घुसे रहते हैं। स्वामी और सेवक के व्यवहार का चक्का भी इसी प्रकार चलता है।

सर्वदा शिर पर धारण किये गए तथा स्नेह के साथ बढ़ाये गए बाल भी स्नेह (तेल) के बिना जब रूखे हो जाते हैं, तो सेवक क्यों न रूठ जायँ?

सन्तुष्ट होकर राजा सेवकों को कुछ धन-दौलत दे देता है, किन्तु वे तो थोड़ा-सा सम्मान पा जाने पर अपने प्राणों से भी उसका उपकार करते हैं।

इन सब बातों को जानकर राजा को चाहिए कि वह अपने खानदानी, विवेकशील, चतुर, कुलीन, शूरवीर, समर्थ एवं भक्तिमान सेवकों को अपने समीप नियुक्त करे।

जो सेवक राजा के बहुत बड़े, दुष्कर, श्रेष्ठ तथा हितकर काम को करके भी लज्जा के मारे कुछ भी नहीं बतलाता, उसी उत्तम सेवक से राजा की सच्ची सहायता होती है।

जिस हितैषी तथा उद्योगी सेवक को काम पर नियुक्त कर स्वामी निःशंक होकर बैठा रहता है, वह उसकी दूसरी स्त्री के समान परम हितैषी है।

जो बिना बुलाये ही आता है और द्वार पर सदा स्थित रहता है, पूछने पर बहुत संक्षेप में सत्य उत्तर देता है, वही सेवक राजाओं के लिए उपयुक्त होता है।

राजा के आदेश के बिना ही जो उसके हानिकर काम को बंद करने का प्रयत्न करता है, वही सेवक राजाओं के लिए उपयुक्त होता है।

जो राजा के मारने पर, दुर्वचन कह देने पर तथा दण्डित कर देने पर भी उसका अहित नहीं सोचता, वही सेवक राजाओं के लिए उपयुक्त होता है।

जो सम्मान पाने पर घमण्ड नहीं करता तथा अपमानित होने पर दुःख नहीं मानता, मान-अपमान के भेद को भी नहीं प्रकट करता, वही सेवक राजाओं के लिए उपयुक्त होता है।

जो न भूख से कभी व्याकुल होता है, न नींद से पीड़ित होता है तथा शीत और घाम का जिस पर कोई असर नहीं होता, वही सेवक राजाओं के लिए उपयुक्त होता है।

शत्रु के साथ स्वामी की भविष्य में होने वाले संग्राम विषयक चर्चा को सुनकर जो प्रसन्नमुख हो जाता है, वही सेवक राजाओं के लिए उपयुक्त होता है।

शुक्लपक्ष के चन्द्रमा की भाँति जिस सेवक के नियुक्त करने पर राज्य सीमा वृद्धि को प्राप्त हो जाती है, वही सेवक राजाओं के लिए उपयुक्त होता है।

आग में छोड़े गये चमड़े की तरह जिस सेवक के नियुक्त होने पर राज्य की सीमा संकुचित हो जाती है, अपने राज्य को चाहने वाला राजा ऐसे सेवक को तुरन्त निकाल दे।

और जो यह समझ कर कि 'यह सिआर है' स्वामी मेरा अपमान करते हैं, सो वह भी अनुचित है; क्योंकि कहा गया है कि—

सुन्दर और बहुमूल्य रेशम कीड़ों से, बहुमूल्य सुवर्ण पत्थर की शिला से, परम पवित्र और हरी दूब गौ के रोम से, सुन्दर लाल कमल कीचड़ से, संसार का तापहारी चन्द्रमा खारे जलवाले समुद्र से, मनोहर इन्दीवर (नील कमल) गोबर से, सबको भस्म करने वाली अग्नि काठों से, बहुमूल्य मणि सर्प के फण से और मनोहर रोचना गौ के पित्त से उत्पन्न होती है। इससे यह सिद्ध होता है कि गुणी लोग अपने गुणों के उदय से प्रसिद्ध होते हैं, जन्म व कुल से प्रसिद्धि का कोई सम्बन्ध नहीं रहता।

हानि पहुँचाने वाली चुहिया को लोग अपने ही घर में पैदा होने पर भी मार डालते हैं, जबकि भलाई करने वाली बिल्ली को बाहर से लाकर खिला-पिला कर पालते हैं और हर तरह की उसके लिए देख-रेख भी रखते हैं।

रेंड, भिण्डी और मंदार की लकड़ी से, चाहे वह बहुत अधिक क्यों न रख ली गई हो, जैसे लकड़ी का कोई काम नहीं सधता उसी तरह मूर्ख आदमियों से, वे चाहे बीसों की तादाद में क्यों न हों, कोई प्रयोजन नहीं सिद्ध होता।

अपना बहुत बड़ा भक्त ही क्यों न हो अगर असमर्थ है तो उससे कोई फायदा नहीं है, इसी तरह यदि बहुत बड़ा बलवान ही है और अपना अपकार करता है तो उससे भी क्या फायदा हो सकता है। हे राजन्! मैं तो आपका भक्त हूँ और शक्तिमान भी हूँ, इसलिए मेरा अपमान करना आपको उचित नहीं है।

पिंगलक ने कहा—"खैर, ऐसा हो सकता है कि मैंने तुम्हारा अब तक अपमान किया हो। पर तुम चाहे असमर्थ रहो या समर्थ रहो, हमारे पुराने मंत्री के पुत्र तो हो। जो कुछ कहना चाहते हो निडर होकर कहो।"

दमनक ने कहा—"महाराज! आप से कुछ विशेष बातें कहनी हैं।"

पिंगलक बोला—"तो तुम जो कुछ कहना चाहते हो, कहते क्यों नहीं?"

उसने कहा—"महाराज! इस तरह भरी सभा में कोई मतलब की बात राजा से नहीं करनी चाहिए, क्योंकि—

वृहस्पति ने कहा है कि बहुत छोटा ही प्रयोजन क्यों न हो, राजा से उसके सम्बन्ध में सभा के बीच बात नहीं करनी चाहिए।"

तो प्रभुवर एकांत में चलकर मेरी बातें सुनें, क्योंकि ऐसा कहा जाता है कि—

किसी खास विषय में सलाह लेने की बात अगर 6 कान में भी पड़ती है, तो फूट जाती है, सिर्फ चार कानों में वह स्थिर रहती है। इसलिए बुद्धिमान को हर सम्भव उपाय से ऐसी सलाह की बातों के लिए 6 कान बचाना चाहिए।

दमनक की ऐसी बातें सुनकर पिंगलक के इशारों को समझने वाले सभी, बाघ, चीता, भेड़िया उसी समय सभा से उठ कर दूर चले गए। तब दमनक ने कहा—

"महाराज पानी पीने के इरादे से जमुना के तीर जा रहे थे, सो क्यों लौट कर यहाँ बैठ गए?"

दमनक की इस बात को सुनकर पिंगलक आश्चर्य में आ गया और कुछ बनावटी मुस्कराहट से बोला—कोई ऐसी खास बात नहीं थी!

उसने कहा—देव! अगर वह मुझसे कहने लायक बात नहीं है, तो रहने दीजिए; क्योंकि यह नीति की बात है कि—

कुछ ऐसी बातें होती हैं, जो अपनी स्त्री से भी छिपाई जाती हैं, कुछ ऐसी होती हैं जो आत्मीय से भी छिपाने लायक होती हैं। इसी तरह अपने पुत्र, मित्रादि से भी कुछ बातें छिपाई जाती हैं। बुद्धिमान लोग किसी बात को कहना मुनासिब है या नहीं है, बहुत अच्छी तरह सोच-विचार कर बहुत सिफारिश के बाद ही किसी से कहते हैं।

दमनक की इस चतुराई से भरी बात को सुनकर पिंगलक सोचने लगा—'यह बहुत चतुर और योग्य मालूम पड़ता है तो फिर इसके सामने अपना अभिप्राय जाहिर कर देना अनुचित नहीं है; क्योंकि कहा गया है कि—

दुःखी आदमी अपने दुःख की बात को अपने अभिन्न मित्र, गुणज्ञ सेवक, अपनी आज्ञा में चलने वाली पत्नी तथा सहृदय स्वामी से कहकर सुखी बन जाता है।'

इस तरह कुछ देर तक सोच-विचार कर लेने के बाद पिंगलक ने कहा—"दमनक! बहुत दूर से जो वह भयानक आवाज आ रही है, उसे तुम सुन रहे हो?"

उसने कहा—"हाँ महाराज! सुन तो रहा हूँ। तो इससे क्या?"

पिंगलक ने कहा—"भद्र! अब मैं इस वन से जाना चाहता हूँ।"

दमनक ने कहा—"किसलिए?"

पिंगलक ने कहा—"क्योंकि यह मालूम पड़ता है कि इस वन में अब कोई बहुत बड़ा जानवर घुस आया है, जिसकी यह भयानक आवाज आ रही है। जैसी भयानक उसकी आवाज है, वैसी ही उसमें ताकत भी होगी।"

दमनक ने कहा—स्वामी! केवल आवाज सुनकर जो आप भयभीत हो गये हैं, सो ठीक नहीं है; क्योंकि कहा गया है कि—

जल की तेज धारा से पुल टूट जाता है, बिना छिपाये मंत्र का नाश हो जाता है, कुटिलता से स्नेह टूट जाता है और केवल आवाज सुनकर आतुर लोग भयभीत होते हैं।

सो इतने दिनों तक अपनी ताकत से वश में किये गए इस वन को स्वामी को नहीं छोड़ना चाहिए, क्योंकि आवाज तो अनेक तरह की आ सकती हैं। भेरी, वेणु, वीणा, मृदंग, ताल, नगाड़ा, शंख, काहल आदि भी आवाज करते हैं, उनसे कौन डरता है? मेरी राय में तो केवल आवाज सुनकर आपको इतना नहीं डरना चाहिए? कहा गया है कि—

जिस राजा का धैर्य बहुत बड़े बलवान, खूँखार तथा निर्दयी शत्रु को पाकर भी

नहीं घटता, वह कभी हार नहीं सकता।

खास विधाता ही अगर भय दिखलावें तो भी धीर पुरुष का धैर्य कभी छूटता ही नहीं। वैशाख-जेठ के महीने में जबकि गर्मी से नदियाँ सूख जाती हैं, समुद्र और भी उमड़ पड़ता है।

और यह भी तो है कि—

जिसको विपत्ति में विषाद नहीं होता, सम्पत्ति में हर्ष नहीं होता और रण में भय नहीं लगता, वह वीर तीनों लोकों का तिलक है, ऐसे बेटे को कोई बिरली ही माता पैदा करती है।

इसी प्रसंग में यह भी कहा गया है कि—

जो ताकत न होने से हमेशा बड़ा नम्र बना रहता है, हिम्मत की कमी से अपने को बहुत लघु बनाये रहता है, ऐसे स्वाभिमान शून्य जन्म लेने वाले मनुष्य की और मामूली तिनके की हैसियत बराबर ही समझनी चाहिए।

और यह भी तो है कि—

जो प्राणी दूसरे के तेज को पाकर दृढ़ता नहीं दिखलाता, उसके लाह के गहने के समान केवल बाहर से सुन्दर दिखाई पड़ने वाले रूप से क्या लाभ है?

सो स्वामी को ऐसी सभी तरह की बातों का खयाल रखकर मन में धीरज रखना चाहिए। केवल आवाज सुनकर डरना नहीं चाहिए।

इसी तरह का एक किस्सा है कि—

पहले तो मैंने समझा था कि यह चर्बी और मांस से भरा हुआ है, किन्तु भीतर पैठकर देख रहा हूँ तो चारों ओर लकड़ी और चमड़ा ही दिखाई पड़ रहा है।

पिंगलक ने कहा—यह कैसा किस्सा है?

उसने कहा—

[2]

एक था वन। उसमें गोमायु नाम का एक सिआर था। एक दिन वह इतना भूखा था कि मारे भूख के उसका गला सूख गया था। खाने की तलाश में वह इधर-उधर घूम रहा था कि उसी वन में एक लड़ाई का मैदान उसने देखा, जिसमें दो सेनाओं में लड़ाई हुई थी। उसी लड़ाई के मैदान में एक बहुत बड़ा नगाड़ा पड़ा हुआ था जिस पर हवा के झोंके से एक लता की शाख आकर टकराती थी। उस टकराहट से नगाड़े से जोरों की आवाज निकलती थी। गोमायु ने उस नगाड़े की आवाज को जब सुना तो सोचा कि अरे! मैं मरा! जब तक उस आवाज करने वाले की आँखों के सामने नहीं आता-तब तक दूसरी जगह भाग चलूँ। लेकिन जल्दी में ऐसा काम तो नहीं करना चाहिए; क्योंकि कहा गया है कि—

जो खतरे और खुशी के मौके पर खूब सोच-विचार लेता है और कोई काम जल्दीबाजी में नहीं कर बैठता, वह कभी दुःख नहीं झेलता।

तो पहले यह जान लेना चाहिए कि यह किसकी आवाज है? इस तरह का इरादा कर उसने मन में धीरज बाँधा और धीरे-धीरे उसी आवाज को सुनता हुआ उसी ओर चल पड़ा। आगे जाकर उसने उसी बड़े नगाड़े को देखा। सारी स्थिति उसकी समझ में आ गई। अब भय जाता रहा, फिर तो उसने खुद कुतूहल से उसको बजाया। यह सोचा कि बहुत दिनों बाद यह भोजन प्रचुर परिमाण में मुझे मिला है और निश्चय ही इसमें खूब मांस, चर्बी और खून भरा होगा। फिर तो उस कड़े चमड़े से मढ़े हुए नगाड़े को एक ओर से फाड़कर वह भीतर घुस गया। चमड़े के फाड़ने में उसके दाँत भी टूट गये थे। भीतर जाकर उसने जब निराश होकर देखा कि चारों ओर लकड़ी ही लकड़ी दिखाई पड़ रही हैं तो यह पढ़ा, जिसका मतलब है—

''पहले तो मैंने समझा था कि यह मांस और चर्बी से भरा हुआ है, किन्तु भीतर घुस कर देख रहा हूँ कि यह तो चारों ओर चमड़ा और लकड़ी ही दिखाई पड़ रहा है।

इसीलिए मैं कह रहा हूँ कि आवाज सुनकर ही नहीं डरना चाहिए।''

पिंगलक ने कहा—''अरे! देखो तो सही, मेरे ये सारे अनुचर और परिवार वाले ही भयभीत होकर वन से भागना चाहते हैं—तो फिर मैं कैसे धीरज धरूँ?''

उसने कहा—''महाराज! तो इसमें इन लोगों का कुछ दोष नहीं है, अनुचर तो स्वामी ही की तरह होते हैं। यह ठीक ही कहा गया है कि—

घोड़ा, हथियार, शास्त्र, वीणा, वचन, मनुष्य, स्त्री—ये सब योग्य स्वामी को पाकर योग्य बन जाते हैं और अयोग्य को पाकर अयोग्य बन जाते है।''

तो मैं यह चाहता हूँ कि स्वामी धीरज धारण कर तब तक मेरी प्रतीक्षा करें जब तक मैं इस आवाज की असलियत जानकर लौट आता हूँ। मेरे आने के बाद जैसा उचित समझा जायगा, वैसा किया जायगा।

पिंगलक ने कहा—''तो क्या आप वहाँ तक जाने की हिम्मत रखते हैं?''

उसने कहा—स्वामी की आज्ञा पाकर अच्छे सेवक के लिए क्या यह सोचने की गुंजाइश रह जाती है कि यह किया जाय या न किया जाय। कहा गया है कि—

स्वामी की आज्ञा पाकर अच्छे सेवक के लिए संसार में कहीं भी भय नहीं रह जाता। वह सर्प के मुख में पैठ जाता है तथा दुस्तर समुद्र में कूद पड़ता है।

यह भी कहा गया है कि—

स्वामी की आज्ञा पाकर जो ऊँच-नीच का विचार करता है, ऐसे सेवक को अपना कल्याण चाहने वाला राजा अपने यहाँ कभी भी न रखे।

पिंगलक ने कहा—भद्र! यदि तुम ऐसा विचार रखते हो तो जाओ। तुम्हारा पथ मंगलमय हो।

पिंगलक की ऐसी बात सुनकर दमनक भी जिधर से वह आवाज आ रही थी,

उसी ओर चल पड़ा।

दमनक के चले जाने के बाद पिंगलक बहुत भयभीत होकर सोचने लगा—मैंने यह अच्छा नहीं किया, जो विश्वास कर अपने दिल की सारी बातें उसे बतला दीं। कदाचित् यह दोनों ओर मिल-जुलकर मेरे ऊपर नाराज हो जाय, क्योंकि इसका अधिकार पहले छीना गया था। यह कहा गया है कि—

जो सेवक राजा के यहाँ पहले आदर पाकर बाद में अपमानित किये जाते हैं वे कुलीन ही क्यों न हों, हमेशा उसके विनाश का उपाय करते हैं।

यह क्या करना चाहता है इसे जानने के लिए मैं भी तब तक दूसरी जगह चल कर इसकी प्रतीक्षा करूँ, क्योंकि यह भी हो सकता है कि कदाचित् दमनक उसे लिवाकर मुझे मारने की चेष्टा न कर रहा हो; क्योंकि यह कहा गया है कि—

जो किसी का विश्वास नहीं करता, वह कमजोर भी हो तो कोई बलवान् उसे नहीं मार सकता, मगर विश्वास में आने पर बड़े-बड़े बलवान् भी कमजोरों के शिकार बन जाते हैं। इसलिए बुद्धिमान को देवताओं के गुरु वृहस्पति का भी कभी विश्वास नहीं करना चाहिए, यदि वह अपनी तरक्की, दीर्घायु और सुख की इच्छा रखता है।

शत्रु का तो शपथ खाने पर भी कभी विश्वास नहीं करना चाहिए क्योंकि बहुत पहले का किस्सा है कि इन्द्र ने शपथ द्वारा विश्वास में लाकर वृत्र का विनाश कर दिया था।

विश्वास न करने पर देवताओं का भी दुश्मन हो तो वह वश में नहीं आ सकता। विश्वास में लाकर ही इन्द्र ने दैत्यों की माता दिति का गर्भ काट डाला था।

इस तरह का विचार कर पिंगलक दूसरी जगह चला गया और वहीं से अकेले दमनक की राह देखता रहा। उधर दमनक भी संजीवक के पास गया। दूर से ही उसने जब देखा कि यह आवाज करने वाला बैल है तो बड़ा खुश होकर सोचने लगा कि बड़ा ही अच्छा हुआ कि इसके जरिए समय-समय पर सुलह और झगड़ा कराकर मैं पिंगलक को अपने वश में कर सकूँगा; क्योंकि कहा गया है कि—

जब तक राजा किसी दुःख वा विपत्ति में नहीं पड़ता तब तक मंत्री की बात पर नहीं चलता चाहे वह मंत्री कितना ही ऊँचे खानदान का अथवा हितैषी क्यों न हो!

इसीलिए विपत्ति में फँसे हुए राजा ही हमेशा मंत्रियों की सेवा के योग्य होते हैं। यही कारण है कि मंत्री लोग हमेशा विपत्ति में फँसे हुए राजा की इच्छा करते हैं।

जैसे कोई निरोग आदमी कभी अच्छे से अच्छे वैद्य के पास नहीं जाता, वैसे आपदाओं से रहित राजा भी कभी अच्छे मंत्री की खोज नहीं करता।

इस तरह की बातें सोचता हुआ दमनक वहाँ से पिंगलक की ओर लौट पड़ा। पिंगलक ने भी जब देखा कि दमनक वापस आ रहा है, तो अपने आकार को छिपाकर जैसे पहले बैठा था, वैसे ही बैठ गया। पिंगलक के पास जाकर दमनक प्रणाम कर बैठ गया।

पिंगलक ने कहा—"तो आपने वहाँ जाकर उस बलवान् जानवर को देखा?"

दमनक ने कहा—"स्वामी की कृपा से देखा।"

पिंगलक ने कहा—"सचमुच?"

दमनक ने कहा—तो क्या स्वामी के चरणों के सामने असत्य बोल रहा हूँ? कहा गया है कि—

बहुत बड़ा आदमी भी अगर देवता और राजा के सामने जाकर बहुत कम असत्य बोलता है, तो भी शीघ्र ही नाश को प्राप्त होता है।

और यह भी तो है कि—

भगवान् मनु ने राजा को सर्वदेवमय बतलाया है। अतः उसे देवताओं के समान आदर की दृष्टि से देखना चाहिए, अपमानित की दृष्टि से नहीं।

सर्वदेवमय होने पर भी राजा में यह एक और विशेषता है कि राजा से अपने कर्मों का अच्छा-बुरा फल तुरन्त मिलता है और देवता से दूसरे जन्म में।

पिंगलक ने कहा—तुम ने सचमुच देखा होगा। दीनों के ऊपर बड़े लोग कोप नहीं करते। इसी से तुम्हें भी उसने नहीं मारा होगा; क्योंकि तेज तूफान का झोंका, जो बड़े-बड़े पेड़ों को उखाड़ फेंकता है, उस छोटे मृदु घास के तिनकों को नहीं उखाड़ता, जो नम्र बनकर चारों ओर पड़ रहते हैं। बड़े दिल वाले लोगों की ऐसी आदत ही होती है, क्योंकि बड़े लोग बड़ों ही से अपना बल आजमाते हैं।

और भी,

अत्यन्त बलशाली गजराज, अपने गाल पर बहने वाले मद-जल की लालच में घूमने वाले भ्रमर के पैरों से आहत होकर भी उनके ऊपर कोप नहीं करता क्योंकि बलवान जो होते हैं, वे अपने समान बलवालों पर कोप करते हैं।

दमनक बोला—"सचमुच यही बात थी। वह बहुत बलवान् जानवर था और मैं एक गरीब और दीन। फिर भी अगर स्वामी कहें तो उसे सेवक बनाकर छोड़ूँ।"

लम्बी साँस छोड़ता हुआ पिंगलक बोला—"तो क्या सचमुच तुम ऐसा कर सकते हो?"

मुस्कराते हुए दमनक ने कहा—"महाराज! बुद्धि के सामने कोई काम असाध्य नहीं है। कहा गया है कि—

बड़े-बड़े हथियारों से, गजराजों से, घोड़ों से तथा पैदलों से भी वह कार्य नहीं सिद्ध होता, जो बुद्धि द्वारा आसानी से सिद्ध हो जाता है।"

पिंगलक ने कहा—"अगर ऐसी बात है तो तुम मंत्री पद पर नियुक्त किये जा रहे हो। आज से इनाम और अनुशासन की सारी कार्रवाइयाँ तुम्हीं करोगे—ऐसा निश्चय मैंने कर लिया।"

पिंगलक के ऐसा कहने पर दमनक उठा और बहुत तेजी से चलकर संजीवक के

पास पहुँचा। दूर से ही उसने डाँट बताते हुए कहा—"अरे नीच बैल! जल्द यहाँ आओ, हमारे स्वामी पिंगलक तुझे बुला रहे हैं। तू यहाँ एकदम निडर होकर क्यों बेकार में दहाड़ रहा है?"

दमनक की ऐसी बातें सुनकर संजीवक सहम गया और भर्राई हुई आवाज में बोला—"महाशय! यह पिंगलक कौन है?"

स्वर को और बड़ा बनाकर दमनक ने कहा—"अरे! क्या तू स्वामी पिंगलक को भी नहीं जानता! अच्छा, थोड़ी देर सब्र करो। अभी जान जाओगे जब अपनी करतूत का फल चखोगे। अरे! देखता नहीं उस बरगद के नीचे वन के सभी जानवरों के बीच में हमारे स्वामी वनराज पिंगलक बैठे हुए हैं।"

इस बात को सुनकर संजीवक ने समझ लिया कि मेरी जिन्दगी खतम हो चुकी। अब मैं बच नहीं सकता। इस तरह थोड़ी देर तक मन में बहुत विषाद करके वह सोचता रहा और फिर विनीत स्वर में बोला—"महाशय! आप बहुत अच्छे स्वभाव वाले मालूम पड़ रहे हैं। बातें करने में भी बहुत चतुर हैं। अगर मुझे वहाँ अवश्य ले चलना चाहते हैं तो जैसे भी हो स्वामी से अभय दान दिलाकर मेरे ऊपर उन्हें प्रसन्न कीजिए।"

दमनक ने कहा—"हाँ, तुम सच कह रहे हो, क्योंकि नीति भी यही कहती है कि—

पृथ्वी, समुद्र और पर्वत का अन्त लोग पा सकते हैं लेकिन राजा के मन का अन्त कोई किसी तरह भी नहीं पा सकता।

"अगर तुम ऐसा चाहते हो तो यहीं तब तक ठहरो, मैं उसे वचनबद्ध कराकर तुम्हें फिर अपने साथ ले चलूँगा।"

ऐसा कहकर दमनक वहाँ से चला गया और पिंगलक के समीप पहुँच कर बोला—"स्वामी! वह कोई मामूली जीव नहीं है, भगवान शंकर का वाहन नन्दीश्वर नामक बैल है। मैंने जब परिचय पूछा तब उसने बतलाया कि मुझे बहुत परिचय बतलाने की फुर्सत नहीं है। थोड़े में यही समझ लो कि भगवान महेश्वर ने प्रसन्न होकर यहाँ यमुना के तट में घास चरने के लिए मुझे आज्ञा दी है। यही नहीं, इस समूचे वन को ही भगवान ने क्रीड़ा करने के लिए दे दिया है।"

दमनक की बातों से पिंगलक डर गया और भयभीत स्वर में बोला—"अब मुझे सच-सच मालूम हुआ। देवता के अनुग्रह के बिना हिंसक जानवरों से भरे हुए इस घोर जंगल में घास चरने वाले पशु इस तरह निडर होकर दहाड़ते हुए घूम नहीं सकते। हाँ, तो फिर तुमने क्या उत्तर दिया?"

दमनक ने कहा—"स्वामिन्! मैंने यह कहा कि यह वन तो चण्डिका देवी के वाहन हमारे स्वामी पिंगलक नाम के सिंह के अधिकार में है। इस तरह आप उनके एक प्रिय मेहमान के तौर पर हैं। वहीं उनके साथ चलिए और भाई-भाई की तरह प्रेम से एक साथ खानपान तथा विहार करते हुए दोनों इसी जगह रहकर मौज से जिन्दगी

बिताइये।'' फिर तो मेरी बात से वह सहमत हो गया और खुशी के साथ मुझसे यह कहा है कि, स्वामी से अभयदान दिला दो, अब आप ही की कृपा पर सब कुछ निर्भय करता है।

दमनक की इन बातों से पिंगलक बहुत पुलकित हो गया और बोला—''बुद्धिमान्! तुमने बहुत अच्छा काम किया। सचमुच बहुत अच्छा। जैसे मेरे दिल से सलाह लेकर तुमने यह सब कहा हो, तो जाओ मैंने उसे अभयदान दिया, लेकिन वह भी मुझे जिस तरह से अभयदान कर दे वैसा करो, और फिर बहुत जल्द यहाँ लिवा लाओ। यह बहुत ठीक कहा गया है कि—

बलवान्, छलरहित, सच्चे और कई बार के आजमाये हुए मंत्रियों से राज्य की रक्षा इसी तरह होती है, जैसे अच्छे खम्भों से मकान की।

यह भी ठीक कहा गया है कि—

दुश्मन को मिलाने से मंत्री की और सन्निपात जैसी भयानक बीमारी में वैद्य की चतुरता देखी जाती है, क्योंकि अच्छी हालत में चतुर कौन नहीं है!''

पिंगलक की इन बातों से दमनक मन में बहुत खुश हुआ और संजीवक की ओर चल पड़ा। रास्ते में उसने विचार किया कि अब तो स्वामी हमारे बहुत खुश हो गये हैं और हमारी बातों में आ भी गए हैं। तो अब मुझसे बढ़कर भाग्यवान दूसरा कौन है? क्योंकि कहावत है कि—

पूस माघ के घोर जाड़े में आग, अपने प्रियजनों का दर्शन, राजा से सम्मान का प्राप्त करना और दूध का भोजन ये वस्तुएँ संसार में अमृत के समान सुखदायी होती हैं।

फिर संजीवक के समीप जाकर उसने स्नेह भरे स्वर में कहा—हे मित्र मैंने स्वामी से आपके लिए बड़ी प्रार्थना की और उन्होंने प्रसन्न होकर तुम्हें अभयदान कर दिया तो अब विश्वासपूर्वक वहाँ चलिए। लेकिन वहाँ राजा की कृपा का पात्र बनकर भी मेरे साथ इस नियम का पालन करना। पद के घमण्ड में आकर मनमानी मत करना। मैं भी मंत्री बन कर तुम्हारे इशारे से सारे राजकाज को अच्छे ढंग से चलाऊँगा। ऐसा करने पर हम दोनों ही उत्तम राज्य में सुख का अनुभव करेंगे; क्योंकि यह कहा गया है कि—

शिकार के तरीके की तरह ऐश्वर्य भी मनुष्य के वश में होता है। एक तो जाकर मनुष्य रूपी प्रजाओं को उकसाता है और दूसरा उन्हें जंगली की तरह मारता है।

और यह भी तो कहा गया है कि—

जो घमण्ड में आकर उत्तम, मध्यम और अधम लोगों के साथ उनकी हैसियत के अनुसार सम्मान का व्यवहार नहीं करता, वह दन्तिल की तरह राजा के सम्मान का पात्र बनकर भी भ्रष्ट हो जाता है।

संजीवक ने कहा—''यह दन्तिल की कहानी कैसी है?''

उसने कहा—

[3]

किसी मुल्क में एक वर्धमान नाम का शहर था। उसमें दन्तिल नाम का एक बहुत धनी साहूकार रहता था। वही सारे शहर का मालिक भी था। उसके खजाने में चाँदी, सोने, हीरे, जवाहर की भरमार थी। उसका स्वभाव इतना अच्छा था कि शहर के सब लोग और राजा उससे बहुत सन्तुष्ट और खुश रहते थे, जबकि वह व्यापार के साथ-साथ शहर का सब शासन का काम भी देखता था। इससे अधिक उसके स्वभाव की बड़ाई क्या की जाय कि उसके समान चतुर आदमी इस दुनिया में न तो किसी ने देखा था और न सुना था। यह बहुत ठीक ही कहा गया है कि—

इस दुनिया में जो राजा का हित करता है, वह प्रजावर्ग में विरोधी कहा जाता है और जो प्रजा का हित करता है, उसे राजा अपने यहाँ से निकाल देता है। ऐसी विषम परिस्थिति में ऐसा आदमी बहुत मुश्किल से मिल सकता है, जो राजा का भी प्रेमपात्र हो और प्रजा भी जिसको अपना हितैषी समझती हो।

इस प्रकार राजा और प्रजावर्ग में सम्मान के साथ दन्तिल का जीवन सुख से बीत रहा था कि उसका विवाह पड़ गया। उस विवाह के मौके पर दन्तिल ने राज-परिवार के लोगों को तथा अपने शहर के सारे निवासियों को सादर निमंत्रित कर भोजन करवाया और वस्त्र आदि देकर उनका सत्कार भी खूब किया। इसके बाद, जब विवाह की भीड़ खत्म हो गई, उसने रानियों समेत राजा को अपने घर पर आदर सहित बुलवाया और सबकी विधिवत् पूजा भी की। संयोग की बात। राजा के साथ, उनके राजभवन में झाड़ू देने वाला गोरम्भ नाम का नौकर भी ठीक उसी अवसर पर वहाँ आया और आकर किसी अनुचित स्थान में बैठ गया। दन्तिल ने अपने घर से उसको इसी कारण से गले में हाथ लगा कर बाहर निकलवा दिया। उसी दिन से वह गोरम्भ अपने इस महान् अपमान के कारण बहुत दुःखी रहता था और गरम साँसें खींचता हुआ सारी रात जागता ही रहता था। इस अपमान की दुःखदायी याद में उसे नींद भी हराम हो चली थी। वह रात-दिन यही सोचा करता था कि किस तरह इस दुष्ट साहूकार की बढ़ी हुई इज्जत राजभवन से नष्ट करूँ। अगर मैं इतना भी नहीं कर सकता तो इस अपमानित शरीर को पालने से क्या लाभ है; जबकि मैं अपने अपमान करने वाले की कुछ भी हानि नहीं कर सका। यह बहुत ठीक ही कहा गया है कि—

जो अपनी हानि पहुँचाने वाले से बदला चुकाने में असमर्थ है, वह निर्लज्ज मनुष्य बेकार में क्रोध करता है; क्योंकि चना उछल-कूद कर भी कभी भाड़ को क्या फोड़ सकता है?

कुछ दिन के बाद एक दिन बहुत प्रातःकाल में ही राजा के शय्या के पास झाड़ू देते हुए उसने कहा—''अरे बाप रे! दन्तिल की इतनी हिम्मत हो गई है कि वह राजा की पटरानी का आलिंगन करे।'' उसकी इस बड़बड़ाहट से राजा, जिसकी नींद भीतर से खुल चुकी थी, अचकचा कर उठ बैठा और गोरम्भ से पूछा—''अरे गोरम्भ! क्या

तूने सच कहा है? क्या सचमुच रानी का आलिंगन दन्तिल ने किया है?''

गोरम्भ चुपचाप खड़ा हो गया और विनीत स्वर में बोला—''महाराज! रात भर जुआ खेलने के कारण मुझे जबरदस्त नींद सता रही है, सो मैं कुछ भी नहीं जानता कि क्या कह गया? मेरे अपराध को क्षमा कीजिए।''

राजा को गोरम्भ की बड़बड़ाहट से बड़ा दुःख हो रहा था। अपने आप वह सोचने लगा—यह गोरम्भ हमारे महल में बे रोक-टोक सब जगह आता-जाता है, उसी तरह दन्तिल भी सब जगह आता-जाता है। हो सकता है कि कभी दन्तिल को रानी का आलिंगन करते हुए इसने देखा हो। और उसी से ऐसी बात इसके मुँह से अनजाने में निकल पड़ी हो; क्योंकि कहा गया है कि—

मनुष्य दिन में जो कुछ देखता है, चाहता है या करता है, उसी के अभ्यास से स्वप्न में भी वैसे ही कहता है या करता है।

और यह भी तो कहा है कि—

मनुष्य के हृदय में कैसी भी अच्छी या बुरी भावना बहुत दिनों से छिपी हुई पड़ी हो, उसे भी स्वप्न की बड़बड़ाहट से तथा नशे के प्रभाव से यथार्थ रूप में जान लेना चाहिए।

अथवा स्त्रियों के बारे में कोई भी सन्देह नहीं करना चाहिए; क्योंकि ये एक के साथ बात करती हैं, दूसरे के साथ विलास भरी आँखों से ताकती हैं और हृदय में किसी तीसरे के लिए सोचती रहती हैं, ऐसी हालत में इन स्त्रियों का प्रेमपात्र कौन बन सकता है?

इसी आशय की एक और भी कहावत है कि—

खिले हुए गुलाब के समान लाल अधरों से मुस्कराती हुई ये स्त्रियाँ एक के साथ बातें करती हैं और वहीं से खिलती हुई कुमुदिनी के फूल के समान आँखों से किसी दूसरे को ताकती हैं और उसी समय किसी ऐसे पुरुष का हृदय में ध्यान किया करती हैं, जिसके उदार स्वभाव, मनोहर रूप और धन-सम्पत्ति को सुन चुकी हैं। इस दशा में इस कामिनी स्त्रियों का वास्तविक प्रेमपात्र कौन है—यह ठीक से जाना नहीं जा सकता। और भी,

जिस तरह आग कभी लकड़ी से नहीं ऊबती, समुद्र नदियों से नहीं सन्तुष्ट होता, मृत्यु सभी जीवों को मार कर भी नहीं शान्त होता, उसी तरह स्त्रियाँ भी कभी पुरुषों से नहीं सन्तुष्ट होतीं।

एकान्त नहीं मिलता, मौका नहीं रहता, कोई चतुर प्रार्थी नहीं मिलता, इसी से किन्हीं-किन्हीं स्त्रियों में सतीत्व की भावना पैदा हो जाती है।

जो मूर्ख किसी स्त्री के बारे में यह मान बैठता है कि 'यह मेरे ऊपर अनुरक्त है' वह खिलौना के तोते की तरह रात-दिन उसके वश में हो जाता है।

जो मनुष्य इन स्त्रियों की छोटी या बड़ी बातों को मान लेता है या उनका छोटा-

बड़ा कुछ भी काम कर देता है, वह संसार में सब ओर से तुच्छता को प्राप्त होता है।

जो स्त्रियों की खुशामद करता है, उनके समीप आता-जाता है, थोड़ी भी सेवा करता है, उसी को वे बहुत पसन्द करती हैं।

किसी के न चाहने से और परिवार वालों के भय से ही निरंकुश स्त्रियाँ किसी तरह मर्यादा में टिकी रहती हैं।

इन स्त्रियों के लिए कोई भी अगम्य नहीं है और न उमर में ही इनका कोई बन्धन रहता है, रूपवान् और कुरूप का भी कोई सवाल इनके लिए नहीं रहता। बस ये, 'पुरुष हैं' इतना ही मानकर चाहती हैं।

जिस तरह रक्त (लाल रंग की) साड़ी नितम्ब पर पहिनी जाकर और अंचल बन कर स्त्रियों की भोग्य बनती है, उसी तरह रक्त (अनुरक्त, हृदय से प्रेम करने वाला) पुरुष भी उत्कृष्ट प्रेम की दशा में पहुँच कर उनके गाढ़ आलिंगन तथा चुम्बनादि का अधिकारी बनता है।

जिस तरह रक्त (लाल रंग की) अलक्तक (महावर) को खूब निचोड़कर स्त्रियाँ अपने पैरों को रँगती हैं, उसी तरह रक्त (प्रेम करने वाले) पुरुष को भी निचोड़कर (धन, सम्पत्ति, प्रतिष्ठा से रहित कर) पैरों पर गिराती हैं।

इस प्रकार बड़ी देर तक राजा मन में पछताता रहा। उसी दिन से दन्तिल के ऊपर वह अप्रसन्न भी हो गया। यही नहीं, राजमहल में उसके आने-जाने पर भी रोक लगा दी गई। इस प्रकार बिना किसी कारण के राजा को अप्रसन्न देखकर दन्तिल मन में बहुत चिन्तित हुआ। उसने सोचा कि यह बहुत ठीक कहा गया है कि—

इस संसार में धन-सम्पत्ति पाकर घमण्ड किसे नहीं होता? किस विषयी पुरुष को विपत्तियाँ नहीं घेरतीं? स्त्रियाँ किसके मन को नहीं तोड़ देतीं? राजाओं का हमेशा प्रिय कौन रह सकता है? कौन ऐसा जीव है जो काल के वश में नहीं हो जाता? कौन याचना करने वाला गौरव को प्राप्त हुआ है? और कौन भाग्यशाली पुरुष दुर्जनों की माया के लपेट में पड़ कर कुशलपूर्वक बच गया है?

और यह भी तो कहा गया है कि—

कौए में पवित्रता, जुआड़ी में सत्य, सर्प में क्षमा, स्त्रियों में काम-वासना की शान्ति, नपुंसक में धैर्य, शराबी में तत्त्वज्ञान की चिंता और राजा के मित्र को इस संसार में किसने देखा या किसने सुना है?

किन्तु मैंने तो कभी राजा या उनके किसी सम्बन्धी का भी स्वप्न में अपकार नहीं किया है, तो फिर इस तरह क्यों मेरे ऊपर वे अप्रसन्न हो गए हैं। इस तरह की बातें सोचते हुए किसी दिन दन्तिल राजा के द्वार पर खड़ा था कि उसी समय झाड़ू देने वाले गोरम्भ ने हँसकर द्वारपालों से कहा,—"भाई द्वारपालों! ये दन्तिल जी राजमहल में बे-रोकटोक चाहे जहाँ आ-जा सकते हैं, चाहे जिसके ऊपर जुर्माना कर सकते हैं या इनाम दे सकते हैं, तो तुम लोग इनसे जरा सावधान रहना! एक बार इन्हें रोकने के कारण

जैसे मैं गला पकड़ कर निकाला गया हूँ, वैसे ही तुम लोग भी निकाले जाओगे।''

गोरम्भ की इस तरह की ऊटपटांग और व्यंग्यभरी बातों को सुनकर दन्तिल ने मन में सोचा, 'अवश्य यह सब इसी गोरम्भ की करतूत है।' क्योंकि यह बहुत ठीक कहा गया है कि—

जो रात-दिन राजा की सेवा में लगा रहता है, वह चाहे नीचे खानदान का हो, मूर्ख हो या अपमानित ही क्यों न हो, सब जगह पूजित होता है।

कायर और डरपोक मनुष्य भी राजा का सेवक होकर कहीं पराभव या अपमान नहीं प्राप्त करता।

इस प्रकार की अनेक बातें दुःख के साथ सोचता हुआ दन्तिल उस मौके पर बहुत शर्मिंदा हुआ। मानहानि के दुःख से उसका उत्साह ठंडा पड़ गया जिससे तुरन्त ही अपने घर को वापस लौट गया। रात होते ही गोरम्भ को बुलाकर सम्मानपूर्वक दो सुन्दर वस्त्र देते हुए यह बात कही—''महाशय! उस समय मैंने किसी द्वेष से आपको अपमानित करके नहीं निकलवाया था, क्योंकि ब्राह्मणों के आगे अनुचित स्थान पर आप बैठे देखे गये थे, इसलिए अपमानित किये गए। इसके लिए मुझे क्षमा कीजिए।''

गोरम्भ उन दोनों सुंदर वस्त्रों को पाकर बहुत खुश हुआ मानो स्वर्ग का राज्य उसे मिल गया हो। फिर प्रसन्न स्वर में दन्तिल से उसने कहा—''सेठ जी! मैं क्षमा कर रहा हूँ। आपने मेरा जो यह सम्मान किया है, उसके बदले में मेरी बुद्धि का प्रभाव देखिए कि राजा किस तरह फिर आपके ऊपर पहले की तरह प्रसन्न होता है।'' दन्तिल से इस तरह की बातें कर वह सन्तोष के साथ अपने घर वापस चला गया। यह बहुत ठीक ही कहा गया है कि—

थोड़े ही में ऊपर और थोड़े ही में नीचे जाने वाली दुष्ट मनुष्य की मनोवृत्ति और तराजू की डंडी में कितनी अद्‌भुत समानता है!

फिर तो दूसरे दिन बहुत सबेरे ही गोरम्भ राजमहल में जाकर पहले की तरह बुहारी का काम करने लगा। उस समय राजा कपट निद्रा में था। झाड़ू देते हुए गोरम्भ ने कहा—''हमारे महाराज की यह कितनी बड़ी अज्ञानता है कि जो पाखाना फिरते समय भी ककड़ी खाया करते हैं!'' राजा ने उसकी ये बातें सुन लीं। फिर तो आश्चर्य में पड़ कर राजा ने उससे कहा—''अरे गोरम्भ! क्या ऊटपटांग बक रहा है। घर का कामकाज करते हो—यही समझकर तुझे मार नहीं रहा हूँ। क्या तूने इस तरह पाखाना फिरते समय ककड़ी खाते हुए मुझे देखा है?''

गोरम्भ सन्न हो गया। बोला—''देव! जुए में रात भर जागते रहने के कारण झाड़ू देते हुए भी मुझे जबर्दस्त नींद लग रही थी, सो उसी में मैं पता नहीं क्या कह गया? नींद के वश में होने के कारण स्वामी मेरा अपराध क्षमा करें।''

गोरम्भ की बात से राजा ने सोचा—मैंने दूसरे जन्म में भी शायद कभी पाखाना फिरते समय ककड़ी न खाई होगी, सो भी इस मूर्ख ने ऐसी ऊटपटांग बात मेरे लिए

कह दी। तो निश्चय ही इसी तरह दन्तिल के लिए भी कह दिया होगा। मैंने यह ठीक नहीं किया, जो इसी कारण उस बेचारे को अपमानित कर दिया। ऐसे अच्छे स्वभाव वाले पुरुष की ऐसी काली करतूत हो भी नहीं सकती। इधर उसके बिना राजकाज भी सब ढीला पड़ गया है। इस तरह की अनेक बातें सोचकर उसने दन्तिल को बुलवाया और अपने पहने हुए वस्त्र तथा आभूषणों को देकर पहले पद पर पुनः नियुक्त कर दिया। इसीलिए मैंने कहा कि जो घमण्ड में आकर उत्तम, मध्यम तथा अधम लोगों के साथ उनकी हैसियत के अनुसार सम्मान का व्यवहार नहीं करता, वह राजा का प्रेमपात्र होकर भी दन्तिल की तरह भ्रष्ट हो जाता है।

करटक की बातें सुनकर संजीवक ने कहा—"महाशय! आपका कहना एकदम सच है। जैसा आपने कहा है, मैं वैसा ही करूँगा। इस तरह संजीवक की स्वीकृति लेने के बाद करटक उसे साथ लेकर पिंगलक के पास गया और बोला—"देव! संजीवक को मैं अपने साथ लिवा लाया हूँ। वे यही हैं। अब इसके बाद आपकी जो आज्ञा हो।" संजीवक भी उसे सादर प्रणाम कर आगे की ओर विनीत मुद्रा में खड़ा रहा। पिंगलक ने भी जब देखा कि संजीवक कोई मामूली बैल नहीं है। विशाल मोटी डील से उसकी सूरत बड़ी भयानक लग रही है तो वज्र के समान तेज और मजबूत नाखूनों वाले दाहिने हाथ को उसके ऊपर फेरते हुए सम्मानपूर्वक कहा—"और तो सब आपका कुशल-मंगल है न? इस निर्जन वन में आगमन कैसे हुआ?"

संजीवक ने भी अपना पूरा किस्सा बतला दिया कि किस तरह वर्धमान से उसका बिछोह हुआ था। सारी बातों को सुन कर पिंगलक ने और अधिक आदर का भाव प्रकट करते हुए कहा—"मेरे मित्र! मुझसे डरने की कोई बात नहीं है। मेरी भुजा रूपी पिंजड़े में सुरक्षित रहकर तुम आज से जो चाहे करो। किन्तु यह भी बात है कि सदा मेरे नजदीक बने रहो। उसकी वजह यह है कि यह बड़ा भयानक जंगल है, इसमें खूंखार जानवरों की भरमार है, बड़े से बड़ा मांसाहारी जानवर भी यहाँ नहीं रह सकता तो फिर घास खाने वाले की तो बिसात ही क्या है?"

संजीवक से ऐसी बातें कर पिंगलक उन सभी जंगली जानवरों को साथ लेकर यमुना के कछार में गया और वहाँ यथेच्छ पानी पीकर उसी वन को लौट आया। फिर तो इसके बाद करटक और दमनक के ऊपर सारे राज्य का भार सौंप कर संजीवक के साथ यह गोष्ठी-सुख का आनन्द लूटने लगा। यह बहुत ठीक ही कहा गया है कि—

अपने आप होने वाली सज्जनों की एक बार की भी संगति कभी पुरानी नहीं होती और न कभी उसका अन्त ही होता है। उसके लिए बार-बार के अभ्यास की भी जरूरत नहीं रहती।

संजीवक निरा बैल ही नहीं था। अनेक शास्त्रों के पढ़ने से उसकी बुद्धि बड़ी तेज थी। इसीलिए थोड़े ही दिनों में उसने मूर्ख और निर्बुद्धि पिंगलक को इस तरह का पण्डित बना दिया कि वह खूंखार जंगली न रहकर पूरा ग्रामीण बन गया। बहुत कहने की क्या जरूरत है? एकान्त में केवल संजीवक और पिंगलक बातें करते हुए दिखाई

पड़ते, बाकी सारे जंगली जीव उनसे दूर जाकर एकसाथ बैठते। यहाँ तक कि करटक और दमनक भी वहाँ न पहुँच सकते। दूसरी यह भी बात हुई कि सिंह के इस तरह पराक्रमहीन होने के कारण शिकार का काम एकदम बन्द हो गया, जिसका फल यह हुआ कि वे सब जंगली जीव जो सिंह के भरोसे ही पर रहते थे, भूख के मारे व्याकुल हो गये और करटक दमनक—दोनों सिआरों का भी यही हाल हुआ। इसलिए वे सब एक दिशा की ओर चले गये। यह ठीक ही कहा गया है कि—

जिससे कोई फल पाने की आशा नहीं रह जाती, ऐसे कुलीन तथा समृद्धिशाली राजा को भी उसके नौकर इस तरह छोड़कर दूसरी जगह चले जाते हैं, जैसे सूखे पेड़ को छोड़कर चिड़ियों का समूह।

और यह भी ठीक कहावत है कि—

अपनी रोजी के छूट जाने से भक्तिमान, उच्च कुल में उत्पन्न तथा सम्मानित सेवक भी राजा को छोड़कर दूसरी जगह चले जाते हैं।

और भी,

जो राजा अपने सेवकों की वृत्ति देने में ठीक समय का ख्याल रखता है, उसके सेवक अपमानित होने पर भी उसे कभी नहीं छोड़ते।

यह बात केवल सेवकों के लिए ही नहीं है। इस संसार में जितने भी जीव हैं वे एक दूसरे को साम-दाम आदि चारों उपायों से खाना चाहते हैं और इसी में उन सबकी जिन्दगी खप जाती है। कहा गया है कि—

सारे देश के ऊपर राजा, व्याधि से पीड़ितों के ऊपर चिकित्सा करने वाले वैद्य, ग्राहकों के ऊपर बनिया और मूर्खों के ऊपर बुद्धिमान, असावधानी रखने वालों के ऊपर चोर, गृहस्थों के ऊपर भिक्षुक, विलासियों के ऊपर वेश्याएँ, सभी लोगों के ऊपर कारीगर, रात-दिन साम, दाम, दण्ड, भेद—चारों नीतियों का फन्दा लगाकर फँसाने की प्रतीक्षा करते रहते हैं और उन्हीं से यथाशक्ति अपनी जीविका प्राप्त कर सुखपूर्वक जिन्दगी बिताते हुए इस तरह प्रतीक्षा करते रहते हैं जैसे कमल बादलों की।

यह भी ठीक ही कहा गया है कि—

सर्प और दूसरे का धन अपहरण करने वाले दुष्ट लोग—इनके मतलब हमेशा सफल नहीं होते। इसी से यह दुनिया टिकी हुई है।

महादेव के गले में लिपटा हुआ सर्प गणेश के वाहन चूहे को खाना चाहता है और उस सर्प को स्वामि कार्तिकेय का वाहन मयूर अपने पेट में रखना चाहता है, हिमालय की पुत्री पार्वती का वाहन सिंह उस मयूर के ऊपर नजर गड़ाए हुए है। इस तरह एक-दूसरे को हड़पने की घटना जब शंकर भगवान के घर में रात-दिन उठी रहती है, तो फिर साधारण लोगों के घर में क्यों न उठे? यह सारी दुनियाँ भी तो उन्हीं की प्रतिकृति है।

फिर तो इस तरह भूख से तड़पते हुए उन दोनों करटक और दमनक नाम के

सिआरों ने जब यह देखा कि स्वामी की कृपादृष्टि भी उन पर से हट गयी है तो आपस में यह सलाह की। दमनक ने कहा—"भाई करटक, अब तो हम लोगों की मुखियागिरी फिर छूटी। देखो न यह पिंगलक अब संजीवक से इस तरह प्रेम करने लगा है कि अपने रोजाना के कामों से भी मुँह मोड़ बैठा है। इसका यह नतीजा हो रहा है कि सभी राजकर्मचारी छोड़ कर चले गए। ऐसी स्थिति में अब क्या करना चाहिए?"

करटक ने कहा—"भाई! यह मालूम है कि वह तुम्हारी बात न मानेंगे, पर अपने ऊपर दोष न लगे, इस दृष्टि से भी स्वामी को यह सब बातें बतलाने की जरूरत है क्योंकि कहा गया है कि—

राजा मंत्री की बात न सुने, तो भी मंत्री का यह कर्त्तव्य है कि अपने दोष पाप से छुटकारा पाने के लिए उसे ठीक स्थिति का ज्ञान करा देना चाहिए, जैसे विदुर ने धृतराष्ट्र को समझाने की विफल कोशिश की थी।

यह भी एक नीति की बात कही गयी है कि—

बुरे मार्ग पर जाने वाले मद में भूले हुए राजा और मतवाले हाथी के रामीप में रहने वाले मंत्री और महावत की ही निन्दा की जाती है।

और यह भी तो है कि तुमने एक घास खाने वाले को स्वामी के समीप लाकर रख दिया। अपने ही हाथ से तुमने अपने ऊपर अंगार खींच लिया।"

दमनक ने कहा—"भाई! तुम ठीक कह रहे हो। यह सब मेरा ही दोष है, स्वामी का इसमें कोई अपराध नहीं है।

एक किस्सा कहा गया है कि—

हुडु[1] की लड़ाई से सियार, आषाढ़भूति से हम और पराये काम से दूती—ये तीनों दोष अपने ही से हुए।"

करटक ने कहा—"यह कैसा किस्सा है?"

उसने कहा—

[4]

एक निर्जन स्थान में किसी का एक मठ था। उसमें देवशर्मा नाम का संन्यासी रहा करता था। उस मठ में हमेशा एक न एक साधु वा सत्पुरुष लोग आया करते थे और जाते समय देवशर्मा को भेंट रूप में महीन कपड़े वगैरह दे जाते थे। उनको बेच-बेचकर देवशर्मा मूल्य इकट्ठा करता जाता था। इस तरह थोड़े समय के बाद उसके पास खासा धन जुट गया। धन इकट्ठा हो जाने के बाद देवशर्मा किसी पर भी विश्वास न रखता। रात-दिन उसे एक पोटली में बाँधकर काँख में दबाये रखता। धन के बारे में यह ठीक ही कहा गया है कि—

---

1. एक कोई जंगली जानवर

इस धन के कमाने में कष्ट होता है, जो कमा कर इकट्ठा किया जाता है, उसकी रक्षा में कष्ट होता है, जोड़ने और खर्च करने में कष्ट होता है। इस अनेक कष्ट देने वाले धन को धिक्कार है।

इसके बाद एक बार कभी आषाढ़भूति नाम के एक धूर्त और ठग ने देवशर्मा की काँख में बँधी हुई उस पोटली को देखकर समझ लिया कि इसमें द्रव्य रहता होगा। उसका काम ही यही था कि वह रात-दिन दूसरे का माल मारता। उसने अपने मन में सोचा कि किस तरीके से इस पोटली को मैं अपने हाथ में करूँ। इस मठ में पत्थर की बड़ी-बड़ी सिल्लियाँ लगी हुई हैं, जिससे नकब भी नहीं लगाई जा सकती। अधिक ऊँचाई पर होने के सबब से द्वार से भी प्रवेश नहीं हो सकता। तो ठीक उपाय यही है कि अपनी छलभरी मीठी-मीठी बातों से इस पर अपना विश्वास जमाऊँ और इसकी शिष्यता स्वीकार करूँ। तब फिर आगे चलकर कभी यह पूरा विश्वास करने लगेगा, उस स्थिति में यह पोटली हथिआने में मुश्किल न होगी; क्योंकि कहा गया है कि—

जो निःस्पृह रहता है, वह किसी विषय का अधिकारी नहीं हो सकता, जो काम-वासना से रहित है उसे गहनों में कोई मुहब्बत नहीं रहती, जो मूर्ख रहता है, वह कभी प्रिय वचन नहीं बोल सकता तथा जो साफ-साफ दिल की सब बात कह देता है वह ठग नहीं होता।

मन में ऐसा निश्चय बना कर उसने देवशर्मा के समीप जाकर 'ॐ नमः शिवाय' कहकर साष्टांग प्रणाम किया और आदर सहित यह निवेदन किया—भगवन्! इस संसार में असलियत कुछ नहीं है। पहाड़ी नदी की धारा के समान चंचल यह जवानी है। तिनके की आग के समान थोड़ी ही देर में बुझ जाने वाली यह जिन्दगी है। ये भोग-विलास बाहर से सुन्दर दिखाई पड़ने वाले, किन्तु मिथ्या और हानिकारक शरत्काल के बादलों की छाया के समान हैं। मित्र, पुत्र-स्त्री तथा परिवार का सम्बन्ध स्वप्न के समान झूठे हैं, मैंने इन सब बातों को अच्छी तरह से समझ लिया है। अब कौन ऐसा उपाय है जिससे मैं इस संसार-सागर से पार हो सकूँ?

अतिथि की ऐसी विरागभरी बातें सुनकर देवशर्मा के मन में उसके लिए बहुत आदर बढ़ गया और विनम्र स्वर में उसने कहा—"वत्स! तुम धन्य हो, जो चढ़ती ही जवानी में इस तरह का वैराग्य पैदा हो गया है। ठीक कहा गया है कि—

जो पहली उमर में शान्त रहता है, वही वास्तव में शान्त स्वभाव वाला है; क्योंकि जब शरीर का सारा तेज (धातु) नष्ट हो जाता है, तब शान्ति किसके मन में नहीं आ जाती।

बुढ़ापा पहले सज्जनों के चित्त में आता है और पीछे शरीर में आता है, किन्तु जो असज्जन, नीच लोग होते हैं, उनके पहले शरीर में आता है और चित्त में तो कभी भी नहीं आता।

अगर तुम मुझसे यह भवसागर को पार करने का उपाय पूछ रहे हो, तो सुनो।

शूद्र हो या कोई दूसरी जाति हो अथवा चाण्डाल ही क्यों न हो, अगर जरा प्राप्त कर शिव के मंत्र से दीक्षित होकर अंगों में भस्म रमाता है, तो वह साक्षात् शिव होता है। 'ॐ नमः शिवाय' इस छः अक्षरवाले मंत्र का उच्चारण कर जो एक भी पुष्प शिवलिंग के ऊपर देता है, तो पुनः दूसरा जन्म नहीं धारण करता।

देवशर्मा की उपदेशभरी बात को सुनकर आषाढ़भूति ने उसके दोनों पैरों को पकड़कर आदरपूर्वक विनीत स्वर में कहा—"भगवन्! अगर ऐसी बात है, तो दीक्षा-दान कर मेरे ऊपर अनुग्रह कीजिए।"

देवशर्मा ने कहा—"वत्स! मैं तुम्हारे ऊपर अनुग्रह तो अवश्य करूँगा, मगर रात को तुम इस मठ में नहीं आ सकते। उसकी वजह यह है कि वैरागियों के लिए अकेले रहने की बड़ाई की गई है। तुम्हारे और हमारे दोनों के लिए अकेले रहना ठीक होगा; क्योंकि कहा गया है कि—

बुरे मंत्री की सलाह से राजा, संग से वैरागी, अधिक प्यार करने से बेटा, बिना पढ़ने-लिखने से ब्राह्मण, बुरे पुत्र से कुल, दुष्टों की संगति से शील, प्रेम की कमी से मित्रता, अनीति पर चलने से ऐश्वर्य, सदा परदेश में रहने से स्नेह, गर्व करने से स्त्री, देखभाल न करने से खेती तथा त्याग एवं असावधानी से धन का विनाश हो जाता है।

तो ऐसी हालत में दीक्षा मंत्र लेने के बाद मठ के द्वार पर पड़ी हुई छप्पर में तुम्हें सोना पड़ेगा।"

उसने कहा—"भगवन्! आपकी जो भी आज्ञा होगी, सब मान्य है; क्योंकि उसके पालन का श्रेय तो परलोक में मुझे मिलेगा।"

इसके बाद सोने की इस शर्त को मान लेने के बाद देवशर्मा ने अनुग्रह करके उसको अपना शिष्य बना लिया। वह भी अपने गुरु को हाथ-पैर दबा कर तथा अन्य सब तरह की सेवाएँ कर करके प्रसन्न करने लगा। लेकिन इन सब बातों के होने पर भी देवशर्मा कभी उस धन की पोटली को काँख से बाहर नहीं रखता था। इस तरह जब कुछ अधिक समय बीत गया तो आषाढ़भूति ने सोचा कि 'यह तो बड़ी कठिनाई है कि वह मेरा विश्वास किसी तरह कर ही नहीं रहा है। तो क्या अब दिन ही में इसे हथियार से मार डालूँ या विष देकर मारूँ या पशु की तरह गला घोंट कर मारूँ।' इस तरह की बातें आषाढ़भूति सोच ही रहा था कि इसी बीच में पड़ोस के गाँव से देवशर्मा के किसी शिष्य का एक पुत्र भोजन का निमंत्रण देने आ गया। उसने कहा—"भगवन्! मेरे घर पर आज जनेऊ का उत्सव है, उसमें सम्मिलित होने के लिए कृपया हमारे घर पर पदार्पण कीजिए।" उसके निमंत्रण को स्वीकार कर देवशर्मा आषाढ़भूति के साथ बड़ी खुशी से रवाना हुआ। बीच रास्ते में एक नदी पड़ती थी। नदी को सामने देख कर देवशर्मा ने धन की पोटली को काँख से छोड़ कर अपनी गुदड़ी के बीच में सब छिपाकर रख दिया और खुद जाकर नदी में स्नान किया। फिर देवपूजा करने के बाद आषाढ़भूति से यह कहकर कि 'बेटा आषाढ़भूति! जब तक मैं पाखाने से लौटता हूँ, तब तक तुम योगेश्वर की इस गुदड़ी की सावधानी से रखवाली करना', देवशर्मा

पाखाने से निबटने के लिए चला गया। इधर आषाढ़भूति ने जब देखा कि वह आँख से ओझल हो गया है, तो पोटली को उठाकर जल्दी से रवाना हो गया। देवशर्मा अपने अनन्य छात्र आषाढ़भूति के गुणों पर बहुत प्रसन्न था, इसलिए इतमीनान करके पाखाने के लिए जब बैठा, तब सामने सोने के समान पीले वर्णवाली भेड़ों के गिरोह में दो भेड़ों की लड़ाई देखने लगा। वे दोनों भेंड़ मारे क्रोध के टक्कर लेने के बाद दूर तक हट जाते थे और फिर वहीं से क्रोध से दौड़ कर जोरों का टक्कर लगाते थे। उनके मस्तक से खून की धारा बह चली थी। एक सिआर अपनी जीभ की चंचलता से विवश होकर उस लड़ाई की भूमि में खून चाटता था। देवशर्मा ने यह दृश्य देखकर सोचा कि 'यह सिआर कितना मूर्ख है! अगर कहीं यह इन दोनों के बीच में आ जाय तो निश्चय ही काल के गाल में चला जाय।' इस तरह देवशर्मा के सोचने के थोड़ी ही देर बाद अधिक खून चाटने की लालच से सिआर बीच में घुस आया। दोनों के शिर की कठोर चोट से एक साथ ही घायल होकर मर गया। देवशर्मा यह सब तमाशा देखता रहा। थोड़ी देर बाद उसे अपनी पोटली की याद आई और तब धीरे-धीरे वहाँ से रवाना हुआ। लेकिन सामने आने पर भी जब आषाढ़भूति वहाँ नहीं दिखाई पड़ा तो उसकी उत्सुकता बढ़ गई और शीघ्रता से पवित्र होकर गुदड़ी के पास पहुँचा। लेकिन जब गुदड़ी उठा कर देखता है कि पोटली का कहीं कुछ पता नहीं है तब तो फिर 'हाय, मैं लुट गया', ऐसा विलाप करते हुए जमीन पर बेहोश होकर गिर पड़ा। थोड़ी देर बाद उसे जब होश आया तब फिर उठकर प्रलाप करते हुए कहने लगा—"अरे आषाढ़भूति! मुझे ठगकर तू कहाँ चला गया? मेरी बातों का जवाब तो दे!" इस तरह बड़ी देर तक विलाप करते रहने के बाद उसके पैरों के निशानों को ढूँढ़ता हुआ धीरे-धीरे आगे चला। इस तरह चलते-चलते वह सायंकाल के समय एक गाँव में पहुँचा। उस गाँव से एक कलवार अपनी स्त्री के साथ मदिरा पीने के लिए समीपवाले गाँव को जा रहा था। देवशर्मा ने उसे देखकर बुलाया—महाशय! इस सूर्यास्त के समय मेहमान के रूप में मैं तुम्हारे पास आया हूँ। इस गाँव में मैं किसी को पहचानता भी नहीं। तो फिर हमारे खाने-पीने का प्रबन्ध कर अपने अतिथि-धर्म का तुम्हें पालन करना चाहिए; क्योंकि कहा गया है कि—

गृहस्थों के घर पर सूर्यास्त होने के समय जो अतिथि पहुँच जाता है, उसकी पूजा करने वाले देवत्व को प्राप्त करते हैं।

और यह भी तो कहा गया है कि—

तृण, भूमि, जल और सत्यप्रिय वचन—ये चारों चीजें दरिद्र होने पर भी सत्पुरुषों के घर को कभी नहीं छोड़तीं। मतलब यह है कि अगर घर में कुछ न हो तो भी अतिथि का तिनके की चटाई या जमीन, पीने के लिए पानी तथा सत्य मृदु वचन से ही स्वागत करना चाहिए।

क्योंकि कहा गया है कि अतिथि का स्वागत करने से अग्नि देवता, आसन देने से इन्द्र, पैर धोने से पितरगण तथा अर्घ देने से भगवान शंकर प्रसन्न होते हैं।

कलवार ने देवशर्मा की बातों को सुनकर अपनी स्त्री से कहा—"प्रिये, तुम

अतिथि महाशय को लेकर घर पर चलो और उनका पैर धुलवाकर सत्कारपूर्वक खाने-पीने और सोने का सब प्रबन्ध कर वहीं रहो। और मैं तुम्हारे लिए वहाँ से खूब अधिक शराब लेता आऊँगा।'' स्त्री से यह बात कह कर वह शराब लेने दूसरे गाँव की ओर चला गया और उसकी स्त्री, जो बड़ी व्यभिचारिणी थी, अतिथि को साथ लेकर मुस्कुराती हुई घर को लौट पड़ी। उसकी एक देवदत्त नाम के किसी मनुष्य से छिपी दोस्ती थी। इसलिए लौटते समय मन में देवदत्त का ध्यान कर उसे बड़ी खुशी हो रही थी। व्यभिचारिणी स्त्रियों के लिए यह कहावत बहुत ठीक ही कही गई है कि—

बरसात के दिनों में, जबकि आसमान में बादलों की घनघोर काली घटाएँ घिरी हुई हों, रात के घोर अँधेरे में नगर की गलियों का आना-जाना बन्द-सा हो गया हो, पति विदेश चला गया हो, उस दशा में चंचल जांघों वाली (छिनाल) स्त्रियों को बड़ा मजा आता है।

और यह भी उनके लिए ठीक ही कहा गया है कि—

वे व्यभिचारिणी स्त्रियाँ, जो पति की चोरी से दूसरे लोगों के साथ अपनी काम-वासना को पूरी करने के लिए ललचाया करती हैं, मनोहर पलंग पर बिछाये गये सुन्दर बिस्तरों को तथा मन के अनुकूल चलने वाले पति को तृण के समान मानती हैं, अर्थात् उनका सन्तोष अपने पति से ऐसी दशा में भी कभी नहीं होता।

जो कुलटा स्त्रियाँ होती हैं उन्हें पति से काम-वासना की कोई तृप्ति नहीं मिलती, क्योंकि लज्जा के कारण उनकी मनमानी रति क्रीड़ा जल (नष्ट हो) जाती है, शृंगारों से हड्डियों में जलन होती है, पति के प्रिय वचन कटु लगते हैं, इस तरह उन्हें सन्तोष की कोई चीज नहीं मिलती।

इसलिए जो कुलटाएँ दूसरे पुरुषों के साथ फँस जाती हैं, वे खानदान का नाश, लोकनिन्दा, बन्धन (दण्ड) तथा जिन्दगी के बड़े से बड़े खतरे को भी अंगीकार कर लेती हैं, इनकी उन्हें तनिक भी चिन्ता नहीं रहती।

घर पर आकर उस कलवार की स्त्री ने देवशर्मा के लिए एक बिना बिछौने की टूटी चारपाई देकर कहा—''महाराज! हमारे पिता के गाँव से हमारी एक सखी यहीं आई हुई हैं, मैं उनसे भेंट करके जल्दी ही लौटती हूँ। कृपा करके तब तक हमारे घर की खबरदारी रखिएगा।'' देवशर्मा से इस तरह की बातें बनाकर देवदत्त के पास जाने के लिए वह खूब सुन्दर वस्त्र और गहनों को पहनकर जब तक सज-धज कर आगे बढ़ी तब तक उसका शराबी पति सामने से आता हुआ दिखाई पड़ा। वह उस समय शराब के नशे में बदमस्त हो रहा था। सारे अंग खुमारी से विह्वल हो रहे थे। पैर इधर-उधर डगमगा रहे थे, हाथों में स्त्री के लिए शराब से भरा हुआ एक बरतन था। उसे सामने से आता हुआ देखकर वह बड़ी शीघ्रता के साथ लौट पड़ी और घर में जाकर सब वस्त्रों और गहनों को उतार कर पहले की तरह बन कर बाहर निकली। शराबी कलवार ने दूर से ही उसे जल्दी में घर लौटते देख लिया था और उसके बनाव-सिंगार पर भी उसकी नजर पड़ चुकी थी। इसके पहले उसकी शिकायतें उसके कान में पड़ चुकी थीं

और तभी से उसका दिल भी जला हुआ था, लेकिन मौका ढूँढ़ने के ख्याल से वह सब बातें मन में छिपाये हुए था। आज उसकी इस करतूत को देखकर उसे सुनी हुई बातों पर विश्वास हो गया। फिर तो मारे गुस्सा से उसका शरीर काँपने लगा। घर में जाकर उसने पुकार कर कहा—"अरे पापिन! छिनाल! कहाँ जा रही थी?"

उसने कहा—"मैं तो तुम्हारे पास से लौट कर कहीं नहीं गई। इस तरह शराब के नशे में अंट-संट क्यों बक रहे हो? खैर ठीक ही कहा गया है कि—

शरीर की विकलता, जमीन पर बार-बार गिरना, जो भी मन में आए सो ही बकना,—सन्निपात ज्वर के ये सारे उत्पात शराब पीने वाले में भी होते हैं।

वारुणी (पश्चिम दिशा तथा शराब) की संगति करके कर (किरण और हाथ) में कँपकँपी, अम्बर (आकाश तथा वस्त्र) का छोड़ देना, तेज की हानि तथा अधिक लालिमा—इन सब अवस्थाओ का अनुभव जब सूर्य को भी होता है, तो मामूली मनुष्य की क्या बिसात?"

अपनी स्त्री की ऐसी उल्टी बातों को सुनकर तथा बनाव-सिंगार में अन्तर देखकर कलवार ने कहा—"छिनाल! तुम्हारी शिकायतें मैं सुन चुका था और आज अपनी आँखों से देखकर उस पर विश्वास भी कर चुका हूँ। रुको, इसका पूरा मजा तुम्हें चखाऊँगा।" ऐसा कह कर उसने एक लाठी से उसे इतना पीटा कि उसका शरीर कई जगह टूट-फूट गया। इसके बाद भी एक मजबूत रस्सी से एक खम्भे में जकड़कर बाँध दिया। शराब पीने के कारण उसका बुरा हाल हो रहा था, थोड़ी ही देर में वह सो गया। इस घटना के थोड़ी ही देर बाद उसकी एक सखी आई, जो जाति की नाइन थी। उसने जब दूर से ही देखा कि उसका पति कलवार सो गया है, तो कहा—"सखि! अरे वह देवदत्त उस जगह पर बहुत देर से तुम्हारी प्रतीक्षा कर रहे हैं। जल्दी चलो।"

उसने कहा—"मेरी दुर्गति नहीं देख रही हो। कैसे चल सकती हूँ? उस मनचले से जाकर यह कह दो कि आज रात में मेरी भेंट नहीं हो सकती।"

नाइन ने कहा—"सखि! ऐसा मत कहो। कुलटाओं का यह धर्म नहीं है। कहा गया है कि—

ऊँटों की तरह ऊँची जगहों पर होने वाले स्वादिष्ट फलों को खाने का जिनका निश्चय इरादा रहता है उनकी सुखभरी जिन्दगी की बड़ाई करनी चाहिए।

हम कुलटाओं के लिए तो यह कहा गया है कि—

जब परलोक के बारे में सन्देह बना ही रहता है कि वह है भी या नहीं और अजीब तरीके की इस दुनियाँ में किसी की लोकनिन्दा होने से बचती नहीं तो दूसरे के साथ भोग-विलास का मजा उड़ाना ही अपने वश की बात है और उसे क्यों न लूटा जाय? ऐसा करने वाले अपनी जवानी का सच्चा सुख लूटते हैं।

और यह भी तो है कि—

अगर सूनसान जगह में संयोग से कुरूप पुरुष भी व्यभिचारिणी स्त्रियों को मिल

जाता है तो भी वे उसी के साथ आनन्द लूटती हैं और अपने सुन्दर पति को बड़ी मुश्किलाहट से भी नहीं पसंद करतीं।''

नाइन की इन बातों को सुनकर कलारिन ने कहा—''अगर ऐसी बात है तो तुम्हीं बताओ कि मैं कैसे जा सकती हूँ? देखो, इन कठोर बन्धनों से बँधी होने के सबब से मैं हिल-डुल भी नहीं सकती। और यह भी एक मुश्किल है जो यह पापी एकदम बगल में सोया हुआ है।''

नाइन ने कहा—''सखि! यह शराब के नशे में बदमस्त है, सो सूर्य उगने के पहले तो उठ नहीं सकता। तो मैं तुम्हें छोड़ देती हूँ। अपनी जगह मुझे बाँध कर तुम चली जाओ और बहुत जल्द देवदत्त की खातिरदारी करके वापस चली आओ।''

कलारिन ने कहा—''सखी! तुम बहुत ठीक कह रही हो।''

इसके बाद नाइन ने अपनी सखी कलारिन को बंधनों से छोड़ दिया और उसकी जगह पर ठीक उसी तरह अपने को बाँध देने के लिए कहा। बँध जाने पर उसने देवदत्त की प्रतीक्षा की जगह बतला कर जल्दी लौट आने के लिए कहा। कलारिन बहुत खुश होकर अपने प्रेमी के पास चली गई और नाइन उसकी जगह पर बँध कर बैठी रही। थोड़ी ही देर बाद कलवार का नशा कुछ कम हुआ और उस समय उसका गुस्सा भी कुछ कम हो गया था। चारपाई पर से उठकर उसने खम्भे के पास जाकर कहा—''कठोर बोलने वाली! अगर तुम आज से हमारे घर से बाहर न निकलो और मुझे कड़ी बातें न कहो तो तुम्हें छोड़ दूँ।'' नाइन को अपनी आवाज पहचानने का डर था, इसलिए उसने कोई जवाब नहीं दिया। इस तरह उसे चुप देखकर कलवार ने गुस्से में अपनी बात कई बार दुहराई। मगर वह जवाब भी कैसे देती? इस तरह बार-बार के कहने पर भी जब उसने कोई जवाब नहीं दिया तो उसका गुस्सा बेहद बढ़ गया और एक तेज चाकू लेकर उसने उसकी नाक काट ली। और कहा—''छिनाल! अभी रुको, अभी क्या, इसका और भी मजा तुम्हें चखाऊँगा। अब तुम्हें फिर खुश नहीं करूँगा।'' इस तरह थोड़ी देर तक बक-झक करने के बाद वह फिर सो गया। भूख से व्याकुल होने के कारण देवशर्मा को नींद कहाँ थी, चारपाई पर पड़े-पड़े वह सारा त्रियाचरित्र देख रहा था। कलारिन भी देवदत्त के साथ भोगविलास का यथेष्ट मजा लूटकर थोड़ी देर बाद अपने घर वापस चली आई और अपनी सखी नाइन से पूछा—''सखी! सब कुशल तो है न? मेरे जाने के बाद तो यह पापी नहीं उठा था?''

नाइन ने उदास स्वर में कहा—''नाक के बिना और सब शरीर ठीक है, यही कुशल समझो। मुझे बहुत जल्द इस बंधन से छुड़ाओ, जिससे यह मुझे देख न सके और मैं अपने घर चली जाऊँ।'' कलारिन ने उसका बंधन छोड़ दिया और वह खुद पहले की तरह अपने को बँधवा कर वहाँ बैठ गई। नाइन अपने घर चली गई। थोड़ी ही देर बाद कलवार की नींद फिर खुली। चारपाई से उठकर फिर उसी के पास जाकर उसने स्त्री से कहा—''छिनाल! क्या अब भी नहीं बोलेगी? क्या फिर कान काट कर इससे भी कठोर दण्ड तुझे दूँ!''

पति की बातें सुन कर कलारिन ने उसकी निन्दा करते हुए कहा—"हे महामूर्ख! इस दुनियाँ में कौन ऐसा जन्मा है, जो मेरे जैसी सती को दण्ड दे सकता है? हे लोक की पालना करने वाले सूर्य, चन्द्रमा, वायु, अग्नि, आकाश, पृथ्वी, जल, यमराज, रात, दिन, दोनों संध्याएँ, धर्म और मेरे हृदय! तुम मनुष्य की सारी करतूतें जानते रहते हो। तो अगर मेरा सतीत्व नष्ट न हुआ हो, मन से भी मैंने कभी किसी पराये पुरुष की ख्वाहिश न की हो तो देवगण मेरी नाक को पहले की तरह सुन्दर बना दें। और अगर मेरे दिल में कभी पराये पुरुष के लिए बुरे भाव हुए हों तो मुझे भस्म कर दें।" ऐसी दुहाई देकर उसने अपने पति से फिर कहा—"हे नीच! देख, मेरे सतीत्व के प्रभाव से मेरी नाक फिर पहले जैसी हो गई।" स्त्री की ऐसी बातें सुन कर कलवार ने एक लुआठी जलाकर उसकी नाक देखी, तो सचमुच वह पहले ही की तरह सुन्दर थी, काटने की उसमें कहीं खरोच भी नहीं दिखाई पड़ी, जबकि नीचे खून की लम्बी धारा बहती हुई दिखाई पड़ी। इस घटना से वह आश्चर्यचकित हो गया। उसने तुरन्त उसके बन्धन ढीले कर दिये और सेज पर ले आकर सैकड़ों खुशामदभरी बातों से खुश किया। देवशर्मा इन सारी घटनाओं को देखकर स्त्रियों के चरित्र को सोच-सोचकर विस्मय में पड़ रहा था। उसने मन में कहा—

स्त्रियाँ वे सारी माया जानती हैं, जो शम्बर, नमुचि, बलि और कुम्भीनस आदि असुरों को मालूम थीं।

ये स्त्रियाँ हँसने वाले के साथ हँसकर, रोने वालों के साथ रोकर तथा अपने ऊपर नाराज रहने वालों के साथ मीठी-मीठी बातें बोल कर मौके पर अपने अनुकूल बना लेती हैं।

असुरों के गुरु शुक्राचार्य तथा देवताओं के गुरु वृहस्पति को जो शास्त्रों की सारी चतुरता मालूम थी, वह स्त्रियों की चतुरता से अधिक कुछ भी नहीं थी। तो फिर ऐसी स्त्रियों की रक्षा कैसे की जा सकती है?

जो स्त्रियाँ हमेशा झूठ को सच और सच को झूठ बतलाती रहती हैं, उन्हें धीर से भी धीर मनुष्य किस तरह सुरक्षित रख सकता है?

दूसरे-दूसरे शास्त्रों में भी स्त्रियों के लिए ऐसा ही कहा गया है कि—

इन स्त्रियों के साथ पुरुषों को बहुत सहवास नहीं करना चाहिए और न इनकी प्रभुता को ही बढ़ने देना चाहिए; क्योंकि ये उन पुरुषों से कटे डैने वाले कौओं के समान खिलवाड़ करती हैं, जिन्हें जानती हैं कि ये हमारे ऊपर जी-जान से अनुरक्त हैं।

ये स्त्रियाँ अपने मनोहर मुख से मीठी-मीठी बातें बोलती हैं, किन्तु तेज चित्त से प्रहार करती हैं। इनकी केवल बातों में मधु रहती है, हृदय में तो हलाहल विष भरा रहता है।

इसीलिए इनके ओठों को पिया जाता है और छाती को मुट्ठी से पीड़ित किया जाता है। जिस तरह मधु के लोभी भ्रमर कमल का रात-दिन पीछा करते रहते हैं, उसी तरह सुख के लेश से वंचित पुरुष भी इन स्त्रियों के पीछे परेशान रहते हैं।

और भी इनके बारे में कहा गया है कि—

ये स्त्रियाँ संशय की भँवर हैं, अविनय याने गुस्ताखी का घर हैं, साहस अर्थात् हिम्मत का नगर हैं, दोषों का खज़ाना हैं, छल-कपट की अँटारी हैं, अविश्वास का खेत हैं। ये सब तरह की माया की इतनी बड़ी पिटारी हैं कि बड़े-बड़े बुद्धिमान और बलवान, श्रेष्ठ बैल रूपी मनुष्यों से भी कठिनाई से ढोयी जाती है। इस दुनियाँ में अमृत से युक्त दिखाई पड़ने वाले इस विषभरी स्त्री रूप यंत्र को धर्म का नाश करने के लिए किसने बनाया?

जिन मृगनैनी स्त्रियों के स्तन की कठोरता, आँखों की चंचलता, मुख का झूठापन, बालों की टेढ़ाई, बोलने की मन्दता, नितम्ब का मोटापा, हृदय की भीरुता, प्रिय के साथ माया से भरी हुई मीठी बातों का प्रयोग—जो सब के सब अवगुण ही अवगुण हैं और गुण माने जाते हैं तो वे फिर मनुष्यों की प्यारी कैसे हो सकती हैं?

ये अपना काम साधने के लिए हँसती हैं, रोती हैं, दूसरों का अपने ऊपर विश्वास करा लेती हैं मगर खुद किसी का विश्वास नहीं करतीं। इसलिए अच्छे खानदान में पैदा होने वाले मनुष्य को चाहिए कि वह इन स्त्रियों को श्मशान के घड़े की तरह दूर ही छोड़ दे।

कंधे पर फैले हुए केसर से भयानक मुख वाले सिंह, चारों ओर मद चूने से शोभायमान बड़े-बड़े हाथी, लड़ाई के मैदान में शूरता दिखाने वाले वीर और बड़े-बड़े बुद्धिमान पुरुष भी इन स्त्रियों के पास पहुँचकर अत्यन्त कायर की तरह हो जाते हैं।

ये स्त्रियाँ पहले तो तब तक प्यार करती हैं, जब तक पुरुष को अपने ऊपर अतिशय अनुरक्त नहीं जान लेती हैं और जब जान लेती हैं कि यह कामदेव के फाँस में फँस गया है तब बंसीं में लगे मांस के टुकड़े में फँसी मछली की तरह उसे ऊपर खींच लेती हैं।

ये स्त्रियाँ समुद्र की लहरों की तरह चंचल स्वभाव की होती हैं और सन्ध्या के बादलों की रेखा की तरह क्षण भर राग-अनुराग (लालिमा) प्रकट करने वाली होती हैं। अपना मतलब पूरा कर लेने पर वे निर्धन पुरुष को इस तरह त्याग देती हैं जैसे आलता के गार लेने पर रुई फेंक दी जाती है।

झूठ बोलना, ढिठाई करना, ढोंग रचना, बेवकूफी करना, अतिशय लोभ करना, अपवित्र रहना और निर्दयीपन करना—ये सब बुराइयाँ तो स्त्रियों के जन्म के साथ पैदा होती हैं।

ये दूसरे को मोहित करती हैं, मतवाला बना देती हैं, ठगती हैं, फटकारती हैं, क्रीड़ा करवाती हैं, शोक सन्ताप में डाल देती हैं, सब कुछ कर डालती हैं; बल्कि कहना तो यह चाहिए कि ये तिरछी आँखों वाली स्त्रियाँ पुरुषों के सीधे और निश्चल हृदय में बैठ करके क्या-क्या नहीं कर डालतीं?

इनारुन के फल की तरह ये स्त्रियाँ बाहर से मन को हर लेने वाली और भीतर

से विष से बुझी हुई होती हैं। पता नहीं, इस तरह की विचित्र स्वभाव वाली इन स्त्रियों की रचना किसने की?

इस प्रकार की बातें सोचते हुए उस घुमक्कड़ साधू की वह रात बड़ी कठिनाई से बीती। और उधर नाक कटी दूती ने अपने घर पहुँच कर सोचा कि 'अब क्या करना चाहिए? किस तरह से इस भद्दी बात को छिपाना चाहिए।' इधर वह इस तरह की बातें सोच रही थी और उधर उसका पति किसी काम से राजा के घर गया हुआ था। सवेरे वापस लौटा। और दरवाजे पर खड़ा होकर गाँववाले यजमानों के अनेक कामों में उलझा होने के कारण उसे जल्दी में बुलाया—"अरे सुनो! जल्दी से मेरा सजाव[1] ला दो। मैं बाल बनाने जा रहा हूँ।" उधर उसकी तो नाक कटी ही थी। उसने घर में बैठे ही बैठे अपना काम बनाने की नीयत से सजाव से केवल एक छूरा निकाल कर उसके सामने फेंक दिया। नाई जल्दी में तो था ही। केवल एक छूरे को देखकर वह गुस्से से भर गया और छूरे को उठाकर उसी के सामने वापस फेंक दिया। नाई का यह करना था कि वह नीच स्वभाव वाली नाइन दोनों हाथों को ऊपर उठाकर जोर से चिल्लाने की इच्छा से घर से बाहर निकल पड़ी और यह कह कर जोर-जोर से चिल्लाने लगी कि "हाय! इस पापी ने मेरे देखते ही सदा अच्छे कामों में लगी रहने वाली मेरी नाक काट ली। मुझे बचाइए, बचाइए।" उसका यह चिल्लाना था कि राजा के सिपाही वहाँ पहुँच गए और उस नाई को अपने डंडों से खूब पीट कर शिथिल करके एक अच्छी रस्सी में बाँध लिया। फिर तो उस नककटी नाइन को साथ लेकर वे न्यायालय में पहुँचे और वहाँ उपस्थित सभासदों से बोले—"श्रीमान् न्यायालय के सभासद्गण! आप लोग इस घोर अपराध का निर्णय करें। इस पापी नाई ने बिना किसी कसूर के इस परम सुन्दरी स्त्री को इस तरह कुरूप कर दिया। अब इसे जैसा उचित हो वैसा दण्ड दीजिए।" राजा के सिपाहियों की बातें सुनकर न्यायसभा के सदस्यों ने कहा—"अरे दृष्ट नाई! तूने क्यों अपनी स्त्री को इस तरह कुरूप कर दिया? क्या इसने किसी पराये पुरुष की इच्छा की थी या तेरे साथ प्राणघात किया था या कोई चोरी की थी। बता, इसका यदि कोई कसूर रहा हो।" पर बेचारा नाई तो चोट से बेहाल था, उसका शरीर बेकाबू हो रहा था, वह कुछ भी जवाब नहीं दे सका। उधर उसे चुप देखकर न्यायसभा के सदस्यों ने कहा—"सच है, सिपाहियों का कहना ठीक है, यह दोषी है। इसी नीच ने इस बेचारी अबला को कुरूप कर दिया।

ठीक ही कहा गया है कि—

अपने कर्मों से डरा हुआ अपराधी पुरुष पाप करने के बाद तेजविहीन हो जाता है। उसकी आँखें सशंकित रहती हैं, गले का स्वर बदल जाता है और मुँह की रंगत उतर जाती है।

और भी,

---

1. छुरा रखने की पेटी

वह लड़खड़ाते पैरों से आता है, उसके मुँह का रंग बदल जाता है, उसके माथे से अधिक पसीना चूने लगता है और वह गद्‌गद कण्ठ होकर बातें बोलता है।

न्याय सभा में पहुँच कर अपराधी पुरुष नीचे की ओर आँखें करके बोलता है। बुद्धिमानों को इन ऊपर कहे गये चिह्नों से यत्नपूर्वक अपराधी का पता लगाना चाहिए।

दूसरा भी,

जो पुरुष अपराध नहीं किये रहता निर्दोष रहता है, वह न्यायालय में पहुँचकर रोष एवं स्वाभिमान से भरी बातें करता है। उसका मुँह प्रसन्नता से खिला रहता है। वह बातें भी साफ-साफ और बिना हिचकिचाहट के करता है और उसकी आँखों में रोष भरा दिखाई पड़ता है।

इन सब कारणों से यह अपराधी दिखाई पड़ रहा है। स्त्री को कुरूप करने के कारण इसे मृत्यु का दण्ड देना उचित होगा। इसलिए इसे शूली पर चढ़ाओ।'' न्यायालय के सदस्यों के इस तरह के निश्चय के बाद नाई को शूली चढ़ाने की जगह पर ले जाते हुए देवशर्मा ने देखा। उसने जाकर न्यायालय के धर्माधिकारियों से कहा—''महानुभाव! यह बेचारा नाई तो अन्यायपूर्वक मारा जा रहा है। सच्ची बात तो यह है जो मैं कह रहा हूँ। सुनिए, हुडु की लड़ाई से सिआर...आदि। देवशर्मा की बातें सुनकर धर्माधिकारियों ने पूछा—''स्वामीजी! यह कैसे?'' फिर तो देवशर्मा ने उन तीनों के वृत्तान्तों को विस्तार से कह सुनाया। उन तीनों के वृत्तान्तों को सुनकर धर्माधिकारी सभासदों ने नाई को शूली से छुड़वा दिया और आपस में सलाह की। ''अहा, बड़ी विचित्र समस्या आ पड़ी है।

''घोर से घोर अपराध करने पर भी ब्राह्मण, बालक, स्त्री, तपस्वी और रोगी—इन्हें मृत्युदण्ड नहीं दिया जा सकता। ऐसे अपराधों में इनका कोई अंग काटा जा सकता है। इनके लिए यही दण्ड विधान है।

तो फिर इस दुष्टा नाइन की नाक तो अपने ही कुकर्मों से कट चुकी है, इसके बाद राजदण्ड यही उचित होगा कि इसके कान काट लिये जायँ।'' धर्माधिकारियों के इस निश्चय पर उस दुष्ट नाइन के दोनों कान भी काट लिये गये। तदनन्तर देवशर्मा भी अपने धननाश के शोक को दूर कर फिर अपने उसी पुराने मठ की ओर चले गये। इसी से मैं कहता हूँ कि 'हुडु की लड़ाई से सिआर आदि।'

करटक बोला—''तो ऐसी विषम परिस्थिति में हम दोनों को क्या करना चाहिए?''

दमनक ने कहा—''भाई! ऐसी विषम परिस्थिति में भी मेरी बुद्धि फड़कती है। मैं अपनी चतुराई से स्वामी के साथ संजीवक का वियोग करा दूँगा; क्योंकि कहा गया है—

धनुर्धर का छोड़ा हुआ बाण किसी एक को मारेगा या नहीं मारेगा, इसमें सन्देह रहता है। लेकिन बुद्धिमान पुरुष की उपजी हुई बुद्धि नायक सहित समूचे राष्ट्र का हनन कर देती है।''

तो मैं कुछ ढोंग रच कर चुपके से उन दोनों को अलग-अलग कर दूँगा।

करटक बोला—"भाई! अगर कहीं किसी तरह तुम्हारे इस ढोंग की बात संयोग से पिंगलक जान ले या संजीवक जान ले तो फिर विनाश ही होगा।"

उसने कहा—"प्यारे भाई! ऐसा मत कहो। गम्भीर बुद्धिवालों को आपत्ति के समय दैव के विपरीत होने पर भी अपनी बुद्धि लगानी चाहिए, उद्यम नहीं छोड़ना चाहिए। कभी तो घुणाक्षर[1] न्याय से बुद्धि का वैभव फैलेगा। कहा भी गया है—

दैव (भाग्य) के विपरीत होने पर भी धीरज नहीं छोड़ना चाहिए। धीरज से कभी तो यह स्थिति प्राप्त करेगा। बीच समुद्र में जहाज के टूट जाने पर भी दूर की यात्रा करने वाले बटोही अपने जीवन-रक्षा से विरत नहीं होते, वे तैरते रहते हैं।

और भी—

लक्ष्मी सदा उद्योग में लगे रहने वालों को प्राप्त होती है। 'भाग्य ही खराब है, भाग्य ही ऐसा है', इस तरह की निराशा भरी बातें तो कायर लोग कहते हैं। भाग्य को खतम करो और अपनी शक्ति भर पौरुष दिखलाओ। यत्न करने पर भी यदि सफलता नहीं मिलती तो इसमें कौन दोष है, यह ढूँढ़ना चाहिए और फिर उसे दूर करना चाहिए।

ऐसी नीति की बातें मैं जानता हूँ। अपनी गम्भीर बुद्धि के सहारे से मैं ऐसा तिकड़म लगाऊँगा कि उन दोनों को भी पता नहीं चलेगा और उनका आपस में साथ भी छुड़ा दूँगा।

कहा भी गया है कि—

अच्छी तरह रचे गये ढोंग का भेद ब्रह्मा भी नहीं पा सकते। इसी ढोंग के सहारे कौलिक ने विष्णु का रूप धारण कर राजकन्या के साथ भोग किया।"

यह कैसी बात है?

उसने कहा—

[5]

किसी नगर में एक कौलिक और एक बढ़ई रहता था। वे आपस में मित्र थे। लड़कपन से ही वे दोनों साथ-साथ रहते थे। उनमें इतना अधिक प्रेम था कि वे हमेशा एक साथ एक ही जगह रहते थे। इसी तरह उनकी जिन्दगी के दिन आराम से बीत रहे थे।

एक बार उसी नगर के एक देव-मन्दिर पर बहुत बड़ा मेला लगा। उस बड़े मेले

---

1. घुन जब काठ में लगे होते हैं तो कभी-कभी उनके खाये हुए खोखले स्थानों में क, ख आदि अक्षरों की आकृति बन जाती है। उसे घुणाक्षर न्याय कहते हैं अर्थात् संयोगवश असम्भव बात भी कभी-कभी सम्भव हो जाती है।

में बहुत से नाचने-कूदने वाले, नट और चारण आए हुए थे, जिनका तमाशा देखने के लिए अनेक दूर देशों के लोग भी आए थे। उस मेले में घूमते हुए उन दोनों साथियों ने एक परम सुन्दरी राजा की कन्या को देखा, जो एक सुन्दर हथिनी पर चढ़ी हुई उस मेले में देव दर्शन के लिए आई हुई थी। उस राजा की कन्या के दोनों ओर अन्तःपुर में सदा साथ रहने वाले कंचुकी (वृद्ध ब्राह्मण) और वर्षवर (नपुंसक) भी बैठे हुए थे। उस सुन्दरी राजकन्या को देखते ही वह कौलिक एकाएक काम के वाण से इस तरह विह्वल होकर पृथ्वी पर गिर पड़ा, जैसे उसे कोई विष व्याप्त हो गया हो या किसी भूत ने उसे जकड़ रखा हो। अपने मित्र को इस अवस्था में देखकर रथकार उसके दुःख से बहुत दुःखी हुआ और वहाँ उपस्थित सभ्य लोगों की सहायता से उसे जमीन से उठाकर अपने घर ले आया। वहाँ लाकर उसने अनेक चिकित्सकों की राय से बहुत-सी ठंडी औषधियाँ उसे दीं और मंत्रतंत्र जानने वालों की राय से विविध टुटके किये, जिससे किसी तरह वह होश में आया। कौलिक के होश में आने पर रथकार ने पूछा—"हे मित्र! तुम एकाएक इस तरह बेहोश क्यों हो गए? अब अपने मन की बात मुझे बताओ।"

उसने कहा—"भाई! यदि तुम पूछ ही रहे हो तो मेरे मन की बातें मुझे अपना अभिन्न मित्र मानते हो तो बस अब मेरी चिता बनाकर मुझे उस पर सुला दो। यही सबसे बढ़कर तुम्हारी कृपा होगी। प्रेम के कारण मैंने जो कुछ अनुचित बातें तुम्हें कभी कही हैं, उन्हें क्षमा करना।"

कौलिक की ऐसी निराशाभरी बातें सुन कर बढ़ई ने आँखों में आँसू भरकर गद्गद स्वर में कहा—"मेरे प्यारे मित्र! तुम्हारी इस गहरी वेदना का जो कारण हो वह मुझे बताओ। जिससे कि यदि संभव होगा तो उसे दूर करने का कुछ प्रयत्न किया जायगा; क्योंकि कहा गया है—

इस चराचर संसार में या इस विशाल ब्रह्माण्ड में जो कुछ भी है, वह औषधि, धन, अच्छे मंत्र और महान् मनस्वियों की बुद्धि के सामने असाध्य अथवा अगम्य नहीं है।

तो यदि इन चारों वस्तुओं में से किसी के द्वारा भी तुम्हारी समस्या हल हो सकती है, तो मैं प्रयत्न करूँगा।"

कौलिक बोला—"मित्रवर! इनसे ही नहीं, ऐसे हजारों उपायों से मेरा दुःख दूर नहीं हो सकता, इसलिए अब मेरी मौत में विलम्ब न लगाइए।"

बढ़ई ने कहा—"अरे भाई! भले ही वह असाध्य हो, फिर भी मुझसे बताइए। जिससे कि मैं भी उसे असाध्य समझ कर तुम्हारे साथ ही अग्नि में प्रवेश करूँ। मैं एक क्षण के लिए भी तुम्हारा वियोग नहीं सहन कर सकता। ऐसा मेरा पक्का निश्चय है।"

कौलिक बोला—"मित्रवर! उस मेले में हथिनी पर चढ़ी हुई जो वह राजकन्या मैंने देखी थी, उसके देखने के बाद से ही कामदेव ने मेरी ऐसी दूरवस्था कर दी है। अब उस कामवेदना को सहने की सामर्थ्य मुझमें नहीं है।

और कहा भी गया है—

मतवाले हाथियों के गण्डस्थल के समान विशाल और चौड़े, केसर से गीले उसके दोनों सुन्दर स्तनों को मैं अपनी दोनों भुजाओं के मध्य में अपनी छाती से दबाकर रतिक्रीड़ा के परिश्रम से थका हुआ एक क्षण के लिए उसके साथ कब सोने का मौका प्राप्त करूँगा?

और यह भी—

विम्बा फल के समान लाल उसके निचले होंठ, कलश के समान सुन्दर स्तन, चढ़ती हुई जवानी, गहरी नाभि, स्वभाव से ही घुँघराले बाल, पतली कमर, उसकी ये मनोहर चीजें ध्यान में आते ही तुरन्त मन को खिन्न बना देती हैं। और उसके दोनों गोरे-गोरे गाल तो मुझे ध्यान में आते ही बार-बार जला रहे हैं यह और भी बुरा हो रहा है।

कामव्यथा से भरी हुई कौलिक की ये बातें सुनकर बढ़ई ने भी मुसकरा कर कहा—"मित्रवर! यदि यही बात है तो फिर सौभाग्य से हमारी अभिलाषा पूरी हो जायेगी। आज ही तुम उसके साथ समागम करो।"

कौलिक बोला—"मित्रवर! उस राजकन्या के जिस अन्तःपुर में वायु को छोड़कर किसी दूसरे का प्रवेश नहीं हो सकता, हमेशा जहाँ राजा के सिपाही रात-दिन पहरा देते रहते हैं, ऐसे दुर्गम स्थान में मेरा उसके साथ किस प्रकार समागम हो सकता है? मुझे आप झूठी बातों में क्यों फँसा रहे हैं?"

रथकार ने कहा—"मेरे मित्र! मेरी बुद्धि का चमत्कार देखो।"

ऐसी बातें कहकर उसने उसी समय वायुज नामक एक हल्के काठ का एक गरुड़ पक्षी बनाया, जिसकी दो बहुएँ थीं। वह गरुड़ कील से उड़ने वाला था। उसी गरुड़ पर उसने शंख, चक्र, गदा, पद्म और मुकुट तथा कौस्तुभ मणि को बनाकर भी यथास्थान जड़ दिया। उसी काष्ठ के गरुड़ पर उसने अपने साथ कौलिक को भगवान् विष्णु के उक्त चिह्नों से चिह्नित कर बैठा दिया और जिस प्रकार कील से वह उड़ता था उसे भी दिखला कर बोला—"मित्रवर! आधी रात को इसी विष्णु के रूप में तुम राजकन्या के उस अन्तःपुर में जाना, जो सात डेवढ़ी के बाद पड़ता है। वहाँ पर वह भोले-भाले स्वभाव वाली अकेली बैठी होगी। वह तुम्हें इस तरह देखकर जान लेगी कि तुम सचमुच भगवान् विष्णु हो। उस समय तुम झूठमूठ की उल्टी-सीधी बातों से उसे खुश करके वात्स्यायन के कामशास्त्र के अनुसार उसके साथ भोग करना।"

कौलिक ने भी अपने मित्र की बातों को सुनकर वैसा ही किया। विष्णु का रूप धारण कर वह उस राजकन्या के पास अन्तःपुर में पहुँच गया और उससे बोला—"राजकुमारी! तुम इस समय सो रही हो या जाग रही हो? मैं तुम्हारे लिए क्षीरसागर से लक्ष्मी को छोड़कर यहाँ आया हूँ। अतः आ जाओ और मेरे साथ भोग करो।"

ढोंगी कौलिक की ऐसी बातें सुन कर आश्चर्य में भरी राजकुमारी अपनी शैय्या से उठ बैठी। उसने देखा कि यह सचमुच गरुड़ पर सवार चतुर्भुज भगवान् विष्णु

कौस्तुभ मणि से अलंकृत हैं। वह बोली—"भगवन्! मैं अपवित्र मनुष्य की पुत्री एक क्षुद्र कीट हूँ और आप तीनों लोकों को पवित्र करने वाले भगवान हैं। संसार आपकी वन्दना करता है, तो फिर यह कैसे हो सकता है?"

कौलिक बोला—"सुन्दरी! तुमने सच कहा, किन्तु मेरी पहली पत्नी राधा नाम से पहले गोप कुल में पैदा हुई थी। वही तुम यहाँ आकर राजकुल में पैदा हुई हो। इसी से मैं यहाँ आया हूँ।"

कौलिक के ऐसा कहने पर राजकुमारी बोली—"भगवन्! यदि ऐसी ही बात है तो आप मेरे पिता जी से कहिए वह बिना किसी हिचकिचाहट के मुझे आपके लिए दे देंगे।"

कौलिक बोला—"सुन्दरी! मैं मनुष्यों के सामने नहीं जा सकता, बातचीत करना तो दूर रहा। तुम गन्धर्व विवाह द्वारा मेरे साथ आकर भोग करो। अगर ऐसा नहीं करती हो, तो मैं शाप देकर तुम्हारे कुल परिवार के साथ तुम्हारे पिता को भस्म कर दूँगा।" ऐसी बातें करके वह गरुड़ से उतर कर राजकुमारी के बाएँ हाथ को पकड़ कर उसे शैय्या पर ले गया। वह उस समय लज्जा और भय से काँप रही थी। इसके बाद तो उसने वात्स्यायन की बताई हुई विधि से उसके साथ भोग-विलास किया और थोड़ी रात्रि बाकी रहने पर सवेरा होते-होते अदृश्य रूप से अपने घर वापस आ गया। इस प्रकार राजकुमारी के साथ भोग-विलास करते हुए उसे कुछ दिन बीत गए। इसके बाद एक दिन कंचुकियों ने राजकुमारी के मूँगे की तरह लाल निचले होंठ में घाव देखकर आपस में सलाह की कि देखो न, कैसी विचित्र बात है जो इस राजकुमारी के शरीर के अंग-प्रत्यंग किसी पुरुष द्वारा सताये हुए की तरह मालूम पड़ रहे हैं। इस प्रकार के सुरक्षित अन्तःपुर में यह व्यभिचार किस प्रकार से सम्भव हो सकता है? अब तो राजा से इसकी चर्चा हमें करनी चाहिए। इस प्रकार का निश्चय कर कंचुकियों ने एक साथ ही जाकर राजा से कहा—"देव! हम कुछ नहीं जानते। पर देख रहे हैं कि सुरक्षित होने पर भी राजकुमारी के अन्तःपुर में कोई पुरुष जाता है। अब श्रीमान् जो चाहे करें।" कंचुकियों की ऐसी बातें सुन राजा बहुत व्याकुल हो गया। वह परम चिन्तित होकर सोचने लगा—

इस संसार में पुत्री पैदा होते ही महान् चिन्ता का कारण बन जाती है। इसे किसे दिया जाय, इस बात को लेकर बड़ा झंझट पैदा होता है। किसी को देने पर भी इसे सुख मिलेगा या न मिलेगा, यह भी खटका हमेशा लगा रहता है। कन्या का पिता होना निश्चय ही एक बड़ा संकट है।

नदियाँ और स्त्रियाँ ये दोनों समान प्रभाववाली होती हैं। इनमें से एक के कुल (किनारे) होते हैं, दूसरे के कुल परिवार होते हैं। नदी अपने जल से कुल को गिराती है और स्त्रियाँ अपने दोष से कुल को गिराती हैं।

यह भी कहा गया है कि—

ये कन्याएँ उत्पन्न होने पर माता का मन हर लेती हैं, सुहृद जनों के शोक के साथ

बढ़ती हैं, दूसरे के अधीन कर देने पर भी अपने पिता और परिवार को मलिन करती हैं। यह कन्या रूपी विपत्ति बड़ी कठिनाई से पार की जाती है।

इस प्रकार बहुत-सी चिन्ता की बातें सोचकर राजा ने एकान्त में अपने रानी से कहा—"देवी! जरा सुनो, ये कंचुकी क्या कह रहे हैं? सचमुच उस पर काल का कोप हुआ है, जो ऐसा कर रहा है?" रानी भी राजा की तमाम बातें सुनकर व्याकुल हो गई। वह शीघ्र राजकुमारी के अन्तःपुर में पहुँच गई। वहाँ उसने देखा कि राजकुमारी के निचले होंठ सचमुच कटे हुए हैं और शरीर में जगह-जगह नाखून के घाव लगे हुए हैं। देखते ही वह बोली—"अरे पापिन! कुल में कलंक लगाने वाली! तूने क्यों इस तरह अपने शील-सदाचार का सत्यानाश किया। कौन ऐसा है जो काल के गाल में जाने का इरादा करके तेरे पास आता है। सच-सच मेरे आगे बोल।" इस प्रकार बढ़े हुए गुस्से से निर्दई बनी माता को देख करके राजकुमारी भय और लज्जा से शिर नीचा करके बोली—"अम्मा! प्रतिदिन रात के समय स्वयं भगवान नारायण गरुड़ पर चढ़कर मेरे समीप आते हैं। यदि तुम असत्य समझती हो तो कहीं छिप कर अपनी आँखों से उन लक्ष्मीपति भगवान् को आधी रात में देखो।"

राजकुमारी की ऐसी बातें सुन कर रानी के अंग-अंग पुलकित हो गये और प्रसन्नता से उसका मुख खिल उठा। वह तुरन्त राजा के पास गई और बोली—"महाराज! आपका सौभाग्य बढ़ रहा है। रोज आधी रात को भगवान विष्णु राजकुमारी के पास आते हैं। उन्होंने गान्धर्व रीति से उसे विवाह लिया है। तो फिर आज रात में झरोखे पर बैठकर हम तुम उन्हें देख सकते हैं; क्योंकि वह मनुष्य योनि के साथ बातें नहीं करते।"

रानी की ऐसी बातें सुनकर राजा बहुत खुश हुआ। उसका वह दिन सौ बरस की तरह किसी तरह कठिनाई से बीता। इसके बाद आधी रात के समय वह रानी के साथ चुपचाप एक झरोखे पर जाकर बैठ गया। ऊपर आकाश की ओर ही उसकी आँखें लगी हुई थीं कि इसी बीच शंख, चक्र, गदा, पद्म आदि से विभूषित जिस तरह विष्णु भगवान कहे जाते हैं, ठीक उसी तरह उनको आकाश से उतरते हुए उसने देखा। फिर तो उसने अपने को अमृत के प्रवाह में निमज्जित की तरह मानकर अपनी रानी से कहा—"प्यारी! मुझसे तुमसे बढ़कर इस संसार में अब कोई दूसरा मनुष्य नहीं है जिसकी कन्या को स्वयं भगवान चाहते हैं। तो फिर अब हमारी सारी इच्छाएँ पूरी होंगी। अब तो मैं अपने दामाद भगवान् के प्रभाव से इस सारी धरती को अपने अधीन कर लूँगा।"

ऐसा निश्चय कर राजा ने अपने समस्त सीमावर्ती राजाओं के राज्य की सीमा का उल्लंघन कर दिया। उन सभी सीमा प्रदेश के राजाओं ने जब देखा कि वह इस प्रकार सबकी सीमा का उल्लंघन कर रहा है, तो एकमत होकर मिल गए और उसके साथ युद्ध ठान दिया। इसी बीच राजा ने रानी के द्वारा राजकुमारी को कहलाया—"बेटी! तुम्हारी जैसी भाग्यवान बेटी और स्वयं नारायण जैसे दामाद के रहते हुए क्या यह उचित होगा कि सभी सीमावर्ती राजा मिलकर अकेले मेरे साथ लड़ाई कर रहे हैं? तो आज तुम स्वामी से ऐसी बातें कहना जिससे वे हमारे शत्रुओं का विनाश करें।"

रानी द्वारा राजा की बातें सुनकर राजकुमारी ने उसी रात को कौलिक से विनयपूर्वक कहा—"भगवान्! तुम्हारे दामाद होते हुए अगर हमारे पिता जी शत्रुओं के द्वारा सताये जा रहे हैं, तो यह उचित नहीं है। कृपापूर्वक इन समस्त शत्रुओं का संहार कीजिए।"

कौलिक ने कहा—"सुन्दरी! ये तुम्हारे पिता के मुट्ठी भर शत्रु कितने हैं ही? विश्वास रखो एक क्षण में मैं अपने सुदर्शन चक्र से इन्हें तिल-तिल करके काट डालूँगा।" इसी प्रकार कुछ दिन बीत गया। शत्रुओं ने राजा को समस्त प्रदेश से बाहर निकाल कर केवल किले की चहारदीवारी में बन्द कर दिया। पर इधर वह राजा, विष्णु रूपधारी उस कौलिक को न जानकर प्रतिदिन कस्तूरी आदि सुगंधित विशेष पदार्थों तथा विविध प्रकार के वस्त्र, पुष्प, नैवेद्य एवं पेय पदार्थों को भेज-भेज कर कन्या के द्वारा कहलवाता—"भगवन्! सवेरे निश्चय ही हमारा यह निवास स्थान भी छीन लिया जायगा। अब तो हमारे पास में भोजन के लिए यव और ईंधन का भी अभाव हो गया है, सभी बचे हुए मेरे सिपाही युद्ध में घाव से घायल हो गये हैं और आगे युद्ध करने में असमर्थ हैं। अधिकांश तो मर भी गए। तो फिर ऐसी संकट की स्थिति को आप जानकर जो भी उचित हो, वह करें।"

राजकुमारी द्वारा राजा का सन्देश सुनकर कौलिक ने भी सोचा, इसका निवास स्थान छिन जाने पर तो राजकुमारी के साथ मेरा भी वियोग हो जायगा। अतः गरुड़ पर सवार होकर मैं सशस्त्र अपने को आकाश में दिखाऊँगा। कदाचित् वे शत्रुगण मुझे देखकर सचमुच विष्णु भगवान् मानकर सशंकित हो जायँ और उस स्थिति में राजा के सैनिकों द्वारा मारे जायँ!

कहा गया है कि—

विष रहित सर्प को भी बड़ा फण निकालना चाहिए। विष हो या न हो, सर्प की बड़ा फण भी तो भय उत्पन्न करने वाला होता है। और अगर स्थान प्राप्त के लिए इस लड़ाई में प्रयत्न करते हुए मेरी मृत्यु हो जायगी तो वह भी अच्छा ही होगा; क्योंकि कहा गया है कि—

गाय के लिए, ब्राह्मण के लिए, स्वामी के लिए, स्त्री के लिए तथा स्थान प्राप्ति के लिए जो प्राण त्यागते हैं, उन्हें शाश्वत लोक की प्राप्ति होती है।

चन्द्रमा के मण्डल में अवस्थित होने पर यदि राहु द्वारा सूर्य ग्रसे जाते हैं, तो शरणागत की रक्षा के प्रयत्न में तेजस्वियों को पड़ने वाली यह विपत्ति भी प्रशंसा की वस्तु है।

मन में ऐसा निश्चय कर बड़े सवेरे दातून करके उसने राजकुमारी से कहा—"सुन्दरी! सभी शत्रुओं के मारे जाने के बाद ही मैं अन्नजल ग्रहण करूँगा, पर तुम अपने पिता से कहो कि सवेरा होते ही लम्बी सेना लेकर लड़ाई प्रारम्भ कर दें। मैं ऊपर आकाश में रह कर ही उन सबको निस्तेज कर दूँगा। फिर पीछे आसानी से वह उन सबको मार डालेंगे। यदि मैं स्वयं उन सबों को अपने हाथों से मारूँ तो उन पापियों को

वैकुण्ठ की प्राप्ति हो जायेगी, जो कि अनुचित होगी। अतः उन्हें निस्तेज होकर लड़ाई का मैदान छोड़कर पीछे भागते हुए मारा जाए कि स्वर्ग भी न जा सकें।''

कौलिक की बातें सुनकर राजकुमारी ने अपने पिता के पास जाकर सब वृत्तान्त कह सुनाया। राजा भी उसकी बात पर पूरा विश्वास कर सबेरे ही उठ बैठा और बची-खुची सेना को अच्छी तरह सुसज्जित करके लड़ाई के लिए बाहर निकल पड़ा। उधर कौलिक ने भी मन में मृत्यु का निश्चय कर हाथ में धनुष बाण लेकर गरुड़ पर सवार होकर आकाश में उड़ते हुए युद्ध के लिए प्रस्थान किया। इसी बीच में भूत, भविष्य और वर्तमान के जानने वाले भगवान विष्णु ने यह चर्चा सुनी। उन्होंने सुनते ही अपने गरुड़ का स्मरण किया। स्मरण करते ही गरुड़ उपस्थित हो गये। भगवान ने हँस कर कहा—''अरे गरुड़! क्या तुम जानते हो उस कौलिक को जो मेरा रूप धारण कर एक लकड़ी के बने नकली गरुड़ पर सवार होकर राजकुमारी के साथ व्यभिचार करता है?''

गरुड़ ने कहा—''भगवन्! उसकी सारी करतूतें मुझे मालूम हैं। तो इस समय क्या करना चाहिए?''

श्री भगवान ने कहा—''आज तो वह कौलिक अपनी मौत पर डट गया है और पक्का निश्चय कर लड़ाई के मैदान में आ गया है। तो फिर यह भी निश्चय है कि वह इस लड़ाई में बड़े-बड़े शूर क्षत्रियों के वाणों से घायल होकर मृत्यु के मुख में चला गया। उसके मर जाने पर सारी दुनियाँ कहेगी कि अधिक संख्या में मिलकर क्षत्रियों ने गरुड़ सहित भगवान् विष्णु को मार डाला। तो फिर इसके बाद लोग हम दोनों की पूजा न करेंगे। तो फिर ऐसी विषम परिस्थिति में तुम बहुत जल्द उस लकड़ी वाले गरुड़ में प्रवेश कर जाओ और मैं भी उस कौलिक के शरीर में प्रवेश करूँगा। और इस तरह वह उन सभी राजाओं के मार डालेगा। और इस तरह उन शत्रुओं की मृत्यु हो जाने पर हम दोनों की प्रतिष्ठा बढ़ जायेगी।'' भगवान् के ऐसा कहने पर गरुड़ ने वैसा ही किया और भगवान् विष्णु भी उस कौलिक के मानव शरीर में प्रविष्ट हो गए। फिर तो भगवान् के ऐश्वर्य और पराक्रम से वह शंख, चक्र, गदा और धनुषधारी कौलिक क्षण भर में खिलवाड़ ही खिलवाड़ में उन समस्त प्रधान शूर क्षत्रियों को निस्तेज कर दिया। फिर तो राजा ने अपनी सेना के साथ लड़ाई में उन सबको पराजित कर दिया। और इस प्रकार अपने समस्त शत्रुओं का सफाया कर दिया। सारे संसार में यह चर्चा तुरन्त फैल गई कि अपने दामाद विष्णु के प्रभाव से इस राजा ने अपने सारे शत्रुओं को मार डाला। उधर कौलिक ने जब यह देखा कि सचमुच सारे शत्रु मारे जा चुके हैं, तो वह भी आकाश से नीचे उतर पड़ा। पर नीचे उतरने पर राजा, मंत्री और पुरवासियों ने उसे देखकर पहचान लिया कि यह तो हमारे ही नगर का कौलिक है। उन सबों ने आश्चर्य में पड़कर पूछा कि 'यह सब क्या मामला है?' उन सबों के पूछने पर उसने भी पहले से लेकर सारा वृत्तान्त कह सुनाया। फिर तो शत्रुओं के विनाश से तेजस्वी और कौलिक के अपूर्व साहस से सुप्रसन्न होकर राजा ने सारी प्रजा के सामने अपनी कन्या का विवाह विधिपूर्वक उसी कौलिक के साथ कर दिया और अपना सारा प्रदेश भी उसे ही सौंप

दिया। कौलिक ने अपनी प्रेयसी राजकुमारी के साथ इस मर्त्यलोक में के पाँचों इन्द्रियों को सुख देनेवाले सर्वस्व विषयभोग का विधिवत् अनुभव कर सुखपूर्वक अपना जीवन बिताया। इसी से कहा गया है कि अच्छी तरह से रचे गए ढोंग का...।''

यह सुनकर करटक ने कहा—''भाई! ऐसा होता है पर फिर भी मुझे बड़ा भय लगता है क्योंकि संजीवक परम बुद्धिमान् है और सिंह महान् क्रोधी है। यद्यपि तुझमें चतुराई भरी हुई है, तब भी मुझे ऐसा लगता है कि तुम पिंगलक से संजीवक का वियोग करा देने में असमर्थ ही रहोगे।''

दमनक बोला—''भाई साहब! आपकी दृष्टि में असमर्थ होकर भी समर्थ ही हूँ; क्योंकि कहा गया है कि—

उपाय से जो काम हो सकता है, वह पराक्रम से नहीं हो सकता। काकी ने सोने के सूत्र से जहरीले काले सांप को मार डाला।''

करटक ने कहा—''यह कैसे?''

उसने कहा—

[6]

किसी स्थान पर एक बहुत बड़ा बरगद का पेड़ था। उसमें एक काक और उसकी स्त्री काकी रहती थी। उसके जब बच्चे पैदा होते थे तब उस पेड़ के खोंढ़रे से निकल कर हमेशा एक काला सांप उन बच्चों को सफाचट कर जाता था। एक बार उन्हें इस दुर्घटना से बड़ा दुःख पहुँचा। वे बहुत दुःखी होकर एक दूसरे पेड़ की जड़ में रहने वाले अपने प्यारे मित्र सिआर के पास गए और बोले—''भाई! इस प्रकार की दुर्घटना में हम दोनों को क्या करना चाहिए? वह नीच काला सांप पेड़ के खोंढ़र से निकल कर हमेशा हमारे बच्चों को सफाचट कर जाता है, तो बताओ उनकी रक्षा का कोई उपाय है?

जिसका खेत नदी के किनारे हो, स्त्री दूसरे से आसक्त हो, सांप वाले घर में निवास हो तो फिर उसका बेड़ा कैसे पार लगेगा?

और भी कहा गया है कि—

सांपवाले घर में रहने से मृत्यु तो निश्चय ही है, क्योंकि जिसके गाँव में सांप रहता है, उसके भी प्राणों का सन्देह रहता है।

''वहाँ रहने से भी हमलोगों के भी प्राणों का सन्देह बना रहता है।''

काक और काकी की विषादभरी बातें सुनकर सिआर ने कहा—''इस विषय में आप लोग तनिक भी शोक न करें। वह नीच लालची सांप बिना किसी विशेष उपाय के न मरेगा।''

शत्रु के साथ उपाय से जिस तरह की जीत मिलती है, उस तरह की शस्त्रास्त्रों द्वारा नहीं मिलती। उपाय जानने वाला अल्पकाय होकर भी बड़े-बड़े शूरवीरों से पराजित नहीं होता।

और भी इस विषय में कहा गया है कि—

अतिशय लोभ के कारण एक बगुला बहुतेरी बड़ी-बड़ी, मंझली-मंझली और छोटी-छोटी मछलियों को खाने के बाद केकड़ा पकड़ लेने के कारण मर गया।

काक और काकी ने पूछा—यह कैसी कहानी है?

[7]

एक जंगली प्रदेश में अनेक जलजन्तुओं से भरा हुआ बहुत बड़ा तालाब था। उसी में एक बगुला रहता था, जो वृद्ध होने के कारण मछलियों के मारने में असमर्थ हो गया था। फिर तो भूख के कारण उसका गला सूख गया और वह उसी तालाब के किनारे बैठकर मोती के गुच्छे की तरह आँसुओं की धारा धरती पर बहाते हुए रोने लगा। उसे रोता देखकर एक केकड़ा अनेक जलजन्तुओं को साथ लेकर उसके दुःख पर सहानुभूति प्रकट करता हुआ आदरसहित समीप आकर बोला—"मामा! आज आप क्यों आहार की चिन्ता नहीं कर रहे हैं। मैं देख रहा हूँ कि आप सिर्फ आँखों में आँसू भरकर गहरी साँसें खींचते हुए यहाँ बैठे हुए हैं।"

उसने कहा—"बेटा! तुमने ठीक ही पहचाना। मैंने तो मछली खाने से अतिशय वैराग्य धारण कर लिया है और उपवास करके प्राण त्याग करने का निश्चय किया है। अतः समीप आने वाली मछलियों को भी मैं नहीं खाता।"

ढोंगी बगुले की ये बातें सुनकर केकड़े ने कहा—"मामाजी! आपके इस वैराग्य का क्या कारण है?"

उसने कहा—"बेटा! मैं इसी तालाब में पैदा हुआ हूँ और अब बुड्ढा हो चला हूँ। सो मैंने ऐसा सुना है कि बारह वर्ष का लगातार सूखा पड़ने वाला है।

कुलीरक ने पूछा—"आपने यह बात किससे सुनी?"

बगुले ने कहा—ज्योतिषी से सुनी। शनिश्चर ग्रह रोहिणी के पास से होकर मंगल और शुक्र ग्रह के समीप जायगा और इस संयोग के बारे में बराहमिहिर ने बताया है कि—

अगर शनिश्चर रोहिणी के कक्ष का भेदन करता है, तो इस धरती पर इन्द्र बारह वर्षों तक वृष्टि नहीं करता।

इसके बारे में और भी कहा गया है कि—

यदि रोहिणी का क्षेत्र शनि द्वारा भेदित है, तो यह धरती पाप से बोझिल हो जाती है। यही नहीं, यह राख और हड्डी के टुकड़ों से आकीर्ण होकर कापालिकों का-सा व्रत धारण करती है।

यही नहीं और भी कहा गया है कि—

यदि रोहिणी का क्षेत्र शनि, मंगल अथवा चन्द्रमा द्वारा भेदित किया जाय, तो इस

अनिष्ट सागर की चर्चा क्या की जा सकती है? ऐसे कुयोग में तो सभी लोक विनाश को प्राप्त हो जाते हैं।

रोहिणी के कक्ष में चन्द्रमा के अवस्थित होने पर संसार के सभी लोग निरुपाय और शरणरहित होकर अपने बच्चों को मार-मार कर खाने वाले बन जाते हैं। सूर्य के भीषण ताप से तप्त जल को पीनेवाले वे बेचारे जहाँ कहीं ठौर पाते हैं, भागते रहते हैं।

तो फिर यह हमारा तालाब तो थोड़े पानी वाला रह गया है, यह तो बहुत जल्द ही सूख जायगा। इसके सूख जाने पर मेरी क्या दशा होगी? जिनके साथ में खेल-कूद कर अब बुड्ढा हुआ हूँ। वे सब बेचारे पानी की कमी से नाश को प्राप्त होंगे। तो फिर उनका ऐसा दुखद वियोग सहने में मैं असमर्थ हूँ। इसी से उपवास करके प्राण त्यागने का विचार किया है। इस समय सभी थोड़े पानी वाले जलाशय के जीव-जन्तु अपने-अपने हितैषियों द्वारा अधिक पानी वाले जलाशयों में पहुँचाये जा रहे हैं। और कुछ बड़े-बड़े मकर, घड़ियाल, नाक सूंस आदि जलचर जन्तु स्वयं निकल-निकल कर अधिक पानी वाले जलाशयों में जा रहे हैं। और यहाँ तो बिल्कुल निश्चिन्तता छाई हुई है। इस तालाब के जलचरों के लिए ही विशेषकर मैं चिन्तित हूँ और उन्हीं के लिए रो रहा हूँ कि उनका बीजमात्र भी यहाँ बाकी नहीं बचेगा, सब के सब खतम हो जायेंगे।''

ढोंगी बगुले की ये बातें सुनकर केकड़े ने अन्यान्य जलजन्तुओं से जा-जाकर उसे सुनाया। केकड़े से यह दुःखदायी संवाद सुनकर उस तालाब में रहने वाले सभी मछली, कछुए आदि जलचरों ने उस ढोंगी बगुले के समीप पहुँचकर कहा—''मामाजी! ऐसा कोई उपाय है जिससे हम लोगों की प्राणरक्षा हो सके?''

बगुले ने कहा—''इसी हमारे तालाब से थोड़ी दूर पर एक अधिक पानी वाला बहुत बड़ा तालाब है, उसमें चारों ओर कमलिनी छाई हुई है। उसके गहरे पानी का तो कुछ पूछना ही नहीं है। अगर चौबीस वर्ष का भी सूखा पड़े तब भी वह नहीं सूख सकता। अगर कोई मेरी पीठ पर आकर बैठेगा तो मैं उसे उस तालाब में पहुँचा दूँगा।''

ढोंगी बगुले की इन भोली-भाली बातों पर वे सभी जलचर विश्वास कर बैठे। उनमें आपस में ही छीना-झपटी होने लगी। कोई कहता—'मामाजी! मुझे पहले ले चलिए।' तो कोई कहता—'भाई साहब, मुझे पहले ले चलिए।' ऐसा कहते हुए वे अधिक संख्या में उस ढोंगी बगुले के इर्द-गिर्द चारों ओर आकर जम गए। बुरी नियत वाला वह बगुला क्रम से उनको पीठ पर बैठा लेता और उस तालाब से थोड़ी दूर पर ले जाकर एक पत्थर की शिला पर पटक देता और मनमाना खाकर फिर उसी तालाब के किनारे आ जाता। यही नहीं, वह उन ले गए जलचरों की झूठी-मूठी संदेश की बातें भी आकर बचे हुए जलचरों को सुनाता, जिससे वे मन में खुश होते। इस तरह रोजाना उसकी जीविका अच्छी तरह चलने लगी।

एक दिन उसी केकड़े ने कहा—''मामाजी! मेरे साथ तो आपकी सभी जलचरों से पहले की स्नेहभरी बातचीत है। फिर मुझे आप वहाँ क्यों नहीं ले चल रहे हैं? मुझे

छोड़ने का क्या कारण है? मेरी प्रार्थना है कि आज आप मेरी ही प्राणरक्षा करें।''

केकड़े की बातें सुन कर नीच बगुले ने सोचा—इतने दिनों तक मछली का मांस खाते-खाते तबियत ऊब गई है तो आज इस केकड़े को मनफेर करने के लिए चटनी के तौर पर चखूँगा।'' ऐसा सोच कर उसने उस केकड़े को अपनी पीठ पर बैठा कर उसी मारने वाली पत्थर की शिला की ओर प्रस्थान किया। उधर केकड़े ने दूर से ही हड्डियों का ऊँचा ढेर देखा जो उस पत्थर की शिला पर पड़ा हुआ था। देखते ही वह मन में जान गया कि यह सब मछलियों की हड्डियाँ हैं। उसने पूछा—''मामा जी! अब कितनी दूर वह तालाब है? मेरे बोझ से आप बहुत थक गए होंगे। तो बताइये कि अभी कितनी दूर आपको इस तरह मुझे ढोना पड़ेगा।''

केकड़े की बात सुनकर उस मूर्ख बगुले ने यह सोचकर कि यह तो जलचर है, जमीन पर चल नहीं सकता, हँस कर जवाब दिया, ''कुलीरक! दूसरा कौन जलाशय तुम जानना चाहते हो? मेरी जीविका का यह एक रास्ता है। इसलिए अब तुम भी अपने अभीष्ट देवता की याद कर लो। तुझे भी मैं इसी पत्थर की शिला पर पटक कर अभी खा जाऊँगा।''

उधर बगुला ऐसा कह ही रहा था कि इधर केकड़े ने अपने मुँह के भयानक दोनों दाढ़ों से कमल की नाल के समान सफेद और कोमल उस बगुले के गले को जकड़ कर पकड़ लिया जिससे वह तुरन्त मर गया।

इसके बाद वह उस बगुले का गला लेकर धीरे-धीरे उस जलाशय के समीप पहुँचा। वहाँ पहुँचने पर सभी जलचरों ने उससे पूछा—''अरे कुलीरक! क्या तुम वापस चले आए, हम सब तो एक-एक क्षण मामा की प्रतीक्षा कर रहे हैं।''

जलचरों के ऐसा पूछने पर कुलीरक ने हँसकर कहा—''अरे! सभी मूर्ख जलचरों को उस झूठ बोलने वाले बगुले ने ठग लिया। उसने इसी सरोवर से थोड़ी दूर पर सबको ले जाकर पटक कर खा डाला है। मेरी आयु शेष थी, जिससे मैंने पहले ही उस विश्वासघाती की बुरी नीयत ताड़ ली। लो यह उसी का गला घोंट कर यहाँ लाया हूँ। बहुत हो चुका, अब तो इससे अधिक भ्रम में नहीं पड़ना चाहिए। अब से हम सभी जलचरों का कल्याण होगा। इसी से मैं कहता हूँ कि ''बहुतेरी बड़ी-बड़ी, छोटी-छोटी मछलियों को खाकर'' इत्यादि।

काक ने कहा—''भाई! तो बताइए न, किस प्रकार वह दुष्ट सांप मृत्यु के मुख में जायेगा?''

सिआर ने कहा—''आप किसी राजा की राजधानी वाले नगर में जाइए। वहाँ किसी असावधान धनिक सेठ या राजा के मंत्री आदि के घर में सोने की जंजीर या हार लेकर उड़ आइए और उसी के खोंढ़र के मुँह पर रख दीजिए, जिससे उसे ढूँढ़ने आने पर वह नीच सांप मारा जायेगा।

सिआर की सलाह मान कर काक और काकी उसी क्षण अपनी-अपनी इच्छा से इधर-उधर उड़ पड़े। फिर तो काकी ने उड़ते हुए एक तालाब पर जाकर देखा कि उसके

बीच में जलक्रीड़ा करती हुई कोई राजघराने की स्त्री जल के किनारे ही अपनी सोने की जंजीर, मोती का हार एवं अन्य वस्त्राभरण रख कर नहा रही है। काकी उनमें से एक सोने की जंजीर लेकर अपने घर की ओर उड़ पड़ी। कंचुकी और वर्षधर आदि रखवालों ने, जो उस रानी के साथ आए थे, सोने की जंजीर ले जाते हुए काकी को देखा। फिर तो वे लाठी-डंडा लेकर बहुत शीघ्रता से उसके पीछे दौड़ पड़े। उधर काकी उस जंजीर को सांप वाले खोंढ़र में फेंक कर बहुत दूर जा बैठी। ढूँढ़ने वाले राजपुरुषों ने उस पेड़ पर चढ़कर जब खोंढ़र को देखा तो वहाँ लम्बा फण फैलाए हुए वह काला सांप बैठा हुआ था। सांप को देखते ही उन्होंने उसे लाठी से पीट कर मार डाला और सुवर्ण की जंजीर को लेकर अपने निवास की ओर प्रस्थान किया। इसके बाद वे काक और काकी परम सुख के साथ निवास करने लगे। इसी से मैं कह रहा हूँ कि उपाय से जो काम होता है...'' इत्यादि। इस संसार में बुद्धिमानों के लिए कुछ भी असाध्य नहीं है।

कहा भी गया है कि—

जिसके पास बुद्धि है उसी के पास बल भी है, बुद्धिहीन के पास बल कहाँ है? वन में रहने वाला मतवाला सिंह एक खरगोश द्वारा मारा गया।

करटक बोला—''यह कैसे?''

उसने कहा—

[8]

एक वन में भासुरक नाम का एक सिंह रहता था। वह बड़ा बली और खूंखार था। वह हर रोज अनेक हिरण, खरगोश आदि जानवरों को मारता था और खा जाता था। उसकी यह आदत कभी बन्द नहीं हुई। एक दिन उस जंगल में रहने वाले हिरण, सुअर, खरगोश आदि जानवर मिलकर उस सिंह के पास गए और बोले—महाराज! आप हर दिन जो बेकार इन तमाम जानवरों का वध करते हैं उससे क्या लाभ? क्योंकि आपकी तृप्ति तो एक ही जानवर से हो सकती है। तो अब हम लोगों के साथ आप एक नियम बना लें ताकि प्रतिदिन एक ही जानवर का भोजन करें। आज से आप के यहाँ बैठे रहने पर हर जाति के जानवरों में से एक-एक आपके भोजन लिए यहाँ आया करेगा। ऐसा नियम हो जाने पर आपकी जीविका भी सुविधा से चला करेगी और हम लोगों का सर्वनाश भी नहीं होगा। अतएव आप राजा के समान न्याय का सहारा लेकर काम करें। कहा गया है कि—

जो बुद्धिमान राजा रसायन औषधि की तरह धीरे-धीरे अपने राज्य का उपभोग अपनी शक्ति के अनुसार करता है, वह परम तुष्टि प्राप्त करता है।

विधिपूर्वक अच्छे मन्त्र (सलाह) के योग से यह रूखी-सूखी और मथी हुई धरती अरणी लकड़ी से उत्पन्न अग्नि की तरह फल प्रदान करती है।

अपनी प्रजा का पालन राजा का प्रशंसनीय धर्म है। स्वर्ग कोश की वृद्धि के लिए

यह परम कारण है और इसी प्रकार प्रजा का पीड़न धर्म नाश, पाप और अपकीर्ति के लिए है।

गोपाल (राजा और अहीर) को अपनी प्रजा के धन और धेनु के दुग्ध का उपभोग धीरे-धीरे पालन-पोषण द्वारा और न्याय वृत्ति द्वारा करना चाहिए।

जो राजा अज्ञान से बकरी की तरह अपनी प्रजा को नष्ट कर देता है, उसकी केवल एक बार तृप्ति हो जाती है, दूसरी बार कभी नहीं।

फल पाने के इच्छुक राजा को प्रयत्नपूर्वक दान, सम्मान आदि के द्वारा अपनी प्रजा का इस तरह पालन करना चाहिए जैसे माली अंकुरों को बढ़ाता है।

दीपक के समान राजा प्रजा से धनरूपी स्नेह (तेल) को ग्रहण करके अपने आन्तरिक दया, धर्मादि गुणों से ही उज्ज्वल कीर्तिवाला दिखाई पड़ता है, किसी दूसरे उपाय से नहीं।

जैसे एक निश्चित समय पर गौ दुही जाती है, उसी तरह पाली गई प्रजा भी समय पर दुही जाती है। सींची हुई लता ही समय पर पुष्प और फल देती है।

जिस प्रकार एक छोटा-सा अंकुर प्रयत्नपूर्वक पाले जाने पर समय आने पर फल देता है, उसी प्रकार सुरक्षित प्रजा भी समय पर फल देती है।

सोना, अन्न, रत्न विविध प्रकार की सवारियों या अन्य जितनी भी वस्तुएँ राजा के पास होती हैं, वे सब प्रजा द्वारा ही राजा को मिलती हैं।

अपनी प्रजा के ऊपर दयाभाव रखने वाले राजाओं की उन्नति होती है, प्रजा के विनाश से उनका भी विनाश होता है, इसमें तनिक भी सन्देह नहीं।

उन जंगली जानवरों की नीतिभरी बातों को सुनकर भासुरक बोला—"अरे भाई! आप लोग सच कह रहे हैं। किन्तु यदि मेरे यहाँ बैठे रहने पर रोज कोई न कोई पशु नहीं आयेगा तो इसे निश्चय समझिए कि मैं फिर सबको मार डालूँगा।"

सिंह से प्रतिदिन एक जानवर स्वयं भेजने की प्रतिज्ञा करके वे सब जंगली पशु बहुत शान्त और निश्चिंत हो गए और वन में निर्भय होकर घूमने-फिरने लगे। प्रतिदिन एक जानवर बारी से सिंह के पास खुद पहुँच जाता। उन जंगली जानवरों में से, चाहे वृद्ध हो, वैरागी हो, शोकमग्न हो, पुत्र और स्त्री के नाश से डरा हुआ हो, कोई भी हो, उस सिंह के भोजन के लिए दोपहर के समय उसके पास पहुँच जाता।

यह नियम जारी था कि एक दिन जाति के क्रम से खरगोश की बारी आ गई। सभी पशुओं ने उससे सिंह के पास शीघ्र जाने की प्रेरणा दी, पर वह अनिच्छापूर्वक धीरे-धीरे चला और मार्ग में उस सिंह की मौत के अनेक उपाय मन में सोचता रहा। इस प्रकार सिंह की बेला बीत गई और इधर खरगोश मन में बहुत व्याकुल हो रहा था। थोड़ी दूर जाकर उसने मार्ग में एक कुआँ देखा। कुएँ के ऊपर ज्यों ही खड़ा होकर उसने नीचे की ओर ताका, त्योंही उसे अपनी परछाईं दिखाई पड़ी। परछाईं देखकर उसने अपने हृदय में विचार किया कि यह तो सुन्दर तरकीब निकल आई। मैं भासुरक को

क्रुद्ध करके अपनी बुद्धि से उसे इस कुएँ में गिरा दूँगा।

मन में ऐसा निश्चय कर वह खरगोश थोड़ा दिन बाकी रहने पर भासुरक के समीप पहुँचा। उधर सिंह भी भोजन की बेला बीत जाने के कारण भूख से परेशान हो रहा था। उसका गला सूख गया था और वह गुस्से से बेकाबू होकर जीभ से निचले होंठों को बार-बार चाटते हुए सोच रहा था कि बस अब सवेरा होते ही मैं इस वन को अपने भोजन के लिए पशुरहित बना दूँगा। इस तरह विचार में सिंह डूबा हुआ था कि इसी बीच खरगोश धीरे-धीरे उसके सामने आया और प्रणाम कर खड़ा हो गया।

खरगोश को सामने आया हुआ देख क्रोध से जला हुआ भासुरक उसे फटकारता हुआ बोला—"अरे नीच! एक तो तू छोटा-सा जानवर आज आया है और दूसरे इस तरह बेला बिता कर आया है। तो इस अपराध पर तुझे तो आज फाड़कर खा ही रहा हूँ। कल सवेरा होते ही तमाम पशुओं को समूल नाश कर दूँगा।"

सिंह की क्रोधभरी बातें सुन कर खरगोश ने विनयसहित कहा—"महाराज! इसमें न तो मेरा कोई अपराध है और न वन के पशुओं का। इसका दूसरा ही कारण है, आप उसे सुनने की कृपा करें।"

सिंह ने कहा—"अरे जल्दी से तब तक कह डाल जब तक मेरी दाढ़ों के नीचे नहीं जा रहा है।"

खरगोश बोला—"महाराज! आज सब पशुओं ने जाति के क्रम से मुझ जैसे तुच्छ पशु को श्रीमान् के भोजनार्थ भेजने का विचार मुझे बताया। अकेला मुझे छोटा समझ कर पाँच खरगोशों के साथ आपकी सेवा में उन्होंने मुझे भेजा था। हम सब आ रहे थे कि बीच रास्ते में एक दूसरे बहुत बड़े किसी सिंह ने अपनी मांद से निकल कर कहा—अरे! तुम सब कहाँ जा रहे हो, अब अपने अभीष्ट देवता का स्मरण करते जाओ।"

मैंने उससे कहा—"हम सब अपने स्वामी भासुरक नामके सिंह के पास उनके भोजन के लिए बताये गये नियम के अनुसार जा रहे हैं।"

तब उसने कहा—"अरे! जब ऐसा है तो फिर अब यह मेरा वन है। अब मेरे साथ सभी पशुओं को ऐसा नियम बनाकर व्यवहार करना पड़ेगा। वह भासुरक चोरी से यहाँ रह रहा है। और यदि वही यहाँ का राजा है तो मैं विश्वास के लिए चार खरगोशों को पकड़ लेता हूँ, तुम जाओ और उसे जल्दी बुला कर ले आओ। और अब हम दोनों में अपना पराक्रम दिखाकर जो राजा होगा वही इन सबको खायगा। तो महाराज! मैं उसी की आज्ञा से श्रीमान् के समीप आया हूँ। यही मेरे भोजन की बेला बिता कर आने का कारण है। अब इस बात पर महाराज जो चाहें करें?"

खरगोश की बातें सुन कर भासुरक ने कहा—"भाई! जब ऐसी बात है, तो तुम तुरन्त मुझे उस चोर सिंह को दिखाओ, जिससे आज पशुओं के ऊपर होने वाले अपने क्रोध को मैं उसके शिर पर उतारूँ और शान्त बनूँ; क्योंकि कहा गया है कि—

भूमि (राज्य), मित्र और सोना—यही तीन युद्ध के फल रूप में प्राप्त होते हैं।

यदि इन तीनों में से एक के भी मिलने की संभावना न हो, तो बुद्धिमान को कभी युद्ध नहीं करना चाहिए।

जिस युद्ध में अधिक लाभ की आशा न हो अथवा जिसमें पराजय ही हाथ आए, बुद्धिमान् को ऐसा युद्ध कभी नहीं करना चाहिए।''

खरगोश बोला—''स्वामी! यह सच है। किन्तु अपनी धरती के लिए तथा अपने अपमान के लिए क्षत्रिय लोग युद्ध करते हैं। किन्तु वह सिंह अपने किले में है; क्योंकि उसी से निकल कर उसने हम सबको घेरा था। तो ऐसी स्थिति में किले में रहने वाले शत्रु को कठिनाई से जीता जा सकता है, क्योंकि कहा गया है कि—

हजारों हाथियों से तथा लाखों घोड़ों से राजाओं का जो काम सिद्ध होता है, वह केवल एक किला होने से सिद्ध हो जाता है।

किले की चहारदीवारी पर स्थित धनुषधारी वीर अकेला होकर भी सैकड़ों को मार गिराता है। इसी से नीतिशास्त्र में प्रवीण लोग किले की बड़ी प्रशंसा किया करते हैं।

प्राचीन काल में हिरण्यकशिपु के डर से डरे हुए देवराज इन्द्र ने गुरु वृहस्पति की आज्ञा से विश्वकर्मा द्वारा किले की रचना की थी।

उन्होंने यह वरदान दिया था कि जिस के पास किला है, वही राजा है, जिसके पास सहस्र किले होंगे, वही इस धरती पर सबका विजेता बनेगा।

जिस प्रकार बिना दाँतों का सांप और बिना मद का हाथी सबके वश में हो जाता है, उसी प्रकार किला न होने से राजा भी सबके वश में हो जाता है।

खरगोश की नीतिभरी बातें सुनकर भासुरक ने कहा—''भाई! किले में रहने पर भी उस चोर सिंह को तुम मुझे दिखाओ, जिससे मैं उसे तुरन्त मारूँ। कहा गया है कि—

पैदा होते ही जो शत्रु को और रोग को शान्त नहीं कर देता, वह महा बलवान् होकर भी बढ़ जाने पर उन्हीं से मारा जाता है।

और भी,

अपना कल्याण चाहने वाला उठते हुए शत्रु की कभी उपेक्षा न करे। बुद्धिमानों ने वृद्धि प्राप्त करने वाले शत्रु और रोग को समान बताया है।

और भी सुनो,

असावधानी के कारण अपने घमण्ड में चूर रहने वालों के बिल्कुल मामूली शत्रु भी पहले साध्य होकर बाद में व्याधि की तरह असाध्य बन जाते हैं।

और भी कहा गया है कि—

जो अपनी शक्ति का अन्दाजा लगाकर मान और उत्साह करता है, वह अकेला होकर भी बहुतेरे शत्रुओं का इस तरह नाश कर देता है, जैसे अकेले परशुराम ने क्षत्रियों का।

खरगोश बोला—''महाराज! ऐसा होता है। फिर भी मैंने उसे बहुत बलशाली

देखा है। तो फिर स्वामी को उसकी शक्ति का अन्दाजा बिना किये उसके पास नहीं जाना चाहिए; क्योंकि कहा गया है कि—

जो अपनी और अपने शत्रु की शक्ति का अन्दाजा किये बिना शत्रु पर चढ़ाई करता है, वह अग्नि में पतिंगों की तरह नाश को प्राप्त होता है।

जो बलवान होकर भी अपने से बली शत्रु के ऊपर मारने के लिए चढ़ाई करता है वह अपमानित होकर दाँत टूटे हाथी के तरह निराश होता है।"

भासुरक बोला—"अरे! तो तुझे इन सब बातों से क्या पड़ी है? तू चल और मुझे उसको किले में रहने पर भी बता।"

तब खरगोश बोला—"महाराज! अगर ऐसा है तो श्रीमान् चलें।" ऐसा कहकर वह आगे चल पड़ा। रास्ते में आते हुए उसने जो कुआँ देखा था, उसी के समीप पहुँच कर भासुरक से बोला—"महाराज! आपके तेज को सहन करने की सामर्थ्य किसमें है? आपको दूर से ही देखकर वह चोर सिंह अपने किले में घुस गया है। आइए मैं दिखाऊँ।"

भासुरक बोला—"दिखाओ मुझे उसका किला।"

फिर तो खरगोश ने उसे वही कुआँ दिखलाया। उस मूर्ख सिंह ने कुएँ के पानी में पड़ने वाली अपनी परछाईं को ही दूसरा सिंह समझ लिया और अपना कठोर सिंहनाद किया। फिर क्या था, दूनी तेजी से कूएँ से उसकी आवाज बाहर टकरा कर सुनाई पड़ी। यह आवाज उसी मेरे शत्रु की है ऐसा समझ कर उसने उसी परछाईं के ऊपर अपने को गिरा दिया और विवश होकर प्राण त्याग दिया। खरगोश ने भी खूब प्रसन्न होकर सभी पशुओं के पास आकर सारा वृत्तान्त सुनाया, जिस तरह उसकी मौत हुई थी। सभी पशुओं के साथ खरगोश बड़ी मौज से उस वन में पहले की तरह रहने लगा। इसी से मैंने कहा कि 'जिसके पास बुद्धि है उसी के पास बल भी है।' सो अगर आप कहते हैं तो मैं वहीं जाकर अपनी बुद्धि के प्रभाव से उन दोनों की मित्रता को भंग करा दूँ।

करटक बोला—"भाई साहब! आपको यदि ऐसी आशा है तो आप जायँ। आपका मार्ग कल्याणमय हो। जैसा चाहते हैं वैसा पूरा करें।"

इसके बाद जब दमनक ने देखा कि पिंगलक इस समय अकेला बैठा हुआ है। संजीवक पास में नहीं है तो इसी बीच उसके समीप पहुँच गया और प्रणाम करके आगे बैठ गया। पिंगलक ने उसे देखकर कहा—"भाई! बहुत दिनों पर दिखाई पड़े, क्या बात है?"

दमनक बोला—"पूज्य महाराज का अब हम जैसों का कोई प्रयोजन रह ही नहीं गया है, इसी से मैं नहीं आ रहा था। किन्तु ऐसा होने पर भी राज-काज का विनाश देखकर हृदय जला जा रहा है, जिससे व्याकुल होकर खुद श्रीमान् के पास कुछ कहने के लिए आया हुआ हूँ; क्योंकि कहा गया है कि—

जिसके पराभव की चिन्ता करे उसके कल्याण की बात हो या अकल्याण की हो,

अच्छी लगने वाली हो या बुरी, बिना पूछे भी हितचिन्ता के विचार से कह दे।''

दमनक की मर्मभरी बातें सुनकर पिंगलक बोला—''आप क्या कहना चाहते हैं? जो कुछ कहना चाहते हैं, उसे कहिए?''

दमनक ने कहा—''महाराज! संजीवक श्रीमान् के चरणों में रहकर भी आपके अहित करने की बुद्धि रखता है। उसने एक दिन एकान्त में मुझे अपना विश्वासपात्र समझ कर कहा कि अरे दमनक! मैंने इस पिंगलक के बलाबल को अच्छी तरह देख लिया है। मैं इसे मार कर सभी वन्य पशुओं पर अपना स्वामित्व स्थापित करूँगा और तुम्हें अपने सचिव पद पर नियुक्त करूँगा।''

दमनक की वज्र की तरह कठोर और दुखदायी इन बातों को सुनकर पिंगलक भी अज्ञान में फँस गया, कुछ भी नहीं बोल सका। दमनक ने जब देखा कि उसका यह गम्भीर रुख है तो उसने अपने मन में सोचा कि अभी इसका संजीवक के साथ बहुत गहरा प्रेम संबंध है, तो निश्चय ही यह मंत्री हमारे राजा का विनाश करेगा; क्योंकि कहा गया है कि—

जब राजा अपने राज्य भर में केवल एक मंत्री नियुक्त कर देता है और उसी को प्रमाण मान लेता है तो उसे अज्ञान के कारण मद हो जाता है। फिर मद के कारण वह नौकरी से उपेक्षित बन जाता है। उपेक्षा होने पर मनुष्य के हृदय में स्वतंत्र होने की इच्छा तो जागती ही है। और स्वतंत्र होने की इच्छा पर वही मंत्री राजा के प्राणों से भी द्रोह करने लगता है अर्थात् उसे मारने की चिन्ता करता है।

तो ऐसी स्थिति में क्या करना ठीक होगा? इधर जब तक दमनक ऐसी बातें सोचता रहा, तब तक पिंगलक ने किसी तरह अपने को संभाला और दमनक से कहा—''भाई! संजीवक तो हमारा प्राणों के समान प्यारा नौकर है। तो फिर क्यों वह मेरे ऊपर इस तरह की द्रोह-बुद्धि रखता है?''

दमनक बोला—''देव! जो नौकर है, वह सच्चे मन से सेवा करेगा ही, ऐसा सोचना ठीक नहीं है; क्योंकि कहा गया है कि—

राजाओं के यहाँ ऐसा कोई पुरुष नहीं रहता जो लक्ष्मी की कामना न करे। जो चारों ओर से असमर्थ हो जाते हैं, वही राजा की सेवा में आते हैं।''

पिंगलक बोला—''भाई! ऐसा होगा। तब भी मेरे मन में उसके प्रति कोई बुरे भाव नहीं उठ रहे हैं। अथवा यह ठीक ही कहा गया है कि—

अनेक रोगों और दोषों से दूषित रहने पर भी अपना शरीर किसे प्यारा नहीं है। अपनी बुराई करने वाला भी हो, मगर यदि प्रियजन है तो वह सदा प्रिय ही रहता है।''

दमनक बोला—''इसी से उसमें यह बुराई आ गई है। कहा गया है कि—

राजा जिस किसी नौकर पर अपनी कृपादृष्टि रखता है, वह कुलीन हो या अकुलीन हो, लक्ष्मी का पात्र होता है।

अथवा मैं तो कहता हूँ कि ऐसा कौन-सा विशेष गुण है, जिस पर मुग्ध होकर

महाराज संजीवक को सदा अपने समीप लिये रहते हैं, और स्वामी! यदि आप यह सोचते हैं कि वह बहुत बड़े शरीर वाला है और उसकी सहायता से अपने शत्रुओं का वध करूँगा तो यह बात तो उसके द्वारा नहीं सिद्ध हो सकती, क्योंकि पूज्य महाराज के जितने भी शत्रु हैं, बस मांस खाने वाले हैं। तो इस तरह शत्रुओं पर विजय प्राप्ति की कामना तो इसकी सहायता से नहीं सिद्ध हो सकती। इसी से मैं तो यह चाहता हूँ कि इसे दोषी ठहरा कर महाराज मार डालें। बस!''

पिंगलक बोला—

''सभा में पहले एक बार जो गुणवान कह कर पुकार दिया जाता है, प्रतिज्ञा भंग करने से डरने वालों को चाहिए कि फिर कभी उसका दोष न कहें।

और भी बात है। मैंने तुम्हारी ही बातों में आकर उसे एक बार अभय दान किया है। तो फिर अब उसी को खुद मैं कैसे मार सकता हूँ? यह संजीवक अब हमेशा के लिए हमारा मित्र बन गया है। उसके प्रति मेरे मन में जरा भी क्रोध नहीं है। कहा गया है कि—

अपने से ही श्री प्राप्ति करने वाला यदि दैत्य भी है तो उसका विनाश नहीं करना चाहिए। विष का भी वृक्ष हो, यदि अपने ही हाथों से वह पाला-पोषा गया है तो उसे नहीं काटना चाहिए।

प्रेम करने वालों को पहले ही यह विचार कर लेना चाहिए कि इसके साथ प्रेम करना चाहिए या नहीं करना चाहिए। और यदि किसी को हृदय दे दिया तो फिर प्रतिदिन उसका पालन करना चाहिए। एक बार किसी को ऊपर उठाकर फिर नीचे गिराना लज्जा की बात है, क्योंकि भूमि पर खड़े रहने वाले के गिर पड़ने से कोई भय ही नहीं रहता।

जो अपने उपकार करने वालों से सुजनता दिखाता है उसकी सुजनता की क्या बड़ाई! सत्पुरुष तो उसी को सुजन कहते हैं जो अपकारियों के साथ सुजनता बरतते हैं।

ऐसी स्थिति में अपने प्रति द्रोह करने वाला होने पर भी हमें संजीवक के विरोध में कुछ करना नहीं चाहिए।''

दमनक बोला—''महाराज! यह राजा का धर्म नहीं है कि द्रोह रखने वाले को भी क्षमा दी जाय; क्योंकि कहा गया है कि—

जो राजा अपने समान धनी, अपने समान शक्तिशाली, मर्म जानने वाले व्यवसायी को नहीं मार देता, वह खुद मारा जाता है, क्योंकि ये सभी उसके आधे राज्य के हरने वाले होते हैं।

और दूसरी बात यह भी है कि आपने उसके साथ मित्रता करके सब राज-धर्म छोड़ दिया है। राज-काज न देखने के कारण सभी आपसे विरक्त हो गए हैं, क्योंकि यह संजीवक घास खाने वाला है और आप तथा आपकी प्रजा सब मांस खाने वाली है। अब इधर आप ही जब अपने जीव मारने वाले व्यवसाय से बाहर हो गये हैं, तो प्रजा को मांस खाने को कहाँ से मिलेगा? मांस न पाने से वे आपको छोड़ कर चले जायेंगे।

इससे भी आपका नाश हो ही जायेगा। इसके साथ रहने से फिर कभी आपकी बुद्धि शिकार खेलने की न होगी; क्योंकि कहा गया है—

पुरुष जिस तरह के स्वभाव वाले नौकरों से सेवा पाता है या जिस तरह के स्वभाव वालों की सेवा करता है, उसी तरह का खुद बन जाता है, इसमें सन्देह नहीं है।

और भी—

जलते हुए लोहे पर पड़े हुए पानी का नाम-निशान भी नहीं मालूम होता। किन्तु वही पानी जब कमलिनी के पत्ते पर पड़ता है, तो मोती की तरह मनोहर दिखाई पड़ता है। स्वाती नक्षत्र में समुद्र की सीपी के बीच में पड़कर वही पानी मोती बन जाता है। नीच, मध्यम और उत्तम स्वभाव का मनुष्य प्रायःसंगति से ही हो जाता है।

और भी कहा गया है कि—

असज्जनों की संगति के दोष से सज्जन भी बुरे हो जाते हैं। दुर्योधन की संगति के कारण ही पितामह भीष्म भी गाय चुराने के लिए गये थे। इसी से सत्पुरुषों को असज्जनों की संगति छोड़ देनी चाहिए; क्योंकि कहा गया है कि—

जिसके स्वभाव एवं शील-सदाचार से परिचय न हो उसे अपने समीप आश्रय नहीं देना चाहिए। खटमल के दोष से बेचारी मन्दविसर्पिणी मारी गई।''

पिंगलक ने कहा—''यह कैसे?''

उसने कहा—

[9]

किसी एक राजा के भवन में उसके सोने का मनोहर स्थान था। उसकी शैय्या पर बिछाये गये खूब सफेद दो चादरों के बीच में एक मंदविसर्पिणी नाम की सफेद जूँ रहती थी। राजा के खून का स्वाद लेती हुई वह बड़े आनन्द से अपना समय बिता रही थी कि एक दिन उसी शैय्या पर इधर-उधर घूमता हुआ अग्निमुख नाम का एक खटमल आ पहुँचा। उसे देखते ही उसका मुख मलिन हो गया। वह बोली—''अरे अग्निमुख! तू इस अनुचित स्थान पर कैसे आ गया? जब तक तुझे कोई देख नहीं लेता, तब तक बहुत शीघ्रता से यहाँ से भाग जा।''

मन्दविसर्पिणी की बातें सुनकर खटमल ने कहा—''श्रीमती जी! अपने घर यदि कोई असज्जन भी आ जाये तो उससे इस तरह की बातें नहीं करनी चाहिए; क्योंकि कहा गया है कि—

आइए-आइए, यहाँ बैठिए, क्या बात है, बहुत दिनों बाद आप दिखाई पड़ रहे हैं। कहिए कोई नयी बात है, आप तो बहुत दुबले दिखाई पड़ रहे हैं, और तो सब कुशल है न! आपको देखकर बड़ी खुशी हुई। ऐसी बातों से छोटे मनुष्य का भी स्वजनों के घर स्वागत करना चाहिए। यह धर्म गृहस्थों के लिए बहुत थोड़े में स्वर्ग देने वाला कहा गया है। दूसरे यह भी है कि मैंने अनेक मनुष्यों के अनेक तरह के स्वाद वाले

खून चूसे हैं। उनमें से सभी के खून आहार ठीक से न मिलने के कारण कड़वे, तीते, कसैले, अम्ल स्वाद वाले थे। मैंने कभी मधुर खून का स्वाद नहीं चखा है। तो अगर तुम मेरे ऊपर कृपा करती हो तो इस राजा के, जो अनेक प्रकार के सुन्दर व्यंजन, भोजन, पान, अवलेह, चोष्य आदि खाता है, शरीर में जो सुन्दर मधुर खून पैदा हुआ है, उसका स्वाद लेकर अपनी जीभ को आनन्द दूँ; क्योंकि कहा गया है कि—

गरीब की और राजा की—दोनों की जीभ का आनन्द एक ही समान कहा गया है। इस संसार में इसी के लिए मनुष्य विविध प्रयत्न करता है और यही सचमुच सबका सार है।

इस संसार में अगर जीभ को सुख देने वाला कोई काम न हो तो कोई भी किसी का नौकर या वशवर्ती कभी न हो।

इस संसार में आकर मनुष्य जो झूठ बोलता है, जिसकी सेवा न करनी चाहिए, उसकी सेवा करता है अथवा घर-द्वार छोड़कर विदेश जाता है, वह सब काम इसी पेट के लिए करता है।

तो मैं तो तुम्हारे घर पर आया हूँ और भूख से पीड़ित हूँ। केवल भोजन की तुमसे प्रार्थना कर रहा हूँ। तुम्हें अकेले ही अकेले इस राजा के खून का भोजन करना उचित नहीं है।''

खटमल की ऐसी बात सुनकर मन्दविसर्पिणी ने कहा—''भाई खटमल जी! मैं इस राजा का खून उस समय पीती हूँ जब वह नींद के वश में होता है। तुम तो अग्निमुख हो और स्वभाव से चंचल भी हो। तो अगर तुम मेरे ही साथ राजा के खून को पीना चाहते हो तो तनिक रुक कर इन्तजार करो।''

खटमल ने कहा—''श्रीमती जी! मैं वैसा ही करूँगा। जब तक तुम राजा के खून का स्वाद नहीं ले लोगी तब तक मैं अपने अभीष्ट देवता और गुरु की कसम खा रहा हूँ कि उसका स्वाद नहीं चखूँगा।''

वे दोनों इस तरह की बात कर ही रहे थे कि इसी बीच राजा आ गया और शैय्या पर लेट गया। फिर तो वह खटमल अपनी जीभ की चंचलता से और मधुर खून पीने की उत्सुकता से अपने को रोक नहीं सका और जागते ही राजा का रक्त चूसने लगा। इस विषय में ठीक ही कहा गया है कि—

उपदेश देकर किसी की आदत को सुधारा नहीं जा सकता। अच्छी तरह से खौलाया हुआ पानी भी फिर ठंडा हो जाता है।

यदि आग ठंडी हो जाय या चन्द्रमा में जलाने का गुण आ जाये तो भी मनुष्यों का स्वभाव बदला नहीं जा सकता।

फिर क्या था, खटमल के काटते ही राजा सूई से छेदे हुए की तरह उस शैय्या को छोड़ कर उसी समय उठ खड़ा हुआ और बोला—''अरे! है कोई, इस चादर में निश्चय ही कोई खटमल या जूँ छिपी हुई है, जिसने मुझे काटा है।'' राजा की बात

सुनकर शैय्या के समीप जो कंचुकी स्थित थे, वे तुरन्त उठ दौड़े और शैय्या के चादर को उठाकर गौर से देखने लगे। इसी बीच में वह खटमल अपनी स्वभावगत चंचलता से पलंग में घुस गया। पर मन्दविसर्पिणी उन्हें वस्त्र के सूतों की फांक में दिखाई पड़ गई और देखते ही मार डाली गई। इसी से मैं कहता हूँ कि जिसके शील-स्वभाव को न जाने...इत्यादि। ऐसा सोच-विचार करके ही आप उसे मारें। नहीं तो वह तुम्हीं को मार डालेगा; क्योंकि कहा गया है कि—

जो अपने आत्मीय एवं भीतरी जनों को छोड़ देता है और बाहर के लोगों को आत्मीय बना लेता है वह उसी तरह मौत के मुँह में जाता है, जैसे राजा ककुदद्रम गया।

पिंगलक ने कहा—"यह कैसे?"

उसने कहा—

[10]

एक किसी वन प्रदेश में चण्डरव नाम का एक सिआर रहता था। कभी एक बार उसे बड़ी भूख लगी; अतः जीभ की चंचलता से वह नगर में घुस आया। नगर में रहने वाले कुत्तों ने उसे देख कर चारों ओर से भूंकना शुरू कर दिया और दौड़-दौड़ कर वे अपने तेज दाँतों से उसे काटने भी लगे। इस प्रकार उनसे काटे जाने पर वह अपने प्राणों के भय से समीपस्थ धोबी के घर में घुस गया। उस धोबी के घर में एक बहुत बड़े हौदे में नील रंग घोल कर तैयार किया गया था। कुत्तों से चारों ओर से घिरा होने के कारण वह उसी हौदे में कूद पड़ा। उसमें से निकलने पर वह एकदम नीले रंग का हो गया। वहाँ धोबी के घर पर रहने वाले दूसरे कुत्तों ने उसे सिआर न समझ कर छोड़ दिया और जहाँ से आये थे, वापस लौट गए। चण्डरव भी जान बचाकर अब तक बहुत दूर पहुँच गया था; अतः जंगल की ओर वापस लौट आया। नीला रंग कभी छूटता तो है नहीं, क्योंकि कहा गया है कि—

वज्रलेप, मूर्ख, स्त्रियाँ, केकड़े, मछलियाँ, नील रंग और शराब पीने वाले—इन सबकी एक ही पकड़ होती है, जो कभी नहीं छूटती।

रंगे हुए उस सिआर को शंकर के गले में लगे हुए विष के समान नीले रंग का देख कर जंगल में रहने वाले सिंह, बाघ, गैंडे, भेड़िए आदि खूंखार जानवरों ने भी नहीं पहचाना। सबने समझा कि यह कोई ऐसा जानवर है जिसे कभी नहीं देखा था। वे सब डर से व्याकुल होकर इधर-उधर भागने लगे और कहने लगे कि पता नहीं इसका कितना पराक्रम है या यह क्या करना चाहता है? इससे अच्छा यही है कि हम सब दूर-दूर ही रहें, क्योंकि कहा गया है कि—

बुद्धिमान पुरुष यदि अपने कल्याण और प्रतिष्ठा को रखना चाहता है, तो उसे ऐसे लोगों का विश्वास कभी नहीं करना चाहिए जिसकी चेष्टा और पराक्रम का पता उसे न हो।

चण्डरव ने भी उन सब बड़े-बड़े हिंसक पशुओं को इस प्रकार भयभीत होकर भागते देख कर बुलाया और उनसे कहा—"अरे वन्य पशुओं! तुम लोग मुझे देखते ही भयभीत होकर क्यों भागे जा रहे हो? तुम लोगों को मुझसे डरना नहीं चाहिए। आज ही ब्रह्मा ने खुद मेरी सृष्टि करके मुझसे कहा है कि इस वन में रहने वाले पशुओं का कोई राजा नहीं है; अतः आज मैं उन सबके राजा के पद पर तुम्हारा अभिषेक करता हूँ, तुम्हारा नाम ककुदद्रम होगा। तो तुम धरती तल पर जाकर उन सब की रक्षा करो। ब्रह्मा के इस आदेश के अनुसार मैं यहाँ आया हुआ हूँ। तो फिर अब मेरी छत्रछाया में सभी वन्य पशुओं को रहना होगा। मैं त्रिलोकी के वन्य पशुओं का एकमात्र स्वामी ककुदद्रुम नाम का राजा हूँ।"

सिआर की बातें सुनकर सिंह, बाघ आदि प्रमुख वन्य पशु–स्वामी, महाराज! हमें आज्ञा दीजिए, हमें आदेश कीजिए; ऐसा कह-कह कर उसके चारों तरफ खड़े हो गए। फिर तो उसने सिंह को अपना आमात्य (प्रधान मंत्री) बनाया। बाघ को शैय्या बिछाने का काम सौंपा, गैंडे को पान देने का अधिकारी बनाया और भेड़िये को द्वारपाल रखा। जो अपने आत्मीय परिवार के सिआर थे, उनके साथ तो उसने बातें करना भी छोड़ दिया। यही नहीं, सारे सिआर गले में हाथ डालकर जबर्दस्ती निकाल दिये गये। इस प्रकार राज सिंहासन पर बैठे हुए उस ढोंगी सिआर के सामने सिंह आदि मृगों को मार-मार कर रखते थे और वह स्वामी की हैसियत से सबको बाँट-चोंट कर देता था।

इस प्रकार बहुत दिन बीत गया। संयोग से एक दिन उसने बहुत दूर पर से आने वाले सिआरों के 'हुँआ, हुँआ', के कोलाहल को सुन लिया। इस परिचित शब्द को सुनते ही उसके शरीर के रोएँ-रोएँ खड़े हो गए, आँखों में आँसू भर आए। फिर तो उठ कर वह खूब जोर-शोर से 'हुँआ-हुँआ' करके खुद रोना शुरू कर दिया।

उधर सिंह आदि हिंसक पशुओं ने, जो उसकी चाकरी बजा रहे थे, जब उसके जोर-शोर के इस शब्द को सुना तो वह समझ गए कि अरे! यह तो एक सिआर है। उनका मुख लज्जा से नीचे हो गया। वे एक क्षण के लिए बैठकर आपस में सलाह करते हुए बोले—"अरे भाई! इतने दिनों तक इस नीच सिआर ने हम लोगों से खूब सेवा ली। अब तो इसे मारो।" उनकी इन बातों को सुनकर वह ढोंगी सिआर भागने लगा, किन्तु सिंह आदि पशुओं ने उसे वहीं मारकर टुकड़े-टुकड़े कर दिया। इसी से मैं कहता हूँ कि 'जो अपने आत्मीय और भीतरी लोगों को...इत्यादि।'

ऐसी बातें सुनकर पिंगलक ने कहा—"भाई दमनक! इस बात का प्रमाण क्या है कि वह मेरे ऊपर द्रोह बुद्धि रखता है?"

दमनक बोला—"यही प्रमाण है जो उसने आज ही मेरे सामने यह प्रतिज्ञा की है कि कल सबेरे पिंगलक को मारूँगा। कल सबेरे आपके पास आने पर उसका मुँह और उसकी आँखें लाल रहेंगी। निचला होंठ फड़कता रहेगा। वह इधर-उधर सब दिशाओं की ओर चौकन्ना होकर देखता रहेगा। अनुचित स्थान पर बैठेगा और बड़ी क्रूर नजर से तुम्हें देखेगा। जब आप ऐसा उसे देखेंगे तो जैसा उचित समझेंगे, वैसा करेंगे।"

ऐसी बातें कहकर दमनक संजीवक के पास गया और उससे प्रणाम करके सामने बैठ गया। संजीवक ने भी उसे बड़ी परेशानी की हालत में मन्दगति से आया देखकर आदर के साथ पूछा—"अरे मित्रवर! आपका मैं स्वागत करता हूँ। बहुत दिनों बाद आप दिखाई पड़े हैं। है तो सब अच्छा न? तो कहिए न कि मैं कौन-सी अदेय वस्तु आपको भेंट करूँ? क्योंकि कहा गया है कि—

इस संसार में वे धन्यवाद के पात्र हैं, विवेकशील हैं और सभ्य हैं, जिनके घर कोई न कोई काम लेकर सुहृद मित्र आते रहते हैं।"

दमनक बोला—"भाई! हम जैसे नौकरों की कुशल कहाँ है?"

उनकी सम्पत्ति सदा पराये के हाथ है, चित्त सदा अशान्त रहता है। यही नहीं, सदा अपने जीवन पर भी अविश्वास रहता है जो राजा के नौकर होते हैं।

और भी,

सेवा द्वारा धन की इच्छा करने वाले नौकर जो कुछ करते हैं, उसे देखिए तो सही कि वे मूर्ख अपने शरीर की भी जो स्वतंत्रता होनी चाहिए उसे भी वे गायब कर देते हैं।

मनुष्य का यह जन्म ही अतिशय दुःख के लिए है, जन्म के बाद भी यदि सदा दुर्गति मिली तो और नाश है। पर इतने पर भी यदि नौकरी ही जीविका रही तो हाय! इस दुःख की परम्परा के बारे में क्या कहा जाय?

महाभारत में बताया गया है कि ये पाँच प्राणी जीते हुए भी मरे हुए के समान हैं। दरिद्र, रोगी, मूर्ख, परदेशी और सदा नौकरी करने वाला।

इस संसार में नौकर भी जीता है, इसका विश्वास कैसे किया जाय? अपनी इच्छा से या उत्सुकता से वह बेचारा भोजन भी नहीं कर पाता, नींद रहित होने पर न तो वह जाग सकता है, यही नहीं, वह बिना भय के कोई बात भी नहीं बोल पाता।

जिन्होंने नौकरी को कुत्तों की जीविका बताई है, उन्होंने झूठी बात कही है, कुत्ता तो स्वच्छन्द टहलता भी है पर नौकर बेचारा तो किसी की आज्ञा से ही टहलता है।

पृथ्वी पर सोना, ब्रह्मचर्य, दुर्बलता, अल्पभोजन, यह सब काम नौकर का संन्यासी की ही तरह होता है, पर अन्तर यह है कि एक का काम पुण्य पैदा करना है और दूसरे का पाप।

नौकर यदि धर्म से न छूटता तो उसके धन के लिए शीत, धूप आदि सहने के कष्ट बहुत अल्प समझे जाते हैं।

बहुत मीठे, मधुर, सुन्दर, गोलाकार एवं मनोहर उस लड्डू से क्या लाभ, जिसकी प्राप्ति केवल सेवा द्वारा हो सकती है।

संजीवक ने कहा—"आप क्या कहना चाहते हैं?"

दमनक बोला—"मित्रवर! मंत्रियों को मंत्र भेद करना उचित नहीं है।"

क्योंकि कहा गया है कि—

सचिव पद पर नियुक्त होकर जो स्वामी के मंत्र को बता देता है, वह राजा के कार्य का नाश करके स्वयं नरक जाता है।

जो मंत्री जिस राजा के गुप्त मंत्र का भेद खोलता है, वह उस राजा का बिना हथियार के बध करता है, ऐसा नारद जी का कहना है।

किन्तु ऐसा होने पर भी मैं तुम्हारे स्नेह के फंदे में फँसकर अपने राजा का मंत्र भेद कर रहा हूँ, क्योंकि मेरी ही बात पर तुम इस राजकुल में विश्वासपात्र बनकर प्रविष्ट हुए हो। कहा गया है कि—

जिसके विश्वास से किसी की मृत्यु होती है, वह किसी प्रकार से भी क्यों न हो पर उसकी हत्या का पाप विश्वास दिलाने वाले के शिर लगता है, ऐसा मनु जी का कथन है।

तो कहना मुझे यह है कि स्वामी पिंगलक तुम्हारे ऊपर बहुत चिढ़ा हुआ है। आज ही उसने मेरे सामने यह बात तब कही जब वह और मैं अकेला था कि कल सवेरे संजीवक को मारकर सारे जंगली पशुओं को बहुत दिनों के लिए तृप्त करूँगा। मैंने उसकी इस दुखदायी बात सुनकर कहा कि—"महाराज! यह आपके लिए उचित नहीं है कि मित्र के ऊपर द्रोह करके जीवन धारण करें; क्योंकि कहा गया है कि—

ब्राह्मण का भी बध करके मनुष्य उचित प्रायश्चित करके शुद्ध हो सकता है पर मित्रद्रोही कभी किसी तरह से भी शुद्ध नहीं हो सकता।"

मेरी बात सुनकर उसने बड़े क्रोध से कहा—"अरे नीचबुद्धि! संजीवक एक घास खाने वाला पशु है, हम मांस खाने वाले हैं। हम दोनों का वैर स्वाभाविक है, तो फिर शत्रु की उपेक्षा कैसे की जा सकती है? शत्रु को साम आदि उपायों से मारना चाहिए। उसके मारने पर कोई पाप नहीं लगेगा; क्योंकि कहा गया है कि—

बुद्धिमान् को अपनी कन्या देकर भी वैरी को मारना चाहिए, यदि वह किसी अन्य उपाय से नहीं मारा जा सकता। इस तरह उसके मारने पर कोई दोष नहीं लगता।

युद्ध में क्षत्रिय लोग उचित-अनुचित का ख्याल नहीं करते। अश्वत्थामा ने पूर्वकाल में सोये हुए धृष्टद्युम्न का वध किया था।

तो मैं उसके इसी निश्चय को जानकर आपके पास आया हूँ। अब मुझे विश्वासघाती का दोष नहीं लगेगा। मैंने एक बहुत गोपनीय मंत्र को आपसे बता दिया है। अब आपको जो समझ पड़े वह करें?"

वज्रपात की तरह कठोर दमनक की बातों को सुनकर बेचारा संजीवक अज्ञान में पड़ गया। थोड़ी देर बाद वह होश सँभाल कर बड़ी उदासीनता के साथ कहा—"भाई! यह सच ही कहा गया है कि—

स्त्रियाँ दुर्जनों के वश में हो जाती हैं, राजा बिना प्रेम का ही प्रायः होता है। धन कृपण के पास जाता है और बादल पहाड़ों पर तथा किलों पर पानी बरसाता है।

जो कुबुद्धि ऐसा मानता है कि मैंने राजा को अपने वश में कर लिया है, वह एक

बहुत बड़ा ऐसा बैल है, जिसके सींगें भी नहीं हैं।

वनवास ठीक है, भीख माँगकर खाना भी अच्छा है, भार ढोकर भी जीविका चलाना अच्छा है, रोग भी अच्छा है; पर मनुष्यों का किसी के अधिकार में रह कर सम्पत्ति प्राप्त करना, यह अच्छा नहीं है।

तो मैंने यह बहुत बुरा किया जो इसके साथ मित्रता कर ली। कहा गया है कि—

आपस में जिसका धन समान हो, कुल समान हो, उसी के साथ मित्रता और विवाह करना चाहिए, अपने से मजबूत या कमजोर के साथ ये दोनों नहीं करना चाहिए।

और भी—

मृग मृगों के साथ घूमते हैं, गौ गौओं के साथ, घोड़ा घोड़ों के साथ, मूर्ख मूर्खों के साथ, बुद्धिमान बुद्धिमानों के साथ। मित्रता सदा अपने समान शील, सदाचार एवं व्यवसाय करने वाले के साथ ही करनी चाहिए।

अब यदि उसके पास जाकर प्रसन्न करता हूँ तब भी वह प्रसन्न नहीं होगा क्योंकि कहा गया है कि—

जो किसी कारण से अप्रसन्न होता है, यह निश्चित है कि उस कारण के हट जाने पर वह प्रसन्न हो जाता है पर जो बिना किसी कारण से अप्रसन्न होता है, मनुष्य उसे किस प्रकार प्रसन्न कर सकता है।

अहा! यह ठीक ही कहा गया है कि—

हृदय से भक्ति रखने वाले, उपकारी, पराये हित में सदा लगे रहने वाले, सेवा धर्म की महत्ता को जानने वाले एवं द्रोहरहित सेवकों पर भी राजाओं की विपत्ति होती है, यह निश्चित है कि उसमें प्रवेश करने पर सिद्धि मिलती भी है और नहीं भी मिलती है। इसलिए समुद्र में घुस कर रत्न ढूँढ़ने की तरह राजा की सेवा सदा शंका से भरी रहती है।

और भी—

स्नेह भाव से भरे रह कर उपकार करने वाला भी इस लोक में द्वेष का पात्र बनता है और आँख के सामने अपकार करने पर भी प्रसन्नता का पात्र होता है, राजाओं का मन बड़ी कठिनाई से पहचाना जाता है। वह कभी एक भाव पर टिकता नहीं है। सचमुच यह नौकरी का धर्म बहुत गहरा है, योगी लोग भी इसका पार नहीं पाते।

सो मैं जानता हूँ कि मेरे साथ उसकी कृपा दृष्टि को न सहन करने वाले समीपवर्तियों ने इस तरह पिंगलक को मेरे ऊपर अप्रसन्न कर दिया है। इसी से बिना किसी अपराध के भी मेरे लिए वह इस तरह की बातें कर रहा है। कहा गया है कि—

स्वामी की प्रसन्नता यदि किसी के ऊपर रहती है तो सेवक उसे इस तरह नहीं सहन कर सकते, जैसे सवती स्त्रियाँ आपस में एक-दूसरे के ऊपर उपकार एवं अच्छा काम करने पर भी क्रुद्ध रहा करती हैं।

ऐसा होता भी है कि स्वामी की प्रसन्नता गुणवान समीपवर्त्तियों के होने पर गुणहीनों पर नहीं होती। कहा गया है कि—

अधिक गुणी जन के होने से कम गुणी के गुण छिप जाते हैं। दीपक की शोभा रात्रि के लिए है, सूर्य के उगने पर नहीं।

दमनक बोला—"हे मित्र! यदि ऐसा तुम समझ रहे हो तो मुझे भय नहीं करना चाहिए। दुर्जनों द्वारा तुम्हारे ऊपर यद्यपि वह इस समय क्रुद्ध हुआ है पर तुम्हारी बातों को सुनकर वह प्रसन्न भी हो जायेगा।"

संजीवक ने कहा—"भाई! आपने ठीक नहीं कहा। बहुत तुच्छ दुर्जनों के मध्य में भी मैं निवास नहीं कर सकता। वे नीच कोई दूसरी तरकीब लगाकर मुझे मार देंगे। कहा गया है कि—

बहुत से क्षुद्र पण्डित जो सब-के-सब ढोंग से जीविका पैदा करते हैं, कृत्य-अकृत्य का विचार न करके सब कुछ कर बैठते हैं, जैसे कौओं आदि ने ऊँट के बारे में किया था।"

दमनक बोला—"यह कैसे?"

संजीवक ने कहा—

[11]

एक किसी जंगली प्रदेश में मदोत्कट नाम का एक सिंह रहता था। उसके गैंडा, कौआ और सिआर सेवक थे। एक बार इन सबों ने इधर-उधर जीविका के लिए घूमते हुए एक क्रथनक नाम के ऊँट को देखा, जो अपने साथियों से बिछुड़ गया था। उसे देखते ही सिंह ने कहा—"अरे! यह तो अपूर्व जानवर है। तो जरा मालूम करो कि यह जंगली है या गँवई?"

सिंह की बात सुनकर कौए ने कहा—"हे महाराज! यह गाँव का रहने वाला ऊँट नाम का एक जानवर है। यह आपका भोजन है, इसे मारिए।"

सिंह ने कहा—"भाई! यह मेरे घर पर आया है, इसे मैं नहीं मारूँगा। कहा गया है कि—

यहाँ कहीं भय नहीं है, इस विश्वास से अपने घर पर आये हुए शत्रु को भी जो मारता है उसे सौ ब्राह्मण मारने का पाप मिलता है।

तो जाओ इसे अभय दान देकर मेरे पास बुला लाओ जिससे मैं इससे यहाँ आने का प्रयोजन पूछूँ।" सिंह की बातें सुनकर ये तीनों ऊँट के पास गये और सबों ने विश्वासपूर्वक अभय दान देकर उसे मदोत्कट के पास जाकर पहुँचा दिया। वहाँ पहुँचकर वह मदोत्कट को प्रणाम कर बैठ गया। पूछने पर उसने अपने साथियों से बिछुड़ जाने का अपना पूरा वृत्तान्त कह सुनाया।

सिंह ने कहा—"भाई क्रथनक! अब तुम फिर गाँव में जाकर बोझा ढोने का

कष्ट मत सहन करो। इसी जंगल में रह कर बिना किसी भय के मरकत मणि की तरह हरी-भरी कोमल घासों को चरकर मेरे साथ रहिए और हमेशा रहिए कोई खटका नहीं है।''

क्रथनक ने भी—अच्छी बात है, कह कर वहाँ सुख से रहने लगा। उसने समझ लिया कि अब यहाँ कोई खतरा नहीं है। कुछ दिनों बाद एक जंगली हाथी के साथ मदोत्कट की बहुत बड़ी लड़ाई हुई। उस लड़ाई में हाथी के मूसल के समान मोटे दाँतों से मदोत्कट को बड़ी चोट लग गई। वह इतनी भयानक चोट थी कि किसी तरह उसके प्राण मात्र बच गए थे। वह इतना शिथिल और घायल हो गया था कि एक पग भी चलना कठिन हो गया था। वे सब कौआ आदि उसके सेवक स्वयं शिकार खेलने में असमर्थ होने के कारण भूख से व्याकुल होने लगे, उन्हें खाने का बड़ा दुःख उठाना पड़ा। एक दिन सिंह ने उनसे कहा—''अरे भाई! जाओ, वन में किसी ऐसे जानवर को ढूँढ़ लाओ, जिसे मैं इस असमर्थ अवस्था में भी मार सकूँ। और तुम सबों के भोजन का प्रबन्ध कर सकूँ।''

सिंह की बातें सुनकर वे चारों किसी जानवर की खोज में वन में इधर-उधर घूमने लगे। पर उन्हें जब कोई ऐसा जानवर न दिखाई पड़ा तब कौए और सिआर ने आपस में सलाह की—सिआर ने कहा—''भाई! इस तरह बहुत दौड़ने से कोई लाभ नहीं है। हमारे स्वामी का यह परम विश्वस्त सेवक क्रथनक तो है ही। तो बस, इसी को मार जीविका चलाएँगे।'' कौए ने कहा—''आपने बहुत ठीक कहा। किन्तु स्वामी ने उसे अभयदान देकर यहाँ रखा है, वह उसे मारेंगे नहीं।'' सिआर बोला—''अरे काक भाई! मैं स्वामी को समझा-बुझाकर इस बात पर राजी कर लूँगा कि वह इसका बध कर देंगे। तो तुम लोग तब तक यहीं रुको जब तक मैं स्वामी के पास जाकर उनकी आज्ञा ले आता हूँ।'' ऐसा कहकर वह तुरन्त सिंह के पास चल पड़ा। सिंह के समीप पहुँच कर वह बोला—''स्वामी! पूरा वन छान कर हम लोग परेशान होकर वापस आ गए पर कोई जानवर हाथ नहीं लगा। तो अब हम लोग क्या करें! अब तो भूख के मारे हमसे एक पग भी नहीं चला जाता है। श्रीमान् भी पथ्य लेने की ताक में हैं। तो यदि स्वामी की आज्ञा हो तो क्रथनक के मांस से आज हमारी भोजन-यात्रा चले।''

सिंह ने सिआर की ऐसी कठोर बातें सुनकर क्रोध से कहा—''अरे पापी, नीच! यदि फिर तुम ऐसी बातें करोगे तो तुम्हें उसी क्षण मार डालूँगा। मैं जब उसे अभय दान दे चुका हूँ तो फिर किस तरह मार सकता हूँ। कहा गया है कि—

इस संसार में गोदान, भूमिदान एवं अन्नदान की भी उतनी प्रधानता नहीं है, जितनी प्रधानता पंडित लोग सभी दानों में श्रेष्ठ अभय दान की कहते हैं।''

सिंह की ऐसी बातें सुनकर सिआर बोला—''स्वामी! यदि आप अभयदान देकर उसे मारें तभी दोष है न? और यदि पूज्य स्वामी की भक्ति से वह स्वयं अपना जीवन आपके चरणों में अर्पित कर दे तो क्या दोष है? और इस तरह वह अपने को मारने के लिए स्वयं सौंप दे तब तो उसे मारना ही चाहिए। अथवा हम तीनों में से किसी एक

को मारना चाहिए, क्योंकि महाराज भी इधर भूखे हैं और यदि भूखे को शान्त करने का कोई उपाय नहीं होता तो अन्त अवस्था को पहुँच जायँगे। तो फिर हम लोगों के इन प्राणों से क्या लाभ है, जो स्वामी की रक्षा के लिए न आएँ? और यदि स्वामी का कुछ बुरा हुआ तो बाद में भी हम सबको अग्नि में प्रवेश करना ही पड़ेगा; क्योंकि कहा गया है कि—

कुल में जो प्रधान पुरुष हो, सभी उपायों से उसके प्राणों की रक्षा करनी चाहिए। कुल के सर्वस्व रूप उसके नाश हो जाने पर चारों ओर से शत्रु मिल कर पूरा कुल ही नाश कर देते हैं।''

सिआर की कूटनीति से भरी बातें सुन कर मदोत्कट ने कहा—''यदि ऐसा है तो जो तुम्हें अच्छा लगे वह करो।'' मदोत्कट की बात सुनकर सिआर तुरन्त उसके पास गया और कहा—''अरे भाई! स्वामी की अवस्था बहुत चिन्ताजनक हो रही है। तो इस तरह अब घूमने से कोई लाभ नहीं है। अब स्वामी के बिना कौन हमारी रक्षा करेगा? तो हम चलकर इस क्षुधारोग से परलोक के लिए प्रस्थान करने वाले स्वामी को अपना शरीर दान करें जिससे स्वामी की कृपा से ऋणरहित हो सकें। कहा गया है कि—

जिस नौकर के देखते हुए प्राणों के रहते स्वामी आपत्ति में फँस जाय वह नरक लोक को जाता है।'' फिर तो वे सब आँसू भरी हुई आँखों से मदोत्कट को प्रणाम कर बैठ गये। उन्हें देखकर मदोत्कट बोला—''कोई जानवर दिखाई पड़ा या मिला?''

उनमें से कौए ने कहा—''प्रभु! हम सारा जंगल छान आए। किन्तु कोई जानवर न तो मिला न दिखाई ही पड़ा। तो फिर आज मुझे मारकर स्वामी प्राणों की रक्षा करें जिससे श्रीमान् को कुछ शक्ति मिले और फिर तो मुझे स्वर्ग की प्राप्ति होगी ही। कहा गया है कि—

भक्ति के साथ जो सेवक अपने स्वामी के लिए प्राणों को छोड़ता है, वह जरा मृत्यु रहित परम पद को प्राप्त करता है।''

कौए की उक्त बातें सुनकर सिआर ने कहा—''भाई! आप बहुत छोटे शरीर के हैं। पहले तो आपके खा लेने पर भी स्वामी की प्राणयात्रा न हो सकेगी और दूसरे, दोष भी ऊपर से लगेगा, क्योंकि कहा गया है—

कौए का मांस, कुत्ते का जूठा, थोड़ा और फिर भी कठिनाई से मिले, इसे खाने से भला क्या लाभ है, जिससे कि तृप्ति भी नहीं हो सकेगी।

तो आप स्वामी के प्रति भक्ति दिखा चुके। स्वामी ने आपको खिला-पिलाकर जो ऋण किया था, उसे आपने चुका दिया। इस लोक और परलोक में आपने प्रशंसा प्राप्त कर ली। तो अब आगे से हटिए, मैं स्वामी से निवेदन करना चाहूँगा।''

कौए के हट जाने पर सियार सादर प्रणाम करके बैठ गया और बोला—''स्वामी! आज मुझे खाकर अपनी प्राणयात्रा करके आप मेरे दोनों लोकों को सुफल करें। कहा गया है कि—

धन द्वारा अर्जित सेवकों के प्राण सदा स्वामी के अधीन होते हैं, इसलिए उनके प्राणों को लेने से, कोई दोष नहीं होता।''

यह बातें सुनकर गैंडा बोला—''भाई! आपने भी ठीक ही कहा है, किन्तु आप भी तो छोटे शरीर वाले और नखधारी होने से सजातीय और अबध्य हैं। कहा गया है कि—

बुद्धिमान को कभी अभक्ष्य वस्तु नहीं खानी चाहिए। भले ही भूख के मारे प्राण गले में अटक रहे हों। और उस पर भी यदि थोड़ा भोजन मिल रहा हो तो वह दोनों लोकों का विनाश करने वाला होता है।

तुमने अपनी कुलीनता दिखा ली। यह ठीक ही कहा गया है कि—

राजा लोग इसी कारण से अपने यहाँ कुलीन सेवकों का संग्रह करते हैं कि वे आदि, मध्य, अन्त कहीं पर भी विकार को नहीं प्राप्त होते।

तो आगे से हटिये, जिससे मैं स्वामी को अपनी बात सुना सकूँ।'' सिआर के सामने से हट जाने पर गैंडे ने प्रणाम करके मदोत्कट से कहा—''स्वामी! आज मेरे प्राणों से आप प्राणयात्रा करें और इस प्रकार मुझे स्वर्ग में अक्षय काल तक के लिए निवास दें। इस धरती पर मेरा विस्तृत यश फैलने दें। अब आप इसमें विकल्प न करें। कहा गया है कि—

स्वामी के कार्य में मरे हुए आज्ञाकारी सेवकों का निवास अक्षय काल तक के लिए स्वर्ग लोक में होता है और इस धरती पर उनकी कीर्ति बढ़ती है।''

गैंडे की बातें सुनकर क्रथनक ने विचार किया कि—जब इन सबों ने इस तरह की अच्छी-अच्छी बातें कीं और स्वामी ने इनमें से किसी को नहीं मारा तो अब मुझे भी अवसर मिला है, मैं भी स्वामी से अपनी शुभ इच्छा प्रकट करूँ। और मेरी बात की ये तीनों समर्थन करेंगे। मन में ऐसा निश्चय कर उसने कहा—''भाई! आपने भी सच ही कहा है। किन्तु आप भी तो नखधारी हैं। तो आपको स्वामी किस तरह खा सकते हैं। कहा गया है कि—

अपने जाति वालों की अशुभ चिन्ता जो मन से भी करता है, इस लोक और परलोक में उसी का अशुभ सर्वत्र होता है।

तो आप भी आगे से हट जाइए, जिससे मैं स्वामी से अपना अभिप्राय प्रकट करूँ।'' गैंडे के आगे से हट जाने पर क्रथनक ने सिंह के सम्मुख खड़े होकर प्रणाम किया और कहा—''स्वामी! ये सब आपके लिए अभक्ष्य हैं। तो आज आप मेरे ही प्राणों से अपनी प्राणयात्रा चलावें, जिससे मुझे दोनों लोकों की सफलता प्राप्त हो। कहा गया है कि—

यज्ञ करने वाले और योग की आराधना में लगे रहने वाले भी उस गति को नहीं प्राप्त होते, जिस गति को उत्तम सेवकजन अपने स्वामी के कार्यों में प्राणत्याग कर प्राप्त करते हैं।''

ऊँट के ऐसा कहने पर उन सिआर और चीते (गैंडे) ने उसकी दोनों कोखों को फाड़ डाला। बेचारा क्रथनक कोखों के फट जाने से तुरन्त गिरकर मर गया, फिर तो उन सभी नीच चतुरों ने मिलकर खूब भोजन किया। इसी से मैं कहता हूँ कि बहुतेरे क्षुद्र पण्डित ...।

तो भाई! सदा नीच लोगों से घिरा हुआ यह राजा जैसा है, वैसा मैं भली तरह जानता हूँ। अच्छे लोग उसकी सेवा नहीं कर सकते। कहा गया है कि—

नीच प्रकृति वाले राजा पर प्रजा का उसी तरह अनुराग नहीं होता; जैसे गीध से चारों ओर घिरे हुए कलहंस की शोभा नहीं होती। और भी, राजा गीध की तरह भी हो पर वह हंस की तरह रहने वाले सभासदों से सेव्य हो सकता है, किन्तु यदि हंस की तरह भी राजा हो और गीध की तरह आचरण करने वाले सभासदों से सेवित हो तो उसे छोड़ देना चाहिए।

मुझे निश्चय हो रहा है कि किसी दुर्जन ने मेरे ऊपर उसे इस तरह क्रुद्ध कर दिया है, इसी से वह ऐसी अंटसंट बातें कर रहा है अथवा यह हो भी सकता है; क्योंकि कहा गया है कि—

मृदु जल की तरंगों से आहत होकर पर्वत की चट्टानें भी पिस जाती हैं तो चुगुलखोरों की रात-दिन की चुगली से मनुष्य का कोमल चित्त यदि फिर जाता है तो क्या आश्चर्य है?

कान में विष (झूठी बात) पड़ने के कारण भग्न मूर्ख लोग इस संसार में क्या-क्या नहीं कर देते। वे बौद्ध संन्यासी तक हो सकते हैं और मनुष्य की खोपड़ी में शराब तक पी सकते हैं।

अथवा यह भी ठीक ही कहा गया है कि—

पैर से कुचला गया तथा मोटी लाठी से पीटा गया भी साँप जिसे अपनी जीभ (दाढ़) से छूता है, उसे ही मारता है। किन्तु चुगुलखोर एवं कुटिल मनुष्यों की यह कौन-सी जीभ है जो कान में तो एक के स्पर्श करती है, किन्तु समूल नाश करती है किसी दूसरे को।

अहा, दुष्ट, दुर्जन और भयानक सर्प—इन दोनों को मारने का तरीका बिल्कुल एक-दूसरे का उल्टा है। यह (दुष्ट) कान में तो एक के लगता है, किन्तु प्राणों से कोई दूसरा वियुक्त होता है।

उसके ऐसा अप्रसन्न होने पर भी अब मुझे क्या करना चाहिए, मैं इसके बारे में एक मित्र के नाते आपसे पूछ रहा हूँ।

दमनक ने कहा—"ऐसी विषम स्थिति में तो आपको कहीं दूसरी जगह चला जाना चाहिए। ऐसे नीच स्वामी की सेवा करना उचित नहीं है। कहा गया है कि—

"कार्य-अकार्य के न जानने वाले, घमण्डी एवं बुरे रास्ते पर चलने वाले गुरु का भी त्याग कर देना चाहिए।"

संजीवक ने कहा—"भाई! मेरे ऊपर स्वामी इस समय बेहद नाराज हैं; अतः कहीं दूसरी जगह जाना ठीक नहीं है, दूसरी जगह जाने पर भी मेरा छुटकारा नहीं है। कहा गया है कि—

बड़े आदमियों से विरोध करके कोई यह समझकर कि मैं उससे बहुत दूर हूँ, निश्चिन्त न रहे। बुद्धिमान बड़े आदमियों के दोनों हाथ बहुत बड़े होते हैं, वे उन्हीं से अपने विरोधी को दूर होने पर भी मार देते हैं।

ऐसी स्थिति में लड़ाई छोड़कर मेरे कल्याण का कोई दूसरा उपाय नहीं है। कहा गया है कि—

स्वर्ग की कामना करने वाले सैकड़ों प्रकार के अच्छे दान, सत्कर्म एवं तीर्थयात्रा द्वारा उन लोकों की प्राप्ति नहीं कर सकते जिन लोकों को लड़ाई के मैदान में वीरता रखने वाले सुशील जन अपने प्राणों को त्याग कर प्राप्त करते हैं।

शूरवीरों के ये दोनों गुण परम दुर्लभ हैं। वे मर कर स्वर्ग प्राप्त करते हैं और जीवित रह कर उत्तम कीर्ति कमाते हैं।

संग्राम रूपी यज्ञ में मस्तक से चूता हुआ जो रक्त वीर के मुख में जाता है वह विधिपूर्वक पिलाये जाने वाले सोमरस के समान फलदायी होता है।

और भी—

इस संसार में हवन से विधिपूर्वक दान दिये गए सत्कुलीन ब्राह्मणों की पूजा से विधिपूर्वक सम्पन्न किये गए अनेक प्रचुर दक्षिणा वाले यज्ञों से, अच्छे-अच्छे तीर्थों एवं आश्रमों के विधिपूर्वक निवास से, नियमपूर्वक किये गए चान्द्रायण आदि कठोर व्रतों से मनुष्य जो फल प्राप्त करते हैं, वह फल युद्ध में मृत्यु प्राप्त करने वाले क्षण भर में प्राप्त करते हैं।"

उसकी ऐसी बातें सुनकर दमनक ने अपने मन में सोचा, यह नीच तो युद्ध करने का विचार पक्का कर रहा है, अगर कहीं यह तेज सिंगों से स्वामी को मार डाले तब तो बड़ा अनर्थ हो जायगा। ऐसी स्थिति में इसे फिर अपनी बुद्धि से ऐसा फेर दूँ कि यहाँ छोड़कर यह कहीं दूसरी जगह भाग जाय, ऐसा निश्चय कर उसने कहा—"अरे मित्र! आप सच कह रहे हैं। किन्तु स्वामी और सेवक में कैसा संग्राम? कहा गया है कि—

बलवान शत्रु को देखकर अपनी जान की रक्षा करनी चाहिए। बलवान को शरद् ऋतु के चन्द्रमा की तरह प्रकाश करना चाहिए।

और भी—

शत्रु के पराक्रम को बिना जाने जो वैर आरम्भ करता है, वह पराजय का पात्र होता है, जैसे समुद्र टिटिहरी से।"

संजीवक बोला—"यह कैसे?"

उसने कहा—

[12]

किसी समुद्र के किनारे एक टिटिहा और उसकी स्त्री रहती थी। एक बार उसकी स्त्री ने ऋतु के समय गर्भ धारण किया। जब उसका गर्भ पूरा होने को आया तो वह बहुत चिन्तित हुई और टिटिहा से बोली—''पतिदेव! अब मेरे अंडा देने का समय आ गया है। तो आप कोई ऐसा स्थान सोचिए जहाँ कोई उपद्रव की संभावना न हो और मैं शान्त तथा निश्चिंत होकर अंडा दे सकूँ।''

टिटिहा ने कहा—''प्यारी! यह समुद्र का तटवर्ती प्रदेश कितना सुन्दर है! तो तुम यहीं अण्डा दो।''

पत्नी ने कहा—''नाथ! पूर्णमासी के दिन यहाँ ज्वार में समुद्र का पानी भर जाता है। उस समय की उसकी लहरें बड़े-बड़े मतवाले हाथियों को भी खींच ले जाती हैं। अच्छा होगा कि इसके तट से दूर आप कोई दूसरा स्थान ढूँढ़ें।''

पत्नी की बातें सुनकर टिटिहा ने हँस कर कहा—''सुन्दरी! तुमने ठीक ही कहा। पर इस समुद्र की क्या शक्ति है जो मेरी सन्तान का कुछ अनिष्ट कर सके। क्या तुमने नहीं सुना है कि—

कौन मनुष्य आकाशचारी पक्षियों तक के मार्ग को रोकने वाले, धूम-रहित, सदा महान भय देने वाले अग्नि में अपनी इच्छा से प्रवेश करता है।

मृत्युलोक को देखने का इच्छुक कौन ऐसा मनुष्य है जो मतवाले हाथी के कुक्ष को विदारने में थके हुए, साक्षात् काल की तरह सोये हुए सिंह को जगाता है।

कौन है जो भय छोड़कर यम के घर जाकर स्वयं काल को आज्ञा देता है कि तुम यदि कुछ भी शक्ति रखते हो तो मेरे प्राणों को हरो।

बर्फ के कणों से मिली हुई कठोर शीतल शिशिर की हवा के बहते समय कौन ऐसा गुण-दोष जानने वाला पुरुष है जो जल से उस शीत को दूर करना चाहता है।

तो तुम विश्वास करो और यहीं अपने अण्डे दो। कहा गया है कि—

जो मनुष्य डर के मारे अपना निवास स्थान छोड़ कर भाग जाता है, यदि कोई माता ऐसे पुत्र से पुत्रवती कही जाती है तो वन्ध्या कैसी कही जायगी?''

टिटिहा की गर्व भरी बातें सुनकर समुद्र ने सोचा—''ओह! इस नीच पक्षी को इतना घमण्ड, जो ऐसी बातें कर रहा है। यह ठीक ही कहा गया है कि—

टिटिहा अपने दोनों पैरों को आकाश के टूट कर गिर जाने के भय से ऊपर उठा कर सोता है। इस संसार में अपने मन से गढ़ा गया घमण्ड किसमें नहीं होता?

तो यह एक मनोरंजन ही होगा। मैं इसकी शक्ति का नमूना देखूँगा कि अण्डा गायब कर देने पर यह मेरा क्या बिगाड़ सकता है?'' ऐसा सोचकर वह चुप रहा। इसके बाद टिटिहरी ने अण्डे दिये। संयोग से वह जीविका के लिए कहीं गई हुई थी कि इसी

बीच में समुद्र ने अपने ज्वार के बहाने से उसके अण्डों को गायब कर दिया। इसके बाद टिटिहरी जब वापस आई तो उसने देखा कि जिस स्थान पर अण्डे रखे हुए थे वह सूना है। फिर तो वह रोती हुई अपने पति से बोली—''गँवार! मैंने पहले ही से तुमसे कहा था कि समुद्र की लहरों से मेरे अंडों का नाश हो जायेगा, इसलिए हमें दूर चलना चाहिए पर तुमने अपनी मूर्खता से घमंड के मारे मेरी बातों पर ध्यान नहीं दिया। यह ठीक ही कहा गया है कि—

इस संसार में जो अपने हितैषियों और मित्रों का कहना नहीं मानता, वह दुर्बुद्धि काठ से गिरे हुए कछुवे की तरह नाश को प्राप्त होता है।''

टिटिहा ने पूछा—''यह कैसे?''

वह बोली—

[13]

किसी एक जलाशय में कम्बुग्रीव नाम का एक कछुवा रहता था। उसके दो बहुत स्नेही मित्र संकट और विकट नाम के हंस थे। वे दोनों प्रतिदिन तालाब के किनारे बैठकर उसके साथ देवताओं, ऋषियों और महर्षियों की कहानियाँ कहते-सुनते थे और जब दिन डूब जाता था तो अपने घोंसले को चले जाते थे। कुछ दिन बीत जाने पर एक बार संयोगवश बहुत बड़ा सूखा पड़ा, जिससे धीरे-धीरे वह तालाब एकदम सूख गया। तालाब सूख जाने पर कछुए को बड़ा दुःख पड़ा। दोनों हंस भी उसके दुःख से दुःखी हुए। उन्होंने कछुए से कहा—''भाई! अब तो इस तालाब में केवल सेवार भर बच गया है, तो फिर अब आप इसमें कैसे रह सकेंगे, इस बात को लेकर हमारे हृदय में बड़ी व्याकुलता हो रही है।''

हंसों की बातें सुनकर कछुए ने कहा—''भाई! अब तो सचमुच पानी की कमी से हमारा जीवन नहीं रह सकेगा, फिर भी कुछ उपाय तो सोचना ही चाहिए। कहा गया है कि—

काल के विपरीत होने पर भी मनुष्य को अपना धीरज नहीं छोड़ना चाहिए। धीरज रखने से कभी कठिनाइयों पर विजय भी मिल जाती है; जैसे समुद्र में जहाज के डूब जाने पर भी यात्री लोग तैरने की इच्छा करते हैं।

और भी,

आपत्तियों के आने पर बुद्धिमान् पुरुष को सदा अपने मित्रों के लिए तथा अपने परिवारवालों के लिए प्रयत्न करना चाहिए, यह मनु महाराज का कथन है।

तो आपलोग एक मजबूत रस्सी या कोई छोटी लकड़ी का टुकड़ा ले आइए और एक गहरे पानीवाला कोई तालाब ढूँढ़िए। मैं उसी रस्सी या लकड़ी के बीच में दाँतों से पकड़ कर लटक जाऊँगा और आप दोनों जन उसके दोनों किनारों को पकड़ कर मुझे उसी गहरे पानी वाले तालाब में पहुँचा दें।''

दोनों हंसों ने कहा—"भाई! हम ऐसा करने के लिए तैयार हैं, किन्तु आप बिल्कुल चुपचाप रहेंगे, नहीं तो लकड़ी से छूट कर नीचे गिर जायेंगे।"

कछुआ मान गया। फिर तो जैसी सलाह पक्की हुई थी, वैसा ही किया गया। मार्ग में जाते हुए कम्बुग्रीव ने नीचे पड़ने वाले किसी एक गाँव को देखा। इधर उस गाँव में रहने वाले निवासियों ने जब इस प्रकार कछुवे को दो हंसों द्वारा विचित्र ढंग से ले जाते हुए देखा, तो वे विस्मय में पड़कर कहने लगे—"अरे, देखो न चक्के की तरह यह कौन-सी गोली चीज है जिसे पक्षी ले जा रहे हैं, देखो।" नीचे होने वाले गाँव के लोगों की शोर-गुल सुनकर कम्बुग्रीव ने कहने की इच्छा की कि—"भाई! यह कैसा शोर-गुल मचा है?" पर आधी बात कहने के साथ ही वह नीचे गिर पड़ा और गाँव वालों ने उसे टुकड़े-टुकड़े कर डाला। इसी से मैं कहता हूँ कि—जो हित चाहने वाले सन्मित्रों की...इत्यादि। इसी तरह अनागत विधाता और प्रत्युत्पन्नमति ये दोनों सुख से अपनी उन्नति करते हैं और यद्‌भविष्य का विनाश हो जाता है।

टिटिहा ने कहा—"यह कैसे?"

उसकी पत्नी बोली—

[14]

किसी एक तालाब में अनागतविधाता, प्रत्युत्पन्नमति और यद्‌भविष्य नाम के तीन मत्स्य (बड़ी मछलियाँ) रहते थे। एक बार कुछ मछुओं ने कहीं जाते समय उस तालाब को देख लिया। उन्होंने आपस में कहा—"अरे! यह तालाब तो मछलियों से भरा पड़ा है। इसे तो हम लोगों ने कभी देखा भी नहीं! आज की जीविका भर के लिए तो मछली मिल गई है, और इधर सन्ध्या भी हो आई है, तो फिर कल सवेरे यहाँ जरूर हम लोग आएँगे।"

मछुओं की वज्र के समान दुखदायी और कठोर बातों को सुनकर अनागतविधाता ने तालाब की सभी मछलियों को बुलाकर कहा—"अरे भाइयो! आप लोगों ने अभी मछुओं की बातें सुनी! तो कुशल इसी में है कि इस रात के समय में ही हमें किसी दूसरे तालाब की शरण लेनी चाहिए। कहा गया है कि—

बलवान शत्रु के होने पर निर्बल को भाग जाना चाहिए या किसी दुर्ग का आश्रय लेना चाहिए। उसकी कोई दूसरी गति नहीं होती।

यह निश्चय समझिये कि कल सवेरे वे मछुए इस तालाब में आकर मछलियों का सत्यानाश कर देंगे। यह बात मेरे मन में बैठ गई है। तो ऐसी स्थिति में इस तालाब में एक क्षण के लिए भी रहना ठीक नहीं है। कहा गया है कि—

जिनको किसी दूसरी जगह सुखदायी शरण मिल सकती है, वे बुद्धिमान् अपने शरीर के टूटने-फूटने की या कुल के नाश की ओर नहीं देखते।"

यह बातें सुनकर प्रत्युत्पन्नमति बोला—"भाई साहब! आप सच कह रहे हैं। मैं

भी यही चाहता हूँ कि हमें दूसरी जगह चल देना चाहिए; क्योंकि कहा गया है कि––

परदेश के भय से डरे हुए, बहुत ढोंग रचने वाले, नपुंसक, कायर पुरुष, कौआ और मृग ये अपने जन्मस्थान में ही मृत्यु की भेंट होते हैं।

जिसकी सर्वत्र गति है, वह अपने देश के झूठे मोह में पड़कर विनाश के मुँह में क्यों जाता है? वह कायर पुरुष हैं, जो सदा खारा पानी यह कह कर पीते हैं कि यह मेरे पिता का बनवाया हुआ कुआँ है।''

दोनों की बातें सुनकर यद्‌भविष्य ने ठठाकर हँसते हुए कहा—''अरे भाई! आप लोगों ने इस मसले पर अच्छी तरह से विचार नहीं किया। क्या मछुओं की बातें भर सुनकर हमें अपने इस प्यारे तालाब को छोड़ना उचित है जिसमें हमारे पिता, पितामह और प्रपितामह रहते आये हैं। यदि हमारी आयु समाप्त हो गई होंगी तो दूसरी जगह जाने पर भी हमारी मौत होगी। कहा गया है कि—

जिसकी दैव रक्षा करता है वह अरक्षित रहकर भी सुरक्षित है। और जिसे दैव मारना चाहता है वह सुरक्षित होकर भी नाश को प्राप्त होता है। वन में छोड़ा गया अकेला अनाथ भी जीवित रह जाता है और घर पर अनेक प्रयत्न करने पर भी मृत्यु आ जाती है।

मैं तो सिर्फ ऐसी बातें सुनकर नहीं जाऊँगा। आप दोनों को जो अच्छा लगे सो करें।''

यद्‌भविष्य का निश्चय सुन कर अनागतविधाता और प्रत्युत्पन्नमति अपने-अपने परिजनों के साथ उस तालाब से निकल गए। फिर तो सवेरा होने पर जाल लिए हुये वे मछुए तालाब पर आ धमके और सारा तालाब छानकर यद्‌भविष्य के साथ तालाब की छोटी-बड़ी मछलियों को साफ कर दिया। इसी से मैं कहता हूँ कि, 'जो भविष्य में आनेवाली स्थिति को विचार कर काम करता है...इत्यादि।'

यह कहानी सुन कर टिटिहा ने पत्नी से कहा—''सुन्दरी! क्या तू मुझे यद्‌भविष्य की तरह समझ रही है। तो देखो मेरी बुद्धि का प्रभाव कि मैं अपनी इसी छोटी चोंच से इस दुष्ट समुद्र का जल सुखा देता हूँ।''

उसकी पत्नी बोली—''नाथ! समुद्र के साथ आपका कैसा वैर? तो इसके ऊपर आपका क्रोध करना ठीक नहीं है; क्योंकि कहा गया है कि—

जो मनुष्य असमर्थ होते हैं उनका क्रोध अपने ही को किसी विपत्ति में डालने वाला होता है, बहुत जलती हुई अंगीठी अपने ही पास-पड़ोस की चीजों को खूब जलाती है।

और भी—अपनी और दूसरे की सामर्थ्य को बिना जाने हुए जो उत्सुकतापूर्वक आक्रमण करता है वह आग में कूदने वाले पतिंगों की तरह नाश को प्राप्त होता है।''

टिटिहा बोला—''प्यारी! तू ऐसी बातें मत कर। जिनमें उत्साह शक्ति होती है, वे स्वल्प होकर भी बड़ों पर विजय प्राप्त करते हैं। कहा गया है कि—

अमर्ष से भरा हुआ पुरुष विशेष रूप से उसी समय शत्रु पर चढ़ाई करता है,

जब शत्रु सब तरह से परिपूर्ण होता है, जैसा कि आज भी है। राहु पूर्ण चन्द्रमा पर आक्रमण करता है।

और भी—शरीर में अपने से बहुत अधिक, गण्डस्थल से मद की धारा चुआने वाले मतवाले हाथी के सिर पर सिंह अपने पैर रखता है। और भी—

बाल होने पर भी सूर्य की किरणें पहाड़ों की श्रेणियों पर पड़ती हैं। तेज के साथ जन्म लेने वाले अर्थात् तेजस्वी लोगों की उमर का कहीं लेखा-जोखा नहीं लगाया जाता है।

हाथी बहुत मोटा-तगड़ा जानवर है, पर वह एक छोटे से अंकुश के वश में चलता है, क्या अंकुश हाथी भर का है? दीपक के जलने पर अंधकार का विनाश हो जाता है, क्या अन्धकार दीपक भर का ही है? वज्र से चोट खाकर बड़े-बड़े पहाड़ टूट कर गिर पड़ते हैं क्या पर्वत वज्र भर का ही है। अरे! इस संसार में जिसके पास तेज है वही बलवान है, किसी के शरीर के मोटापे पर बल का विश्वास नहीं करना चाहिए।

तो मैं अपनी इसी छोटी चोंच से इसके सारे पानी को सुखा डालूँगा।''

टिटिहा की पत्नी बोली—''हे नाथ! समुद्र में नौ सौ नदियों को लेकर गंगा मिलती (रात-दिन पानी देती रहती है) है, और इसी तरह सिन्धु नदी भी, नौ सौ नदियों को लेकर उसमें प्रवेश करती है। इस प्रकार अठारह सौ नदियों के पानी से रात-दिन भरे जाने वाले इस समुद्र को एक बूंद धारण करने वाली अपनी चोंच से तुम किस तरह सुखा दोगे? तो इस तरह की अंट-संट की बातों से आपको क्या लाभ है?''

टिटिहा बोला—''प्यारी! इस संसार में किसी कार्य में आलस्य और चिन्ता नहीं करनी चाहिए, न किसी तरह का खटका ही मानना चाहिए, यही श्री की प्राप्ति का मूल मंत्र है। यह मेरी छोटी-सी चोंच लोहे के समान है। लम्बे-लम्बे रात-दिन पड़े हैं। समुद्र क्यों नहीं सूखेगा? जब तक पुरुष अपना पौरुष नहीं दिखलाता तभी तक दूसरे का भाग उसके लिए अप्राप्य रहता है। तुला राशि पर स्थित होकर भी सूर्य बादलों पर विजय प्राप्त करता है।''

उसकी पत्नी बोली—''नाथ! यदि तुम अवश्य ही समुद्र के साथ विग्रह फाँद रहे हो, तो अपने जाति के दूसरे भी पक्षियों को बुलाकर और अपने मित्रों के साथ इसे प्रारम्भ करो। कहा गया है कि—

अधिक कमजोरों का भी समूह एकत्र हो जाने पर कठिनाई से जीता जा सकता है। मामूली तिनकों से रस्सी बनती है, जिससे बड़े-बड़े हाथी भी बाँधे जाते हैं।

और भी—चटक, काष्ठकूट, (कठफोड़वा) मक्खी और मेढक—इन महान् लोगों के विरोध से हाथी की मृत्यु हो गई।''

टिटिहा बोला—''यह कैसे?''

उसकी पत्नी बोली—

[15]

किसी एक वन में एक चटक (गोरैये) का जोड़ा एक तमाल के पेड़ पर घोंसला बनाकर रहता था। कुछ दिनों के बाद उन दोनों को सन्तान पैदा हुई। एक दिन एक मतवाला हाथी घाम से व्याकुल होकर छाया के लोभ से उस तमाल वृक्ष के नीचे आया। उसने अपने मद के उत्कर्ष में तमाल की उस डाली को अपनी सूंड़ के अगले भाग से खींच कर तोड़ डाला, जिस पर चटक का घोंसला था। डाली के टूटने से चटक के सारे अंडे टूट-फूट कर जमीन पर बिखर गये। आयु बाकी रहने के कारण चटक के जोड़े नहीं मरे। वे किसी तरह प्राण बचा कर भाग निकले। चटका अपने अंडों के फूट जाने के कारण बहुत रोती रही। उसे बहुत दिनों तक कुछ भी अच्छा नहीं लगता रहा। इसी बीच में उसके कारुणिक प्रलाप को सुनकर एक काष्ठकूट (कठफोड़वा) नाम का पक्षी जो उसका परम हितैषी था, उसके समीप आया। उसने चटका के दुःख पर गहरी सहानुभूति दरसाते हुए कहा—"श्रीमती जी! अब आपके इस तरह रोने-धोने से क्या लाभ है? क्योंकि कहा गया कि—

पण्डित लोग उसके लिए अफसोस नहीं करते जो नाश हो जाते हैं या गत हो जाते हैं; क्योंकि पण्डितों में और मूर्खों में इतनी ही विशेषता बताई गई है। और भी—

इस संसार में ये जीव अशोचनीय हैं, जो मूर्ख उनके लिए अफसोस करते हैं, वे सुख में भी दुःख उठाते हैं, और दोनों लोक बिगाड़ते हैं। और भी—

परिवार के व्यक्तियों द्वारा रोते समय छोड़े गए कफ और आँसू के पानी को प्रेत को अवश होकर खाना पड़ता है। इसलिए मृतात्मा के लिए परिवार वालों को रोना नहीं चाहिए। अपनी शक्ति के अनुसार उसका क्रिया-कर्म करना चाहिए।"

चटका बोली—"महानुभाव! यह सब ठीक है। पर इस दुष्ट हाथी ने अपने मद से उन्मत्त होकर मेरी सन्तान का नाश किया है। तो यदि आप मेरे सच्चे मित्र हैं तो इस नीच हाथी को भी मारने का कोई उपाय सोचिए। जिसके मरने से मेरा सन्तति-नाश का दुःख दूर हो। कहा गया है कि—

जिसने आपत्तिकाल में कोई अपकार किया है, किसी विषम स्थिति में उपहास किया है, ऐसे दोनों प्रकार के लोगों का बुरा करने वाले मनुष्य को फिर से जन्म लेने वाला समझना चाहिए।"

काष्ठकूट ने कहा—"श्रीमती जी! आप सच कह रही हैं। कहा गया है कि—

दूसरी जाति में भी पैदा हुआ हो, यदि विपत्ति में सहायता करता है तो सच्चा मित्र वही है। समृद्धि में तो सब कोई सभी के साथ मित्रता का व्यवहार करते हैं।

मित्र वही है, जो विपत्ति में सहायता करे, पुत्र वही है जो भक्तिमान् हो। सेवक वही है, जो सभी प्रकार के कर्त्तव्यों को जानने वाला हो तथा पत्नी वही है, जिसमें पूर्ण संतोष की प्राप्ति हो।

तो फिर मेरी बुद्धि का प्रभाव देखना। किन्तु मेरी भी एक वीणारव नाम की मक्खी सच्चा मित्र है। मैं उसे साथ लेकर चल रहा हूँ, जिससे कि आसानी से उस दुष्ट हाथी का विनाश हो सके।'' इसके बाद वह काष्ठकूट चटका को अपने साथ लेकर मक्खी के पास पहुँचा और उससे बोला—''श्रीमती जी! यह चटका मेरी मित्र है, एक किसी दुष्ट हाथी ने इनके अंडों को फोड़ दिया है, जिससे ये बहुत ही दुःखी हैं। मैं उसे मारने की तरकीब कर रहा हूँ, आप भी इस कार्य में मेरी सहायता करें।'' मक्खी बोली—''भाई ऐसे अच्छे मौके पर सहायता देने के बारे में कहना ही क्या है?

पुनः अपने उपकार होने की आशा से लोग मित्र की भलाई तो करते ही हैं। यदि कोई अपने मित्र की भलाई नहीं करते तो वे फिर कुछ नहीं करते।

आपका कथन बिल्कुल सत्य है, मैं सहायता के लिए तैयार हूँ। पर मेरे भी एक मित्र मेघनाद नाम के मेढक हैं। उन्हें भी इस कार्य में बुला कर सलाह लेनी चाहिए और तब जो कुछ उचित हो, करना चाहिए; क्योंकि कहा गया है कि—

हितैषी, सच्चरित्र, शास्त्रों में निपुण, बुद्धिमान एवं विद्वानों द्वारा सुविचारित काम कभी भी निष्फल नहीं होता।''

फिर तो वे तीनों मेघनाद नाम के मेढक के पास पहुँचे और उससे पूरा वृत्तान्त उन्होंने कह सुनाया। वह बोला—''भाई! बड़े लोगों के क्रोधित होने के सामने बेचारे उस हाथी की बिसात ही क्या है। सो सुनो, मैं इस बारे में जो सलाह दे रहा हूँ, वही करते जाओ। मक्खी रानी! तुम दोपहरी के समय उस मदमाते हाथी के कान में वीणा की मधुर झंकार के समान मीठे शब्द करो जिससे कान के आनन्द के अनुभव करने में मस्त होकर वह आँखें मूँद कर झूमने लगे। फिर काष्ठकूट जाकर उसकी दोनों आँखें अपनी तेज चोंच से फोड़ दें, जिससे वह अन्धा बन जाय। प्यास से विह्वल होकर मेरे गड्ढे के समीप तो वह आयेगा ही, उस समय मैं अपने परिवार के लोगों को साथ लेकर खूब शब्द करके उसे तालाब के भ्रम में डाल दूँगा। तालाब समझ कर वह अभागा मेरे गहरे गड्ढे में गिर पड़ेगा। इसी तरह का उपाय करना चाहिए, तब उससे वैर का बदला चुकाया जा सकता है।''

फिर तो सबने मेढक की सलाह के अनुसार ही कार्य किया। वीणारव मक्खी के गाने के आनन्द में वह अभागा हाथी जब आँखें मूँद कर झूम रहा था, उसी समय काष्ठकूट ने पहुँच कर उसकी दोनों आँखें फोड़ दीं।

दोपहर के समय प्यास से व्याकुल होकर वह इधर-उधर घूमने लगा कि मेढकों के शब्द सुनकर उसी ओर चल पड़ा और उसी गहरे गड्ढे में गिर कर तुरन्त मर गया। इसी से मैं कहता हूँ कि 'चटका, काष्ठकूट आदि।'

टिटिहा बोला—''श्रीमती जी! ऐसा ही करूँगा जैसा आप कह रही हैं। अब अपने मित्रों एवं जातिवालों को इकट्ठा करके इस नीच समुद्र को सुखा दूँगा।'' ऐसा निश्चय कर उसने बगुला, सारस, मयूर आदि पक्षियों को बुलाया और उनसे कहा—''भाई!

मेरा अण्डा चुरा कर इस नीच समुद्र ने मुझे बहुत सताया है। आप लोग इसके सोखने का कोई उपाय सोचें।''

टिटिहरी की बातें सुनकर उन सभी पक्षियों ने आपस में सलाह की और फिर उन्होंने कहा—''अरे भाई! हम समुद्र सोखने की शक्ति नहीं रखते। व्यर्थ परिश्रम करने से क्या लाभ? कहा गया है कि—

घमण्ड में भूल कर जो निर्बल होकर अपने से सबल शत्रु के सामने लड़ाई के लिए जाता है, वह टूटे हुए दाँत वाले हाथी के समान पराजित होता है।

हमारे स्वामी पक्षिराज गरुड़ हैं। उनके समीप जाकर अपनी विपत्ति की यह कहानी सुनाओ। जिससे वह अपनी जाति की विपत्ति सुनकर क्रोधित हों और समुद्र से इस वैर का बदला चुकावें। और यदि वे सुन कर भी इसके बारे में कोई लापरवाही दिखायेंगे तो भी हमें दुःख नहीं करना चाहिए, क्योंकि कहा गया है कि—

मनुष्य अपना दुःख अनन्यहृदय मित्र, गुणवान सेवक, आज्ञाकारिणी पत्नी एवं शक्तिशाली स्वामी को सुनाकर सुखी होता है।

तो हम सब गरुड़ के समीप जाते हैं, क्योंकि वही हम पक्षियों के एकमात्र स्वामी हैं।'' ऐसा निश्चय कर वे सभी पक्षी आँखों में आँसू भर कर और उदास मुख लेकर गरुड़ के पास पहुँचे और वहाँ करुणाभरे स्वर में सिसकते हुए बोले—''स्वामी! महान् अनर्थ हो गया, बहुत गड़बड़ हो गया। आप जैसे सर्वशक्तिमान स्वामी के रहते हुए भी इस सीधे-सादे टिटिहरी के अण्डों को अभी थोड़े दिन पहिले समुद्र ने चुरा लिया है। महाराज! अब हम पक्षियों का खानदान का खानदान ही इसी तरह नष्ट हो जायगा। अब तो दूसरों को भी इसी तरह मनमाने ढंग से समुद्र नाश कर देगा। कहा गया है कि—

एक के बुरे काम को देखकर दूसरा भी बुरे काम करने में प्रवृत्त होता है। इस संसार के लोग एक-दूसरे के पीछे आँखें मूँद कर चलने वाले होते हैं, स्वभाव से ही परमार्थ का काम करने की प्रेरणा किसी में नहीं होतो।

और भी—राजा को अपनी प्रजा की रक्षा सदा चुगलखोर, चोर, व्यभिचारी, डाकू, क्रूर एवं छलछिद्रादि रचने वालों से करनी चाहिए।

प्रजा की रक्षा करने वाले राजा को अपनी प्रजा द्वारा अर्जित किये गए पुण्य का छठा भाग मिलता है। और जो रक्षा नहीं करता, उसे अधर्म का ही छठा भाग उठाना पड़ता है।

प्रजा की पीड़ा के सन्ताप से उठी हुई आग राजा की लक्ष्मी, कुल एवं प्राणों को ये बिना जलाये हुए नहीं लौटती।

''राजा बिना बन्धु वालों का बन्धु है, बिना आँखवालों की आँखें हैं। सभी न्यायपथ पर चलने वाले का राजा ही पिता भी है और माता भी।''

(यहाँ के तीन श्लोकों का अर्थ पृष्ठ 95 पर दिया जा चुका है।)

इस तरह की बातें सुनकर गरुड़ टिटिहरी के दुःख से बहुत दुःखी हुए। वह क्रोध से भर कर सोचने लगे—''अहो! ये पक्षी सच कह रहे हैं। मैं आज ही जाकर उस नीच समुद्र को सोखूँगा।''

इस तरह की बातें गरुड़ सोच ही रहे थे कि इसी बीच भगवान् विष्णु का दूत आकर पहुँच गया। उसने कहा—''गरुड़ जी! भगवान् विष्णु ने मुझे आपके पास भेजा है। देवताओं के काम से भगवान् अमरावती जायँगे। उन्होंने कहा है कि आप तुरन्त उनके समीप चलें।''

उक्त बातें सुन कर गरुड़ अभिमान भरे स्वर में बोले—''अरे दूत! मेरे जैसे सेवक से भगवान का क्या काम चलेगा? तुम जाकर उनसे कहो कि मेरे स्थान पर वे किसी अन्य वाहन को नियुक्त कर लें। भगवान से मेरा सादर नमस्कार कहना। कहा गया है कि—

जो स्वामी सेवक के गुणों को नहीं जानता, बुद्धिमान को चाहिए कि उसकी सेवा न करे। जोती हुई ऊसर भूमि की तरह ऐसे स्वामी की सेवा से कोई लाभ नहीं है।''

दूत बोला—''गरुड़ जी! आपने भगवान् के प्रति ऐसे कठोर वचन कभी नहीं कहे थे। तो बताइए न कि आप इस तरह भगवान् का अपमान क्यों कर रहे हैं?''

गरुड़ ने कहा—''भाई! भगवान् के आश्रय इस समुद्र ने मेरी प्रजा टिटिहरी के अण्डों को चुरा लिया है। यदि भगवान् उसको दण्ड नहीं देते, तो मैंने निश्चय कर लिया है कि मैं उनकी सेवा नहीं करूँगा। ऐसा जाकर तुम जल्दी ही उनसे कह भी देना।'' दूत ने वैसा ही किया। फिर तो दूत के मुँह से गरुड़ को स्नेहवश कुपित जानकर भगवान् ने सोचा कि गरुड़ ने ठीक ही क्रोध किया है। मैं स्वयं उसके पास जाकर उसे सम्मानपूर्वक लिवा लाता हूँ। कहा गया है कि—

भक्त, समर्थ और कुलीन सेवक का यदि अपने कल्याण की इच्छा स्वामी करता है तो उसे सदा पुत्र की तरह प्यार करना चाहिए। कभी अपमान नहीं करना चाहिए; क्योंकि—

राजा सन्तुष्ट होकर भी सेवक को धन मात्र देता है, किन्तु वे तो संतुष्ट और सम्मानित होकर अपने प्राणों को देकर भी स्वामी का उपकार करते हैं।

ऐसा ऊँच-नीच सोचकर भगवान् विष्णु रुक्मपुर गरुड़ के निवास स्थान की ओर शीघ्रता से चल पड़े। गरुड़ ने अपने निवास पर आये हुए भगवान् को देखकर लज्जा से नीचे मुँह कर लिया, किन्तु फिर प्रणाम कर विनम्रता से कहा—''भगवन्! तुम्हारे आश्रय होने के कारण मदोन्मत्त समुद्र ने मेरी प्रजा एक टिटिहरी के अंडों को चुरा कर मेरा अपमान किया है। किन्तु भगवान के सामने क्या जवाब दूँगा, यह सोचकर मैंने अभी तक उसका कुछ भी नहीं बिगाड़ा, नहीं तो मैं उसे आज ही सुखाकर स्थल बना देता। स्वामी के भय से कुत्ते को भी लोग नहीं मारते। कहा गया है कि—

जिस काम के करने से स्वामी के मन में अपमान अथवा पीड़ा का अनुभव हो उस काम को प्राण छोड़ने तक भी कुल परम्परागत सेवक को नहीं करना चाहिए।''

गरुड़ की बातें सुनकर भगवान ने कहा—"गरुड़! तुम ठीक ही कह रहे हो। कहा भी गया है कि—

सेवक के अपराध का दण्ड स्वामी के लिए होता है। उसके कारण होने वाली लज्जा का भी अनुभव स्वामी को ही होता है, सेवक को कभी नहीं।

तो आओ मेरे साथ, जिससे समुद्र से अंडों को लेकर टिटिहरी को प्रसन्न करूँ, और उसी रास्ते से हम लोग अमरावती भी चले चलें।" भगवान ने वैसा ही किया। उन्होंने समुद्र तट पर पहुँच कर अपने धनुष पर अग्नि वाण चढ़ाकर बड़ी कड़ी फटकार सुनाते हुए समुद्र से कहा—"अरे नीच! टिटिहरी के अंडों को अभी दे दो। नहीं तो मैं तुम्हें सुखा कर स्थल बना दूँगा।" भगवान की सक्रोध बातें सुनते ही भयभीत समुद्र ने टिटिहरी के उन अंडों को वापस दे दिया। उसे लाकर टिटिहरी ने अपनी पत्नी को दे दिया। इसी से मैं कहता हूँ कि 'शत्रु का बल बिना जाने हुए' इत्यादि; पुरुष को कभी अपना उद्यम नहीं छोड़ना चाहिए।" ऐसी बातें सुनकर संजीवक ने फिर दमनक से पूछा—"अरे भाई! फिर मैं यह कैसे जानूँ कि वह मेरे ऊपर द्रोह बुद्धि रखता है। इतने दिनों तक वह बराबर मुझे स्नेह और कृपा की दृष्टि से देखता रहा, कभी मैंने उसे किसी प्रकार की नाराजगी प्रकट करते हुए नहीं देखा। तो अब तुम्हीं बताओ जिससे मैं अपनी प्राण रक्षा के लिए उसको मारने का प्रयत्न करूँ।"

दमनक बोला—"भाई! इसमें जानना क्या है? यही तुम्हारे लिए विश्वास करने की बात है कि यदि वह तुम्हें देखकर आँखें लाल कर ले, भृकुटि तीन भागों में टेढ़ी कर ले, जीभ से दोनों होंठों को चाटने लगे तो समझ लेना कि तुम्हारे ऊपर उसकी नीयत खराब हो गई है। और यदि ऐसा न हो तो समझ लेना कि वह सुप्रसन्न है। अब तो मुझे आज्ञा दो, मैं अपने निवास को जाऊँ। देखना, जिस तरह यह गुप्त बातें कोई दूसरा न जाने इसकी चेष्टा करना। मेरी तो राय है कि आधी रात को यदि तुम यह स्थान छोड़ कर कहीं दूसरी जगह जा सको तो चले जाओ; क्योंकि—

कुल की रक्षा के लिए यदि कुल के एक व्यक्ति को छोड़ना पड़े तो छोड़ देना चाहिए। इसी तरह ग्राम की रक्षा के लिए कुल को, इलाके की रक्षा के लिए ग्राम को और अपनी रक्षा के लिए इस पृथ्वी को भी छोड़ देना चाहिए।

आपत्ति के लिए मनुष्य को धन की रक्षा करनी चाहिए, धन से भी अपनी स्त्री की रक्षा करनी चाहिए, किन्तु स्वयं अपनी रक्षा तो स्त्री और धन दोनों से करनी चाहिए।

किसी बलवान से पीड़ित व्यक्ति को या तो कहीं विदेश भाग जाना चाहिए या फिर उसी की शरण लेनी चाहिए, यही नीति है। तुम्हारे लिए तो देशत्याग ही एकमात्र उपाय है। अथवा साम, दाम आदि उपायों से जैसे भी सम्भव हो अपनी रक्षा करो; क्योंकि कहा गया है कि—

पण्डित जन को अपने प्राणों की रक्षा स्त्री और पुत्र को गँवा कर भी करनी चाहिए, क्योंकि अपना शरीर सुरक्षित रहने पर ये फिर से भी मिल सकते हैं।

और भी—

जिस किसी भी उपाय के द्वारा, भले ही वह शुभ हो या अशुभ हो, विपत्ति की दशा में अपनी रक्षा मनुष्य को करनी चाहिए; क्योंकि समर्थ होकर वह फिर धर्म का आचरण कर सकता है।

जो मूर्ख प्राणत्याग के अवसर के उपस्थित होने पर भी धनादि वस्तुओं में ममता करता है, उसके प्राण तो जाते ही हैं, प्राणों के जाने पर धनादि का भी नाश हो जाता है।''

ऐसा कह कर दमनक करटक के समीप चल पड़ा। करटक ने भी उसे आते देखकर कहा—''भाई साहब! आपने वहाँ क्या-क्या किया?''

दमनक बोला—''भाई! मैंने तो अभी नीति का बीज मात्र बो दिया है। अब इसके बाद का काम तो दैवाधीन है; क्योंकि कहा गया है कि—

दैव के विपरीत रहने पर भी बुद्धिमान को अपना दोष (भय) मिटाने के लिए तथा चित्त को स्थिरता और शान्ति देने के लिए अपना कार्य करते रहना चाहिए।

और भी—

(इस श्लोक का अर्थ 80वें पृष्ठ पर दिया जा चुका है।)

करटक बोला—''भाई! तो बताइए न कि आपने किस प्रकार से नीति का बीज बोया है।''

उसने कहा—''भाई! मैंने मिथ्या भेद डालकर उन दोनों में इतना मनमुटाव डाल दिया है कि अब तुम उन्हें एक स्थान पर बैठकर सलाह करते हुए नहीं देखोगे।''

करटक बोला—''अहा! आपने यह अच्छा काम नहीं किया, जो आपस में स्नेह रस से भीगे हुए दो मित्रों को सुख के कुण्ड से निकाल कर क्रोध के समुद्र में फेंक दिया। कहा गया है कि—

बिना विरोध के, आनन्द में निमग्न जीव को जो पापी दुःख के पथ पर ला पटकता है, वह जन्म-जन्मान्तर तक दुःखी ही रहता है, इसमें संदेह नहीं। और दूसरी बात यह भी है कि तुम उनमें जो भेद डाल कर संतुष्ट हो गए हो, वह भी ठीक नहीं है क्योंकि सभी इस कार्य को कर सकते हैं। दो व्यक्तियों में विरोध उत्पन्न कर देना सरल है, उपकार करना सरल नहीं है। कहा भी गया है कि—

नीच मनुष्य दूसरे के कार्य बिगाड़ना ही जानते हैं, सिद्ध करना नहीं। वायु की शक्ति वृक्षों को गिराने ही की होती है, उठाने की नहीं।''

दमनक बोला—''भाई साहब! क्षमा कीजिएगा, आपको नीतिशास्त्र की जानकारी बिल्कुल नहीं है, इसी से ऐसी बातें कर रहे हैं; क्योंकि कहा गया है कि—

उत्पन्न होते ही शत्रु और व्याधि को जो शान्त नहीं कर देता, वह महाबलवान् होकर भी उन्हीं के बढ़ जाने से मारा जाता है।

तो यह हमारे मंत्री पद के छिन जाने के कारण हमारा शत्रु बन गया था। कहा गया है कि—

इस संसार में पिता पितामह के स्थान को जो जीतना चाहता है, वह भले ही प्यारा हो, उसे सहज शत्रु जानना चाहिए और उसके नाश का उपाय करना चाहिए।

मैंने ही अपने मंत्रिपद से उदासीन होकर उसे अभय दान देकर पिंगलक के पास प्रतिष्ठित कराया था; किन्तु उसने तब तक मुझी को मंत्रीपद से निकाल बाहर कर दिया। यह ठीक ही कहा गया है कि—

सज्जन अपने पद पर यदि किसी दुर्जन को लाकर बैठा देता है तो वह दुर्जन उस पद की कामना करके उसके नाश की चेष्टा करने लगता है। इसलिए इस संसार में बुद्धिमान को कभी अपने पद पर नीच व्यक्तियों को आश्रय नहीं देना चाहिए, क्योंकि आश्रय पाकर जार भी गृहपति बन जाता है, ऐसे अनेक दृष्टान्त सुने गये हैं।

मैंने यही सब बातें सोचकर उसके मारने का यह उपाय रचा है। अथवा उसे देशत्याग करना पड़ेगा। तो भाई! ऐसा करना कि तुम्हारे सिवा कोई इस गूढ़ बात को न जाने। मैंने अपने स्वार्थ की सिद्धि के लिए जो कुछ किया है, वह सब ठीक है। कहा गया है कि—

हृदय को तलवार की तरह तथा वाणी को छुरी की तरह तेज करके अपने अपकारी को मारना चाहिए, इसमें तो विकल्प करना ही नहीं चाहिए।

वह मर कर भी हमारा भोजन बनेगा, यह भी लाभ है। एक तो हमारे वैर का बदला चुकेगा, दूसरे हमें फिर अपना मंत्री पद प्राप्त होगा, तीसरे तृप्ति मिलेगी। इस प्रकार तीन-तीन लाभ के उपस्थित होने पर आप मुझे क्यों मूर्खतावश इस कार्य में दोषी बना रहे हैं। कहा गया है कि—

पण्डित लोग अपने स्वार्थ की सिद्धि तो दूसरों को पीड़ित करके भी करते हैं; किन्तु मूर्ख प्राप्त वस्तु का भी नहीं उपभोग कर पाते जैसे वन में चतुरक।''

करटक बोला—''यह कैसे?''

उसने कहा—

[16]

किसी वन में वज्रदंष्ट्र नाम का एक सिंह रहता था। उसके चतुरक और क्रव्यमुख नाम के दो सिआर और गीदड़ सेवक थे, जो उसी वन में रहते थे और सदा उसके पीछे-पीछे चलते थे। किसी दिन सिंह ने घने जंगल में एक गाभिन उँटनी को मारा, जो बेचारी प्रसव की पीड़ा से एक जगह बैठी हुई थी और अपने झुंड से बिछुड़ गई थी। उसे मार कर सिंह ने जब उसका पेट फाड़ा, तब जीता हुआ छोटा ऊँट का सुन्दर बच्चा बाहर निकल पड़ा। सिंह ऊँटिनी के मांस से सपरिवार खूब सन्तुष्ट हो गया। स्नेहवश उस अकेले बच्चे को अपने घर लाकर उसने कहा—''प्यारे बच्चे! तुम्हें मौत

का कोई डर मुझसे नहीं है और किसी दूसरे से भी नहीं है। तुम अपनी मौज से इस वन भर में खूब विचरो। तुम्हारे ये दोनों कान खूँटे की तरह बड़े-बड़े हैं, इसलिए तुम आज से शंकुकर्ण नाम से पुकारे जाओगे।'' ऐसा हो जाने के बाद वे चारों एक ही जगह रहने लगे और साथ ही आहार-विहार करने लगे। वे साथ ही बैठकर गप्पें लड़ाते और अनेक तरह की बातों की मस्ती में आनन्द का अनुभव करते। धीरे-धीरे शंकुकर्ण जवान हो गया, किन्तु कभी वह सिंह को क्षण भर के लिए भी नहीं छोड़ता। एक बार वज्रदंष्ट्र के साथ किसी बनैले हाथी ने बड़ी भयानक लड़ाई की। हाथी बड़ा बलवान था। इस लड़ाई में उसके मजबूत दाँतों से वज्रदंष्ट्र का शरीर इस कदर घायल हो गया कि वह चल-फिर भी नहीं सकता था। एक दिन क्षुधा से उसका गला जब एकदम सूख गया तो उसने अपने साथियों से कहा—''अरे भाई! तुम लोग जाओ, कोई ऐसा जानवर ढूँढ़ कर फुसलाकर लाओ जिसे इस अवस्था में भी मैं मार सकूँ और अपनी तथा तुम लोगों की भूख को शान्त कर सकूँ।'' सिंह की उक्त बात सुनकर वे तीनों संध्या के समय वन में किसी शिकार की टोह में घूमने निकले किन्तु एक भी जानवर उन्हें ऐसा नहीं मिला। फिर तो चतुरक ने सोचा कि यदि किसी तरह यह शंकुकर्ण मारा जाय तो कुछ दिनों तक सबकी तृप्ति हो। किन्तु स्वामी इसे मित्र और आश्रित होने के नाते नहीं मारेंगे। यह हो सकता है कि मैं अपनी बुद्धि के प्रभाव से स्वामी को इस बात के लिए सहमत कर लूँ कि वे इसे मारने पर तैयार हो जायँ। कहा गया है कि—

इस लोक में बुद्धिमान की बुद्धि के सामने कोई भी वस्तु अबध्य, अंगम्य अथवा अकरणीय नहीं है। ऐसी वस्तु है ही नहीं जिसे वह न मार सके, न प्राप्त कर सके या न पूरा कर सके। वह सब कुछ कर सकता है।

ऐसा सोचकर उसने शंकुकर्ण से कहा—''भाई शंकुकर्ण! हमारे स्वामी भूख से तड़प रहे हैं। यदि वे भूख से मर गये तो यह निश्चय समझिए कि हम सब मर जायेंगे। अतः स्वामी के लिए मैं कुछ बातें आपसे निवेदन करना चाहता हूँ, सुनिए।''

शंकुकर्ण बोला—''भाई! आप तुरन्त कहिए, जिससे आपकी आज्ञा का बिना किसी हिचकिचाहट से पालन करूँ। दूसरे, आपकी आज्ञा पूरी करने में मुझे यह भी लाभ है कि स्वामी का उपकार कर मैं सैकड़ों सुकृतों का यशभागी बनूँगा।''

चतुरक बोला—''भाई! आप दूने लाभ के लिए अपने शरीर को स्वामी को दे दीजिए इससे आपका शरीर भी दूना हो जायगा और स्वामी की प्राणरक्षा भी हो जायगी।''

ऐसी बातें सुनकर शंकुकर्ण ने कहा—''भाई! यदि ऐसा है तो मेरे इस प्रयोजन को तुम स्वामी से कह दो और उनका काम करो। पर इस शर्त पर भगवान धर्मराज साक्षी हैं।'' उसकी बात पर वे सब सहमत हो गए और फिर ऐसा ही निश्चय बनाकर सिंह के समीप आकर बोले—''देव! कोई जानवर नहीं मिला और भगवान सूर्यनारायण भी अस्ताचल को चले गए। यदि स्वामी दुगुना शरीर कर देने की बात मान लें तो शंकुकर्ण अपना शरीर धर्मराज को साक्षी बनाकर देने के लिए सहमत हो गए हैं।''

सिंह ने कहा—''यदि ऐसी बात शंकुकर्ण चाहते हैं, तो बहुत अच्छी बात है। इस व्यवहार में धर्मराज को साक्षी बना लो।''

सिंह के इस प्रकार स्वीकार कर लेने पर दोनों ओर से सिआर और गीदड़ ने मिलकर शंकुकर्ण के पेट को फाड़ डाला। वह गिर पड़ा और तुरन्त मर गया।

फिर वज्रदंष्ट्र ने चतुरक से कहा—''भाई चतुरक! मैं नदी जाकर स्नान और देवपूजा जब तक करके वापस आ जाता हूँ तब तक तुम सावधानी से इसे देखते रहना।'' ऐसा कह कर जब सिंह नदी तट को चला गया तब चतुरक ने सोचा कि एक ऐसी तरकीब है जिससे मैं अकेले ही इस ऊँट को खा सकूँ। थोड़ी देर तक सोच-विचार कर वह क्रव्यमुख से बोला—''भाई क्रव्यमुख! आप भूखे हैं। तो जब तक स्वामी नदी से नहाकर वापस आते हैं तब तक इस ऊँट के मांस को खा सकते हैं। मैं आपको स्वामी के सम्मुख निर्दोष सिद्ध कर दूँगा।'' क्रव्यमुख भी उसकी बातों में आकर ऊँट का मांस खाने लगा। थोड़ा ही मांस खा चुका था कि चतुरक ने आकर उससे कहा—''अरे क्रव्यमुख! स्वामी आ रहे हैं, इसको छोड़ कर दूर खड़े हो जाओ, जिससे स्वामी आने पर इसके खाने में कोई हिचकिचाहट न करें।'' क्रव्यमुख जल्दी ऊँट के पास से दूर हट गया। सिंह ने आकर जब देखा तो पाया कि उतनी ही देर में ऊँट के बच्चे के हृदय को खत्म कर दिया गया है। फिर तो भौंहें टेढ़ी बनाकर वह कठोर वाणी में बोला—''अरे किस नीच ने ऊँट को जुठार दिया है, बताओ उसे भी इसी के साथ खतम करें।'' सिंह की कठोर वाणी सुनकर क्रव्यमुख चतुरक के मुँह की ओर देखने लगा। उसका आशय था कि भाई बताओ न कोई झूठ-सांच बात, जिससे मेरे प्राणों की रक्षा हो। पर चतुरक एक चंट। वह हंस कर बोला—''भाई साहब! जब मैं रोक रहा था तब तो मेरी बातें नहीं सुनी। और अब मांस खाकर मेरा मुँह ताक रहे हो। अब चखिये न उस अनीति के वृक्ष का फल जिसे बोया है।'' चतुरक की इस तरह की बातें सुन कर क्रव्यमुख प्राणों के मोह से दूर देश भाग गया। इसी बीच में उसी रास्ते से ऊँटों का एक बहुत बड़ा काफिला आने लगा, जिस पर बोझ लदे हुए थे। उसमें सबसे आगे वाले ऊँट के गले में एक बहुत बड़ा घण्टा लटका हुआ था। उसकी आवाज बहुत दूर से ही सुनाई पड़ रही थी। उसे सुनकर सिंह ने चतुरक से कहा—''भाई! तनिक मालूम तो करो कि यह भयानक आवाज कैसी सुनाई पड़ रही है। ऐसी कठोर आवाज बन में तो मैंने पहले कभी नहीं सुनी थी।'' चतुरक थोड़ी दूर तक वन में जाकर वापस लौट पड़ा और जल्दी में आकर सिंह से बोला—''स्वामी! बहुत जल्दी यहाँ से भाग जाइए, यदि भाग सकते हों।'' सिंह ने पूछा—''भाई! इस तरह मुझे घबराहट में क्यों डाल रहे हो? अरे! बताओ न कि क्या बात है?'' चतुरक बोला—''स्वामी! वह धर्मराज देवता तुम्हारे ऊपर नाराज होकर आ रहे हैं कि इसने (तुमने) अकाल में ही मेरे प्यारे ऊँट को मार डाला। अब इससे एक हजार गुने ऊँट लूँगा। ऐसा निश्चय पक्का कर वे बड़े क्रोध में भर कर उस मरे हुए ऊँट के साथ उसके पूर्वज पिता-पितामह आदि को भी साथ लेकर आ रहे हैं। अगले ऊँट के गले में घंटा लटका हुआ है, वही इस तरह बज रहा है। स्वामी!

यह निश्चय मालूम पड़ रहा है कि वह तुमसे वैर साधने के लिए दौड़े चले आ रहे हैं।'' सिंह ने जब चतुरक की ऐसी बातें सुनीं, तो उसे भी अपनी जान के लाले पड़ गए। मरे हुए ऊँट को छोड़कर उस काफिले को दूर से ही देखकर वह भाग खड़ा हुआ। फिर तो चतुरक ने धीरे-धीरे उस ऊँट के मांस को खूब खाया। इसी से मैं कहता हूँ कि 'दूसरे को पीड़ा पहुँचा कर...' इत्यादि।

इधर दमनक के चले जाने पर संजीवक ने सोचा—हाय! मैंने यह क्या किया? घासभोजी होकर उस मांसाहारी का सेवक बना। यह ठीक ही कहा गया है कि—

जो पुरुष अगम्य स्थलों पर गमन करता है अथवा असेव्य वस्तुओं का सेवन करता है, वह घोड़े से गर्भ धारण करने वाली खच्चरी की तरह मृत्यु को प्राप्त करता है।

तो अब मैं क्या करूँ? कहाँ जाऊँ? किस तरह मुझे शान्ति मिलेगी। या फिर उसी पिंगलक के पास ही वापस जाऊँ, कदाचित् शरणागत समझकर मेरे प्राणों की रक्षा करे; क्योंकि कहा गया है कि—

दुर्भाग्य से इस संसार में धर्म का काम करते हुए यदि विपत्ति आ जाय तो बुद्धिमान को चाहिए कि उसकी शान्ति के लिए विशेष नीति का सहारा ले; क्योंकि इस लोक में सर्वत्र यह ख्याति है कि आग से जले हुए को आग से ही सेंकना भी हितकर होता है। और भी—

इस संसार में शरीरधारियों को अपने कर्मों का फल तो अवश्य ही मिलता है। सदा शुभ अथवा अशुभ भावनाओं से किये गये कर्मों का जो भी फल मिलने वाला होगा वह तो अवश्य ही मिलेगा। इसमें विचार करने की कोई जरूरत नहीं।

दूसरे यह भी तो हो सकता है कि मैं यह जंगल छोड़कर कहीं दूसरी जगह चला जाऊँ तो वहाँ भी किसी दुष्ट मांसाहारी के द्वारा मेरी मृत्यु हो सकती है। इससे तो अच्छा यही है कि सिंह से मेरी मृत्यु हो। कहा गया है कि—

बड़े आदमियों से झगड़ा या स्पर्द्धा करने पर यदि विपत्ति भी झेलनी पड़े तो वह अच्छी ही है। पर्वतों की चट्टानों के तोड़ने में हाथियों के दाँत जो टूट जाते हैं तो उसकी बड़ाई ही होती है।

किसी बड़े से लड़कर भी यदि किसी नीच का विनाश हो जाता है तो उसकी प्रशंसा होती है। मदजल का लोभी मधुप हाथी के कान की चोट से आहत होकर भी प्रशंसा पाता है।

ऐसा निश्चय कर वह धीरे-धीरे सिंह के स्थान की ओर चल पड़ा। वहाँ सिंह के स्थान को देखकर उसने कहा। यह ठीक ही कहा गया है कि—

राजाओं के घर बड़े दुःख के साथ लोग जाते हैं। यह सचमुच ऐसे घर के समान भयानक होता है, जिसमें भीतर सांप छिपे रहते हैं या ऐसे वन के समान है जिसमें भीतर दावाग्नि लगी हुई है, या ऐसे सरोवर के समान है जो बाहर से तो सुन्दर बगीचे और

कमलों से सुशोभित है, किन्तु भीतर ग्राह छिपे हुए हैं। राजाओं के इस भयानक घर में अनेक तरह के नीच, दुष्ट, झूठ बोलने वाले, पापी, ठग और बेईमान भरे पड़े रहते हैं। किसी सज्जन पुरुष का ठिकाना उसमें नहीं लगता।

इस तरह की बातें सोचता-हुआ वह आगे बढ़ा। पर उसने देखा कि पिंगलक ठीक उसी तरह से बैठा दिखाई पड़ रहा है, जैसा दमनक ने बताया था। फिर तो वह सतर्क होकर अपने शरीर को चुस्त करके बहुत दूर ही बिना प्रणाम किये ही बैठ गया। पिंगलक ने भी उसे ठीक उसी तरह का पाया, जैसा दमनक ने बताया था। उसे दमनक की बात पर विश्वास हो गया। फिर तो क्रोध में भरकर वह संजीवक के ऊपर टूट पड़ा। पिंगलक के तेज नाखूनों से संजीवक की पीठ कई जगह कट गई। उसने भी अपनी तेज सींगों से उसके पेट में भोंक कर उठा लिया और किसी तरह दूर हट कर सींगों से मारने की इच्छा करने लगा। युद्ध करने की स्थिति में वे दो के दोनों ही फूले हुए पलाश के पेड़ की तरह खून से भीगे हुए दिखाई पड़ने लगे। एक दूसरे को मारने की उनकी इच्छा देखने योग्य थी। इस अवस्था में उन दोनों को लड़ते देखकर करटक ने दमनक से कहा—"अरे मूर्ख! इन दोनों मित्रों में विरोध की आग लगा कर तुमने अच्छा नहीं किया। तुम नीति का तत्त्व नहीं जानते। नीतिज्ञों ने कहा है कि—

नीतिकुशल मंत्री वही है, जो कठोर दण्ड दिये जाने योग्य अथवा बड़ी कठिनाई से सिद्ध होने वाले कार्यों को भी प्रेम के साथ समझा-बुझाकर सम्पन्न कर देते हैं और व्यर्थ के ऐसे कामों को भी, जिनसे बाद में कोई परिणाम नहीं निकलता, जो दण्ड, परिश्रम तथा अन्याय से अनीतिपूर्वक पूरा करते हैं, वे दुष्ट मंत्री हैं। वे अपनी अनीति से राजा की लक्ष्मी को सन्देह की तराजू पर तौलते रहते हैं।

यदि इस युद्ध में स्वामी की कहीं मृत्यु हो जाय तो तुम्हारे इस मंत्रीपने से क्या लाभ होगा? और यदि संजीवक अब न मारा जा सका तो यह भी ठीक न होगा क्योंकि मुझे तो उसके मारे जाने में सन्देह दिखाई पड़ता है। मूर्ख! तुम फिर किस भरोसे पर मंत्रिपद प्राप्त करने की अभिलाषा करते हो जबकि साम नीति का भी तुझे ज्ञान नहीं है। तुम्हारी केवल दण्ड देने की रुचि है, तुम्हारा मनोरथ सफल नहीं होगा; क्योंकि कहा गया है कि—

स्वयम्भू भगवान् ब्रह्मा ने साम, दाम, विभेद और दण्ड—यह चार प्रकार के उपाय बताये हैं। इनमें से दण्ड पापियों के लिए है, उसका सबसे बाद में प्रयोग करना चाहिए। और भी, जहाँ पर साम नीति से अर्थात् समझा-बुझाकर कार्यसिद्धि हो सके, वहाँ पर बुद्धिमान को दण्ड नीति का प्रयोग नहीं करना चाहिए। पित्त यदि शक्कर देने से शान्त हो जाय तो उसके लिए पटोल देने से क्या लाभ? और भी—बुद्धिमान पुरुष को सबसे पहले साम नीति का प्रयोग करना चाहिए; क्योंकि साम नीति द्वारा सिद्ध होने वाले कार्य कभी बिगड़ते नहीं।

शत्रु या विद्वेषी द्वारा उत्पन्न अन्धकार न तो चन्द्रमा से दूर होता है न सूर्य से, न किसी औषधि से और न अग्नि से। वह केवल साम नीति के द्वारा ही दूर होता है।

और जो तुम मंत्रिपद की अभिलाषा कर रहे हो, वह भी ठीक नहीं है; क्योंकि तुम मंत्र की गतिविधि नहीं जानते। मंत्र पाँच प्रकार के होते हैं। वह ये हैं। कार्यों के आरम्भ करने का उपाय, सैनिकों और राजखजाने की समृद्धि के उपाय, देश और काल का पूरा परिचय, विनाश की स्थिति को दूर करने की क्षमता और कार्य की सिद्धि में निपुणता। मुझे तो ऐसा दिखाई पड़ रहा है कि स्वामी पिंगलक और अमात्य तुम—इनमें से किसी एक का अथवा दोनों का ही विनाश होने वाला है, तो यदि तुम में कुछ भी शक्ति है तो इस विनाश की स्थिति को दूर करने का उपाय तुरन्त सोचो। भिन्न व्यक्तियों को आपस में मिला देने में ही मंत्री की परीक्षा है। अरे मूर्ख! ऐसा करने में तुम असमर्थ हो क्योंकि तुम्हारी बुद्धि उलटी हो गई है। कहा गया है कि—

विरोधी व्यक्तियों को आपस में मिला देने में मंत्री की तथा सन्निपात में वैद्य की बुद्धि प्रकट होती है, स्वस्थ अवस्था में पण्डिताई कौन नहीं दिखाता? और भी—

नीच पुरुष पराये काम को बिगाड़ना भर जानता है, बनाना नहीं जानता। बिल्ली अन्न की गठरी को सिकहर पर से गिराना जानती है, उठाकर रखना नहीं।

अथवा इसमें तुम्हारा दोष नहीं है। स्वामी का दोष है, जो तुम्हारी बातों पर विश्वास करता है। कहा गया है कि—

जो राजा नीच सेवकों द्वारा घिरे रहते हैं, वे बुद्धिमानों के बताये गए रास्ते पर नहीं चलते। इसी से वे कभी-कभी ऐसे दुर्भाग्य एवं विपत्तियों से घिरे हुए अनर्थ के पिंजड़े में पहुँच जाते हैं, जहाँ से निकलने का कोई रास्ता ही नहीं होता।

तो यदि इस राजा के मंत्री तुम ही होगे तो यह निश्चय समझ लो कि इसके समीप कोई भी सज्जन पुरुष नहीं पहुँच सकेगा; क्योंकि कहा गया है कि—

सभी गुणों का खजाना होकर भी यदि राजा किसी दुष्ट मंत्री के चक्कर में फँसा है तो लोग उसके पास इस तरह नहीं जाते जैसे निर्मल एवं सुस्वादु जलवाले सरोवर में दुष्ट ग्राह के होने पर लोग नहीं जाते।

तो सभ्यजनों से रहित स्वामी का भी नाश हो जायेगा; क्योंकि कहा गया है कि—

जो राजा सदा विचित्र कथाओं के कहने वाले ऐसे आलसी और गप्पी सेवकों द्वारा घिरा होता है, जो कभी धनुष नहीं चढ़ाते, उसकी लक्ष्मी उसके शत्रुओं के घर जाने वाली होती है।

अथवा तुम जैसे मूर्ख को उपदेश देने से भी क्या लाभ है? इससे भी बुराई ही होगी लाभ नहीं; क्योंकि कहा गया है कि—

उकठी हुई या कठोर लकड़ी कभी लचकदार नहीं बनती, पत्थर की शिला पर कभी छुरा तेज नहीं होगा। सूचीमुख से तुम यह जान लो कि कभी ऐसे व्यक्ति को सीख नहीं देनी चाहिए, जो सीख देने योग्य न हो।

दमनक बोला—"भाई साहब! यह कैसे?"

उसने कहा—

[17]

एक पहाड़ी प्रदेश में वानरों का एक झुण्ड रहता था। एक बार जाड़े के मौसम में जबकि कड़ी ठंडी हवा चल रही थी और कठोर बारिश हो रही थी, सभी वानर बेचारे जाड़े के मारे थर-थर काँप रहे थे। उनमें पानी की बूँदों को सहने की सामर्थ्य नहीं रह गई थी। किसी तरह भी शान्ति का अनुभव नहीं कर पा रहे थे। उनमें से कुछ वानरों ने आग की चिनगारी की तरह लाल-लाल घुंघची के फलों को वहाँ पड़े हुए देखा। फिर तो उन्होंने उसे आग समझ कर इकट्ठा किया और फूँकते हुए उसके चारों ओर खड़े हो गए। उनके इस व्यर्थ परिश्रम को एक सूचीमुख नाम का पक्षी देख रहा था। उसने उन्हें बुलाकर कहा—"अरे भाई! तुम सब के सब मूर्ख हो। ये आग की चिनगारियाँ नहीं हैं, ये तो घुंघची के फल हैं। इस तरह के व्यर्थ परिश्रम से तुम्हें कोई लाभ नहीं होगा। इससे शीत से रक्षा नहीं हो सकेगी। तुम लोग जाकर कोई ऐसा जंगली स्थान या पर्वत की गुफा ढूँढ़ो जहाँ हवा न लगती हो। देख रहे हो, आज भी आसमान में बादलों की काली घटा घिरी हुई है।"

सूचीमुख की बातें सुनकर उस झुण्ड में से एक बूढ़े वानर ने उससे कहा—

"अरे मूर्ख! तुमको हमें इस तरह शिक्षा देने से कोई लाभ नहीं है। तुम यहाँ से चले जाओ। कहा गया है कि—

बुद्धिमान पुरुष यदि अपनी कार्यसिद्धि चाहता है तो उसे हारे हुए जुआड़ी से तथा ऐसे व्यक्ति से बात नहीं करनी चाहिए, जो अपने प्रयत्न में बार-बार विफल हो रहा है। और भी—

जो मूर्ख शिकार न पाये हुए थके मांदे शिकारी से तथा व्यसन अथवा विपदा में फँसे हुए मूर्ख से बातचीत करता है, वह अपमानित होता है।"

किन्तु बूढ़े वानर की बात का सूचीमुख पर कोई प्रभाव नहीं पड़ा। वह फिर भी बार-बार उन्हें बुलाकर कहता रहा—"अरे वानरो! इस तरह व्यर्थ में कष्ट उठाने से क्या लाभ है? इस तरह जब वह किसी तरह चुप नहीं हुआ तब व्यर्थ श्रम के कारण क्रोधित एक वानर ने उसके दोनों पंखों को पकड़ कर एक पत्थर की शिला पर उठा कर पटक दिया। उसके प्राण पखेरू उड़ गए। इसी से मैं कहता हूँ कि 'उकठी हुई या कठोर लकड़ी ...' इत्यादि। और भी—

मूर्खों को उपदेश देना उन्हें कुपित करने के लिए होता है, शान्ति के लिए नहीं। सर्प को दूध पिलाना केवल उनके विष की वृद्धि करना है। और भी—

जैसे-तैसे लोगों को उपदेश नहीं देना चाहिए। देखो न कि एक मूर्ख वानर ने अच्छे घर वाले को बेघरबार का कर दिया।"

दमनक बोला—"यह कैसे?"

उसने कहा—

[18]

किसी जंगली प्रदेश में एक शमी का पेड़ था। उसकी एक लम्बी डाली में एक जंगली चटक का जोड़ा अपना घोंसला बना कर रहता था। एक दिन ये दोनों बड़े आनन्द से अपने घोंसले में बैठे हुए थे कि बादलों ने धीरे-धीरे बरसना शुरू कर दिया। इसी बीच में एक वानर जो वायु के झंकारों से और पानी की बूंदों से बिल्कुल भीग कर थक गया था, वहाँ आया। उस समय वह शीत से ठिठुर कर हाथ की मुट्ठी को वीणा की तरह बजा रहा था। उसका शरीर थर-थर कांप रहा था। वह आकर शमी की जड़ पर बैठ गया। उसे इस तरह भीग कर कांपते हुए देखकर चटका बोली—"मूर्ख महानुभाव! आप हाथ-पैर से तगड़े मनुष्य की आकृति के समान दिखाई पड़े रहे हैं किन्तु फिर भी जाड़े से इस तरह ठिठुर रहे हैं। अपने लिए एक घर क्यों नहीं बना लेते?"

चटका की व्यंगभरी बातें सुनकर वानर को क्रोध आ गया। वह बोला—"नीच औरत! तू क्यों नहीं चुप रहती। देखो न, इसकी ढिठाई को। यह मेरा उपहास कर रही है। सूई के समान मुख वाली दुराचारिणी यह रांड, अपने को पण्डित समझने वाली, ऐसी बातें कहते हुए डर नहीं रही है, क्या मैं इस नीच औरत को मारूँगा नहीं, मन में ऐसा विचार कर उसने कहा—अरे पागल! तुम्हें मेरे लिए इस तरह चिन्तित होने से क्या लाभ है?"

श्रद्धालु मनुष्य से विशेष कर पूछने पर ही कोई बात कहनी चाहिए? श्रद्धाविहीन के सामने तो कुछ कहना जंगल में रोने के समान है।

तुझे बहुत समझाने से लाभ ही क्या है? अब तू अपनी ढिठाई का फल भोग। ऐसा कह कर वह जब तक चटका कोई उत्तर दे तब तक उस शमी के पेड़ पर चढ़ गया और उसके घोंसले को उजाड़ कर सैकड़ों टुकड़ों में कर दिया। इसी से मैं कहता हूँ कि जैसे-तैसे लोगों को उपदेश नहीं देना चाहिए...इत्यादि। मूर्ख! बार-बार सिखाने पर भी तुम कुछ सीख नहीं सके अथवा इसमें तुम्हारा कोई दोष नहीं है; क्योंकि सत्पुरुषों की ही शिक्षा लाभदायक होती है, असत्पुरुषों की नहीं।

अंधकार से भरे हुए घड़े में दीपक रखने की तरह अयुक्त स्थान में दिखाई जाने वाली पण्डिताई कुछ नहीं कर सकती।

व्यर्थ की पण्डिताई के घमण्ड में पड़ कर तुम मेरी बातों को भी सुन नहीं रहे हो और अपनी शान्ति की भी चिन्ता नहीं कर रहे हो? इससे मुझे निश्चय हो गया कि तुम्हारा जन्म ही व्यर्थ गया; क्योंकि कहा गया है कि—

इस संसार में शास्त्र को जानने वाले चार तरह के पुत्र बतलाते हैं। जात, अनुजात, अतिजात और अपजात। जात वह है जो गुणों में माता के समान होता है। गुणों में पिता के समान होने वाला पुत्र अनुजात कहलाता है। पिता से भी अधिक गुणवाला पुत्र अतिजात कहा जाता है; किन्तु जो नीच से भी नीच होता है, वह अपजात पुत्र है। दूसरे की विपदा पर प्रसन्न होने वाला दुष्ट पुरुष अपने भी विनाश की चिन्ता नहीं करता।

प्रायः देखा गया है कि मस्तक के कट जाने पर भी कबंध युद्धभूमि में नाचता है।

अहा! यह ठीक ही कहा गया है कि—

धर्मबुद्धि और कुबुद्धि—यह दोनों मेरे जाने हुए हैं। पुत्र की व्यर्थ पण्डिताई के कारण बेचारा पिता धुएँ में मारा गया।

दमनक बोला—"यह कैसे?"

उसने कहा—

[19]

एक किसी गाँव में धर्मबुद्धि और पापबुद्धि नाम के दो मित्र रहते थे। एक बार पापबुद्धि ने सोचा कि—मैं तो मूर्ख हूँ और निर्धन भी हूँ। तो अच्छा होगा कि इस धर्मबुद्धि को लेकर परदेश की यात्रा कर धन कमाऊँ और इसका भी हिस्सा हड़प कर सुखी बनूँ। दूसरे दिन पापबुद्धि ने धर्मबुद्धि से कहा—"अरे भाई! बुढ़ापे में तुम अपनी क्या करणी समझोगे। बिना परदेश देखे बच्चों को कौन-सी कहानी सुनाओगे। कहा गया है कि—

जो इस धरती की पीठ पर जन्म लेकर परदेश की बहुत प्रकार की वेश-भूषा और भाषा को घूम कर नहीं जान लेता, उसका जन्म ही व्यर्थ है।

और भी—

मनुष्य धन, विद्या और शिष्य की प्राप्ति तब तक नहीं कर सकता, जब तक इस धरती पर प्रसन्नतापूर्वक एक देश से दूसरे देश की यात्रा नहीं करता।"

पापबुद्धि की उक्त बातें सुनकर धर्मबुद्धि बहुत प्रसन्न हुआ। अपने गुरुजनों से आज्ञा लेकर वह एक अच्छे दिन में पापबुद्धि के साथ परदेश चल पड़ा। परदेश में धर्मबुद्धि के प्रभाव से पापबुद्धि ने खूब धन कमाया। फिर तो वे दोनों खूब धन कमाकर बहुत प्रसन्न हुए और बड़ी उत्सुकता से अपने घर को वापस लौटे। कहा गया है कि—

विद्या, धन और शिल्प की प्राप्ति पर परदेश में रहने वालों को घर लौटते समय एक कोस भर की भी दूरी सौ योजन के समान लगती है।

अपने घर के समीप पहुँच कर पापबुद्धि ने धर्मबुद्धि से कहा—"भाई साहब! यह सब धन घर ले चलना ठीक नहीं होगा, क्योंकि घर और परिवार वाले माँगने लगेंगे। तो अच्छा होगा कि इसी घने जंगल में कहीं धरती के भीतर गाड़कर थोड़ा-सा लेकर घर चलें। फिर जब जितने की जरूरत पड़ेगी उतना आकर इस जगह से ले चलेंगे। कहा गया है कि—

बुद्धिमान पुरुष कभी भूलकर थोड़ा भी धन किसी को न दिखलाए, क्योंकि धन देखने पर बड़े-बड़े ऋषियों-मुनियों का ध्यान विचलित हो जाता है। और भी, जिस तरह मांस को जल में मछलियाँ खाती हैं, धरती पर मांसाहारी जीवगण खाते हैं, और आकाश में पक्षिवृन्द खाते हैं, उसी तरह धनवान मनुष्य को भी सर्वत्र खाने के लिए लोग मिल

जाते हैं।''

धर्मबुद्धि ने सब बातें सुनकर कहा—''भाई! ठीक है, ऐसा ही करो।''

फिर उन दोनों ने थोड़ा-थोड़ा-सा धन लेकर शेष धन जंगल में एक गड्ढा खोद कर गाड़ दिया और प्रसन्नता से अपने घर वापस चले आए। दूसरे दिन आधी रात के समय पापबुद्धि ने जंगल में जाकर वह सब धन खोद कर ले लिया और गड्ढे को उसी तरह पाटकर वह अपने घर वापस आ गया। फिर दूसरे दिन धर्मबुद्धि के पास जाकर उसने कहा—'मित्रवर! मेरा कुटुम्ब भारी है, निर्धन होने के कारण सबका खरचा उठाने में बड़ी कठिनाई पड़ रही है, तो चलिए वहाँ से कुछ धन ले आएँ।''

उसने कहा—''भाई साहब! ठीक है, चलिए।''

दोनों जब उस घने जंगल में पहुँच कर उस गड्ढे को खोदने लगे तो छूछा बर्तन दिखाई पड़ा। धन का उसमें कोई पता नहीं था। अब तो पापबुद्धि शिर पीट-पीटकर रोते हुए जोर से कहने लगा—''अरे धर्मबुद्धि! तुमने यह सब धन चुरा लिया है। किसी दूसरे ने नहीं लिया है, क्योंकि यदि कोई दूसरा लिया होता तो गड्ढे को फिर पाटने की क्या जरूरत थी? अच्छा है कि मेरा हिस्सा आधा दे दो नहीं तो मैं राजा के यहाँ जाकर तुम्हारे ऊपर दावा करूँगा।''

उसने कहा—''अरे नीच! ऐसा मत कह। मैं धर्मबुद्धि हूँ, मैं चोरी जैसा नीच काम नहीं करता। कहा गया है कि—

धर्मबुद्धि लोग दूसरे की स्त्री को माता की तरह, दूसरे के धन को ढेले की तरह और सभी जीवों को अपनी तरह देखते हैं।''

इस तरह वे दोनों एक दूसरे के ऊपर आरोप करते हुए जोर-शोर से झगड़ते हुए धर्माधिकारी (जज) के पास पहुँचे। एक-दूसरे के विरुद्ध दोष लगाते हुए उन दोनों ने अपनी पूरी कहानी कह सुनायी। धर्माधिकारी जजों ने कोई गवाही न देखकर इस मामले में शपथ लेने की बात का फैसला किया। किन्तु पापबुद्धि बीच ही में बोल पड़ा। ''अन्याय हो रहा है। यह मामला अच्छी तरह देखा नहीं जा रहा है; क्योंकि कहा गया है कि—

विवादग्रस्त विषय पर सर्वप्रथम लिखा-पढ़ी की कार्रवाई देखनी चाहिए, यदि कोई लिखा-पढ़ी नहीं हुई है तो गवाहों से जानकारी प्राप्त करनी चाहिए, यदि कोई गवाह नहीं है तब शपथ का निर्णय करना चाहिए, ऐसा बुद्धिमान लोग कहते हैं।

हमारे इस मामले में वृक्षों के देवता गवाह हैं। वे भी हम दोनों में से कौन चोर है, कौन साधू है इसका निर्णय कर देंगे।''

पापबुद्धि की उक्त बातें सुनकर धर्माधिकारियों ने कहा—''भाई! आप ठीक कह रहे हैं। कहा गया है कि—किसी विवादग्रस्त विषय पर यदि चाण्डाल भी गवाह हो, तो शपथ नहीं देना चाहिए। जिसमें स्वयं देवता गवाह हैं, उसमें तो शपथ की कोई चर्चा ही नहीं करनी चाहिए।

तो इस मामले में हम लोगों को भी बड़ी दिलचस्पी हो गई है। कल सवेरे के समय आप दोनों हम लोगों को साथ लेकर उस वन प्रदेश में चलें।'' जजों के इस प्रकार निर्णय कर देने पर पापबुद्धि अपने घर वापस चला आया। उसने घर आकर अपने पिता से कहा—''पिता जी! मैंने धर्मबुद्धि का बहुत-सा धन चुरा लिया है। अब आपकी बात पर ही वह पचाया जा सकता है। नहीं तो उसके लिए हमारा प्राण भी जा सकता है।'' उसके पिता ने कहा—''बेटा! वह बात बताओ जिसे कहकर तुम्हारे प्राणों को बचाऊँ और धन को हड़प लूँ।'' पापबुद्धि ने कहा—''तात! उसी जंगल में जहाँ धन गड़ा हुआ था, एक शमी का बहुत पुराना पेड़ है। उसमें एक बहुत बड़ा खोंढ़र है। आप इसी समय उसी में जाकर बैठ जायँ। कल सवेरे के समय जब मैं वहाँ आकर सत्य की दुहाई फेरने लगूँगा तो आप केवल इतना कह देंगे कि धर्मबुद्धि चोर है।'' पापबुद्धि के पिता ने वैसा ही किया। दूसरे दिन सवेरे पापबुद्धि धर्मबुद्धि और जजों को साथ लेकर उसी शमी के पास पहुँचा और वहाँ जोर-जोर से चिल्लाकर कहने लगा—

''इस संसार में मनुष्य की करतूत को सूर्य, चन्द्रमा, वायु, अग्नि, आकाश, पृथ्वी, जल, अन्तरात्मा, यमराज, दिन, रात और दोनों सन्ध्याएँ जानती हैं। भगवन वनदेवता! हम दोनों में जो चोर हो उसे बताइए।'' यह सुनते ही शमी के खोंढ़र में बैठे हुए पापबुद्धि के पिता ने कहा—''अरे भाइयों! धर्मबुद्धि ने धन चुराया है—इसे सुन लो, अच्छी तरह सुन लो।''

इस शरीररहित आवाज को सुनकर वे सभी राजकर्मचारी आश्चर्य से चकित हो गए। वे धर्मबुद्धि को धन चुराने के अपराध में शास्त्र खोलकर उचित दण्ड देने का विचार कर ही रहे थे कि तब तक धर्मबुद्धि ने उस शमी के खोंढ़र में घासपात के तिनकों को बटोर कर आग लगा दी। जब वह शमी का खोंढ़र धू-धूकर जलने लगा तो उसमें से चिल्लाते हुए पापबुद्धि का पिता बाहर निकला। उसका आधा शरीर तब तक जल चुका था, और दोनों आँखें फूट चुकी थीं। फिर तो सभी लोगों ने उससे पूछा कि अरे भाई! यह क्या मामला है? पापबुद्धि के पिता ने उसके सारे कारनामों को कह सुनाया और फिर थोड़ी ही देर में प्राण त्याग दिया। राजकर्मचारियों ने पापबुद्धि को उसी शमी के पेड़ में उलटा लटका दिया और धर्मबुद्धि की प्रशंसा करते हुए कहा—''यह ठीक ही कहा गया है कि बुद्धिमान को जिस तरह किसी कार्य को सिद्ध करने का उपाय सोचना चाहिए, उसी तरह उस उपाय से होने वाली हानि का भी विचार कर लेना चाहिए। एक मूर्ख बगुले के देखते-देखते नेवले ने सारे के सारे बगुलों को सफाचट कर दिया।

धर्मबुद्धि ने कहा—''यह कैसे?''

उन्होंने कहा—

[20]

किसी जंगल में एक बहुत बड़ा बरगद का पेड़ था। उस पर बहुत से बगुले रहते थे। उसी बरगद के खोंढ़र में एक काला सांप भी रहता था। वह बगुले के उन छोटे-

छोटे बच्चों को भी हमेशा खाकर अपनी जीविका चलाता था, जिनके पंख भी नहीं उगे होते थे। एक दिन एक बगुले को अपने बच्चों के खाये जाने पर बड़ा दुःख हुआ। वह विरक्त होकर तालाब के किनारे आँखों में आँसू भर कर सिर नीचा करके बैठ गया। उसे इस तरह चिन्तित देख कर एक केकड़े ने कहा—''मामा जी! आज आप इस तरह क्यों रो रहे हैं?'' बगुले ने कहा—''बेटा! क्या करूँ, मुझ अभागे के बालकों को खोंढ़र में रहने वाला काला सांप खा गया। उन्हीं के शोक में मैं दुःखी होकर रो रहा हूँ। तो बताओ न, क्या कोई उपाय है उसके नाश करने का?''

बगुले की बातें सुनकर केकड़े ने सोचा—''यह तो हमारी जाति का सबसे बड़ा सहज दुश्मन है। इसे ऐसा झूठ-साँच का उपदेश करना चाहिए जिससे और दूसरे भी सारे बगुले विनाश के मुँह में चले जायँ। कहा गया है कि—

मक्खन की तरह वाणी को कोमल और हृदय को कठोर बनाकर शत्रु को ऐसा उपदेश करना चाहिए, जिससे वह कुल परिवार के सहित साफ हो जाय।''

मन में ऐसा सोच कर वह बोला—''मामाजी! यदि ऐसा है तो मछली के मांस के टुकड़ों को किसी नेवले की बिल से लेकर उस सांप के खोंढ़र तक रख आइए। ऐसा करने से नेवला उसी रास्ते से चलकर दुष्ट सर्प का विनाश कर देगा।''

उस मूर्ख बगुले ने वैसा ही किया जैसा केकड़े ने बताया था। फिर तो मछली के मांस के पीछे-पीछे नेवले ने जाकर काले सांप को मार डाला। और फिर उसके बाद उस वृक्ष पर रहने वाले सभी बगुलों को भी धीरे-धीरे सफाचट कर दिया। इसी से हम कह रहे हैं कि 'बुद्धिमान को किसी कार्य की सिद्धि के उपाय के साथ अपाय की भी चिन्ता करनी चाहिए।' आदि। इसने अपने कुविचारों का फल प्राप्त कर लिया।''

इसी से मैं कहता हूँ कि धर्मबुद्धि और कुबुद्धि...इत्यादि। हे मूर्ख! इसी तरह तुमने भी उपाय तो पापबुद्धि की तरह सोचा है, अपाय नहीं सोचा। तुम भी केवल पापबुद्धि हो, सज्जन नहीं। स्वामी के प्राणों पर यह संकट देखकर मुझे ऐसा ज्ञात हो रहा है। यही नहीं तुमने स्वयं अपनी दुष्टता और कुटिलता दिखलाई है। यह ठीक ही कहा गया है कि—

यत्न करके भी कौन ऐसा है जो मयूरों के गुप्तांग को देख सके यदि वे ही मूर्ख बादलों की आवाज सुन कर प्रसन्नता के मारे नाचने न लगें।

यदि तुम स्वामी को इस स्थिति में डाल रहे हो तो हम लोगों की क्या गिनती है! इससे अब उचित यही है कि तुम मेरे समीप मत रहो। कहा गया है कि—

हे राजन्! जहाँ पर एक सहस्त्र मन की तौलने वाली लोहे की तराजू को चुहिया खा जाती है, वहाँ पर निस्सन्देह बालक को बाज उठा ले जा सकता है।

दमनक बोला—''यह कैसे?''

उसने कहा—

[21]

एक किसी गाँव में जीर्णधन नाम का एक बनिये का लड़का रहता था। संयोग से उसकी धन-दौलत जब सब नष्ट हो गई, तब उसने परदेश जाने का विचार किया। उसने सोचा कि अपने पराक्रम से जिस देश में अथवा स्थान में मनुष्य विविध प्रकार के सुखों का उपभोग करके फिर निर्धन होकर निवास करता है, वह नीच है। और भी—

पहले जिस स्थान पर मनुष्य बहुत दिनों तक स्वाभिमानपूर्वक निवास कर चुका है। उसी स्थान पर बस कर यदि वह दूसरों के सामने दीन वाणी बोलता है तो वह निन्दित पुरुष है।

उस बनिये के लड़के के घर में उसके पुरखों की बनवाई हुई एक लोहे की बहुत भारी तराजू थी। उसने उसे किसी सेठ के घर गिरवी रख दिया और खुद परदेश को चला गया। बहुत दिनों तक मनमाना परदेश घूम कर वह अपने घर लौटा और सेठ के पास जाकर बोला—

''श्रीमान् सेठ जी! वह मेरी गिरवी रखी हुई तराजू दे दीजिए।'' सेठ ने कहा—''श्रीमान् जी! वह तराजू तो मेरे पास नहीं रह गई। उसे चुहिया खा गयी।''

जीर्णधन ने कहा—''सेठ जी! इसमें आपका कोई दोष नहीं है, यदि सचमुच चूहों ने मेरी तराजू खा ली है। यह संसार ही ऐसा है। कोई भी चीज यहाँ सब दिन नहीं ठहर सकती। अच्छा, तो मैं नदी में स्नान करने जाऊँगा। कृपाकर अपने चिरंजीव धनदेव को आप मेरे साथ कर दें, वह स्नान की आवश्यक सामग्रियाँ लेता चले।'' सेठ ने भी चोरी करने के भय से सशंकित होने के कारण अपने पुत्र से कहा—''बेटा! यह तुम्हारे चाचा स्नान करने जा रहे हैं। इनके साथ तुम स्नान करने की सामग्रियाँ लेकर चले जाओ।''

अहा! यह ठीक ही कहा गया है कि इस संसार में कोई भी मनुष्य भय, लोभ अथवा किसी कार्य-कारण को छोड़ कर किसी का हित केवल भक्ति के कारण नहीं करता। और भी—

जिस जगह बिना किसी कार्य-कारण के अधिक आदर मिले, वहाँ पर मनुष्य को शंका करनी चाहिए; क्योंकि उसका परिणाम दुःखजनक हो सकता है।

सेठ का बेटा प्रसन्न मन से स्नान की सामग्रियाँ लेकर अपने अतिथि चाचा के साथ चला गया। जीर्णधन ने स्नान करने के बाद उस सेठ के बच्चे को उसी नदी की एक गुफा में बैठा दिया और उसके दरवाजे को एक बहुत बड़ी शिला से ढक कर जल्दी ही लौट गया। उसे अकेला लौटते देखकर सेठ ने पूछा—''भाई अतिथि जी! आपके साथ मेरा जो बेटा नदी तक गया था, वह कहाँ है?'' उसने कहा—''भाई, क्या बताऊँ उसे तो नदी के किनारे से एक बाज उठा ले गया।'' सेठ ने चिल्ला कर कहा—''अरे झूठे! कहीं बाज भी बालक को उठा ले जा सकता है? मेरे बेटे को लाकर दो। नहीं

तो राजा के यहाँ जाकर निवेदन करूँगा।'' उसने कहा—''अरे सच बोलने वाले! जैसे बाज बालक को नहीं ले जा सकता, उसी तरह लोहे की बनी हुई तराजू को चूहिया भी नहीं खा सकती। यदि तुम अपने बेटे को चाहते हो, तो लाकर मेरी तराजू दे दो।''

इस प्रकार दोनों आपस में झगड़ते हुए राजा के यहाँ पहुँचे। वहाँ पहुँच कर सेठ ने जोर-जोर से चिल्लाकर कहा—''हाय! अनर्थ हो गया। मेरे बेटे को इस चोर ने चुरा लिया।'' उसकी दुहाई सुन कर धर्माधिकारियों ने अतिथि से कहा—''भाई! सेठ का लड़का दे दो।'' उसने कहा—''मैं क्या करूँ? मेरे देखते ही नदी तट पर उसको एक बाज उठा ले गया।''

धर्माधिकारियों ने यह विचित्र बात सुन कर कहा—''भाई! आप सच नहीं बोल रहे हैं। क्या बाज भी बच्चे को उठा ले जा सकता है?'' उसने कहा—''श्रीमान् जी! मेरी बात तो सुनिये। जहाँ पर एक हजार मन लोहे की बनी हुई तराजू को चुहिया खा जाती है, वहाँ पर निस्सन्देह बालक को बाज उठा ले जा सकता है।''

धर्माधिकारियों ने पूछा—''यह कैसे?'' तब जीर्णधन ने उन राजपुरुषों के आगे आदि से लेकर अन्त तक सारी बातें कह सुनायीं। उसकी बातों को सुन कर सभी लोग हँसने लगे। और फिर उन्होंने उन दोनों को तराजू और बच्चे को देने के लिए समझा-बुझाकर सन्तुष्ट कर दिया। इसी से मैं कहता हूँ, ''जहाँ एक हजार मन लोहे की तराजू को चुहिया खा जाती है...इत्यादि।'' सो हे मूर्ख! संजीवक की प्रसन्नता को न सह सकने के कारण तुमने ऐसा किया। ठीक ही कहा गया है—

इस संसार में अक्सर यह देखा जाता है कि दुष्कुलीन पुरुष खानदानी पुरुषों की, अभागे भाग्यशाली पुरुषों की, कृपण दानियों की, दुष्ट नम्र स्वभाव वालों की, दरिद्र धनियों की, कुरूप सुन्दर शरीर वालों की, पापी धर्मात्माओं की और मूर्ख पण्डितों की सदा निन्दा किया करते हैं। और भी—

मूर्ख लोग पण्डितों के प्रति, निर्धन लोग धनियों के प्रति, पापी लोग धर्मात्मा के प्रति और कुलटा स्त्रियाँ कुलांगनाओं के प्रति द्वेष रखती हैं। हे मूर्ख! तुमने हित को भी शत्रु बना दिया। कहा गया है कि—

पण्डित भी अगर शत्रु है तो उसे अच्छा समझना चाहिए। हितैषी मूर्ख को नहीं। वानर ने राजा को मार दिया और चोर ने ब्राह्मणों की रक्षा की।

दमनक ने कहा—''यह कैसे?''

उसने कहा—

एक राजा के पास एक वानर था, जो सदा उसके शरीर की रक्षा में भक्ति के साथ लगा रहता था। वह राजा का इतना विश्वासपात्र था कि अन्तःपुर में भी उसका प्रवेश वर्जित नहीं था। एक बार राजा सो रहा था, उस समय वानर पंखा लेकर उसे हवा कर रहा था। इसी बीच एक मक्खी आकर राजा की छाती पर बैठ गई। वानर पंखे से उसे बार-बार उड़ाता, पर वह फिर आकर वहीं बैठ जाती। फिर तो स्वभाव से ही चंचल

उस मूर्ख वानर ने क्रोध में आकर एक तेज तलवार लेकर उस मक्खी के ऊपर मारा। मक्खी तो उड़ कर भाग गये, किन्तु उस तेज धारवाली तलवार से राजा की छाती दो टुकड़े हो गई और वह मर गया। इसी से दीर्घायु की इच्छा रखने वाले राजा को कभी भूल कर भी मूर्ख सेवक नहीं रखना चाहिए।

इसी तरह की वह दूसरी कहानी भी है। एक नगर में एक बड़ा विद्वान ब्राह्मण रहता था। पूर्व जन्म के कर्मों के योग से उसे चोरी करने की आदत पड़ गई थी। एक बार उसके नगर में दूर देश से चार ब्राह्मण आये, जो बहुत सारी वस्तुएँ खरीद रहे थे। उन्हें देखकर उसने सोचा कि 'किस उपाय से इनका धन हस्तगत करूँ?' ऐसा मन में निश्चय कर वह उनके सामने गया और अनेक शास्त्रों में कही गई नीति और उपदेश की प्यारी-प्यारी बातें कह सुनाया। उसकी पण्डिताई से भरी बातों पर वे ब्राह्मण उसके ऊपर विश्वास कर बैठे। अब तो वह चोर उनकी सेवा करने में लग गया। यह ठीक ही कहा गया है कि—

इस संसार में कुलटा स्त्रियाँ लज्जावती होती हैं, खारा पानी बहुत ठंडा होता है, दम्भी मनुष्य विवेकी होते हैं तथा धूर्त लोग प्रिय वचन बोलने वाले होते हैं।

इस प्रकार वह चोर पण्डित उन ब्राह्मणों की सेवा में रात-दिन लगा रहता। इसी बीच उन ब्राह्मणों ने अपनी सारी वस्तुएँ बेंच कर उसी नगर में बहुमूल्य हीरे-जवाहरात खरीद लिये और उनको अपनी जाँघ में उस चोर के सामने ही रख कर अपने देश की ओर जाने की तैयारी में लग गए। उन्हें घर जाने की तैयारी में लगा देख कर वह चोर पण्डित मन में बहुत व्याकुल हुआ कि हाय इनके धन में से मेरे हाथ कुछ भी नहीं लगा। अब इनके साथ ही मैं जाऊँगा और रास्ते में विष देकर इनकी हत्या करके सभी रत्नों को हथिया लूँगा। मन में ऐसा विचार निश्चित कर वह उनके आगे कारुणिक स्वर में रोते हुए बोला—"मित्रो! आप लोग अब मुझे अकेला छोड़कर अपने देश जाने की तैयारी में लग गए। मेरा मन तो आपके साथ प्रेम की डोर में बँधा हुआ है। आप लोगों के वियोग के नाम से ही मैं ऐसा व्याकुल हो रहा हूँ कि मुझे कहीं भी शान्ति नहीं मिल रही है। आप लोग कृपा करके मुझे अपने सहायक के रूप में साथ ही लेते चलें।" उस धूर्त पण्डित की बातें सुनकर उन ब्राह्मणों का चित्त करुणा से भर गया। अतः वे सब उसे अपने साथ लेकर अपने देश की ओर प्रस्थित हो गए।

बीच मार्ग में जाते हुए उन पाँचों ब्राह्मणों को देखकर पल्लीपुर नाम के एक गाँव में शकुन जानने वाले काकों ने चिल्लाना शुरू कर दिया—"अरे किरातो! दौड़ो, सवा लाख की पूँजी लिये हुए ये धनी चले जा रहे हैं। इन्हें मार कर सब धन छीन लो!" काकों की बातें सुनकर किरात लाठी ले-लेकर तुरन्त दौड़ पड़े और मार-मार कर उन सबको बिल्कुल जर्जर कर दिया। पर वस्त्रों को छीन कर जब देखा तो उनके पास कुछ भी नहीं मिला। कुछ भी प्राप्त न होने पर किरातों ने कहा—"अरे पथिकों! पहले कभी मेरे काकों की बात झूठी नहीं हुई है। इससे यह निश्चित है कि तुम लोगों के पास कहीं न कहीं धन है जरूर। तो उसे तुरन्त दे दो। नहीं तो सबको मार कर ऊपर का चमड़ा

उधेड़ कर तुम्हारे समस्त अंगों-अंगों में हम उसे ढूँढ़ लेंगे।'' किरातों की ऐसी बातें सुनकर चोर पण्डित ने अपने मन में सोचा कि यह किरात जब इन चारों ब्राह्मणों को मार कर प्रत्येक अंगों को फाड़कर सब रत्न छीन ही लेंगे, तो मुझे भी यह बिना मारे छोड़ेंगे नहीं। तो इससे अच्छा यही है कि मैं पहले ही बिना रत्न के अपने को अर्पित कर दूँ और इन सबकी जान बचा दूँ, क्योंकि कहा गया है कि—

मूर्ख! मृत्यु से तुम डरते क्यों हो, वह डरपोक को छोड़ना नहीं जानती। आज या आज से सौ वर्ष के भीतर, कभी न कभी तो जो जन्मा है उसकी मृत्यु अवश्य ही होगी। और भी, गाय अथवा ब्राह्मण को बचाने के लिए जो अपने प्राणों को छोड़ता है, वह सूर्य मण्डल का भेदन कर परम गति प्राप्त करता है।

मन में ऐसा निश्चय कर उसने किरातों से कहा—''अरे किरातो! यदि तुम लोग ऐसा करने का विचार पक्का कर चुके हो तो मुझे ही पहले मार कर देख लो।'' फिर तो किरातों ने उस चोर ब्राह्मण को मार कर उसके प्रत्येक अंगों को देखा पर वहाँ रत्नों का कोई पता नहीं था। अतः उन्होंने उन चारों ब्राह्मणों को छोड़ दिया। इसी से मैं कहता हूँ—''पण्डित यदि शत्रु भी हो तो वह अच्छा है''... इत्यादि।

इस तरह की बातें वे दोनों कर ही रहे थे कि इधर संजीवक क्षण भर में ही पिंगलक से युद्ध कर उसके तेज पंजों की चोट से घायल होकर जमीन पर गिर पड़ा और उसके प्राण छूट गये। उसे निर्जीव देखकर पिंगलक उसके गुणों का स्मरण कर करुणा से भर गया। उसने कहा—''हाय! मुझ पापी ने संजीवक को मार कर अच्छा नहीं किया, क्योंकि विश्वासघात से बढ़कर इस संसार में कोई दूसरा पाप नहीं है। कहा गया है कि—

मित्र के साथ द्रोह करने वाले, कृतघ्न और विश्वासघाती—ये तीनों प्रकार के पापी तब तक नरक में निवास करते हैं जब तक चन्द्रमा और सूर्य रहते हैं।

भूमि के नाश, राज्य के विनाश अथवा बुद्धिमान सेवक की मृत्यु—इन तीनों दुःखों में प्रथम दो के साथ तीसरे की समता ठीक नहीं है; क्योंकि नष्ट हुई भूमि और विनाश हुआ राज्य ये दोनों मिल सकते हैं, परन्तु बुद्धिमान् सेवक सुलभ नहीं है।

मैंने सदा बीच सभा में उसकी प्रशंसा की है। अब सभ्यों के सामने उसके बारे में क्या कहूँगा। कहा गया है कि—

सभा में एक बार पहले जिसे गुणवान कहकर प्रशंसापात्र घोषित कर दिया जाता है, दृढ़प्रतिज्ञ को फिर कभी उसका दोष नहीं कहना चाहिए।''

पिंगलक इस तरह की बातें कह-कह कर प्रलाप कर रहा था कि उसके पास प्रसन्नता से भरा दमनक पहुँच गया। उसने कहा—''देव! आपकी यह नीति कायरता से पूर्ण है, जो इस द्रोही, घास खाने वाले को मार कर इस तरह का शोक प्रकट कर रहे हैं। राजाओं को तो इस प्रकार की कायरता शोभा नहीं देती। कहा गया है कि—

पिता, भाई, पुत्र, स्त्री अथवा मित्र इनमें से कोई भी क्यों न हो, यदि अपने साथ

प्राणद्रोह करता है, तो उसे मार देना चाहिए, इसमें तनिक भी पाप नहीं है। और भी—

घृणा करने वाला राजा, सर्वभक्षी ब्राह्मण, निर्लज्ज स्त्री, दुर्बुद्धि सहायक, विद्रोही सेवक, असावधान स्वामी एवं कृतघ्न पुरुष इन सबको छोड़ देना चाहिए।

और भी—

राजा की नीति तो वेश्याओं की तरह अनेक प्रकार की होती है। वह कहीं सत्य, कहीं झूठ, कहीं कठोर, कहीं प्रियवादिनी, कहीं हिंसाभरी, कहीं दयाभरी, कहीं धन इकट्ठा करने वाली, कहीं दानशील, कहीं विपुल द्रव्य व्यय करने वाली और कहीं प्रचुर धन संग्रह करने वाली होती है।

और भी—

बिना कुछ उपद्रव किये कोई पूजित नहीं होता, वह भले ही महान् हो। मनुष्य नागों की तो पूजा करते हैं, किन्तु नागों को मारने वाले गरुड़ की नहीं।

और भी—

हे राजन्! आप ऐसी वस्तु के लिए शोक कर रहे हैं, जिसके लिए शोक करना उचित नहीं है, परन्तु बुद्धिमानों की तरह बातें भी कर रहे हैं। पण्डित लोग जीने-मरने वालों के बारे में कभी सोचा नहीं करते।''

इस प्रकार दमनक के समझाने-बुझाने पर पिंगलक ने संजीवक का शोक छोड़ दिया और दमनक को मंत्री पद पर नियुक्त कर अपना राज्य किया।

□□□

मित्र सम्प्राप्ति

अब इसके बाद मित्रसम्प्राप्ति नाम का दूसरा तन्त्र मैं आरम्भ कर रहा हूँ। जिसके पहले छन्द का यह तात्पर्य है—

बुद्धिमान, अनेक शास्त्रों के मर्मों को जानने वाले और मेधावी लोग साधन-विहीन होकर भी काक, चूहा, हिरण और कच्छप की तरह अपने कार्यों को शीघ्र ही पूरा कर लेते हैं।

यह कहानी इस प्रकार से सुनी जाती है कि दक्षिण प्रदेश में महिलारोप्य नाम का नगर था। उसके समीप एक बहुत ऊँचा बरगद का पेड़ था। अनेक तरह के पक्षी आ-आकर उस वृक्ष का फल खाया करते थे। उसके खोंढ़रों में बहुत से कीड़े-मकोड़े भरे हुए थे, उसकी सघन सुखदायिनी छाया में दूर-दूर के आने वाले थके हुए पथिक बैठकर विश्राम करते थे। यह ठीक ही कहा गया है कि—

इस संसार में वही वृक्ष प्रशंसनीय है जिसकी सघन छाया में पशुवृन्द सोये हुए हों, जिसके पत्तों-पत्तों में पक्षियों के समूह छिपे हों, खोंढ़रों में कीड़े-मकोड़े भरे हुए हों, डालियों पर बन्दरों के समूह बैठे हों, फूलों को निश्चिन्त मधुप पान करते हों अर्थात् अपने सभी अंगों से अनेक जीवों को सुख देने वाले वृक्ष का ही जीवन धन्य है। जो वृक्ष ऐसे नहीं होते, वे धरती के भारस्वरूप हैं।

उसी बरगद के पेड़ पर एक लघुपतनक नाम का कौआ रहता था। एक बार वह जीविका के लिए गाँवों की ओर उड़ा जा रहा था कि रास्ते में देखा कि एक काले शरीर वाला यमदूत के समान भयानक मनुष्य सामने से आ रहा है। वह हाथों में जाल लिये हुए है और उसके पैरों में बहुत-सी बिवाइयाँ फटी हुई हैं और उसके भयानक बाल ऊपर की ओर उठे हुए हैं। उस भयानक मनुष्य को देखते ही उसका मन शंका से भर गया। उसने सोचा कि यह नीच तो आज मेरे घोंसले वाले बरगद के पेड़ की ओर जा रहा है। नहीं मालूम आज उस पर रहने वाले कितने पक्षियों का विनाश करेगा। इस प्रकार बहुतेरी चिन्ता करके वह उसी क्षण बीच रास्ते से बरगद के पेड़ की ओर वापस लौट पड़ा और उस पर रहने वाले सभी पक्षियों को बुला कर बोला—"भाइयो! यह नीच शिकारी हाथ में चावल और जाल लिये इसी ओर आ रहा है। देखना, इसका विश्वास कोई कभी मत करना। वह जाल फैलाकर चावल बिखेरेगा। उन चावलों को तुम सभी कालकूट विष की तरह देखना।" वह उस तरह की बातें कर ही रहा था कि उसी बीच वह शिकारी बरगद के पेड़ के नीचे पहुँच गया और जाल फैलाकर सिन्दुवार के समान

चावल बिखेर कर थोड़ी ही दूर पर चुपचाप बैठ गया। बरगद पर रहने वाले सभी पक्षी लघुपतनक की बातों से निराश हो चुके थे; अतः वे सब के सब उन चावलों को हलाहल के अँकुर की तरह चुपचाप बैठे-बैठे देखते ही रहे। संयोग की बात, इसी बीच एक हजार कबूतरों को साथ लिये हुये चित्रग्रीव नाम का एक कबूतरों का राजा जीविका के लिए इधर-उधर घूमता हुआ उधर से आ निकला। उसे दूर से ही देखकर लघुपतनक ने नीचे उतरने से रोका, किन्तु जीभ की चंचलता से वह चावल खाने के लिए नीचे उतर पड़ा और परिवार सहित जाल में फँस गया। यह ठीक ही कहा गया है—

जीभ की चंचलता के वश में रहने वाले मूर्खों की जल में रहने वाली मछलियों की तरह अचिंतित मृत्यु हो जाती है।

कहा गया है कि—

दूसरे की स्त्री चुराने में पुलस्त्य का वंशज होकर भी रावण ने दोष क्यों नहीं देखा अथवा राम ने ही सोने के हिरन की असम्भव बात पर क्यों नहीं अविश्वास किया अथवा युधिष्ठिर जैसे धर्मात्मा जूआ खेल कर जल्द ही विपत्तियों के जाल में क्यों पड़ गये? अक्सर यह देखा गया है कि विपत्ति आने पर मन के मूढ़ हो जाने के कारण बुद्धिमानों की भी बुद्धि मारी जाती है।

और भी—

काल के पाश में फँसे हुए बड़े लोगों की भी दुर्भाग्य द्वारा मन के मूढ़ हो जाने से बुद्धि भी कुबड़ी हो जाती है।

उधर शिकारी ने जब यह जान लिया कि वे सब कबूतर फँस गये हैं तो बहुत प्रसन्न हुआ और अपना डंडा उठाकर उन्हें मारने के लिए दौड़ पड़ा। चित्रग्रीव ने परिवार के सहित अपने को जाल में फँसा हुआ पाकर जब शिकारी को सामने से आते हुए देखा तो कबूतरों से कहा, ''भाइयो डरो मत। कहा गया है कि—

सब तरह की विपत्तियों में फँसकर जिस मनुष्य की बुद्धि हारती नहीं, वह अपनी बुद्धि के प्रभाव से निस्सन्देह उन सब विपत्तियों को पार कर जाता है।''

बड़े लोग सम्पत्ति और विपत्ति में एक समान रहते हैं। सूर्य जिस तरह उदय काल में लाल वर्ण का होता है, उसी तरह अस्त काल में भी।

तो हम सब इस जाल को लेकर आसानी से उड़ चलें। फिर बाद में इसकी आँखों से ओझल होकर छुटकारा पा लेंगे। यदि इस समय हम ऐसा नहीं करते और डर से विह्वल होकर जाल के सहित उड़ते नहीं तो हम सबकी मौत होगी। कहा गया है कि—

सूक्ष्म लम्बे एवं संख्या में अधिक डोरे भी अपनी अधिकता के कारण परिश्रम से बहुत बड़े भार का वहन करते हैं, बड़े लोगों का भी ऐसा ही स्वभाव होता है।

ऐसी सलाह कर वे सब कबूतर मिलकर एक साथ ही जोर लगाकर जाल लेकर उड़ गये।

साथी कबूतरों के साथ जाल लेकर चित्रग्रीव के आकाश में उड़ जाने पर शिकारी

भी पीछे-पीछे जमीन के रास्ते दौड़ा। ऊपर मुँह किये हुए वह यह बात कहता जा रहा था कि ये पक्षी आपस में मिल कर मेरे जाल को लेकर जा रहे हैं, किन्तु जब ये कहीं आपस में विवाद करने लगेंगे तो निश्चय ही गिर पड़ेंगे।

इधर लघुपतनक भी यह सोच कर कि देखें क्या होगा, बड़ी उत्कण्ठा से जीविका की चिन्ता छोड़ कर उनके पीछे-पीछे उड़ता चला। कबूतरों के आँख से ओझल हो जाने पर शिकारी निराश हो गया और यह कहता हुआ वापस लौट पड़ा कि—

जो होने वाला नहीं होता, वह प्रयत्न करने पर भी नहीं होता और जो होने वाला होता है, वह बिना प्रयत्न के भी हो जाता है। जिस वस्तु के मिलने का संयोग नहीं होता, वह हथेली पर आकर भी गायब हो जाती है। और भी—

विधि के विपरीत हो जाने पर यदि किसी तरह सम्पत्ति (धनप्राप्ति) का योग लग भी जाता है, तो वह अपने पास की रही सही पूँजी को भी लेकर शंखनिधि की तरह गायब हो जाता है। पक्षियों का मांस तो मिलने से रहा, अब सारे परिवार की जीविका का एकमात्र आधार जाल भी मेरे पास से चला गया।

चित्रग्रीव ने जब देखा कि शिकारी बहुत पहले ही आँख से ओझल हो गया है तो सबसे बोला, "भाइयो! वह नीच शिकारी लौट गया। अब हम सब निश्चिन्त होकर महिलारोप्य के पूरब और उत्तर के कोने की ओर चलें, वहाँ पर हमारा हिरण्यक नाम का एक मित्र चूहा रहता है। वह हम सबों के पाश को काट डालेगा। कहा गया है कि इस संसार में विपत्ति आने पर मित्र को छोड़ कर मनुष्यों की वचन मात्र से भी कोई सहायता नहीं करता।"

चित्रग्रीव के ऐसा कहने पर वे सब कबूतर महिलारोप्य नगर के समीप हिरण्यक के बिल रूपी किले के समीप पहुँच गये। वहाँ एक हजार बिल वाले दुर्ग में विराजमान हिरण्यक आनन्दपूर्वक जीवन व्यतीत करता था। उसे किसी का कोई भय नहीं था। यह बहुत ठीक ही कहा गया है कि—

नीतिशास्त्र में प्रवीण चूहा न आनेवाले भय को भी सोच कर सैकड़ों मुँहवाले बिल में निवास करता है।

हिरण्यक के बिल के पास पहुँच कर चित्रग्रीव जोर से चिल्ला कर बुलाया, "भाई हिरण्यक! तुरन्त आइये, मैं बड़ी गहरी विपत्ति में फँसा हुआ हूँ।" चित्रग्रीव की आर्त्तवाणी सुन कर हिरण्यक बिल के भीतर से बोला, "भाई! आप कौन हैं, यहाँ क्यों आये हैं, कौन-सी विपत्ति आपके ऊपर पड़ी है? सब ब्यौरेवार बताइए।"

यह सुनकर चित्रग्रीव बोला, "भाई! मैं तुम्हारा मित्र कबूतरों का राजा चित्रग्रीव हूँ, सो जल्दी आइए बहुत बड़ा काम है।"

यह सुनते ही हिरण्यक के शरीर के रोंगटे खड़े हो गये। वह प्रसन्न और स्थिर मन से तुरन्त ही बिल से बाहर निकला। ठीक ही कहा गया है कि—

आँखों को आनंद देने वाले, स्नेह से भरे मित्र बहुत भाग्यशाली गृहस्थों के घर

नित्य आते हैं। हे तात! सूर्य का उदय, पान की लालिमा, महाभारत की कथा, मन के अनुकूल चलने वाली पत्नी और सन्मित्र ये उत्तरोत्तर अपूर्व होते जाते हैं। जिस गृहस्थ के घर उसके मित्र नित्य आते रहते हैं, उसके मन के आनन्द की समता किसी दूसरे सुख से नहीं की जा सकती।

बिल के बाहर निकल कर परिवार सहित चित्रग्रीव को जाल में फँसा देख कर हिरण्यक बहुत दुःखी हुआ। उसने कहा—"भाई यह क्या है?" उसने कहा—"भाई साहब! अब तो देख ही रहे हो कि यह क्या है, पूछने की क्या जरूरत; क्योंकि कहा गया है कि—

जहाँ, जिस समय, जिसके द्वारा, जैसा भी शुभ या अशुभ कर्मफल मिलने वाला होता है, वहाँ उसी के द्वारा, वह सब काल की महिमा से प्राप्त हो जाता है। सो इस जाल के फंदे में मैं अपनी जीभ की चञ्चलता से फँस गया हूँ। अब तुम जल्दी ही इस जाल को काटकर हमें बचाओ।"

यह सुनकर हिरण्यक बोला। पक्षी पचास-पचास योजन के मांस को तो देख लेते हैं, किन्तु वही दुर्भाग्य से समीप में ही पड़े हुए जाल को नहीं देख पाते। और भी—

चन्द्रमा और सूर्य जैसे तेजस्वी ग्रहों को राहु और केतु द्वारा दुःखी देख कर तथा हाथी, सर्प और पक्षियों को जाल में फँसा देख कर एवं बड़े-बड़े बुद्धिमानों को भी दरिद्रावस्था में देखकर मेरी बुद्धि कहती है कि संसार में दैव ही सबसे बड़ा बलवान् है। और भी—

सुदूर आकाश में अकेले विहार करने वाले पक्षी विपत्ति में पड़ जाते हैं। निपुण मछुवे समुद्र के अगाध जल से मछलियों को अपने जाल में फँसा लेते हैं—यह सब देखकर यह कहना पड़ता है कि इस संसार में क्या पाप है और क्या पुण्य है और सुगम या दुर्गम स्थान प्राप्त करने का क्या फायदा है? अपना लम्बा हाथ फैलाये हुए कराल काल दूर से ही सब को पकड़ता है।

यह कहकर हिरण्यक चित्रग्रीव के बन्धन को काटने की तैयारी में लग गया। उसे अपना बन्धन काटते हुए देखकर चित्रग्रीव ने कहा, "भाई ऐसा मत करो। पहले मेरे सब सेवकों का बन्धन काटो, इसके बाद मेरा।" यह सुनकर हिरण्यक क्रुद्ध होकर बोला—"भाई! आपकी यह बात उचित नहीं है, क्योंकि सेवक स्वामी के बाद होते हैं।" उसने कहा—"भाई साहब! ऐसा न कहिए। यह सब बेचारे मेरे ही भरोसे पर हैं और अपना कुटुम्ब छोड़कर मेरे साथ आये हैं, तो क्या मैं इनका इतना भी सम्मान न करूँ? कहा गया है कि—

जो राजा सदा अपने सेवकों का अधिक सम्मान करता है, वे सेवक उस राजा को धन न होने पर भी कभी नहीं छोड़ते हैं। और भी—

विश्वास ही सारी सम्पत्तियों की जड़ है। इसी से हाथी सदा यूथपति कहलाता है, एक झुण्ड का स्वामी होता है, किन्तु मृगराज होने पर भी सिंह के पास कभी मृग नहीं जाते।

दूसरे यह भी तो है कि अगर मेरा बन्धन काटते हुए कहीं तुम्हारा दाँत टूट जाय या वह नीच शिकारी आ जाये तब तो फिर मुझे निश्चय ही नरक में जाना पड़ेगा; क्योंकि कहा गया है कि—

जो स्वामी अपने सदाचारी सेवकों के विपत्ति में पड़े रहते स्वयं सुख भोगता है, वह नरक जाता है। उसके दोनों लोक दुखदायी होते हैं।''

यह सुनकर हिरण्यक बहुत प्रसन्न हुआ और बोला—''भाई! मैं इस राजधर्म को जानता था। मैंने तुम्हारी परीक्षा ली है। अब मैं पहले उन्हीं सबके बन्धनों को काटूँगा। आप अपनी इस धर्मनीति के कारण बहुत अधिक कपोत परिवार के राजा होंगे; क्योंकि कहा गया है कि—

जो राजा सदा अपने सेवकों पर करुणा और समदर्शिता का व्यवहार करता है, वह तीनों लोकों की भी रक्षा कर सकता है।''

इस प्रकार की बातें कर हिरण्यक ने धीरे-धीरे सबके बन्धनों को काट दिया। फिर उसने चित्रग्रीव से कहा—''मित्रवर! अब आप अपने निवास स्थान को जा सकते हैं। फिर कभी विपत्ति पड़े तो अवश्य आइयेगा। इस प्रकार कबूतरों को भेजकर हिरण्यक अपने किले में घुस गया। चित्रग्रीव भी अपने परिवार के साथ अपने निवास को चला गया। यह ठीक ही कहा गया है कि—

जिस मनुष्य के पास अच्छे मित्र होते हैं, वह असाध्य कठिनाई से होने वाले कामों को भी पूरा कर लेता है। इसलिए मनुष्य को अपनी स्थिति के समान मित्र अवश्य बनाना चाहिए।''

लघुपतनक कौआ, यह सब कार्य जिस तरह से चित्रग्रीव का बन्धन हिरण्यक ने काटा था, देख रहा था। उसे यह देखकर बहुत विस्मय हुआ। उसने सोचा कि इस हिरण्यक की बुद्धि, शक्ति, दुर्ग एवं सामग्री की जितनी भी प्रशंसा की जाय थोड़ी है। किस प्रकार इसने उन फँसे हुए पक्षियों को बन्धनमुक्त कर दिया, तो ऐसे के साथ मित्रता अवश्य करनी चाहिए। मेरा स्वभाव तो बड़ा चंचल है, मैं किसी दूसरे का विश्वास नहीं करता। फिर भी इसे मित्र बनाऊँगा। कहा गया है कि—

बुद्धिमान को सब ओर से सम्पन्न होने पर भी मित्र अवश्य बनाना चाहिए। समुद्र परिपूर्ण होकर भी चन्द्रोदय की अपेक्षा रखता है। इस तरह का निश्चय कर वह पेड़ से नीचे उतर पड़ा और बिल के द्वार पर बैठकर चित्रग्रीव की तरह प्यार भरे स्वर में हिरण्यक को बुलाया। ''भाई हिरण्यक! यहाँ आइये, यहाँ आइए!'' यह सुनकर हिरण्यक ने सोचा कि क्या कोई कबूतर जाल में फँसा रह गया है, जो मुझे बुला रहा है? बोला—''भाई आप कौन हैं?'' उसने कहा, ''मैं लघुपतनक नाम का कौआ हूँ।''

यह सुनकर हिरण्यक अपनी बिल में और भी नीचे चला गया। और वहीं से बोला—''अरे! जल्दी ही मेरे यहाँ से चले जाओ।'' कौआ बोला—''भाई! मैं बहुत

बड़ा काम लेकर तुम्हारे पास आया हूँ, तो मेरे साथ तुम भेंट क्यों नहीं कर रहे हो?'' हिरण्यक बोला—''तुम्हारे साथ भेंट करने की मुझे कोई जरूरत नहीं है।'' उसने कहा—''भाई! मैंने वह सब देखा है कि किस तरह आपने चित्रग्रीव के बन्धन को काटा है, उसे देखकर मेरे मन में आपके प्रति बहुत प्रीति हो गई है। कभी मैं भी इस तरह अगर बन्धन में पड़ जाऊँगा तो आपके समीप आने पर मेरा भी छुटकारा होगा। सो मेरी प्रार्थना है कि आप मेरे साथ अवश्य मित्रता कर लें।''

हिरण्यक बोला—''तुम्हारे साथ हमारी मित्रता किस तरह हो सकती है; क्योंकि तुम मेरे भक्षक हो और मैं तुम्हारा भोजन हूँ? इस विरोध के कारण हमारे-तुम्हारे बीच में मित्रता कैसे हो सकती है? इसलिए यहाँ से चले आओ। कहा गया है कि—

जिनके कुल और धन आपस में समान हों, उन्हीं से मित्रता और विवाह करना चाहिए। अपने से अधिक पुष्ट या कमजोर के साथ नहीं। और भी—

जो कुबुद्धि मूर्ख अपने से समानता न रखने वाले अर्थात् अपने से हीन या अधिक के साथ मित्रता करता है उसका सारे संसार में उपहास होता है। इसलिए अच्छा है कि तुम चले जाओ।''

कौआ बोला—''भाई हिरण्यक! मैं तुम्हारे दुर्ग के द्वार पर बैठा हुआ हूँ। यदि तुम मेरे साथ मित्रता नहीं करोगे तो मैं तुम्हारे सामने ही अपने प्राणों को छोड़ दूँगा अथवा यहीं बैठ कर अनशन करूँगा।''

हिरण्यक बोला—''भाई! तुम्हारे जैसे बैरी के साथ कैसे मैं मित्रता कर सकता हूँ। कहा गया है कि—

अच्छी तरह मिले-जुले हुए भी शत्रु से कभी सुलह या समझौता नहीं करना चाहिए। अच्छी तरह खौलाया हुआ पानी भी आग को बुझाता ही है।''

कौआ बोला—''भाई! मैंने कभी तुम्हारे साथ भेंट भी नहीं की है तो बैर कहाँ से हो सकता है? आप क्यों इस तरह अनुचित बात कह रहे हैं?''

हिरण्यक बोला—''बैर दो तरह के होते हैं। एक सहज और एक कृत्रिम। तो तुम हमारे सहज बैरी हो; कहा गया है कि—

''जो बैर किसी कारण से उत्पन्न होता है, वह शीघ्र ही उसको दूर करने वाले कामों से शान्त हो जाता है, किन्तु सहज बैर प्राणदान के बिना शान्त नहीं होता।''

कौआ बोला—''भाई! इन दो प्रकार के बैर का लक्षण सुनना चाहता हूँ। सो शीघ्र ही कहो।''

हिरण्यक ने कहा—''भाई! सुनो। किसी कारण से उत्पन्न बैर कृत्रिम कहलाता है। वह बैर उस कारण को दूर करने से दूर हो जाता है। स्वाभाविक बैर तो किसी प्रकार से दूर नहीं होता। जैसे नेवले सर्प का, घास खाने वाले एवं नख से शिकार करने वाले हिंसक सिंहादि पशुओं का, पानी और आग का, देवताओं और दैत्यों का, कुत्तों और बिल्लियों का, धनवानों और गरीबों का, सपत्नियों का, हाथियों और सिंहों का,

शिकारियों और हरिणों का, श्रोत्रियों और भ्रष्टाचारियों का, मूर्खों और पण्डितों का, पतिव्रता और दुराचारिणियों का, सुजनों और दुर्जनों का—इन सबका बैर स्वाभाविक है। इनमें से किसी ने किसी को मारा नहीं, पर प्राणों पर संकट तो डाल ही देते हैं।''

कौआ बोला—''भाई! यह बिना किसी कारण की शत्रुता है, मेरी बात तो सुनिए।

किसी न किसी कारण से ही लोग मित्र होते हैं और किसी न किसी कारण से ही शत्रु बनते हैं। इसलिए बुद्धिमान को मित्रता ही करनी चाहिए शत्रुता नहीं।

इसलिए मेरे साथ आप मित्रता अवश्य करें।''

हिरण्यक बोला—''भाई साहब! नीति की बातें सुनिए।

एक बार भी रूठे हुए मित्र को जो पुनः संधि करके मिलाना चाहता है, वह खच्चरी के गर्भ की तरह मृत्यु को प्राप्त करता है।

अथवा यह सोचना कि मैं बुद्धिमान हूँ, कोई मेरे साथ बैर नहीं करेगा, यह भी इस संसार में संभव नहीं है। कहा गया है कि—

व्याकरण के रचयिता महर्षि पाणिनी के प्यारे प्राणों को सिंह ने हर लिया। हाथी ने मीमांसा शास्त्र के बनाने वाले जैमिनि मुनि को मार डाला। छन्दों के ज्ञाननिधि महर्षि पिंगल को समुद्र तट पर ग्राह ने ग्रस लिया। ऐसे-ऐसे लोगों का जब यह हाल है तो अज्ञान से सदा घिरे रहने वाले, अति क्रोधी हम तिर्यक योनिवालों का गुणों से क्या प्रयोजन है?''

कौआ बोला—''ऐसा हो सकता है। किन्तु फिर भी सुनो। इस संसार में मित्रता, उपकार के कारण मनुष्यों में, किसी विशेष कारण से पशुओं और पक्षियों में, भय और लोभ के कारण मूर्खों में तथा केवल देखने मात्र से सज्जनों में हो जाती है।

दुष्ट लोग मिट्टी के घड़े की तरह आसानी से फूट जाने वाले, किन्तु बड़ी कठिनाई से जोड़े जाने वाले होते हैं। किन्तु सत्पुरुष सोने के कलश की तरह कठिनाई से फूटने वाले और आसानी से बन जाने वाले होते हैं।

ईख के अगले भाग में जिस तरह एक-एक गाँठ के ऊपर विशेष मीठा रस होता है, उसी तरह सज्जनों की मित्रता दिन-दिन गाढ़ी होने वाली होती है और दुष्टों की मित्रता तो इससे उलटी होती है। और भी—

दिन के पहले पहर की परछाईं की तरह पहले बहुत बड़ी, फिर धीरे-धीरे घटने वाली मित्रता दुर्जनों की होती है। और सत्पुरुषों की मित्रता दिन के पिछले पहर की परछाईं की तरह पहले छोटी और धीरे-धीरे बड़ी होती जाती है। दोनों की मित्रता में यही अन्तर है।

तो विश्वास मानो कि मैं सद्भावना से तुम्हारे समीप आया हुआ हूँ। मैं शपथ आदि के द्वारा तुम्हें अभय कर सकूँगा।''

उसने कहा—''भाई! मुझे तेरे शपथ का कोई विश्वास नहीं है। कहा गया है कि—

शपथ आदि के द्वारा सुलह करने पर शत्रु का कभी विश्वास नहीं करना चाहिए। प्राचीन काल में शपथ खाकर इन्द्र ने वृत्रासुर का वध किया था, ऐसा सुना जाता है।

विश्वास के बिना देवताओं के भी शत्रु वश में नहीं आते। विश्वास करने के कारण ही इन्द्र ने दैत्यों की माता दिति के गर्भ को गिराया था। और कहा गया है कि—इन सब कारणों से बुद्धिमान को चाहिए कि इस संसार में देवताओं के गुरु वृहस्पति पर भी कभी विश्वास न करें, यदि अपनी उन्नति, जीवन-रक्षा और सुख की कामना उन्हें है। और भी—

बहुत मामूली-से छिद्र को भी पाकर शत्रु भीतर घुस कर धीरे-धीरे इस तरह नाश कर देता है जैसे पानी की मामूली धारा बहुत बड़े जहाज को। अविश्वस्त व्यक्ति का तो कभी विश्वास करना ही नहीं चाहिए, विश्वसनीय का भी विश्वास सहसा नहीं करना चाहिए। विश्वास से पैदा हुआ डर समूल नाश का कारण बनता है।

विश्वास न करने वाला दुर्बल भी यदि हो तो वह बड़े से बड़े बलवानों द्वारा नहीं मारा जाता, किन्तु विश्वास करने के कारण बलवान को भी एक निर्बल बहुत जल्द मार देता है।

विष्णुगुप्त ने अच्छे कार्य, शुक्राचार्य ने मित्रप्राप्ति तथा वृहस्पति ने अविश्वास को मूल राजनीति माना है, नीति की ये तीन प्रमुख धाराएँ प्रचलित हैं। और भी—

जो मनुष्य बहुत बड़े अर्थलोभ से भी अपने शत्रु का तथा विरक्त स्त्री का विश्वास करता है, उसका जीवन विनष्ट समझना चाहिए।''

यह सुनकर लघुपतनक निरुत्तर हो गया। उसने सोचा कि नीति के बारे में इसकी बुद्धि बहुत ही सूक्ष्म है। यह भी मेरे मन में इसके साथ मित्रता स्थापित करने का एक बड़ा प्रलोभन है। थोड़ी देर चुप रह कर वह फिर बोला—''भाई हिरण्यक! विद्वान लोग कहते हैं कि सज्जनों की मित्रता सात परग में या सात वाक्य बोलने में होती है, इसलिए अब तुम मेरे मित्र बन ही गए हो। अतः मेरी बातें सुनो। मैं चाहता हूँ कि यदि इस तरह तुम मेरा विश्वास नहीं करते तो तुम अपनी बिल में बैठकर ही मुझे अच्छाइयों और बुराइयों से भरी उपदेश की कथाएँ सुनाते रहो।''

यह सुनकर हिरण्यक ने सोचा कि—यह लघुपतनक बातें बोलने में तो चतुर दिखाई पड़ता है, सत्यवादी भी दिख रहा है, तो इसके साथ मित्रता करना ठीक ही है। किन्तु इसे कभी भूल कर भी मेरे बिल में पैर नहीं रखना चाहिए। कहा गया है कि—

डरा हुआ शत्रु पहले धीरे-धीरे जमीन पर चलता है, बाद में दौड़ने लगता है, ठीक उसी तरह जैसे व्यभिचारी पहले स्त्रियों पर डर से हाथ रखता है और बाद में...।

यह सुनकर कौआ बोला—''भाई! मैं ऐसा ही करूँगा।''

इसके बाद वे दोनों सुभाषित गोष्ठी के सुख का अनुभव करते हुए अपना जीवन बिताने लगे। आपस में एक-दूसरे का प्रिय कार्य करते हुए उनका समय कट रहा था। लघुपतनक मांस के टुकड़े, पवित्र बलि के टुकड़े, विशेषकर पकवान आदि प्रेम से

इकट्ठा करके हिरण्यक के लिए ले जाता था। और हिरण्यक भी चावल आदि विविध प्रकार की खाने की सामग्रियाँ रात में गृहस्थों के घरों से चुरा-चुरा कर लघुपतनक के आने पर खाने के लिए देता था। उन दोनों के लिए यह ठीक ही था। कहा गया है कि—

देना, लेना, गुप्त बातें कहना, गुप्त बातें पूछना, खाना और खिलाना—प्रीति के ये छः लक्षण कहे गए हैं। इस संसार में किसी की भी प्रीति कभी किसी उपकार के बिना नहीं होती। देवताओं को भी अभीष्टदायी तभी कहा जाता है, जब वे किसी मनौती को स्वीकार कर लेते हैं; अर्थात् मेरा यह कार्य सिद्ध होगा, तब यह चढ़ाऊँगा, ऐसी मनौती की जब सफलता होती है, तभी देवता भी अभीष्टदायी कहे जाते हैं। इस संसार में प्रीति तभी तक बनी रहती है, जब तक देने-लेने का व्यवहार चलता रहता है, बछड़ा दूध की कमी देखकर माता को भी छोड़ देता है। इस दान का इतना अधिक प्रभाव होता है कि तुरन्त विश्वास करना पड़ता है। इसके प्रभाव से द्वेष करने वाला भी उसी क्षण मित्रता करने लगता है। इस संसार में देखो तो विवेकविहीन पशु भी दान को अपने पुत्र से अधिक प्रिय मानता है, बच्चे होने पर भी भैंस खली देने वाले अपने पालक को अपना सारा दूध दे देती है। अधिक क्या कहूँ इस दान के प्रभाव से वे चूहे और कौए नख और मांस की तरह कठिनाई से अलग की जाने वाली मित्रता को प्राप्त कर रहने लगे, यद्यपि उनकी यह मित्रता किसी कारण से ही हुई थी।

इस प्रकार धीरे-धीरे वह चूहा कौए पर इतना विश्वास करने लगा, उसके उपकारों से इतना प्रसन्न हो गया कि उसके पंखों में बैठ कर सदा गोष्ठी किया करता। एक दिन की बात है कि कौआ आँखों में आँसू भर कर आया और उसके समीप पहुँच कर भरे हुए कण्ठ से बोला—''भाई! हिरण्यक! अब मुझे अपने इस देश से विराग पैदा हो गया है, इससे किसी दूसरे देश को जाऊँगा।''

हिरण्यक बोला—''भाई! आपके इस विराग का क्या कारण है?''

उसने कहा—''भाई! इस देश में बहुत दिनों से पानी न बरसने के कारण भीषण दुर्भिक्ष पड़ गया है। भूख से पीड़ित होने के कारण कोई भी अब बलि-पूजा नहीं करता। यही नहीं, अब लोग भूख से परेशान होकर पक्षियों को फँसाने के लिए अपने-अपने घरों में जाल तैयार करके रखे हैं। मैं भी फँस चुका था, किन्तु आयु शेष होने के कारण किसी तरह जाल से छूटकर बच गया हूँ। यही मेरे वैराग्य का कारण है? अब तो मैं परदेश की तैयारी में हूँ, इसी से आँसू बह रहे हैं।

हिरण्यक बोला—''भाई! तो आप कहाँ जा रहे हैं?''

उसने कहा—''दक्षिण प्रदेश के एक गहन वन में एक महान सरोवर है, वहाँ एक मन्थरक नाम का कछुआ तुझसे बढ़कर प्रीति रखने वाला मेरा मित्र है। वह मुझे वहाँ जाने पर मछलियों के मांस खिलायेगा। वही खाकर और उसके साथ सुभाषित गोष्ठी-सुख का अनुभव कर आनन्द से अपना समय बिताऊँगा। अब यहाँ रहकर जाल में फँसकर पक्षियों के होने वाले विनाश को मैं नहीं देखना चाहता। कहा गया है कि—

हे तात! पानी न बरसने के कारण अन्न के विनष्ट हो जाने से अपनी जन्मभूमि की दुर्दशा एवं परिवार-नाश का दुःख जो नहीं देखते वे धन्य हैं। समर्थ व्यक्ति के लिए बहुत भार की चिन्ता क्या है? व्यवसायी के लिए दूर देश की चिन्ता क्या है? विद्यावान के लिए परदेश की चिन्ता क्या है और प्रियवचन बोलने वाले के लिए दूसरा कौन है? विद्वान और राजा—इनके गुणों की बराबरी कभी की नहीं जा सकती। राजा केवल अपने देश में पूजित होता है जबकि विद्वान की सर्वत्र पूजा होती है।''

हिरण्यक बोला—''भाई! जब ऐसा ही है तो मैं भी तुम्हारे साथ वहाँ चलूँगा। मुझे भी यहाँ बहुत दुःख हो रहा है।''

कौआ ने पूछा—''भाई! तुझे यहाँ क्या दुःख है? उसे बताओ तो सही।''

हिरण्यक ने कहा—''भाई! साहब! इस पर बहुत-कुछ कहना है। अब वहीं चलकर विस्तारपूर्वक सब कुछ बताऊँगा।''

कौए ने कहा—''भाई! मैं तो ऊपर आकाश से चलने वाला ठहरा। तो फिर आप कैसे मेरे साथ चल सकते हैं?''

उसने कहा—''भाई साहब! यदि तुम मेरी जान बचाना चाहते हो तो मुझे अपनी पीठ पर ले चलकर वहाँ पहुँचाओ। किसी दूसरी तरह मैं नहीं पहुँच सकता।''

यह सुनकर कौआ सुखी होकर बोला—''भाई! जब ऐसा है तो मैं अपने को धन्य मानता हूँ कि वहाँ भी आपके साथ मेरा समय सुख से कटेगा। मैं सम्पात आदि उड़ने की आठों चालों को जानता हूँ, आओ मेरी पीठ पर बैठ जाओ और मैं बड़े आराम से तुम्हें उस तालाब के समीप पहुँचा दूँगा।''

हिरण्यक ने पूछा—''भाई! उन आठों उड़ने की चालों को मैं जानना चाहता हूँ।''

उसने कहा—''सम्पात, विप्रपात, महापात, निपात, वक्र, तिर्यक, ऊर्ध्व और लघु—उड़ने की यह आठ कलाएँ हैं।''

यह सुनकर हिरण्यक उसी क्षण कौए के ऊपर बैठ गया। वह भी उसे लेकर उड़ पड़ा और धीरे-धीरे उड़ कर सम्पात नाम की चाल से उस सरोवर पर पहुँच गया। लघुपतनक को इस तरह एक चूहे को पीठ पर बैठाकर समीप आया देख मन्थरक ने यह सोच कर कि यह कोई देशकाल की बातें जानने वाला धूर्त्त और असाधारण कौआ है, शीघ्र ही पानी में घुस गया। सरोवर के किनारे एक पेड़ के खोढ़र में हिरण्यक को छोड़कर लघुपतनक ने वृक्ष की डाल पर चढ़कर ऊँचे स्वर में पुकारा—भाई मन्थरक! आओ, जल्द आओ। मैं तुम्हारा मित्र लघुपतनक नाम का कौआ हूँ। बहुत दिनों से तुम्हें देखने की उत्कण्ठा बढ़ रही थी। आज तुम्हारे दर्शन के लिए यहाँ आया हूँ, सो आकर मुझसे आलिंगन तो करो। कहा गया है कि—

चन्दन, कपूर और बरफ इनकी शीतलता व्यर्थ है। यह मित्र के शरीर की शीतलता के सोलहवें अंश की भी समानता नहीं कर सकते। और भी—

आपत्ति में रक्षा करने वाले, शोक एवं सन्ताप की परम औषधि स्वरूप 'मित्र' नाम के इन दोनों प्यारे अक्षरों को अमृत की तरह किसने बनाया?

यह सुनकर और स्वर को अच्छी तरह पहचान कर मन्थरक तुरन्त जल से बाहर निकला। उस समय उसका शरीर रोमांच हो उठा था और उसकी आँखों में आँसू भरे हुए थे। वह बोला—"अरे मेरे प्यारे मित्र! आओ, और मेरा आलिंगन करो। बहुत दिनों से इधर मैंने तुम्हें देखा नहीं था, इसी से अच्छी तरह पहचान नहीं सका और इसी कारण से देखते ही पानी में घुस गया। कहा गया है कि—

जिसके पराक्रम, कुल, आचार, व्यवहार आदि का परिचय न हो, उसके साथ कभी संगति नहीं करनी चाहिए, ऐसा वृहस्पति का कहना है।"

इतना कह चुकने के बाद लघुपतनक ने वृक्ष से नीचे उतर कर उससे आलिंगन किया। यह ठीक ही कहा गया है कि—

उस अमृत की धारा की क्या बात कही जाय जो शरीर के धोने से पैदा होती है, चिरकाल के बाद मित्र के आलिंगन से जो आनन्द मिलता है, वह अमूल्य है।

इस प्रकार उन दोनों मित्रों ने एक दूसरे को विधिवत आलिंगन किया। उनके शरीर रोमांचित हो गए थे। वृक्ष के नीचे बैठकर वे अपना-अपना समाचार बतलाने लगे। हिरण्यक भी मन्थरक को प्रणाम कर कौए के समीप आकर बैठ गया। उसे इस प्रकार समीप बैठा देख कर मंथरक ने लघुपतनक से कहा—"भाई! यह चूहे महाशय कौन हैं? यह तो तुम्हारे आहार हैं। इस तरह पीठ पर बैठाकर तुम इन्हें क्यों लाए हो? इसमें अवश्य कोई बड़ी बात है?"

यह सुनकर लघुपतनक बोला—"भाई! इन चूहे महाशय का नाम हिरण्यक है। यह मेरे अनन्य मित्र हैं, यही नहीं यह हमारे दूसरे शरीर हैं। इनके बारे में बहुत क्या कहा जाय? जिस तरह बादल की धारा, आसमान के तारे एवं बालू के कण संख्या में अगणित होते हैं, उसी तरह इन महाशय के गुण भी असंख्य हैं। यह इस समय बड़े वैराग्य के वश में होकर तुम्हारे पास आए हुए हैं।"

मंथरक ने पूछा—"भाई! इनके वैराग्य का कारण क्या है?"

कौए ने कहा—"मैंने पूछा था, पर उस समय इन्होंने कहा कि इसके बारे में बहुत-कुछ कहना है, वहीं चल कर बताऊँगा। मुझे भी अभी तक इन्होंने अपने बारे में कुछ नहीं बताया है।" सो भाई हिरण्यक जी! अब तुम हम दोनों को अपना आत्मीय समझ कर अपने वैराग्य का कारण बताओ। उसने कहा—

[1]

दक्षिण प्रदेश में महिलारोप्य नाम का एक नगर है। उसके बहुत थोड़ी ही दूर पर एक भगवान महादेव का मन्दिर है। उसी मन्दिर में ताम्रचूड़ नाम का एक घुमक्कड़

संन्यासी रहता था। वह नगर भर में भीख माँग कर अपनी जीविका चलाता था। खाने-पीने से जो कुछ बचता था, वह भीख मांगने वाले पात्र में रख देता था और रात में उस मन्दिर की दीवाल में लगी हुई खूँटी पर टाँग कर सोता था। सवेरे के समय उसी अन्न को कमकरों को देकर वह उस देवमन्दिर की सफाई और सजावट आदि कराया करता था। एक दिन मेरे परिवार वालों ने आकर मुझसे कहा—"स्वामी! देवमन्दिर में पका पकाया अन्न चूहे के भय से भिक्षा के पात्र में छिपाकर एक खूँटी पर सदा टँगा रहता है। उसे हम लोग नहीं खा सकते; किन्तु आपके लिए उसका पाना कठिन नहीं है, तो इस तरह व्यर्थ के घूमने से क्या लाभ है? आज वहीं चलें और आपकी कृपा से खूब पेट भर कर खायें।" यह सुनकर मैं भी उसी समय परिवार सहित वहाँ के लिए चल पड़ा। और पहुँच कर तुरन्त ही कूद कर खूँटी पर चढ़ गया। उसमें से विशेष सामग्रियाँ तो मैंने अपने सेवकों को दे दी और बाद में बचा-खुचा हुआ खुद खाया। इस प्रकार सबके तृप्त हो जाने पर मैं अपने घर को वापस चला आया। इसी तरह प्रति दिन जाकर मैं वहाँ का अन्न खाने लगा। साधू भी अपनी शक्ति भर उसकी रखवाली करता, किन्तु जैसे ही वह सो जाता वैसे ही मैं उस पर चढ़ कर अपना काम समाप्त कर देता। उसने मुझे डराने के लिए बहुतेरे उपाय किये। एक बार तो उसने एक बहुत पुराना बाँस लाकर रखा और उसी से सो जाने पर भी भिक्षा के पात्र में ठोकर लगाता रहता। मैं भी बिना खाये ही उस दिन मरने के डर से बार-बार भाग आता। और यह व्यापार सारी रात लगा रहा। इस घटना के दूसरे ही दिन उस साधू के मन्दिर में उसका एक दूसरा मित्र संन्यासी तीर्थ यात्रा के सिलसिले में घूमता हुआ आया। उसका नाम था वृहत्स्फिंग। उसे आया देखकर उसने उठकर विधिपूर्वक स्वागत-सत्कार किया और खूब ठाठ-बाट से खिलाया-पिलाया। रात में वे दोनों मित्र संन्यासी एक ही कुश की चटाई पर लेटे और धर्म की अनेक कथाएँ देर तक कहते रहे। वृहत्स्फिंग जब कोई कथा कह रहा था, तब ताम्रचूड़ चूहे के डर से विह्वल होकर उसी फटे बाँस से भीख के पात्र को ठुकराता जाता था और बिना मन के केवल हुँकारी भरता जाता था। एक बार जब वह हुंकारी भरना भी भूल गया तब तो उसका अतिथि बहुत बिगड़ खड़ा हुआ और बोला—"अरे ताम्रचूड़! मैं जान गया कि तुम मेरे सच्चे मित्र नहीं हो इसी से मेरे साथ प्रसन्न मन से बातें नहीं कर रहे हो। अब मैं रात में ही तुम्हारे इस मन्दिर को छोड़ कर दूसरी जगह जा रहा हूँ। कहा गया है कि—

आइएँ, यह आपके बैठने का आसन है, क्या कारण है कि आप बहुत दिनों बाद दिखाई पड़ रहे हैं, क्या समाचार हैं? आजकल आप बहुत दुबले दिखाई पड़ रहे हैं और तो सब कुशल है न? आपको देखकर बड़ी प्रसन्नता हुई। इस प्रकार के वचनों से जो स्नेह में भर कर अपने अतिथियों का आदरपूर्वक सत्कार करते हैं, उनके घर सदा बिना किसी शंका के जाना चाहिए।

जो गृहस्थ अपने घर आये हुए अतिथि को देखकर दूसरी ओर ताकने लगता है या शिर नीचे कर लेता है, उसके घर जो जाते हैं, वे सींगरहित बैल हैं। जहाँ जाने पर

उठकर स्वागत नहीं किया जाता और जहाँ मीठी वाणी से बातें नहीं की जातीं अथवा जहाँ जाने पर गुण-दोष की बातें नहीं पूछी जातीं, उस घर में कभी नहीं जाना चाहिए।

तो इस एक मन्दिर के पाने पर तुझे इतना अभिमान हो गया है और मित्र के प्रेम को तुमने ठुकरा दिया है। क्या तुझे यह नहीं मालूम है कि तुमने एक मठ का आश्रय लेकर नरक जाने की तैयार कर ली है। कहा गया है कि—

यदि तुझे नरक जाने की इच्छा है, तो एक साल तक पुरोहिताई करो और यदि और जल्दी जाना चाहते हो, तो केवल तीन दिन तक मठ की सेवा करो।

हे मूर्ख! घमण्ड करके तुम शोचनीय दशा में पहुँच गये हो। अब मैं तुम्हारे मठ को छोड़ कर दूसरी जगह जा रहा हूँ।''

मित्र की यह बातें सुन कर ताम्रचूड़ बहुत डर गया। उसने कहा—''भगवन! ऐसा मत कहिए। तुम्हारे समान मेरा कोई दूसरा मित्र नहीं है। इस गोष्ठी में मेरी शिथिलता का कारण तो पहले सुन लीजिए। यह दुष्ट चूहा उतनी ऊँचाई पर रखे गए भिक्षापात्र पर भी कूद कर चढ़ जाता है और भिक्षा से बचे हुए सब अन्न को खा जाता है। उसके खा जाने के कारण मन्दिर की सफाई और सजावट भी आजकल नहीं होने पा रही है। उसी चूहे को डराने के लिए मैं इसी बांस से भिक्षा के पात्र को बार-बार ठुकराया करता हूँ, कोई दूसरा कारण नहीं है। इसके बारे में तुम्हें भी कुतूहल होगा, देखो न कि इस नीच चूहे ने अपनी कुदाई के सामने बिल्ली और बन्दरों को भी मात कर दिया है।''

वृहत्स्फिंग बोला—''तो कहीं उसकी बिल तुम्हें मालूम है कि यहाँ कहाँ है?''

ताम्रचूड़ ने कहा—''भगवन्! मुझे अच्छी तरह नहीं मालूम है।''

उसने कहा—''यह निश्चय समझो कि उसकी बिल कहीं किसी खजाने के ऊपर है। यह उसी खजाने की गर्मी से इतना कूदता है।'' कहा गया है कि—धन से पैदा हुई गर्मी मनुष्य के तेज को बढ़ा देती है तो फिर दान सहित उसके भोग करने वाले की गर्मी की तो बात ही निराली है। और भी—

हे माता! यह शाण्डिली ब्राह्मणी बिना किसी कारण के पछोरे हुए तिलों से बिना पछोरे हुए तिलों को नहीं बदल रही है, इसमें कोई कारण जरूर होगा।

ताम्रचूड़ बोला—''यह क्या?''

उसने कहा—

[2]

एक बार बरसात के समय में मैंने अपना चातुर्मास व्रत धारण करने के उद्देश्य से एक ब्राह्मण से निवास स्थान देने की प्रार्थना की थी। उसने मेरी बात स्वीकार कर ली और मेरी बड़ी सेवा-शुश्रूषा की। वहाँ रह कर मैं सुख से देवता की पूजा किया करता था। एक दिन सवेरे ही जैसे मैं उठा, तो मेरा ध्यान ब्राह्मण और ब्राह्मणी में होने वाले

बातचीत पर चला गया। मैंने भी अपना कान उधर लगा दिया। मैंने उनकी पूरी बातें सुनीं। ब्राह्मण ने ब्राह्मणी से कहा—"ब्राह्मणी! कल सवेरे ही दक्षिणायन की संक्रान्ति होगी, जो अनन्त पुण्य देने वाली है। मैं तो दान लेने के लिए दूसरे गाँव जा रहा हूँ, सो तुम भगवान सूर्य नारायण के उद्देश्य से कल एक ब्राह्मण को कुछ भोजन अवश्य करा देना।" ब्राह्मण की यह बात सुनते ही ब्राह्मणी बिगड़ उठी, उसने कठोर स्वर में फटकारते हुए कहा—"तुझ दरिद्र के घर ब्राह्मण को खिलाने के लिए भोजन कहाँ मिलेगा? ऐसा कहते हुए क्या तुझे शर्म नहीं लग रही है। तुम्हारे पल्ले पड़ कर मैंने भी कुछ सुख नहीं भोगा।"

यह सुनकर ब्राह्मण डर गया, पर धीरे-धीरे बोलता गया। उसने कहा—ब्राह्मणी! तुझे ऐसा नहीं कहना चाहिए; क्योंकि कहा गया है कि—

अपने को एक ग्रास भी यदि मिले तो याचक को क्यों न उसका आधा दिया जाय। अपनी इच्छा के अनुसार इस संसार में कब किसे ऐश्वर्य की प्राप्ति हुई है।

बड़े लोग बहुत अधिक दान-पुण्य करके जो फल प्राप्त करते हैं, उसे दरिद्र लोग एक छदाम दान करके प्राप्त कर लेते हैं, ऐसा वेदों का मत है।

दाता छोटा होकर भी सेव्य होता है, कृपण धन से महान होकर भी असेव्य ही रहता है। लोग थोड़े जल वाले कूएँ को प्रसन्नता से देखते हैं, अगाध समुद्र को नहीं। और भी—

दान न देने के कारण कुबेर की राजाधिराज की पदवी पाने से क्या लाभ है। देवताओं के खजान्ची होने पर भी देव लोग उन्हें महेश्वर नहीं कहते। और भी—

सदा दान से क्षीण होने वाला हाथी प्रशंसा का पात्र होता है, किन्तु दान रहित होकर मोटे शरीर वाला भी गदहा सर्वत्र निन्दा का पात्र होता है।

सुशील और सदाचारी होने पर भी दान न देने के कारण घड़ा नीचे जाता है; किन्तु कुबड़ी और कानी होने पर भी ककड़ी दान के कारण ऊपर रहती है।

जल देने मात्र से ही बादल सकल लोक का प्यारा बन जाता है; किन्तु नित्य हाथ फैलाने वाले मित्र को भी लोग देखना नहीं पसन्द करते।

यह सब जानकर दरिद्रता से पिसे हुए को भी थोड़े से थोड़ा भी दान सत्पात्र को पुण्यपर्व पर देना चाहिए। कहा गया है कि—

सत्पात्र, महान श्रद्धा, पुण्य प्रदेश, अच्छी तिथि इन सबका विचार कर विचारशील लोग जो दान देते हैं, वह अनन्त पुण्य का कारण बनता है। और भी—

अत्यन्त लोभ नहीं करना चाहिए और न लोभ को छोड़ना ही चाहिए। अत्यन्त लोभ से भरे हुए के मस्तक में शिखा निकलती है।

ब्राह्मणी बोली—"यह कैसे?"

उसने कहा—

[3]

किसी वन में एक पुलिन्द (मुसहर) रहता था। एक बार वह पापी शिकार खेलने के उद्देश्य से वन में भीतर की ओर चला। कुछ दूर जाने पर उसने एक बहुत बड़ा सुअर देखा, जो काले काजल के पर्वत की चोटी की तरह भीषण दिखाई पड़ रहा था। उसे देखते ही उसने धनुष को अपने कान तक खींच कर एक तेज वाण मारा। सुअर घायल तो हो गया, किन्तु उसने भी लौट कर अतिशय क्रोध में भर कर बाल चन्द्रमा के समान सफेद अपनी दाढ़ों से पुलिंद के पेट को फाड़ डाला, जिससे वह भी मर कर धरती पर गिर गया। शिकारी को मार डालने के बाद तेज वाण की पीड़ा से सुअर भी मर गया। संयोग की बात। इस घटना के थोड़ी ही देर बाद एक भूखा सिआर वहाँ इधर-उधर घूमता हुआ आ पहुँचा, जिसकी मौत बिल्कुल नजदीक आ गई थी। उसने देखा कि वहाँ एक पुलिन्द और एक सुअर दो-दो जीव मरे पड़े हैं। उसे बड़ी प्रसन्नता हुई। उसने सोचा कि—अहा! आज मेरे विधाता प्रसन्न हैं। उसी ने इस तरह का सुन्दर भोजन बिना किसी प्रयत्न के ही मेरे लिए उपस्थित कर दिया है। यह ठीक ही कहा गया है कि—

बिना किसी उद्योग के करने से ही विधाता द्वारा मनुष्य को अन्य जन्म के किये हुए कर्मों के अच्छे या बुरे फल मिलते हैं! और भी—

जिस देश, काल या अवस्था में मनुष्य का किया गया शुभ या अशुभ होता है वह उसी देश, काल या अवस्था में फल देने वाला होता है।

सो मैं इस भोजन को इस तरह बचा-बचाकर खाऊँगा कि जिससे बहुत दिनों तक मेरी जीविका चलती रहे। अतः पहले इस वाण की छोर में लगे हुए अँतड़ियों को खा लूँ। कहा गया है कि—

अपने द्वारा उपार्जित धन का उपभोग बुद्धिमान को रसायन की तरह धीरे-धीरे करना चाहिए, कभी जल्दी में नहीं करना चाहिए।

इस तरह मन में निश्चय कर धनुष की छोर में लगी हुई सुअर की अंतड़ी को मुँह में भर कर ज्यों ही उसने चबाना शुरू किया, त्यों ही उसका बन्धन टूट गया और धनुष का एक छोर उसके शिर के ऊपर वेग से निकल पड़ा। वह भी उस चोट की भीषण पीड़ा से तुरन्त ही मर गया। इसी से मैं कहता हूँ कि 'अत्यन्त लोभ नहीं करना चाहिए आदि।'

उसने फिर कहा—"ब्राह्मणी! तुमने यह नहीं सुना है कि आयु, कर्म, धन, विद्या और मृत्यु—इन पाँचों चीजों की रचना मनुष्य की गर्भावस्था में ही हो जाती है।"

इस प्रकार ब्राह्मण के समझाने-बुझाने पर ब्राह्मणी बोली—"यदि ऐसा ही है तो मेरे घर में थोड़ा-सा तिल बचा हुआ है। तो उन्हें पछोर कर उनका चूर्ण बना लूँगी और उसे ही ब्राह्मण को खिलाऊँगी।" ब्राह्मणी की यह बातें सुन कर ब्राह्मण तो गाँव की ओर

चला गया। ब्राह्मणी ने तिल को गरम जल से खूब धोकर साफ किया। फिर उसे कूट कर बाहर धूप में सूखने के लिए डाल कर वह घर के दूसरे कामों में लग गई। इसी बीच एक कुत्ता आ गया और उसने तिल पर पेशाब कर दिया। ब्राह्मणी ने उसे ऐसा करते हुए देख लिया। उसने सोचा—"हाय! टेढ़े विधाता की करतूत तो देखो, उसने रहे-सहे इस तिल को भी ब्राह्मण के खाने योग्य नहीं रहने दिया। अब मैं इसे लेकर किसी के घर चलूँ। यद्यपि यह पछोर कर साफ किया हुआ है, पर इससे बिना साफ किया हुआ तिल बदलूँगी। सभी लोग ऐसा करने को तैयार हो जायँगे।"

ब्राह्मणी ऐसा निश्चय कर तिल को साथ लेकर उसी घर पर बेचने के लिए पहुँची, जहाँ मैं संयोग से उस दिन भिक्षा ग्रहण करने के लिए गया हुआ था। वहाँ पहुँच कर उसने कहा—"कोई अगर चाहे तो मेरे छाँटे-पछोरे और साफ किये हुए तिल से बिना छाँटा-पछोरा और साफ किया हुआ तिल बदल ले।" उसकी यह बात सुनकर उस घर की मालकिन ने जब अपने घर में जाकर बिना साफ किये हुए तिल से उसके साफ तिल को बदलने की इच्छा प्रकट की, तब तक उसके बेटे ने कामन्दक के बताये हुए नीतिशास्त्र को उलट-पलट कर देखा और अपनी माता से बोला—"अरे माँ! इस तिल को तुम मत लो। इसके साफ किये हुए तिल से तुम अपना तिल मत बदलो। इसमें कोई न कोई कारण अवश्य है, जो यह ऐसा कर रही है?"

बेटे की यह बात सुनकर स्त्री ने तिल लेने से इनकार कर दिया। इसी से मैं कहता हूँ कि "हे माता! शाण्डिली ब्राह्मणी बिना किसी कारण के...आदि।"

यह कहानी सुना लेने के बाद उसने फिर कहा—"क्या तुझे मालूम है कि उसके आने-जाने का मार्ग कौन-सा है!" ताम्रचूड़ बोला—"भगवन्! मालूम तो है, पर वह दुष्ट अकेले नहीं आता। मैं देखता रहता हूँ कि वह अपने अगणित साथी चूहों को लेकर इधर-उधर मस्ती से घूमता हुआ आता है और इसी तरह सबके साथ जाता भी है।"

अतिथि संन्यासी ने कहा—"कोई खोदने का हथियार है?"

उसने कहा—"बहुत से हैं? एक तो यह मेरी बैसाखी ही है जो नीचे से ऊपर तक सब लोहे की है।"

अतिथि संन्यासी ने कहा—"तो फिर सवेरे तुम मेरे साथ ही उठकर चलना। जिससे जब तक मनुष्यों के पैरों की छाप मार्ग पर न पड़े, और उन चूहों के पैरों की छाप देखते हुए उसकी बिल तक पहुँच सकें।" उसकी इस तरह की बातें सुनकर मैंने भी सोचा—हाय! अब तो मेरा सत्यानाश हुआ; क्योंकि इसकी बातें सच मालूम पड़ रही हैं। यह निश्चय ही मेरे दुर्ग का भी उसी तरह पता लगा लेगा, जिस तरह खजाने का पता लगा लिया है। इसके इरादे से ही यह आशंका मालूम पड़ रही है। कहा गया है कि—

विज्ञ लोग एक बार ही किसी पुरुष को देखकर उसके सारांश को जान लेते हैं। पारखी लोग हथेली पर रखते ही किसी वस्तु का वजन बता देते हैं।

मनुष्यों के दूसरे जन्म के भी शुभाशुभ भविष्य की सूचना उनकी इच्छाओं से हो जाती है। मोर के बच्चे के शिर में यद्यपि कलाप नहीं निकला रहता, फिर भी वह चाल-ढाल से पहचान लिया जाता है।

इस प्रकार उसकी बातें सुनकर मैं अपने परिवार वालों को साथ लेकर अपने दुर्ग को जाने वाले असली रास्ते को छोड़कर दूसरे रास्ते से भयभीत होकर तुरन्त चल पड़ा; किन्तु यह क्या, जैसे ही मैं आगे बढ़ा तैसे ही एक बहुत बड़ा विडाल सामने से आ गया। चूहों के इतने बड़े झुण्ड को देखकर वह बीच में टूट पड़ा, फिर तो उन सब चूहों ने मुझे बुरे रास्ते से चलता हुआ देखकर मुझे बड़ी फटकार सुनाई। जो मारे जाने से बच गए वे अपने खून से धरती के पथ को रंगते हुए जिस किसी रास्ते से मेरे दुर्ग में प्रविष्ट हो गए। यह ठीक ही कहा गया है कि—

जाल को काट कर, छिपी हुई चाल को छोड़ कर, बल से बाँधने वाली रस्सी को तोड़, समीप में चारों ओर लगी हुई भीषण आग की लपटों वाले वन से दूर भाग कर, बहेलिए के वाण से अप्राप्य होकर भी दौड़ता हुआ बेचारा मृग एक कूएँ में गिर पड़ा। हाय! विधाता के रुष्ट होने पर पुरुषार्थ कुछ भी नहीं कर सकता।

इस प्रकार उस भीषण विपदा से भयभीत होकर वे सब मूर्ख चूहे उसी दुर्ग में प्रविष्ट हो गए। अकेला मैं ही दूसरी जगह चला गया। इसी बीच में वह नीच संन्यासी चूहों के खून से भीगी हुई धरती को देखते हुए उसी रास्ते से मेरे दुर्ग के द्वार पर आकर पहुँच गया। और अपनी बैसाखी से उसे खोदना शुरू कर दिया। फिर तो उसने खोद कर उस खजाने को प्राप्त कर लिया जिसके ऊपर मैं सदा रहता था और जिसकी गरमी से महान दुर्ग को भी प्राप्त करता था। खजाना हथिया लेने पर प्रसन्नता से भरा हुआ अतिथि ताम्रचूड़ से बोला—"भाई! अब तुम बिना किसी डर के सोओ। इसी की गर्मी से वह चूहा तुम्हें जगाया करता था।" ऐसा कह कर वे दोनों मेरे खजाने को लेकर अपने मन्दिर को लौट आये। मैं जब खजाने से रहित अपने स्थान को वापस आया तो उसे इतना असुन्दर और दुःख देने वाला पाया कि उसे देखना भी कठिन लगने लगा। मैंने सोचा कि अब क्या करूँ और कहाँ जाऊँ? किस तरह मेरे मन को शान्ति मिलेगी? इस तरह की चिन्ता में मेरा वह दिन बड़े दुःख के साथ बीता। जब सूर्य डूब गये तो दुःख से भरा हुआ उत्साहविहीन मैं फिर अपने परिवार वालों को साथ लेकर उसी मन्दिर में गया। मेरे परिवार वालों की आवाज सुनकर ताम्रचूड़ फिर टूटे हुए बाँस से भिक्षा के पात्र को ठुकराने लगा। तब वह अतिथि संन्यासी बोला—"भाई! क्या अब भी तुझे चूहों की शंका बनी हुई है और सो नहीं रहे हो?" उसने कहा—"भगवन! फिर वह नीच चूहा अपने परिवार वालों को साथ लेकर यहाँ आ गया है। उसी के डर से इस टूटे बाँस से भिक्षा के पात्र को ठकठका रहा हूँ।" यह सुनकर उस अतिथि संन्यासी ने हँस कर कहा—"मित्र! अब मत डरो। धन के साथ ही इसका कूदने का साहस भी गायब हो चुका है। सभी जीवों की यही दशा है। कहा गया है कि—

मनुष्य जो सदा उत्साह में भरा रहता है, दूसरों को पराजित या अपमानित करता

रहता है, और जो घमण्ड से भरी बातें किया करता है, वह सब उसके धन का प्रभाव है।''

अतिथि संन्यासी की उक्त बातें सुनकर मुझे बड़ा क्रोध आया और मैं बड़े वेग से भिक्षा पात्र की ओर कूद पड़ा। किन्तु यह क्या? उसके समीप बिना पहुँचे ही नीचे धरती पर गिर पड़ा। मेरे गिरने की आवाज सुनकर मेरा शत्रु वह अतिथि संन्यासी हँसकर ताम्रचूड़ से बोला—''अरे–भाई! देखो न तमाशा, देखो तो सही!''

कहा गया है कि—धन से ही सब बली कहे जाते हैं, धनवान ही पण्डित भी होता है। देखो न, यह धन रहित चूहा अब अपनी जाति वाले दूसरे चूहों के समान फिर हो गया। तो अब तुम बिना किसी डर के सोओ। इसके कूदने का जो कारण था, उसे तो अब हम दोनों ने अपने अधीन कर लिया है। यह ठीक ही कहा गया है कि—

इस संसार में जिस तरह दाढ़रहित सांप और मदरहित हाथी केवल नाममात्र के होते हैं, उसी तरह धनहीन मनुष्य भी नामधारी ही होता है।

उसकी उक्त बातें सुनकर मैंने भी अपने मन में सोचा—सचमुच अब तो मुझ में एक अंगुल भी कूदने की शक्ति नहीं रह गई है। हाय, धनहीन पुरुष की जिन्दगी को इस संसार में धिक्कार है। कहा गया है कि—

जिस तरह जेठं-बैसाख के महीनों में छोटी-मोटी नदियाँ सूखी रहती हैं, उसी तरह इस संसार में धनहीन एवं अल्प बुद्धिवाले मनुष्यों के प्रयास एवं उद्योग भी बेकार हो जाते हैं।

जिस तरह काकजव (गण्डो या रोग लगा हुआ काला जौ) या जंगली तिल केवल नाममात्र के होते हैं, उनसे कोई काम नहीं चल सकता, उसी तरह धनहीन मनुष्य भी इस संसार में होते हैं।

दरिद्र मनुष्य में रहने वाले गुणों की भी कोई कदर नहीं होती। जैसे सूर्य सब पदार्थों को प्रकाश देता है, उसी तरह सभी गुणों को प्रकाश देने वाली लक्ष्मी है।

जन्म से निर्धन पुरुष इस संसार में उतना दुःख नहीं पाता, जितना एक बार धनवान होकर फिर निर्धन हो जाने वाला पाता है।

सूखे, कीड़े-मकोड़े से खाये हुए, चारों ओर आग से जले हुए ऊसर के पेड़ की जिन्दगी कुछ अच्छी भी है, किन्तु धनहीन पुरुष की जिन्दगी किसी काम की नहीं।

हाय, इस निस्तेज करने वाली दरिद्रता की सब जगह चिन्ता करनी चाहिए। उपकार करने को प्रवृत्त हुआ भी मनुष्य दरिद्र को छोड़ कर बल देता है।

निर्धन मनुष्यों के मनोरथ उठ-उठ कर इस तरह विलीन हो जाते हैं, जैसे विधवा स्त्री के स्तन।

दिन उगा हुआ होने पर भी दुर्गति के अंधकार में फँसा हुआ निर्धन यद्यपि आगे भी खड़ा हुआ हो, फिर भी उसे कोई नहीं देख पाता।

इस प्रकार से विलाप करके मैं हतोत्साह हो गया। मैंने देखा कि मेरे खजाने की

एक पोटली बनाकर उन साधुओं ने अपने सिरहाने की ओर रख छोड़ा है, पर विवश था, कुछ भी नहीं कर सका और सचेत होने पर अपने दुर्ग को वापस लौट आया। सवेरे मेरे सेवक चूहों ने आपस में जाते हुए कहा—"अब यह स्वामी हमारी जीविका चलाने में असमर्थ है। इसके पीछे-पीछे चलने में अब हमें केवल विडाल के मुँह में ही जाना पड़ेगा, तो फिर उसकी सेवा से लाभ ही क्या है? कहा गया है कि—

जिसके समीप रहने से कोई लाभ न हो, केवल विपत्ति ही विपत्ति हो, ऐसे स्वामी को दूर से ही छोड़ देना चाहिए, विशेष कर सेवकों को अवश्य ही छोड़ देना चाहिए।"

इस तरह उनकी बातों को मैंने अपने कानों से सुना और सुनकर अपने दुर्ग में चला गया। जब मैंने बहुत देर तक देखा और कोई भी मेरे सामने दिखाई नहीं पड़ा, तब मैंने सोचा कि—हाय रे दरिद्रता! धिक्कार है तुझे। यह ठीक ही कहा गया है कि—

दरिद्र पुरुष का जीवन व्यर्थ है, बिना सन्तान उत्पन्न करने वाला मैथुन व्यर्थ है, बिना श्रोत्रिय का कराया हुआ श्राद्ध व्यर्थ है और बिना दक्षिणा का यज्ञ व्यर्थ है।

इधर मैं इस तरह की चिन्ता में लगा हुआ था कि उधर वे मेरे सेवक मेरे शत्रु के सेवक बन गए। अब वे मुझे अकेला देखकर चिढ़ाते। तब फिर बहुत दुःखी होकर मैंने एक अकेले सुस्थिर चित्त से फिर विचार किया कि उस नीच तपस्वी संन्यासी के मन्दिर में जाकर जब वह सोता रहे तब उसकी तकिया के नीचे रखी हुई पोटली को काटकर धीरे-धीरे अपना सब खजाना अपने दुर्ग में उठा लाऊँ, जिससे फिर मेरे पास धन हो जाय और उसके प्रभाव से फिर मेरा आधिपत्य जम जावे। कहा गया है कि—

धनहीन मनुष्य कुलीन विधवा की तरह सैकड़ों मनोरथों से व्यर्थ ही अपने चित्त को दुःखी बनाते हैं। उनके वे मनोरथ कभी पूरे नहीं होते।

यह दरिद्रता शरीरधारियों के लिए परम दुःख और अपमान को देने वाली है, इसके कारण अपने लोग भी जीवित को मृतक की तरह समझ लेते हैं।

इस दरिद्रता के कलंक से कलंकित मनुष्य सर्वदा दीनता का पात्र हो जाता है, अपमान का स्थान बन जाता है और सभी विपत्तियों का आधार हो उठता है।

जिसके पास कौड़ियाँ नहीं होतीं, उनसे परिवार वाले भी लज्जा का अनुभव करते हैं, अपने सच्चे सम्बन्ध को छिपाते हैं और मित्र भी शत्रु बन जाते हैं।

शरीरधारी की यह निर्धनता अपमान एवं हेठी की मूर्ति है, विपत्ति का घर है और मृत्यु का पर्याय है।

निर्धन मनुष्य को उसके साथी भी डर के मारे बकरी के शरीर की धूलि की झाड़ू से उठी हुई राख की तरह एवं दीपक तथा खद्योत की छाया की तरह दूर से ही छोड़ देते हैं।

शौच क्रिया के बाद बची हुई मिट्टी से भी इस संसार में कुछ कार्य हो सकता है, किन्तु निर्धन मनुष्य से कोई भी कार्य नहीं सध सकता।

निर्धन मनुष्य यदि कुछ देने के लिए भी धनी के घर जाता है, तो लोग सोचते

हैं कि यह कुछ माँगने के लिए ही आया होगा। इस दरिद्रता को धिक्कार है।

यदि अपना धन लाते हुए मेरी मृत्यु भी हो जायगी तो अच्छा ही होगा। कहा गया है कि—

अपने धन को हरते हुए देखकर भी जो मनुष्य अपने प्राणों की रक्षा करता है उसके दिये हुए जल को उसके पितर भी नहीं ग्रहण करते। और भी—

गाय के लिए, ब्राह्मण के लिए तथा स्त्री एवं धन के हरने के समय, युद्ध में जो अपने प्राणों को छोड़ देता है उसे सनातन लोक की प्राप्ति होती है।

मन में ऐसा निश्चय पक्का कर मैं उसी रात में मन्दिर में गया। उस समय वह नीच तपस्वी सो रहा था। मैंने तुरन्त ही उस पोटली में छेद तो कर दिया, किन्तु तब तक वह जाग पड़ा और उसी टूटे हुए बांस से मेरे शिर में उसने भीषण चोट पहुँचाई। आयु शेष रहने के कारण किसी तरह मैं बचकर भाग आया, मरा नहीं। कहा गया है कि—

इस संसार में जितना प्राप्तव्य होता है, मनुष्य उतना ही प्राप्त करता है। ईश्वर भी उसमें विघ्न नहीं डाल सकता। इसलिए मुझे कोई शोक नहीं है, न आश्चर्य है। जो कुछ मेरा है वह किसी दूसरे को नहीं मिल सकता।

कौए और कछुए ने पूछा—"यह कैसे?"

हिरण्यक ने कहा—

[4]

किसी नगर में एक सागरदत्त नाम का बनिया रहता था। उसके लड़के ने एक बार एक सौ रुपये पर बिकने वाली एक पुस्तक खरीद ली। उसमें केवल इतना ही लिखा था—

"मनुष्य जितना प्राप्तव्य होता है, उतना ही प्राप्त करता है। ईश्वर भी उसमें विघ्न नहीं डाल सकता है। इसीलिए मुझे इस पर कोई शोक नहीं है और न विस्मय है, क्योंकि जो मेरा है, वह दूसरे का नहीं हो सकता।"

उस पुस्तक को देखकर सागरदत्त ने अपने लड़के से पूछा—"बेटा! कितने मूल्य पर यह पुस्तक तुमने खरीदी है?" उसने कहा—"पिताजी! सौ रुपये पर।" यह सुनकर सागरदत्त ने कहा—"अरे मूर्ख! तेरी बुद्धि को धिक्कार है। एक लिखे हुए श्लोक को तुमने एक सौ रुपये देकर खरीदा है, तो इस बुद्धि से तुम किस तरह धन कमा सकते हो? आज से तुम मेरे घर में मत घुसना।" इस तरह की डांट-फटकार बता कर उसने बेटे को घर से बाहर निकाल दिया। पिता के फटकारने पर वह वणिक पुत्र बड़ा दुःखी हुआ और दुःखी होकर बहुत दूर परदेश चला गया। वहाँ वह किसी एक नगर में पहुँचकर ठहरा। उस नगर में कुछ दिन बीत जाने पर वहाँ के निवासी किसी नागरिक ने एक दिन उससे पूछा—"आप कहाँ से आए हैं, आपका नाम क्या है?"

उसने उत्तर में वही श्लोक कहा—मनुष्य जितना प्राप्तव्य होता है...आदि। दूसरों के भी पूछने पर उसने यही उत्तर दिया। फिर तो उस नगर में उसका नाम ही 'प्राप्तव्यमर्थ' हो गया।

कुछ दिनों बाद एक बार उस नगर के राजा की कन्या चन्द्रवती अपनी सखी के साथ घूमने के लिए आई हुई थी। वह इतनी स्वरूपवती थी और उसकी जवानी इतनी आकर्षक थी कि वह देखने ही योग्य थी। संयोग से नगर में उसी अवसर पर कोई अति सुन्दर राजकुमार भी घूमने आया था, किसी प्रकार वह उसकी आँखों के सामने पड़ गया। उसे देखते ही वह कामवाण से पीड़ित होकर अपनी सखी से बोली—"सखि! आज ही जिस किसी भी उपाय से इस मनोरम राजकुमार के साथ मेरी भेंट हो वह तुम करो।" ऐसी बातें सुनकर वह सखी राजकुमार के पास जाकर बोली—"मुझे राजकुमारी चन्द्रवती ने आपके पास भेजा है। उसने आपके लिए मुझसे कहलवाया है कि—तुम्हारे देखने ही से कामदेव ने मेरी मृत्यु के समान दुःखदायिनी दशा बना दी है, यदि तुम शीघ्र ही मेरे पास नहीं आ जाते हो तो मैं मृत्यु के घर चली जाऊँगी।" सखी से राजकुमारी का यह सन्देश सुनकर राजकुमार ने कहा—"यदि मेरा वहाँ जाना इस तरह बहुत आवश्यक है तो मैं वहाँ किस तरह पहुँच सकूँगा, यह तो तुम बताओ।"

सखी ने कहा—"रात में अन्तःपुर से लटकने वाली दृढ़ रस्सी के सहारे तुम चढ़ आना।"

राजकुमार ने कहा—"यदि आपका ऐसा ही निश्चय है तो मैं भी ऐसा ही करूँगा।" राजकुमार से इस तरह की बात पक्की करके सखी चन्द्रवती के पास वापस चली गई। रात आ जाने पर राजकुमार ने अपने मन में सोचा—यह बहुत बुरा कार्य है। कहा गया है कि—

गुरु की कन्या, मित्र की स्त्री एवं स्वामी और सेवक की स्त्री के साथ जो मनुष्य व्यभिचार करता है, उसे ब्राह्मण-हत्या के समान पाप मिलता है।

और भी—

जिस कार्य के करने से अपयश मिले अथवा जिससे अगति की सम्भावना हो अथवा स्वर्ग से गिरना पड़े उस कार्य को कभी नहीं करना चाहिए।

इस प्रकार मन में अच्छी तरह सोच-विचार कर वह रात में राजकुमारी के पास नहीं गया। इसी बीच उक्त प्राप्तव्यमर्थ नाम का वणिकपुत्र इधर-उधर घूमता हुआ राजभवन के समीप आ निकला। सफेद राजभवन के पिछवाड़े लटकती हुई रस्सी को देखकर वह कुतूहल के मारे उसी के सहारे ऊपर चढ़ गया और ऊपर राजकुमारी के शयनगृह में पहुँच गया। राजकुमारी ने उसे वही राजकुमार समझ कर नहला-धुलाकर तथा खिला-पिलाकर विधिवत् सम्मानित किया। शैय्या पर उसके साथ सोकर राजकुमारी उसके अंग का स्पर्श कर बहुत प्रसन्न हुई, उसका शरीर रोमांचित हो आया। उसने कहा—"मेरे प्यारे! तुम्हें देखने मात्र से ही मैं तुम्हारे ऊपर अनुरक्त हो गई हूँ और तुम्हें

अपना हृदय सौंप चुकी हूँ। मैंने तुम्हें छोड़कर किसी दूसरे पति का ध्यान कभी मन से भी नहीं किया है और भविष्य में भी न करूँगी, तो फिर किस कारण से मुझसे नहीं बोल रहे हो?''

बनिये के पुत्र ने फिर वही उत्तर दिया—''प्राप्तव्यमर्थ...।''

उसके इस प्रकार असम्बद्ध उत्तर देने पर राजकुमारी ने यह समझ लिया कि यह कोई दूसरा व्यक्ति है। इसलिए उसने तुरन्त अन्तःपुर से नीचे उतार कर छोड़ दिया। ऊपर से उतर कर वह एक टूटे हुए मन्दिर में पहुँच कर सो गया। उस टूटे हुए देवमन्दिर में किसी व्यभिचारिणी ने अपने जार किसी कोतवाल को रात में आने का इशारा कर रखा था। जब कोतवाल वहाँ आया तो उसने देखा कि वहाँ कोई पहले ही से सोया हुआ है, तब उसने रहस्य को गुप्त रखने के विचार से पूछा—''आप कौन हैं?'' उसने फिर वही उत्तर दिया—''प्राप्तव्यमर्थ...इत्यादि।'' उसका यह विचित्र उत्तर सुनकर कोतवाल ने कहा—''भाई! यह देवमन्दिर सुनसान है, अच्छा होगा कि तुम मेरे स्थान पर चल कर सोओ।'' वह राजी हो गया और उसके स्थान पर चला गया। पर वहाँ भी पहुँचकर बुद्धि की विकलता के कारण दूसरे स्थान पर सो गया। उसके स्वामी की सुन्दरी और जवान कन्या विनयवती भी संयोग से उसी स्थान पर सोई हुई थी। वह भी अपने किसी प्रेमी को वहीं रात में आने का इशारा कर चुकी थी। उसे आया देख कर उसने समझा कि वह यही मेरा प्रेमी है। रात के निविड़ अंधेरे के कारण वह ठीक से पहचान नहीं सकी। अपनी शैय्या से उठकर उसने भोजन छाजन से सम्मानित कर उसके साथ अपना गान्धर्व विवाह कर लिया और उसी के साथ फिर शैय्या पर सो गयी। प्रसन्न मुख वाली विनयवती ने रात में उससे कहा—''मेरे प्यारे! क्यों अब भी तुम मेरे साथ निश्चिंत और विश्वस्त होकर प्रेमालाप नहीं कर रहे हो?'' उसने फिर वही अंट-संट उत्तर दिया—''प्राप्तव्यमर्थ...इत्यादि।'' यह सुनकर वह सहम गई। मन में उसने सोचा कि जो कार्य बिना अच्छी तरह जाँचे-बूझे किया जाता है उसका ऐसा ही कुफल मिलता है। इस तरह मन में बहुत अफसोस कर और एक दृढ़ विचार बनाकर उसने उसको वहाँ से बाहर निकाल दिया। वहाँ से बाहर निकल कर वह एक सड़क से चला आ रहा था कि उसी सड़क पर सामने से दूसरे देश का रहने वाला वरकीर्ति नाम का एक दूल्हा बड़े बाजे-गाजे के साथ चला आ रहा था, यह भी उसी दूल्हे की बारात के साथ चलने लगा। जब विवाह की लगन एकदम समीप आ गई और सड़क पर ही गृहद्वार पर बनी हुई विवाह की वेदी पर सब साज-शृंगार से अलंकृत सेठ की कन्या आकर बैठ गई कि ठीक उसी समय बारात में एक पागल मतवाला हाथी बिगड़ उठा। वह हाथीवान को मारकर भागती हुई भीड़ को कुचलता हुआ, उसी वेदी के समीप आ पहुँचा। चारों ओर बड़ा कोलाहल मच गया। उसे इस तरह बिगड़ा देख कर सभी बराती दूल्हे को साथ लेकर इधर-उधर भाग खड़े हुए। बेचारी सेठ की कन्या अकेली ही वहाँ बैठी रह गई, उसकी आँखें भय से तरल हो गई थीं। उसे डरा हुआ देखकर 'प्राप्तव्यमर्थ' ने बड़े जोर से चिल्ला कर कहा—''तुम मत डरो, मैं तुम्हारी रक्षा करने

वाला मौजूद हूँ।'' यह कहने के साथ ही वह बड़ी धीरता से अपने कर्त्तव्य का निश्चय कर उस कन्या को अपने दाहिने हाथ से पकड़ लिया और बड़े साहस के साथ बड़े जोर से हाथी को डाँटकर पीछे हटने को विवश कर दिया। संयोग की बात। वह पागल हाथी पीछे हट गया, फिर तो लगन बीत गई। अपने मित्रों और परिवार वालों को साथ लेकर वरकीर्ति जब सेठ के घर वापस आया, तो उसने देखा कि कन्या एक-दूसरे व्यक्ति के हाथ में दे दी गई है। ऐसा देखकर दूल्हे वरकीर्ति ने कहा—''ससुर जी! यह तो आपने उल्टा काम किया है। मुझे वचन दान देकर अब आपने दूसरे को किस तरह कन्या दे दी।'' ससुर ने उत्तर दिया—''भाई! मैं भी तो उसी पागल हाथी के डर से यहाँ से भाग गया था, आप ही के साथ मैं भी यहाँ वापस आ रहा हूँ। मुझे तो कुछ भी नहीं मालूम है कि यह सब क्या हुआ है?'' दामाद से ऐसा कह कर उसने अपनी कन्या से पूछा—''बेटी! तुमने यह अच्छा काम नहीं किया। बताओ, सही-सही, यह कैसी बात है?'' कन्या ने कहा—''पिताजी! इन महापुरुष ने प्राणों के संकट से मुझे बचा लिया है। अब मैं अपने जीते जी किसी दूसरे से अपना ब्याह नहीं करूँगी।'' इसी तरह की बातचीत में रात बीत गई। सवेरा जब हुआ तो और भी लोग वहाँ सेठ के द्वार पर एकत्र हो गए। यह विचित्र बातें सुनकर राजकुमारी भी वहाँ आ गई। फिर बड़ी भीड़ और कोलाहल सुनकर राजा भी वहाँ पहुँच गया। राजा ने 'प्राप्तव्यमर्थ' से पूछा—''भाई! तुम निश्चिंत और निडर होकर बताओ कि यह सब क्या मामला है?'' उसने फिर वह उत्तर दिया—''प्राप्तव्यमर्थ लभते मनुष्य इत्यादि अर्थात् मनुष्य अपने प्राप्तव्य को प्राप्त कर लेता है।'' उसके इस विचित्र उत्तर को सुनकर राजकुमारी उसकी पूरी बातों का स्मरण कर आगे बोल पड़ी—''देवोऽपि तं लंघयितु न शक्यः'' अर्थात् ईश्वर भी उसमें कोई विघ्न नहीं पहुँचा सकता। संयोग से कोतवाल की कन्या भी वहाँ पहुँच गई थी, उसने कहा—''तस्मान्न शोचामि न विस्मयो मे'' अर्थात् इसी से न तो मुझे कुछ शोक है और न कोई विस्मय। इस तरह इन तीनों कन्याओं की बातों को सुनकर सेठ की कन्या बोली—''यदस्मदीयं नहि तत्परेषाम्'' अर्थात् जो मेरा है वह दूसरे का नहीं है। राजा ने चारों कन्याओं की उक्त बातें सुनकर सबको अभयदान देने का वचन दिया। फिर तो उन सबसे उसे सारा वृत्तान्त सच-सच मालूम हो गया। उसने बहुत आदर-सत्कार के साथ एक सौ गाँवों के साथ सभी आभूषणों से सुसज्जित कर अपनी कन्या को उसी प्राप्तव्यमर्थ को दे दिया और उससे कहा कि अब तुम मेरे पुत्र हो।

इस प्रकार कन्यादान के बाद उसने सभी नागरिकों के सामने उसे अपने राज्य पर युवराज बनाकर अभिषेक कर दिया। कोतवाल ने भी अपनी सामर्थ्य के अनुसार वस्त्राभूषणों से कन्या को अलंकृत कर उसी प्राप्तव्यमर्थ को दे दिया। फिर तो प्राप्तव्यमर्थ ने समस्त कुटुम्ब के साथ अपने माता-पिता को भी वहीं बुलवा लिया और उनका अतिशय सम्मान किया। वह भी अपने पुत्र-पौत्रादि के साथ अनेक प्रकार के सुखों का अनुभव करते हुए अपना जीवन बिताने लगा। इसी से मैं कहता हूँ कि मनुष्य अपने प्राप्तव्य को प्राप्त कर ही लेता है...इत्यादि।

तो इस तरह के सुख और फिर बाद में दुःख का अनुभव कर मुझे बड़ा विषाद हुआ। अब मेरे इन मित्र ने मुझे लाकर तुम्हारे समीप पहुँचा दिया है। यही मेरे वैराग्य का कारण है।

मन्थरक ने कहा—"भाई! यह निश्चय ही एक सच्चे मित्र हैं। क्षुधा से पीड़ित होकर शत्रु एवं इस तरह भोजन के स्थान पर स्थित होने पर भी तुम्हें पीठ पर लाद कर इतनी दूर तक ले आए हैं और मार्ग में भोजन तक नहीं किया। इनकी मित्रता में क्या सन्देह है? क्योंकि कहा गया है कि—

जिसका मन धन देखकर भी कभी विकार को नहीं प्राप्त होता, वही सब समय में मित्र हो सकता है, ऐसे ही उत्तम मित्र को बनाना चाहिए।

हवन की अग्नि के समान विद्वानों को इन श्रेष्ठ चिह्नों से बिना किसी सन्देह के मित्रों की परीक्षा करनी चाहिए। और भी—

आपत्ति के समय में भी जो मित्रता रखे, वही मित्र है; उन्नति के समय तो शत्रु भी मित्रता का व्यवहार करने लगते हैं।

आज मुझे भी इस विषय पर विश्वास पैदा हो गया है। यह आप दोनों की मित्रता यद्यपि नीति-विरुद्ध है फिर भी सच है कि मांस खाने वाले कौए के साथ हमारे जैसे जलचर की भी मित्रता है। यह उचित ही कहा गया है कि—

इस संसार में न तो किसी का कोई अत्यन्त मित्र है न वैरी है। मित्र के विपरीत कार्य की परीक्षा से मित्र भी वैरी कहे जाते हैं।

सो मैं आपका स्वागत करता हूँ। इस तालाब के तट पर आप अपने ही घर की तरह निवास करें। आपका जो धन नाश हो गया है और परदेश आना पड़ा है, इस विषय में तो आपको शोक-सन्ताप करना ही नहीं चाहिए। कहा गया है कि—

बादल की छाया, दुष्ट की मित्रता, पका हुआ अन्न, युवती स्त्री, जवानी और धन ये कुछ ही समय के लिए भोग्य होते हैं।

इसलिए विचारशील एवं जितात्मा लोग धन की इच्छा नहीं करते। कहा गया है कि—

अच्छी तरह संयम किये गये, प्राणों की तरह सुरक्षित रखे हुए, अपने शरीर पर भी ध्यान न देकर एकत्र किये गये, ये निष्ठुर और निर्मोही धन यमराज के घर जाते हुए मनुष्य के पीछे पाँच पग भी नहीं चलते। और भी—

जिस तरह मांस को जल में मछलियाँ, भूमि पर हिंसक जीव एवं आकाश में पक्षी खाते हैं, उसी तरह धनवान को भी सर्वत्र चूसने वाले और खाने वाले मौजूद रहते हैं।

धनवान निर्दोष भी हो तो राजा उसे दोषभागी बनाता है, किन्तु निर्धन यदि कोई अपराध करे भी तो उसे कहीं भी उपद्रव का सामना नहीं करना पड़ता?

इस धन को संचय करने में दुःख, संचित किये हुए की रक्षा करने में दुःख,

इसके नाश होने में दुःख, खर्च होने में दुःख, सर्वत्र दुःख देने वाले इस धन को धिक्कार है।

धन को चाहने वाला मूर्ख धन की चाह में जितना कष्ट सहता है, उसके शतांश कष्ट को भी उठाकर यदि वह मोक्ष की इच्छा करे, तो मोक्ष अवश्य मिल जाय।

दूसरे, परदेश आने का भी आप दुःख न करें, क्योंकि—

मनस्वी धीर पुरुष का न तो कोई अपना देश है न परदेश है। वह जिस किसी देश में जाता है, उसी को अपने बाहुबल से अपना बना लेता है। अपनी तेज दाढ़, नाखून और पूंछ की भार से सिंह जिस किसी वन में घूमता है, वहीं पर वह मारे हुए हाथियों के खून से अपनी प्यास बुझा लेता है।

धनहीन व्यक्ति परदेश में जाकर भी यदि बुद्धिमान होता है तो किसी तरह का कष्ट नहीं झेलता। कहा गया है कि—

समर्थ पुरुष के लिए अतिशय भार क्या है, व्यवसायी के लिए दूर देश क्या है? विद्यावान के लिए परदेश क्या है और प्रियवादी के लिए पराया कौन है? फिर आप तो बुद्धि के निधान हैं कोई साधारण प्राणी नहीं हैं। कहा गया है कि—

उत्साही, आलस न करने वाले, कार्यतत्पर, किसी व्यसन में न रहने वाले, शूर, कृतज्ञ, दृढ़ मित्रता करने वाले पुरुष के पास निवास करने के लिए लक्ष्मी स्वयं जाती हैं।

दूसरे, यह भी तो होता है कि मिला हुआ भी धन दुर्भाग्यवश नाश हो जाता है। इतने ही दिनों के लिए वह धन तुम्हारा था। जो अपना नहीं होता, उसे एक क्षण भी मनुष्य नहीं भोग सकता। अपने आप मिलने वाले धन भी प्रारब्ध से नष्ट हो जाते हैं।

विशाल वन में पहुँच कर भी मूर्ख सोमिलक की तरह धन को पैदा करके भी लोग भोग नहीं पाते।''

हिरण्यक बोला—''यह कैसे?''

उसने कहा—

[5]

किसी एक गाँव में सोमिलक नाम का एक जुलाहा रहता था। वह अनेक तरह के सुन्दर एवं राजाओं के पहनने लायक महीन रेशमी वस्त्र बुना करता था। किन्तु इस तरह अनेक तरह के सुन्दर वस्त्रों को बुनने में निपुण होने पर भी उसे खाने-पहनने से अधिक धन किसी तरह भी नहीं बच पाता था। उस गाँव में जो दूसरे साधारण जुलाहे रहते थे और मोटा कपड़ा बुनना जानते थे, वह बहुत अधिक धनवान थे। उन्हें इस तरह धनी देखकर एक दिन उसने अपनी स्त्री से कहा—''प्रिये! देखो न इन मोटे वस्त्र बुनने वालों को, ये कितने धनवान और सोने-चाँदी से भरे-पूरे हैं। यह मेरा स्थान ही

ऐसा है, जिसमें कुछ भी ठहरता नहीं। अब मैं यहाँ से कहीं धन कमाने के लिए परदेश जाऊँगा।'' उसकी स्त्री ने कहा—''हे प्यारे! यह आपका कहना ठीक नहीं है कि परदेश जाने पर धन मिलता है और अपने स्थान पर नहीं। कहा गया है कि—

जो पक्षी आकाश में उड़ते हैं और फिर धरती पर आते हैं, उन्हें भी बिना भाग्य का दिया हुआ कुछ नहीं मिलता। और भी—

जो भाव्य नहीं होता, वह नहीं ही होता और जो भाव्य होता है वह बिना किसी यत्न के भी हो जाता है। जिसको मिलने का संयोग नहीं होता, वह हथेली में आकर भी नाश हो जाता है। जिस तरह सैकड़ों गायों के बीच में भी बछड़ा अपनी माँ को पहचान लेता है, उसी तरह पूर्वजन्म का कर्म भी अपने कर्त्ता को पहचान कर उसी के पीछे चलता है। यह सोने वाले अपने कर्त्ता के साथ ही सोता है और उसके कहीं चलने पर साथ ही चलता है। यह मनुष्यों का पूर्वजन्म का कर्म सदा आत्मा के साथ वर्तमान रहता है। जिस तरह धूप और छाया परस्पर मिली हुई रहती है, उसी तरह कर्म और कर्त्ता भी आपस में मिले हुए रहते हैं। तो आप यहीं पर अपना व्यवसाय करें।''

जुलाहे के कहा—''प्रिये! तुम्हारा कहना ठीक नहीं है। बिना उद्योग के कोई भी फल नहीं देता। कहा गया है—

जिस तरह एक हाथ से ताली नहीं बजती, उसी तरह उद्योग के बिना कर्म का भी कोई फल नहीं मिलता, ऐसा सुना जाता है। भोजन करने के समय कर्मवश प्राप्त होने वाला भोजन हाथ के उद्योग के बिना किसी तरह भी मुँह में नहीं जा सकता। और भी—

(इस श्लोक का अर्थ ऊपर दिया जा चुका है।)

हे राजन्! उद्योग के बिना मनोरथ कभी सिद्ध नहीं हो सकते। यह तो कायर लोग कहा करते हैं कि जो होने वाला होगा, वह होगा। अपनी सामर्थ्य के अनुसार कार्य करने पर भी यदि सिद्धि नहीं मिलती तो उसमें पुरुष को उलाहना नहीं देना चाहिए, क्योंकि उसमें तो पौरुष का प्रभाव भाग्य से नष्ट हो जाता है।

सो मैं तो अवश्य ही परदेश जाऊँगा।'' ऐसा निश्चय पक्का कर जुलाहा वर्धमानपुर चला गया। वहाँ तीन वर्ष रहकर उसने तीन सौ मुहरें इकट्ठी कीं और फिर अपने घर को चल पड़ा। आधे रास्ते पर आ जाने पर उसे एक जंगल मिला और संयोग से वहीं भगवान सूर्यनारायण भी अस्त हो गए। वन में बाघ, भालू आदि हिंसक जानवरों के डर से वह एक बहुत मोटे बरगद के पेड़ पर चढ़ गया और उसी पर सो गया। आधी रात बीत जाने पर उसने दो भयानक रूपवाले पुरुषों को आपस में इस तरह की बातें करते सुना। उनमें से एक कह रहा था—''भाई कर्म का फल देने वाले! क्या तुझे यह बात अच्छी तरह से ज्ञात नहीं थी कि इस सोमिलक को भोजन, वस्त्र से अधिक धन मिलने की बात नहीं है। तुमने इसे तीन सौ मुहरें क्यों दे दीं?'' दूसरे पुरुष ने उत्तर दिया—''भाई कर्म जी, मैं तो उद्योगियों को अवश्य ही दूँगा, फिर तो उसका परिणाम आपके अधीन है।'' उन दोनों पुरुषों की उक्त बातें सुनकर सोमिलक ने उठकर देखा

कि उसकी मुहरों की गठरी खाली पड़ी है, फिर तो उसे बहुत दुःख हुआ। उसने विचार किया—हाय! कितने महान् कष्ट सहकर मैंने इतना धन इकट्ठा किया था, वह इतनी जल्दी में कहाँ चला गया, मेरी सारी मेहनत व्यर्थ गई? अब मैं दरिद्र हो गया। अब घर जाकर अपनी पत्नी को और मित्रों को कौन मुँह दिखाऊँगा? ऐसा सोचकर वह फिर उसी नगर को वापस लौट गया। इस बार एक ही वर्ष में उसने पाँच सौ मुहरें इकट्ठी कर लीं। मुहरें इकट्ठी कर वह फिर घर की ओर चल पड़ा, फिर आधे रास्ते पर वही जंगल मिला और फिर भगवान सूर्यनारायण वहीं अस्त हो गए। किन्तु इस बार बहुत थका-मांदा होने पर भी वह कहीं बैठा नहीं। घर की ओर उत्कंठित होकर बराबर चलता ही रहा। इसी बीच फिर उसने उन्हीं दोनों भयानक आकृति वाले पुरुषों को आपस में बातें करते हुए सुना। उनमें से एक कह रहा था—"अरे भाई कर्मफल देने वाले! तुमने इसे क्यों पाँच सौ मुहरें दे दी हैं। क्या तुम नहीं जानते कि इसे भोजन, वस्त्र से अधिक कुछ भी नहीं देना चाहिए?" दूसरे ने उत्तर दिया—"कर्म जी! मैं तो उद्योगियों को अवश्य ही दूँगा। उसका परिणाम तुम्हारे अधीन है। तुम मुझे क्यों इसका उलाहना दे रहे हो?" उनकी बातें सुनकर सोमिलक ने अपनी मुहरों की गाँठ देखी तो फिर वह छूँछी दिखाई पड़ी। उसमें मुहरों का कोई निशान भी नहीं था। वह बहुत दुःखी हुआ और उसने सोचा कि हाय! अब इस गरीबी की जिन्दगी लेकर क्या होगा? अब इसी बरगद के पेड़ पर अपने को बांध कर प्राण छोड़ दूँगा। ऐसा करने का निश्चय कर उसने एक कुश की रस्सी बनाई और उससे अपने गले को बाँध कर उसे एक डाली में बाँध दिया। इस तरह बाँधने के बाद वह कूदना ही चाहता था कि एक पुरुष ऊपर आकाश से बोला—"अरे सोमिलक! इस तरह का साहस मत करो, जान न दो। मैं हूँ तुम्हारा धन लेने वाला। भोजन, वस्त्र से अधिक एक कौड़ी भी मैं नहीं तेरे पास देख सकता। तो तू अपने घर चला जा। यह दूसरी बात है कि तुम्हारी कर्त्तव्यनिष्ठा से मैं बहुत प्रसन्न हुआ हूँ। मेरा दर्शन कभी निष्फल नहीं होता, तो मुझसे तुम अपना कोई अभीष्ट वरदान माँग सकते हो।"

सोमिलक ने कहा—"यदि आप सचमुच प्रसन्न हैं तो मुझे विपुल धन दीजिए न।"

पुरुष ने उत्तर दिया—"भाई! तुम उस धन को लेकर क्या करोगे, जिसका कोई उपयोग नहीं होता, क्योंकि तुझे तो भोजन, वस्त्र से अधिक धन पाने का संयोग भी नहीं है। कहा गया है कि—

उस लक्ष्मी को लेकर क्या करना है जो अपनी बहू की तरह अभोग्य हो। जो वेश्या के समान सर्वसाधारण के उपभोग में आने वाली पथिकों से भी सेवनीय न हो, वह लक्ष्मी व्यर्थ है।"

सोमिलक ने कहा—"यद्यपि उस धन का उपयोग नहीं होता, फिर भी वह मुझे अवश्य चाहिए; क्योंकि कहा गया है कि—

जिस मनुष्य के पास धन संचित होता है, वह कृपण, अकुलीन एवं असज्जन

होकर भी लोक में सेव्य तो होता ही है। और भी—

हे भद्रे! "मैंने इन दोनों अण्डों को शिथिल होने के कारण अब गिरा तब गिरा, ऐसा समझ कर पन्द्रह वर्षों तक प्रतीक्षा की, किन्तु ये अच्छी तरह बँधे होने से आज तक नहीं गिरे।"

पुरुष बोला—"यह कैसी कहानी है?"

उसने कहा—

[6]

किसी एक गाँव में तीक्ष्णविषाण नाम का एक बहुत बड़ा बैल रहता था। अतिशय बलवान होने के कारण वह अपने झुण्ड का साथ छोड़कर मनमाने ढंग से घूमता हुआ नदी के किनारे मरकत मणि की तरह हरी-हरी घासें चरता था और सींगों से नदी के तट को बिदारता रहता था। इस तरह वह कुछ ही दिनों में पूरा जंगली हो गया। उसी वन में एक प्रलोभक नाम का सिआर भी रहता था। एक बार वह अपनी पत्नी के साथ नदी के किनारे पर बड़े आराम से बैठा हुआ था। इसी बीच पानी पीने की इच्छा से तीक्ष्णविषाण उसी जगह से नदी तट पर नीचे की ओर उतरा। उसके पेट से नीचे लटकते हुए दोनों अण्डों को देखकर सिआरिन ने सिआर से कहा—"स्वामी जी! इस बैल के लटकते हुए इन दोनों मांस के पिण्डों को देखो न! ये अभी क्षण भर में ही या किसी चोट से तुरन्त गिरेंगे। आप इसके पीछे-पीछे जायँ।" सिआर ने कहा—"प्रिये! कुछ पता नहीं कि ये दोनों मांस-पिण्ड गिरेंगे या न गिरेंगे। इस तरह के व्यर्थ के कामों में तुम मुझे क्यों लगा रही हो। यहाँ बैठकर उन चूहों को तुम्हारे साथ मैं बड़े आराम से खा सकूँगा जो अभी पानी पीने के लिए यहाँ आयेंगे, क्योंकि यही उनके इधर आने का रास्ता है। और दूसरी यह भी तो बात है कि अगर मैं तुझे छोड़कर इस तीक्ष्णविषाण बैल के पीछे चला जाऊँगा तो कोई दूसरा आकर इस स्थान पर कब्जा जमा लेगा। ऐसा करना ठीक नहीं है; क्योंकि कहा गया है कि—

जो निश्चित को छोड़ कर अनिश्चित का सेवन करता है, उसका निश्चित भी नष्ट हो जाता है, अनिश्चित तो नष्ट है ही।"

सिआरिन ने कहा—"अरे! तुम कायर हो, जो कुछ मिल जाता है, उसी से सन्तोष कर लेते हो। कहा गया है कि—

छोटी नदियाँ थोड़ा ही जल पाकर उतरा जाती हैं, चूहे की अंजलि थोड़ी ही चीजों से भर जाती है, इसी तरह कायर पुरुष भी थोड़े ही में सन्तुष्ट हो जाते हैं।

इसी से पुरुषों को तो सदैव उत्साह ही देना चाहिए। कहा गया है कि—

जहाँ उत्साह से कार्य का आरम्भ होता है, जहाँ पर आलस्य का नाम नहीं होता, जहाँ नीति और पराक्रम दोनों का संयोग रहता है, वहाँ पर लक्ष्मी को अचल समझना चाहिए।

जो कुछ हो उसे भाग्य का फेर है, ऐसा समझ कर मनुष्य का अपना उद्योग नहीं छोड़ना चाहिए। बिना कुछ किये-धरे तिल से तेल नहीं निकलता। और भी—

जो मूर्ख मनुष्य बहुत थोड़े से ही सन्तोष कर लेते हैं, उस भाग्यहीन की विधाता द्वारा दी हुई भी लक्ष्मी नाश हो जाती है।

तुम जो यह कह रहे हो कि ये मांसपिण्ड गिरेंगे या नहीं गिरेंगे, यह भी ठीक नहीं है। कहा गया है कि—

ऊँचे डील-डौल वाले प्रशंसा के पात्र नहीं होते, बल्कि दृढ़ निश्चय वाले ही वंदनीय हैं। बेचारे चातक की बिसात ही क्या है, किन्तु उसका पानी भरने वाला इन्द्र है।

दूसरे चूहे का मांस खाते-खाते मैं ऊब उठी हूँ। ये दोनों मांस के पिण्ड बिल्कुल गिरने वाले दिखाई पड़ रहे हैं। अब इससे तुम किसी तरह बच नहीं सकते।''

पत्नी की यह बात सुनकर चूहे मिलने वाले उस स्थान को छोड़कर सिआर उसी बैल के पीछे चला गया। यह ठीक ही कहा गया है कि—

पुरुष तभी तक सब कार्यों में स्वाधीन होता है जब तक स्त्री के वचन रूपी अंकुश से बलपूर्वक पराधीन नहीं बना लिया जाता।

स्त्री की बात से प्रेरित मनुष्य अकर्त्तव्य को भी कर्त्तव्य, अगम्य को भी सुगम और अभक्ष्य को भी भक्ष्य मान लेता है।

इस तरह अपनी स्त्री के साथ वह सिआर बहुत दिनों तक उस बैल के पीछे घूमता रहा, किन्तु वे दोनों अण्डे नहीं गिरे, नहीं ही गिरे। तब पन्द्रह वर्ष तक घूम लेने के बाद खिन्न होकर सिआर ने सिआरिनी से कहा—

''हे प्रिये शिथिल होने के कारण ये दोनों अण्डे अब गिरे तब गिरे ऐसा मानकर मैंने पन्द्रह वर्षों तक इनकी प्रतीक्षा की, किन्तु ये सुबद्ध होने के कारण नहीं गिर सके। तो अब इतने दिनों के बीत जाने के बाद भी ये नहीं गिरेंगे। अब चलो अपने स्थान को वापस लौट चलें। इसी से मैं कहता हूँ कि शिथिल और...इत्यादि।''

पुरुष ने कहा—''यदि ऐसा है तो तुम फिर वर्धमानपुर को वापस जाओ। वहाँ गुप्तधन और उपयुक्तधन नाम के दो बनिए के लड़के रहते हैं। तुम उन दोनों को अच्छी तरह से परख लो तो फिर मुझसे किसी एक की तरह जीवन बिताने का वरदान माँगना। यदि तुम उस धन की आवश्यकता बताओगे, जो कभी खाने-पीने के काम न आए तो तुम्हें मैं गुप्तधन बता दूँगा अथवा यदि तुम दान देने में एवं भोजनादि में व्यय होने वाले धन की कामना करोगे, तो फिर तुम्हें भी उपयुक्त धन मैं बता दूँगा।'' यह बातें कहकर वह पुरुष कहीं अन्तर्धान हो गया।

सोमिलक यह बात सुनकर बहुत विस्मित हुआ। वह फिर वर्धमानपुर की ओर वापस लौट पड़ा। संध्या के समय थका-मांदा होकर वह किसी तरह पूँछते-पाँछते गुप्तधन के घर कठिनाई से पहुँच सका। उस समय सूर्य अस्त हो गये थे, किन्तु गुप्तधन

ने अपनी स्त्री और पुत्र के साथ उसे बड़ी फटकारें बताईं कि वह उनके घर न टिके। किन्तु जुलाहे ने हठपूर्वक उसके घर में प्रवेश कर ही लिया, अपने इरादे से वह विचलित नहीं हो सका। रात में जब भोजन का समय आया तो गुप्तधन ने बिना प्रेम के कुछ खाने की चीज़ उसे भेजवा दीं। उसे खाकर वह वहीं जमीन पर लेट गया और सो गया। आधी रात में उसने फिर उन्हीं दोनों भयानक आकृति वाले पुरुषों को आपस में सलाह करते हुए देखा। उनमें से एक ने कहा—"भाई कर्मफल देने वाले! तुमने इस गुप्तधन का अधिक धन क्यों खर्च करा दिया जो इसने सोमिलक को आज भोजन करा दिया है। यह तुमने ठीक नहीं किया है।" दूसरे ने जवाब दिया—"भाई कर्म जी! इसमें मेरा कोई दोष नहीं है। मैं किसी पुरुष को जो मिलना होता है, उतना दिला देता हूँ। उसका परिणाम तुम्हारे हाथ में है।" यह सुनकर सबेरे जुलाहे ने उठकर जो देखा तो गुप्तधन हैजा का शिकार बना हुआ था। उसके कारण दूसरे दिन पूरे समय वह उपवास पर रहा, कुछ भी खा-पी नहीं सका। सोमिलक सबेरे उसके घर से निकल कर उपयुक्तधन के घर पहुँच गया। घर पर पहुँचते ही उपयुक्तधन ने उठकर उसका सत्कार किया और विधिपूर्वक भोजन-छाजन से सम्मानित कर एक मनोहर शैय्या पर उसे सुलाया। फिर आधी रात के समय जुलाहे को वही दोनों भयानक आकृतिवाले पुरुष सलाह करते हुए दिखाई पड़े। उनमें से एक ने कहा—"भाई जी! इस उपयुक्तधन ने सोमिलक के स्वागत-सत्कार में बहुत धन व्यय कर दिया है, तो बताओ इस बेचारे का उद्धार किस तरह होगा, क्योंकि इसने वह सब धन महाजन के यहाँ से उधार लाकर व्यय किया है।" दूसरे पुरुष ने उत्तर दिया—"भाई जी! यह तो मेरा काम ही है, इसका परिणाम तुम्हारे हाथ में है।" सबेरा होने पर जुलाहे ने देखा कि कुछ राजकर्मचारी राजा द्वारा दिये गये प्रचुर धन को लाकर उपयुक्तधन को दे रहे हैं। यह देखकर सोमिलक ने विचार किया कि—संचय न होने पर भी यह उपयुक्तधन अर्थात् वह धन जो खाने और खिलाने के काम में आता है, श्रेष्ठ है, वह गुप्तधन अच्छा नहीं है जो न खा सके और न खिला सके। कहा गया है कि—

वेद का फल यज्ञ, हवनादि के कराने में है, शास्त्रों के ज्ञान का फल सदाचरण एवं धन की प्राप्ति है, स्त्री का उद्देश्य रतिसुख प्राप्ति एवं पुत्र प्राप्ति से है, इसी प्रकार धन का उद्देश्य दान देने और भोग करने से है।

अतः विधाता से मेरी प्रार्थना है कि वे मुझे दान देने तथा भोग करने वाले धन का पात्र बनाएँ। मुझे उस धन की आवश्यकता नहीं है, जो केवल छिपा कर रखा रहे, न खाने के काम आए न खिलाने के। मन में इस तरह की भावना होने के कारण सोमिलक को दान देने एवं भोग करने वाले धनी होने का वरदान मिल गया। इसी से मैं कहता हूँ कि धन का उपार्जन करके भी लोग भोग नहीं कर पाते, तो हिरण्यक जी! इस तरह आप भी धन के बारे में शोक न करें। धन रहने पर भी यदि उसका भोग नहीं किया जाता तो उसे भी न रहने के समान ही मानना चाहिए, क्योंकि कहा गया है कि—

घर में गड़े हुए धन से यदि कोई धनी है, तो उसी धन से हम लोग भी क्यों नहीं

धनी कहे जा सकते? और भी—

अर्जित किये गये धन की रक्षा त्याग अर्थात् दान करने में है। ताल में इकट्ठा हुए जल की रक्षा बाहर निकलने में है। धन होने पर उसे दान करना चाहिए और उसका भोग करना चाहिए, संचय नहीं करना चाहिए। इस संसार में देखो कि मधु की मक्खियों के इकट्ठे किये हुए धन को दूसरे ही उठा ले जाते हैं। और भी—

धन का दान करना, भोग करना और नाश होना—ये तीन गतियाँ होती हैं। जो न दान देता है न भोगता है, उसके धन की तीसरी गति अर्थात् नाश होता है।

यह सब जानकर विवेकी पुरुष को इकट्ठा करने के लिए धन का अर्जन नहीं करना चाहिए; क्योंकि वह दुःख का कारण बन जाता है। कहा गया है कि—

जो मूर्ख धन आदि से सुख की आशा करते हैं, वे ग्रीष्म की लू से शान्ति पाने के लिए अग्नि का सेवन करते हैं।

बड़े-बड़े सांप केवल हवा पीकर रहते हैं, पर वे दुर्बल नहीं होते। सूखे घास-पात को खाकर जंगल के हाथी महाबलवान होते हैं। मुनिवर लोग मूलकन्द खाकर अपना समय काट देते हैं, संसार में सन्तोष ही मनुष्य का परम खजाना है।

सन्तोषरूपी अमृत से सन्तुष्ट होने वाले शान्त प्रकृति के लोगों को जो सुख मिलता है, वह धन के लोभ में इधर-उधर दौड़ने वालों को कहाँ मिल सकता है?

अमृत की तरह सन्तोष को पाने वाले को परम शान्ति मिलती है और असन्तोषी पुरुष को निरन्तर दुःख ही दुःख मिलता है। चित्त को रोकने पर समस्त इन्द्रियाँ रुक जाती हैं, मेघों से रवि के ढँक जाने पर किरणें अपने आप ढँक जाती हैं। शान्त प्रकृति वाले महर्षियों ने इच्छा की निवृत्ति को ही परम सुख माना है। प्यासे व्यक्ति के आग तापने के समान धन से कभी इच्छा की पूर्ति नहीं होती। इस धन के लिए संसार में लोग ऐसे की निन्दा करते हैं जिसकी निन्दा नहीं करनी चाहिए और ऐसे की खूब प्रशंसा करते हैं जिसकी प्रशंसा कभी नहीं करनी चाहिए, क्या-क्या नहीं करते यही बताना कठिन है। धर्म करने के लिए जो धन की कामना की जाती है वह भी अच्छी नहीं है। कीचड़ को धोने की अपेक्षा दूर से न छूना ही अच्छा है। इस धरती पर दान के समान कोई निधि नहीं है और लोभ के समान कोई शत्रु नहीं है, शील के समान कोई आभूषण नहीं है और सन्तोष के समान कोई दूसरा धन नहीं है।

दरिद्रावस्था की यह परम विभूति है कि उसमें गर्वधन की अल्पता रहती है। शंकर के पास धन के रूप में केवल एक बुड्ढा बैल है, फिर भी वे परमेश्वर कहे जाते हैं।

श्रेष्ठ लोग कन्दुक के गिरने की तरह एक बार गिरते हुए भी ऊपर उठते हैं, किन्तु मूर्ख तो मिट्टी के बरतन की तरह एक ही बार गिर कर चकनाचूर हो जाता है।

भाई साहब! तो इन सब बातों को समझकर आप संतोष करें। मन्थरक की यह बात सुनकर कौए ने कहा—"भाई! आप मन्थरक की इन बातों को अपने मन में धारण कर लीजिए। यह ठीक ही कहा गया है कि—

हे राजन्! इस संसार में सदा प्रिय वचन बोलने वाले आसानी से मिल जाते हैं, किन्तु हितकारी एवं अप्रिय वचन बोलने वाले और सुनने वाले दानों कठिनाई से मिलते हैं। इस संसार में जो लोग हितकारी अप्रिय वचन भी बोलते हैं, वे ही सच्चे मित्र हैं, दूसरे तो केवल नाममात्र के हैं।''

वे लोग सरोवर के तट पर बैठ कर इस तरह की बातें कर ही रहे थे कि इसी बीच चित्रांग नाम का एक हरिण बहेलिए के डर से भागता हुआ उसी तालाब में घुस आया। वह डर से चौकन्ना हो रहा था, उसे इस तरह से आया देखकर लघुपतनक उड़कर पेड़ पर बैठ गया। हिरण्यक समीप वाले पेड़ के खोंढ़र में छिप गया और मन्थरक पानी में पैठ गया। फिर लघुपतनक ने अच्छी तरह हिरण को देखकर मन्थरक से कहा—''भाई मन्थरक! यह हिरण प्यास से पीड़ित होकर इस सरोवर में आया है, यह उसी के आने की खड़खड़ाहट थी, किसी मनुष्य की नहीं।'' यह सुनकर मन्थरक ने देश और काल का विचार कर उचित उत्तर दिया—''भाई लघुपतनक! यह हिरण बिल्कुल चौकन्ना दिखाई पड़ रहा है, खूब जोर-जोर से साँसें खींच रहा है, डरी हुई आँखों से पीछे की ओर बार-बार ताक रहा है, इससे मालूम होता है कि यह प्यासा नहीं है, निश्चय ही किसी बहेलिए से डरा हुआ यहाँ भाग कर आया है। तो तनिक मालूम करो कि इसके पीछे बहेलिया लोग आ रहे हैं या नहीं। कहा गया है कि—

भयभीत मनुष्य बारम्बार जोर-जोर से साँस लेता है, दिशाओं की तरफ घूर-घूर कर देखता है, कहीं भी उसे शान्ति नहीं मिलती है।''

यह सुनकर चित्रांग बोला—''भाई मन्थरक! आपने मेरे डर का कारण अच्छी तरह पहचान लिया है। बहेलिए के बाण से बच कर मैं बड़ी कठिनाई से यहाँ आ सका हूँ। मेरे झुण्ड को निश्चय ही उन बहेलियों ने मार डाला होगा। मैं अब आपकी शरण में आया हूँ, ये बहेलिए जहाँ न पहुँच सकें, कृपा कर मुझे कोई ऐसा स्थान जल्दी बताइए।'' यह सुनकर मन्थरक बोला—''भाई चित्रांग! यह नीति की बात सुनिए।

शत्रु के दिखाई पड़ने पर उससे छुटकारा पाने के लिए दो ही उपाय इस संसार में कहे जाते हैं। एक है हाथ चलाना अर्थात् मारपीट करना और दूसरा है चरणों में वेग होना अर्थात् भागना।

तो तुम तुरन्त किसी गहन वन की ओर भाग जाओ, जब तक कि वे नीच बहेलिए यहाँ नहीं आ जाते।'' इसी बीच लघुपतनक शीघ्रता से दौड़ा हुआ आया और बोला—''भाई मन्थरक! वे बहेलिए अब अपने घर की ओर लौट पड़े हैं। उनके पास बहुत अधिक मांस का टुकड़ा है। तो चित्रांग! अब तुम निश्चिंत होकर वन से बाहर जाओ।''

फिर तो वे चारों जीवन आपस में मित्र बन गए और प्रतिदिन दोपहर के समय उसी तालाब के किनारे पेड़ की छाया के नीचे बैठ कर वे सब सुन्दर गोष्ठी-सुख का अनुभव करते हुए अपना समय बिताने लगे। यह ठीक ही कहा जाता है कि—

रोमांच हो जाने वाले सुन्दर गोष्ठी के रसास्वादन में बुद्धिमान लोग बिना स्त्री

समागम के ही पूर्ण आनन्द का अनुभव करते हैं। जो सुन्दर वचनों का और उपदेशमय वाक्यों का अच्छा संग्रह अपने पास नहीं रखता, वह सज्जनों के परस्पर वार्तालाप रूपी यज्ञ में कौन-सी दक्षिणा देगा? और भी—

जो एक बार के सुन लेने पर धारण नहीं कर लेता अथवा स्वयं नहीं बना लेता अथवा जिसे बातचीत करने का सुढंग नहीं मालूम है, वह सुभाषित कहाँ से पा सकता है?

इसके बाद एक दिन गोष्ठी का समय हो जाने पर भी चित्रांग वहाँ नहीं आया। वे तीनों उसके न आने से व्याकुल होकर आपस में कहने लगे—"हाय! आज क्या बात हो गई जो मित्र चित्रांग अभी तक नहीं आया। सिंहों ने उसे कहीं मार तो नहीं दिया या शिकारियों ने तो कहीं नहीं मार डाला! हो सकता है कि कहीं दावाग्नि में वह फँस गया हो या नयी हरी-हरी घास के लोभ से वह किसी गहरे गड्ढे में तो नहीं गिर पड़ा। यह ठीक ही कहा गया है कि—

अपने घर से वाटिका तक जाने पर भी स्नेही लोग मोह के कारण अपने प्रेमी के ऊपर किसी आपदा के आने की आशंका किया करते हैं, तो फिर ऐसे अनेक विघ्न-बाधाओं एवं भय से भरे जंगल में जाने से क्यों न ऐसी आशंकाएँ की जायँ?"

मन्थरक ने कौए से कहा—"भाई लघुपतनक! हम और हिरण्यक दोनों ही उसका पता लगाने में अशक्त हैं क्योंकि हम दोनों ही धीमी चाल वाले हैं। तो तुम्हीं जाकर तनिक जंगल में पता लगाओ, यदि उसे कहीं जीता हुआ पाओ।"

यह सुनकर लघुपतनक उसका पता लगाने के लिए उड़ पड़ा। वह थोड़ी ही दूर गया होगा कि उसने देखा कि एक छोटी-सी तलैया के किनारे कूट जाल में जकड़ा हुआ चित्रांग खड़ा है। उसे देखते ही शोक से व्याकुल होकर उसने पूछा—"भाई चित्रांग! यह क्या हो गया?" चित्रांग अपने मित्र कौए को देखकर बहुत ही दुःखी हुआ। कहा गया है कि—

अपमानित होने पर अथवा किसी नाश के चक्र में फँसने पर अपने इष्ट मित्रों को देखने से मनुष्य के दुःख का वेग बहुत अधिक बढ़ जाता है।

आँसू का गिरना किसी तरह बंद होने पर चित्रांग ने लघुपतनक से कहा—"प्यारे मित्र! अब तो मैं मृत्यु के कराल जाल में फँस गया हूँ। यह बहुत अच्छा हुआ कि आपसे मेरी भेंट हो गई। कहा गया है कि—

प्राण संकट उपस्थित होने पर यदि मित्र का दर्शन हो जाय तो यह दोनों के लिए सुखदायी होता है, मरने वाले के लिए भी और बाद में जीने वाले के लिए भी।

तो मेरे उन सब अपराधों को क्षमा करना जो मैंने प्रेमवश गोष्ठी के समय आप लोगों के प्रति कहा हो और मेरे प्यारे मित्र हिरण्यक और मन्थरक से भी जाकर कहना कि—

अनजाने अथवा जान-बूझकर जो मैंने कभी कठोर बातें आप दोनों से कहीं हैं,

उन्हें प्रेमपूर्वक क्षमा करना।''

यह सुनकर लघुपतनक बोला—''भाई चित्रांग! हम जैसे मित्रों के रहते हुए तुम इस तरह मत भयभीत बनो। मैं तुरन्त जाकर हिरण्यक को ले आता हूँ। और दूसरे यह भी तो है कि सज्जन लोग विपत्ति पड़ने पर व्याकुल नहीं होते। कहा गया है कि—''जिसे सम्पत्ति में हर्ष, विपत्ति में विषाद, युद्ध में कायरता नहीं होती, वह मनुष्य तीनों लोकों का तिलक है, ऐसे विरले बेटे को पैदा करने वाली माता धन्य है।''

यह कहकर लघुपतनक चित्रांग को आश्वासन देकर वहाँ गया जहाँ मन्थरक और हिरण्यक बैठे हुए थे। वहाँ पहुँचकर उसने वह सब वृत्तान्त बताया, जैसे-जैसे चित्रांग उस कूटजाल में फँसा था। फिर तो चित्रांग के जाल को तुरन्त काटने का हिरण्यक ने दृढ़ निश्चय प्रकट किया। उसे पीठ पर रखकर लघुपतनक बहुत शीघ्र ही चित्रांग के समीप पहुँच गया। चूहे हिरण्यक को देखकर चित्रांग को अपने जीवन की कुछ आशा दिखाई पड़ने लगी। वह बोला—

''इस संसार में बुद्धिमान पुरुष को विपत्तियों को दूर करने के लिए उदार एवं निर्लोभी मित्रों को अवश्य बनाना चाहिए। मित्र से रहित होकर कोई भी विपत्ति से पार नहीं हो सकता।''

हिरण्यक बोला—''भाई! तुम तो प्रखर बुद्धिवाले एवं नीतिशास्त्र में परम प्रवीण थे। इस तरह कूट जाल में आकर कैसे फँस गए?''

उसने कहा—''भाई! यह समय वाद-विवाद का नहीं है। जब तक वह नीच पापी बहेलिया नहीं आ रहा है तब तक शीघ्रता से मेरे बंधनों को काट डालो।''

यह सुनकर हिरण्यक हँसता हुआ बोला—''भाई! क्या मेरे आ जाने पर भी तुम बहेलिए से डर रहे हो! यह देखकर तो मुझे शास्त्रों से विराग उत्पन्न हो रहा है कि तुम्हारी तरह नीतिशास्त्र के जानने वाले भी इस अवस्था को पहुँच जाते हैं। इसी से मैं तुमसे पूछ रहा हूँ।''

उसने कहा—''भाई! कर्मबुद्धि को भी हर लेता है। कहा गया है कि—

विधाता के पाश में फँसने के कारण भाग्य से चेतना मारे जाने पर बड़े-बड़े लोगों की भी बुद्धि कुबड़े-कुबड़े चलने वाली बन जाती है। इस ललाट में विधाता ने जो कुछ पंक्तियाँ लिख दी हैं, उसे बड़े से बड़ा पण्डित भी अपनी बुद्धि से मिटा नहीं सकता?''

इस तरह वे दोनों आपस में बातचीत कर ही रहे थे कि मित्र की विपत्ति से बहुत दुःखी होकर मन्थरक भी धीरे-धीरे वहाँ आ पहुँचा। उसे देखकर लघुपतनक ने हिरण्यक से कहा—''हाय! यह तो बहुत ही बुरा हुआ।'' हिरण्यक बोला—''क्या बहेलिया आ रहा ह?''

उसनें कहा—''बहेलिए की बात छोड़िए, यह मन्थरक चला आ रहा है। इसने बहुत बुरा किया है, क्योंकि इसके कारण हम सब के सब मारे जायँगे। यदि वह पापी बहेलिया अभी आ जाय तो मैं तो ऊपर उड़ जाऊँगा। तुम किसी बिल में घुस कर अपनी

रक्षा कर सकते हो, चित्रांग भी तेजी से भाग कर कहीं चला जायगा। यह जलचर है, धरती पर भाग कर कहाँ जा सकेगा, यह सोचकर मैं व्याकुल हो रहा हूँ।'' यह बात समाप्त भी नहीं हुई थी कि मन्थरक आकर वहाँ पहुँच गया। हिरण्यक बोला—''भाई! तुमने यह ठीक नहीं किया, जो यहाँ चले आए। अब तुम तुरन्त यहाँ से वापस चले आओ, जब तक कि बहेलिया आ नहीं जाता।''

मन्थरक ने कहा—''भाई! मैं क्या करता? वहाँ बैठकर अपने प्यारे मित्र की दुःखरूपी अग्नि की जलन मुझसे सहन नहीं होती है। इसी से व्याकुल होकर मैं चला आया। यह ठीक ही कहा गया है कि—

प्रियजनों के विछोह तथा धननाश—इन दो विपत्तियों को कौन मनुष्य सह सकता है, यदि महान औषधि के समान मित्रों का समागम न हो।

प्राणों का छूट जाना अच्छा है किन्तु आप जैसे मित्रों का वियोग नहीं क्योंकि प्राण तो दूसरे जन्म में मिल सकते हैं, किन्तु आप लोगों के समान मित्र नहीं मिल सकते हैं।''

इस तरह की बातें वह कर ही रहा था कि कान तक धनुष खींचे हुए बहेलिया भी वहाँ आ पहुँचा। उसे आता देख कर चूहे ने उसके तांत के बने हुए जाल को उसी क्षण काट दिया। जाल कटते ही चित्रांग तुरन्त पीछे की ओर देखता हुआ भाग खड़ा हुआ। लघुपतनक पेड़ पर चढ़ गया। हिरण्यक समीप की एक बिल में घुस गया। फिर तो वह बहेलिया हिरण्यक के भाग जाने के कारण अपने श्रम को व्यर्थ देखकर बहुत दुःखी हुआ। उसने देखा कि धीरे-धीरे मन्थरक धरती पर रेंगता हुआ चला जा रहा है। उसे देखकर उसने सोचा कि—''ब्रह्मा ने यद्यपि हिरण को छीन लिया फिर भी उसने आज के भोजन के लिए यह कछुआ दे ही दिया। आज तो इसके मांस से हमारे पूरे परिवार का भोजन अच्छी तरह से हो जायगा।'' ऐसा सोचकर उसने कछुए को कुशों से लपेटकर धनुष में टांग लिया और धनुष को कंधे पर लटका कर अपने घर की ओर चल पड़ा।

उसे इस तरह कंधे पर लटका कर ले जाते हुए जब हिरण्यक ने देखा तो दुःख से व्याकुल होकर रोने लगा। उसने कहा—''हाय बहुत बड़ा दुःख आ पड़ा।''

समुद्र पार होने की तरह एक दुःख को भी जब तक हम पार नहीं पा सके तब तक दूसरा दुःख आ पहुँचा, छिद्र में (विपदा में) अनेक अनर्थ हुआ ही करते हैं।

मनुष्य जब तक समतल मार्ग पर सुखपूर्वक चलता है, तब तक गिरता नहीं और गिरने पर विषम मार्ग में पद-पद पर गिरने की सम्भावना बनी रहती है।

जो नम्र और सरल होते हैं, वह विपत्ति में भी दुःखी नहीं होते, शुद्ध वंश (बांस) में उत्पन्न धनुष, मित्र और स्त्री—ये कठिनाई से मिलते हैं। माता, स्त्री, सगे भाई और पुत्र में भी मनुष्य का उतना विश्वास नहीं रहता, जितना अभिन्न हृदय मित्र में।

जिस दुर्दैव ने मेरे धन का नाश किया, वह सब ओर से थके हुए मेरे जैसे निराश के सुख और विश्राम देने वाले मित्र को क्यों हर रहा है? दूसरे भी मित्र होंगे, परन्तु

मन्थरक के समान मित्र अब नहीं मिलेंगे।

कहा गया है कि—

विपत्ति की अवस्था में मित्र से परम लाभ होता है, गोपनीय बातों को कहा जाता है और आपत्ति से मुक्ति मिलती है। मित्र के यही तीन फल होते हैं।

तो अब इस मन्थरक के बाद मुझे कोई दूसरा मित्र नहीं मिलेगा। हाय! इस तरह मेरे ऊपर विपत्तियों के वाण लगातार विधाता क्यों बरसा रहा है। पहले धननाश, फिर परिवार नाश, फिर देश त्याग और फिर यह मित्र वियोग अथवा सभी जीवधारियों के जीवन का यह लक्षण ही है। कहा गया है कि—

यह शरीर क्षण भर में विनाश होने वाला है। सम्पत्ति आँख की पलक भाँजते भर में नाश होने वाली है। समागम क्षणभर में वियोग में बदलने वाला है। सभी शरीरधारियों के लिए यही एक नियम है।

और भी—

घाव में लगातार चोटें लगती हैं, धननाश होने पर भूख बढ़ती है, विपत्ति में बैरियों की संख्या अधिक होती है, आपत्ति में अनेक अनर्थ होते रहते हैं।

हाय! किसी ने कितना अच्छा कहा है कि—

भय प्राप्त होने पर रक्षा करने वाला, प्रीति और विश्वास का पात्र 'मित्र' यह दो अक्षररत्न किसने इस धरती पर बनाया है।

इसी बीच चित्रांग और लघुपतनक भी विलाप करते हुए वहाँ आ गए। हिरण्यक ने कहा—"भाई! इस तरह विलाप करने से क्या लाभ है? जब तक यह मन्थरक आँखों से ओझल नहीं हो जाता तब तक उसे छुड़ाने का उपाय सोचना चाहिए। कहा गया है कि—

विपत्ति आने पर जो अज्ञानवश केवल रोता ही है, उससे उसका रोना ही धीरे-धीरे बढ़ता है। उसकी विपत्ति का अन्त नहीं होता। नीतिज्ञों ने विपत्ति की दवा केवल दो बतायी है—एक उसी को दूर करने का उपाय करना और दूसरा विषाद छोड़ देना। और भी—

गायब हुए लाभ को सुरक्षित करने के लिए भविष्य में होने वाले लाभ को प्राप्त करने के लिए एवं आपत्ति में फँसे हुए को मुक्ति दिलाने के लिए जो सलाह की जाती है, वही अच्छी सलाह है।"

यह सुनकर कौए ने कहा—"भाई! यदि आपका ऐसा विचार है तो मेरी बात मानिए। यह चित्रांग इस बहेलिये के मार्ग पर जाकर किसी तलैया के किनारे बेहोश होकर गिर पड़े। मैं इसके शिर पर बैठकर अपनी चोंच से शिर में ठोकर लगाऊँ, जिससे वह नीच बहेलिया मेरे चोंच के मारने से चित्रांग को मरा हुआ समझकर मन्थरक को भूमि पर पटककर हिरण के लिए दौड़ पड़े। इसी बीच में तुम मन्थरक के ऊपर बँधे हुए कुशों को काट डालना। जिससे वह भाग कर उसी तलैया में घुस जायेगा।"

चित्रांग ने कहा—"भाई! आपने यह अच्छी सलाह दी। अब बिना किसी सन्देह के ही मन्थरक को छूटा हुआ समझना चाहिए। कहा गया है कि—

सिद्ध होने वाले या व्यर्थ होने वाले कार्य की सूचना सर्वप्रथम सब के चित्त का उत्साह ही दे देता है। उसे केवल बुद्धिमान लोग ही पहचानते हैं दूसरे नहीं।

तो ऐसा ही अब हम सबों को तुरन्त करना चाहिए।"

फिर तो उन तीनों मित्रों ने वैसा ही किया। कुछ दूर मार्ग में आगे जाकर बहेलिए ने एक तलैया के किनारे पड़े हुए चित्रांग को देखा—कौआ उसके शिर पर बैठा हुआ था। उसे इस तरह गिरा देखकर उसने प्रसन्न होकर सोचा—"निश्चय ही यह बेचारा हिरण जाल के बंधन की वेदना से मर गया है। उस समय जाल तुड़ाकर यह कुछ जीवन शेष रहने के कारण किसी तरह इतनी दूर वन में भाग आया था। कछुआ तो मेरे वश में है ही। अच्छी तरह कुश से बँधा होने के कारण यह भाग तो सकता नहीं। तो इस तरह हिरण को भी पकड़ लूँ। मन में ऐसा निश्चय कर उसने कछुए को धरती पर रखकर हिरण को हड़हड़ाता हुआ दौड़ पड़ा। इसी बीच में वज्र के समान पुष्ट दातों से हिरण्यक ने उस कुश की रस्सी को खण्ड-खण्ड काट डाला, जिसमें कछुआ बँधा हुआ था। फिर तो मन्थरक कुश के तिनकों से निकलकर समीप वाली तलैया में घुस गया, जब तक बहेलिया पास नहीं पहुँचता है तब तक चित्रांग भी धरती से उठ कर कौए के साथ भाग खड़ा हुआ। यह देखकर बहेलिया बहुत लज्जित और दुःखी हुआ। लौटकर उसने जब आकर देखा तो कछुआ भी कुश के बन्धन से गायब हो चुका था। वह दुःखी होकर वहीं बैठ गया और यह कहने लगा—

"हे विधाता! यह बड़ा हिरण मेरे जाल में फँस चुका था, उसे तुमने हर लिया। एक कछुआ पाया था, वह भी निश्चय ही तुम्हारे आदेश से नष्ट हो गया। बच्चों और स्त्री को छोड़कर मैं भूख से पीड़ित होकर वन में दौड़ रहा हूँ। जो किसी ने मेरे साथ नहीं किया, वह तुमने किया और भी यदि तुम कुछ करना चाहते हो तो कर लो, उसे भी मैं सहूँगा।"

इस तरह अनेक प्रकार से विलाप कर वह अपने घर चला गया। उसके बहुत दूर चले जाने पर वे सब—कौआ, कछुआ, हिरण और चूहा बड़े प्रसन्न हुए। परस्पर आलिंगन कर उन्होंने अपने को फिर से पैदा हुए की तरह माना। फिर तो वे सब अपने सरोवर पर आ गए और परम आनन्द के साथ गोष्ठी-सुख का अनुभव करते हुए अपना समय बिताने लगे। ऐसा समझ कर विवेकी पुरुष को मित्रों का संग्रह करना चाहिए, किन्तु मित्र के साथ कपट का व्यवहार कभी नहीं करना चाहिए; क्योंकि कहा गया है कि—

इस संसार में जो मित्र करता है और उनके साथ कभी कुटिलता का व्यवहार नहीं करता, वह उन मित्रों के साथ कभी किसी तरह भी पराभव को नहीं प्राप्त होता।

□□□

काकोलूकीय

अब इसके बाद काकोलूकीय नाम का तीसरा तंत्र प्रारम्भ होता है, जिसके आदि में यह श्लोक है—

पहले से विरोध रखने वाले ऐसे शत्रु का, जो किसी कारणवश मित्रता को प्राप्त हो गया है, कभी विश्वास नहीं करना चाहिए। कौए से लगाई हुई आग के द्वारा उल्लुओं से भरी हुई गुफा को देखो।

यह कहानी इस तरह सुनी जाती है—दक्षिण प्रदेश में एक महिलारोप्य नाम का नगर है। उसी के समीप एक बहुत बड़ा बरगद का पेड़ था। उसकी अनेक लम्बी शाखाओं में अत्यन्त घने पत्तों के होने के कारण उसकी छाया बहुत सघन थी। उसी बरगद के पेड़ पर मेघवर्ण नाम का कौओं का एक राजा अनेक परिवारों के साथ रहता था। अपने परिवार वालों के साथ वह उस बरगद के पेड़ को एक दुर्ग बनाए हुए अपना जीवन सुखपूर्वक बिता रहा था। उसी के समीप एक पर्वत की गुफा में अरिमर्दन नाम का उल्लुओं का एक राजा असंख्य उल्लुओं के परिवारों के साथ रहता था। वह रात के समय आकर उस बरगद के पेड़ के चारों ओर घूमता रहता था। पूर्व वैर के कारण वह जिस किसी कौए को पाता उसे मारकर चल देता। उसके प्रतिदिन के इस आक्रमण के कारण धीरे-धीरे बरगद के पेड़ पर कौओं का वह दुर्ग चारों ओर से सूना हो गया। यह ठीक ही कहा गया है कि—

मनमाना इधर-उधर घूमते हुए शत्रु की तथा बढ़ते हुए रोग की आलस्यवश होकर जो उपेक्षा करता है, वह धीरे-धीरे उन्हीं के द्वारा मारा जाता है। और भी—

उत्पन्न होते ही जो शत्रु और व्याधि को शान्त नहीं कर देता, वह अत्यन्त पुष्ट अंगों वाला होकर भी पीछे उन्हीं के द्वारा मारा जाता है।

एक दूसरे दिन कौए के राजा मेघवर्ण ने सभी काकमंत्रियों को बुलाकर कहा, ''भाई! हमारा शत्रु महाभयानक और उद्योगी है। कालवश वह प्रतिदिन रात के समय आकर हमारे परिवार का नाश कर जाता है, तो इसका बदला किस तरह चुकाया जा सकता है? हम लोग रात में तो देखते नहीं और दिन में उसके दुर्ग का भी हमें पता नहीं है, जिससे जाकर मारें। तो इस विषम स्थिति में अब हमें क्या करना ठीक होगा? सन्धि, विग्रह, यान, आसन, संश्रय, द्वैधीभाव—इनमें से किसका सहारा लिया जाय? आप लोग भली-भाँति विचार कर शीघ्र ही कहिए।''

वे बोले—"श्रीमान् ने बहुत ठीक ही पूछा है। कहा गया है कि—

मंत्री को बिना पूछे ही राजा को सलाह देनी चाहिए। पूछने पर तो सत्य और हितकारी बात चाहे वे प्रिय हों या अप्रिय हों सब कहना चाहिए। जो मंत्री राजा के पूछने पर परिणाम में सुखदायक और हितकारी बातें नहीं बताता, केवल प्रिय बातें बताता है, वह शत्रु कहा जाता है। इसलिए राजा को एकान्त में चल कर सलाह करनी चाहिए, जिससे हम लोग इस विषय में निर्णय और कारण की उचित समीक्षा कर सकें।"

मंत्रियों की बातें सुनकर कौए के राजा मेघवर्ण व उज्जीवि, अनुजिवि, संजीवि, प्रजीवि और चिरंजीवि नामक पाँच मंत्रियों में से एक-एक से क्रमशः बुलाकर पूछना आरम्भ किया। ये पाँचों उसके वंश-परम्परागत मंत्री थे। उसने सबसे पहले उज्जीवि से पूछा—"भाई! ऐसी स्थिति में आप कौन-सा उपाय ठीक समझते हैं?" उसने कहा—"राजन्! बलवान के साथ विग्रह नहीं करना चाहिए, क्योंकि वह बलवान होने के साथ-साथ कुसमय ढूँढ़ कर हमारे ऊपर प्रहार करने वाला है। कहा गया है कि—

बलवान शत्रु को प्रणाम कर पहले चुप कर देने वाले तथा समय पाकर प्रहार करने वाले की सम्पत्ति प्रतिकूल दिशा में नदी की तरह नहीं जा सकती। और भी—

धार्मिक, श्रेष्ठ आचरण में रहने वाले, अनेक भाइयों और परिवारों से युक्त, बलवान एवं अनेक बार विजय प्राप्त करने वाले शत्रु से शत्रुता त्याग देनी चाहिए, उससे सन्धि ही करनी चाहिए। प्राणों पर सन्देह देखकर दुष्ट शत्रु के साथ भी सन्धि कर लेनी चाहिए, क्योंकि प्राणों के सुरक्षित रहने पर सभी चीजें सुरक्षित हो सकती हैं।

हमारा शत्रु अनेक युद्धों में विजय प्राप्त कर चुका है; अतः इससे तो विशेष कर के सन्धि ही करना उचित है। कहा गया है कि—

अनेक युद्ध में विजय प्राप्त करने वाले के साथ जिसकी सन्धि हो जाती है, उसके प्रभाव से उसके दूसरे शत्रु भी शीघ्र ही उसके वश में हो जाते हैं।

युद्ध में विजय में सन्देह होने पर अपने समान शक्तिवाले शत्रु से भी सन्धि कर लेनी चाहिए, सन्देह की बात नहीं करनी चाहिए, यह वृहस्पति का कथन है।

इस संसार में युद्ध करने वालों की विजय संदेह में तो रहती ही है; अतः साम, दाम और विभेद—इन तीनों उपायों के करने के बाद ही युद्ध करना चाहिए।

जो अभिमानवश सन्धि न करके अपने समान शक्ति वाले शत्रु से पिटता है वह कच्चे घड़े की तरह दोनों चीजों से हाथ धोता है, इसमें सन्देह नहीं।

शक्तिशाली शत्रु के साथ दुर्बल का युद्ध केवल मृत्यु के लिए होता है, पत्थर जिस तरह घड़े को फोड़कर भी स्थिर रहता है, उसी तरह शक्तिमान भी। और भी—

भूमि, मित्र और सुवर्ण (धन-सम्पत्ति)—यह तीन फल विग्रह (युद्ध) से प्राप्त होते हैं, इनमें से जहाँ एक के भी मिलने की आशा न हो, वहाँ युद्ध नहीं करना चाहिए। सिंह पत्थर के टुकड़ों से भरी हुई चूहे की बिल को यदि खोदता है, तो नाखून का टूटना ही उसके हाथ आता है और सफलता केवल चूहा मिलने की होती है। इसलिए जिस

युद्ध में कोई फल न हो वह युद्ध केवल दोषपूर्ण है। ऐसा युद्ध न तो स्वयं उठाना चाहिए और न दूसरों द्वारा उठाने पर स्वयं प्रवृत्त होना चाहिए।

स्थिर लक्ष्मी की कामना करने वालों को बलवान शत्रु के सामने नदी-तटवर्ती बेंत की तरह आचार करना चाहिए, सर्प के समान चाल चलने वाली लक्ष्मी की कामना नहीं करनी चाहिए।

बेंत की वृत्ति अपना कर भूरि लक्ष्मी की प्राप्ति मनुष्य करता है, भुजंग की वृत्ति अपना कर केवल मृत्यु की प्राप्ति हो सकती है।

समय पड़ने पर प्रहार सहकर भी कछुए की तरह चुपचाप पड़ा रहना चाहिए। और फिर बुद्धिमान को काले सर्प की तरह उठकर ठीक समय पर शत्रु का विनाश करना चाहिए।

आये हुए विग्रह को देखकर बुद्धिमान को चाहिए कि वह सर्वप्रथम साम उपाय से शान्ति करे, विजय के अनित्य होने के कारण क्रोध को छोड़ दे। और भी—

बली शत्रु के साथ युद्ध करना चाहिए, इसका कहीं भी कोई उदाहरण नहीं मिलता। मेघ कभी वायु के प्रतिकूल नहीं चलते हैं।''

इस प्रकार की उक्त बातों के द्वारा उज्जीवि ने साम नीति का अनुसरण कर सन्धि कर लेनी चाहिए, यह बताया। उसकी बातें सुनकर मेघवर्ण ने संजीवि से कहा—''भाई! तुम्हारे अभिप्राय को भी मैं जानना चाहता हूँ।'' उसने कहा—''देव! मुझे तो यह तनिक भी अच्छा नहीं लगता कि शत्रु के साथ सन्धि करनी चाहिए; क्योंकि कहा गया है कि—

अच्छी तरह मिले हुए सन्धि के इच्छुक शत्रु से भी कभी सुलह नहीं करनी चाहिए। अच्छी तरह उबाला हुआ भी जल अग्नि को शान्त ही करता है। दूसरे यह भी तो बात है कि वह हमारा शत्रु अत्यन्त क्रूर, लोभी और धर्मविहीन है। उससे तो विशेषकर के सन्धि नहीं ही करनी चाहिए; क्योंकि कहा गया है कि—

सत्य और धर्मविहीन शत्रु से कभी भी सन्धि नहीं करनी चाहिए, क्योंकि अच्छी तरह मिला-जुला होने पर भी वह असज्जनता के कारण शीघ्र ही विकार को प्राप्त हो जाता है। इसलिए उसके साथ तो युद्ध करना ही चाहिए, यह मेरी राय है; क्योंकि कहा गया है कि—

क्रूर, लोभी, आलसी, असत्यवादी, असावधान, डरपोक, अस्थिर चित्त, मूढ़, युद्ध से भागने वाला—ऐसे शत्रु सुखपूर्वक नाश करने योग्य होते हैं।

दूसरे उससे हम बार-बार तिरस्कृत हुए हैं। उससे अब यदि हम सुलह-सुलह चिल्लायेंगे तो वह फिर बहुत ही क्रुद्ध होगा। कहा गया है कि—

जो शत्रु चतुर्थ अर्थात् दण्ड से शान्त होने वाला है, उसके साथ सन्धि की बातचीत चलाना अपना अहित करना है। कौन बुद्धिमान पसीने से युक्त अधपके ज्वर को पानी से नहलाकर शान्त करना चाहता है? क्रोधी शत्रु के सामने सन्धि की चर्चा चलाना उसके क्रोध को जलते हुए घी में जलबिन्दु डालने की तरह और भी बढ़ाना है।

जो यह कहा जा रहा है कि शत्रु बलवान है, वह भी ठीक कारण नहीं है। क्योंकि कहा गया है कि—

सिंह की तरह उत्साह शक्ति से युक्त छोटा मनुष्य भी हाथी के समान अपने बड़े शत्रु को मार डालता है और उस पर अपना प्रभुत्व स्थापित कर लेता है। जो शत्रु बल द्वारा नहीं मारे जा सकते, वे छल-कपट द्वारा मारे जा सकते हैं। जैसे कि भीम ने स्त्री रूप धारण कर कीचक का वध किया था; और भी—मृत्यु की तरह भयानक दण्ड देने वाले राजा के शत्रु शीघ्र ही उसके वश में हो जाते हैं, इसके विपरीत दयालु राजा को उसके शत्रु घास की तरह मानकर अपमानित करते हैं। जिस तेजस्वी के तेज से शत्रु का तेज दबा नहीं दिया जाता, माता के यौवन को बिगाड़ने वाले उस पुत्र से क्या लाभ है? वैरी के रक्तरूपी कुंकुम से जो लक्ष्मी सारे शरीर में अनुलेप किये हुए नहीं होती, वह मनोहर होकर भी मनस्वी पुरुषों की प्रीति का भाजन नहीं बनती। जिस राजा की धरती शत्रु की स्त्रियों की आँसुओं से तथा शत्रु के रक्तों से अच्छी तरह सिंची नहीं होती, उसके जीवन की क्या प्रशंसा की जाय?''

इस तरह की बातें कर संजीवि ने युद्ध करने की सलाह दी।

यह सुनकर राजा ने अनुजीवि से पूछा—''भाई! तुम भी अपना अभिप्राय बताओ।'' उसने कहा—''देव! वह हमारा शत्रु, दुष्ट, अमर्यादाशील और बल में अधिक है। अतः मेरी राय में उससे तो सन्धि और विग्रह दोनों ही करना ठीक न होगा। केवल यान करना ठीक है, क्योंकि कहा गया है कि—

बलवान, दुष्ट और मर्यादाविहीन शत्रु के साथ यान के बिना सन्धि और विग्रह नहीं करना चाहिए। यह यान दो प्रकार के होते हैं। एक तो भयभीत होकर स्वयं अपनी रक्षा करना, दूसरा शत्रु को जीतने की इच्छा से उसके ऊपर चढ़ाई करना। कार्तिक अथवा चैत के महीने में विजय की इच्छा रखकर चढ़ाई करने के लिए उत्तम समय कहा गया है। किन्तु यह समय बलवान शत्रु के देश पर चढ़ाई करने के लिए है, दूसरे के लिए नहीं। विपत्ति में घिरे हुए अथवा आपदा में ग्रस्त शत्रु के ऊपर चढ़ाई करने का सभी समय कहा गया है। आगे से गुप्त दूतों को भेजकर और बलवान विश्वस्त योद्धाओं से अपने स्थान को सुदृढ़ बनाकर शत्रु के देश में चढ़ाई करनी चाहिए। शत्रु के मित्र बल, सैन्यबल, जल और खेती—इन सब वस्तुओं को जाने बिना जो चढ़ाई करता है वह लौटकर अपने राज्य में नहीं आता।

तो ऐसी स्थिति में मैं तो आपको यहाँ से पलायन कर जाना ही उचित बताऊँगा; क्योंकि उस पापी एवं बलवान शत्रु से विग्रह और सन्धि तो नहीं ही करनी चाहिए। कार्य के लाभ को देखकर बुद्धिमानी इसी में है कि यहाँ से भाग जाना चाहिए; क्योंकि कहा गया है कि—

मेंढ़ा जो पीछे हट जाता है, उसका कारण कठिन प्रहार करना ही है, इसी तरह सिंह भी अतिशय क्रुद्ध होकर झपटने की इच्छा से संकुचित होता है। इसी तरह हृदय में वैर को रखते हुए गूढ़ मंत्र के सहारे चलने वाले बुद्धिमान कुछ सोच-समझकर ही

शत्रु को सहन करते हैं।

और भी—बलवान शत्रु को देखकर युधिष्ठिर की तरह जो अपना देश त्याग देता है, वह पुनः अपने जीवन काल में ही धरती को प्राप्त कर लेता है। जो दुर्बल अहंकार के वश होकर बलवान शत्रु से युद्ध करता है, वह शत्रु की इच्छा की पूर्ति करता है और अपने परिवार का नाश करता है।

तो महाराज! उस बलवान शत्रु के सामने हम लोगों को इस समय भागकर अपनी जान बचाना उचित है, उससे सन्धि-विग्रह करने का समय नहीं है।''

इस प्रकार अनुजीवि ने स्थान छोड़कर भाग जाने की सलाह दी।

उसकी यह बातें सुनकर मेघवर्ण ने प्रजीवि से कहा—''भाई! तुम भी अपना अभिप्राय कह डालो।'' उसने कहा—''देव! मुझे तो सन्धि-विग्रह और यान—ये तीनों ही नहीं अच्छे लग रहे हैं। विशेषकर आसन नीति अपनाने की मेरी इच्छा है; क्योंकि कहा गया है कि—

बलवान शत्रु से सामना होने पर प्रयत्नपूर्वक अपने दुर्ग में स्थित होना चाहिए और वहीं से अपने मित्रों को अपने बचाव के लिए पुकारना चाहिए। शत्रु के आगमन को सुनकर जो भयभीत होकर अपने स्थान को छोड़ देता है, वह मनुष्य फिर कभी अपने स्थान पर नहीं बस सकता। जिस तरह दाँढ़विहीन सर्प और मदविहीन हाथी सबके वश में हो जाते हैं, उसी तरह स्थान विहीन राजा भी। अपने स्थान पर रहकर अकेला भी मनुष्य बलवान सैकड़ों शत्रुओं का सामना कर सकता है, इसलिए अपना स्थान कभी नहीं छोड़ना चाहिए। इसलिए हे राजन्! अच्छे-अच्छे वीरों के बल से प्राकार, खाई आदि से संयुक्त कर अपने दुर्ग को दृढ़ बनाकर शस्त्रादि से सुरक्षित होकर युद्ध के लिए तैयार रहिए। इस तरह यदि युद्ध होने पर जीते रहोगे तो धरती प्राप्त करोगे और मर जाने पर स्वर्ग। और भी—छोटे-छोटे भी यदि एक में मिले रहें तो बलवान शत्रु से नहीं बाँधे जा सकते; जैसे प्रतिकूल हवा होने पर भी एक जगह के वृक्ष। अकेला पेड़ चाहे कितना भी बलवान और जड़ों से सुप्रतिष्ठित हो, किन्तु वायु अपने वेग से उसे गिराने में समर्थ हो जाती है। जो एक में मिले हुए वृक्ष होते हैं, चारों ओर से सुप्रतिष्ठित होते हैं, वे एक में मिले होने के कारण शीघ्रता में वायु द्वारा नहीं गिराये जा सकते। इसी प्रकार शूरवीर होने पर भी अकेले मनुष्य को उसके शत्रु बराबर तिरस्कार का पात्र समझते हैं और मार देते हैं।''

इस प्रकार प्रजीवि ने आसन नीति की सलाह दी।

यह सुनकर मेघवर्ण ने चिरंजीवि से पूछा—''भाई! तुम भी अपना अभिप्राय कहो।'' उसने कहा—''देव! मुझे तो छहों नीतियों में संश्रय नीति ही अच्छी लग रही है; अतः मेरी राय से तो उसी का आश्रय लेना चाहिए। कहा गया है कि—

समर्थ और तेजस्वी भी यदि असहाय हो तो क्या कर सकता है? वायु रहित स्थान पर जलने वाली आग अपने आप शान्त हो जाती है। अतः मनुष्य को अपने पक्ष वालों की संगति करनी चाहिए, मामूली भूसी से भी अलग हुआ चावल जमता नहीं।

तो मेरी राय तो यही है कि आप यहीं बने रहें और किसी बलवान का आश्रय ग्रहण करें, जो इस विपत्ति से बचा सके। यदि आप अपना यह स्थान छोड़कर दूसरी जगह जायेंगे तो कोई बातचीत द्वारा भी आपकी सहायता न करेगा; क्योंकि कहा गया है कि—

जंगल जलाने वाली आग की सहायता करने के लिए वायु भी मित्र हो जाता है, किन्तु दीपक की आग को वही बुझा देता है। दुर्बलता में कौन मित्रता करता है?

और यही नहीं कि बलवानों का ही आश्रय ग्रहण किया जाय, छोटे-छोटे लोगों का भी आश्रय ग्रहण करने से रक्षा हो जाती है; क्योंकि कहा गया है कि—

जैसे बाँस की कोठ में चारों ओर से बाँसों के समूह में घिरा हुआ एक भी बाँस काटा नहीं जा सकता, उसी प्रकार दुर्बल राजा भी चारों ओर से घिरा हुआ होने पर नाश से बच जाता है।

फिर यदि संयोग से किसी श्रेष्ठ जन का आश्रय मिल जाय तो कहना ही क्या है? कहा गया है कि—

श्रेष्ठ जन का सम्पर्क किसकी उन्नति में सहायक नहीं होता! कमल के पत्ते पर स्थित हुआ पानी मोती की शोभा धारण करता है।

तो मेरी राय में आश्रय के बिना शत्रु से बदला नहीं चुकाया जा सकता। इसलिए किसी का आश्रय अवश्य ग्रहण करें, यही मेरी सलाह है।''

इस तरह की सलाह चिरंजीवि ने दी।

इस प्रकार की बातें इन मंत्रियों से कर लेने के बाद राजा मेघवर्ण ने बहुत बूढ़े और अपने पिता के समय से चले आने वाले सकल शास्त्रों के पारंगत स्थिरजीवि नाम के मंत्री को प्रणाम करके आदर सहित पूछा—''तात! आपने सभी मंत्रियों की बातें सुन लीं। मैंने आपकी मौजूदगी में इनसे इसलिए पूछा कि आप इन सबकी परीक्षा कर लें और अब इनमें से जो उचित हो वह करने की मुझे आज्ञा दें।''

उसने कहा—''बेटा! इन सभी मंत्रियों ने नीतिशास्त्र की सब बातें बताई हैं। यह सभी बातें अपनी-अपनी परिस्थिति में उचित हैं, किन्तु यह समय द्वैधीभाव नीति को अपनाने का है। कहा गया है कि—

बलवान शत्रु के साथ सन्धि और विग्रह करके भी सदा अविश्वास करता रहे, किन्तु द्वैधीभाव का आश्रय लेकर अविश्वास न करे। इस नीति से उसका नाश अवश्य ही हो जाता है।

तो मेरी तो राय है कि उन अविश्वसनीय शत्रुओं को लोभ में डालकर विश्वस्त बना लिया जाय, ऐसा कर देने से वह सुखपूर्वक नष्ट हो जायेंगे। कहा गया है कि—

आसानी से नाश करने योग्य शत्रु को भी पंडित लोग एक बार खूब बढ़ावा देते हैं। गुड़ से बढ़ाई हुई श्लेष्मा सुख से दूर की जाती है; और भी—

स्त्रियों के साथ, शत्रु के साथ, दुष्ट मित्र के साथ, विशेषकर वेश्याओं के साथ जो मनुष्य एक भाव का (मित्र का) आचरण करता है, वह जीता नहीं। इस संसार में

केवल देवता, ब्राह्मण और अपने गुरुजनों के साथ एक भाव का आचरण करना चाहिए, शेष लोगों के साथ द्वैधीभाव का आचरण ठीक होता है। आत्मा को वश में करने वाले संन्यासियों को ही एक भाव का आचरण प्रशंसनीय बताया गया है। स्त्री के लोभी मनुष्यों विशेषकर राजाओं को तो कभी भूलकर भी एक भाव का आचरण नहीं करना चाहिए।

आप यदि शत्रु के साथ द्वैधीभाव की नीति बरतेंगे तो इस तरह अपने स्थान पर भी स्थित रहेंगे और लोभ में फँसाकर शत्रु को नष्ट भी कर देंगे। और इस बीच में अगर उसके ऊपर किसी विपत्ति की चर्चा सुनाई पड़ जायेगी तो हम चलकर उससे मार भी सकेंगे।''

मेघवर्ण बोला—''तात! अभी तक तो मैंने उसका निवास स्थान भी नहीं देखा है, तो उसकी विपत्ति का कैसे पता लग सकेगा।''

स्थिरजीवि बोला—''बेटा! उसके स्थान का ही पता नहीं, उसकी विपत्तियों का भी पता मैं अपने गुप्तचरों द्वारा लगा लूँगा। कहा गया है कि—

गौएँ गंध द्वारा देखकर किसी वस्तु का पता लगा लेती हैं, ब्राह्मण शास्त्रों द्वारा देख लेते हैं। राजा लोग अपने गुप्तचरों द्वारा देखते हैं, और दूसरे लोग केवल दोनों आँखों से।

इस विषय में कहा गया है कि—जो राजा दूतों द्वारा अपने पक्ष के तथा विशेषकर शत्रु पक्ष के तीर्थों का पता लगा लेता है, वह कभी दुर्गति में नहीं पड़ता।''

मेघवर्ण ने पूछा—''तात! वह तीर्थ कौन से हैं? उनकी संख्या कितनी है? गुप्तचर कैसे होते हैं? यह सब मुझे कृपया बताइए।''

उसने कहा—''बेटा! इसके बारे में नारद जी ने युधिष्ठिर से कहा था कि शत्रु के पक्ष में अठारह तीर्थ होते हैं और अपने पक्ष में पन्द्रह। तीन-तीन गुप्तचरों द्वारा इनका पता लगाना चाहिए। उनके जान लेने पर अपना पक्ष और शत्रु का पक्ष अपने अधीन हो जाता है। नारद जी ने युधिष्ठिर से इस तरह बताया है कि—

शत्रु के पक्ष में अठारह और अपने पक्ष में पन्द्रह तीर्थ होते हैं। तीन-तीन गुप्तचरों के द्वारा इनका पता लगाना चाहिए।

तीर्थ शब्द का तात्पर्य असावधान शत्रु के विनाश का उपाय कहा गया है। इसमें काम करने वाले गुप्तचरों का यदि विचार मलिन होता है, तो वह स्वामी के विनाश का कारण बनता है। ऊँचा होता है, मुख्य होता है तो स्वामी की वृद्धि का कारण बनता है। वे यह हैं—मंत्री, पुरोहित, सेनापति, युवराज, द्वारपाल, अन्तःपुर में आने-जाने वाले, मुख्य शासनाध्यक्ष, कर संग्रहकर्त्ता, सदा निकट रहने वाला, पथ-प्रदर्शक, संवाद ले जाने वाला, साधनाध्यक्ष, गजाध्यक्ष, कोषाध्यक्ष, दुर्गपाल, कर-निर्धारक, सीमारक्षक और प्रबल सेवक। यह अठारह शत्रुपक्ष के तीर्थ कहे जाते हैं। इनमें भेद डाल देने से शत्रु ही वश में हो जाता है। अपने पक्ष के पन्द्रह तीर्थ यह हैं—प्रधानमंत्री, माता,

कंचुकी, माली, शय्यापाल, सुगंधवाहक, ज्योतिषी, वैद्य, जलवाहक, ताम्बूलवाहक, आचार्य, अंगरक्षक, स्थान-चिन्तक, छत्रधारक और वेश्या। इन पंद्रह के वैर-विरोध से अपने पक्ष का नाश होता है।

वैद्य, ज्योतिषी, आचार्य अपने पक्ष के अधिकारी गुप्तचर—ये सब शत्रु की सभी बातों की जानकारी रखते हैं। और भी—

कार्य और अकार्य के जानने वाले गुप्तचर, इन उपर्युक्त तीर्थों में प्रवेश करके शत्रु के दम्भरूपी जल की गहराई को अच्छी तरह जान लें।''

इस तरह वृद्ध मंत्री स्थिरजीवि की उक्त बातें सुनकर मेघवर्ण बोला—

''तात! क्या ऐसा कारण है कि कौओं और उल्लुओं का इस तरह का परस्पर प्राणघाती वैर विरोध चल पड़ा है।'' उसने कहा—''बेटा! एक बार की बात है कि हंस, सुए, बगुले, कोकिल, चातक, उल्लू, कपोत, पारावत और विकिर (एक विशेष पक्षी) ये सभी पक्षी इकट्ठे होकर बहुत दुःखी मन से सलाह कर रहे थे कि—हाय! हम लोगों के गरुड़ राजा हैं। वह भगवान विष्णु के भक्त हैं। अतः हम लोगों की तनिक भी चिन्ता वे नहीं करते। तो ऐसे बेकार के राजा से हम लोगों को क्या लाभ? बहेलियों के जाल में नित्य प्रति फँसने वाले हम लोगों की रक्षा तो वह कभी करते नहीं हैं? कहा गया है कि—

जो राजा होकर भी अपनी प्रजा की शत्रुओं द्वारा सदा पीड़ित होने पर रक्षा नहीं करता, वह निस्संदेह साक्षात् काल (कृतांत) है, राजा नहीं। यदि राजा प्रजा की अच्छी तरह सुरक्षा नहीं करता है, अच्छा नेतृत्व नहीं करता है तो उसकी प्रजा समुद्र में बिना मल्लाह के नाव की तरह पीड़ित होती है। इन छः को टूटी-फूटी नाव की तरह मनुष्य को छोड़ देना चाहिए। न बोलने वाले आचार्य, अपढ़ पुरोहित, रक्षा न करने वाला राजा, कटुवादिनी स्त्री, गाँवों को पसन्द करने वाला ग्वाला और वन पसन्द करने वाला नाई।

तो भाई! हम लोगों को अच्छी तरह विचार करके पक्षियों का कोई दूसरा राजा बनाना चाहिए।''

इस तरह की बातें चल ही रही थीं कि सबों ने सुन्दर आकार वाले उल्लू को देखकर एकमत से कहा—''तो अब हम लोगों के राजा यह उल्लू महाशय होंगे। शीघ्रता से राज्याभिषेक की सामग्रियाँ लाइए।'' फिर तो यह सलाह पक्की हो गई और राज्याभिषेक के लिए अनेक तीर्थों का पानी मँगाया गया, एक सौ आठ औषधियों की जड़ें मँगाई गईं, सिंहासन दिया गया, सातों द्वीप, समुद्र और पहाड़ों की विचित्र रचना धरती पर बनाई गई। बाघ का चमड़ा फैलाया गया, सुवर्ण के कलश भर कर सुसज्जित किये गए, दीपक जलाये गए, विविध प्रकार के बाजे बजने लगे। दर्पण आदि मांगलिक वस्तुएँ इकट्ठी की गईं, बंदी मागध स्तुति पाठ करने लगे, ब्राह्मण लोग उच्च स्वर में वेदपाठ में निरत हो गए, युवती स्त्रियाँ गीत गाने लगीं। यही नहीं, प्रमुख पटरानी उलूकी

देवी को लाकर वेदी पर बैठा दिया गया। सब समारम्भ पूरा हो गया। जब अभिषेक के लिए उलूक महाशय सिंहासन पर बैठने जा रहे थे कि इसी बीच पता नहीं कहाँ से एक काक महोदय आ गए। उन्होंने यह सब तैयारी देखकर सोचा—यह कैसा पक्षियों का मेला लगा हुआ है? दूसरे पक्षियों ने कौए को आया देखकर आपस में सलाह की कि भाई पक्षियों में कौआ चतुर सुना जाता है। कहा गया है कि—मनुष्यों में नाई, पक्षियों में कौआ, दाढ़ वाले पशुओं में कुत्ता और तपस्वियों में श्वेताम्बर भिक्षु धूर्त होते हैं। तो इसकी भी राय ले लेनी चाहिए; क्योंकि कहा गया है कि—अनेक बार अनेक बुद्धिमान लोगों के साथ अच्छी तरह सोच-विचार कर निश्चित की गई नीति किसी तरह भी व्यर्थ नहीं होती।

फिर तो कौए ने सबों के पास पहुँचकर पूछा—''भाई! यह भीड़-भाड़ और यह महोत्सव किस बात का है?'' उन्होंने कहा—''भाई! हम पक्षियों में कोई राजा नहीं था। तो सभी पक्षियों ने उलूक महाशय को राजा के पद पर अभिषेक करने का निश्चय किया है। तो तुम भी अपनी राय दो। ठीक समय पर आ गए हो।'' यह सुनकर कौए ने हँस कर कहा, ''भाई! यह चुनाव तो ठीक नहीं है कि मयूर, हंस, कोकिल, चक्रवाक, शुक, कारण्डव, हारिल, सारस जैसे प्रधान पक्षियों के रहते दिन में न देखने वाले और भयानक मुखवाले इस उल्लू का राजा के पद पर अभिषेक किया जा रहा है। तो मैं इस अनुचित काम में अपनी सलाह नहीं दे सकता। क्योंकि—टेढ़ी नाक, तिरछी आँखें, क्रूर और देखने में अशोभन लगने वाले इन उलूक महाशय का मुँह बिना क्रोध के तो इस तरह का भयानक है जब इन्हें क्रोध होगा तो यह किस तरह का होगा? और भी—स्वभाव से ही परम क्रोधी, अत्यन्त उग्र, क्रूर, अप्रियवादी इन उलूक महाशय को राजा बना देने पर हमें क्या सिद्धि मिल जायेगी?

दूसरे यह भी तो है कि गरुड़ जैसे राजा के रहते हुए, यह दिन में अन्धे उलूक यदि राजा हो भी जायेंगे तो क्या करेंगे? एक गुणवान स्वामी के रहते हुए दूसरे राजा की प्रशंसा नहीं की गई है; क्योंकि एक ही तेजस्वी राजा इस धरती का हित करने के लिए पर्याप्त है। प्रलयकाल की तरह अनेक सूर्य केवल विपत्ति के लिए ही होते हैं। बड़े स्वामी का नाम मात्र लेने से नीचों और दुष्टों के सामने तुरन्त कल्याण प्राप्ति होती है। और भी—कहा गया है कि—

बड़े लोगों के बहाने से छोटे लोगों को परम सिद्धि मिल जाती है। चन्द्रमा में खरगोश का चिह्न मात्र होने से खरगोश सुख करते हैं।''

उन्होंने पूछा—''यह कैसे?''

वह बोला—

[1]

किसी एक वन में चतुर्दन्त नाम का एक बड़ा हाथी रहता था जो हाथियों के बहुत बड़े झुण्ड का स्वामी था। एक बार वहाँ बहुत बड़ा सूखा पड़ा और बहुत वर्षों तक पानी

की एक बूँद भी धरती पर नहीं गिरी। बड़े-बड़े ताल, सरोवर, तलैया—सब-के-सब सूख गए। झुण्ड के सभी हाथियों ने गजराज से कहा—"देव! प्यास से व्याकुल होकर हमारे प्यारे बच्चे कितने मर गए और कितने मरने जा रहे हैं? आप कहीं कोई जलाशय ढूँढ़ें, जिसमें पानी पीकर वे स्वस्थ तो हों।" हाथियों की प्रार्थना सुनकर उस गजराज ने बहुत देर तक विचार करके कहा—"निर्जन वन में एक महान सरोवर है, वह पाताल गंगा के जल से सदा भरा-पूरा रहता है, तो चलो हम लोग वहीं चलें।" ऐसा निश्चय कर वे सब चल पड़े और लगातार पाँच दिन-रात चलकर उस महान सरोवर के समीप पहुँच गए। वहाँ पहुँच कर उन लोगों ने मनमाना अवगाहन किया और संध्या होने पर उससे बाहर निकले। उस सरोवर के तट की कोमल धरती में चारों ओर खरगोशों की अगणित बिलें थीं। वे सब इधर-उधर घूमने वाले हाथियों के पैरों से नाश हो गईं। कितने खरगोशों के पैर और शिर टूट-फूट गए, कितने मर गए, कितने केवल मरने से बचे रहे। जब हाथियों का झुण्ड चला गया, तो सभी बचे-खुचे खरगोश इकट्ठे हुए। वे बहुत दुःखी थे। उनमें से सबकी बिलें हाथी के पैरों से नाश हो गई थीं। कुछ के पैर टूटे हुए थे, कितने शरीर के टूट-फूट जाने से चारों ओर खून से लथपथ हो रहे थे, कितने बच्चों के मर जाने से आँखों में आँसू भरे हुए थे। वे सब इकट्ठे होकर सलाह करने लगे—"हाय! हमारा सबका सत्यानाश हो गया। यह हाथी का झुण्ड तो अब रोज ही आएगा क्योंकि और कहीं दूसरी जगह पानी का कोई ठिकाना तो है नहीं। तो अब हम सबों का नाश हो जायगा; क्योंकि कहा गया है कि—

हाथी छूने से ही मार देता है, सर्प सूँघ कर मारता है, राजा हँसते-हँसते मारता है और दुष्ट सम्मान देते हुए मारता है।

तो भाई! कोई उपाय सोचना चाहिए।"

तब उनमें से एक ने कहा—"भाई! यह स्थान ही छोड़कर भाग चलें। कोई दूसरा उपाय नहीं है। कहा गया है कि—कुल की रक्षा के लिए एक को, ग्राम की रक्षा के लिए कुल को, जनपद की रक्षा के लिए ग्राम को और अपने लिए पृथ्वी को छोड़ देना चाहिए। राजा को चाहिए कि वह अपनी प्राणरक्षा के लिए कल्याणदायिनी, सदा बहुत अन्न उपजाने वाली, पशुवृद्धि करने वाली भूमि को भी बिना कुछ सोचे-विचारे छोड़ दे। आपत्ति के लिए धन की रक्षा करनी चाहिए, धन से स्त्री की रक्षा करनी चाहिए, किन्तु सर्वदा अपनी रक्षा स्त्री और धन दोनों से करनी चाहिए।"

उसकी यह सलाह सुनकर दूसरों ने कहा—"भाई! पिता-पितामह के आगे से चले आने वाले इस प्यारे जन्म-स्थान को इस तरह आसानी से नहीं छोड़ा जा सकता। उन हाथियों को डराने के लिए कोई उपाय करना चाहिए। कदाचित् सौभाग्यवश वे उस उपाय के डर से न आवें। कहा गया है कि—

विषविहीन सर्प को भी डराने के लिए बड़ा फण काढ़ना चाहिए। विष हो या न हो फण का काढ़ना भी भयावह होता है।"

कुछ दूसरों ने कहा—"यदि ऐसा ही है तो उनके डराने का अच्छा उपाय है,

जिसके करने से वे न आयेंगे। वह डराने का उपाय किसी चतुर दूत के द्वारा हो सकता है। चन्द्रमा के मण्डल में हम लोगों के स्वामी विजयदत्त नामक खरगोश निवास करते हैं। तो कोई चतुर दूत यह झूठा सन्देश लेकर उस हाथी के झुण्ड के स्वामी के पास जाय कि भगवान चन्द्रमा तुम्हें इस तालाब में आने से मना करते हैं; क्योंकि हमारे आश्रितों के परिवार उसके चारों ओर बसते हैं। ऐसा कहने पर कदाचित श्रद्धायुक्त वचन सुनकर वह न आए।''

यह सुनकर कुछ दूसरे बोले—''यदि ऐसा ही है तो हममें लम्बकर्ण नाम का खरगोश बातों में परम प्रवीण और दूत के कामों को अच्छी तरह जानने वाला है। उसे वहाँ भेज दिया जाय। कहा गया है कि—

राजा को देखने में सुन्दर, निर्लोभ, बोलने में चतुर, अनेक शास्त्रों में प्रवीण, दूसरे के चित्त की बात को जान लेने वाले दूत को नियुक्त करना चाहिए।

और भी—जो राजा मूर्ख, लोभी, विशेष कर झूठ बोलने वाले को राजदूत बनाता है, उसका कार्य सिद्ध नहीं होता।''

तो ऐसा कोई उपाय ढूँढ़ निकालिए जिससे इस विपत्ति से हम लोगों को छुटकारा मिले। यह सुनकर दूसरों ने कहा—''हाँ, यह ठीक है, अब कोई दूसरा उपाय हम लोगों के जीवन के लिए नहीं है। ऐसा ही करना ठीक होगा।'' इस निश्चय के बाद लम्बकर्ण नाम का खरगोश उस झुण्ड के स्वामी गजराज के पास संदेशा लेकर जाने के लिए नियुक्त किया गया। वह गजराज के पास गया। हाथियों के जाने वाले रास्ते से चलकर उसने एक ऐसे स्थान पर खड़ा होकर गजराज को बुलाया जहाँ हाथी पहुँच नहीं सकते थे। उसने जोर से पुकार कर कहा—''अरे दुष्ट हाथी! तुम लोग इस तरह निडर होकर क्यों इस चन्द्र सरोवर में क्रीड़ा करने आते हो? खबरदार, अब कभी मत आना। लौट जाओ।'' यह सुनकर गजराज आश्चर्य में पड़ गया। उसने कहा—''भाई! तुम कौन हो?'' खरगोश ने कहा—''मैं चन्द्रमण्डल में निवास करने वाला लम्बकर्ण नाम का खरगोश हूँ। अभी-अभी भगवान चन्द्रमा ने मुझे दूत बनाकर तुम्हारे पास भेजा है। यह तो आप जानते ही हैं कि सच-सच बातें बतलाने वाले दूत को दोषी नहीं मानना चाहिए। सभी राजा दूतों से ही अपनी बातें करते हैं; क्योंकि कहा गया है कि—

परिवार के लोगों के मारे जाने एवं शस्त्रास्त्र के चलते रहने पर भी राजा को कटु बातें करने वाले शत्रु के दूत को भी नहीं मारना चाहिए।''

यह सुनकर गजराज बोला—''भाई खरगोश! आप भगवान चन्द्रमा का सन्देश मुझे सुनाइए, जिससे मैं शीघ्र ही उसका पालन करूँ।''

खरगोश बोला—''पिछले दिन अपने झुण्ड के साथ आकर तुमने सरोवर के तट पर रहने वाले बहुतेरे खरगोशों को मार डाला, तो क्या तुम यह नहीं जानते थे कि वे मेरे सेवक वर्ग के हैं। अब यदि तुम्हें अपनी जान प्यारी है तो किसी भी प्रयोजन से इस सरोवर में कभी मत आना। यही सन्देश है।''

गजराज बोला—"भाई! भगवान चन्द्रमा इस समय कहाँ हैं?"

खरगोश ने कहा—"इसी सरोवर में विराजमान हैं। इस समय वह तुम्हारे समूह द्वारा घायल किये गये जीवित खरगोशों को आश्वासन देने के लिए आए हुए हैं। वहीं से उन्होंने मुझे तुम्हारे पास भेजा है।"

गजराज ने कहा—"भाई! यदि ऐसा ही है तो मुझे प्रभुवर भगवान चन्द्रमा को दिखलाए। मैं उन्हें प्रणाम करके ही दूसरी जगह जाऊँगा।"

खरगोश ने कहा—"भाई! मेरे साथ तुम अकेले आओ, जिससे मैं दिखा सकूँ।"

गजराज सहमत हो गया। वह अकेला ही खरगोश के साथ रात के समय चल पड़ा। खरगोश ने भी उसे सरोवर के तट पर ले जाकर जल में स्थित चन्द्रमा के प्रतिबिम्ब को दिखला दिया। और कहा—"भाई! हमारे स्वामी भगवान चन्द्रमा यहीं विराजमान हैं। इस समय वह जल में समाधि लगाये हुए हैं। तो तुम चुपचाप प्रणाम कर यहाँ से तुरन्त चले जाओ, नहीं तो समाधि टूट जाने से वह फिर बहुत क्रोध करेंगे।" यह सुनकर गजराज मन में बहुत डर गया और प्रणाम कर वहाँ से चल पड़ा। फिर तो उस सरोवर के तट पर रहने वाले खरगोश उसी दिन से बड़े आनन्द के साथ अपने-अपने स्थानों पर रहने लगे। इसी से मैं कहता हूँ कि "बड़े लोगों के बहाने से...इत्यादि।"

और यह भी तो है कि जीने की इच्छा करने वाले को नीच, आलसी, कायर, व्यसनी, कृतघ्न, पीठ पीछे शिकायत करने वाले को कभी स्वामी नहीं बनाना चाहिए। कहा गया है कि—

प्राचीन काल में न्याय ढूँढ़ने वाले शश और कपिंजल—दोनों ही एक नीच स्वामी को प्राप्त कर नष्ट हो गए।

सबों ने पूछा—"यह कैसे?"

उसने कहा—

[2]

बहुत दिन हो गये एक पेड़ पर मैं रहता था। उसी पेड़ के नीचे खोंढ़र में कपिंजल नाम का एक चटक रहता था। सूर्यास्त के समय हम दोनों वापस लौट कर अनेक तरह की देवता, ऋषि, ब्रह्मर्षि की पुरानी एवं उपदेश भरी कथाएँ कहकर तथा अपने-अपने भ्रमण में देखी गई अनेक कुतूहल-भरी घटनाएँ सुनाकर बड़े आनन्द से अपना समय बिताते थे।

एक दिन कपिंजल अपने साथी दूसरे चटकों के साथ जीविका के लिए एक ऐसे प्रदेश को गया, जहाँ धान खूब पके हुए थे। उस दिन रात हो जाने पर भी जब वह नहीं वापस लौटा तो मुझे बहुत दुःख हुआ। उसके इस वियोग से मुझे बड़ी चिन्ता हुई। मैंने सोचा कि—'हाय! आज क्या ऐसी बात हो गई जो कपिंजल अभी तक वापस नहीं आया? किसी ने जाल में तो नहीं फँसा लिया या किसी ने मार तो नहीं डाला? यदि

वह जीता होता तो मेरे बिना कहीं रह नहीं सकता था।' इस तरह की चिन्ता में मेरे बहुत दिन बीत गए। एक दिन उसी खोंढ़र में शीघ्रग नाम का एक खरगोश सूर्यास्त के समय आकर घुस गया। मैंने भी कपिंजल की ओर से निराश होकर उसे रोका नहीं। कुछ दिनों के बाद पका धान खाकर खूब मोटा होकर कपिंजल भी अपने निवास का स्मरण कर वापस आ गया। यह ठीक ही कहा गया है—

शरीरधारी को स्वर्ग में भी उस तरह का आराम नहीं मिलता जिस तरह का आराम अपने ग्राम एवं अपने घर में उसे दरिद्रावस्था में भी मिलता है।

खोंढ़र में घुसकर उसने जब देखा कि वहाँ एक खरगोश बैठा हुआ है तो फटकारते हुए बोला—"अरे खरगोश! तूने यह अच्छा काम नहीं किया जो मेरे निवास स्थान में घुस आया। जल्दी से निकल जा।"

खरगोश ने कहा—"यह तेरा घर नहीं है, मेरा है। क्यों बेकार की कड़ी बातें सुना रहा है? कहा गया है कि—

बावली, कूआँ, तालाब, देवालय एवं वृक्ष पर एक बार अपना अधिकार छोड़कर स्वामी भी अपना अधिकार फिर नहीं कर सकता। और भी—

खेत आदि में प्रत्यक्ष रूप से दस वर्ष तक जो अधिकार किये रहता है, वह उसी का हो जाता है। इसके बारे में भोग (कब्जा) ही प्रमाण है, किसी गवाह या लेख (लिखित प्रमाण) की आवश्यकता नहीं है। मनुष्यों के लिए यह उक्त न्याय मुनियों ने बनाया है। किन्तु तिर्यक योनिवाले एवं पक्षियों का तो तभी तक कहीं पर अधिकार रहता है जब तक वह निवास करता है।

इस तरह यह मेरा घर है, तेरा नहीं।"

खरगोश बोला—"अच्छा, यदि तू स्मृति को प्रमाण मानता है तो मेरे साथ आ। चल किसी स्मृति जानने वाले के पास, वह जिसे दे वह ले।"

दोनों इस पर राजी हो गए। मैंने भी सोचा कि चलकर देखें, क्या होता है, इस न्याय को देखना चाहिए। इस कौतूहल से मैं भी उन दोनों के पीछे चल पड़ा। इसी बीच एक तीक्ष्णदंष्ट्रा नाम का जंगली बिडाल उन दोनों के झगड़े को सुन रहा था। उसने जब देखा कि यह दोनों न्याय के लिए जा रहे हैं, तो उनके रास्ते के समीप ही एक नदी के तट पर कुश बिछाकर आँखें मूँद कर बैठ गया। दोनों हाथों को ऊपर उठाकर वह दोनों पैरों से नीचे की धरती का केवल स्पर्श भर कर रहा था। सूर्य की ओर मुँह करके वह इस धर्मभरे उपदेश का वाचन करने लगा—

"भाई! यह संसार असार है। यह प्राण क्षणभर में नाश होने वाले हैं। प्रियजनों का संयोग स्वप्न के समान है। कुटुम्ब और परिवार का बन्धन इन्द्रजाल की तरह है। इसलिए इस संसार में धर्म को छोड़कर कोई दूसरी गति नहीं है।" कहा गया है कि—

यह शरीर अनित्य है, सम्पत्ति भी सदा बनी रहने वाली नहीं है। मृत्यु सदा बिलकुल पास में विचरने वाली है। अतः मनुष्य को धर्म का संचय करना चाहिए। जिस

मनुष्य का दिन बिना धर्माचरण के आते हैं और चले जाते हैं, वह लोहार की भाथी की तरह केवल साँस लेता है, जीता नहीं। मनुष्य की धर्मविहीन पण्डिताई कुत्ते की पूँछ की तरह व्यर्थ है, जो न तो छिद्र का दुराव करती है और न मसा-डँसा के काटने से बचाव करती है। और भी अन्नों में साँवा की तरह, पक्षियों में पतिंगों की तरह मरणधर्मा जीवों में मसे की तरह मनुष्यों में धर्मविहीन मनुष्य का जीवन है। वृक्ष से बढ़कर उसके फूल और फल, दही से बढ़कर घी, तिल के चूर्ण से बढ़कर उसका तेल तथा मनुष्य से बढ़कर उसका धर्म महान है। जिस तरह मूत्र और गोबर करने के लिए, खाने के लिए तथा दूसरों के काम के लिए विधाता ने पशुओं को बनाया है, ठीक उसी तरह धर्महीन मनुष्यों को भी उसने बनाया है। नीति के जानने वाले पण्डित लोग सभी कामों में स्थिरता की प्रशंसा करते हैं, पर उनका भी कहना है कि बहुतेरे विघ्नों से पूर्ण धर्म की शीघ्र गति होती है। मनुष्यो! तुम्हारे लिये संक्षेप में मैं धर्म कह रहा हूँ। परोपकर पुण्य है एवं परपीड़न पाप है।

धर्म का सारांश सुनिए और सुनकर इसे हृदय में धारण कीजिए कि जिस कार्य को तुम अपने लिए प्रतिकूल समझते हो वह दूसरों के साथ मत करो।

बिडाल की उक्त धर्मभरी बातें सुनकर खरगोश बोला—"अरे कपिंजल! नदी किनारे यह एक तपस्वी विराजमान हैं। चल, इनसे पूछें।"

कपिंजल बोला—"यह तो हमारा सहज शत्रु है, तो दूर से ही इससे पूछें; क्योंकि कदाचित इसका व्रत टूट जावे।"

दोनों ने दूर से ही पूछा—"धर्मोपदेशक तपस्वी महाराज! हम दोनों में झगड़ा पड़ गया है। धर्मशास्त्र के द्वारा हम दोनों के विवाद शान्त करें। जो झूठ बोलने वाला हो, उसे तुम खा जाना।"

बिडाल ने कहा—"भाइयो! ऐसा मत कहो। नरक में गिराने वाले इस हिंसा के पथ से मैं अब निवृत्त हो गया हूँ। अहिंसा ही धर्म का मार्ग है। कहा गया है कि—

सज्जन लोग अहिंसा को ही परम धर्म मानते हैं। इस दृष्टि से जूँ, खटमल और डँसे-मसे की भी रक्षा करनी चाहिए। हिंसा करने वाले जानवरों को भी जो मारता है, वह निर्दयी है, वह भी घोर नरकगामी होता है, तो फिर उसके लिए क्या कहना है जो शुभ काम करने वालों को मारता है।

यह यज्ञ करने वाले पुरोहित, जो यज्ञ में पशुओं को मारते हैं, मूर्ख हैं, श्रुति के तात्पर्य को वह ठीक से नहीं जानते। वेद में तो केवल यही कहा गया है कि अजों द्वारा यज्ञ करना चाहिए। 'अज' बकरी को नहीं बल्कि सात वर्ष के पुराने अन्न को कहते हैं। कहा गया है कि—

वृक्ष काट कर, पशु मार कर और रक्त का कीचड़ पैदा कर जो स्वर्ग जाना चाहता है, तो नरक कौन जायेगा?

तो भाई! मैं तो किसी को नहीं खाऊँगा किन्तु हार-जीत का निर्णय तो करूँगा ही।

मगर बात यह है कि अब मैं बुड्ढा हो गया हूँ, दूर से दूसरी भाषा होने के कारण मैं आप लोगों की बातें अच्छी तरह नहीं सुन पाता। मेरे समीप आकर मेरे आगे दोनों अपनी-अपनी बातें सुनाओ। जिससे कि दोनों की ही बातों को अच्छी तरह समझ-बूझकर मैं निर्णय करूँ और जिससे मेरा परलोक न बिगड़े। क्योंकि कहा गया है कि—

जो मनुष्य अभिमान, लोभ, क्रोध अथवा डर से न्याय से उल्टी बातें कहता है, वह नरक जाता है। पशु के बारे में झूठ बोलने से पाँच, गाय के बारे में दस, कन्या के बारे में सौ और किसी पुरुष के बारे में सहस्त्र की हत्या का पाप लगता है। सभा के बीच में बैठकर जो स्पष्ट बातें नहीं बोलता, उसे वहाँ से बाहर निकाल देना चाहिए अथवा वह सच बोले।

इसलिए तुम दोनों मुझ पर विश्वास करके मेरे कान के पास आकर साफ-साफ सब बात कहो।''

अधिक क्या, उस नीच बिडाल ने उन दोनों में अपने प्रति इतना विश्वास पैदा कर लिया कि वे उसकी गोद में बैठ गए। फिर तो उसने एक ही समय एक को पैर में और दूसरे को अपने तेज दांतों के शिकंजे में कस लिया और फिर उन्हें मार कर खा गया। इसी से मैं कहता हूँ कि—'नीच राजा को प्राप्त कर...इत्यादि।' आप लोग भी रात में कुछ नहीं देखते तो इस दिन में कुछ न देखने वाले राजा को प्राप्त कर खरगोश और कपिंजल के पथ के पथिक बनेंगे। यह सब अच्छी तरह समझ-बूझकर जो उचित जान पड़े, करें।''

कौए की उक्त बातें सुनकर सभी पक्षियों ने यह कहकर कि इसने ठीक कहा है कि फिर हम लोग इकट्ठे होकर राजा के बारे में सलाह करेंगे, अपनी-अपनी राह ली। केवल उच्च सिंहासन पर विराजमान अभिषेक के लिए उत्सुक उल्लू महाराज अपनी उलूकी के साथ वहाँ बैठे रहे। थोड़ी देर तक सन्नाटा देखकर वह बोला—''अरे! कौन है यहाँ? क्या अभी मेरा अभिषेक नहीं किया जा रहा है।'' यह सुनकर उलूकी ने कहा—''भद्र! तुम्हारे अभिषेक के पुण्य-कार्य में इस कौए ने विघ्न डाल दिया है। सभी पक्षी अपनी-अपनी दिशा को उड़ गए, किसी कारण अकेला कौआ यहाँ है। जल्दी उठो, जिससे तुम्हें अपने आश्रम को तो पहुँचा दूँ।'' यह सुनकर उलूक ने विषादभरे मन से कौए से कहा—''अरे नीच! मैंने तेरी क्या बुराई की थी, जो मेरे राज्याभिषेक में तूने विघ्न डाल दिया। तो ले, आज से मेरा और तेरा वैर-विरोध खानदानी हो रहा है। कहा गया है कि—

वाण से लगा हुआ अथवा तलवार से कटा हुआ घाव भी पुज जाता है, किन्तु दुर्वचनरूपी वाण से आहत भयानक घाव कभी नहीं पुजता।''

इतना कहकर वह उलूकी के साथ अपने निवास को चला गया। फिर तो भयभीत कौए ने सोचा—''हाय! मैंने बिना किसी प्रयोजन के यह वैर पैदा कर लिया। मैंने यह क्या कह डाला? कहा गया है कि—

इस संसार में देश-काल के ज्ञान से विहीन, परिणाम में कटु, अप्रिय एवं अपने

को नीच बनाने वाली बिना किसी प्रयोजन की बात जो बोली जाती है, वह बात नहीं है, विष है। बुद्धिमान बलवान होकर भी अपने से किसी को वैरी न बनाये। मेरे पास वैद्य है, ऐसा विचार कर कोई बुद्धिमान अकारण ही विष नहीं खा लेता।

पण्डित को सभा के बीच में किसी को अपमानित करने वाली बात नहीं बोलनी चाहिए। ऐसी सच बात भी नहीं बोलनी चाहिए जो बोलने पर दुःख पहुँचाने वाली हो। सुहृदों एवं श्रेष्ठ लोगों के साथ अनेक बार विचार कर एवं अपनी बुद्धि से खूब सोचकर जो कार्य करता है, वही बुद्धिमान है और वही यश एवं लक्ष्मी का पात्र है।

यह सब सोचकर कौआ भी उड़ गया। तभी से हम कौओं के साथ इन उल्लुओं का खानदानी वैर-विरोध चला आ रहा है।"

मेघवर्ण ने पूछा—"तात! तो ऐसी स्थिति में हमें क्या करना चाहिए?"

उसने कहा—"बेटा! इस स्थिति में भी उक्त छः गुणों के अतिरिक्त एक महान उपाय भी है। उसे अपना कर हम स्वयं उन पर विजय प्राप्त करने के लिए प्रस्थान करेंगे। शत्रुओं को धोखे में डालकर मार डालेंगे; क्योंकि कहा गया है कि—

बहुतेरी बुद्धियों से पूर्ण, सुचतुर लोग अपने से बलवान लोगों को भी धोखे में इस तरह डाल देते हैं, जैसे धूर्तों ने ब्राह्मण को ठग कर उसका बकरा ले लिया।

मेघवर्ण बोला—"यह कैसे?"

उसने कहा—

[3]

एक किसी गाँव में मित्रशर्मा नाम का अग्निहोत्री ब्राह्मण रहता था। उसने एक बार माघ के महीने में, जबकि धीरे-धीरे उत्तर की वायु बह रही थी और रिमझिम बारिस हो रही थी, एक दूसरे गाँव में अपने यजमान के पास जाकर एक पशु की याचना की। उसने कहा—"यजमान जी! आगामी अमावस्या तिथि को मैं एक यज्ञ करूँगा। अतः मुझे एक पशु दीजिए।" यजमान ने उसे सभी शास्त्रीय लक्षणों से सुसम्पन्न एक मोटा बकरा दिया। मित्रशर्मा ने देखा कि बकरा बली है, इधर-उधर भाग जाता है; अतः उठाकर उसे कंधे पर रख लिया और शीघ्र ही अपने गाँव की ओर वापस चल पड़ा। बीच रास्ते में कंधे पर बकरा लेकर जाते हुए मित्रशर्मा को तीन भुक्खड़ धूर्तों ने देखा, जिनका गला भूख के मारे सूख रहा था। उन तीनों धूर्तों ने अपने सामने से ही कंधे पर बैठाकर ले जाते हुए उस बकरे को जब देखा तो आपस में सलाह की कि आज का यह घोर जाड़ा इस मोटे बकरे को खाकर हम लोग सुख से बितायेंगे। तो किसी भी उपाय से इसे ठग कर यह पशु ले लें और इस जाड़े से अपनी रक्षा करें। ऐसा विचार कर लेने के बाद उनमें से एक ने झटपट अपना वेश बदल दिया और एक गुप्त मार्ग से उस अग्निहोत्री ब्राह्मण के सामने पहुँचकर कहा—"अरे! नवयुवक अग्निहोत्री ब्राह्मण! तुम इस तरह दुनिया के उल्टे हँसने योग्य काम क्यों कर रहे हो?

अरे इस अपवित्र कुत्ते को कन्धे पर बिठा कर तुम लिये जा रहे हो। तुम्हें यह नहीं ज्ञात है कि—

कुत्ते, मुर्गे, चाण्डाल, गदहे और ऊँट—यह सब एक समान अपवित्र कहे गए हैं, इसलिए इन्हें नहीं छूना चाहिए।''

यह सुनकर नवयुवक अग्निहोत्री क्रोध से भर गया। उसने कहा—''क्या तुम अन्धे हो जो बकरे को कुत्ता बना रहे हो?''

उसने कहा—''विप्रदेव! आप क्रोध न करें, अपनी राह जायँ।'' इसके बाद वह नवयुवक अग्निहोत्री थोड़ी ही दूर अपनी राह पर गया होगा कि दूसरा धूर्त सामने आ गया और मुँह बनाता हुआ बोला—''अरे विप्रदेव! यह तो आपने गजब कर दिया। यद्यपि बहुत प्यारा है यह पशुशावक तुम्हें, परन्तु इसे मृतक हो जाने पर तुम्हें कन्धे पर नहीं ढोना चाहिए। क्योंकि कहा गया है कि—

''जो कुबुद्धि मरे हुए पशु या मनुष्य का स्पर्श करता है, उसकी शुद्धि या तो पंचगव्य के खाने से होती है अथवा चान्द्रायण व्रत के अनुष्ठान से।''

यह सुनकर अग्निहोत्री ने क्रोध में भरकर कहा—''भाई! क्या दिखाई नहीं पड़ता, एकदम अन्धे हो जो बकरे को मृतक बछड़ा बना रहे हो।''

उसने कहा—''भगवन! आप क्रोध न करें। मैंने अज्ञानवश आपसे ऐसी बात कह दी। आपको जो अच्छा लगे, सो कीजिए।'' यह कहकर वह वन में थोड़ी ही दूर पहुँचा होगा कि बनावटी वेश धारण कर तीसरा धूर्त सामने से आकर बोला—''भाई! यह तो बड़ी अनुचित बात है जो गदहे को तुम कन्धे पर बैठाकर ढो रहे हो। इसे नीचे उतार दो। कहा गया है कि—

जो मनुष्य जान में या अनजान में गदहे को छू देता है उसकी पाप-शान्ति के लिए वस्त्र समेत स्नान करने की विधि बताई गई है।

तो इसे तुम शीघ्र ही नीचे उतार दो, जब तक कोई देख नहीं लेता।'' फिर तो अग्निहोत्री ने बकरे को सचमुच ही गदहा समझ लिया। इस डर से कि कोई दूसरा न देख ले, शीघ्र ही कन्धे से बकरे को नीचे फेंक कर वह अपने घर को भाग खड़ा हुआ। उसके जाने के बाद वे तीनों धूर्त एक साथ मिल गए और बकरे को लेकर उसे मारकर खाने की तरकीब सोचने लगे। इसी से मैं कहता हूँ कि 'बहुतेरी बुद्धियों से पूर्ण...' इत्यादि। यह ठीक ही कहा गया है कि—

इस संसार में नये सेवक की विनयभरी वाणी, अतिथि के प्यारे वचन, स्त्री के रुदन एवं धूर्तों की जालभरी बातों से कोई बिना ठगा हुआ नहीं है।

बहुतेरे दुर्बल भी यदि शत्रु हों, तो विरोध करना ठीक नहीं है। कहा गया है कि—

बहुत से लोगों के साथ विरोध नहीं करना चाहिए, क्योंकि समूह सदा दुर्जय होता है। फण काढ़कर फुफकारने वाले सर्प को भी चींटियाँ चटकर जाती हैं।

मेघवर्ण ने पूछा—''यह कैसे?''

उसने कहा—

[4]

किसी बिल में एक अतिदर्प नाम का बहुत बड़ा काला सांप रहता था। एक बार बिल से बाहर निकलने वाले मार्ग को छोड़कर वह किसी दूसरे छोटे और संकीर्ण मार्ग से बाहर निकलने लगा। उस मार्ग से निकलते हुए लम्बा शरीर होने के कारण संयोग से उसके शरीर में घाव हो गया, क्योंकि उस मार्ग का छेद बहुत सँकरा था। फिर तो घाव से चूने वाले खून की महक को पहचानने वाले चींटियों ने चारों ओर से दौड़कर उस सांप को घेर लिया। वह कितने को मारता और कितने को चोट लगाता? थोड़ी ही देर में उन बहुतेरी चींटियों ने उसके घाव को बहुत बड़ा बना दिया। धीरे-धीरे उसके सारे शरीर में घाव ही घाव हो गया, इस तरह वह मर ही गया। इसी से मैं कहता हूँ कि 'बहुतेरे लोगों से विरोध नहीं करना चाहिए...' इत्यादि।

इस विषय में मैं कुछ और भी कहना चाहता हूँ। उसे ध्यान से सुनकर तदनुसार कार्य करें।

मेघवर्ण बोला—"तो आज्ञा दीजिए न। आपकी आज्ञा के विपरीत कुछ भी नहीं किया जायगा।"

स्थिरजीवी ने कहा—"बेटा! यदि ऐसा है तो मेरी बात सुनो। अब साम आदि चारों उपायों को छोड़कर मैंने जो पाँचवाँ उपाय बताया है, वही करो। मुझे विपक्षी प्रसिद्ध कर अति कठोर वचनों से इस तरह खूब फटकार कर, जिससे शत्रु के गुप्तचरों को भी विश्वास हो जाय, कुछ खून लाकर मेरे चारों ओर लपेट कर इसी बरगद के नीचे फेंक दो और तुम सब ऋष्यमूक पर्वत पर चले जाओ और वहीं सपरिवार रहो। तब तक मैं यहाँ रहकर अच्छे उपायों से इन अपने शत्रुओं पर विश्वास प्राप्त कर लूँगा। मैं उनके दुर्ग में प्रविष्ट होकर उनका सब भेद भी जान लूँगा और इस तरह कृतार्थ होकर दिन में कुछ भी न देखने वाले उनको अच्छी तरह मार डालूँगा। मैंने इस विषय पर अच्छी तरह विचार करके देख लिया है, अब किसी दूसरे उपाय से हमें सफलता नहीं मिलेगी; क्योंकि हमारा यह दुर्ग भी अब ऐसा नहीं रह गया है कि इसमें से निकल गुप्त रीति से अपनी रक्षा की जा सके। तो फिर यहाँ रहने से केवल हमारा नाश ही होगा; क्योंकि कहा गया है कि—

नीतिज्ञ लोग उसी दुर्ग की प्रशंसा करते हैं, जिसमें से निकलने का कोई गुप्त मार्ग हो। जो दुर्ग ऐसा नहीं होता, वह दुर्ग के नाम से केवल बंधन है।

तुम लोग इस कार्य में मेरे ऊपर कृपा भी न दिखाना। कहा गया है कि प्राणों के समान प्यारे, अच्छी तरह पाले-पोसे गए सेवकों को भी युद्ध के समय सूखे ईंधन के समान देखना चाहिए। और भी—

सेवकों को सदा अपने प्राण की तरह सुरक्षित एवं अपने शरीर की तरह पालन करना चाहिए, यह सब केवल उस एक दिन के लिए है जब शत्रु से सामना हो। किसी

कारणवश इस कार्य में तुम मुझे रोको मत।''

ऐसा कहकर स्थिरजीवी मेघवर्ण के साथ झूठमूठ का झगड़ा करने लगा। उसके दूसरे सेवकों ने स्थिरजीवी को अशिष्ट बातें करते हुए जब देखा, तो वे उसे मारने पर उतारू हो गए। तब मेघवर्ण ने कहा—''भाई! तुम लोग इस बीच में मत पड़ो। मैं स्वयं ही इस शत्रु से मिले हुए दुष्ट को उचित दण्ड दूँगा।'' ऐसा कहकर वह उसके ऊपर चढ़ बैठा और धीमी-धीमी चोंच की चोट से उसके ऊपर घाव करने लगा। घाव से निकले हुए थोड़े से खून से उसने उसे अच्छी तरह ऐसा रंग दिया कि मालूम होने लगा कि बहुत घाव हो गया है। ऐसा कर चुकने के बाद वह उसी के कथनानुसार सपरिवार ऋष्यमूक की ओर चला गया। इधर यह सब हो रहा था और उधर शत्रु का भेद लेने वाली उलूकी उन सबकी मार-पीट सब कुछ देख रही थी। उसने जाकर मेघवर्ण और उसके बूढ़े अमात्य स्थिरजीवी के बीच में होने वाली इस कलह की बात को अपने उलूकराज को सुनाया। उसने यह भी बताया कि तुम्हारा शत्रु सपरिवार अब डर के मारे कहीं भाग कर चला गया है। यह सुनकर उलूकराज सूर्यास्त के समय अपने मंत्रियों एवं परिवार वालों को साथ लेकर कौओं को मारने के लिए चल पड़ा। उसने सबसे कहा—दौड़ो, दौड़ो, जल्दी करो, भागने वाला डरपोक शत्रु बड़े पुण्य से मिलता है। कहा गया है कि—

शत्रु के भागने में एक छिद्र रहता है। वह यह कि इससे उसकी दूसरी जगह की स्थिति का पता लगता है। राज-सेवकों के विपत्ति में पड़ने पर इस तरह शत्रु आसानी से वश में हो जाता है।

इस तरह की बातें करते हुए वे चारों ओर से बरगद के नीचे छेंककर बैठ गए। किन्तु वहाँ जब कोई कौआ दिखाई नहीं पड़ा तब अरिमर्दन प्रसन्न मन से उसकी अगली शाखा पर बैठ गया। उस समय बन्दी जन उसकी प्रशंसा करने लगे। उसने अपने सेवकों को बुलाकर कहा—''अरे! उन नीच कौओं के रास्ते का पता लगाओ। किस रास्ते से वे भाग कर गए हैं? वे जब तक किसी दुर्ग का आश्रय नहीं लेते तब तक पीछे से चलकर उन्हें मार डालूँगा। कहा गया है कि—

विजय की इच्छा करने वाले का शत्रु यदि साधारण घेरे से भी युक्त होता है, तब भी वह अबध्य होता है। अच्छी सामग्रियों से युक्त दुर्ग में आश्रय कर लेने पर तो और भी कठिनाई है।''

उलूकराज के इस प्रस्ताव को सुनकर स्थिरजीवी ने सोचा कि जब यह मेरे शत्रु हमारा वृत्तान्त न जान कर जहाँ से आये हैं, वहाँ वापस चले जायेंगे तो फिर मैं कुछ भी नहीं कर सकूँगा। कहा गया है कि—

किसी कार्य को आरम्भ न करना, यह प्रथम बुद्धिमानी का लक्षण है और यदि किसी कार्य को आरम्भ कर दिया गया तो उसका समाप्त करना बुद्धिमानी का दूसरा लक्षण है।

तो अच्छा था कि इस कार्य का आरम्भ ही न किया जाता। अब आरम्भ कर देने

के बाद उसे छोड़ देना अच्छा नहीं है। अच्छा तो मैं अब आवाज करके इन्हें अपने को दिखाऊँगा, ऐसा निश्चय कर उसने बहुत धीरे-धीरे बोलना शुरू किया। उसकी आवाज सुनकर वे सभी उलूक उसे मारने के लिए वहाँ इकट्ठे हो गए। तब उसने कहा—"भाई! मैं काकराज मेघवर्ण का मंत्री हूँ, मेरा नाम स्थिरजीवी है। अपनी जातिवालों ने ही मुझे इस दुरवस्था में पहुँचा दिया है। मुझे अपने स्वामी से परिचित कराइए, क्योंकि मुझे उनसे बहुत-सी बातें करनी हैं।" उसकी यह बातें सुनकर उलूकों ने अपने स्वामी से उसका परिचय कराया और सब वृत्तान्त कह सुनाया। उलूकराज अरिमर्दन आश्चर्यचकित होकर उसी क्षण उसके पास पहुँचकर बोला—"अरे! तुम कैसे इस दुर्दशा को पहुँच गए हो? बताओ क्या बात है?"

स्थिरजीवी ने कहा—"देव! मेरी इस दुर्दशा का कारण सुनिए। कल वह नीच मेघवर्ण आप लोगों द्वारा मारे गए बहुत से कौओं के दुःख से दुःखी होकर क्रोध और शोक से भरकर युद्ध के लिए प्रस्थान कर रहा था तब मैंने उससे कहा—स्वामी! आपका उनके ऊपर आक्रमण करना उचित नहीं है, क्योंकि वे बलवान हैं और हम निर्बल हैं। कहा गया है कि—

निर्बल मनुष्य अपने कल्याण की कामना से कभी मन से भी किसी बलवान के साथ विरोध न करे, क्योंकि उस बलवान का नाश हो तो नहीं सकता, दीपक के पतिंगे की तरह निर्बल का ही विनाश प्रत्यक्ष होता है।

तो मेरी राय है कि आप भेंट लेकर उनसे सन्धि कर लें, यही उचित है; क्योंकि कहा गया है कि—

बुद्धिमान पुरुष बलवान शत्रु को देखकर अपना सर्वस्व देकर भी अपने प्राणों की रक्षा करे, क्योंकि प्राणों के सुरक्षित रहने पर फिर सभी वस्तुएँ मिल जाती हैं।

मेरी इस बात को सुनकर उसके दूसरे नीच साथियों ने उसे बहुत क्रोधित कर दिया। उसने मुझे समझ लिया कि मैं आपके पक्ष से मिला हुआ हूँ। फिर तो उसने स्वयं मेरी यह दुर्दशा की। अब तो आप ही के चरणों में मुझे शरण मिलनी है। बहुत कहने से कोई लाभ नहीं, पर जब मैं चलने-फिरने लायक हो जाऊँगा तब उसके निवास स्थान में आप सबको ले चलकर सभी कौओं का विनाश करा दूँगा। बस मुझे इतना ही निवेदन करना है।"

स्थिरजीवी की यह बातें सुनकर अरिमर्दन ने अपने पिता, पितामह आदि के समय से चले आने वाले खानदानी मंत्रियों के साथ सलाह की। उसके पाँच मंत्री थे। रक्ताक्ष, क्रूराक्ष, दीप्ताक्ष, वक्रनाश और प्राकारवर्ण। सबसे पहले उसने रक्ताक्ष से पूछा—"भाई रक्ताक्ष! शत्रु का मंत्री यह अब मेरे वश में आ गया है, तो अब क्या किया जाय?"

रक्ताक्ष ने उत्तर दिया—"देव! इसके बारे में तो कोई बात सोचनी ही नहीं चाहिए। बिना विचारे ही इसे मार देना चाहिए। क्योंकि—

निर्बल शत्रु को भी जब तक वह बलवान न हो जाय, तुरन्त मार देना चाहिए,

क्योंकि अपने परिवार वालों का बल प्राप्त कर वही पीछे दुर्जय बन जाता है।

लोक में यह भी कहा जाता है कि यदि लक्ष्मी स्वयं आकर उपस्थित हो और उसका अपमान किया जाय तो वह त्याग देती है और घोर शाप भी देती है। कहा गया है कि—

समय की प्रतीक्षा करने वाले मनुष्य को समय एक बार मिलता अवश्य है। उस समय चूक जाने वाले को फिर समय कठिनाई से मिलता है।

ऐसा सुना गया है कि—

जलती हुई चिता और इस मेरे फटे हुए फण को देखो। एक बार तोड़कर जोड़ी हुई प्रीति फिर कभी स्नेह द्वारा नहीं जुड़ती।''

अरिमर्दन ने कहा—''यह कैसे?''

रक्ताक्ष बोला—

[5]

किसी एक गाँव में हरिदत्त नाम का एक ब्राह्मण रहता था। वह खेती करता था, पर हमेशा उसे असफलता ही मिलती थी। एक दिन वह ब्राह्मण गरमी की ऋतु बीत जाने पर धूप से पीड़ित होकर अपने खेत के एक पेड़ की छाया में सो गया। जहाँ से थोड़ी ही दूर पर उसने एक बिल के ऊपर अपना चौड़ा फण फैलाए हुए एक भयानक सर्प को देखा। वह सोचने लगा कि—'निश्चय ही यह मेरे खेत के देवता हैं, मैंने इनकी कभी पूजा नहीं की, इसी से मेरी खेती निष्फल हो रही है, आज मैं इनकी पूजा अवश्य करूँगा।' ऐसा निश्चय कर वह उठा, और कहीं से दूध माँग कर एक मिट्टी के प्याले में रखकर बिल के समीप जाकर बोला—''क्षेत्रपाल जी! मैंने इतने दिनों तक यह नहीं जाना कि तुम यहीं रहते हो, इसी से मैंने तुम्हारी कभी पूजा नहीं की, मुझे क्षमा करो।'' ऐसा कह कर दूध को बिल के समीप रखकर वह अपने घर चला आया। दूसरे दिन सवेरे जब आकर देखा तो उसी प्याले में एक अशर्फी रखी हुई मिली। अब तो वह प्रतिदिन अकेले आकर उसे दूध चढ़ाने लगा और एक-एक अशर्फी पाने लगा। संयोग से एक दिन अपने पुत्र को बिल पर दूध चढ़ाने का काम सौंप कर ब्राह्मण किसी कार्यवश दूसरे गाँव को चला गया। पुत्र भी उसी की तरह बिल पर दूध चढ़ाकर अपने घर वापस आया। दूसरे दिन वहाँ जाकर उसने जब एक अशर्फी पायी तो उसे उठा लिया और मन में सोचा कि—मालूम होता है कि यह बिल अशर्फियों से भरी पटी है, तो इस सांप को मार कर सब अशर्फियाँ क्यों न एक ही बार में प्राप्त कर ली जायँ। ऐसा निश्चय कर दूसरे दिन दूध देते समय ब्राह्मण के पुत्र ने एक लाठी से सर्प के शिर में चोट लगायी। भाग्यवश उस चोट से सांप मरा नहीं, किसी तरह बच निकला। फिर तो क्रोध में भर कर अपनी तेज दाढ़ों से उसने ब्राह्मण पुत्र को ऐसा डस लिया कि वह तुरन्त मर गया। मर जाने पर परिवार वालों ने खेत के समीप ही काठ इकट्ठा कर चिता जोड़ दी। दूसरे दिन गाँव से उसका पिता जब वापस लौटा, तो उसने अपने

परिवार वालों से पुत्र की मृत्यु का कारण सुनकर उसे ठीक ही बतलाया। उसने कहा—

जो अपनी शरण में आए हुए जीवों के ऊपर अनुग्रह नहीं करता, उसके निश्चित प्रयोजन भी इस तरह नष्ट हो जाते हैं, जैसे पंकवन में हंस नष्ट हो गए।

परिवार के लोगों ने पूछा—"यह कैसे?"

ब्राह्मण ने कहा—

[6]

किसी एक नगर में चित्ररथ नाम का एक राजा रहता था। उसके पास पद्मसर नाम का एक अति सुन्दर सरोवर था, जिसकी रक्षा उसके योद्धा सैनिक सदा किया करते थे क्योंकि उसमें सुवर्णमय अनेक हंस रहा करते थे। वे सभी हंस 6-6 महीने पर एक सोने की पूँछ झाड़ा करते थे। संयोग से एक बार उस सरोवर में एक बहुत बड़ा सुनहला पक्षी आया। उसे आया देखकर उन हंसों ने कहा—हमारे बीच में तुम नहीं रह सकते। क्योंकि 6-6 महीने पीछे एक-एक सुनहली पूँछ देकर हमने इस सरोवर को अपना बना लिया है। इस तरह की अनेक बातें उन हंसों ने कीं, बहुत कहने से क्या लाभ, उन सब में इस बात पर बड़ी जबर्दस्त फूट पड़ गई। तब वह बड़ा पक्षी राजा की शरण में जाकर बोला—"देव! यह पक्षी इस तरह की बातें करते हैं कि राजा हमारा क्या कर लेगा, हम किसी दूसरे को इस सरोवर में नहीं बसने देंगे। मैंने उनसे कहा कि 'आप लोग ठीक नहीं कह रहे हैं, मैं राजा से जाकर निवेदन करूँगा।' पर फिर भी उन्हें कोई चिन्ता नहीं। अब ऐसी स्थिति में देव जो चाहें सो करें।"

राजा ने नौकरों को बुलाकर कहा—"जाओ शीघ्र ही उन सब हंसों को मारकर मेरे समीप लाओ।" राजा की यह आज्ञा पाते ही वह दौड़ पड़े। हाथ में डंडा लेकर दौड़े आते हुए राजपुरुषों को देखकर एक वृद्ध पक्षी ने परिवार के लोगों से कहा—"यह बड़ा बुरा होने जा रहा है। तुरन्त हम सब इकट्ठे होकर उड़ चलें।" फिर तो सबने उसकी बात मान ली और इकट्ठे सबके सब उड़ गए। इसी से मैं कहता हूँ कि जो शरण में आए हुए लोगों पर अनुग्रह नहीं करता...इत्यादि।

ऐसा कहकर फिर वह ब्राह्मण दूसरे दिन सवेरे दूध लेकर उस बिल के समीप पहुँचा और जोर-जोर से उस सर्प की स्तुति की। बड़ी देर तक प्रार्थना करने के बाद सर्प ने बिल के भीतर से ही बैठे-बैठे ब्राह्मण को उत्तर दिया—"ब्राह्मण! पुत्र शोक को त्याग कर तुम लोभवश यहाँ आए हुए हो। अब इसके बाद हमारे और तुम्हारे बीच में प्रीति की बात उचित नहीं है। जवानी के गर्व में भूल कर तुम्हारे बेटे ने मुझे सख्त चोट पहुँचाई, फिर मैंने उसे डस लिया। अब मैं किस तरह उसकी लाठी की भीषण चोट भुला सकूँगा और तुम अपने प्यारे पुत्र का शोक भुला सकोगे?" ऐसा कहकर उसने ब्राह्मण को एक बहुत मूल्य वाली मणि प्रदान की और कहा—"बस, अब फिर तुम मेरे पास न आना।" यह कहकर वह एकदम से अपने बिल में घुस गया। ब्राह्मण ने मणि ले ली और अपने पुत्र की बुद्धि को धिक्कारता हुआ वह अपने घर चला आया।

इसी पर मैंने कहा कि 'जलती हुई चिता और टूटे हुए फण को...इत्यादि।

राजन! इस पापी कौए के मार देने पर बिना किसी प्रयास के ही हमारा राज्य निष्कण्टक हो जायगा।

रक्ताक्ष की उक्त बातें सुनकर अरिमर्दन ने क्रूराक्ष से पूछा—"भद्र! तुम क्या उचित समझते हो?"

उसने कहा—"देव! इसने आपको जो सलाह दी है, वह निर्दयता से भरी हुई है। शरण में आये हुए का कभी वध न करना चाहिए। यह ठीक ही कहा गया है कि—

सुना जाता है कि पूर्वकाल में एक कबूतर ने अपनी शरण में आए हुए शत्रु की यथायोग्य पूजा कर अपने मांस से उसे तृप्त किया था।"

अरिमर्दन ने पूछा—"यह कैसे?"

क्रूराक्ष बोला—

[7]

जीवों का साक्षात् यमराज की तरह एक नीच बहेलिया पक्षियों को मारने की नीयत से एक बहुत बड़े वन में घूम रहा था। वह ऐसा दुराचारी और निर्दयी था कि इस संसार में न तो कोई उसका मित्र था, न सम्बन्धी था, न परिजन था। उसके नीच कामों की वजह से सबने उसका साथ छोड़ दिया था। यह ठीक ही कहा गया है कि—जो निर्दयी नीच प्राणियों के प्राणघातक होते हैं, वे सभी जीवों को कष्ट देने वाले हिंसक जंतुओं की तरह भयानक होते हैं। वह अधम बहेलिया प्रतिदिन सब प्रकार के जीवों की हत्या करता था और इस काम के लिए वह रोज हाथ में एक पिंजड़ा, जाल और लाठी लिये घूमता रहता था। एक दिन वन में घूमते हुए उस क्रूर ने एक कबूतरी प्राप्त की और उसे झटपट पकड़कर उसने अपने पिंजड़े में डाल दिया। संयोग की बात थोड़ी ही देर में आकाश में बादल घिर गए और सब दिशाएँ काली हो गईं। वह अभी वन में घूम ही रहा था कि प्रलयकाल की-सी जोर-जोर से हवा बहने लगी और विपुल वृष्टि होने लगी। फिर तो वह बहुत ही डर गया। बारम्बार उसका शरीर काँपने लगा। किसी स्थान की खोज में वह एक वृक्ष के नीचे पहुँचा। एक क्षण भर के लिए आकाश निर्मल हो गया और तारे दिखाई पड़ने लगे। तब वह उस वृक्ष के नीचे पहुँचकर बोला—"भाई! इस वृक्ष पर जो कोई भी मौजूद हो, मैं उसकी शरण में हूँ। शीत से मैं बहुत पीड़ित हो रहा हूँ और भूख से मेरा होश गुम हो रहा है। वह आकर मेरी रक्षा करे।" उस वृक्ष की एक शाखा के मूल भाग में बहुत दिनों से एक कबूतर रहता था। अपनी स्त्री के वियोग से बहुत दुःखी होकर वह रो रहा था। वह कह रहा था—"हाय! इतनी तेज हवा बह रही है, बारिश हो रही है, पर मेरी प्यारी अभी तक वापस नहीं आई। उसके बिना मुझे आज यह अपना घर सूना लग रहा है। पतिव्रता, प्राणों के समान पति का आदर करने वाली, सदा पति के कल्याण में लगी रहने वाली जिसकी पत्नी हो, वह पुरुष इस संसार में सचमुच धन्य है। घर को घर नहीं कहते, स्त्री ही घर है। स्त्री

विहीन घर जंगल के समान भयानक और दुःखदायी कहा जाता है।'' अपने पति की दुःख से भरी उक्त बातें सुनकर पिंजड़े में फँसी हुई कपोती बहुत सन्तुष्ट हुई, उसने कहा—वह स्त्री स्त्री नहीं है, जिस पर पति सन्तुष्ट न हो। स्त्रियों के पति यदि प्रसन्न हों, तो उनको समझना चाहिए कि उनके सब देवता प्रसन्न हैं। जिस स्त्री पर स्वामी प्रसन्न नहीं होता वह स्त्री दावाग्नि से जली हुई पुष्प-गुच्छे समेत सुन्दर लता की तरह भस्म हो जाय। पिता, भाई, पुत्र—यह सभी परिमित दुःख देने वाले होते हैं, अपरिमित सुख देने वाले पति की पूजा कौन स्त्री नहीं करेगी? उसने फिर कहा—''हे कंत! ध्यान से मेरी बातें सुनो, तुम्हारे हित के लिए मैं यह बातें कह रही हूँ। अपने शरणागत की रक्षा सदा अपने प्राणों को देकर भी करनी चाहिए। यह बहेलिया आज तुम्हारे निवास पर आकर सो रहा है। यह शीत से बहुत दुःखी है और भूख से परेशान है, इसकी यथायोग्य सेवा तुम्हें करनी चाहिए। सुना जाता है कि—जो व्यक्ति सायंकाल के समय घर पर आए हुये अतिथि की यथाशक्ति पूजा नहीं करता, उसका पुण्य वह अतिथि अपना पाप देकर खींच लेता है। मेरी प्यारी पत्नी को इसने बाँध रखा है, यह सोचकर तुम इसके ऊपर द्वेष मत करो; क्योंकि मैं तो अपने पुराने कर्मों के फल से इस तरह फँसी हुई हूँ। दरिद्रता, रोग, दुःख, बन्धन और विपत्ति—ये सब शरीरधारियों के अपने ही अपराध रूपी वृक्ष के फल होते हैं। अतः मेरे बन्धन के कारण उपजे हुए अपने द्वेष को छोड़कर धर्मबुद्धि से तुम इसकी यथाशक्ति पूजा करो।'' धर्म और युक्ति से भरी कपोती की उक्त बातें सुनकर कपोत का डर बीत गया। वह निर्भय होकर बहेलिये के समीप पहुँचकर बोला—''भद्र! मैं आपका स्वागत करता हूँ। मुझे आज्ञा दीजिए कि मैं आपकी क्या सेवा करूँ? आप तनिक भी दुःखी न हों, क्योंकि यह भी आपका ही स्थान है, जहाँ आप आए हुए हैं।'' उसकी इस तरह आदर भरी बातें सुनकर बहेलिये ने कबूतर से कहा—''भाई कपोत! बहुत जाड़ा पड़ रहा है, मुझे इससे बचाइए।'' उसकी यह प्रार्थना सुनकर कबूतर ने जाकर कहीं से आग लाकर सूखे पत्तों को बटोर कर शीघ्र ही जला दिया। जब वह अलाव अच्छी तरह जल गया तब वह अपने शरणागत बहेलिए के पास आकर फिर बोला—''भाई! अब तुम निश्चिन्त होकर आग का सेवन करो और अपने अंगों को खूब सेंक लो। किन्तु मेरे पास ऐसी कोई चीज़ नहीं है जिससे आपकी भूख को दूर करने का उपाय करूँ। कोई हजार को खिलाता है, कोई सौ को, कोई दस को, किन्तु मुझ जैसे पुण्य कर्म न करने वाले के लिए तो अपना ही पेट भरना कठिन होता है, इस संसार में एक भी अतिथि को अन्न देने की शक्ति जिसमें नहीं है, उस व्यक्ति का अनेक कष्ट देने वाले गृहस्थाश्रम में रहने से क्या लाभ है? तो दुःख भरे जीवन से ऊबकर मैं अपने शरीर को ही समाप्त करूँगा। जिससे कि फिर कभी किसी याचना करने वाले के सामने मुझे यह न कहना पड़े कि मेरे पास तो कुछ भी नहीं है।'' इस प्रकार उसने अपनी असमर्थता को बार-बार धिक्कारा। बहेलिये के लिए एक बार भी किसी अपशब्द का प्रयोग नहीं किया। फिर उसने कहा—''भद्र! मैं क्षण भर में आपको तृप्त करूँगा, आप प्रतीक्षा करें।'' ऐसी बातें कहकर उस धर्मात्मा ने प्रसन्न मन से अग्नि की परिक्रमा करके उसमें अपने

घोंसले की तरह ही प्रविष्ट हो गया। उसे ऐसा करते हुए देखकर निर्दयी बहेलिया दया से भर गया। आग में जलते हुए कबूतर से उसने कहा—"इस संसार में जो मनुष्य पाप करता है, उसे अपनी भी आत्मा प्रिय नहीं है, क्योंकि आत्मा के लिए किये गए पाप को भी आत्मा ही भोगती है। सदा पाप में बुद्धि रखने वाला एवं पाप कर्म करने वाला मैं, निःसंदेह महान घोर नरक में गिर कर दुःख भोगूँगा। हाय! इस महान उदार हृदय वाले कपोत ने अपना मांस देकर मुझ जैसे निर्दयी के सामने एक ऊँचा आदर्श उपस्थित किया है। आज से मैं अपने इस शरीर को सभी प्रकार के भोगों से वंचित कर गरमी के ऋतु में थोड़े जल की तरह सुखा डालूँगा। शीत, वायु, धूप सहन कर दुर्बल और मलिन रह कर अनेक प्रकार के व्रतों और उपवासों से मैं उत्तम धर्म का अर्जन करूँगा।" ऐसा निश्चय कर उस बहेलिये ने अपनी लाठी, शलाका, जाल, पिंजड़ा, सब कुछ तोड़-फोड़ डाला और उस दीन कपोती को भी उसने पिंजड़े से मुक्त कर दिया। बहेलिये द्वारा छोड़ दिये जाने पर कपोती ने आग में कूद कर जले हुए अपने पति को देखा। फिर तो वह शोक-सन्ताप से पीड़ित होकर करुण स्वर में इस तरह विलाप करने लगी—

"हे नाथ! आज तुम्हारे बिना मुझे अपने इस जीवन से कोई प्रयोजन नहीं है। दीन-दुःखी एवं पतिहीन नारी के जीने से इस संसार में क्या लाभ है? मन का स्वाभिमान, अहंकार, परिवार में कुल पूजा, दास एवं सेवकों को आज्ञा देना, यह सब विधवा होने से नष्ट हो जाता है।" इस तरह अनेक प्रकार से विलाप करती हुई वह पतिव्रता कपोती बहुत दुःखी मन से उसी आग में कूद पड़ी। आग में कूद कर दिव्य वस्त्र एवं आभूषणों से विभूषित होकर उसने स्वर्गीय विमान पर विराजमान अपने पति कपोत को देखा। उसका भी शरीर देवताओं की तरह दिव्य तेजोमय हो रहा था। उसने अपनी पत्नी कपोती से कहा—"प्यारी! कल्याणी! तुमने मेरा पदानुसरण कर बहुत अच्छा कार्य किया है। मनुष्य के शरीर में साढ़े तीन करोड़ रोएँ होते हैं। उतने वर्षों तक वह पतिव्रता स्वर्ग में निवास करती है जो पति का अनुसरण करती है।" देव शरीरधारी वह कपोत प्रतिदिन सूर्यास्त के समय सुख का अनुभव करता था। पूर्वजन्म के पुण्य के प्रभाव से कपोती भी उसी के समान दिव्य शरीर वाली हो गई थी। यह सब दृश्य देखकर हर्ष से पूर्ण होकर वह बहेलिया भी घोर वन में चला गया। प्राणियों की हत्या छोड़कर वह बहुत ही विरक्त बन गया। आगे उसने देखा कि वन में दावाग्नि लगी हुई है, फिर तो संसार की माया छोड़कर वह भी उसी में घुस गया। उसके भी सारे पाप जल गए और उसने भी इस प्रकार स्वर्गीय सुखों का अनुभव किया। इसी से मैंने कहा था कि सुना जाता है कि कबूतर ने अपने शरणागत को...इत्यादि।

क्रूराक्ष से उक्त कहानी सुन लेने के बाद अरिमर्दन ने दीप्ताक्ष से पूछा—"भाई! ऐसी स्थिति में आप क्या करना पसन्द करते हैं?"

उसने कहा—"देव! इसका वध तो नहीं ही करना चाहिए, क्योंकि जो मुझसे बराबर दुःख मानती थी, वह मुझे आज खूब आलिंगन कर रही है; हे प्रिय कार्य करने

वाले चोर! मेरा जो कुछ भी है तुम सब चुरा ले जाओ।''

चोर ने भी कहा—''भाई! मैं तुम्हारी चुराने योग्य वस्तुओं को नहीं देख रहा हूँ। यदि कोई चुराने योग्य वस्तु होगी और यह तुम्हें अच्छी तरह आलिंगन नहीं करती तो मैं फिर इसी तरह आऊँगा।''

अरिमर्दन ने पूछा—''कौन नहीं आलिंगन कर रही थी? यह चोर कौन था, जिसने ऐसा उत्तर दिया? इस कहानी को विस्तार से सुनना चाहता हूँ।''

दीप्ताक्ष ने कहा—

[8]

किसी एक नगर में कामातुर नाम का एक बूढ़ा बनिया रहता था। कामपीड़ित होकर उसने अपनी स्त्री के मर जाने पर एक गरीब बनिए की लड़की को बहुत धन देकर खरीद लिया और उसी के साथ बुढ़ापे में अपनी शादी कर ली। वह लड़की पति के बुढ़ापे से इतनी दुःखी रहती थी कि उसको देखना भी पसन्द नहीं करती थी। ठीक भी है—

शिर पर सफेद बाल जो अपना स्थान बना लेते हैं, वह पुरुष के अत्यन्त अपमान की बात होती है। तरुणी स्त्रियाँ उस पुरुष को हड्डियों के टुकड़ों का एक संचय (समूह) मानकर चाण्डाल के कूएँ की तरह दूर से ही छोड़ देती हैं। और भी—

शरीर में सिकुड़न आ गई। चाल टेढ़ी हो गई, दाँत टूट गए, आँख चकाचौंध करने लगी, सुन्दर रूप भी गायब हो गया, मुँह से लार टपकने लगी, परिवार के लोग भी ठीक से बातें करना बन्द करने लगे। पत्नी भी सेवा से विरत होने लगी, हाय बुढ़ापे से सताए गए पुरुष का जीवन व्यर्थ है, जिसमें पुत्र भी अपना कहना नहीं मानता।

एक ही शय्या पर वह दूसरी ओर मुँह करके सोती थी। एक बार जब वह इसी प्रकार दूसरी ओर मुँह करके सोई हुई थी कि घर में चोर घुस आया। चोर को देखकर वह डर के मारे काँप उठी और अपने बूढ़े पति को दोनों भुजाओं में कसकर पकड़ लिया। बूढ़े बनिए का सारा शरीर पुलकित हो गया, यह आकस्मिक आलिंगन देखकर वह स्वयं विस्मय में पड़ गया। उसने सोचा कि आज क्या ऐसी बात हो गई जो यह मुझे इस तरह आलिंगन कर रही है। यह सोच कर उसने अपने घर में चारों ओर ध्यान से नजर दौड़ाई। देखा कि घर के एक कोने में चोर खड़ा हुआ है। तब उसने विचार किया कि निश्चय ही इसी चोर के डर से यह मुझे इस तरह कस कर आलिंगन कर रही है। यह देखकर उसने चोर से कहा—''भाई! जो मुझे देखकर दुःखी होती थी, वह आज इस तरह गाढ़ आलिंगन कर रही है। आप तो मेरे प्रिय कार्य करने वाले हैं, मेरा जो कुछ हो सब चुरा ले जायँ।'' उसके उत्तर में चोर ने भी कहा—''मैं तुम्हारी हरने योग्य चीजों को नहीं देख रहा हूँ, इत्यादि।''

इसलिए जब उपकार करने वाले चोर का भी हित-चिन्तन किया जाता है तो

शरणागत का हित चिन्तन क्या बुरा है? और फिर जबकि यह उनसे अपमानित किया गया है तो यह भी हमारी भलाई के लिए है, क्योंकि इसके द्वारा उनके छिद्रों का हमें पता लगेगा। इसी कारण से मैं इसे मारने की सलाह नहीं दे रहा हूँ।

दीप्ताक्ष की उक्त बातें सुनकर उलूकराज अरिमर्दन ने अपने दूसरे मंत्री वक्रनास से पूछा—"भाई! ऐसी स्थिति में अब मुझे क्या करना चाहिए? आपकी क्या सलाह है?"

उसने कहा—"मेरी भी यही सलाह है कि इसे नहीं मारना चाहिए; क्योंकि—

आपस में झगड़ा करने वाले शत्रु अपने कल्याण में साधक बनते हैं। शत्रु चोर ने जीवन दिया और राक्षस ने दो गौएँ दीं।"

अरिमर्दन ने पूछा—"यह कैसे?"

वक्रनास बोला—

[9]

किसी एक नगर में द्रोण नाम का एक गरीब ब्राह्मण रहता था। वह प्रतिदिन दान ले-लेकर अपनी जीविका चलाता था। यजमानों द्वारा दिये गए अच्छे-अच्छे वस्त्र, चन्दन, इत्र, तेल, माला, फूल, आभूषण एवं ताम्बूल आदि से वह खूब सजा-बजा रहता था। उसकी दाढ़ी-मूँछ और नाखून बराबर अनुष्ठान में निरत होने के कारण बढ़े हुए रहते थे। सर्दी, गर्मी, आँधी, तूफान और वृष्टि के कष्टों में उसका शरीर खूब पीजा हुआ था। एक बार उसके किसी दयालु यजमान ने उसे दो छोटे-छोटे बछड़े दान दिये। ब्राह्मण ने उन दोनों बछड़ों को बचपन से ही यजमानों से घी, तेल, घास आदि माँग-माँग कर खूब खिलाया-पिलाया था। वे बहुत जल्दी ही खूब मोटे-ताजे और बड़े हो गए थे। उन्हें देखकर एक चोर ने तुरन्त अपने मन में विचार किया कि मुझे इस ब्राह्मण के इन दोनों बछड़ों को जरूर चुराना है। ऐसा सोचकर उसने रात में रस्सी लेकर ब्राह्मण के घर की ओर जाने वाले पथ पर चल पड़ा। वह आधी ही दूर आगे चला होगा कि बीच राह में उसे एक भयानक आकृति वाला पुरुष दिखाई पड़ा जिसके दाँत विरले और बड़े होने के साथ-साथ बहुत तेज थे। नाक की हड्डी बहुत ऊपर उठी हुई थी। आँखें खून की तरह लाल-लाल दिखाई पड़ रही थीं। नसों और धमनियों का सारा ढाँचा बाहर से दिखाई पड़ रहा था। शरीर बहुत छोटा था, गाल सूखे हुए थे, अच्छी तरह जलती हुई आग की तरह दाढ़ी और शिर के बाल पीले हो चले थे। उस भयानक पुरुष को देखकर चोर बहुत ही डर गया। उसने जोर से इतना ही पूछा—"आप कौन हैं?" उस भयानक पुरुष ने उत्तर दिया—"मैं सत्यवचन नाम का ब्रह्मराक्षस हूँ। आप भी अपना परिचय बताएँ?" चोर ने कहा—"मैं क्रूरकर्मा नाम का चोर हूँ। दरिद्र द्रोण ब्राह्मण के दो बछड़े चुराने जा रहा हूँ।" ब्रह्मराक्षस को चोर की बातों पर विश्वास हो गया। उसने कहा—"भाई! मैं 6 दिन में एक बार भोजन करता हूँ। अतः आज मैं भी उसी ब्राह्मण को खाऊँगा। यह बड़ा ही अच्छा है कि हम दोनों के लक्ष्य एक ही हैं।"

इस प्रकार आपस में सलाह कर चोर और ब्रह्मराक्षस दोनों ही द्रोण ब्राह्मण के घर पर आकर उचित अवसर की प्रतीक्षा करने लगे। जब ब्राह्मण सो गया तो ब्रह्मराक्षस उसे खाने के लिए आगे बढ़ा। उसे इस तरह अपने स्वार्थ-साधन में उद्यत देखकर चोर ने कहा—"भाई! यह ठीक नहीं है। मैं दोनों बछड़ों को चुराकर जब चला जाऊँ, तब तुम इसे खाओ।" उसने कहा—"और यदि कहीं बछड़ों की आवाज सुनकर ब्राह्मण जग पड़े तब तो मेरा सब प्रयास ही विफल हो जाएगा।" चोर ने कहा—"और यदि तुम्हारे खाने के पहले ही कोई विघ्न आ पड़े तो मैं भी तो बछड़ों को नहीं चुरा सकूँगा। तो यह अच्छा है कि पहले मैं दोनों बछड़ों को चुरा कर चल दूँ तब पीछे तुम इसे खाओ।" इस तरह मैं पहले, नहीं मैं पहले, इस विवाद में दोनों में विरोध पैदा हो गया। उन दोनों की आवाज सुनकर ब्राह्मण की नींद उचट गई और वह जग पड़ा। उसे जगा देखकर चोर ने कहा—"ब्राह्मण देवता! यह ब्रह्मराक्षस तुम्हें खाना चाहता था।" ब्रह्मराक्षस ने कहा—"ब्राह्मण देवता! यह चोर है, यह तुम्हारे दोनों बछड़ों को चुराने आया था।" उनकी यह बातें सुनकर ब्राह्मण अपनी चारपाई से सावधानी के साथ उठ बैठा और मंत्र के द्वारा अपने इष्ट देवता का ध्यान किया जिससे ब्रह्मराक्षस से उसे मुक्ति मिले। और फिर लाठी तान कर उसने चोर के पंजे से अपने दोनों प्यारे बछड़ों की रक्षा की। इसी से मैंने कहा था कि—"परस्पर विवाद करने वाले शत्रु भी अपने कल्याण के साधक होते हैं...इत्यादि।"

उसकी उक्त बातें ध्यान से सुनकर अरिमर्दन ने फिर अपने पाँचवें मंत्री प्राकारवर्ण से पूछा—"आप इस विषय में क्या करने की सलाह देते हैं?"

उसने कहा—"देव! इसे नहीं ही मारना चाहिए; क्योंकि इसकी प्राणरक्षा होने पर यह भी हो सकता है कि कभी हमारा परस्पर प्रीति के बढ़ने से सुखपूर्वक समय बीतेगा; क्योंकि ऐसा कहा गया है कि—

जो प्राणी अपने में एक दूसरे के भेद की रक्षा नहीं करते, वह बिल के और पेट के भीतर रहने वाले सर्प के समान नष्ट हो जाते हैं।"

अरिमर्दन ने पूछा—"यह कैसे?"

प्राकारवर्ण बोला—

[10]

किसी एक नगर में देवशक्ति नाम का एक राजा रहता था। उसके पुत्र के पेट में एक सांप बिल बनाकर रहता था, जिसके कारण अनेक उपाय होने पर भी वह प्रतिदिन दुर्बल होता जाता था। अच्छे-अच्छे वैद्यों ने आकर अनेक तरह की अच्छी-अच्छी दवाइयाँ कीं, किन्तु वह स्वथ्य नहीं होता था। राजा का पुत्र अपने इस दुर्भाग्य पर दुःखी होकर परदेश चला गया। वहाँ वह किसी एक नगर में भीख माँग कर एक बहुत बड़े देवालय में निवास करते हुए अपना समय बिताने लगा। उस नगर में बलि नाम का एक राजा रहता था। उसकी दो लड़कियाँ थीं, जो युवती हो चली थीं। वे दोनों प्रतिदिन

सूर्योदय के समय उठकर पिता के चरणों में आकर प्रणाम करती थीं। एक कहती थी—''महाराज! आपकी विजय हो, जिसकी कृपा से हमें सब प्रकार का सुख मिलता है।'' दूसरी कहती थी—''महाराज! अपनी कमाई का उपभोग करें।'' एक दिन राजा ने क्रोध में भर कर मंत्री से कहा—''मंत्री जी! ऐसी अशिष्ट बातें करने वाली इस कुमारी को ले जाकर किसी परदेशी को सौंप आइए, जिससे अपनी कमाई का यह भी अच्छी तरह उपभोग करे।'' मंत्री ने राजा की आज्ञा स्वीकार कर कुछ दासियों के साथ उस कुमारी को उसी देवमन्दिर पर टिकने वाले राजकुमार को दे दिया। वह अति प्रसन्न मन से उसे देवता की तरह अपना पति स्वीकार कर उसको साथ लेकर दूसरे देश को चली गई। बहुत दूर पहुँच कर एक नगर में तालाब के किनारे राजकुमार को निवास की रक्षा का कार्य सौंप कर राजकुमारी अपनी दासियों के साथ घी, तेल, नमक, पान आदि खरीदने के लिए बाजार चली गई। खरीद–फरोख्त कर राजकुमारी जब वापस लौटी तो उसने देखा कि राजकुमार एक बिल के ऊपर शिर रखकर सो गया है और उसके मुँह से पेट में रहने वाला सर्प निकलकर फण काढ़ कर वायुपान कर रहा है। उस बिल से निकल कर वहाँ एक दूसरा सर्प भी आ गया है। वे दोनों सर्प एक दूसरे को देखकर बहुत क्रोधित हो गये हैं और क्रोध से उनकी आँखें एकदम लाल हो गई हैं। बिल में रहने वाले सर्प से जब रहा नहीं गया तो उसने कहा—''अरे नीच! तू क्यों इतने सभी अंगों से परम सुन्दर राजकुमार को इस तरह परेशान कर रहा है?'' मुख के सर्प ने उत्तर देते हुए कहा—''अरे नीच! तू क्या मुझसे कम है जो बिल में रखे गए दो घड़े सुवर्ण को दूषित कर रहा है।'' इस तरह उन दोनों ने एक दूसरे के रहस्य को जब खोल दिया तब बिल वाले सर्प ने कहा—''रे नीच! क्या तुझे मारने की यह दवा कोई नहीं जानता कि पुरानी राई खौलाकर पिला देने से तू नष्ट हो जायगा?'' मुख के सर्प ने कहा—''तो क्या तू समझता है कि तेरे मारने की दवा कोई नहीं जानता और खौलाए गए तेल या खूब खौलाए गए पानी से तेरा भी विनाश हो जायगा।'' यह सब परस्पर रहस्य की बातें पेड़ की आड़ में छिपी हुई राजकुमारी सुन रही थी। उसने फिर तो वैसा ही किया। अपने पति को नीरोग कर सुवर्ण से भरे दो घड़े को भी उसने प्राप्त कर लिया। तदनन्तर वह अपने देश को चल पड़ी। वहाँ पहुँचने पर पिता, माता एवं स्वजनों ने उसका परम सम्मान किया और वह सुखपूर्वक रहने लगी। इसी से मैंने कहा कि आपस में एक-दूसरे के कर्म की बातें जो खोलते हैं...इत्यादि। यह बातें सुनकर अरिमर्दन ने भी उसी का समर्थन किया। तदनन्तर स्थिरजीवी को शरण देने की बात देखकर रक्ताक्ष मंत्रियों से मन ही मन हँसते हुए फिर बोला—''हाय! यह बड़े दुःख की बात है कि स्वामी के साथ इस तरह का तुम लोगों द्वारा अन्याय हो रहा है, इस प्रकार इनका नाश हो रहा है।'' कहा गया है कि—

जहाँ पर अपूज्यों की पूजा की जाती है तथा पूज्यों का अपमान होता है, वहाँ यह तीन चीजें बराबर बनी रहती हैं, दुर्भिक्ष, मरण और भय; और भी—

प्रत्यक्ष अपराध करने पर भी अपराधी की विनती सुनकर मूर्ख शान्त हो जाते हैं।

मूर्ख बढ़ई ने जार समेत अपनी व्यभिचारिणी पत्नी को शिर पर चढ़ाया था।

मंत्रियों ने पूछा—"यह कैसे?"

रक्ताक्ष ने कहा—

[11]

किसी एक गाँव में वीरवर नाम का एक बढ़ई रहता था। उसकी स्त्री बड़ी कामुक थी। यही नहीं वह बड़ी ही व्यभिचारिणी थी, उसकी चारों तरफ निन्दा हो रही थी। बढ़ई ने अपनी पत्नी की जब इस तरह चारों ओर फैली हुई निन्दा सुनी तो स्वयं परीक्षा लेने का विचार निश्चित किया। उसने सोचा कि पहले मुझे इसकी परीक्षा कर लेनी चाहिए। क्योंकि कहा गया है कि—

यदि अग्नि शीतल हो जाय, चन्द्रमा उष्ण हो जाय अथवा दुष्ट भी हितैषी बन जाय तब स्त्री के सतीत्व पर विश्वास करना चाहिए। लोग जब इसे व्यभिचारिणी बतला ही रहे हैं तो मुझे मानना ही पड़ेगा। कहा गया है कि—

इस ब्रह्माण्ड के बीच में जो बात वेदों या शास्त्रों में नहीं लिखी-पढ़ी है या कभी किसी ने नहीं देखा-सुना है वह सब बातें भी दुनियाँ के लोग जानते हैं।

इस तरह परीक्षा लेने की बात निश्चय कर अपनी स्त्री से एक दिन उसने कहा, "प्यारी! मैं कल सवेरे एक दूसरे गाँव जाऊँगा। वहाँ कुछ दिन लगेंगे। तो मेरे लायक कुछ रास्ते में खाने की चीजें तुम बना दो।" पति की यह बात सुनकर वह बड़ी खुश हुई। मारे उत्सुकता के सभी कामों को छोड़कर घी और शक्कर के साथ घी में पूड़ी काढ़ कर उसने पति के लिए पाथेय तैयार कर दिया। यह ठीक ही कहा गया है कि—

चंचल जांघों वाली (व्यभिचारिणी) स्त्रियों को पानी बरसते हुए दुर्दिन में बादल से बढ़े हुए अंधेरे में, पानी बरसते हुए, घोर जंगल में एवं पति के विदेश जाने पर परम सुख मिलता है।

दूसरे दिन सवेरे उठकर बढ़ई अपने घर से बाहर चला गया। उसे घर से बाहर गया देखकर उसकी स्त्री ने प्रसन्नमुख से समस्त अंगों का शृंगार कर किसी तरह उस दिन को समाप्त किया। सन्ध्या के समय अपने पूर्व प्रेमी के घर जाकर स्वयं उसने बताया—"अरे! नीच मेरा पति दूसरे गाँव चला गया है। जब सब लोग सो जायँ तब तुम मेरे ही घर पर आ जाना।" उधर बढ़ई ने कुछ दूर जाकर एक जंगल में सारा दिन बिताया और आधी रात के समय खिड़की के रास्ते से घर में प्रवेश करके पत्नी की चारपाई के नीचे आकर लेट गया। उधर उसकी स्त्री का प्रेमी देवदत्त भी आकर चारपाई पर लेट गया। उसे इस तरह आया देख बढ़ई का चित्त रोष से भर गया। उसने सोचा क्या अभी उठकर इसे तुरन्त मार डालूँ या जब दोनों एक साथ आकर लेटें तो बिना किसी प्रयास के ही एक साथ ही दोनों को मार डालूँ। किन्तु नहीं, पहले इन दोनों के क्या इरादे हैं, यह देख लूँ? दोनों में आपस में क्या बातें होती हैं, यह सुन लूँ?

थोड़ी ही देर बाद बढ़ई की स्त्री भी चुपचाप घर के दरवाजे को बन्द कर चारपाई पर आकर लेट गई। संयोग की बात। चारपाई चढ़ते समय बढ़ई के शरीर से उसका पैर छू गया। उसने तुरन्त ताड़ लिया कि बात क्या है? उसने सोचा अरे यह नीच मेरा पति निश्चय ही मेरी परीक्षा के लिए यहाँ लेटा हुआ है। अब तो मुझे स्त्री-चरित्र का कोई नाटक रचना पड़ेगा, अन्यथा छुटकारा नहीं है। वह इस तरह की बाते सोच ही रही थी कि तब तक उसका प्रेमी देवदत्त उसे अंगों में समेटने के लिए उत्सुक हो गया, तब हाथ जोड़कर बढ़ई की पत्नी ने कहा—"महानुभाव! मेरा शरीर आप न छुएँ; क्योंकि परम पतिव्रता एवं सती हूँ, अगर तुम मेरा कहना न मानोगे तो मैं शाप देकर तुम्हें भस्म कर दूँगी।" प्रेमी देवदत्त ने कहा—"यदि ऐसा ही था तो तुमने मुझे यहाँ बुलाया ही क्यों?" वह बोली—"ध्यान से मेरी बात सुनिए। मैं आज दर्शन के लिए चण्डिका देवी के मन्दिर में गई थी कि अकस्मात मुझे यह आकाशवाणी सुनाई पड़ी—"बेटी! क्या करूँ तू मेरी परम भक्त है, पर दुर्भाग्यवश 6 महीने बाद तू विधवा हो जायगी।" तब मैंने पूछा—"देवी! जब तुम मेरी विपदा की बातें जानती हो तो उससे छुटकारा पाने का उपाय भी जानती होगी। तो क्या है कोई ऐसा उपाय जिससे मेरे पति देव की सौ बरस की लम्बी आयु हो सके।" तब देवी ने कहा—"हाँ उपाय है क्यों नहीं, पर उसे नहीं ही समझना चाहिए क्योंकि वह तुम्हारे ही हाथ में है।" मैंने कहा—"देवि! यदि मेरे ही हाथ में है तो मैं अपने प्राणों की बलि देकर भी उन्हें दीर्घायु बनाना चाहूँगी। आप बताएँ कि मैं क्या करूँ?"

देवी ने कहा—"अगर आज तुम किसी पराये पुरुष के साथ एक ही शैय्या पर सोकर उसका आलिंगन कर लोगी तो तुम्हारे पति की अकाल मृत्यु उसके ऊपर चली जायगी। इस तरह तुम्हारा पति सौ वर्ष तक जी सकेगा। इसीलिए मैंने आपको आज बुलाया था। अब तुम जो कुछ करना चाहो मेरे साथ कर सकते हो। देवता की बात अन्यथा नहीं की जा सकती, यह निश्चय ही समझो।" उसकी यह बातें सुनकर उसका प्रेमी देवदत्त मन ही मन हँसने लगा और फिर उसने उसके साथ यथेच्छ विहार किया। मूर्ख बढ़ई चारपाई के नीचे से यह सारी बातें सुनकर बड़ा खुश हुआ। पत्नी के वास्तविक प्रेम की बातें सुनते ही उसके शरीर के रोंगटे खड़े हो गए। वह नीचे से निकल कर बोला—"पतिव्रते! तुम सच्चरित्र हो। उत्तम कुल की बेटी हो। दुष्टों ने मुझसे ऐसी-ऐसी बातें कही थीं कि मेरा हृदय तुम्हारे ऊपर सशंकित हो गया था। आज सवेरे दूसरे गाँव जाने का बहाना बनाकर मैं चुपचाप इसी तुम्हारी शैय्या के नीचे छिपा हुआ था। प्यारी, आओ और मुझे आलिंगन दो। अपने पति के ऊपर अनुपम भक्ति रखने वाली स्त्रियों की तुम मुकुटमणि हो। इस तरह के पुनीत भाव का परपुरुष के साथ तुमने पति के लिए पालन किया। सचमुच, कितने पवित्र हृदय से तुमने मेरी अकाल मृत्यु दूर करने के लिए तथा दीर्घायु प्राप्ति के लिए यह कार्य किया है।" यह कहकर उसने प्रेम सहित अपनी पत्नी का आलिंगन किया और उसे अपने कन्धे पर चढ़ाकर उसने देवदत्त से कहा—"हे महानुभाव! मेरे भाग्य से तुम यहाँ आ गए। तुम्हारी कृपा से मैंने सौ वर्ष

की लम्बी आयु प्राप्त की है। तुम भी आकर मेरे कन्धे पर चढ़ जाओ।'' इस तरह की बातें करते हुए उसने अनिच्छुक देवदत्त को भी आलिंगन कर जबर्दस्ती अपने कंधे पर बिठा लिया और खुशी के मारे नाचते हुए वह कहने लगा—''हे ब्रह्मव्रत पालन करने वालों में प्रमुख! तुमने मेरा भी बहुत बड़ा उपकार किया है।'' इस तरह की बहुत-सी स्तुति की बातें कहकर उसने उन दोनों को कंधे से उतार दिया और फिर अपने परिवार वालों से उनके घर जा-जाकर उन दोनों कें उपकार की सारी बातें कह सुनाई। इसी से मैंने कहा कि—प्रत्यक्ष अपराध करने पर भी इत्यादि।

मुझे तो ऐसा लग रहा है कि हमारी जड़ उखड़ रही है और हम सब विनाश के गड्ढे में गिर रहे हैं। यह ठीक ही कहा गया है कि—

''जो लोग हित की बात छोड़ कर हित के विरुद्ध बात करते हैं, ऐसे मित्रों को भी बुद्धिमान लोग शत्रु ही मानते हैं।'' और भी—

''देश और काल के विरोधी राजा के मूर्ख मंत्रियों के मिलने के कारण पास में रहने वाली भी चीजें सूर्योदय होने पर अन्धकार की तरह विलीन हो जाती हैं,'' किन्तु रक्ताक्ष की इन बातों का अनादर कर वे सभी स्थिरजीवी को उठाकर अपने दुर्ग में लाने की चेष्टा करने लगे। आते समय स्थिरजीवी ने कहा—''देव! कुछ भी करने में असमर्थ, ऐसी दुर्दशा में ग्रस्त मुझे ले जाकर आपका क्या लाभ होगा? मेरी तो अब यही इच्छा हो रही है कि इस दुर्दशा से छुटकारा पाने के लिए जलती हुई आग में प्रवेश कर लूँ। अग्नि में कूद कर अपना उद्धार कर लेने की सुविधा आप मेरे लिए प्रस्तुत कर दें।'' उसकी इस तरह की चिकनी-चुपड़ी बातों का भाव रक्ताक्ष समझ रहा था। उसने पूछा—''भाई! तुम अग्नि में क्यों कूदना चाहते हो?'' उसने कहा—''भाई! आप लोगों के लिए ही मेघवर्ण ने मेरी ऐसी दुर्दशा कर रखी है। तो उसके साथ इस वैर को चुकाने के लिए मैं अपना यह कौए का शरीर छोड़ कर उलूक का शरीर धारण करना चाहता हूँ।'' उसकी यह बातें सुनकर राजनीति में परम प्रवीण रक्ताक्ष ने उत्तर दिया—''भाई साहब! तुम बड़े ही कुटिल हो। बातें बनाने में परम चतुर हो। तुम उलूक योनि में अगर पैदा भी हो जाओगे तो अपने कौए की योनि को ही बहुत कुछ समझोगे।

एक कथा इस बारे में सुनी गई है कि—

सूर्य, बादल, वायु एवं पर्वत जैसे पति को छोड़कर चुहियाँ ने अपनी जाति के पति को ही वरण किया। जाति का स्वभाव छोड़ देना बहुत कठिन है।''

मंत्रियों ने पूछा—''यह कैसे?''

रक्ताक्ष बोला—

[12]

पुण्यसलिला गंगा के तट पर एक सुन्दर तपोवन था। वहाँ पर ऊँची-नीची पत्थरों की चट्टानों में गिरने वाले जल के घोर शोर के कारण डरी हुई मछलियाँ जब बार-

बार कूदती थीं तो सफेद फेन फैल जाता था, इससे तरंगों की विचित्र शोभा होती थी। उस पुण्य आश्रम में चारों ओर तपस्वी मुनिगण विराजमान थे। वे सब-के-सब जप, नियम, तपस्या, स्वाध्याय, उपवास एवं योगादि क्रियाओं के पवित्र अनुष्ठान में लीन थे। गंगा के तट पर वह केवल इसलिए निवास करते थे कि उसकी परम पवित्र धारा से परिमित मात्रा में जल ग्रहण करें। वे इतने स्वयं सन्तोषी थे कि कन्द, मूल, यहाँ तक कि सेवार आदि खाकर अपने शरीर को सुखा डालते थे। वस्त्र के नाम पर वे पेड़ के बल्कल का कौपीन (लंगोटा) धारण करते थे। उन्हीं तपस्वियों के बीच में दस सहस्त्र ब्राह्मण कुमारों को जीविका देकर पढ़ाने वाले कुलपति महर्षि याज्ञवल्क्य भी रहते थे। एक बार महर्षि याज्ञवल्क्य गंगा तट पर स्नान करने गए। वे स्नान करने के लिए धारा में जल का स्पर्श करने जा ही रहे थे कि उनके हाथ में एक बाज के मुख से छूटी हुई चुहिया आकर गिर पड़ी। उसे देखकर उन्होंने एक बरगद के पत्ते पर रख दिया। फिर स्नान कर एवं उसके स्पर्श का प्रायश्चित कर पवित्र मन से ब्रह्मर्षि याज्ञवल्क्य ने उस चुहिया को अपने तपोबल के द्वारा एक मानवी कन्या बना दी। स्नान के उपरान्त उसे साथ लिवाकर वह अपने आश्रम को वापस आए। संयोग से मुनिवर को कोई सन्तान नहीं थी। बिना बच्चों के दुःखी अपनी स्त्री से आकर उन्होंने कहा—"कल्याणि! लो, यह तुम्हें कन्या उत्पन्न हुई है, इसका अच्छी तरह पालन-पोषण करना।" मुनि की पत्नी ने उस कन्या का विधिवत पालन-पोषण किया। धीरे-धीरे वह बारह वर्ष की हो गई। विवाह योग्य देखकर मुनिपत्नी ने एक दिन पति से कहा—"देव! क्या तुम्हें यह नहीं मालूम है कि तुम्हारी बेटी के विवाह का समय बीत रहा है।" मुनिवर ने कहा—"हाँ, तुम ठीक ही कह रही हो। कहा भी गया है कि—

स्त्रियों को पहले चन्द्रमा, गंधर्व और अग्नि ये देवता भोगते हैं। इसके बाद मनुष्य इनका भोग करते हैं, इससे कोई दोष इनमें नहीं रहता। चन्द्रमा इन्हें पवित्रता देता है, गन्धर्वगण शिक्षित वाणी प्रदान करते हैं। अग्नि इनमें सब ओर से पवित्रता देते हैं; अतः ये स्त्रियाँ निष्पाप होती हैं। जब तक स्त्रियों को रजःस्त्राव नहीं होता, तब तक ये गौरी कही जाती हैं। रजःस्त्राव होने पर इन्हें रोहिणी कहा जाता है, शारीरिक चिह्नों के प्रकट न होने तक इन्हें कन्या कहकर पुकारा जाता है, और कुच के न उठने तक इनका नग्निका नाम है। शारीरिक चिह्नों के उदय होने तक कन्या का भोग चन्द्रमा करता है। दोनों कुचों के उठने तक गन्धर्व भोग करते हैं और रजःस्त्राव होने तक अग्नि का भोग होता है। इसलिए कन्या को ऋतुमती होने के पहिले ही विवाह देना चाहिए। आठ वर्ष की कन्या का विवाह प्रशंसनीय माना गया है। शारीरिक चिह्न प्रकट हो जाने पर भी यदि कन्या का विवाह नहीं किया जाता तो पूर्व पुरुषों के पुण्य का नाश होता है, कुच उठ जाने पर बाद के लोगों के पुण्य का नाश होता है, सुरत क्रिया के योग्य होने पर इष्टजनों का नाश होता है, रजःस्त्राव होने पर पिता का नाश होता है। ऋतुमती कन्या होने पर उसकी इच्छा से विवाह करे, इसलिए कुच उठने से पूर्व ही नग्निका कन्या का विवाह करने की सलाह स्वायम्भुव मनु देते हैं। पिता के घर में रहकर संस्कारविहीन जो कन्या

रज का दर्शन करती है, वह विवाह के सर्वथा अयोग्य, जघन्य एवं शूद्रा कही जाती हैं। पिता को चाहिए कि वह रजस्वला कन्या को अपने से श्रेष्ठ, समान एवं नीच वर के साथ जिसमें कोई दोष न हों, विचार कर विवाह कर दे।

अतः मैं इसे सदृश पति के साथ विवाहूँगा, किसी दूसरे के साथ नहीं। कहा गया है कि—

जिनमें समान धन एवं समान कुल हो, उन्हीं में विवाह और मित्रता ठींक होती है। यह दोनों काम अपने से कमजोर या बलवान के साथ नहीं ठीक होते। और भी—

बुद्धिमान को चाहिए कि वह कुल, शील, सहायता के साधन, विद्या, धन, शरीर एवं यश—-इन सात गुणों का विचार कर कन्या का दान करे, शेष बातों की चिन्ता नहीं करनी चाहिए।

अगर इसे रुचे तो भगवान सूर्य को बुलाकर उन्हें इसे दे दूँ।'' पत्नी ने कहा— ''हाँ, इसमें कोई दोष नहीं है? ऐसा ही करें।'' मुनि ने सूर्य को अपने समीप बुलाया। वेद मंत्र द्वारा आवाहन करने के प्रभाव से उसी क्षण भगवान सूर्य आकर उपस्थित हो गए। मुनि ने कहा—''यह मेरी कन्या है, यदि यह तुम्हें स्वीकार करे तो तुम इसके साथ विवाह कर लो।'' सूर्य नारायण से ऐसी बातें कर मुनि ने अपनी कन्या से पूछा— ''बेटी! क्या तुम्हें तीनों लोकों को प्रकाशित करने वाले भगवान सूर्य भाते हैं?'' पुत्री ने कहा—''तात! यह तो बहुत जलाने वाले हैं। मैं इन्हें नहीं पसन्द करूँगी। इनसे श्रेष्ठ किसी दूसरे वर को आप बुलाएँ।'' कन्या की इस बात को सुनकर मुनि ने भास्कर से पूछा—''भगवन! तुमसे भी अधिक शक्तिशाली कोई दूसरा है?'' भास्कर ने कहा— ''हाँ, मुझसे भी अधिक शक्तिशाली मेघ हैं, जिनके ढँक लेने पर मैं अदृश्य हो जाता हूँ।'' तब मुनि ने मेघ को बुलाया और अपनी बेटी से पूछा—''बेटी! क्या इसे तुम्हें दूँ?''

उसने कहा—''यह काला है और जड़ है। तो इससे भी किसी अधिक प्रभावशाली को मुझे दीजिए।'' तब मुनि ने मेघ से पूछा—''मेघ! तुमसे अधिक प्रभावशाली है कोई?'' मेघ ने उत्तर दिया—''मुझसे भी अधिक प्रभावशाली वायु है। उससे ताड़ित होने पर मैं सौ-सौ टुकड़े हो जाता हूँ।'' यह सुनकर मुनि ने वायु को बुलाया और पुत्री से पूछा—''बेटी! क्या तुझे विवाह के लिए यह वायु अच्छा लग रहा है?'' उसने कहा—''तात! यह बहुत चंचल है। इससे भी किसी अधिक प्रभावशाली को आप बुलाइए।'' मुनि ने पूछा—''वायुदेव! तुमसे भी अधिक शक्तिशाली है कोई?'' पवन ने उत्तर दिया—''हाँ, मुझसे भी अधिक शक्तिशाली पर्वत है। मैं बलवान हूँ, तब भी वह मुझे रोक लेता है।'' तब मुनि ने पर्वत को बुलाकर कन्या से पूछा—''बेटी! अब मैं तुम्हें इसी को दूँगा?'' उसने कहा—''तात! यह बड़ा कठोर है और निश्चल है। मुझे किसी दूसरे को दीजिए।'' मुनि ने पर्वत से पूछा—''पर्वतराज! तुमसे भी अधिक शक्तिशाली है कोई?'' पर्वत ने कहा—''हाँ, मुझसे भी अधिक शक्तिशाली चूहे हैं, जो मेरे शरीर को अपने बल से विदारित कर देते हैं।'' तब मुनि ने चूहे को बुलाकर

उसे दिखाया और फिर पूछा—"बेटी! तुम्हें इसे दे दूँ? क्या यह मूषकराज तुम्हें अच्छे लग रहे हैं?" कन्या ने उसे देखकर सोचा यह सजातीय है, इसके साथ विवाह करना ठीक होगा। ऐसा सोचते ही उसके शरीर के रोंगटे खड़े हो गये। वह सुप्रसन्न मन से बोली—"तात! मुझे भी चूही बनाकर तुम इसे सौंप दो; जिससे अपने जातीय धर्म का विधिवत प्रतिपालन कर सकूँ।" कन्या की प्रार्थना मुनि ने स्वीकार कर ली। अपने तपोबल से उन्होंने फिर उसे चूही बना दिया और उसी चूहे को सौंप दिया। इसी से मैं कहता हूँ कि "सूर्य आदि को पति छोड़कर...इत्यादि।"

रक्ताक्ष की इन बातों पर भी किसी ने कोई ध्यान नहीं दिया। फिर तो अपने वंश के विनाश के कारण उस स्थिरजीवी को उन सबों ने लाकर उसी अपने दुर्ग में ठहराया। उन लोगों द्वारा लाते समय मन ही मन हँसते हुए स्थिरजीवी ने विचार किया कि—मुझे 'तुरन्त मार डालो', इस तरह की बात जिस हितचिंतक मंत्री ने कही वही एकमात्र अकेला इन सबों में नीतिशास्त्र के तात्पर्य का जानने वाला है। अगर कहीं यह सब इसी का कहना मानते तो इनका तनिक भी अपकार नहीं होता।

दुर्ग के द्वार पर पहुँचकर अरिमर्दन ने कहा—"अहो! इस परम हितैषी स्थिरजीवी को इसकी इच्छा के अनुसार उचित स्थान देना चाहिये।" यह सुनकर स्थिरजीवी ने सोचा—"मुझे तो इन सबों के वध का उपाय सोचना है; अतः एकदम इनके बीच में रहने से ठीक न होगा, क्योंकि इस तरह मेरे किसी इरादे या संकेत को भांपकर ये सावधान हो जायेंगे। अतः उसी नदी के प्रवेशद्वार पर ठहरकर अपने मनोरथ की सिद्धि करूँगा।" मन में ऐसा निश्चय कर उसने उलूकराज अरिमर्दन से कहा—"देव! आपने जो कुछ कहा सब ठीक है, किन्तु मुझे भी नीति की बातें ज्ञात हैं। मैं श्रीमान् का शत्रु हूँ। यद्यपि आप के साथ मेरा परम अनुराग है, मेरी भावनाएँ पवित्र हैं, फिर भी मुझे दुर्ग के बीच में निवास देना अनुचित है। अतः मैं इसी दुर्ग के द्वार पर रहकर प्रतिदिन आपके चरण-कमलों की धूल से अपने शरीर को पवित्र किया करूँगा और यहीं रहकर जो कुछ सेवा बन पड़ेगी, करता रहूँगा।" अरिमर्दन ने कहा—"ठीक है।"

अपनी इच्छानुसार स्थिरजीवी दुर्गद्वार पर ही ठहराया गया। उलूकराज अरिमर्दन के आदेश से प्रतिदिन उसके सेवकगण खूब आहार एवं मांस आदि ला-लाकर स्थिरजीवी को देते थे। फिर तो थोड़े ही दिनों में वह मयूर की तरह बलवान हो गया। इस प्रकार पाले जाते हुए स्थिरजीवी को देखकर रक्ताक्ष से नहीं रहा गया। उसने एक दिन विस्मय में भरकर राजा और मंत्रियों से कहा—हाय! राजन्! आप और आपके यह सारे मंत्री सब-के-सब मूर्ख हैं, ऐसा मुझे लग रहा है। एक कहावत है कि—

पहला तो मैं मूर्ख था, दूसरा यह जाल बाँधने वाला मूर्ख ठहरा। तदनन्तर राजा और फिर उसके मंत्री भी मूर्ख हुए। सब-के-सब मूर्ख ही रहे।

उन सबों ने पूछा—"यह कैसी कहानी है?"

रक्ताक्ष ने कहा—

[13]

किसी पहाड़ी देश में एक महान वृक्ष था। उस पर एक सिन्धुक नाम का पक्षी रहता था। उसके मल से सुवर्ण पैदा होता था। एक बार उसे पकड़ने के लिए एक बहेलिया आया। संयोग की बात; पक्षी ने उसी के सामने मल त्याग किया। ऊपर से गिरते ही वह मल सुवर्ण बन गया। यह घटना देखकर बहेलिया विस्मय में पड़ गया। उसने सोचा—बड़े आश्चर्य की बात है कि बचपन से लेकर आज अस्सी बरस का जमाना बीत गया, मैं बराबर पक्षियों के पकड़ने का धन्धा करता रहा; किन्तु कभी कोई ऐसा पक्षी मैंने नहीं देखा जिसके मल से सुवर्ण मिले। ऐसा विचार कर उसने उस पेड़ पर जाल फैला दिया। वह मूर्ख पक्षी कहीं से आकर उसी प्रकार विश्वासपूर्वक बैठ गया जैसे बैठा करता था; किन्तु बैठते ही अब की बार वह बुरी तरह फँस गया। बहेलिए ने उसे जाल से छुड़ाकर पिंजड़े में रख लिया और वह अपने घर वापस लौट आया। घर आते हुए उसने सोचा कि "इस विपत्ति में फँसाने वाले पक्षी को मैं अपने पास रखकर क्या करूँगा? अगर कभी कोई इसे देख ले और जाकर राजा से चुगली कर दे तो फिर निश्चय ही प्राणसंकट उपस्थित हो जायगा। अतः अच्छा इसी में है कि मैं खुद चलकर इसे राजा को भेंट कर दूँ।" यह निश्चय कर उसने ऐसा ही किया। राजा उस पक्षी को देखकर बहुत खुश हुआ। कमल के समान उसके नेत्र और मुख प्रसन्न हो उठे। उसे परम सन्तोष हो गया। उसने कहा—"रक्षको! बड़े यत्न के साथ इस पक्षी की रखवाली करते रहना। इसे यथेच्छ भोजन पानी देना।" राजा की यह आज्ञा सुनकर उसके मंत्री ने कहा—"महाराज! इस मामूली बहेलिए के अविश्वास योग्य बात को सच मानकर आप इस अनजाने पक्षी को लेकर क्या करेंगे? कभी क्या पक्षी के मल से सुवर्ण पैदा हो सकता है? मेरी तो राय है कि इसे पिंजड़े से छोड़ दीजिए।" मंत्री की यह बात राजा को भी जँच गई। उसने भी पक्षी को छुड़वा दिया। पिंजरे से छूटकर ऊँचे राजमहल के प्रवेशद्वार के छज्जे पर बैठकर उस पक्षी ने एक बार सुवर्णमय मल का त्याग किया और यह कहते हुए कि "पहला मूर्ख मैं था, दूसरा यह बहेलिया आदि"; वह सुख के साथ ऊपर आकाश में उड़ गया। इसी पर मैं यह कह रहा हूँ कि पहला मूर्ख मैं था...इत्यादि।

रक्ताक्ष की इन हितकर बातों को सुनकर भी भाग्य के प्रतिकूल होने के कारण उन्होंने कोई ध्यान नहीं दिया और पूर्ववत खूब मांस आदि विविध प्रकार की सामग्रियाँ खिला-खिलाकर उसका पालन-पोषण करते रहे। तब निराश होकर रक्ताक्ष ने अपने परिवार वालों को बुलाकर एकान्त में उनसे कहा—"भाइयों! आज ही तक हमारे राजा की कुशल और हमारे इस दुर्ग की प्रतिष्ठा थी। एक खानदानी मंत्री को जितना और जो कुछ कहना चाहिए था, वह सब मैं कह चुका। तो अब हमें किसी दूसरे पर्वतीय दुर्ग का आश्रय लेना चाहिए; क्योंकि कहा गया है कि—

जो भविष्य में आने वाली विपत्ति का प्रतिकार करता है, वह सुख भोगता है और जो ऐसा नहीं करता, वह शोकग्रस्त होता है। इस वन में बसते हुए मेरी बुढ़ाई आ गई,

किन्तु मैंने कभी बिल की वाणी नहीं सुनी थी।''

उन्होंने पूछा—''यह कैसी बात है?''

रक्ताक्ष बोला—

[14]

किसी जंगल प्रदेश में खरनखर नाम का एक सिंह रहता था। एक बार वह भूख से बहुत व्याकुल था, किन्तु इधर-उधर घूमने पर भी उसे कोई शिकार नहीं मिला। तब दिन डूब जाने पर एक बहुत बड़ी पर्वत की गुफा में प्रविष्ट होकर उसने सोचा—''निश्चय ही रात के समय इस गुफा में कोई न कोई जानवर आयेगा ही! अतः चुपचाप इसी में बैठूँ।'' इसके थोड़ी ही देर बाद उस गुफा का स्वामी दधिपुच्छ नाम का सिआर वहाँ आया। उसने देखा कि सिंह के पैर के निशान गुफा में जाते हुए पड़े हैं, निकलते हुए नहीं दिखाई पड़ रहे है। उसने सोचा—''अरे! मेरा तो सत्यानाश हो गया। निश्चय ही इस गुफा में सिंह है। अब क्या करूँ और किस तरह उसका पता लगाऊँ।'' ऐसा विचार कर वह गुफा के द्वार पर खड़ा होकर पुकारने लगा—''अरे बिल! अरे बिल! थोड़ी देर तक चुप रहकर फिर पुकारा। पर जब कोई जवाब नहीं मिला, तब फिर पुकार कर कहने लगा—''अरे बिल! क्या तुझे याद नहीं है कि मेरे और तेरे बीच में यह नियम बना था कि जब मैं कहीं बाहर से आऊँगा तो मेरे साथ तेरी बातें होंगी। इस समय तुझे मेरा स्वागत-समादर करना चाहिए। अब अगर तू मुझे आदरपूर्वक नहीं बुला रहा है तो मैं दूसरे बिल में जा रहा हूँ।'' सिआर की यह बातें सुनकर सिंह ने विचार किया कि—मालूम होता है यह गुफा बाहर से आने पर इस सिआर का सदा स्वागत-समादर करती रही है और आज मेरे भय के कारण कुछ नहीं बोल रही है; क्योंकि यह ठीक ही कहा गया है कि—

भयभीत चित्त वालों के हाथ-पैर की क्रियाएँ तथा वाणी रुक जाती है और उनके शरीर में अधिक कम्पन होता है।

तो मैं ही इसे स्वागतपूर्वक बुलाऊँ, जिससे यह गुफा में आए और मेरा भोजन बने। मन में ऐसा निश्चय कर सिंह ने सिआर को आदर सहित भीतर बुलाया। फिर तो सिंह के शब्द की प्रतिध्वनि से वह सारी गुफा इस तरह गूंज उठी की दूर-दूर के रहने वाले जीव-जन्तु भी डर से कांप गए। सिआर भाग खड़ा हुआ। भागते समय उसने श्लोक पढ़ा, जिसका आशय इस प्रकार है।

जो भविष्य में आने वाली विपत्ति का प्रतिकार सोच लेता है, वह सुख उठाता है, जो ऐसा नहीं करता, वह शोक करता है। इस वन में निवास करते हुए मेरी बुढ़ाई आ गई, मगर मैंने कभी बिल को बोलते हुए नहीं सुना था।

तो भाई यह सब सोच-समझकर तुम लोग भी मेरे साथ कहीं किसी दूसरे स्थान को भाग चलो। यह कहकर अपने अनुगामी परिवारवर्ग के साथ रक्ताक्ष दूर परदेश को

चला गया।

रक्ताक्ष जब चला गया तब स्थिरजीवी को बड़ी प्रसन्नता हुई। उसने सोचा कि यह हमारे लिए कल्याण की ही बात हुई जो रक्ताक्ष चला गया, क्योंकि वही इन सबमें दूरदर्शी था, यह सब तो परम मूर्ख हैं। अब ये सुख-पूर्वक मारने योग्य बन गए; क्योंकि कहा गया है कि—

जिस राजा के खानदानी मंत्री दूरदर्शी नहीं होते, उसका बहुत जल्द ही विनाश हो जाता है अथवा यह भी ठीक कहा गया है कि—

बुद्धिमान लोग उस मंत्री को भी शत्रु ही मानते हैं जो अच्छी नीति को छोड़कर विपरीत नीति पर आचरण करता है।

इस तरह की बातें सोचकर वह प्रतिदिन अपने निवास-स्थान पर एक-एक छोटी लकड़ी उलूकों की गुफा को जलाने के लिए घोंसला बनाने के बहाने से, इकट्ठा करने लगा। किन्तु उन मूर्ख उलूकों को इस पर कोई ध्यान नहीं गया कि एक दिन उसका यह घोंसला हमारे विनाश का कारण बनेगा अथवा यह ठीक ही कहा गया है कि—

जो शत्रु को मित्र बनाता है और मित्र के साथ द्वेष बुद्धि रखकर शत्रुता करता है, शुभ को अशुभ तथा पाप को पुण्य मानता है, उसे दुर्भाग्य से विनष्ट जानना चाहिए।

इस प्रकार घोंसले के बहाने से दुर्गद्वार पर जब बहुत सारी लकड़ी इकट्ठी हो गई तो एक दिन, दिन में जबकि सब उलूक अन्धे बने गुफा में सोये हुए थे, स्थिरजीवी ने शीघ्रता से उड़कर मेघवर्ण के पास जाकर कहा—"स्वामी! शत्रु की गुफा को मैंने जलाने योग्य बना दी है। तो अब सब परिवार समेत आप वहाँ चलें और एक-एक लुआठी लेकर, दुर्ग के द्वार पर जहाँ कि मेरा घोंसला है, उसमें आग लगा दें। इस तरह हमारे वे नीच शत्रु सब-के-सब कुम्भीपाक नरक के समान दुःख भोगकर मर जायेंगे।" यह सुनकर मेघवर्ण ने पूछा—"तात! अपना समाचार तो बताइए, बहुत दिनों बाद आज दर्शन हुआ है।" उसने कहा—"बेटा! यह बातें करने का अवसर नहीं है, क्योंकि अगर कोई उसका गुप्तचर मेरे यहाँ आने का समाचार उसे बता देगा तो वे अन्धे कहीं दूसरी जगह चले जायेंगे। इसलिए जल्दी करो, बहुत जल्दी; क्योंकि कहा गया है कि—

जल्दी करने वाले कार्य में जो मनुष्य विलम्ब लगाता है, निस्संदेह उसके देवता ही उस कार्य में क्रोध के कारण विघ्न डाल देते हैं। और भी—

जिन कार्यों को—विशेषकर सफलप्राय कार्यों को—लोग जल्दी से नहीं पूरा कर लेते, उनके फल को काल अपने गाल में रख लेता है।

अतः जब आप शत्रु का समूल नाश करके फिर इस गुफा में सकुशल वापस आ जायेंगे तो मैं निश्चिंत होकर सारी बातें विस्तार के साथ बताऊँगा।" स्थिरजीवी की यह बातें सुनकर मेघवर्ण सारे परिवार के साथ एक-एक जलती हुई लुआठी चोंच में लेकर उलूकों के गुफा के द्वारदेश पर पहुँच गया, जहाँ स्थिरजीवी का वह घोंसला बना था।

उसके घोंसले में एकत्र लकड़ियों में सबों ने अपनी-अपनी लुआठी डाल दी। फिर तो वे सब-के-सब उलूक दिन में अन्धे होने के कारण तथा द्वारदेश के घिरे हुए होने के कारण हितैषी रक्ताक्ष की बातों का स्मरण कर-कर अपनी ही गुफा में कुम्भीपाक नरक की यातना भोगते हुए मर गये, बाहर नहीं निकल सके। इस प्रकार शत्रु का समूल सफाया कर चुकने के बाद मेघवर्ण फिर उसी बरगद के पेड़ पर, जहाँ उसका पुराना दुर्ग था, वापस आया। तब सिंहासन पर बैठकर बीच सभा में प्रसन्न मन से स्थिरजीवी से पूछा—"तात! शत्रु के बीच में जाकर आपने इतना समय किस प्रकार बिताया? इसके बारे में जानने की मुझे बड़ी उत्कण्ठा हो रही है। अतः कृपया बताइए; क्योंकि—

पुण्यकर्मा मनुष्यों का जलती हुई आग में गिर जाना अच्छा है किन्तु क्षण भर के लिए भी शत्रु के बीच में जीवित रहना अच्छा नहीं है।"

यह सुनकर स्थिरजीवी बोला—"सच्चा सेवक भविष्य में मिलने वाले सुन्दर फल की आशा में कष्ट की कोई परवाह नहीं करता; क्योंकि कहा गया है कि—

बुद्धिमान मनुष्य को किसी भय की स्थिति में जो भी मार्ग हितकारक दिखाई पड़े बुद्धि से विचार कर उसी की शरण लेनी चाहिए, वह अच्छा हो या बुरा, इसकी चिन्ता नहीं करनी चाहिए, क्योंकि सुप्रसिद्ध धनुर्धर वीरवर अर्जुन ने हाथी के सूंड़ के समान उन बलवान भुजाओं में, जिनमें धनुष की प्रत्यंचा के घट्ठे पड़े हुए थे और जो महान युद्धों में सफलता प्राप्त कर चुके थे, स्त्रियों की तरह आभूषण से सजाया था।

विद्वान राजा को सदा उचित अवसर की ताक में रहकर, सामर्थ्य होने पर भी क्षुद्र पापी एवं दुर्वचन रूपी वज्र छोड़ने वाले शत्रु के बीच में चुपचाप निवास कर लेना चाहिए; क्योंकि परम बलशाली भीमसेन ने हाथों में कलछुल लेकर धूएँ से मलिन होकर एवं परम परिश्रम तथा व्यस्ततापूर्वक क्या मत्स्यराज के घर पर रसोइयों का काम नहीं किया था?

उचित अवसर की प्रतीक्षा करने वाला बुद्धिमान विषम स्थिति में पड़कर अच्छा हो या बुरा जो कुछ भी हो सबको हृदय में रखकर अपना कार्यसिद्ध करता है। क्या सव्यसाची वीरवर अर्जुन ने, जिसके सुख्यात गाण्डीव धनुष पर फड़कती हुई प्रत्यंचा से दोनों हाथ अत्यन्त कठोर हो गए थे, करधनी पहिन कर लीला और नाट्य का अभिनय नहीं किया था?

कार्यसिद्धि की अभिलाषा में रहकर बुद्धिमान पुरुष बल और उत्साह से युक्त होने पर भी विपत्तियों के समय अपने तेज को अपने भीतर धारण किये रहते हैं और क्रमशः धीरता भी धारण किये रहते हैं। इन्द्र, वरुण, शिव एवं यमराज के समान बलवान एवं पराक्रमशाली भाइयों के होते हुए भी धर्मराज युधिष्ठिर ने क्या बहुत दिन तक अति दुःखदायी जंगल में निवास नहीं किया?

स्वरूप, कुल एवं बल से युक्त होने पर भी कुन्ती के दोनों पुत्र नकुल और सहदेव विराट के सेवक बनकर गो-रक्षा के काम में लगे थे।

शोभा में लक्ष्मी के समान, अनुपम रूप एवं यौवन से सम्पन्न श्रेष्ठ कुल में जन्म लेने वाली जो द्रौपदी थी, वह भी काल के क्रम से विपत्ति में पड़ गई। ऐसी होकर भी क्या उसने मत्स्यराज की गर्वीली स्त्रियों के फटकार समेत 'सैरन्ध्री चलो' इस कठोर वचन को सहते हुए क्या चन्दन नहीं घिसा था?''

मेघवर्ण ने कहा—''तात! मैं तो शत्रु के साथ निवास करना तलवार की धार पर चलने के समान मानता हूँ।'' उसने कहा—''देव! हाँ, यह सचमुच ऐसा ही है। परन्तु मैंने ऐसा मूर्खों का समूह भी कहीं नहीं देखा। केवल एक परम बुद्धिमान अनेक शास्त्रों में पण्डित रक्ताक्ष को छोड़कर क्योंकि उसने मेरे चित्त की सारी बातें जान ली थीं। जो दूसरे मंत्री थे, वे सब-के-सब महामूर्ख थे, केवल मंत्री नाम से ही उनकी जीविका चलती थी, उन्हें किसी बात की जानकारी नहीं थी, क्योंकि वे मेरे इस इरादे को भी नहीं जान सके कि मैं लकड़ी किसलिए इकट्ठा कर रहा हूँ; क्योंकि—

शत्रु के पक्ष से आए हुए सेवक दुष्ट तथा उसके साथ रहने वाले, ये धर्म से ही सदा अपकार सोचने वाले होते हैं, इनके साथ सम्पर्क नहीं करना चाहिए; क्योंकि ये सब दूषित होते हैं।

आसन, शयन, सवारी, पान एवं भोजन की वस्तुओं में देखे, अनदेखे अथवा असावधानी में पड़े हुए पर शत्रु लोग आक्रमण कर देते हैं। इसलिए बुद्धिमान को चाहिए कि धर्म, अर्थ एवं काम को सिद्ध करने वाले अपने शरीर की सब प्रकार से रक्षा करें। थोड़ी भी असावधानी से इसका नाश हो जाता है। यह ठीक ही कहा गया है—

किस अपथ्य भोजी को रोग नहीं सताता? किस दुष्ट मंत्री वाले राजा को अपनी अनीति का कुपरिणाम नहीं भोगना पड़ता, लक्ष्मी किसे घमण्डी नहीं बना देती, मृत्यु किसे नहीं मारती और स्त्रियों के कटाक्ष आदि किसे पीड़ित नहीं कर देते?

लोभी का यश, दुष्ट की मित्रता, दुराचारी का कुल, कृपण का धर्म, दुर्व्यसनी की विद्या, कृपण का आनन्द एवं असावधान मंत्री वाले राजा का राज्य नाश हो जाता है।

हे राजन्! जैसा कि आपने बताया, मैंने सचमुच उन शत्रुओं के साथ रहकर तलवार की धार पर रहने वाले व्रत का प्रत्यक्ष अनुभव किया है। कहा गया है कि—

''बुद्धिमान को अपना मान पीछे कर एवं अपमान का आदर कर अपना स्वार्थ सिद्ध करना चाहिए, स्वार्थ को गायब करना ही मूर्खता है।

बुद्धिमान समय पड़ने पर अपने शत्रु को अपने कंधों पर ढोता है। बहुत बड़े सर्पराज ने कंधे पर ले जाकर बहुतेरे मेढकों को मार डाला।''

मेघवर्ण ने पूछा—''यह कैसे?''

स्थिरजीवी ने कहा—

[15]

वरुण पर्वत के समीप एक प्रदेश में एक बहुत बड़ा मन्दविष नाम का एक काला सर्प रहता था। एक बार उसने अपने मन में विचार किया कि 'मैं किस तरह आराम से अपनी जीविका कमा सकता हूँ?' सोच-विचार के बाद वह एक ऐसे तालाब के किनारे गया, जिसमें बहुत मेढक रहते थे। वहाँ पहुँचकर उसने अपने को बहुत गम्भीर बना लिया। इसे इस तरह बैठा देखकर जल में रहने वाले एक मेढक ने पूछा—"मामा जी! क्या बात है, जो आज आप पहले की तरह आहार की चिन्ता में नहीं लगे हैं?" उसने कहा—"बेटा! मेरे भाग्य फूट गये हैं। अब मुझे आहार की कोई चिन्ता नहीं रह गई है। आज रात को आहार के लिए मैं घूम रहा था कि मैंने एक मेढक देखा। उसे पकड़ने का मैंने ज्यों ही यत्न किया कि वह मृत्यु के भय से वेदपाठ में निरत ब्राह्मणों के बीच में भाग गया। मैंने उसे देखा नहीं कि वह कहाँ चला गया? उसके समान देखकर मैंने एक ब्राह्मण कुमार के अँगूठे को वही मेढक समझकर काट लिया, जो पानी में लटक रहा था। वह शीघ्र ही मर गया। पुत्र की मृत्यु से दुःखी होकर पिता ने मुझे शाप दे दिया कि—नीच! तूने बिना किसी अपराध के ही मेरे बेटे को काट लिया है। इस कारण आज से तू मेढकों का वाहन बनेगा; और वे कृपा करके तुम्हें जो भोजन देंगे, उसी पर निर्भर रहेगा। अतः आज मैं आप लोगों का वाहन बनकर यहाँ आया हूँ।"

सर्प की इस बात की चर्चा उस मेढक ने तालाब के सभी मेढकों से जाकर कही। वे सब बड़े खुश हुए और इकट्ठे होकर उन सबों ने अपने राजा जलपाद के पास जाकर सब बातें बताईं। उसने भी इस बात को बहुत विचित्र समझकर मंत्रियों को बुलाया और उनके साथ जल से बाहर निकल कर बड़ी उत्सुकता के साथ मन्दविष के फण के ऊपर कूदकर चढ़ गया। शेष मेढक भी जो जैसे छोटे-बड़े थे, उसी के हिसाब से उसके ऊपर लद गए। अधिक क्या कहा जाय, जिन्हें उसके ऊपर बैठने की जगह नहीं मिली, वे पीछे-पीछे दौड़ने लगे। मन्दविष भी उन सबों को प्रसन्न रखने की नियत से अपनी चाल में अनेक तरह की बारीकी दिखाने लगा। जलपाद को उसके कोमल शरीर के स्पर्श से विचित्र सुख मिल रहा था। उसने कहा—"मुझे तो मन्दविष के ऊपर चढ़ने से जो सुख मिल रहा है, वह सुख हाथी, घोड़ा, रथ, पालकी या किसी दूसरी सवारी पर कभी नहीं मिला।"

दूसरे दिन मन्दविष बहाना बनाकर धीरे-धीरे चलने लगा। उसे इस तरह मन्द गति से चलते देखकर जलपाद ने पूछा—"भाई मन्दविष, दूसरे दिन की तरह आप आज अच्छी तरह क्यों नहीं चल रहे हैं?" मन्दविष ने कहा—"देव! आज निराहार होने के कारण मुझमें ढोने की शक्ति नहीं रह गई है।" तब जलपाद ने कहा—"भाई! तुम इन छोटे-छोटे मेढकों में से कुछ को खा लो।" यह सुनकर मन्दविष बहुत खुश हुआ, उसका सारा शरीर प्रसन्नता से नाच उठा। उसने उत्सुकतापूर्वक कहा—"देव!

आप ठीक कह रहे हैं। ब्राह्मण ने मुझे यही श्राप दिया है। आपकी इस कृपापूर्ण आज्ञा के लिए मैं बहुत कृतज्ञता प्रकट करता हूँ।'' फिर तो मन्दविष निरन्तर मेढकों को खा-खाकर थोड़े ही दिनों में बलवान हो गया। बहुत प्रसन्न होकर उसने मन ही मन हँसते हुए कहा—''ये इन अनेक तरह के मेढकों को मैंने छल से अपने वश में कर रखा है। ये कितने दिनों तक मेरी जीविका के साधक बने रहेंगे?''

मन्दविष की अनेक तरह की बनावटी बातों के फेर में फँसे हुए जलपाद को कुछ भी नहीं सुझाई पड़ रहा था। इसी बीच में उस तालाब में एक दूसरा बहुत बड़ा सर्प आ गया। उसने इस तरह मेढकों को ढोते हुए देखकर मन्दविष से पूछा—''मित्रवर! जो हमारे भोजन हैं आप उन्हें इस तरह कंधे पर लेकर क्यों ढो रहे हैं? यह तो उल्टा हो रहा है।''

मन्दविष ने कहा—''भाई! यह सब मैं अच्छी तरह जानता हूँ कि मैं इन्हें क्यों ढो रहा हूँ। घृत मिश्रित द्रव्य से अन्धे बने ब्राह्मण की तरह मैं भी कुछ समय की प्रतीक्षा कर रहा हूँ।''

उसने पूछा—''यह कैसे?''

मन्दविष ने कहा—

[16]

किसी गाँव में एक यज्ञदत्त नाम का ब्राह्मण रहता था। उसकी पत्नी बड़ी व्यभिचारिणी थी। उसका चित्त दूसरे पुरुष पर लगा था। वह बराबर पति की चोरी-चोरी घी-खाँड़ से बनी हुई पूड़ी-कचौड़ी बना-बनाकर अपने प्रेमी को दे आया करती थी। एक दिन उसके पति ने उसकी यह करतूत देख ली। उसने पूछा—''प्रिये! यह मैं क्या देख रहा हूँ? तुम इसे रोज बनाकर कहाँ ले जाती हो? ठीक-ठीक बताओ कि क्या बात है?'' उसकी पत्नी बड़ी हाजिरजवाब थी। उसने तुरन्त बातें बनाते हुए कहा—''देव! यहाँ से थोड़ी ही दूर पर भगवती दुर्गा का मन्दिर है। मैं बिना कुछ खाये-पिये प्रतिदिन इस भोजन की सामग्री को वहाँ ले जाकर पहले चढ़ाती हूँ।'' यह कहकर उसके सामने से होती हुई वह उस दिन दुर्गा के मन्दिर की ओर ही चल पड़ी, क्योंकि उसने सोचा कि ऐसा करने पर मेरा पति यह मान लेगा कि मैं सचमुच देवी को प्रतिदिन यह सामग्रियाँ चढ़ाती हूँ! इस तरह का विचार निश्चय कर वह दुर्गा के मन्दिर के समीप जाकर नदी में जब तक स्नान कर रही थी, तब तक उसका पति दूसरे मार्ग से आकर दुर्गा की मूर्ति के पीछे इस तरह छिपकर बैठ गया कि दिखाई न पड़े। इसके बाद स्नान से निवृत्त होकर ब्राह्मणी दुर्गा मन्दिर में आई। वहाँ आकर उसने स्नान, चन्दन, माला, धूप, बलि आदि देकर देवी को प्रणाम किया और प्रार्थना करते हुए कहा—''देवी! किस उपाय से मेरा पति अन्धा हो जायगा?'' यह सुनकर अपनी आवाज को बदलकर दुर्गा मूर्ति के पीछे बैठे हुए उसके पति ने कहा—''अगर तू प्रतिदिन अपने पति को घी-पूड़ी आदि अच्छे भोजन देगी तो वह शीघ्र ही अन्धा हो जायगा।'' उस व्यभिचारिणी ने वैसा

ही करना शुरू किया। दुर्गा मन्दिर के बनावटी वचन को सच मानकर वह उसी दिन से ब्राह्मण को प्रतिदिन घी-पूड़ी आदि विविध व्यंजन खिलाने लगी। कुछ दिन के बाद ब्राह्मण ने उससे कहा—"कल्याणि! मुझे अब कम दिखाई पड़ने लगा है।" यह सुनकर उस व्यभिचारिणी ने सोचा—देवी की कृपा अब मेरे ऊपर हो रही है। अब तो इसके बाद उसका प्रेमी 'ब्राह्मण अन्धा हो गया है मेरा क्या करेगा', यह सोचकर बिना किसी डर के प्रतिदिन आने लगा। फिर तो एक दिन जब वह उसके घर में घुस रहा था, ब्राह्मण ने उसके बाल पकड़कर लाठी-डंडे से उसकी पसलियों में इतना मारा कि वह मर गया। और अपनी उस व्यभिचारिणी स्त्री की नाक काट कर उसे घर से निकाल दिया। इसी से मैं कहता हूँ कि इन विविध प्रकार के मेढकों को मैं क्यों ढो रहा हूँ...इत्यादि।

इस तरह की बातें उस दूसरे सर्प से कर लेने के बाद मन्दविष ने फिर वही बात दुहराई कि ये विविध प्रकार के मेढक इत्यादि। उसकी गुनगुनाहट सुनकर जलपाद बहुत ही व्यग्र हो उठा। उसका हृदय काँप गया। उसने अच्छी तरह सुना नहीं था कि वह क्या कह रहा है; अतः उससे पूछा—"भाई साहब! यह क्या उल्टी-पुलटी बातें आप कर रहे हैं।" उसने अपना इरादा छिपाने की नीयत से उत्तर दिया 'कुछ तो नहीं'। फिर भी बनावटी एवं चतुराईभरी बातों से जलपाद मोहित हो गया। उसे नीच इरादे का कुछ भी पता नहीं लगा कि वह क्या कह रहा है? अधिक क्या कहा जाय! उस मन्दविष ने मेढकों को बीन-बीन कर इस तरह खा डाला कि उनका बीज भी नहीं बचा। इसी से मैंने कहा कि—शत्रु को कन्धे पर भी बिठाकर ढोना चाहिए...इत्यादि। हे राजन्! जिस तरह अपनी बुद्धि के प्रभाव से मन्दविष ने मेढकों को मारा, उसी तरह मैंने भी अपने शत्रुओं का सफाया किया। यह ठीक ही कहा गया है—

वन में जलती हुई दावाग्नि भी मूल की रक्षा करती है; किन्तु अनुभव में मृदु एवं शीतल वायु समूल नाश कर देती है।"

मेघवर्ण ने कहा—"तात! आपका यह कहना बहुत ठीक है। जो महान होते हैं, वे परम बलवान होकर भी आपत्ति के समय प्रारम्भ किये हुए काम को नहीं त्यागते; क्योंकि कहा गया है—

महान एवं नीति के आभूषणों को धारण करने वाले बुद्धिमान पुरुषों की यही महानता है कि वे कठिन से कठिन विपत्ति में भी आरम्भ किये गये काम को नहीं छोड़ते। और भी—

नीच लोग विघ्न के भय से किसी काम को प्रारम्भ नहीं करते। मध्यम लोग आरम्भ करने पर विघ्न पड़ जाने से छोड़ देते हैं, किन्तु हजार-हजार विघ्नों से पीड़ित होने पर भी उत्तम लोग किसी आरम्भ किये हुए काम को नहीं छोड़ते।

शत्रुओं का समूल नाश करके तुमने मेरे लिए राज्य को निष्कण्टक बना दिया। तुम्हारे जैसे नीति तत्त्व के जानने वाले के लिए यह उचित ही था। क्योंकि कहा गया है कि—

"बुद्धिमान पुरुष को ऋण, अग्नि, शत्रु और व्याधि को तनिक भी बचा हुआ नहीं छोड़ना चाहिए, ऐसा करके वह कभी दुःखी नहीं होते।"

स्थिरजीवी ने कहा—"देव! तुम ही भाग्यवान हो, जिसके आरम्भ किये हुए सभी काम सिद्ध हो जाते हैं। केवल सूरत से ही सब काम सिद्ध नहीं होते, बल्कि बुद्धि से जो काम किया जाता है, वही सफल होता है।" क्योंकि कहा गया है कि—

शस्त्र से मारे गए शत्रु मरते नहीं, बुद्धि से मारे गए शत्रु सदा के लिए मर जाते हैं। शस्त्र तो मनुष्य के शरीर को ही मारता है, किन्तु बुद्धि उसके परिवार, ऐश्वर्य एवं धन-सम्पत्ति सब का नाश कर देती है।

तो इस तरह बुद्धि और पौरुष—दोनों के संयोग से बिना प्रयास के ही कार्यसिद्ध हो जाता है। कहा गया है कि—

जो कार्य सफल होने वाला होता है, उस प्रशसंनीय कार्य के आरम्भ करने में बुद्धि स्वयं चलती है, स्मरण शक्ति दृढ़ हो जाती है, सिद्धि के कारण स्वयं मिल जाते हैं, सम्मति कभी विफल नहीं होती, सफलता को प्राप्त करने वाला तर्क फड़कता रहता है, चित्त अधिक से अधिक ऊँचाई तक दौड़ लगाता है और उसके करने में परम प्रीति होती है।

और राज्य भी नीति, त्याग एवं शूरतासम्पन्न पुरुष को ही प्राप्त होता है। कहा गया है कि—

त्यागी, शूरवीर एवं विद्वान की संगति करने में जिसकी रुचि होती है, वह मनुष्य गुणवान होता है, गुणवान के पास धन जाता है, धन से लक्ष्मी एवं ऐश्वर्य की प्राप्ति होती है, लक्ष्मीवान के पास आज्ञा जाती है (आज्ञा देने की योग्यता होती है) और फिर आज्ञा देने वाले के पास राज्य जाता है।"

मेघवर्ण ने कहा—"तात! निश्चय ही नीतिशास्त्र तुरन्त फल देने वाला होता है, जिसके प्रभाव से तुमने शत्रु के बीच में घुसकर अरिमर्दन को परिवार समेत सफाचट कर दिया।"

स्थिरजीवी बोला—"कठोर एवं तीखे उपाय से सिद्ध होने वाले काम में भी पहले सज्जनता के साथ सम्मानपूर्वक भरोसा रखना चाहिए अर्थात् कुछ दिन तक विश्वास करना चाहिए। वनों में सबसे श्रेष्ठ, ऊँचे एवं महान वृक्षराज को काटने से पहले उनकी पूजा की जाती है।

अथवा हे स्वामी! उस कथन से क्या लाभ जो कहने के बाद क्रियारहित अथवा दुःखसाध्य हो। ठीक ही कहा गया है कि—

अनिश्चित, उद्योग से डरी हुई, पद-पद में सैकड़ों दोषों को देखने वाली फल से विहीन, बोलने में दुरूह वाणी लोक में परिहास की वस्तु बनती है।

बुद्धिमान को अपने छोटे से छोटे कर्त्तव्य में भी उपेक्षा नहीं करनी चाहिए। क्योंकि—

मैं इसे कर लूँगा, यह तो बिना यत्न के ही हो जायगा, यह तो छोटा-सा काम है, इसमें इतना ध्यान देने की क्या जरूरत है, ऐसा करके काम की उपेक्षा करने वाले कुछ असावधान लोग आपत्ति में फँसकर केवल परिताप भोगने वाले हाते हैं।

तो आज शत्रु को जीतकर मेरे स्वामी को पहले की तरह सुख की नींद आयेगी। यह कहा गया है कि—

सर्प (शत्रु) रहित अथवा बँधे हुए शत्रुवाले घर में मनुष्य सुखपूर्वक सोता है, जिस घर में सदा सर्प दिखाई पड़ता है, उसमें तो बड़े दुःख से नींद आती है। और भी—

स्वाभिमानपूर्वक ऊँचे पराक्रम के कामों में लगे रहने वाले मनुष्य, जब तक बड़े उद्योग से सिद्ध होने वाले ऐसे महान कार्यों में, जिसके लिए स्नेहीजनों का आशीर्वाद प्राप्त हुआ रहता है एवं जो नीति, साहस एवं उन्नति से युक्त है, तथा जो इच्छानुरूप ऊपर चढ़ने का कारण बनता है, पार नहीं पा लेते तब तक उनके असन्तोषभरे हृदय में सन्तोष एवं शान्ति को तनिक भी अवकाश नहीं मिलता।

तो आज प्रारम्भ किये गये कार्य को समाप्त कर मेरा भी हृदय विश्राम कर रहा है। अब इस निष्कण्टक राज्य को प्रजा-पालन में तत्पर होकर आप भोगें। इस तरह पुत्र-पौत्रादि के साथ आपका यह राज्य अब चिरकाल तक एक-छत्र रहेगा। इसका सुखपूर्वक उपयोग करें। और भी—

रक्षा आदि करके जो राजा अपनी प्रजा को प्रसन्न नहीं रखता, बकरी के गले के स्तन की तरह उसका राज्य निरर्थक ही समझना चाहिए।

जो राजा गुणों में अनुराग, दुर्व्यसनों को अनादर, अच्छे सेवकों पर प्रीति करता है, वह चंचल चँवर रूपी वस्त्र से सुवेष्ठित एवं श्वेत छत्र रूपी आभूषण से विभूषित राजलक्ष्मी का चिरकाल तक उपभोग करता है।

किन्तु 'मुझे निष्कण्टक राज्य मिल गया है' ऐसा समझकर तुम लक्ष्मी के गर्व से अपने को भुलावे में मत डालना; क्योंकि राजा की सम्पत्ति बहुत ही चंचल होती है। बांस पर चढ़ने के समान यह राज्यलक्ष्मी बड़ी कठिनाई से चढ़ने योग्य होती है, क्षणभर में यह गिरा देने वाली है। सैकड़ों प्रत्यनों से धारण करने पर भी यह सहसा पकड़ में नहीं आती। योग्यतापूर्वक सेवा करने पर भी धोखा देने वाली होती है। वानर जाति की तरह बहुतेरों के चित्त को चंचल बनाने वाली यह है, कमल के पत्ते पर स्थित जलबिंदु की तरह यह जिसके पास रहती है, उससे मिली हुई नहीं रहती। वायु के वेग की तरह अत्यन्त चपल, दुष्टों की संगति की तरह अस्थिर, सर्प के विष की तरह कठिनाई से उपचार साध्य होने वाली, संध्याकालीन बादलों की तरह क्षणभर रागवाली, जल के बुलबुलों की तरह स्वभाव से ही नाशवान, हल के फाल की तरह कृतघ्न एवं स्वप्न में पाये हुए धन की तरह क्षणभर में देखते ही देखते नष्ट होने वाली है। और भी—

राजा का जिस समय अभिषेक किया जाता है, उसी समय उसे अपनी बुद्धि को विपत्तियों पर लगा देनी चाहिए। राजाओं के अभिषेक के समय कलश जल के साथ

ही उसके ऊपर आपत्तियाँ उड़ेल दी जाती हैं।

इन विपत्तियों से कोई भी बचकर नहीं रह सकता। कहा गया है कि—-

राम का वनवासना, बलि का बाँधा जाना, पाण्डवों का वनवास, यदुवंशियों का नाश, राजा नल का राज्य से च्युत होना, अर्जुन जैसे धनुर्धर का नाटकाचार्य बनना और लंकेश्वर रावण का विनाश, यह सब देखकर कहना पड़ता है कि इस संसार में मनुष्य जो कुछ सहता है, वह सब काल के वश में होकर सहता है, कौन किसकी रक्षा करता है?

जो स्वर्ग में इन्द्र के मित्र बनकर गए थे, वह दशरथ कहाँ हैं? जिस राजा सगर ने समुद्र की लहरों को बाँध दिया था, वह कहाँ गए? वेन की हथेली से पैदा होने वाला इस पृथ्वी का सर्वप्रथम शासक राजा पृथु कहाँ गए? सूर्य के पुत्र मनु कहाँ हैं? निश्चय ही महाबलवान काल ने इन सबको एक बार पैदा करके फिर बटोर लिया।

तीनों लोकों को जीतने वाला राजा मान्धाता कहाँ गया? राजा सत्यव्रत कहाँ हैं? देवताओं के ऊपर भी शासन करने वाले राजा नहुष कहाँ गये? अच्छे शास्त्रों के जानने वाले केशव कहाँ गए? इन्द्र के आसन पर बैठने वाले ये सभी राजा लोग निश्चय ही अपने रथों और बड़े-बड़े हाथियों के साथ उस महान काल के गाल में चले गए जिसने इन्हें पैदा किया था।

और भी—

वह राजा, वह मंत्री, वे उनकी स्त्रियाँ, वे उनके आमोद-प्रमोद के उपवन एवं उद्यान, वे सब-के-सब बलशाली काल के देखने मात्र से नष्ट हो गए।

अतः मतवाले हाथी के कानों के समान चंचल राज्यलक्ष्मी को प्राप्त कर न्यायपूर्वक तुम उसका उपभोग करो।

लब्ध प्रणाश*

अब इसके अनन्तर लब्ध प्रणाश नाम के चौथे तंत्र को मैं आरम्भ कर रहा हूँ; जिसके आदि में यह श्लोक है।

कार्य के सामने आ जाने पर जिसकी बुद्धि पीछे नहीं हटती, वही कठिनाई से पार करने योग्य दुर्ग (काम) को भी पार कर लेता है, जैसे जल में स्थित वानर।

यह कहानी इस प्रकार सुनी जाती है। किसी समुद्र के किनारे एक बहुत बड़ा जामुन का पेड़ था, जिसमें सब समय फल लदा रहता था। उसी पेड़ पर एक रक्तमुख नाम का वानर रहता था। एक बार उसी पेड़ के नीचे समुद्र के जल से बाहर निकल कर करालमुख नामक एक मगर चिकनी बालू वाली रेतीली जमीन पर बैठा हुआ था।

रक्तमुख ने उससे कहा—"भाई! आप मेरे प्रिय अतिथि के रूप में यहाँ आए हुए हैं। अतः आइए मैं आपको अमृत के समान सुस्वादु जामुन का फल खिलाऊँ। कहा गया है कि—

प्रिय हो अथवा शत्रु हो, मूर्ख हो या पण्डित हो, यदि अतिथि रूप में वह भोजन के समय उपस्थित हो जाय तो वह स्वर्ग दिलाने वाला है।

मनु ने कहा है कि भोजन के समय एवं श्राद्ध के समय उपस्थित अतिथि से उसकी जाति, गोत्र, विद्या एवं कुल न पूछे। दूर मार्ग के परिश्रम से थके हुए भोजन के समय उपस्थित अतिथि की जो पूजा करता है, वह परम गति प्राप्त करता है। जिस गृहस्थ के अतिथि बिना पूजा प्राप्त किये लम्बी साँसें खींचते हुए विमुख होकर बाहर चले जाते हैं, उसके देवता और पितर भी उसी के साथ बाहर जाते हैं।"

ऐसा कहकर वानर ने मगर को जामुन के फल दिये। मगर भी जामुन के सुस्वादु फलों को खाकर उसके साथ बड़ी देर तक गोष्ठी-सुख का अनुभव कर अपने निवास को वापस चला गया। इस प्रकार अब वे वानर और मगर नित्य ही जामुन की छाया में बैठकर अनेक शास्त्रों की चर्चा करते हुए सुखपूर्वक अपना समय बिताने लगे। वह मगर भी खाने के बाद कुछ जामुन के फल घर ले जाकर अपनी पत्नी को देता रहा। एक दिन उसकी पत्नी ने पूछा—"नाथ! यह अमृत के समान मीठे फल आपको कहाँ

---

* **किसी तरह एक बार प्राप्त की हुई वस्तु भी नाश हो जाती है। अतः उसकी सुरक्षा करनी चाहिए। इस नीति को बतलाने वाला यह चौथा तंत्र है। लब्ध (प्राप्त) प्रणाश (नाश)।**

मिलते हैं?'' उसने कहा—''कल्याणी! एक मेरा परम मित्र रक्तमुख नाम का वानर है। वही बड़े प्रेम के साथ मुझे यह फल लाकर देता है।'' यह सुनकर उसकी पत्नी ने कहा—''नाथ! तो वह वानर सदा ही इस तरह के अमृत के समान मीठे फलों को खाता होगा, जिससे उसका कलेजा तो अमृतमय बन गया होगा। इसलिए अगर मुझ जैसी पत्नी से आपको तनिक भी प्रयोजन है तो मुझे उसका कलेजा लाकर दीजिए, जिसे खाकर मैं भी वृद्धता और मृत्यु से छुटकारा पा जाऊँ और तुम्हारे साथ सुख भोगूँ।''

मगर ने कहा—''कल्याणी! ऐसी बातें मत करो; क्योंकि अब वह मेरा भाई बन गया है। दूसरे वह इस तरह के मीठे-मीठे फल देता है। अब मैं उसे मार नहीं सकता। इस दुराग्रह को तुम छोड़ दो। कहा गया है कि—

एक भाई को माता पैदा करती है और दूसरे को अपनी वाणी पैदा करती है; किन्तु विद्वान लोग इस वाणी से उत्पन्न होने वाले भाई को सगे भाई से भी बढ़कर बताते हैं।''

यह सुनकर मगर की पत्नी ने कहा—''मेरे प्यारे! तुमने कभी मेरी बात पर इनकार नहीं किया है। मुझे लग रहा है कि वह वानर नहीं कोई वानरी है, क्योंकि उसी के प्रेम की डोर में फँसकर तुम सारा दिन वहीं बिता देते हो। मैं तुम्हारे मतलब की बातें समझ गई; क्योंकि—

इधर मैं देख रही हूँ कि प्रसन्नता से मेरे साथ तुम बातें नहीं करते, मेरी इच्छा की पूर्ति भी नहीं करते, रात भर अक्सर आग की लपटों के समान बहुत शीघ्रता के साथ गरम साँसें खींचते रहते हो, मेरे कंठ को पकड़ने में शिथिलता रहती है। आदर के साथ चुम्बन भी नहीं करते, इन सब कारणों से ही हे धूर्त! मुझे लग रहा है कि मेरी ही तरह कोई दूसरी प्यारी स्त्री तुम्हारे हृदय में विराज रही है।''

पत्नी की यह बातें सुनकर मगर ने उसके पैरों को अपनी छाती से लगा लिया और उससे अतिशय क्रोध से भरी हुई अति दीन वाणी में बोला—

''हे प्राणप्यारी! मैं तुम्हारे पैरों पर पड़ा हुआ हूँ। तुम्हारा एकमात्र सेवक हूँ। हे क्रोध करने वाली! तुम बिना किसी कारण के क्यों मेरे ऊपर इस तरह क्रोध कर रही हो?''

उसकी ऐसी बातें सुनकर आँसू भरे हुए मुख से वह बोली—''हे धूर्त! निश्चय ही अपने बनावटी प्रेम को लिए हुए कोई सुन्दरी सैकड़ों मनोरथों के साथ तुम्हारे हृदय में विराजमान है, मेरे लिए अब तुम्हारे हृदय में कोई जगह नहीं है; अतः पैर पर गिर इस छल-कपट के व्यवहार से क्या लाभ है?

दूसरे यह भी तो एक कारण है कि यदि वह तुम्हारी इतनी प्राणवल्लभा न होती तो क्या मेरे इतना कहने पर भी तुम उसे न मारते और यह भी मान लिया जाय कि वह वानर है वानरी नहीं तो तुम्हारे साथ उसका कौन-सा प्रेम हो सकता है? मुझे बहुत कुछ कहना नहीं है। यदि मैं उसके हृदय को न खाऊँगी तो मैं बिना भोजन के अपने प्राणों को त्याग दूँगी, यह निश्चय ही समझ लो।''

उसके दुराग्रहपूर्ण निश्चय को जानकर मगर बहुत चिन्तित हुआ। व्याकुलता से उसका हृदय भर गया। वह फिर बोला, ''यह ठीक ही कहा गया है कि वज्रलेप, मूर्ख, स्त्री, केकड़ा, मछली, नीलरंग एवं मद्यपी—इन सबकी एक ही पकड़ होती है। अब मैं क्या करूँ? किस तरह मैं उसे मारूँगा?''

इस तरह कुछ देर तक सोच-विचार कर वह वानर के निवास की ओर चल पड़ा। वानर ने भी उसे आज देर से आता हुआ तथा दुःखी देखकर पूछा—''हे मित्र! आज आप देर से क्यों आ रहे हैं, क्या बात है कि प्रसन्नता से मुझसे बातें नहीं कर रहे हैं। आज कुछ अच्छी-अच्छी सूक्तियाँ नहीं सुना रहे हैं।''

मगर ने कहा—''भाई! आज तुम्हारी भावज ने मुझे बड़ी कठोर-कठोर बातें कहकर फटकारा है। उसने कहा कि तुम मुझे अपना मुँह मत दिखाओ क्योंकि तुम मित्र का अन्न खा-खाकर जी रहे हो और उसके साथ उसके उपकार का बदला भी नहीं चुका रहे हो। यह भी नहीं कर रहे हो कि उसे लाकर एक बार अपने घर को ही दिखला दो। तुम्हारे मन में इसके लिए कोई प्रायश्चित्त की भी भावना नहीं है। कहा गया है कि—

ब्राह्मण के हत्यारे, मद्यपी, चोर, व्रत भंग करने वाले, नीच इन सबके लिए सत्पुरुषों ने निस्तार का रास्ता बताया है किन्तु कृतघ्न के निस्तार का रास्ता नहीं है।

तो आज तुम मेरे देवर को साथ लेकर उनके उपकार का बदला चुकाने के लिए अपने घर लाना, और यदि ऐसा नहीं करोगे तो तुम्हारे साथ परलोक दर्शन मैं नहीं करूँगी? भाई आज उसका यह संदेशा लेकर तुम्हारे पास आया हूँ? आज तुम्हारे लिए उसके साथ झगड़ते हुए मुझे इतनी देर हो गई है। तो आओ चलो मेरे घर। तुम्हारी भावज तुम्हारे लिए उत्कण्ठापूर्वक प्रतीक्षा कर रही होगी। चबूतरा बनाकर बहुमूल्य वस्त्र एवं मणि-माणिक्य के आभूषणों से अलंकृत होकर दरवाजे पर तुम्हारे स्वागत के लिए बन्दनवार लगा रही होगी।''

वानर बोला—''हे मित्र! मेरी भावज ने ठीक ही कहा है। कहा गया है कि—
बुद्धिमान मनुष्य जुलाहे की तरह आकृति वाले उस मित्र को दूर से ही त्याग दे जो लोभवश अपने सामने नित्य हाथ फैलाकर आता है। और भी—

देना, लेना, रहस्य की बातें करना, रहस्य की बातें पूछना, खाना और खिलाना—प्रीति के यह छः लक्षण हैं। किन्तु मैं वनचर हूँ और आपका घर जल में है तो किस तरह वहाँ चल सकता हूँ? अतः तुम मेरी भावज को ही यहाँ ले आओ, जिससे प्रणाम कर उसका आशीर्वाद ग्रहण कर सकूँ।''

मगर बोला—''हे मित्र! मेरा घर जल में नहीं है। समुद्र के सुन्दर तट पर हमारा घर है। मेरी पीठ पर चढ़कर सुख के साथ तुम चल सकते हो, कहीं भी डरने का कोई कारण नहीं है।''

यह सुनकर वानर बहुत खुश हुआ, वह बोला—''भाई! अगर ऐसा ही है तो

देर करने से क्या लाभ है? तुरन्त चलो। लो, यह मैं तुम्हारी पीठ पर चढ़ रहा हूँ।''

वानर को पीठ पर चढ़ाकर मगर चल पड़ा। अथाह समुद्र में चलते हुए मगर को देखकर वानर डर गया और कहा—''भाई! धीरे-धीरे चलो। जल के हिलोरों से मेरा शरीर डूब रहा है।''

यह सुनकर मगर ने सोचा कि अब तो अथाह जल में आकर यह मेरे वश में आ गया है। मेरी पीठ पर होने से तिल भर भी इधर-उधर नहीं चल सकता। अब इससे अपना अभिप्राय बतला देना चाहिए, जिससे अपने देवता का स्मरण कर ले। मन में यह सोचकर मगर ने वानर से कहा—''मित्र! स्त्री की बातों पर विश्वास दिलाकर मैं तुम्हें मारने के लिए ले चल रहा हूँ। अपने अभीष्ट देवता का स्मरण कर लो।''

वानर ने कहा—''भाई! मैंने तुम्हारी या तुम्हारी स्त्री का क्या अपकार किया है, जो मुझे मारने का यह उपाय तुमने सोचा?''

मगर बोला—''भाई! मेरी पत्नी के मन में यह उत्कट लालसा पैदा हो गई है कि जामुन की तरह अमृतमय फलों के रस से तुम्हारा कलेजा बहुत ही मीठा हो गया होगा; अतः वह उसे खाना चाहती है। उसने मुझे इसके लिए कठिन दुराग्रह किया। अतः विवश होकर मैंने यह काम किया।''

मगर की बातें सुनकर तुरन्त बुद्धि उत्पन्न होने वाले वानर ने कहा—''भाई! अगर ऐसा ही था तो तुमने वहीं पर मुझसे यह बात क्यों नहीं कही; क्योंकि मैं तो अपना कलेजा सदा उसी जामुन के खोंढ़र में बहुत छिपाकर रखता हूँ। उसे वहीं पर अपनी भावज के लिए मैं दे देता। मैं तो इस समय उसे अपने साथ लेकर नहीं आया हूँ। क्यों इस तरह शून्य हृदय मुझे तुम लाये?''

यह सुनकर मगर बहुत प्रसन्न हुआ। वह बोला—''भाई! अगर ऐसा ही है तो मुझे अपना हृदय दे दो, जिसे खाकर वह मेरी नीच स्त्री अपना उपवास तो छोड़े। मैं तुम्हें फिर जामुन के पेड़ के पास ले चल रहा हूँ।'' यह कहकर मगर फिर जामुन के पेड़ के समीप वापस आ गया। मन में अनेक देवी-देवताओं की पूजा-मन्नतें मानता हुआ वानर भी किसी तरह समुद्र के किनारे आ गया। किनारे पहुँचते ही वह एक लम्बी छलांग मारकर फिर अपने पेड़ पर चढ़ गया। उसने सोचा कि अहा! बड़ी कठिनाई से प्राण बचे। यह ठीक ही कहा गया है कि अविश्वसनीय का तो कभी विश्वास नहीं करना चाहिए, विश्वसनीय का भी विश्वास करना ठीक नहीं है, क्योंकि विश्वास के कारण उत्पन्न होने वाला भय समूल नाश कर देता है। आज मेरा फिर से जन्म हुआ। वह इस तरह की बातें मन में सोच ही रहा था कि मगर बोला—''हे मित्र! अपना कलेजा लाकर दे दो, जिसे खाकर तुम्हारी भावज अपना अनशन तो छोड़ दे।'' यह सुनकर वानर हँस पड़ा। कठोर बातों से फटकारते हुए उसने कहा—''हे विश्वासघाती मूर्ख! तुझे बारम्बार धिक्कार है। तुझे इतना भी मालूम नहीं कि कहीं किसी के पास दो कलेजे होते हैं। अब तुरन्त तुम मेरे जामुन के पेड़ के नीचे से चले जाओ और फिर कभी यहाँ मत आना। क्योंकि कहा गया है कि—

"एक बार धोखा देने वाले मित्र से फिर सुलह करने की जो इच्छा करता है, वह खच्चरी के गर्भ की तरह मृत्यु को प्राप्त करता है।"

यह सुनकर मगर बहुत लज्जित हुआ। उसने सोचा कि मैं भी कितना मूर्ख हूँ जो इसे अपने मन की बातें बता दीं। अब तो यह अगर किसी भी उपाय से विश्वास माने तो इसे विश्वास दिलाना चाहिए। यह सोचकर उसने कहा—"भाई! मैंने तुम्हारे साथ यह एक मजाक किया था, अरे! भला वह तुम्हारा कलेजा लेकर क्या करेगी? आओ चलें, एक सभ्य अतिथि के रूप में तुम मेरे घर चलो। तुम्हारी भावज उत्सुकतापूर्वक तुम्हारी प्रतीक्षा करती होगी।"

वानर बोला—"अरे नीच! तू यहाँ से जल्द चला जा। अब मैं तेरे पास नहीं आऊँगा। कहा गया है कि—

भूखा आदमी क्या पाप नहीं करता, क्षीण मनुष्य दयारहित हो ज़ाते हैं। हे कल्याणी! जाकर प्रियदर्शन से कहना कि गंगदत्त अब फिर कुएँ में नहीं आएगा।"

मगर ने पूछा—"यह कैसे?"

वानर ने कहा—

[1]

किसी कुएँ में गंगदत्त नाम का मेढकों का राजा रहता था। एक बार उसके परिवार वालों ने उसे बहुत परेशान किया, जिससे उद्विग्न होकर वह चरखी के कलशों में चढ़कर बाहर निकल आया। बाहर निकल कर उसने सोचा कि किस प्रकार अपने परिवार वालों के साथ मैं अपने अपमान का बदला चुकाऊँ। कहा गया है कि—

आपत्ति में अपकार करने वाले एवं विषम स्थिति में हँसने वाले—इन दोनों अपकारियों से बदला चुकाकर मनुष्य को अपने को फिर से पैदा हुआ समझना चाहिए।

वह इस तरह की बातें सोच ही रहा था कि उसने बिल में घुसते हुए एक काले साँप को देखा। उसे देखकर उसने सोचा कि यदि किसी उपाय से इसे कुएँ में ले चलूँ तो सभी परिवार वालों का नाश करवा डालूँ। कहा गया है कि—

बुद्धिमान पुरुष को चाहिए कि वह अपने बलवान शत्रु के साथ किसी दूसरे अधिक बलवान शत्रु को भिड़ा दे, क्योंकि अपने कार्य की सिद्धि में उनके विनाश से किसी प्रकार की पीड़ा का अनुभव नहीं करना चाहिए। और भी—

बुद्धिमान अपने को दुःख देने वाले तेंज शत्रु को किसी दूसरे तेज शत्रु के द्वारा इस तरह नाश कर दे, जैसे शरीर में गड़े हुए एक काँटे को दूसरे कांटे से लोग निकाल कर फेंक देते हैं।

इस तरह का निश्चय कर बिल के द्वार पर जाकर उसने सर्प को बुलाया—"भाई प्रियदर्शन! आइए, यहाँ आइए।"

यह सुनकर सर्प ने सोचा—"यह कौन है जो मुझे इस तरह बुला रहा है, यह अपनी

जाति का तो नहीं है, क्योंकि सर्प की वाणी यह नहीं है। इस मृत्युलोक में किसी दूसरे के साथ मेरी मिताई है भी नहीं। तो अपनी बिल में रहकर मालूम कर लूँ कि यह कौन है? कहा गया है कि—

जिसका कुल, शील, सदाचार, निवास आदि न जानता हो, मनुष्य उसकी संगति न करे, यह वृहस्पति का कथन है। कहीं कोई ऐसा जादूगर न हो जो मंत्र, बाजा या औषधि में प्रवीण हो और इस तरह बुलाकर मुझे बंधन में डाल दे या कोई पुरुष वैर के कारण किसी को खिला देने के लिए मुझे बुला रहा हो। वह बोला—"भाई! कौन हो तुम?"

मेढक ने उत्तर दिया—"भाई! मैं मेढकों का राजा गंगदत्त तुम्हारे साथ मित्रता करने के लिए यहाँ आया हुआ हूँ।"

यह सुनकर सर्प बोला—"भाई! यह बात झूठ है। भला आग के साथ तिनकों की कैसी मित्रता? कहा गया है कि—

जो जिसका आहार या बध्य हो, वह कभी स्वप्न में भी उसके पास न जाय। ऐसी झूठ बातें क्यों बोल रहे हो?"

गंगदत्त बोला—"भाई! यह सच है। तुम हम मेढकों के स्वभाव से ही शत्रु हो, किन्तु एक अपमानजनक स्थिति में पड़कर मैं तुम्हारे समीप आया हूँ। कहा गया है कि—

सर्वनाश के समय तथा प्राणों का संकट उपस्थित हो जाने पर अपने बड़े से बड़े शत्रु को भी प्रणाम करके (विनम्र व्यवहार करके) मनुष्य को अपने प्राणों की एवं धन की रक्षा करनी चाहिए।"

सर्प ने पूछा—"तो बताओ न किसने तुम्हारा अपमान किया है?"

गंगदत्त बोला—"मेरे परिवार वालों ने ही।"

सर्प ने पूछा—"तो तुम्हारा निवास-स्थान कहाँ है? किसी बावली में या तालाब में या कुएँ में। बताओ मुझे अपने निवास स्थान का पता!"

उसने कहा—"पत्थर के टुकड़ों से बँधे हुए कुएँ में।"

सर्प बोला—"मैं तो पैरों वाला हूँ नहीं, मैं उसमें प्रवेश नहीं कर सकता? यदि किसी तरह मैं प्रविष्ट हो भी जाऊँ तो मेरे लिए उसमें ऐसा स्थान न होगा, जहाँ बैठकर तुम्हारे अपमान करने वाले परिवारों को मार सकूँगा। तुम यहाँ से जाओ। कहा गया है कि—

जो वस्तु खाई जा सके, खाने पर पचने में सुखदायी हो, परिणाम में तिहकारी हो, कल्याण के इच्छुक पुरुष को वही वस्तु खानी चाहिए।"

गंगदत्त बोला—"भाई! तुम आओ तो मैं सुख से तुम्हें उस कुएँ में घुसा दूँगा। उसके बीच में पानी के किनारे ही एक सुन्दर खोंढ़र है। उसी में बैठकर तुम सुखपूर्वक मेरे परिवार वालों को मार सकते हो।"

यह सुनकर सर्प ने सोचा—''मैं अब बिलकुल बूढ़ा हो चला हूँ। किसी तरह कभी-कभी एक चूहा प्राप्त कर लेता हूँ, जिससे जीविका चलती है। इस कुलनाशक ने तो सुखपूर्वक जीवन बिताने का यह अच्छा मार्ग दिखला दिया। तो चलकर उन मेढकों को मार कर खूब खाऊँगा। यह ठीक ही कहा गया है कि—

जो प्राणों से निर्बल एवं सहायता से विहीन हो उस बुद्धिमान को सब ओर से सुख देने वाली किसी जीविका का सहारा लेना चाहिए।''

यह सोचकर उसने मेढक से कहा—''भाई गंगदत्त! अगर सचमुच ऐसा है तो मेरे आगे-आगे चलो, जिससे हम दोनों वहाँ चलें।''

गंगदत्त बोला—''भाई प्रियदर्शन! मैं बड़े आराम से तुम्हें वहाँ पहुँचा दूँगा और वह स्थान दिखला दूँगा, किन्तु तुम मेरे खास परिवार वालों की रक्षा करना। केवल उन्हीं को मारकर खाना जिन्हें मैं दिखाऊँ।''

सर्प बोला—''भाई! अब तो तुम मेरे मित्र हो, डरो नहीं। तुम जिसे बताओगे उसी परिवार वालों को मैं खाऊँगा।'' यह कहकर वह बिल से निकल पड़ा और मेढक से आलिंगन कर उसी के साथ कुएँ की ओर चला। कुएँ पर पहुँच कर उस पर पड़ी चरखी के सहारे सर्प को अपने साथ लेकर मेढक कुएँ में नीचे उतर गया। वहाँ खोंढ़र में उसने काले सर्प को बैठाकर उन परिवार वालों को दिखला दिया जिनके साथ उसका झगड़ा था। सर्प ने धीरे-धीरे उन सबको सफाचट कर दिया। जब सब शत्रु मेढक साफ हो गए तो सर्प ने कहा—''भाई! तुम्हारे शत्रुओं को तो मैं खा चुका, मुझे अब कोई दूसरा भोजन दो, क्योंकि तुम ही मुझे यहाँ लाए हो।''

गंगदत्त बोला—''भाई! आपने अपनी मित्रता का पूरा कर्त्तव्य निभाया। अब इसी चरखी के मार्ग से तुम बाहर चले जाओ।''

सर्प बोला—''भाई गंगदत्त! आप उचित बात नहीं कह रहे हैं। मैं किस तरह बाहर जा सकता हूँ क्योंकि मेरी बिल पर अब किसी दूसरे सर्प ने अपना कब्जा जमा लिया होगा। अतः मैं तो अब यहीं रहूँगा। अपने परिवार के एक मेढक को मुझे खाने के लिए आप दें नहीं तो मैं सबको खा जाऊँगा।''

यह सुनकर गंगदत्त ने सोचा—हाय! इस नीच सर्प को यहाँ लाकर मैंने घोर अपराध किया। यदि इसे रोकता हूँ तो यह सबको खा जायगा। हाय! यह ठीक ही कहा गया है कि—

जो अपने से अधिक बलवान शत्रु को मित्र बनाता है, वह अपने ही हाथों में निश्चय ही विष भक्षण करता है।

तो प्रतिदिन इसे एक-एक आत्मीय जनों को देना ही पड़ेगा। कहा गया है कि—

सर्वनाश करने के लिए उपस्थित शत्रु को कुछ थोड़ा-बहुत देकर बुद्धिमान इस तरह सन्तुष्ट कर दे जैसे वाडव अग्नि को समुद्र ने सन्तुष्ट किया था। और भी—जो दुर्बल, बलवान द्वारा थोड़ी-सी वस्तु भी मांगने पर, विनयपूर्वक नहीं दे देता और उसे

दिखाता रहता है, देता नहीं; वह पीछे एक चूर्ण (जरा-सा परिमाण) के स्थान पर एक भारी (बहुत अधिक) देता है।

और भी, पण्डित लोग सर्वनाश की स्थिति में आधा छोड़कर आधे की रक्षा करते हैं। उसी आधे से अपना कार्य करते हैं, क्योंकि सर्वनाश दुःसह होता है। बुद्धिमान थोड़ी वस्तु के लिए अधिक का नाश नहीं करता। यही पण्डिताई है, जो स्वल्प से अधिक की रक्षा की जाय।

यह निश्चय कर वह प्रतिदिन एक-एक मेढक देने लगा। सर्प भी उसे खाकर उसके परोक्ष में परिवार के दूसरे मेढकों को भी खा लेता था। यह ठीक ही कहा गया है कि—

जिस प्रकार मैला वस्त्र पहनने वाले जहाँ-तहाँ बैठ जाते हैं, उसी प्रकार अल्प धनवाले भी अपने बचे हुए धन की रक्षा नहीं करते।

एक दूसरे दिन सर्प ने कुछ मेढकों को खाकर गंगदत्त के पुत्र यमुना दत्त को भी सफाचट कर दिया। उसे खाया देखकर गंगदत्त जोर-जोर से विलाप करने लगा। अपने को धिक्कारता हुआ वह किसी प्रकार भी आश्वस्त नहीं हो सका। तब उसकी पत्नी ने कहा—

अपने पक्ष का नाश करने वाले नीच! इस तरह क्यों रो रहे हो? अपने ही परिवार का नाश हो जाने पर अब हमारी कौन रक्षा करेगा?

तो अब भी तुम किसी तरह अपने निकलने का उपाय सोच लो और यह भी सोच लो कि किस तरह इसकी मौत होगी। इधर धीरे-धीरे सर्प ने कुएँ के सभी मेढकों को साफ कर दिया। केवल एकमात्र गंगदत्त बच रहा। तब प्रियदर्शन ने कहा—"हे गंगदत्त! मैं बहुत भूखा हूँ, सभी मेढक समाप्त हो गए, तो मुझे कुछ भोजन दीजिए, क्योंकि तुम ही मुझे यहाँ लाये हो।"

गंगदत्त बोला—"हे मित्र! मेरे यहाँ मौजूद रहते हुए तुम्हें किसी प्रकार की चिन्ता नहीं करनी चाहिए। तो यदि तुम मुझे बाहर जाने की आज्ञा दो तो मैं दूसरे कुएँ में रहने वाले मेढकों को विश्वास दिलाकर यहाँ ले आऊँ।"

सर्प ने कहा—"भाई के नाते तुम्हें मैं खा नहीं सकता। अब यदि तुम इस तरह का मेरे साथ उपकार करोगे तो पिता के समान हो। तुम ऐसा ही करो।"

सर्प की बात सुनकर गंगदत्त की जान में जान आई। अनेक देवी-देवताओं को मनाता हुआ, वह उसी चरखी पर चढ़कर फिर कुएँ से बाहर निकल आया। भीतर प्रियदर्शन उसके आने की प्रतीक्षा करता हुआ पड़ा रहा। किन्तु जब बहुत दिनों तक गंगदत्त कुएँ में वापस नहीं लौटा, तब दूसरे खोंढ़र में रहने वाली गोह से प्रियदर्शन ने कहा—"कल्याणी! मेरी थोड़ी-सी सहायता आप कर दें। गंगदत्त को तो तुम बहुत दिनों से जानती हो। तो तनिक बाहर निकलकर किसी जलाशय में उसका पता लगाकर मेरा यह संदेश उसे बता दो कि यदि दूसरे मेढक नहीं आ रहे हैं, तो वह अकेला ही

चला आए। मैं उसके बिना यहाँ नहीं रह सकता। मैं उसके साथ किसी तरह का विरुद्ध आचरण नहीं करूँगा। यदि करूँगा तो मुझे घोर पाप लगेगा।'' गोह ने सर्प की बात स्वीकार कर ली। कुएँ से बाहर निकलकर उसने भी तुरन्त ही गंगदत्त का पता लगा लिया और उससे बोली—''भाई गंगदत्त, तुम्हारा प्यारा मित्र प्रियदर्शन बहुत दिनों से तुम्हारी प्रतीक्षा कर रहा है। जल्दी चलो उसके पास। तुम्हारे विरुद्ध कोई भी काम करने में वह घोर पाप मानता है। निर्भय होकर, तुम चलो।''

यह सुनकर गंगदत्त बोला—''कल्याणी! भूखा क्या पाप नहीं करता। क्षीण लोग दयारहित होते हैं। तुम जाकर प्रियदर्शन से कहो कि गंगदत्त अब कभी कुएँ में नहीं आयेगा।''

ऐसा कहकर उसने गोह को अपने पास से विदा कर दिया। हे नीच मगर! मैं भी गंगदत्त की तरह अब किसी प्रकार भी तुम्हारे घर नहीं जा सकता।

यह सुनकर मगर बोला—''हे भाई! यह ठीक नहीं है। मेरे घर चलकर कृतघ्नता के दोष से आप मुझे बचाइए। नहीं तो, मैं भी यहीं अनशन करके तुम्हारे ऊपर अपने प्राणों को त्याग दूँगा।''

वानर ने कहा—''मूर्ख! क्या मैं लम्बकर्ण की तरह मूर्ख हूँ, जो विपत्ति की सम्भावना देखकर भी वहाँ जाकर अपने प्राण गवाऊँ।

एक बार आकर और सिंह के पराक्रम को देखकर चला गया। कान और हृदय से हीन वह मूर्ख है जो जाकर फिर आ गया।''

मगर बोला—''भाई! वह लम्बकर्ण कौन है? कैसे विपत्ति को देखकर भी वह मर गया। यह मुझे बताओ।''

वानर बोला—

[2]

किसी जंगली प्रदेश में एक करालकेसर नाम का सिंह रहता था। उसका सेवक धूसरक नाम का एक सिआर था, जो सदा उसके पीछे-पीछे चलता था। एक बार हाथी के साथ युद्ध करने में सिंह के शरीर में गहरे घाव लग गये, जिससे वह एक पग भी चलने-फिरने में असमर्थ हो गया। उसके इस तरह असमर्थ हो जाने पर धूसरक भी भूख के मारे सूख कर काँटा हो गया, उसका गला सूख गया। एक दिन उसने सिंह से कहा—''स्वामी मैं भूख से बहुत दुःखी हूँ, एक भी पग चलने की मेरी शक्ति नहीं है तो कैसे मैं तुम्हारी सेवा करूँ?''

सिंह बोला—''अच्छा, तुम जाओ, कोई शिकार ढूँढ़ो। ऐसा ढूँढ़ो कि जिसे इस अवस्था में भी मैं मार सकूँ।'' यह सुनकर सिआर शिकार की तलाश में बाहर निकला। वह एक समीपवर्ती गाँव में पहुँचा। वहाँ जाकर उसने देखा कि एक तालाब के समीप लम्बकर्ण नाम का गदहा बहुत दूर-दूर पर जमी हुई घासों को बहुत कठिनाई से चर

रहा था। गदहे के समीप पहुँच कर उसने कहा—''मामा जी, मेरा प्रणाम स्वीकार करें। बहुत दिनों बाद आप दिखाई पड़े हैं। बताइए, क्यों आप इस तरह इतने दुबले हो गए हैं?''

गदहे ने कहा—''भानजे! क्या बताऊँ? धोबी बड़ा ही निर्दयी है, अधिक बोझा लाद देता है और मारता है। मुट्ठी भर घास खाने को नहीं देता। धूल में भरी हुई दूब के अंखुओं को चरता हूँ, इससे कहाँ से शरीर मोटा हो?''

सिआर ने कहा—''मामा जी! यदि यही बात है तो नदी के किनारे एक बहुत सुन्दर और मनोहर स्थान है, जहाँ मरकत मणि की तरह हरी-हरी घासें छाई हुई हैं। वहाँ चलकर आप मेरे साथ अनेक तरह की कथा-वार्ता एवं गोष्ठी सुख का अनुभव करें।''

लम्बकर्ण ने कहा—''भानजे! तुमने ठीक कहा। किन्तु हम देहाती पशु हैं, जंगल के हिंसक पशु हमें मार डालेंगे। तो उस मनोहर स्थान से हमारा क्या लाभ?''

सिआर बोला—''मामा जी! ऐसा न कहें। मेरी भुजाओं के पराक्रम से वह स्थान सर्वदा सुरक्षित है। वहाँ किसी दूसरे का प्रवेश नहीं है; किन्तु जैसे आप धोबी से दुःखी हैं, उसी तरह वहाँ अन्य धोबियों से दुःखी होकर तीन गदहियाँ रहती हैं। वे खूब मोटी-ताजी हो गयी हैं। उन पर जवानी छाई हुई है। उन्होंने मुझसे कहा है कि यदि तुम सचमुच मेरे मामा हो तो किसी गाँव में जाकर हमारे योग्य कोई पति ढूँढ़कर लाइये। इसीलिए मैं आपको वहाँ ले चलना चाहता हूँ।''

सिआर की बातें सुनकर गदहा कामव्यथा से पीड़ित हो गया। वह बोला—''भाई! यदि ऐसा है तो तुम आगे चलो मैं आ रहा हूँ अथवा यह ठीक ही कहा गया है कि—

एक सुन्दर नितम्बिनी को छोड़कर इस संसार में दूसरा कोई अमृत या विष नहीं है, जिसके संग में जीवन और वियोग में मृत्यु हो जाती है। और भी—समागम और दर्शन के बिना भी केवल जिनका नाम सुनकर काम उत्पन्न हो जाता है, उनकी आँखों के सामने पहुँच कर जो प्राणी बह नहीं जाता, वही कुतूहल का पात्र है।''

फिर तो सिआर के पीछे-पीछे गदहा भी वन की ओर चल पड़ा और सिंह के समीप पहुँच गया। सिंह चोट की पीड़ा से पीड़ित था। उसे देखकर ज्यों ही वह उठा तब तक गदहा भागने लगा, किन्तु भागते हुए भी सिंह ने उसे एक चपेटा जड़ दिया। फिर भी, अभागे के व्यापार की तरह वह चपेटा व्यर्थ गया। यह देखकर सिआर बहुत क्रुद्ध हुआ। वह बोला—''यह कैसा प्रहार किया, जो गदहा भी तुम्हारे सामने अपना बल दिखाकर भाग गया। तो अब हाथी के साथ तुम कैसे युद्ध कर सकते हो? तुम्हारा बल मैं देख चुका।''

लज्जा से मुँह बनाते हुए सिंह ने कहा—''भाई! मैं क्या करूँ, मैंने चढ़ाई की तैयारी नहीं कर रखी थी, अन्यथा मेरी तैयारी के बाद हाथी भी भाग कर नहीं निकल सकता था।''

सिआर ने कहा—"अच्छी बात है। एक बार फिर उसे तुम्हारे सामने ला रहा हूँ, किन्तु तुम पूरी तैयारी में रहना।"

सिंह बोला—"भाई! जो अपनी आँखों से एक बार मुझे देख गया है, वह फिर लौट कर कैसे आ सकता है? अब कोई दूसरा शिकार जाकर ढूँढ़ो।"

सिआर ने कहा—"तुमको हमारे इस काम से क्या मतलब? तुम केवल अपनी तैयारी करके बैठो।"

सिंह ने वैसा ही किया, गदहे के भागने वाले रास्ते से चलकर सिआर अब आगे बढ़ा, तो उसने देखा कि वहीं पहले स्थान पर गदहा फिर चर रहा है। फिर तो सिआर को देखकर गदहे ने कहा—"बहिन के बेटे! अच्छे स्थान पर तुम मुझे ले गये कि तुरन्त ही मृत्यु के चंगुल में फँस गया। बताओ न वह कौन जीव था? जिसके अत्यन्त भयानक वज्र के समान हाथ के चपेटों से किसी तरह मैं बच गया।"

यह सुनकर हँसते हुए सिआर ने उत्तर दिया—"भद्र! तुम्हें आते देखकर गदही प्रेम भरे अनुराग के साथ तुम्हें आलिंगन करने के लिए उठी थी, लेकिन तुम तो कायरता के मारे वहाँ से भाग खड़े हुए। अब वह तुम्हारे बिना वहाँ ठहर नहीं सकती। तुम जब भाग रहे थे तो तुम्हें रोकने के लिए उसने अपना हाथ फेंका था, किसी दूसरे कारण से नहीं। अच्छा तो अब चलिए। तुम्हारे लिए वह अनशन किये बैठी है, अगर तुम न चलोगे तो वह मर जायगी। वह यह कह रही है कि 'यदि लम्बकर्ण पति रूप में मुझे न मिलेंगे तो मैं आग में कूद पड़ूँगी या पानी में डूब जाऊँगी। उसका वियोग सहने की मुझमें शक्ति नहीं है।' तो तुम कृपा करके वहाँ तक जरूर चलो, नहीं तो तुम्हें स्त्री-हत्या का पाप लगेगा और दूसरे भगवान कामदेव तुम्हारे ऊपर क्रोध करेंगे। कहा गया है कि—

सभी प्रकार के अर्थ एवं सम्पत्ति को देने वाली कामदेव की विजयिनी मुद्रा स्त्री को छोड़कर जो कुबुद्धि मूर्ख अन्य झूठे फलों की खोज में इधर-उधर घूमते हैं उन्हें कामदेव महाराज अच्छी तरह दण्ड देकर निर्दयतापूर्वक नंगा कर देते हैं, शिर पर जटा रखवा देते हैं और किसी का कपाल लेकर घूमने वाला बना देते हैं।"

सिआर की विश्वास करने योग्य बातों को सुनकर लम्बकर्ण फिर उसके साथ चल पड़ा। ठीक ही कहा गया है कि—

भाग्यवश प्रेरित होकर मनुष्य जानते हुए भी नीच काम करता है। क्या इस संसार में कोई नीच काम भी किसी तरह पसन्द कर सकता है?

इसके बाद वहाँ पहुँचने पर तैयार बैठे हुए सिंह ने लम्बकर्ण को तुरन्त मार डाला। उसे मार कर सिआर को रखवाली पर नियत कर वह स्वयं स्नान करने के लिए नदी तट पर चला गया। सिआर को प्रचण्ड भूख तो लगी ही थी; अतः उसने लालच और उत्सुकता से विवश होकर गदहे के कलेजे को और कान को खा लिया। इसी बीच में नदी तट से स्नान, देवपूजा तथा पितरों का तर्पण समाप्त कर सिंह जब वापस लौटा

तो उसने गदहे को हृदय और कान से विहीन पाया। यह देखकर क्रोध के मारे उसका हृदय जल गया। उसने सिआर से कहा—"पापी! तू ने ऐसा नीच काम क्यों किया, जो इसका कलेजा और कान खाकर जूठा कर दिया?" सिआर ने विनयपूर्वक कहा—"स्वामी! ऐसा न कहिए। यह गदहा तो पहले ही से कान और हृदयविहीन था, क्योंकि इसीलिए एक बार आकर और तुम्हें देखकर यह फिर दुबारा तुम्हारे पास आया।" सिआर की विश्वास करने योग्य बात सुनकर सिंह ने गदहे के मांस को यथायोग्य आपस में बाँट-चोट कर बिना किसी शंका के खाया। इसी से मैंने कहा कि एक बार आकर और फिर सिंह के पराक्रम को देखकर...इत्यादि।

हे मूर्ख! तुमने मेरे साथ छल किया है। सत्य वचन बोलकर युधिष्ठिर की तरह तुमने मेरा सत्यानाश किया था अथवा यह ठीक ही कहा गया है कि—

जो मूर्ख पाखण्डी मनुष्य अपने स्वार्थ को छोड़कर सत्य कहता है वह दूसरे युधिष्ठिर की तरह निश्चय ही अपने स्वार्थ से गिर जाता है।

मगर ने पूछा—"यह कैसे?"

उसने कहा—

[3]

किसी गाँव में एक कुम्हार रहता था। एक बार वह दौड़ रहा था कि असावधानी से एक टूटे हुए घड़े के आधे छीने पर, जो बहुत तेज था, बड़े जोर से गिर पड़ा। खपड़े की तेज कोर से उसका शिर फट गया। खून से सारा शरीर शराबोर हो गया। किसी तरह उठकर वह अपने घर गया। ठीक से पथ्य सेवन न करने के कारण उसका वह घाव बहुत भयानक हो गया। बड़ी कठिनाई से वह चंगा हुआ। एक बार देश में बहुत बड़ा दुर्भिक्ष पड़ा, सभी लोग बहुत दुःख उठाने लगे। भूख से अति पीड़ित कुम्हार भी सूखा कंठ लेकर कुछ राजसेवकों को अपने साथ लेकर परदेश चला गया। वहाँ वह किसी राजा का सेवक बन गया। राजा ने उसके शिर में बहुत बड़े घाव का चिह्न देखकर सोचा कि निश्चय ही यह कोई बहुत वीर पुरुष है जिससे इसके सामने ललाट पर ऐसी भीषण चोट का निशान है। यह सोचकर राजा ने उसे विशेष सम्मानित किया और राजाओं के बीच में उसके साथ समानता का व्यवहार करना शुरू किया। राजपुत्र लोग उसके ऊपर राजा के योग्य इस प्रकार के परम सम्मान को देखकर हृदय में जलते रहे, परन्तु राजा के भय से कुछ भी नहीं बोल सकते थे।

कुछ दिनों के बाद राजा ने युद्ध को उपस्थित देखकर अपने कर्मचारियों की परीक्षा लेनी शुरू की, कि कौन कैसा वीर है? उस समय खूब सजधज के साथ हाथी मैदान में खड़े किये गये, घुड़सवार लोग घोड़े पर चढ़कर ललकारने लगे। पैदल योद्धा लोग हथियार ले-लेकर तैयार हो गए। प्रसंग आने पर राजा ने उस कुम्हार को एकान्त में बुलाकर पूछा—"हे राजपुत्र! तुम्हारा नाम क्या है? तुम किस जाति के हो? किस भीषण लड़ाई में तुम्हारे शिर पर यह चोट लगी थी?"

उसने उत्तर दिया—"देव! यह किसी हथियार की चोट का घाव नहीं है। मेरा नाम युधिष्ठिर है। मैं जाति का कुम्हार हूँ। संयोग की बात मेरे घर पर बहुत सारें छीने और खपड़े पड़े थे। मैं मदिरा पीकर घर से बाहर दौड़ा जा रहा था कि एक तेज खपड़े पर गिर पड़ा, उसी की चोट बढ़कर इस प्रकार विकराल हो गई थी कि आज भी उसका निशान इस तरह मेरे ललाट में दिखाई पड़ता है।"

राजा यह सुनकर बहुत लज्जित हुआ। उसने कहा—"हाय! राजपुत्र के धोखे में पड़कर मैं ठगा गया। इसे गलहत्था देकर तुरन्त राजधानी से बाहर निकाल दो।"

फिर तो सिपाहियों ने राजा की आज्ञा सुनकर उसे गलहत्था देकर निकालना शुरू किया तब कुम्हार ने कहा—"अरे ऐसा न कीजिए। युद्ध में मेरा हस्तकौशल तो देख लीजिए।"

राजा ने कहा—"ठीक है, तुम सर्वगुण सम्पन्न भी हो, फिर भी यहाँ से चले जाओ। कहा गया है कि—

हे पुत्र! तुम शूर हो, विद्वान हो, देखने लायक हो; किन्तु जिस कुल में तुम पैदा हुए हो उसमें हाथी नहीं मारा जाता।"

कुम्हार ने पूछा—"यह कैसे?"

राजा ने कहा—

[4]

किसी प्रदेश में एक सिंह और एक सिंहिनी रहती थी। कुछ दिनों बाद सिंहिनी ने दो बच्चे पैदा किये। सिंह प्रतिदिन जंगली पशुओं को मार-मारकर सिंहिनी को देता था। एक दिन संयोग से उसे कोई पशु नहीं मिला, घूमते-घूमते दिन भी डूब गया। घर लौटते समय उसे एक सिआर का बच्चा मिला। सिंह ने बच्चा समझकर बड़े यत्न से अपनी दाढ़ों में उठाकर उसे सिंहिनी को जीते हुए सौंप दिया। घर वापस आने पर सिंहिनी ने पूछा—"हे कान्त! मेरे लिए तुम कुछ भोजन आज लाये हो?"

सिंह ने कहा—"प्रिये! आज तो इस सिआर के बच्चे को छोड़कर मुझे कोई भी जानवर नहीं मिला। उसे मैंने बच्चा और विशेषकर अपना सजातीय समझ कर नहीं मारा; क्योंकि कहा गया है कि—

स्त्री, ब्राह्मण, संन्यासी और बालक—इनमें से किसी को प्राण संकट उपस्थित होने पर भी कभी नहीं मारना चाहिए। विशेषकर इनमें से विश्वसनीय को तो नहीं ही मारना चाहिए।

किन्तु इस समय इसे खाकर तुम अपनी भूख शान्त करो, सवेरा होने पर मैं कुछ और लाऊँगा।"

सिंहिनी बोली—"हे कान्त! बालक समझकर तुमने तो इसे मारा नहीं, तो फिर मैं अपनी भूख शान्त करने के लिए इसे कैसे मार सकती हूँ? कहा गया है कि—

प्राण संकट उपस्थित होने पर भी अनुचित कार्य नहीं करना चाहिये और न उचित कार्य को छोड़ना चाहिए। यह सनातन धर्म है।

"अब तो यह मेरा तीसरा पुत्र होगा।" ऐसा कहकर सिंहिनी उस सिआर के बच्चे को भी अपने स्तन का दूध पिलाने लगी, जिससे वह थोड़े ही दिनों में बहुत अधिक मोटा-ताजा हो गया। फिर तो सिंहिनी के वे तीनों बच्चे एक ही प्रकार का आहार-विहार करते थे, उनमें से किसी को भी अपनी विशेष जाति के होने का पता नहीं था। वे सुखपूर्वक एक ही स्थान पर अपना लड़कपन बिता रहे थे। कुछ दिनों के बाद एक बार उस वन में घूमते हुए एक जंगली हाथी आ गया। उसे देखकर जब सिंह के वे दोनों बालक क्रोध से भर गये और तुरन्त ही उसकी ओर दौड़ पड़े तब सिआर के बालक ने कहा—"अरे! यह तो हमारे कुल का शत्रु हाथी है, इसके सामने हमें नहीं जाना चाहिए।" ऐसा कहकर वह अपने घर की ओर भाग गया। अपने बड़े भाई को ऐसा करते देखकर सिंह के दोनों बालक भी निरुत्साहित हो गए। यह ठीक ही कहा गया है कि—

एक ही उत्साही एवं धीर–वीर के होने पर युद्ध में सारी सेना उत्साह युक्त रहती है और एक ही के भागने पर सारी सेना भाग जाती है। और भी—

इसीलिए राजा लोग महाबलवान, शूरवीर एवं उत्साही योद्धाओं की इच्छा करते हैं और कायरों को नहीं लेते।

तदनन्तर वे सिंह के दोनों बालक घर पहुँचकर हँसते हुए अपने पिता और माता के सामने अपने बड़े भाई की चेष्टा को बतलाने लगे, जिस तरह वह हाथी को देखकर दूर से ही भाग खड़ा हुआ था। यह सुनकर सिआर का बालक मन में बहुत क्रुद्ध हुआ। उसका निचला होठ फड़कने लगा, आँखें लाल हो गईं, भृकुटि तीन बार टेढ़ी हो गई। उन दोनों को फटकारता हुआ वह कड़ी बातें कहने लगा। तब सिंहिनी ने एकान्त में ले जाकर उसे समझाते हुए कहा—"बेटा! तुम इस तरह की बातें उनसे मत किया करो। ये दोनों तुम्हारे छोटे भाई हैं।" यह सुनकर वह और भी क्रोध में आ गया और बोला—"क्या मैं इन दोनों से शूरता में, रूप में, विद्याभ्यास में, चतुराई में, किसी में कम हूँ, जो ये इस तरह मेरा उपहास कर रहे हैं। मैं इन्हें अवश्य मार डालूँगा।"

यह सुनकर सिंहिनी ने उसके जीवन की रक्षा की अभिलाषा से मन में हँसकर कहा—"हे बेटे! तुम शूर हो, विद्वान हो, देखने लायक हो, मगर जिस कुल में तुम उत्पन्न हुए हो, उसमें हाथी नहीं मारा जाता। मेरे बेटे! तुम अच्छी तरह यह जान लो कि तुम सिआरिनी के पुत्र हो, मैंने अपने स्तन के दूध से तुम्हें पाला-पोसा है। अब तुम शीघ्र ही यहाँ से भागकर अपनी जातिवालों में जाकर मिल जाओ, नहीं तो ये दोनों तुम्हें मार डालेंगे।"

सिंहिनी की बातें सुनकर सिआर का हृदय भय से भर गया। वह वहाँ से धीरे-धीरे चलकर अपनी जातिवालों में आकर मिल गया। तो तुम भी जब तक ये राजपुत्र लोग तुम्हें कुम्हार न जान लें, तब तक तुरन्त ही यहाँ से भाग जाओ। नहीं तो, यहाँ

इनके समीप रहकर तुम्हें मौत के घर जाना पड़ जायगा।

कुम्हार यह सुनकर तुरन्त भाग खड़ा हुआ। इसी से मैं कहता हूँ, जो मूर्ख पाखण्डी स्वार्थ को छोड़ कर...इत्यादि। मूर्ख! तुम्हें धिक्कार है जो तुम स्त्री के लिए इस पापकर्म पर उतारू हो गए। इन स्त्रियों का तो कभी किसी तरह भी विश्वास नहीं करना चाहिए। कहा गया है कि जिसके लिए अपना कुल छोड़ा, आधा जीवन हार गया, वह स्नेह रहित होकर मुझे छोड़ रही है, भला इन स्त्रियों का कौन मनुष्य विश्वास करेगा!

मगर बोला—''यह कैसे?''

वानर ने कहा—

[5]

किसी गाँव में एक ब्राह्मण रहता था। उसकी पत्नी उसे प्राणों से भी बढ़कर प्यारी थी। वह रोज घरवालों से झगड़ा किया करती थी, कभी शान्त नहीं रहती थी। ब्राह्मण से यह झगड़ा सहा नहीं जाता था; अतः स्त्री के स्नेह के कारण घरवालों को छोड़कर वह ब्राह्मणी के साथ बहुत दूर परेदश की ओर चल पड़ा। रास्ते में एक घोर जंगल में पहुँच कर ब्राह्मणी ने कहा—''आर्यपुत्र! मुझे बड़ी प्यास लगी है, कहीं से पानी ढूँढ़ कर लाइए।'' उसकी यह बात सुनकर वह पानी लेने चला गया। पानी लेकर जब वह वापस लौटा तो ब्राह्मणी को मरी हुई पाया। फिर तो वह स्त्री के प्रेम से विह्वल होकर जोर-जोर से रोने लगा। इसी बीच उसे यह आकाशवाणी सुनाई पड़ी कि—'हे ब्राह्मण! यदि तुम अपने जीवन का आधा भाग इसे दे दो तो तुम्हारी ब्राह्मणी जीवित हो जाय।' यह सुनकर ब्राह्मण ने स्नान ध्यानादि से पवित्र होकर तीन बार प्रतिज्ञा करके अपने जीवन का आधा भाग ब्राह्मणी को दे दिया। वाग्दान करते ही ब्राह्मणी जीवित हो गई। फिर तो वे दोनों पानी पीकर और जंगल के फल खाकर आगे पथ पर चलने लगे। पथ पर आगे बढ़ते हुए ब्राह्मण और ब्राह्मणी एक किसी नगर में पहुँच गए। वहाँ एक पुष्प वाटिका में पहुँचकर ब्राह्मण ने अपनी पत्नी से कहा—''प्रिये! जब तक मैं भोजन लेकर आ रहा हूँ तब तक तुम यहीं बैठी रहो।'' यह कहकर ब्राह्मण नगर में चला गया। उसी पुष्प वाटिका में एक पंगुल कुएँ पर लगी हुई चरखी से खेलता हुआ मनोहर गीत गा रहा था। उसके मनोहर गीत सुनकर ब्राह्मणी काम वाण से बिद्ध हो गई। वह पंगुल के समीप जाकर बोली—''भद्र! यदि तुम मेरे साथ कामकेलि नहीं करते, तो एक स्त्री-हत्या का पाप तुझे लगेगा।'' पंगुल ने कहा—''मुझ रोगी को लेकर तुम क्या करोगी?'' ब्राह्मणी ने कहा—''इसके कहने से क्या लाभ है? मैं तो अवश्य ही तुम्हारे साथ समागम करूँगी।'' ब्राह्मणी की काम प्रार्थना सुनकर पंगुल ने वैसा ही किया। कामक्रीड़ा के अनन्तर ब्राह्मणी बोली—''अब आज से जीवन पर्यन्त के लिए मैं तुम्हें अपना हृदय सौंप रही हूँ। ऐसा समझ कर तुम भी हमारे साथ-साथ चलो।'' पंगुल ने कहा—''ठीक है।''

इसके बाद भोजन लेकर ब्राह्मण नगर से वापस लौटा और ब्राह्मणी के साथ

भोजन करने बैठ गया। ब्राह्मणी बोली—"यह पंगुल बहुत भूखा है। इसे भी कुछ ग्रास भोजन दे दें।" ब्राह्मण ने उसे कुछ ग्रास दे दिये। ब्राह्मणी ने फिर कहा—"पतिदेव! तुम अकेले ही हो। जब कहीं किसी दूसरे गाँव में चले जाते हो, तो मुझे बातचीत से भी सहायता करने वाला कोई नहीं रहता। अच्छा होगा कि इस पंगुल को साथ लेकर चलें।" ब्राह्मण ने कहा—"प्रिये! हम तो अपने आप ही को ढोने में असमर्थ हैं, तो इस पंगुल को कैसे ढोएँगे?" ब्राह्मणी बोली—"पेटारी में रखकर मैं इसे साथ लेती चलूँगी।" ब्राह्मणी के बनावटी वचन को सुनकर ब्राह्मण का चित्त मोहित हो गया और उसने यह स्वीकार कर लिया। फिर तो ब्राह्मणी उस पंगुल को अपनी उस पेटारी में बैठाकर साथ लेकर चलने लगी। दूसरे दिन वे सब एक कुएँ के समीप बैठकर सुस्ताने लगे। पंगुल पर आसक्त ब्राह्मणी ने अपने पति को कुएँ में ढकेल दिया और पंगुल को लेकर किसी नगर में चली गई। नगर के प्रवेश द्वार पर चुंगी के अधिकारी राजपुरुषों ने इधर-उधर घूमते हुए ब्राह्मणी को शिर पर पेटारी रखे हुए देखा और उसे जबर्दस्ती छीन कर राजा के सामने ले गए। राजा ने जब उसे उघाड़ कर देखा तो उसमें बैठे हुए पंगुल को देखा। उधर ब्राह्मणी भी रोती-पीटती राजपुरुषों के पीछे-पीछे राजा के पास पहुँची। राजा ने पूछा—"क्या बात है?" ब्राह्मणी बोली—"यह मेरा पति है। यह व्याधि से पीड़ित है, घरवालों ने इसे बहुत परेशान कर रखा था। अतः स्नेह से व्याकुल होकर मैं इसे शिर पर उठाकर आपके नगर में आई हुई हूँ।" यह सुनकर राजा बोला—"ब्राह्मणी! तुम मेरी बहिन हो। दो गाँव मुझसे लेकर पति के साथ आनन्दपूर्वक तुम यहीं रहो।"

उधर भाग्यवश ब्राह्मण को किसी साधू ने कृपापूर्वक कुएँ से बाहर निकाल दिया। वह भी घूमता-घामता उसी राजा के नगर में आ पहुँचा। उसे देखकर उसकी नीच स्त्री ने राजा से जाकर कहा—"राजन्! यह मेरे पति का वैरी यहाँ भी आ गया है।" राजा ने उसे मार डालने का आदेश दे दिया। ब्राह्मण ने कहा—"देव! मेरे पास से इसने कुछ चीज ली है, यदि आप धर्म का पालन करने वाले राजा हैं तो मुझे मेरी चीज दिला दीजिए।"

राजा ने कहा—"कल्याणी! यदि तुम इसकी कोई चीज लिये हो, तो उसे दे दो।"

ब्राह्मणी बोली—"देव! मैंने इसकी कोई चीज नहीं ली है।"

ब्राह्मण ने कहा—"जो मैंने तीन बार कहकर अपने जीवन का आधा भाग तुम्हें दिया है, वह मुझे वापस कर दो।"

राजा के भय से डर कर वह वहीं पर तुरन्त तीन वचनों द्वारा दिये गये ब्राह्मण के अच्छे जीवन को लौटाने के लिए तत्पर हो गई। उसने कहा—"राजन्! इसने मुझे तीन बार कह कर अपना जीवन दिया है, यह सच है।" यह कहते ही कहते उसके प्राण पक्षी उड़ गये।

यह देखकर राजा को बड़ा आश्चर्य हुआ। उसने पूछा—"भाई! यह क्या बात

है?'' ब्राह्मण ने राजा से सारी कहानी कह सुनाई। इसी से मैं कहता हूँ कि जिसके लिए परिवार को छोड़ा, आधा जीवन त्यागा...इत्यादि।

वानर ने फिर कहा—''यह भी कहानी ठीक ही सुनी जाती है कि स्त्रियों के कहने पर मनुष्य क्या नहीं दे देता और क्या नहीं करता? घोड़ा न होकर भी जहाँ हिंहियाया जाता है, उसी पर्व में शिर भी मुंड़ाया गया।''

मगर बोला—''यह कैसे?''

वानर बोला—

[6]

इसी धरती पर समुद्र समेत सारे भूमण्डल का एकमात्र स्वामी नन्द नाम का एक राजा था। उसके पराक्रम और उसकी सेना की प्रशंसा दूर-दूर तक होती थी। उसके चरणों का आसन अनेक राजाओं के मुकुटों की किरणों से सर्वदा चमकता रहता था। शरद्-पूर्णिमा के चंद्रमा की किरणों के समान उसकी निर्मल कीर्ति चारों ओर फैली हुई थी। उसका प्रधान सचिव वररुचि सभी शास्त्रों के मर्म को जानने वाला एवं परम बुद्धिमान् था। एक बार उसी वररुचि की पत्नी प्रेम-कलह में रूठ गई। वररुचि की वह परम-प्यारी थी। उन्होंने बहुत तरह से उसे मनाना चाहा पर वह प्रसन्न नहीं हुई। तब वररुचि ने पूछा—''कल्याणी! तुम अब जिस उपाय से प्रसन्न हो सकती हो, उसे स्वयं बताओ। मैं निश्चय ही उसे करूँगा।'' तब किसी तरह बहुत देर बाद वह बोली—''यदि शिर मुँड़ाकर तुम मेरे पैरों पर गिरो तब मैं प्रसन्न होऊँगी।'' वररुचि ने वैसा ही किया जिससे वह फिर प्रसन्न हो गई। इसके बाद ही फिर नन्द की पत्नी भी उसी तरह प्रेम-कलह में रूठ बैठी। प्रयत्न करने पर भी वह खुश नहीं हुई तब नन्द ने पूछा—''कल्याणी! तुम्हारे बिना तो मैं क्षण भर भी नहीं जी सकता, मैं पैरों पर गिरकर तुम्हें प्रसन्न करना चाहता हूँ।'' पत्नी ने कहा—''यदि तुम मुँह में लगाम दे लो और मैं तुम्हारी पीठ पर चढ़कर तुम्हें दौड़ाऊँ और तुम दौड़ते हुए घोड़े की तरह हिनहिनाओ तो मैं तुम्हारे ऊपर प्रसन्न होऊँगी।'' राजा नन्द ने भी वैसा ही किया। दूसरे दिन प्रातःकाल के समय जब राजा नन्द सभा में विराजमान था तब उसी समय उसका मंत्री वररुचि वहाँ आ गया। उसे मुंडित शिर देखकर राजा ने पूछा—''वररुचि जी! आपने किस पुण्य पर्व पर यह शिर मुँड़ाया है?''

वररुचि ने कहा—''स्त्रियों से प्रार्थित होने पर मनुष्य क्या नहीं दे देता और क्या नहीं कर सकता? जिसमें घोड़ा न होने पर भी हिनहिनाया जाता है, उसी पर्व में मैंने यह मुण्डन भी कराया है।''

इसलिए हे दुष्ट मगर! तुम भी नन्द और वररुचि की तरह स्त्री के वश में रहने वाले हो। यहाँ मेरे पास आकर तुमने मेरे वध का उपाय करना प्रारम्भ किया, किन्तु अपने ही वचन के दोष से उसे प्रकट भी तुमने कर दिया अथवा यह ठीक ही कहा गया है कि—

अपने ही मुख के दोष से शुक और सारिका बाँधे जाते हैं, किन्तु बगुले नहीं बाँधे जाते। अतः चुप रहना सभी प्रयोजनों को सिद्ध करने वाला है।

और भी—अच्छी तरह सुरक्षित एवं गुप्त होने पर भी अपने दारुण शरीर को दिखाने वाला, बाघ के चमड़े से ढँका हुआ गदहा अपनी बोली के कारण ही मारा गया।

मगर ने पूछा—"यह कैसे?"

वानर बोला—

[7]

किसी गाँव में शुद्धपट नाम का एक धोबी रहता था। उसके पास एक गदहा था। घास न मिलने के कारण वह बहुत दुबला हो गया था। धोबी ने एक बार वन में घूमते हुए एक मरे हुए बाघ को देखा। उसने सोचा—यह बहुत ही अच्छा हुआ, इसी बाघ के चमड़े से ढँककर मैं रात के समय अपने गदहे को खेतों में छोड़ दूँगा, बाघ समझ कर समीप के खेत वाले इसे अपने खेतों से बाहर निकालने की हिम्मत नहीं करेंगे। धोबी ने ऐसा ही किया। फिर तो गदहा रात के समय खेतों में घूम-घूमकर जौ खाने लगा। सवेरा होने पर धोबी उसे अपने निवास पर फिर हाँक लाता था। इस तरह कुछ दिन बीत जाने पर उसका वह गदहा बहुत मोटा-ताजा हो गया। बड़ी कठिनाई से वह खूँटे पर भी आने लगा। कुछ दिन बाद वह अधिक बलवान गदहा जब रात में खेतों में चर रहा था कि उसे दूर से किसी गदही के बोलने की आवाज सुनाई पड़ी। उसे सुनते ही वह स्वयं जोर-जोर से बोलने लगा। अब तो खेतों के रखवालों ने उसे एक मामूली गदहा जानकर लाठियों से पीट-पीट कर जान से मार डाला। इसी से मैंने कहा कि 'अच्छी तरह सुरक्षित एवं गुप्त होने पर भी...' इत्यादि।

वानर के साथ मगर की इस तरह की बातें हो ही रही थीं कि इसी बीच में एक दूसरे जलचर ने आकर उससे कहा—"अरे भाई मगर! तुम्हारी पत्नी घर पर अनशन कर रही थी। इधर तुम देर कर रहे हो और उधर वह तुम्हारे प्रेम के मारे मर गई।"

उस जलचर की वज्रपात के समान इस कठोर बात को सुनकर मगर एकदम व्याकुल हो गया। वह बहुत दुःखी होकर बोला—"हाय! मुझ अभागे का यह कैसा सत्यानाश हो गया? कहा गया है कि—

जिसके घर माँ नहीं हो, प्रिय बोलने वाली पत्नी न हो, उसे जंगल में चला जाना चाहिये, क्योंकि उसके लिए जैसे घर वैसे जंगल।

हे मित्र! अतः जब मुझे क्षमा करना। मैंने तुम्हारे साथ घोर अपराध किया है। अब तो मैं स्त्री के वियोग की आग में जलकर प्राण दे दूँगा।"

यह सुनकर हँसते हुए वानर बोला—"अरे! मैंने तो पहले ही तुम्हें जान लिया कि तुम स्त्री के वश में रहने वाले हो। तुम्हारे ऊपर तुम्हारी स्त्री का अधिकार है। अब तो मुझे इस बात का पूरा विश्वास हो गया! प्रसन्न होने के समय तुम दुःखी हो रहे हो?

वैसी दुष्ट स्त्री के मरने पर तो तुम्हें उत्सव मनाना चाहिए। क्योंकि कहा गया है कि—

जो स्त्री दुष्ट चरित्र वाली तथा सदा झगड़ा करने वाली हो, बुद्धिमान लोग वैसी स्त्री को पत्नी के रूप में भयानक वृद्धता बतलाते हैं। इसलिए इस संसार में जो अपना कल्याण चाहे, वह प्रयत्नों से सब प्रकार की स्त्रियों के नाममात्र से बचा रहे। ये विचित्र चरित्रवाली स्त्रियाँ गजब की होती हैं। इनके हृदय में जो होता है वह जीभ पर नहीं होता, जो जीभ पर होता है, वह बाहर नहीं, जो बाहर होता है, उसे ये कभी करती नहीं। इस दुनियाँ में ऐसे कौन हैं जो अपनी मूर्खता के कारण इन स्त्रियों के पीछे नष्ट नहीं हो गये। इस मनोहर स्त्रियों के पास जो जाते हैं, वे दीपक के पास जाने वाले पतिंगों की तरह नष्ट हो जाते हैं। ये स्त्रियाँ स्वभाव से ही घुंघुची के फल की तरह भीतर विष से भरी हुई तथा बाहर से मन को रिझाने वाली होती हैं। ये स्त्रियाँ डण्डे से पीटने पर, शस्त्रों से काट–पीट देने पर या रुपया-पैसा देने पर अथवा प्रार्थना करने पर भी वश में नहीं रहतीं। इन स्त्रियों की अन्य दुष्टता की क्या चर्चा की जाय जबकि ये अपने पेट में धारण किये हुए अपने पुत्र को भी क्रोध में आकर मार डालती हैं। मूर्ख मनुष्य इन नीरस स्त्रियों में स्नेह और सद्भाव, कठोरता में मृदुता और नीरसता में रस की कल्पना करते हैं।''

मगर बोला—''हे मित्र! आपका कहना ठीक हो सकता है, किन्तु क्या करूँ? मेरे लिए तो दो-दो अनर्थ हो गए। एक तो घर नाश हुआ, दूसरे तुम्हारे जैसे परम मित्र के साथ चित्त उचट गया। भाग्य के फेर से ऐसा होता ही है; क्योंकि कहा गया है कि—

जैसी मेरी पण्डिताई है तुम्हारी उससे दुगुनी है। हे नंगी! तुम क्या देख रही हो, यह न तुम्हारा प्रेमी जार है और न पति है।''

वानर ने कहा—''यह कैसे?''

मगर बोला—

[8]

किसी गाँव में हल चलाकर जीविका पैदा करने वाला एक पुरुष तथा उसकी एक स्त्री रहती थी। पति के बूढ़ा हो जाने के कारण उसकी स्त्री के चित्त में सदा दूसरे पति का ध्यान लगा रहता था। किसी तरह भी उसे अपने घर पर रहना अच्छा नहीं लगता था। वह केवल दूसरे पुरुष की तलाश में इधर-उधर बराबर घूमा करती थी। कुछ दिन बाद उसे इस तरह घूमती हुई एक धूर्त्त ने देखा, जिसका पेशा ही दूसरे की धन-सम्पत्ति हड़प लेना था। उसने एकान्त में उस स्त्री से कहा—''सुन्दरी! मेरी पत्नी मर गई है, तुम्हें देखकर मुझे काम-पीड़ा हो रही है, मुझे रति-दक्षिणा दो।'' तब उस स्त्री ने कहा—''सुन्दर! यदि तुम ऐसा चाहते हो तो मेरे पति के पास प्रचुर धन है, वह बूढ़ा हो गया है, इधर-उधर चल-फिर भी नहीं सकता। चलो, उसका सब धन हथिया कर मैं तुम्हारे साथ चल दूँगी।'' धूर्त्त पुरुष ने कहा—''सुन्दरी! यह तो मैं भी चाहता हूँ। तो कल सवेरे तुम जल्दी ही में आ जाना, जिससे तुम्हारे साथ किसी दूर के नगर में चल कर अपना

जीवन और यह लोक सफल करूँ।'' उस बूढ़े की स्त्री ने 'बहुत अच्छा, ऐसा ही करूँगी,' कहकर मुसकराती हुई अपने घर चली आई। रात में घर पर जब उसका पति सो गया, तब सब धन समेट कर वह उस पुरुष द्वारा बताये गये स्थान पर सवेरा होते ही पहुँच गई। धूर्त्त मनुष्य वहाँ पहले ही से मौजूद था। उसने भी उसे आगे-आगे करके दक्षिण दिशा की ओर शीघ्रता के साथ प्रस्थान कर दिया। इस तरह वे दोनों दक्षिण दिशा के पथ पर चले जा रहे थे कि दो योजन दूर जाने के बाद कोई नदी सामने आ पड़ी। नदी को देखकर धूर्त्त ने मन में सोचा—इस यौवन-पथ के अन्त में विराजमान अधबूढ़ी स्त्री को लेकर मैं क्या करूँगा और अगर इसके पीछे-पीछे कोई आ जाय तो मेरा सब काम बिगड़ जायेगा तो यह अच्छा है कि इसका सारा धन लेकर मैं चल दूँ। यह निश्चय कर धूर्त्त ने स्त्री से कहा—''प्रिये! यह नदी बड़ी कठिनाई से पार की जा सकेगी। तो पहले मैं सब धन लेकर उस पार रख आऊँ तब वापस लौट कर तुम्हें अकेली पीठ पर लादकर आराम से पार कर लूँगा।''

स्त्री ने कहा—''सुन्दर! ऐसा ही करो।''

यह कहकर उसने सारा धन उस धूर्त्त को दे दिया। तब उसने फिर कहा—''कल्याणी! पहनने और ओढ़ने की साड़ी और चादर भी दे दो जिससे पानी में बिना किसी रुकावट और शंका के चल सको।'' उसने ऐसा ही किया। धूर्त्त ने उसका सारा धन और वस्त्र ले लिया और नदी के उस पार पहुँचकर, जहाँ पहले से निश्चय कर चुका था, वहाँ चला गया, वापस नहीं लौटा। इधर वह स्त्री लज्जा ढँकने के लिए अपने दोनों हाथों को गले के पास लगाकर बड़े दुःख के साथ उसी नदी के तट पर बैठी रही। थोड़ी देर बाद एक सिआरिन मुँह में मांस का टुकड़ा लेकर उसी के समीप नदी तट पर आ पहुँची। सिआरिन ने नदी तट पर आकर देखा कि एक बहुत बड़ी मछली पानी से बाहर निकल कर बैठी हुई है। ऐसा देखते ही मांस का टुकड़ा अलग रखकर वह उस मछली के ऊपर झपट पड़ी। उसका झपटना था कि आकाश से एक गीध झपट कर उस मांस के टुकड़े को लेकर फिर आकाश में उड़ गया। उधर मछली भी सिआरिन को झपटते देखकर शीघ्रता से पानी में कूद गयी। सिआरिन का सारा श्रम व्यर्थ गया।

वह निराश आँखों से गीध को देख रही थी कि नंगी स्त्री ने हँसकर कहा—

''हे सियारिन! गीध ने मांस ले लिया, मछली भी पानी में चली गई। इस तरह तुम्हारे हाथ से मांस और मछली—दोनों चले गये, अब क्या देख रही हो।''

यह सुनकर पति, धन और जार से विहीन नंगी स्त्री को देखकर हँसते हुए सिआरिन ने कहा—

''हे नंगी स्त्री! मेरी चतुराई जितनी है, उससे तुम्हारी दो गुनी अधिक है। तुम्हारा पति भी नहीं रहा और जार भी चला गया, अब क्या देख रही हो?''

मगर इस तरह की बात कर ही रहा था कि इसी बीच दूसरे जलचर ने आकर कहा—''अरे! तुम्हारे घर को एक दूसरे बलवान मगर ने आकर कब्जा कर लिया है।'' यह सुनकर वह मन में बहुत ही दुःखी हुआ और उसे घर से बाहर निकालने का उपाय

सोचते हुए बोला—"हाय! मेरे दुर्भाग्य को तो देखो?"

मित्र भी शत्रु हो गया, प्यारी पत्नी मर गई, घर पर दूसरे ने कब्जा कर लिया, अभी और क्या होगा? अथवा यह ठीक ही कहा गया है—

घाव में बराबर चोट लगती रहती है, अन्न चुकने पर जठराग्नि प्रदीप्त होती है, आपत्ति के समय नये वैरी उठ खड़े होते हैं, एक विपत्ति में अनेक विपत्तियाँ आती रहती हैं।

अब मैं क्या करूँ? क्या उसके साथ लड़ाई करूँ अथवा समझा-बुझाकर घर से बाहर निकालूँ अथवा भेद नीति या दान नीति का सहारा लूँ। यह भी ठीक ही होगा कि इसके बारे में अपने योग्य मित्र वानर से ही कुछ पूछूँ। कहा गया है कि—

जो अपने से योग्य एवं हितैषी गुरुजनों से पूछकर कोई कार्य करता है, उसके किसी काम में कभी विघ्न नहीं आता।

मन में ऐसा निश्चय कर उसने फिर उसी जामुन के पेड़ पर बैठे हुए अपने वानर मित्र से पूछा—"हे मित्र! मेरे दुर्भाग्य को तो देखो कि अब मेरे निवास-स्थल को भी एक बलवान मगर ने हथिया लिया है। मैं तुमसे पूछने के लिए आया हूँ कि अब क्या करूँ? साम, दाम, दण्ड, विभेद आदि उपायों में से किसका सहारा लूँ? यहाँ किसकी जरूरत है?"

वानर ने कहा—"हे कृतघ्न, पापी! मैंने जब तुम्हें यहाँ आने से एक बार मना कर दिया तो फिर तुम मेरे पास क्यों आ गए? मैं तुझ जैसे मूर्ख को अब कोई उपदेश नहीं देना चाहता।"

यह सुनकर मगर बोला—"हे मित्र! सचमुच मैं महान अपराधी हूँ; परन्तु मेरे अपने पूर्व-स्नेह का स्मरण कर मुझे हितकारी उपदेश दें।"

वानर बोला—"मैं तुमसे बातें भी नहीं करना चाहता। तुम तो स्त्री की बात मानकर मुझे समुद्र में मारने के लिए ले जा चुके थे। यह ठीक है कि स्त्री सबसे बढ़कर इस दुनियाँ में प्यारी होती है पर उसकी बात मानकर मित्र या परिवार के लोगों को समुद्र में नहीं फेंका जाता। हे मूर्ख! अपनी मूर्खता के कारण तुम्हारा सत्यानाश हो जायगा, यह तो मैं पहले ही बता चुका हूँ; क्योंकि—

सज्जनों द्वारा बताई गई बात को जो घमण्ड के कारण नहीं करता, वह घण्टावाले ऊँट की तरह जल्द ही विनाश के मुँह में जाता है।"

मगर बोला—"यह कैसे?"

उसने कहा—

[9]

किसी गाँव में उज्ज्वलक नाम का एक बढ़ई रहता था। वह बहुत ही गरीब था। एक बार उसने मन में सोचा—"हाय! इस दरिद्रता को धिक्कार है, जो मेरे घर में खाने

का भी ठिकाना नहीं। गाँव भर में सब लोग अपने-अपने रोजी–रोजगार में शान्त–प्रसन्नचित्त से लगे हुए हैं, किन्तु मेरा कोई भी रोजगार नहीं है। सभी लोगों के पास चौमहले–तिमहले घर हैं, मेरे पास एक भी ऐसा घर नहीं है। तो इस बढ़ईपने से क्या लाभ है?'' ऐसा सोच–विचारकर वह देश से निकल गया। कुछ दूर जाने पर घोर जंगल में सूर्यास्त के समय उसे एक ऊँटिनी दिखाई पड़ी जो अपने समूह से बिछुड़ गई थी और गर्भ की पीड़ा से पीड़ित थी। फिर तो बढ़ई उस बच्चेवाली ऊँटिनी को साथ लेकर अपने निवास स्थान को वापस लौट आया। घर आकर उसने रस्सी लेकर उस ऊँटिनी को बाँध दिया और एक तेज कुल्हाड़ी लेकर उसके खाने के लिए पत्तियों की तलाश में पहाड़ी पर गया। वहाँ से नयी-नयी बहुत-सी कोमल पत्तियोंवाली डाली काटकर और शिर पर लादकर वह ले आया और उसके सामने डाल दिया। ऊँटिनी उसे धीरे-धीरे खा गई। फिर तो रात-दिन वैसे कोमल पत्तों को खा-खाकर ऊँटिनी शरीर से खूब तगड़ी हो गई और उसका वह छोटा बच्चा बड़ा हो गया। अब बढ़ई प्रतिदिन उसी ऊँटिनी का दूध दुहकर अपने कुटुम्ब का पालन-पोषण करने लगा। स्नेहवश बढ़ई ने ऊँट के बच्चे के गले में एक बड़ा घंटा बाँध दिया था।

कुछ दिनों के बाद बढ़ई ने एक बार सोचा—कठिनाई से पूरे होने वाले दूसरे कामों से क्या लाभ है? जब एक ही ऊँटिनी के पालने से मेरे कुटुम्ब का खर्चा-बर्चा चल रहा है तो दूसरे व्यापार के करने से क्या फायदा? मन में ऐसा सोचकर उसने घर आकर पत्नी से कहा—''कल्याणि! यह रोजगार बहुत ही अच्छा है। यदि तुम सलाह दो तो किसी धनी से कुछ धन कर्ज लेकर ऊँट लेने के लिए मैं गुजरात देश जाऊँ। और तब तक तुम इन दोनों की देखभाल करती रहो जब तक मैं दूसरी ऊँटिनी लेकर लौट आऊँ।'' पत्नी राजी हो गई और बढ़ई धन लेकर गुजरात प्रदेश चला गया। वहाँ से एक दूसरी ऊँटिनी लेकर वह वापस चला आया। अधिक क्या? उसने ऐसा किया कि थोड़े ही दिनों में उसके पास बहुतेरे ऊँटिनी और ऊँट हो गए। इस प्रकार बहुत से ऊँट और ऊँटिनी हो जाने पर उसने एक रखवाला नियत कर दिया। उसे मजदूरी में प्रति वर्ष एक ऊँट देता और पीने के लिए रात-दिन ऊँटिनियों का दूध नियत कर दिया। खुद बढ़ई ऊँटिनी और ऊँट का व्यापार करने लगा और इस प्रकार वह आराम से जीवन बिताने लगा।

अब उसके ऊँट नगर के समीप जंगल में नियमित रूप से चरने के लिए जाने लगे। कोमल-कोमल लताएँ भर पेट खाकर बहुत बड़े तालाब में पानी पीकर सायंकाल के समय धीरे-धीरे खेलकूद करते हुए वे घर वापस लौटते थे। पहले वाला ऊँट का बच्चा अब बहुत बलवान हो गया था। अतः मदमाता-सा सबके पीछे से आकर वह समूह में मिलता था। उसे ऐसा करते देखकर दूसरे ऊँट के बच्चों ने कहा—यह दासेरक बहुत बड़ा मूर्ख है, यह समूह छोड़कर पीछे से घंटा बजाता हुआ आता है। अगर कहीं किसी हिंसक जानवर के पल्ले पड़ जायेगा तो निश्चय ही मौत के मुँह में जायगा। एक बार नहीं अनेक बार उन्होंने उसे ऐसा करने से मना किया, किन्तु उनकी

बातों पर वह कान ही नहीं देता था और बराबर सबके पीछे बल की अधिकता से जंगल में प्रवेश करता था। इस तरह वह वन में एक बार घूम रहा था कि उस वन का सिंह घंटा की आवाज सुनकर उधर देखने लगा। उसने देखा कि ऊँटिनियों और ऊँटों का एक बहुत बड़ा झुण्ड चला आ रहा है। और वह मदमाता ऊँट प्रतिदिन की तरह पीछे खेलता-कूदता हुआ हरी-हरी लताओं को अब भी चर रहा है। दूसरे सभी ऊँट पानी पीकर अपने घर की ओर चले गए पर अभी तक वह चर ही रहा है। थोड़ी देर बाद जब उसने वन से निकलकर इधर-उधर देखा तो समूह के जाने का मार्ग उसे नहीं दिखाई पड़ा और न मालूम ही पड़ा कि किस राह से सब गए। इस तरह वह झुण्ड से बिछुड़ गया और धीरे-धीरे घनघोर आवाज करते हुए वन से दूर तक चला गया। तब तक उसकी आवाज का पीछा करने वाला सिंह अपनी पूरी तैयारी करके उसके मार्ग पर चुपचाप बैठ गया। जब ऊँट का वह नादान बच्चा सिंह के एकदम समीप आ गया तब तक सिंह ने कूदकर उसकी लम्बी गरदन पकड़ ली और उसे एकदम खत्म कर दिया। इसी से मैं कहता हूँ कि—"सज्जनों की बताई गई बातों को जो नहीं करता...इत्यादि।"

यह सुनकर मगर ने कहा—"भाई! शास्त्रों के जानने वाले पण्डित लोग मित्रता को सात पद में उत्पन्न होने वाली बताते हैं। उसी मित्रता को आगे करके मैं जो कुछ कह रहा हूँ कृपया सुन लो। हित चाहने वाले उपदेश दाता मनुष्य को इस लोक में और परलोक में कभी कोई विपत्ति नहीं पड़ती। यद्यपि मैं सब तरह से कृतघ्न हूँ फिर भी उपदेश देने की कृपा मुझ पर करो। कहा गया है कि—जो उपकार करने वालों पर उपकार करता है उसके उपकार में कौन-सा गुण है? जो अपने अपकारियों के साथ उपकार करता है, उसे ही सज्जन लोग उपकारी मानते हैं।"

यह सुनकर वानर बोला—"भाई! अगर ऐसी ही बात है तो तुम उसके साथ जाकर युद्ध करो। कहा गया है कि—

युद्ध में मर जाने पर तो तुम्हें स्वर्ग मिलेगा और जीते रहने पर घर तथा कीर्ति मिलेगी। इस तरह युद्ध में तुम्हें यह दो अनुपम लाभ मिलेंगे।

उत्तम शत्रु को हाथ जोड़कर, शूरवीर शत्रु को भेद डालकर, नीच शत्रु को कुछ देकर तथा समान शक्ति वाले शत्रु को युद्ध करके शान्त करना चाहिये।"

मगर बोला—"यह कैसे?"

उसने कहा—

[10]

किसी जंगली प्रदेश में महाचतुरक नाम का एक सिआर रहता था। एक बार वह जंगल में घूम रहा था कि उसे मरा हुआ एक हाथी मिला। वह उसके चारों ओर घूमने लगा पर उसका कठिन चमड़ा फाड़ने में उसे सफलता नहीं मिली। वह इसी उधेड़बुन

में था कि तब तक इधर-उधर घूमता हुआ एक सिंह वहाँ आ पहुँचा। सिंह को देखकर सिआर ने धरती पर शिर रखकर तथा दोनों हाथ जोड़कर विनय के साथ कहा—"स्वामी! मैं तुम्हारा लाठी ढोने वाला सेवक हूँ, तुम्हारे ही लिए मैं इस हाथी की रखवाली कर रहा था। अब स्वामी इसका भक्षण करें।" उसे इस तरह विनत मुद्रा में देखकर सिंह ने कहा—"मैं दूसरे द्वारा मारे गये जीव को कभी नहीं खाता। कहा गया है कि—

वन में मृग की मांस खाने वाले सिंह बहुत भूखे होकर भी घास नहीं चरते। इसी तरह विपत्ति में पड़कर भी कुलीन लोग नीति मार्ग का उल्लंघन नहीं करते।

अतः मैं तुम्हारे लिए प्रसाद रूप में इस हाथी को दे रहा हूँ।"

यह सुनकर सिआर बहुत खुश हुआ। उसने कहा—"स्वामी का सेवक के ऊपर जो इतना स्नेह है, वह ठीक ही है; क्योंकि कहा गया है कि—

हीन अवस्था में प्राप्त होकर भी महान लोग कुलीनता के कारण अपने स्वामीपन को नहीं छोड़ते, अग्नि की लपट में डाला हुआ भी शंख अपनी सफेदी नहीं छोड़ता।"

सिंह के चले जाने पर एक बाघ वहाँ आ गया। उसे आया देख सिआर ने सोचा—हाय! एक नीच को तो हाथ जोड़कर दूर किया, अब इसे किस तरह यहाँ से भगाऊँ? निश्चय ही यह वीर है। यह भेदनीति के सिवा किसी दूसरी नीति से भागने वाला नहीं है; क्योंकि कहा गया है कि—

जहाँ पर साम-दानादि उपाय न किये जा सकें, वहाँ पर भेद नीति का आश्रय लेना चाहिए क्योंकि ऐसे स्थानों पर वही यशकारक होता है।

क्योंकि सब गुण से युक्त होने पर भी शत्रु भेदनीति से वश में आ जाता है। कहा गया है कि—

अन्तर में स्थित, विरुद्ध, सुडौल एवं मनोहर मोती भी भीतर भेद होने के कारण बन्धन में डाल दिया जाता है।

ऐसा सोच-विचार कर वह बाघ के सामने गया और गर्व से गरदन ऊँची करके बड़े ताव के साथ बोला—"मामा जी! आप कैसे इधर मृत्यु के मुख में आ गए। इस हाथी को सिंह ने अभी मारा है। मुझे रखवाली पर नियुक्त करके वह अभी-अभी नदी में स्नान करने के लिए गया है। उसने जाते समय मुझे यह आज्ञा दी है कि अगर कोई बाघ यहाँ आ जाए तो तुम चुपचाप मुझे आकर बता जाना, जिससे मैं आज ही इस वन को बाघ विहीन कर दूँ। क्योंकि एक बार पहले मैंने एक हाथी मारा था, किन्तु उसे सूना पाकर एक बाघ ने खाकर जूठा कर दिया था। उसी दिन से मुझे बाघों के प्रति बड़ा क्रोध चढ़ा है।"

यह सुनकर बाघ डर गया। उसने कहा—"मेरे भानजे! मुझे प्राण दक्षिणा दो। मेरे जाने के बाद यदि सिंह बहुत देर से भी आए तब भी तुम मेरी कोई चर्चा न करना।" यह कहकर बाघ तुरन्त ही भाग खड़ा हुआ। बाघ के भाग जाने पर एक चीता आ गया।

उसे भी देखकर सिआर ने सोचा कि इसके दाँत बहुत मजबूत हैं। तो इसे एक बगल में खाने को कह दूँ, जिससे एक कोने में इस हाथी का मजबूत चमड़ा कट तो जायगा। मन में ऐसा सोचकर उसने चीते से कहा—"हे बहिन के बेटे! बहुत दिनों बाद तुम क्यों दिखाई पड़े हो, क्यों आज बहुत भूखे दिखाई पड़ रहे हो? अच्छा तो तुम आज मेरे अतिथि हो। सिंह ने यह हाथी मारकर रखा है, उसने मुझे रखवाली करने की आज्ञा दे रखी है; किन्तु जब तक वह यहाँ नहीं आ जाता, तब तक तुम इसका मांस खाकर तृप्त हो जाओ और शीघ्र ही भाग जाओ।"

चीते ने कहा—"मामा जी! अगर ऐसा है तो मैं यह मांस नहीं खाता क्योंकि जीता रहे तो मनुष्य सैकड़ों मंगल देखता है। कहा गया है कि—

जो खाया जा सके, खाने पर पच जाय, परिणाम में हितकर हो, वही खाना श्रेष्ठ है, कल्याण के इच्छुक को वही खाना भी चाहिए। अतः सर्वदा वही चीज खानी चाहिए जो पच जाय। मैं यहाँ से जा रहा हूँ।"

सिआर ने कहा—"हे अधीर! तुम निश्चिंत होकर खाओ। जब वह आने लगेगा तो मैं दूर से ही उसके आने की सूचना तुम्हें दे दूँगा।"

चीते ने उसकी बात मान ली और हाथी को खाने में लग गया। जब सिआर को यह मालूम हो गया कि चीता हाथी के चमड़े को फाड़ चुका है तब तक वह आकर बोला—"हे भानजे! भाग जाओ, यह सिंह आ गया।" यह सुनते ही चीता भाग खड़ा हुआ। जब वह चीते द्वारा फाड़े गए चमड़े के द्वार से कुछ मांस खाने लगा, तब तक अतिशय क्रोध में भरा हुआ एक दूसरा सिआर वहाँ आ गया। उसे अपने समान पराक्रम वाला देखकर उसने यह श्लोक पढ़ा—

उत्तम को हाथ जोड़कर, शूर को भेद डालकर, नीच को कुछ देकर तथा अपने समान शक्तिवाले से युद्ध करके शत्रु को शान्त कर देना चाहिए।

यह सोचकर वह उसके ऊपर चढ़ दौड़ा और उसे अपने दाँतों से काट डाला। तदनन्तर दिशाओं में बलि देकर वह अकेले सुख के साथ बहुत दिनों तक उस हाथी का मांस खाता रहा। इसी तरह तुम भी अपने सजातीय शत्रु को युद्ध करके पराजित कर दो और दिशाओं को बलि दो। नहीं तो पीछे जड़ जम जाने पर तुम भी विनाश के मुँह में चले जाओगे; क्योंकि कहा गया है कि—

गौओं से सम्पत्ति की, ब्राह्मण से तप की, स्त्री से चंचलता की और जाति वालों से भय की आशा तो होती ही है। और भी—

विदेश में आसानी से विचित्र वस्तुएँ खाने-पीने को मिलती थीं, वहाँ की नागरिक स्त्रियाँ भी लापरवाह थीं। केवल उस विदेश में एक ही दोष था कि अपनी जातिवालों से द्रोह पैदा हो गया था।

मगर बोला—"यह कैसे?"

वानर ने कहा—

[11]

किसी गाँव में चित्रांग नाम का एक कुत्ता रहता था। वहाँ पर एक बार बहुत दिनों तक अकाल पड़ गया। अन्न न मिलने के कारण कुत्ते, बिल्ली आदि जानवर सपरिवार मर-मरकर साफ होने लगे। चित्रांग का भी भूख के मारे जब गला सूख गया, तब मृत्यु के भय से वह भी परदेश चल पड़ा। परदेश में पहुँच कर वह एक ऐसे गृहस्थ के घर में प्रतिदिन घुस-घुसकर विविध प्रकार का अन्न खाने लगा, जिसकी स्त्री बड़ी बेपरवाह थी। इस तरह वह खूब तृप्ति करता रहा। एक दिन जब वह उस गृहस्थ के घर से खाकर बाहर निकला तो दूसरे बलवान कुत्तों ने सभी दिशाओं से उसे घेर लिया और दाँतों से उसके सारे अंगों को काटने लगे। तब उसने सोचा हाय! अपना वह देश अच्छा था, जहाँ अकाल में भी सुख से रहता था, कोई युद्ध नहीं करता था, अब उसी अपने पुराने नगर को फिर वापस चलूँगा। ऐसा निश्चय कर वह फिर अपने पुराने स्थान को वापस गया। परदेश से उसे आया देखकर सभी परिवारवालों ने उससे पूछा—"भाई चित्रांग! हमें परदेश की कुछ बातें बताओ। कैसा देश था, वहाँ के लोग कैसे थे? क्या खाने को मिलता था? कैसा व्यवहार होता था?" उसने कहा—"उस विदेश के बारे में क्या बताऊँ, खूब अच्छी चीजें खाने को मिलती थीं, वहाँ की नागरिक स्त्रियाँ लापरवाह थीं, केवल एक दोष था कि अपनी जातिवालों से गहरा विरोध पैदा हो गया था।"

इस तरह की उपदेश की बातें सुनकर मगर ने मरने का निश्चय करके वानर से आज्ञा लेकर अपने निवास की ओर प्रस्थान किया। वहाँ जाकर उसने अपने घर में घुसे हुए अपने शत्रु दूसरे मगर से घोर युद्ध किया और अधिक बलशाली तथा पराक्रमी होने के कारण उसे मार डाला। इस प्रकार अपना निवास प्राप्त कर सुखपूर्वक उसने बहुत दिनों तक अपना जीवन बिताया। यह ठीक ही कहा गया है कि—

बिना पौरुष के प्राप्त होने वाली सुभोग्या लक्ष्मी से क्या लाभ? बूढ़ा बैल भाग्यवश घास को खाकर रहता है।

□□□

अपरीक्षित कारक

अब इसके बाद अपरीक्षित कारक नाम के पाँचवें तंत्र को आरम्भ करता हूँ, जिसके आदि में यह श्लोक है।

नाई ने जैसा कार्य किया मनुष्य को वैसा कार्य नहीं करना चाहिये जो देखने में बुरा हो, सुनने में बुरा हो, जानने में बुरा हो और परीक्षा करने में बुरा हो।

यह कहानी इस प्रकार सुनी जाती है—दक्षिण देश में पाटलिपुत्र नाम का एक नगर है। उसमें मणिभद्र नाम का एक साहूकार रहता था। वह सदा धर्म, अर्थ, काम और मोक्ष के देने वाले सत्कर्मों में लगा रहता था। भाग्यवश उसका सारा धन खत्म हो गया। धन के नाश होने से उसका ऐश्वर्य घट गया और बात-बात में उसका अपमान होने लगा। फिर तो अपमान के कारण उसे बड़ा विषाद हुआ। एक बार रात में सोते समय उसने सोचा—अहा! इस दरिद्रता को धिक्कार है। कहा गया है कि—

शील, सदाचार, पवित्रता, क्षमाशीलता, चतुरता, मधुरता, ऊँचे कुल में जन्म—ये सारी विशेषताएँ धनहीन पुरुष को शोभा नहीं देतीं। स्वाभिमान दर्प, विज्ञान, विलास, सुबुद्धि ये सब उस समय साथ ही नाश हो जाते हैं जब मनुष्य धनहीन होता है। वसन्त की वायु से आहत शिशिर की लक्ष्मी की तरह सर्वदा बड़े से बड़े बुद्धिमान की भी बुद्धि कुटुम्ब के भरण-पोषण की चिन्ता से प्रतिदिन नष्ट हो जाती है। धनहीन विपुल बुद्धि सम्पन्न पुरुष की भी बुद्धि बराबर घी, नमक, तेल, चावल, वस्त्र और ईंधन की चिन्ता से नाश हो जाती है। धनहीन को देखने में अच्छा लगने वाला भी घर ताराहीन आकाश, सूखे हुए सरोवर एवं भयानक श्मशान की तरह देखने में उदास लगता है। नगर में निवास करने वाले भी धनहीन तुच्छजन पानी में उत्पन्न होकर तुरन्त नष्ट हो जाने वाले बुलबुले की तरह कभी शोभा नहीं पाते। मनुष्य कुलीन, चतुर एवं सज्जन निर्धन को छोड़कर कुल, शील एवं सदाचार से विहीन धनवान के पास कल्पवृक्ष की तरह सदा जुटे रहते हैं। ऊँचे कुल में उत्पन्न विद्यावान का भी पूर्व जन्म का पुण्य इस लोक में व्यर्थ है; क्योंकि जिसके पास वैभव होता है, उसी के वे सेवक होते हैं। खूब गरजने वाले समुद्र को यह दुनियाँ कभी छोटा नहीं कहती। परिपूर्ण लोग जो कुछ यहाँ करते हैं, वह सब लज्जा करने की वस्तु नहीं है।

इस तरह विचारकर उसने फिर सोचा—तो अच्छा यही हैं कि मैं अनशन करके अपने प्राणों को त्याग दूँ। इस व्यर्थ के जीवन धारण करने से क्या लाभ? ऐसा निश्चय

कर वह सो गया। जब वह सो रहा था, तब एक बौद्ध संन्यासी का रूप धारण कर धनदेवता ने उसे अपना दर्शन दिया और कहा—"सेठ! तुम इस संसार से वैराग्य मत ग्रहण करो। मैं तुम्हारा धनदेवता पद्मनिधि हूँ। तुम्हारे पूर्व पुरुषों ने मुझे उपार्जित किया है तो कल सवेरे यही रूप धारण कर मैं तुम्हारे घर आऊँगा। उस समय तुम लाठी से मेरे शिर पर मारना। इससे सुवर्णमय होकर मैं अक्षय रूप में तुम्हारे घर में निवास करूँगा।"

सवेरे उठकर वह सेठ स्वप्न की बातें याद करते हुए चिन्ता-चक्र पर चढ़ा हुआ सोच रहा था कि—यह स्वप्न सच्चा होगा या झूठा? कुछ नहीं मालूम। निश्चय ही यह झूठा होगा, क्योंकि इधर मैं बराबर धन की चिन्ता किया करता था। कहा गया है कि—

रोगी, शोकमग्न, चिन्तित, कामुक एवं उन्मत्त व्यक्ति का देखा गया स्वप्न निरर्थक होता है।

इसी बीच उसकी स्त्री ने पैर धोने के लिए घर पर किसी एक नाई को बुला रखा था। संयोग की बात उसी समय रात के स्वप्न में बताया गया, वह बौद्ध संन्यासी भी एकाएक प्रगट हो गया। उसे देखकर सेठ अति प्रसन्न हुआ और समीप में पड़े हुए काठ के डंडे से उसके शिर में मारा। डण्डा मारते ही वह संन्यासी सुवर्णमय होकर धरती पर गिर पड़ा। तदनन्तर सेठ ने चुपचाप उसे उठाकर अपने घर में रख दिया और नाई को संतोष दिलाते हुए कहा—"मैं तुम्हें धन और वस्त्र दे रहा हूँ, इसे ले लो किन्तु भाई! यह बात तुम किसी से भी कभी मत कहना।" नाई अपने घर चला गया। अपने घर जाकर उसने सोचा—मालूम होता है कि ये जितने नंगे शिर वाले बौद्ध संन्यासी हैं, वे सबके सब शिर में डण्डा मारने से सुवर्णमय हो जाते हैं। तो मैं भी कल सवेरे बहुतों को अपने घर बुलाकर लाठी से उनके शिर में मारूँगा, जिससे मेरे पास भी बहुत-सा सुवर्ण हो जाय। इस तरह की बातें सोचता हुआ वह बड़े कष्ट से वह रात बिता पाया। फिर सवेरे उठकर एक बड़ी लाठी तैयार कर वह संन्यासियों के विहार पर गया और वहाँ प्रमुख बौद्ध गुरु की तीन प्रदक्षिणा कर घुटने के बल धरती पर बैठ गया और मुँह पर चादर का एक अंचल रखकर जोर से यह श्लोक पढ़ने लगा—

वे बौद्ध लोग सदा विजयी हों, जो परम ज्ञानी एवं बीतराग हैं, जन्म से लेकर जिनके मन में कभी काम की उत्पत्ति इस प्रकार नहीं होती जैसे ऊसर में अन्न। और भी—

वही जीभ प्रशंसा करने योग्य है, जो जिन (बौद्ध) की स्तुति करती है। प्रशंसनीय मन वही है, जो उनमें सदा रमा रहता है। प्रशंसायोग्य हाथ वही हैं जो सदा उनकी पूजा करने में लगे रहते हैं। और भी—

ध्यान करने का बहाना बनाकर क्षणभर आँखें मूँद कर किस सुन्दरी का चिन्तन कर रहे हो, काम के वाण से व्यथित हमें देखो तो। रक्षक होकर भी तुम हमारी रक्षा नहीं कर रहे हो, तुम झूठे ही करुणामय बने हो, तुम से बढ़कर निर्दयी दूसरा पुरुष कहाँ है?—इस प्रकार कामदेव की स्त्रियों से ईर्ष्यापूर्वक फटकार भरी बातें कहने पर

भी विचलित न होनेवाले बौद्ध जिन तुम्हारी रक्षा करें।

इस प्रकार की स्तुति कर प्रधान संन्यासी के पास जाकर वह फिर धरती पर घुटने टेक कर बैठ गया और बोला—"भगवन! मैं नमस्कार करता हूँ।" प्रमुख संन्यासी ने उसे 'धर्म बढ़े' ऐसा आशीर्वाद दिया और सुखदायी पुष्प की माला देकर व्रत का आदेश दिया। फिर उसने दुपट्टे में गाँठ बाँधकर गले में डाल लिया और विनयपूर्वक कहा—"भगवन! आज सभी मुनियों के साथ मेरे घर पर भोजन करने की कृपा करें।"

प्रमुख संन्यासी ने कहा—"श्रावक! धर्मज्ञ होकर भी तुम ऐसा क्यों कह रहे हो? क्या हम ब्राह्मणों की तरह इधर-उधर खाते फिरते हैं, जो इस तरह निमंत्रण दे रहे हो। हम लोग तो सदा इधर-उधर घूमते-फिरते हैं और जब किसी भक्त श्रावक को देख लेते हैं तो उसके घर चले जाते हैं और बहुत कहने-सुनने पर उसके यहाँ इतना ही थोड़ा अन्न ग्रहण करते हैं जिससे प्राण रह सके। तुम वापस चले जाओ और फिर कभी इस तरह की बातें मत कहना।"

यह सुनकर नाई बोला—"भगवन! आपके धर्म की मर्यादा का हमें पूरा पता है। आप लोगों को हमारी तरह बहुत श्रावक बुलाने आते हैं और आप लोग कहीं नहीं जाते। पर मैंने आप लोगों के लिए पुस्तकों को बाँधने योग्य बहुत से बहुमूल्य वस्त्र इकट्ठा किया है और उन पुस्तकों को लिखने वाले लेखकों को देने के लिये बहुत धन भी इकट्ठा कर रखा है। अब आप से निवेदन कर रहा हूँ कि चलकर सब ग्रहण करें। फिर भी श्रीमान् जैसा उचित समझें करें।" ऐसा कहकर नाई अपने घर वापस चला आया, और आकर उसने खैर की एक लाठी दूसरी तैयार की और दोनों किवाड़ों को बन्द करके डेढ़ पहर दिन चढ़ने पर फिर बौद्ध विहार गया। वहाँ जाकर उसने फिर बड़ी प्रार्थना की और सबको धीरे-धीरे बौद्ध विहार से निकालकर अपने घर लिवा लाया। वे बौद्ध संन्यासी भी धन और वस्त्र की लालच में पड़कर अन्य परिचित श्रावकों को छोड़कर बड़े प्रसन्न मन से उस नाई के पीछे-पीछे चल पड़े; अथवा यह ठीक ही कहा गया है कि—

अकेला, घर छोड़ने वाला, नंगा और हाथ पर माँगकर खाने वाला संन्यासी भी लालच में पड़कर इस दुनिया में इधर-उधर भटकता है, यह खिलवाड़ तो देखो। सचमुच, बूढ़ा होने पर बाल बूढ़े हो जाते हैं, दाँत बूढ़े हो जाते हैं, आँख, कान भी बूढ़े हो जाते हैं, केवल लालच अकेली जवान होती चली जाती है।

घर पहुँचकर नाई ने उन सब संन्यासियों को भीतर घुसा दिया और चुपचाप दरवाजे को बन्द कर दिया और फिर लाठी लेकर उनके शिरों में दनादन मारने लगा। लाठी से इस तरह अन्धाधुन्ध मारने पर कुछ संन्यासी तो मर गए, कुछ के शिर फूट गये और वे जोर-जोर से चिल्लाने लगे। घर में इस तरह रोने-धोने की जोरों की आवाज को कोतवाल ने सुन लिया। उसने सिपाहियों से कहा—"अरे सुनो तो, नगर में यह कैसा कोलाहल मचा हुआ है? दौड़ो-दौड़ो, देखो तो क्या बात है?" कोतवाल की आज्ञा सुनकर सभी सिपाही जोरों के साथ उसी नाई के घर की ओर दौड़ पड़े जिधर से आवाज आ रही थी। वहाँ जाकर उन्होंने देखा कि खून से लथपथ शरीर बौद्ध

संन्यासी भागे चले जा रहे हैं। उन्होंने पूछा—"अरे भाई! क्या बात है? बताओ तो सही।" तब उन्होंने नाई की सारी करतूत कह सुनाई। फिर संन्यासियों ने नाई को बाँध लिया और जो मारने से बचे हुए थे, उन सबको सिपाहियों के साथ पकड़कर न्यायालय में ले आए।

धर्माधिकारियों ने नाई से पूछा—"क्यों जी! तुमने यह भीषण अपराध क्यों किया?" उसने कहा—"क्या करूँ? मैंने तो मणिभद्र सेठ के घर ऐसा व्यापार देखा था।" यह कहकर उसने सेठ के घर पर देखी गई पूरी घटना कह सुनायी। तब धर्माधिकारियों ने सेठ को बुलवाया और पूछा—"सेठजी! तुमने भी किसी संन्यासी को मारा है क्या?" तब सेठ ने अपना सारा किस्सा कह सुनाया, जिस तरह से संन्यासी को उसने मारा था। सेठ की बातें सुनकर धर्माधिकारियों ने कहा—"अरे! इस दुष्ट और बिना समझे-बूझे काम करने वाले नाई को सूली पर चढ़ा दो।" फिर क्या था, नाई सूली पर चढ़ा दिया गया।

धर्माधिकारियों ने कहा—"बिना अच्छी तरह देखे-सुने जाने काम को मनुष्य को नहीं करना चाहिये, जैसा कि इस नाई ने किया। अथवा यह ठीक ही कहा गया है—

बिना परीक्षा किए हुए कोई काम नहीं करना चाहिए, अच्छी तरह परीक्षा करके ही कोई काम करना चाहिये। ऐसा न करने वाले को पीछे पश्चात्ताप होता है, जिस तरह ब्राह्मणी ने नेवले के लिये किया।"

मणिभद्र ने कहा—"यह कैसे?"

धर्माधिकारियों ने कहा—

[1]

किसी नगर में देवशर्मा नाम का एक ब्राह्मण रहता था। उसकी पत्नी गर्भिणी थी। कुछ दिनों बाद उसने एक पुत्र पैदा किया। ठीक उसी दिन एक नेवली ने एक नेवला को पैदा किया। पुत्र के ऊपर विशेष स्नेह रखने वाली ब्राह्मणी ने अपने पुत्र की तरह उस नेवली के बच्चे का भी अपने स्तन का दूध पिलाकर तथा उबटन आदि लगाकर पालन-पोषण किया। किन्तु अपने बच्चे का स्नेह संसार में सभी वस्तुओं के स्नेह से अधिक होता ही है, इस कारण वह नेवले का विश्वास नहीं करती थी कि कदाचित अपनी जाति के दोष से यह मेरे बच्चे का कोई अपकार कर देगा। कहा गया है कि—

आज्ञा न मानने वाला, कुरूप, मूर्ख, व्यसनी, दुष्ट कुपुत्र भी मनुष्य के हृदय में आनन्द पैदा करने वाला होता है। दुनियाँ ऐसा कहती है कि चन्दन बहुत शीतल होता है, किन्तु पुत्र के शरीर का स्पर्श चन्दन से भी बढ़कर शीतल होता है। संसार के लोग अपने मित्र, सुहृद, पिता, हितैषी, साथी तथा अपने पालक स्वामी का भी उतना स्नेह बन्धन नहीं स्वीकार करते, जितने अपने पुत्र का।

एक बार ब्राह्मणी अपने पुत्र को छाया में सुलाकर पानी का घड़ा लेकर अपने पति से बोली—"ब्राह्मण! मैं पानी लेने के लिए तालाब जा रही हूँ। तुम नेवले से पुत्र की रखवाली करते रहना।" यह कहकर ब्राह्मणी जब पानी लेने के लिए चली गई, तब ब्राह्मण भी सूना घर छोड़कर भीख माँगने के लिए घर से निकल पड़ा। इसी बीच संयोगवश बिल से एक काला साँप निकल पड़ा। नेवला उसे अपना सहज बैरी मानकर भाई की रक्षा के लिए साँप के साथ लड़ पड़ा और उसे टुकड़े-टुकड़े कर डाला। इसके बाद खून से लथपथ मुँह नेवला अपनी करतूत जताने के लिए बड़ी प्रसन्नता से माता के सामने दौड़ा गया। खून से मुँह को भीगा हुआ देखकर ब्राह्मणी का हृदय शंका से भर गया। उसने सोचा—हाय! इस नीच ने मेरे बेटे को, मालूम होता है, मार डाला। बस क्या था, उसने क्रोध में आकर उसके ऊपर पानी से भरा घड़ा पटक दिया। और इस प्रकार नेवले का काम तमाम कर वह रोती-पीटती जब अपने घर में दौड़ी आई तो यहाँ देखा कि बेटा उसी प्रकार सोया हुआ है और उसके समीप ही एक काला साँप टुकड़े-टुकड़े कटा पड़ा है। तब तो वह पुत्र मारने के शोक से अपना शिर और छाती पीट-पीटकर रोने लगी। इसी बीच भीख लेकर ब्राह्मण भी घर आ गया। उसे देखते ही शोक से व्याकुल ब्राह्मणी रोते हुए कहने लगी—"अरे रे लोभी! तू ने लोभवश होकर मेरा कहना नहीं माना, तो अब पुत्र-मृत्यु के दुःख रूपी वृक्ष का फल चख; अथवा यह ठीक ही कहा गया है कि—

बहुत लोभ नहीं करना चाहिए और लोभ छोड़ना भी नहीं चाहिए, अतिशय लोभी के शिर पर चक्र घूमता है।"

ब्राह्मण ने पूछा—"यह कैसे?"

ब्राह्मणी ने कहा—

[2]

किसी नगर में ब्राह्मणों के चार पुत्र रहते थे, जो आपस में बड़े मित्र थे। वे सब-के-सब बड़े गरीब थे। एक बार उन्होंने आपस में सलाह की कि, भाई! गरीबी को बार-बार धिक्कार है। कहा गया है कि—

बाघ, हाथी आदि भयानक जानवरों से भरा हुआ, निर्जन और काँटों से बिछा हुआ जंगल अच्छा है। घास पर सोना और बल्कल पहनना ठीक है, किन्तु पड़ोसी के बीच में गरीबी का जीवन बिताना ठीक नहीं है। और भी—

इस संसार में जिस मनुष्य के पास धन नहीं होता, उससे अच्छी तरह सेवा किया हुआ भी स्वामी उससे द्वेष करता है, परिवार के अच्छे लोग भी उसे छोड़ देते हैं, उसके गुण भी उसे शोभा नहीं देते, पुत्र भी छोड़ देते हैं, विपत्तियाँ फड़कने लगती हैं, अच्छे खानदान में उत्पन्न होने वाली सरल स्वभाव की स्त्री भी सेवा नहीं करती, यही नहीं न्याय एवं प्रतिष्ठापित ऐश्वर्य से प्राप्त मित्र भी उसका साथ नहीं देते।

शूर, सुन्दर रूप वाला, तेजस्वी, बोलने में चतुर, शस्त्र एवं शास्त्र का पण्डित भी मनुष्य इस संसार में धन के बिना यश और मान को प्राप्त नहीं करता।

वही अविकल इन्द्रियाँ हैं, वही नाम है, सभी कामों में फड़कने वाली एवं कभी कुण्ठित न होने वाली वही बुद्धि है, वही वचन है, धन की गर्मी से विहीन हुआ पुरुष वही रहता है फिर भी क्षण भर में वह बाहरी हो जाता है, यही विचित्रता है।

तो भाई हम लोगों को धन कमाने के लिए कहीं परदेश चलना चाहिए। इस प्रकार अच्छी तरह सलाह करके वे चारों ब्राह्मण पुत्र अपने मित्र, परिवार एवं बन्धु-बान्धवों समेत गाँव, देश को छोड़कर परदेश के लिए चल पड़े। यह ठीक ही कहा गया है—

इस लोक में चिन्ता से व्याकुल चित्त मनुष्य सत्य छोड़ देता है, परिवार वर्ग छोड़ देता है, जननी और जन्मभूमि को भी छोड़ देता है और अपने अभीष्ट परदेश को चला जाता है।

इस तरह चलते-चलते वे सब अवन्ती (उज्जैन) नगरी में पहुँच गए। वहाँ सिप्रा नदी में स्नान कर महाकालेश्वर को प्रणाम कर जब वे बाहर निकले तब भैरवानन्द नाम का एक योगी उनके सामने आ गया। उस योगी का ब्राह्मणोचित सत्कार एवं पूजन कर वे चारों ब्राह्मण पुत्र उसी के साथ उसके मठ में गए। अपने मठ में पहुँचकर योगी ने उनसे पूछा—"तुम लोग कहाँ से आ रहे हो, कहाँ जाओगे, परदेश जाने का मतलब क्या है?" यह सुनकर उन सबों ने बताया—हम सब-के-सब अपना मनोरथ सिद्ध करने के लिए चले हैं। वहाँ जायेंगे जहाँ या तो धन की प्राप्ति होगी या मृत्यु होगी। ऐसा निश्चय हम सभी कर चुके हैं। कहा गया है कि—

साहसी पुरुषों को कष्ट एवं आयास सहन करने वाले शरीर से बहुत-सा दुष्प्राप्य धन मनमाना प्राप्त हो जाता है। और भी—

पानी कभी-कभी आकाश से तालाब एवं गढ़े आदि में गिरता है, किन्तु वह पाताल से भी काढ़ा जाता है। दैव बलवान अचिन्तनीय तो है परन्तु बलवान पुरुषार्थ अचित्य नहीं है। उसके द्वारा किया गया प्रयत्न कभी निष्फल नहीं होता। पुरुष को अपने पुरुषार्थ के द्वारा ही सम्पूर्ण अभीष्टों की सिद्धि होती है। यद्यपि 'दैव' भी कहा गया है पर वह भी पुरुषार्थ का अदृष्ट गुण ही है। साहसी लोग बड़े लोगों से प्राप्त होने वाले अतुलित भय को भी तृण की तरह मानते हैं। यही नहीं वे अपने प्राणों को भी तृण की तरह जानते हैं। उदार एवं वीर पुरुषार्थी का यह चरित्र अति अद्‌भुत होता है। इस संसार में शरीर के अंगों को बिना कष्ट दिए सुख नहीं मिल सकता। मधु दैत्य के मारने वाले भगवान विष्णु ने समुद्र मन्थन से थकी हुई भुजाओं द्वारा ही लक्ष्मी का आलिंगन किया था। उन नृसिंह भगवान विष्णु की पत्नी लक्ष्मी क्यों न चंचला हो, जो निरंतर चार महीने तक समुद्र के जल में चुपचाप सोते रहते हैं। जब तक पुरुष साहस नहीं करता, तब तक दूसरे का भाग उसे नहीं मिल सकता। तुला राशि पर चढ़कर ही भगवान भास्कर बादलों के समूहों पर विजय प्राप्त करते हैं।

तो स्वामी जी! हम लोगों को धन पैदा करने का कोई उपाय बताइए। बिल में

प्रवेश, शाकिनी सिद्ध करना, श्मशान सेवन करना, मनुष्य मांस बेचना अथवा धरती में गड़े हुए धन की सूचना देने वाली बत्ती—इनमें से कोई भी उपाय हमें बताने की कृपा कीजिए। आप अद्भुत शक्तिवाले योगी सुने जाते हैं और हम लोग भी अति साहसी हैं। किसी भी कठिनाई से घबराने वाले नहीं हैं। कहा गया है कि—

बड़े लोग ही बड़े का काम सिद्ध कर सकते हैं। समुद्र को छोड़कर दूसरा कौन बड़वानल को धारण कर सकता है?

भैरवानन्द ने भी उन ब्राह्मण पुत्रों का सच्चा आग्रह देखकर उन्हें धन प्राप्ति कराने का बहुतेरा उपाय सोचा। अन्त में धरती में गड़े हुए धन को सूचित कराने वाली चार बत्ती बनाकर उसने दिया और कहा—तुम सब हिमालय पर्वत पर चले जाओ। वहाँ जाने पर जहाँ बत्ती गिर पड़े, वहाँ निस्संदेह खजाना पाओगे। उस स्थान को खन कर खजाना ले लेना और फिर वापस चले आना। उन्होंने वैसा ही किया। हिमालय पर जाते हुए उन चारों में से एक के हाथ की बत्ती नीचे गिर पड़ी। उसने उस स्थान को जब खना तो देखा कि धरती में ताँबा पड़ा हुआ है। तब उसने कहा—"अरे भाई! खूब मनमाना ताँबा ले लो न।" दूसरे ने कहा—"अरे मूर्ख! इस ताँबे को लेकर क्या करोगे? यह बहुत अधिक मिलने पर भी हमारी गरीबी दूर नहीं कर सकता। उठो आगे चलो।" उसने कहा—"आप लोग जायँ। मैं तो अब आगे नहीं जाऊँगा।" ऐसा कहकर पहले ब्राह्मण पुत्र ने मनमाना ताँबा ले लिया और अपने घर की ओर लौट गया; और वे तीनों आगे चले गये। वे थोड़ी ही दूर आगे गए होंगे कि आगे-आगे चलने वाले ब्राह्मण पुत्र के हाथ से बत्ती फिर धरती पर गिर पड़ी। वह भी जब धरती खनने लगा तो उसे चाँदी से भरी धरती मिली। वह प्रसन्न होकर बोला—"अरे भाई! आओ न मनमाना चाँदी ले लो। आगे मत जाओ।" उन दोनों ने कहा—"भाई पीछे ताँबे की जमीन मिली, उसके आगे चाँदी की, निश्चय ही आगे सोने की जमीन मिलेगी। इसे बहुत ले जायेंगे तब भी दरिद्रता का नाश नहीं होगा, चलो हम दोनों आगे चलें।" यह कहकर वे दोनों आगे चले गए और तीसरा अपनी शक्ति भर चाँदी लेकर वापस चला आया। वे दोनों चले जा रहे थे कि एक के हाथ से बत्ती फिर नीचे गिर पड़ी। वह प्रसन्न होकर जब खनने लगा तब धरती सोने की दिखाई पड़ी। उसने अपने साथी से कहा—"भाई! अब आओ इच्छा भर सुवर्ण ले लें। सुवर्ण से बढ़कर कोई दूसरी चीज नहीं होगी।" उसने कहा—"मूर्ख! तुम कुछ नहीं जानते; पहले ताँबा मिला, फिर चाँदी मिली, फिर सोना मिला। अब तो निश्चय ही आगे रत्न होंगे। यदि एक भी रत्न मिल जायगा तो दरिद्रता दूर हो जायगी। उठो आगे चलो। इस बहुत से सोने को ढोने से क्या लाभ?" उसने कहा—"आप जाइए। मैं यहीं बैठकर आपकी प्रतीक्षा करूँगा।" वह आगे बढ़ गया और उसका साथी वहीं बैठकर उसकी प्रतीक्षा करने लगा। मार्ग में अकेले जाते हुए उस ब्राह्मण पुत्र ने सिद्धि मार्ग को छोड़ दिया और इधर-उधर भटकने लगा। ग्रीष्म ऋतु की तेज धूप से उसका शरीर जलने लगा और वह प्यास से एकदम व्याकुल हो उठा। इधर-उधर भटकते हुए उसने देखा कि वहाँ स्थलपथ पर एक पुरुष है, जिसका सारा

शरीर खून से भीगा हुआ है और उसके शिर पर चक्र घूम रहा है। वह तुरन्त उसके पास जाकर पूछने लगा—"भाई आप कौन हैं? इस तरह आपके शिर पर यह चक्र क्यों घूम रहा है? बताइए न कि यहाँ कहीं जलाशय भी है?" वह ब्राह्मण पुत्र इस तरह की बात कर ही रहा था कि इसी बीच तुरन्त वह चक्र उसके शिर पर आकर घूमने लगा। उसने चकित होकर पूछा—"भाई! यह क्या है?" उसने कहा—"भाई! मेरे भी शिर पर यह इसी तरह आकर घूमने लगा था।" ब्राह्मण पुत्र ने पूछा—"भाई बताइए, यह कब तक मेरे शिर पर से उतरेगा। बड़ी पीड़ा हो रही है?" उसने कहा—"भाई तुम्हारी तरह सिद्ध बत्ती लेकर जब कोई दूसरा व्यक्ति यहाँ आएगा और तुमसे बात करेगा तब यह उसके शिर पर जाकर घूमने लगेगा।" ब्राह्मण पुत्र ने पूछा—"भाई! कितने दिनों से तुम यहाँ इस तरह रहे?" उसने कहा—"इस समय धरती तल पर कौन राजा है?" ब्राह्मण पुत्र ने कहा—"वीणावत्सराजा।" उसने कहा—"मैं वर्षों में कितना समय बीता, यह तो नहीं जानता, किन्तु जब राम राजा थे, उस समय मैं दरिद्रता से ऊबकर सिद्ध बत्ती लेकर इसी रास्ते से आया था। मैंने एक दूसरे मनुष्य को इसी तरह शिर पर चक्र घूमते हुए देखा था। मैंने भी उससे यही बातें पूछी थीं, जो आपने मुझसे पूछी हैं। तभी से मेरे शिर पर यह चक्र घूमने लगा था।" ब्राह्मण पुत्र ने पूछा—"भाई! यहाँ पर तुम्हें भोजन एवं जल कैसे मिलता था?" उसने कहा—"भाई! धनपति कुबेर ने अपने धन को चुराने के डर से सिद्धों के लिए यह चक्र का भय यहाँ दिखला रखा है। इसी से यहाँ कोई सिद्ध नहीं आता। यदि कोई कभी आ जाता है तो भूख, प्यास एवं नींद उसे नहीं लगती, यही नहीं, बुढ़ापा और मृत्यु भी उसे नहीं आती, केवल चक्र घूमने की पीड़ा का ही वह अनुभव करता है। तो मुझे आज्ञा दीजिए, मैं अब अपने घर जाऊँ।" यह कहकर वह चला गया।

इस प्रकार जब इस ब्राह्मण पुत्र को बहुत देर हो गई, तब सुवर्ण प्राप्त करने वाले ब्राह्मण पुत्र को कुछ चिन्ता हुई। वह उसे खोजता हुआ उसके पैरों के निशान के साथ जैसे ही कुछ दूर आगे वन में आया तो उसे दिखाई पड़ा कि उसका साथी पीड़ा से रोता हुआ, वहाँ बैठा है और उसका सारा शरीर खून से सराबोर हो गया है और उसके शिर पर एक तेज चक्र घूम रहा है। उसके समीप पहुँचकर आँखों में आँसू भरकर उसने पूछा—"भाई! यह सब कैसे हो गया? इसका कारण तो बताओ।" उसने सब वृत्तान्त कह सुनाया, जैसे-जैसे यह चक्र-दुर्घटना घटी थी। सब वृत्तान्त सुनकर उसकी निन्दा करता हुआ वह बोला—"भाई! मैंने अनेक बार तुझे मना किया, किन्तु तुमने मेरी बात नहीं सुनी, क्या किया जाए? विद्यावान और कुलीन होकर भी तुम में बुद्धि नहीं है। यह ठीक कहा गया है कि—

बुद्धि श्रेष्ठ है विद्या नहीं। विद्या से बढ़कर बुद्धि है। बुद्धिहीन विद्वान होकर भी इस तरह नाश हो जाते हैं, जैसे वे सिंह बनाने वाले।"

चक्रधर ने कहा—"यह कैसे?"

सुवर्णसिद्धि बोला—

[3]

किसी नगर में चार ब्राह्मण के बेटे रहते थे, जो आपस में परम मित्र थे। उनमें से तीन तो शास्त्रों के पारंगत पण्डित थे, परन्तु उन्हें बुद्धि नहीं थी और एक बुद्धिमान था, केवल शास्त्रों का ज्ञान उसे बिल्कुल नहीं था। एक बार उन चारों मित्रों ने आपस में सलाह की—"भाई! उस विद्या से क्या लाभ जिसके द्वारा परदेश जाकर एवं राजाओं को परम सन्तुष्ट करके धन न कमाया जाय। चलो, हम सब पूर्व के देश चलें।" यह सलाह पक्की कर वे चारों मित्र पूर्वदेश की ओर चल पड़े। कुछ दूर जाने पर उनमें सबसे अधिक जिसकी उमर थी, उसने कहा—"भाई! हममें से एक ही मूर्ख है, केवल बुद्धि उसके पास है। किन्तु राजा का दान विद्या के बिना केवल बुद्धि से नहीं प्राप्त हो सकता। तो इसे हम लोग अपनी कमाई का धन नहीं देंगे। इसलिए यह अच्छा होगा कि यह अभी से घर वापस चला जाय।" यह सुनकर दूसरे ने उस ब्राह्मणपुत्र से कहा—"हे सुबुद्धे! तुम वापस जाओ, क्योंकि तुम्हारे पास विद्या तो है नहीं।" यह सुनकर तीसरे ने कहा—"भाई! ऐसा करना ठीक नहीं है, क्योंकि हम सब लड़कपन से लेकर आज तक एक ही साथ खेल-कूद कर बड़े हुए हैं। अतः यह महानुभाव भी हमारे साथ चलें, यह मेरी कमाई में भागीदार होंगे, आप लोग कुछ न दीजिएगा। कहा गया है कि—

उस लक्ष्मी (धन) से क्या लाभ जो अपनी बहू की तरह अपने ही काम में आए और साधारण वेश्याओं की तरह पथिकों की भी उपभोग्य न बने। और भी—

यह अपना है अथवा पराया है, ऐसी गिनती छोटे लोग किया करते हैं। जो उदार लोग होते हैं, उनका कुटुम्ब तो सारी धरती के लोग होते हैं।

तो यह भी साथ ही चलें।" तीसरे साथी की यह बात सभी मान गए और वे चारों साथ ही चलने लगे। आगे पथ पर उन्हें जंगल में कुछ हड्डियाँ दिखाई पड़ीं। एक ने कहा—"भाई! आज विद्या की आजमाइश कर ली जाय। पता नहीं किस जानवर की हड्डियाँ ये पड़ी हुई हैं। तो अपनी विद्या के प्रभाव से हम इसे जीवित कर दें। लो मैं हड्डियाँ बटोर रहा हूँ।" ऐसा कहकर उसने तमाम बिखरी हुई हड्डियाँ इकट्ठी कर दीं। दूसरे साथी ने उन हड्डियों में चमड़ा, मांस और रक्त का संचार कर दिया। तीसरा जब उसमें जीवन पहनाने जा रहा था तो चौथे साथी सुबुद्धि ने उसे रोका—"भाई! रुको, यह सिंह बन रहा है। इसे तुम यदि जिला दोगे, तो यह सबको खा जायेगा।" उसके ऐसा कहने पर तीसरे साथी ने कहा—"मूर्ख! मैं अपनी विद्या को विफल नहीं कर सकता।" यह सुनकर उसने कहा—"भाई! तो क्षण भर तक रुक जाओ जब तक मैं पेड़ पर न चढ़ जाऊँ।" उसकी बात मान ली गई और वह कूदकर तुरन्त पेड़ पर चढ़ गया, फिर तीसरे साथी ने उसमें जीवन डाल दिया। फिर तो वह सिंह बन गया और तुरन्त ही उन तीनों को सफाचट कर दिया। चौथा साथी पेड़ से उतरकर अपने घर वापस चला आया। इसी से मैं कहता हूँ कि 'बुद्धि श्रेष्ठ है, विद्या नहीं...इत्यादि!' इसके साथ यह भी कहा गया है कि—

"शास्त्रों में निपुण होकर भी जो लोकाचार से विहीन होते हैं, वे सब अपनी हँसाई कराते हैं, जैसे वे मूर्ख पण्डित।"

चक्रधर ने पूछा—"यह कैसे?"

उसने कहा—

[4]

किसी नगर में चार ब्राह्मण रहते थे, जिनकी आपस में बड़ी ही मित्रता थी। जब वे लड़के थे तो उन्हें यह बुद्धि हुई कि—'भाई! परदेश चलकर विद्या सीखी जाय।' फिर तो दूसरे दिन वे चारों ब्राह्मण आपस में निश्चय कर विद्या सीखने के लिए कान्यकुब्ज प्रदेश की ओर चल पड़े। वहाँ पहुँच कर वे विद्या मन्दिर में प्रवेश प्राप्त कर पढ़ने लगे। इस तरह बारह वर्ष तक एकचित होकर पढ़ने के बाद वे सब विद्या में परम पारंगत हो गए। तब उन चारों ने आपस में फिर सलाह की—"हम सभी सम्पूर्ण विद्याओं के पारगामी हो गए। अतः गुरु जी से आज्ञा प्राप्त कर स्वदेश चलना चाहिए।" इस तरह का निश्चय कर वे गुरु के पास गए और उनसे अनुनय-विनय कर घर जाने की आज्ञा प्राप्त कर अपनी पुस्तकें साथ लेकर घर की ओर चल पड़े! मार्ग में कुछ दूर जाने पर उन्हें दो रास्ते सामने से दिखाई पड़े। सब बैठ गए। उनमें से एक ने कहा—"किस मार्ग से हमें चलना चाहिए?" ठीक इसी अवसर पर उस गाँव में किसी बनिए का लड़का मर गया था। उसे लेकर जलाने के लिए महाजन भी साथ-साथ जा रहा था। उन चारों ब्राह्मण पण्डितों में से एक ने पुस्तक खोलकर देखी। उसमें लिखा मिला कि—"महाजन जिस रास्ते से जाय वही रास्ता पकड़ना चाहिए।" फिर तो उसने बताया कि हमें भी महाजन के रास्ते से चलना चाहिए। ऐसा निश्चय कर वे सब उसी महाजन के रास्ते पर चल पड़े। कुछ दूर आगे जाने पर श्मशान में उन्हें एक गदहा दिखाई पड़ा। फिर दूसरे ने पुस्तक खोलकर देखा तो उसमें लिखा मिला कि—

उत्सव, उछाह के अवसर पर, विपत्ति में, दुर्भिक्ष में, शत्रु के सामने, संकट पड़ने पर, राजा के द्वार पर एवं श्मशान में जो रहे वह अपने परिवार का है। बस, उसने कहा कि—"यह तो हमारे परिवार का है।" फिर तो उनमें चारों में से कोई उसके गले से लिपटने लगा, कोई उसका पैर धोने लगा। थोड़ी देर बाद उन मूर्ख पण्डितों ने फिर देखा तो कोई ऊँट उन्हें आता हुआ दिखाई पड़ा। तब तीसरे ने पुस्तक खोलकर देखा तो लिखा मिला कि—"धर्म की शीघ्र गति होती है, तो यह निश्चय ही धर्म ही है।" फिर चौथे ने पुस्तक खोलकर देखा तो उसे लिखा मिला कि—"इष्ट मित्रों को धर्म के साथ मिलाना चाहिए।" यह देखकर उसने कहा कि यह (गदहा) हमारे परिवार का व्यक्ति है। इसे भी हमें धर्म के साथ मिलाना चाहिए। यह निश्चय कर उन्होंने गदहे को ऊँट के गले से बाँध दिया। किसी ने जाकर गदहे के स्वामी धोबी से यह बात बता दी। यह सुनकर धोबी जब तक उन मूर्ख पण्डितों की मरम्मत करने के लिए वहाँ दौड़ा

आया, तब तक वे वहाँ से भाग खड़े हुए थे। इसके बाद वे मूर्ख पण्डित कुछ ही दूर आगे गए होंगे कि उनके मार्ग में एक नदी आ गई। उस नदी में एक बहता हुआ पलाश का पत्ता आता दिखाई पड़ा। उसे देखकर एक पण्डित ने यह शास्त्रीय वचन कहा—"जो पुत्र आएगा, वह हमें तारेगा।" यह कहकर वह उसी पत्ते के ऊपर कूद पड़ा कि नदी की धारा में बह चला। उसे धारा में बहता जाते देखकर दूसरे पण्डित ने उसकी चोटी पकड़कर खींच ली और कहा—

"सर्वनाश उपस्थित होने पर बुद्धिमान लोग आधा छोड़ देते हैं और बचे हुए आधे से अपना काम चलाते हैं, क्योंकि सर्वनाश असह्य होता है।"

ऐसा कहकर उस. बहते हुए पण्डित का शिर काट लिया। इसके बाद वे तीनों किसी एक गाँव में पहुँचे। ग्रामवासियों ने पण्डित जानकर उन्हें निमंत्रित किया। वे एक-एक गृहस्थ के घर पृथक होकर भोजन करने पहुँचे। एक के सामने घी में बनाई हुई सेंवई भोजन के लिये परोसी गई। उसे देखकर पण्डित ने कहा—"लम्बे सूत्र वाले का नाश हो जाता है।" यह कहकर उसने परोसा भोजन छोड़ दिया और वहाँ से चल दिया। दूसरे के सामने माँड़ परोसा गया। उसने भी कहा—"जो अत्यन्त विस्तार वाला होता है और विस्तीर्ण रहता है वह चिरंजीवी नहीं होता।" यह कहकर वह भी भोजन छोड़कर चला गया। तीसरे के सामने बरा परोसा गया था, जिसके बीच में छेद था। उस पण्डित ने भी अपने गृहस्थ से कहा—"छेदों में बड़े-बड़े अनर्थ होते हैं।" यह कहकर वह भी भोजन छोड़कर चला आया।

इस तरह वे तीनों ही पण्डित भूख से दुःखी होकर परेशान हो गये। उनका गला सूख गया। सभी लोग उनकी बुद्धि पर हँसने लगे। तब वे उस गाँव से अपने देश को चले गए।

यह कथा सुनाकर सुवर्णसिद्धि ने कहा—"इसी तरह लौकिक व्यवहार को न जानकर तुमने भी मेरा कहना नहीं सुना और आज इस स्थिति को तुम भी पहुँच गए हो। इसी से मैंने कहा, "शास्त्रों में प्रवीण होने पर भी...इत्यादि।"

यह सुनकर चक्रधर बोला—"भाई! यह तो बिना किसी कारण के ही हो गया।"

दुर्भाग्य से प्रेरित होकर बड़े-बड़े बुद्धिमान भी नष्ट हो जाते हैं और कम बुद्धि वाले भी उसी परिवार में सदा आनन्द करते रहते हैं। कहा गया है कि—

बिना रक्षा किये भी कोई वस्तु दैव द्वारा रक्षित होती है। मनुष्य के रक्षा करने पर भी दैव द्वारा हत होकर वह नाश हो जाती है। निर्जन वन में छोड़ा हुआ अकेला अनाथ भी जीता रहता है और प्रयत्न करने पर भी घर में मर जाता है। और भी—

"सौ बुद्धि वाला शिर पर है, सहस्त्र बुद्धिवाला लटक रहा है। हे सुन्दरी! एक बुद्धिवाला मैं इस निर्मल जल में क्रीड़ा कर रहा हूँ।"

सुवर्णसिद्धि बोला—"यह कैसे?"

उसने कहा—

[5]

किसी एक जलाशय में शतबुद्धि और सहस्त्रबुद्धि नाम की दो मछलियाँ रहती थीं। उन दोनों की मित्रता एक मेढक से हो गई थी जिसका नाम एकबुद्धि था। ये तीनों ही उस जलाशय के तट पर बैठ कर कुछ देर तक सुभाषित गोष्ठी-सुख का अनुभव किया करते थे और फिर जल के भीतर घुस जाते थे। एक बार जब ये तीनों सूर्यास्त के समय किनारे पर बैठकर गोष्ठी कर रहे थे कि उसी अवसर पर बहुत-सी मछलियाँ मारकर शिर पर रखे हुए कुछ मछुए हाथ में जाल लिये हुए वहाँ पहुँच गये। इस जलाशय को देखकर उन्होंने आपस में कहा—"भाई! यह तालाब तो बहुत मछलियों वाला दिखाई पड़ रहा है, पानी भी बहुत थोड़ा है। कल सवेरे यहाँ आना चाहिए।" ऐसा कहकर वे अपने घर चले गए। मछलियों को उनकी बातें सुनकर बड़ा विषाद हुआ। उन्होंने उदास-मुख होकर आपस में सलाह करना शुरू किया। मेढक ने कहा—"भाई शतबुद्धि जी! आपने मछुए की बात सुनी। अब ऐसी स्थिति में हमें क्या करना चाहिए? भागना चाहिए या यहाँ छिपकर कहीं रहना चाहिए। अब जो करना उचित हो, उसकी आज्ञा दीजिए।" यह सुनकर सहस्त्रबुद्धि ने हँसकर कहा—"भाई! डरो मत। बातें सुनकर ही भयभीत नहीं होना चाहिए। कहा गया है कि—

सर्प, दुष्ट, यही नहीं सभी दुष्ट विचार वालों का मनोरथ कभी सिद्ध नहीं होता—इसी से यह संसार बना हुआ है। मैं तो सोचता हूँ कि उन दुष्टों का यहाँ आना कभी होगा ही नहीं। और यदि होगा भी तो अपनी बुद्धि के सहारे तुम्हारे सहित अपनी रक्षा करूँगा; क्योंकि पानी की अनेक गति जानता हूँ।"

यह सुनकर शतबुद्धि ने कहा—"भाई! आपने ठीक कहा। आप सहस्त्रबुद्धि वाले हैं। यह ठीक ही कहा गया है कि—

बुद्धिमानों की बुद्धि के सामने इस संसार में कोई भी वस्तु असम्भव नहीं है; क्योंकि हाथ में तलवार रखने वाले नन्दों का नाश चाणक्य ने अपनी बुद्धि से कर दिया।

और भी—

जहाँ पर वायु की गति नहीं है, सूर्य की किरणों की पैठ नहीं है, वहाँ भी बुद्धिमान की बुद्धि सदा शीघ्र ही प्रवेश करती है।

तो इस तरह मछुओं की बात सुनकर पिता पितामह के सामने से चले आते हुए जन्मस्थान को नहीं छोड़ा जा सकता है। कहा गया है कि—

दिव्य वस्तुओं के स्पर्श एवं शोभा से सम्पन्न स्वर्ग में भी वह सुख नहीं मिलता जितना सुख उस स्थान पर मिलता है, जहाँ मनुष्य का जन्म हुआ रहता है, भले ही वह बुरा स्थान ही क्यों न हो?

तो मेरी भी यही राय है कि इस स्थान को छोड़कर हमें कहीं भी कभी नहीं जाना चाहिए। मैं अपनी सुबुद्धि के प्रभाव से तुम्हारी रक्षा करूँगा।"

मेढक बोला—"भाई! मेरे पास तो एक ही बुद्धि है और वह यहाँ से तुरन्त भागने की बात कह रही है। मैं तो अपनी पत्नी के साथ अभी दूसरे जलाशय की शरण लेता हूँ।"

यह कहकर वह मेढक उसी रात में ही दूसरे जलाशय को चला गया। सवेरा होते ही मछुओं ने आकर उस जलाशय की छोटी, मँझली, बड़ी—सभी तरह की मछलियों को तथा सभी कछुए, मेढक और केंकड़ों को भी पकड़ लिया। अपनी स्त्री के साथ वे सहस्त्रबुद्धि और शतबुद्धि नाम की मछलियाँ भी बड़ी देर तक सीधी टेढ़ी चाल से अपने को भाग-भागकर बचाती रहीं, किन्तु वे भी मछुओं के जाल में आकर फँस ही गईं और उन्हें भी मछुओं ने मार डाला। तीसरे पहर वे मछुए प्रसन्न मन से अपने घर की ओर रवाना हो गए। बड़ी और भारी होने के कारण शतबुद्धि को एक ने कन्धे पर रखा था तथा सहस्त्रबुद्धि को नीचे लटका लिया था। एक बावली के तट पर बैठे हुए एकबुद्धि मण्डूक ने इस तरह मछलियों को ले जाते हुए मछुओं को जब देखा तो अपनी पत्नी से बोला—"प्रिये, देखो, देखो, यह शतबुद्धि शिर पर है और सहस्त्रबुद्धि लटक रहा है और मैं एक बुद्धिवाला निर्मल जल में क्रीड़ा कर रहा हूँ।"

अतएव आपने जो यह बताया कि "बुद्धि बड़ी है, विद्या नहीं," उस पर मेरी राय में तो यह कहना ठीक है कि एकमात्र बुद्धि को ही प्रमाण नहीं मान लेना चाहिए।

सुवर्णसिद्धि बोला—"यद्यपि ऐसा हो सकता है, पर मित्र की बात का उल्लंघन तो आपको नहीं ही करना चाहिए था; किन्तु क्या किया जाय? मैंने मना भी किया, आपने लोभ और अपनी विद्या के अहंकार में आकर वहाँ रहना ठीक नहीं समझा अथवा यह ठीक ही कहा गया है कि—

"हे मामा जी! यह आपने कितना ठीक किया कि मेरे कहने पर भी आप रुक नहीं सके। इसी से यह अपूर्व मणि बाँध दी गई है, अब आपने अपने गीत का पुरस्कार पा लिया।"

चक्रधर ने कहा—"यह कैसे?"

उसने कहा—

[6]

किसी गाँव में उद्धत नाम का एक गदहा रहता था। वह दिन भर धोबी के घर भार ढोने के बाद सारी रात मनमाना इधर-उधर घूमता रहता था और सवेरा होते किसी अन्य व्यक्ति द्वारा ही बाँधे जाने के डर से धोबी के घर आ जाता था। धोबी भी उसे उस समय बाँध देता था। रात भर इस तरह घूमते हुए एक बार उसकी एक सिआर के साथ गहरी दोस्ती हो गई। इस तरह मनमाना घूम-घूमकर खाने के कारण गदहा खूब मोटा हो गया था; अतः वह सिआर के साथ ककड़ी के खेत में उसकी बेढ़ तोड़कर घुस जाता और मनमानी ककड़ियाँ रात भर खाकर सवेरा होने पर अपने घर आ जाता। एक बार वह मदोन्मत्त गदहा रात में एक ककड़ी के खेत में खाते समय सिआर से बोला—

''भानजे! देखो तो सही कि कितनी सुहावनी रात है। मैं इस सुन्दर समय में गीत गाना चाहता हूँ। तो बताओ न कि किस राग में गाऊँ?''

सिआर बोला—''मामा जी! व्यर्थ में आफत ढोने से क्या लाभ? क्योंकि हम दोनों इस समय चोरी का काम कर रहे हैं। चोर और कुपन्थी को इस संसार में अपना काम चुपचाप रहकर करना चाहिए। कहा गया है कि—

खाँसी से युक्त चोरी छोड़ दे, बहुत सोने वाला भी चोरी न करे, रोगी भी जीभ के चटोरेपन को छोड़ दे, अगर इस संसार में जीवित रहना चाहता है तो।

दूसरे, तुम्हारा गीत भी तो मीठा नहीं है। शंख की आवाज की तरह बहुत दूर से ही सुनाई पड़ने वाली है और देख रहे हो इसी खेत में रखवाले सो रहे हैं। ये उठकर या तो हमें मार ही डालेंगे या बाँध देंगे। तो अच्छा यही है कि इस अमृत के समान मीठी-मीठी ककड़ियों का स्वाद लो, यहाँ गीत का व्यापार मत छेड़ो।''

यह सुनकर गदहा बोला—''भाई! तुम जंगली जीव गीत में क्या रस है, इस बात को क्या जानो! इसी से तुम ऐसी बातें कर रहे हो। कहा गया है कि—

शरत की चाँदनी में, अंधकार के दूर हो जाने पर, अपने प्रियजन के समीप भाग्यशाली लोगों के कानों में गीत की मनोहर आवाज जाती है।''

सिआर बोला—''मामा जी! यह हो सकता है। किन्तु तुम उस संगीत को नहीं जानते, केवल जोर-जोर से चिल्लाना भर जानते हो। तो उस स्वार्थ हनन करने-वाली कड़वी चिल्लाहट से क्या फायदा?''

गदहे ने कहा—''मूर्ख! तुम्हें बार-बार धिक्कार है। क्या तुम समझते हो कि मैं सचमुच गीत नहीं जानता। सुनो, मैं गीत के सब भेद-उपभेद बता रहा हूँ।''

इस गीत के सात स्वर होते हैं, तीन ग्राम होते हैं, इक्कीस मूर्छनाएँ होती हैं, उनचास ताल होते हैं, तीन मात्राएँ होती हैं और तीन लय होते हैं। तीन स्थान, पाँच यति, छः मुख तथा नव रस होते हैं। छत्तीस राग होते हैं तथा चालीस भाव होते हैं। यह कुल एक सौ पचासी अंग गीतों के होते हैं, जिन्हें आचार्य भरत ने स्वयं बताया है, ऐसा सुना जाता है। इस गीत से बढ़कर इस लोक में देवताओं की कोई प्रिय वस्तु नहीं है। सूखी इन्द्रियों के रूखे स्वर से रावण ने त्रिलोचन महादेव को अपने वश में कर लिया था।

तो भानजे! क्यों तुम मुझे गीत से अनभिज्ञ बतलाकर इस तरह गाने से रोक रहे हो?''

सिआर बोला—''मामाजी! यदि आप सचमुच अब गाकर ही रहेंगे, तो मैं बेढ़ के द्वार पर खड़ा होकर खेत के रखवाले को देखता हूँ और तुम जैसा चाहो वैसा गाओ।''

गदहे ने उसकी बात मान ली। सिआर खेत से हटकर बेढ़ के द्वार पर चला गया और तब गदहे ने रेंकना शुरू किया। गदहे का रेंकना सुनकर खेत का रखवाला दाँत

पीसता हुआ दौड़ा और समीप आकर उसने जब देखा कि यह तो सचमुच एक गदहा है, तो लाठी से इतने जोर से गदहे को मारा कि वह धरती पर गिर पड़ा। फिर उसने छेद वाली ओखली में रस्सी डालकर उसके गले में बाँध दिया और खुद सो गया। अपनी जाति के स्वभाव से गदहे को मार की चोट भूल गई। वह थोड़ी ही देर में उठ खड़ा हुआ। कहा गया है कि—

कुत्ते, घोड़े, विशेषकर गदहे को मार की चोट क्षण भर के बाद भूल जाती है।

फिर तो उसने ओखली को लेकर बेढ़ को तोड़-ताड़कर भागना शुरू किया। इसी बीच सिआर ने दूर से ही देख लिया और समीप आकर हँसकर बोला—

"मामाजी आपने बहुत अच्छा गीत गाया। मेरे रोकने पर भी आप नहीं रुके, यह अपूर्व मणि आपके गले में बाँधी गई। अपने गीत का अच्छा पुरस्कार आपने पाया।"

आप भी इसी तरह मेरे रोकने पर भी वहाँ नहीं रुके।

यह सुनकर चक्रधर बोला—"हे मित्र! यह आप ठीक ही कह रहे हैं।" यह भी ठीक ही कहा गया है कि—

"जिसे स्वयं बुद्धि नहीं है और मित्र का भी कहना नहीं मानता, वह मन्थर कौलिक की तरह मृत्यु के मुँह में जाता है।"

सुवर्णसिद्धि बोला—"यह कैसे?"

उसने कहा—

[7]

किसी नगर में मन्थरक नाम का एक जुलाहा रहता था। एक बार वह कपड़ा बुन रहा था कि उसके सभी कपड़ा बुनने के काम में आने वाले लकड़ी के औजार टूट गए। तब वह कुल्हाड़ा लेकर वन में गया। वहाँ समुद्र तट पर घूमते हुए उसने एक बहुत बड़ा शीशम का पेड़ देखा। उसे देखकर उसने सोचा कि—यह तो बहुत बड़ा पेड़ है। इसे काटने से तो अनेक कपड़ा बुनने के काम आने वाले लकड़ी के तमाम औजार बन जायेंगे। यह सोचकर उसने उस शीशम के पेड़ की जड़ पर कुल्हाड़ा लगा दिया। उस शीशम के पेड़ पर कोई शैतान अपना निवास बनाकर रहता था। उसने कहा—"भाई! यह पेड़ मेरे निवास का है, इसकी सर्वदा रक्षा करनी चाहिए, क्योंकि मैं इस पर बड़े सुख के साथ रहता हूँ। यहाँ से समुद्र के जल को स्पर्श करने वाली वायु की ठंडी-ठंडी लहरों का मैं आनन्द उठाता हूँ।"

जुलाहे ने कहा—"भाई! मैं क्या करूँ? लकड़ी के औजारों के बिना मेरा सारा कुटुम्ब भूख के मारे मर रहा है। तुम जल्द ही यहाँ से कहीं दूसरी जगह चले जाओ। मैं तो इसे काटूँगा ही।"

शैतान बोला—"भाई! मैं तुम्हारे ऊपर प्रसन्न हूँ। तुम कोई अभीष्ट वरदान मुझसे माँग लो। इस पेड़ को छोड़ दो।"

जुलाहे ने कहा—"यदि यह ठीक है कि तुम मेरे ऊपर खुश हो तो मैं घर जाकर अपनी पत्नी और अपने मित्र से सलाह ले लूँ और तब आकर जो कुछ माँगूँगा, उसे तुम देना।"

शैतान ने कहा कि ठीक है, मैं ऐसा ही करूँगा। जुलाहा बहुत खुश होकर अपने घर वापस आया। थोड़ी ही दूर आगे आने पर गाँव में घुसने के पहले ही उसने अपने परम मित्र नाई को देखा। उससे उसने शैतान की पूरी बात बताते हुए कहा—"मित्रवर! मेरे ऊपर एक शैतान खुश हो गया है, तो बताओ न कि उससे मैं कौन-सी चीज माँगूँ? मैं तुम्हीं से पूछने के लिये यहाँ लौटकर आया हूँ।"

नाई बोला—"भाई! यदि ऐसा ही है तो तुम उससे राज्य माँगो। जिससे तुम राजा बनो और मैं तुम्हारा मंत्री। दोनों मित्र इस लोक में परम सुख उठाकर परलोक में भी सुख उठावें। कहा गया है कि—

दानशील राजा इस लोक में दान के द्वारा परम कीर्ति प्राप्त कर उसके प्रभाव से पुनः स्वर्ग प्राप्ति करता है जहाँ देवता लोग भी उसकी स्पर्द्धा करते हैं।"

जुलाहा बोला—"भाई! आपने बहुत ठीक बात बताई, परन्तु स्त्री से भी सलाह ले लूँ।"

नाई बोला—"भाई! यह शास्त्र के विरुद्ध बात है। स्त्रियों के साथ कभी भूलकर भी सलाह नहीं करनी चाहिए, क्योंकि वे थोड़ी बुद्धिवाली होती हैं। कहा गया है कि—

स्त्रियों को भोजन और वस्त्र दे देना चाहिए तथा ऋतु काल में उनके साथ समागम करना चाहिए। बुद्धिमान को उनके साथ कभी सलाह नहीं करनी चाहिए। जिस घर में स्त्री, बालक और धूर्त पर शासन नहीं होता वह घर नाश हो जाता है—यह शुक्राचार्य का कथन है। पुरुष तभी तक सुप्रसन्न रहता है और तभी तक उसकी अपने गुरुजनों में प्रीति रहती है जब तक वह एकान्त में स्त्रियों की बातों को नहीं सुनता। स्वार्थ की मूर्ति ये स्त्रियाँ केवल अपने सुख-साधन में लगी रहती हैं, उनका कोई भी प्यारा नहीं है, यहाँ तक कि अपने को सुख न पहुँचाने वाला उनका पुत्र भी उन्हें प्यारा नहीं है।"

जुलाहा बोला—"भाई! फिर भी मैं तो उससे पूछूँगा; क्योंकि वह परम पतिव्रता है। दूसरे, उससे पूछे बिना मैं कुछ भी नहीं करता।" यह कहकर वह तुरन्त अपनी स्त्री के पास पहुँचा। उससे पूछा—"प्रिये! आज मेरे ऊपर एक शैतान खुश हो गया है। वह जो कुछ मैं चाहूँगा, देगा। तो मैं तुमसे पूछने आया हूँ कि उससे क्या माँगूँ। मेरे परम मित्र नाई ने तो मुझे बताया है कि मैं उससे राज्य माँगूँ।"

जुलाहे की स्त्री ने कहा—"आर्यपुत्र! नाइयों को बुद्धि नहीं होती। उसकी बात न मानियेगा। कहा गया है कि—

बुद्धिमान को चारण, वन्दी, नीच, नाई, बालक और भिक्षुक के साथ कभी भूल कर भी सलाह नहीं करनी चाहिए।

दूसरे राज्य की स्थिति सदा डाँवाडोल बनी रहती है। उससे कभी मनुष्य को सुख

नहीं मिलता। सर्वदा सन्धि, विग्रह, यान, आसन, संश्रय, द्वैधी भाव आदि नीतियों के करने-धरने में महान् दुःख की हीं प्राप्ति उससे होती है। कहा गया है कि—

राज्य पद पर जिस समय राजा का अभिषेक किया जाता है, उसी समय उसकी बुद्धि विपत्तियों में जा फँसती है। घड़े राजाओं के अभिषेक के समय ही जल के साथ आपत्तियाँ गिराते हैं। और भी—

श्रीरामचन्द्र जी का अयोध्या से बाहर निकलना, वन-वन में घूमना, पाण्डवों का वनवास, जदुवंशियों की मृत्यु, राजा नल का राज्य से च्युत होना, राजा सौदास का राक्षस होना, अर्जुन कार्तवीर्य का विनाश, लंकेश्वर का सत्यानाश, राज्य के कारण इन सब अनर्थों को देखकर मनुष्य को राज्य की कामना नहीं करनी चाहिए।

जिस राज्य के लिए अपने भाई तथा अपने सगे पुत्र भी अपना (राजा का) वध करना चाहते हैं, उसे दूर से ही छोड़ देना चाहिए।''

यह सुनकर जुलाहे ने कहा—''तुम ठीक कह रही हो। तो बताओ फिर उससे क्या माँगा जाय?'' उसकी पत्नी बोली—''तुम रोज एक वस्त्र बुनकर तैयार कर लेते हो और उससे सारा व्यय पूरा पड़ जाता है। अब तुम उससे अपने लिए एक दूसरा शिर तथा दो दूसरे हाथ माँग लो। जिससे रोज आगे और पीछे से दो वस्त्र बुनकर तैयार कर सको। एक वस्त्र का जो मूल्य मिलेगा उससे पहले की तरह घर का सारा व्यय चलेगा और दूसरे के मूल्य से जो विशेष व्यय होगा, वह सब चलेगा। और इस तरह बड़े आराम और प्रतिष्ठा के साथ अपनी जातिवालों में अपना जीवन बीतेगा। इससे दोनों लोक बनेंगे।''

यह सुनकर जुलाहा बहुत खुश हुआ। उसने कहा—''पतिव्रते! तुमने ठीक कहा, बहुत ठीक कहा। मैं ऐसा ही करूँगा। यह मेरा निश्चय है।'' यह कहकर वह शैतान से जाकर बोला—''देव! यदि तुम मेरी इच्छा पूर्ण करना चाहते हो तो मुझे दो दूसरे हाथ तथा एक दूसरा शिर दो।'' उसका यह कहना था कि जुलाहे को तुरन्त दो शिर तथा चार हाथ हो गये। वह प्रसन्न मन से घर के पथ पर लौट रहा था कि लोगों ने समझा कि यह कोई राक्षस आ रहा है। फिर क्या था, लोगों ने लाठी और ढेले से पीट-पीटकर उसे तुरन्त मार डाला। इसी से मैंने कहा कि ''जिसे स्वयं बुद्धि नहीं होती...इत्यादि।''

चक्रधर बोला—''भाई! यह सत्य है। सभी लोग उस नीच आशा पिशाचिनी के पास पहुँचकर अपनी जग-हँसाई कराते हैं, अथवा किसी ने यह बहुत ही ठीक कहा है कि—

जो असम्भव एवं भविष्य में होने वाली चिन्ता को करता है, वह सोमशर्मा के पिता की तरह पाण्डुवर्ण का होकर सोता है।''

सुवर्णसिद्धि ने पूछा—''यह कैसे?''

उसने कहा—

[8]

किसी नगर में स्वभावकृपण नाम का एक ब्राह्मण रहता था। उसने भीख से बटोरे गए सत्तू में से जो कुछ खाने से बचा था, उसे इकट्ठा कर रखा था। इस तरह उसने एक घड़ा सत्तू इकट्ठा कर लिया था। उस घड़े को खूँटी में टाँग कर और उसी के नीचे चारपाई बिछाकर वह सोता था और बराबर उसी घड़े को निहारता रहता था। एक बार रात में चारपाई पर सोते हुए उसने सोचा—अब तो यह घड़ा सत्तू से एकदम भर गया है। यदि अकाल इसी समय पड़ जाय तो यह सौ रुपये पर बिकेगा। उस सौ रुपये से दो बकरी ले लूँगा। छः महीने में वे दोनों गाभिन हो जायेंगी तो व्याएँगी और इस तरह बकरियों का एक समूह मेरे पास हो जायगा। उन बकरियों से फिर तो मैं बहुत-सी गौएँ खरीद लूँगा। गौओं से भैंसें लूँगा, भैंसों को बेचकर घोड़ियाँ। उन घोड़ियों से मेरे पास अनेक घोड़े हो जायेंगे। उन घोड़ों को जब मैं बेच दूँगा तो मेरे पास बहुत-सा सुवर्ण हो जायगा। सुवर्ण से चारतल्ला सुन्दर भवन बनवा लूँगा। तब कोई न कोई ब्राह्मण आकर मेरा ब्याह कर देगा और मुझे एक सुन्दरी युवती ब्राह्मणी मिल जायगी। उससे मुझे पुत्र पैदा होगा। उस पुत्र का नाम मैं सोमशर्मा रखूँगा। जब वह मेरा पुत्र घुटने के बल चलने लगेगा तब मैं पुस्तक लेकर घुड़शाला के पीछे बैठकर पढ़ा करूँगा। कभी सोमशर्मा मुझे देखकर माता की गोद से उतरकर घुटने के बल चलकर घोड़े की खुर के समीप से मेरे पास आने लगेगा। तब मैं क्रुद्ध होकर ब्राह्मणी से कहूँगा—''बालक को ले ले।'' वह घर के कामों में फँसकर मेरी बात न सुनेगी। तब मैं उठकर उसे अपने पैरों से मारूँगा। इस प्रकार उसी ध्यान में मग्न होकर ब्राह्मण ने एक ऐसी लात जमाई कि खूँटी पर टँगा हुआ सत्तू का घड़ा टूट गया और वह छींटे गए सत्तू से एकदम पाण्डुरंग में रँग उठा। इसी से मैं कहता हूँ कि ''असम्भव और भविष्य में आने वाली चिन्ताओं को जो किया करता है...इत्यादि।''

सुवर्णसिद्धि ने कहा—''भाई! यह सब ऐसा ही होता है। तुम्हारा इसमें कोई दोष नहीं है; क्योंकि सभी लोग लोभ से पीड़ित होकर इस तरह की साँसत सहते हैं। कहा गया है कि—

जो लोभ से कोई काम करता है और उसका परिणाम नहीं देखता, वह अवश्य ही विपत्ति उठाता है जैसे चन्द्र राजा ने उठाया था।''

चक्रधर बोला—''यह कैसे?''

उसने कहा—

[9]

किसी नगर में चन्द्र नाम का एक राजा रहता था। उसके लड़के वानरों के साथ खिलवाड़ किया करते थे। इसलिए उन्होंने वानरों का एक झुण्ड भी पाल रखा था और उन्हें अनेक तरह की खिलाने-पिलाने वाली चीजें दिया करता था। उस वानरों के समूह

का जो सुमुखिया था, वह शुक्राचार्य वृहस्पति तथा चाणक्य की बनाई हुई राजनीति का पूर्ण ज्ञाता तथा उसी के अनुसार चलने वाला था। वह उन सबको पढ़ाया करता था। राजा के उसी भवन में, जहाँ वानरों का झुण्ड रहा करता था, भेंड़ों का भी समूह रहता था, जिस पर राजा के छोटे लड़के चढ़ा करते थे। उन भेंड़ों में से एक बड़ा चटोरा था। वह रात भर बिना किसी डर के राजा की रसोई में घुस जाता था और जो कुछ देखता था, सब खा जाता था। रसोई बनाने-वाले उसे जो ही कुछ पाते थे, उसी से तुरन्त मारा करते थे। लकड़ी, मिट्टी का बरतन, काँसे का बरतन या ताँबे का बरतन—किसी का कुछ खयाल नहीं करते थे। वानरों के झुण्ड का वह मुखिया रसोइयों की वह करतूत देखकर एक दिन सोचने लगा—यह भेंड़ा और रसोइए का झगड़ा एक दिन वानरों के विनाश का कारण बनेगा; क्योंकि भेंड़ा अन्न का स्वाद पा चुका है और अब चटोरा हो गया है और ये रसोइए भी बड़े क्रोधी मालूम पड़ते हैं, जो कुछ समीप में पड़ी चीज पाते हैं, उसी से मार देते हैं। यदि कभी कोई वस्तु संयोग से समीप में न मिलेगी तो ये लुआठे से मारेंगे, भेंड़े के शरीर पर ऊन बहुत अधिक है ही, वह जरा-सी आग पाने पर भी जल उठेगा और उस समय समीप वाली घुड़साल में घुस जाएगा। उस घुड़साल में हमेशा घास-फूस जमा रहता ही है, वह भी जल उठेगा। फिर तो सब-के-सब घोड़े जल जायँगे। घोड़ों की दवा के आचार्य शालिहोत्र ने बताया है कि वानरों की चर्बी से घोड़ों के आग का जला घाव चंगा हो जाता है। निश्चय ही फिर वही काम यहाँ भी किया जायगा और हम सब वानरों को मारकर उनकी चर्बी से इन जले हुए घोड़ों के घाव चंगे किए जायँगे। मन में ऐसा सोचकर उसने सब वानरों को एकान्त में बुलाया और उनसे कहा—

"भाई! भेंड़े और रसोइए में जहाँ इस तरह का रात-दिन का रगड़ा-झगड़ा चल रहा है, वहाँ निस्संदेह हम वानरों का विनाश होगा। जिस घर में बिना किसी कारण के ही रोज रगड़ा-झगड़ा होता रहता है, उस घर को जीवन की इच्छा करने वाला दूर से ही छोड़ दे। और भी—

रात दिन के कलह से राजमहल भी नष्ट हो जाते हैं, कुवचन बोलने से मित्रता नष्ट हो जाती है, दुष्ट राजा के कारण राष्ट्र का नाश हो जाता है तथा कुकर्म के करने से मनुष्य का यश नष्ट हो जाता है।

तो मेरी राय है कि जब तक हम सबका विनाश न हो जाय, तब तक इस राजमहल को छोड़कर हम वन में भाग चलें।" मुखिया वानर की इस अप्रिय बात को सुनकर मदोन्मत्त वानरों ने कहा—"भाई! आप बूढ़े हो गए हैं। आपकी बुद्धि भी अब सठिया गई है। इसी से ऐसी बातें कर रहे हो। कहा गया है कि—

बालकों और बूढ़ों की, जिनके मुँह बिना दाँत के होते हैं और सदा लार टपकती रहती है, बुद्धि कहीं भी काम नहीं करती।

यहाँ स्वर्ग के समान अनेक तरह की खाने-पीने की सुन्दर अमृत की तरह चीजें राजकुमार लोग अपने हाथ से हमें खिलाते-पिलाते हैं, इसे छोड़कर जंगल में कड़वे,

कसैले, तीते—सूखे फल खाने पड़ेंगे, यह ठीक नहीं है।''

यह सुनकर बूढ़ा वानर आँखों में आँसू भरकर बोला—''अरे मूर्खो! तुम इस सुख का क्या परिणाम भोगना पड़ेगा, यह नहीं देख रहे हो? पाप कर्मों की तरह इसका भी स्वाद चखने में अच्छा मालूम दे रहा है, किन्तु इसका परिणाम विष की तरह दुःखदायी होगा। तो मैं अब अपनी आँखों से अपने परिवार का विनाश नहीं देखूँगा। अतः अभी वन को जा रहा हूँ। कहा गया है कि—

विपत्ति में पड़े हुए मित्र, शत्रु से पीड़ित अपने स्थान, देश नाश एवं कुल नाश को, जो अपनी आँखों से नहीं देखते हैं, वे धन्य हैं।''

यह कहकर वह वानरों का मुखिया उन तमाम वानरों को छोड़कर अकेला जंगल में चला गया। उसके चले जाने के कुछ दिन बाद सचमुच उसकी कही बातें सच हुईं। भेड़ा रसोईघर में घुसा, रसोइए ने जब देखा कि मारने लायक कोई चीज समीप में नहीं है तो उसने आधी जली हुई लकड़ी से खींचकर उसे मार दिया। फिर क्या था, ऊन अधिक होने के कारण उसका सारा शरीर भक से फौरन जल पड़ा और वह चिल्लाता हुआ समीपवर्ती घुड़साल में घुस गया। उस घुड़साल में तमाम घास-फूस पड़ी हुई थी। वह उसी जमीन पर जलन बुझाने की नीयत से लोटने लगा। उसका लोटना था कि चारों ओर आग की भीषण लपटें ऐसी उठ पड़ीं कि कुछ घोड़े तुरन्त जलकर मर गए, किसी की आँखें फूट गईं, कुछ अधजले बंधन तुड़ाकर इधर-उधर जोर-जोर से हिनहिनाते हुए भागने लगे। इस तरह राजमहल में सर्वत्र भीषण कोलाहल मच गया। राजा दुःखी होकर स्वयं वहाँ आ गया। उसने तुरन्त शालिहोत्र के विशेषज्ञ वैद्यों को बुलवाया और उनसे कहा—''भाई! इन हमारे घोड़ों के घाव को चंगा करने की कोई दवा तुरन्त बताइए।'' उन पण्डितों ने अपना शास्त्र देखकर बताया—''देव! इस आग के घाव के बारे में भगवान शालिहोत्र ने बताया है कि—

घोड़ों के आग से जले हुए घाव वानरों की चर्बी से इस प्रकार तुरन्त चंगे हो जाते हैं जैसे सूर्योदय होने पर अंधकार दूर हो जाता है। तो यह दवा आप तुरन्त करवाइए जब तक कि इनका भीषण घाव नहीं बढ़ जाता और ये मरने से बचे रहते हैं।''

वैद्यों के मुँह से यह बातें सुनते ही राजा ने तमाम वानरों को तुरन्त मारने का हुक्म दे दिया। अधिक विस्तार क्या किया जाय? वे तमाम वानर अनेक तरह के हथियारों, लाठियों, डंडों और पत्थरों से तुरन्त मार डाले गये। अपने पुत्र, पौत्र, भतीजे, भानजे आदि परिवारवालों के मारे जाने का दुःखद समाचार सुनकर वह बूढ़ा वानरों का मुखिया बहुत दुःखी हुआ। उसने खाना-पीना सब छोड़ दिया और दुःख के मारे एक वन से दूसरे वन में घूमने लगा। उसने सोचा कि मैं किस तरह उस नीच राजा से इस अपकार का बदला चुकाऊँ और उऋण होऊँ। कहा गया है कि—

जो शत्रु द्वारा किए गए अपने कुल के विनाश को किसी भय के कारण अथवा अज्ञान के कारण सहन कर लेता है, वह नीच पुरुष है।

इस तरह के विचारों में डूबता-उतराता वह बूढ़ा वानर प्यास से व्याकुल होकर

एक सरोवर के किनारे आया, जो कमलिनियों से भरा हुआ था। वहाँ पहुँचकर उसने जब ध्यान से देखा तो उस सरोवर में किसी जंगली जीव के प्रवेश करने का पदचिह्न तो दिखाई पड़ रहा था, पर उनके निकलने का चिह्न नहीं दिखाई दे रहा था। उसने तुरन्त ताड़ लिया कि निश्चय ही इस सरोवर के जल में कोई दुष्ट जीव रहता है। तो एक कमलिनी का नालदण्ड लेकर दूर से पानी पीना शुरू किया। वह पानी पी ही रहा था कि सरोवर के बीच से एक रत्नमाला से विभूषित कण्ठ वाला राक्षस बाहर निकला। उसने कहा—"अरे! इस सरोवर के पानी में जो कोई प्रवेश करता है, उसे मैं खा जाता हूँ। तुझसे बढ़कर चतुर मुझे कोई दूसरा नहीं मिला, जो यहाँ आकर इस तरह दूर से बैठकर पानी पीता हो। तुम्हारी इस चतुराई पर मैं परम प्रसन्न हूँ, मुझसे अपने हृदय की अभिलाषा पूरी होने का वरदान तुम माँग सकते हो।"

वानर बोला—"भाई! तुम कितना खा सकते हो?"

राक्षस ने कहा—"पानी में घुस जाने पर तो मैं सौ, हजार, लाख, करोड़ को भी खा जाऊँ, किन्तु बाहर रहने पर तो मुझे सिआर भी हरा सकता है।"

वानर ने कहा—"एक राजा के साथ मेरा बहुत वैर बढ़ गया है। यदि तुम अपनी यह रत्नमाला मुझे दे दो तो अपनी बात से उन्हें ठगकर और लोभ दिखाकर मैं सपरिवार इस तालाब में उसे घुसा दूँगा और तुम उन सबको खा जाना।"

वानर की विश्वसनीय बातें सुनकर उस राक्षस ने अपनी माला दे दी। और कहा—"मित्रवर! तुम्हें जो उचित जान पड़े सो करना।" फिर क्या था वानर ने उस रत्नमाला से अपने गले को विभूषित कर लिया और वृक्षों पर तथा महलों पर घूमने लगा। लोगों ने उसे देखकर पूछा—"भाई यूथपति! आप इतने दिनों तक कहाँ रहे? आपको ऐसी रत्नमाला कहाँ मिल गई, जो अपनी आभा के सामने सूर्य को भी धूमिल कर रही है?"

वानर बोला—"किसी जंगल में धनपति कुबेर का बनाया हुआ एक महान सरोवर है, उसमें रविवार के दिन सूर्य के आधा उदित होने पर जो कोई नहाता है, वह कुबेर की कृपा से इसी तरह की रत्नमाला से विभूषित कण्ठ होकर बाहर निकलता है।" धीरे-धीरे राजा के कानों में यह बात पहुँच गई। उन्होंने उस यूथपति वानर को बुलाया और पूछा—"अरे यूथपति! क्या यह सत्य है? इस तरह की रत्नमाला से भरा हुआ कोई सरोवर है कहीं क्या?"

वानर ने कहा—"स्वामी! इस बात का विश्वास तो आप मेरे कण्ठ में सुशोभित इसी रत्नमाला से कर सकते हैं। यदि ऐसी रत्नमाला आपको चाहिए तो मेरे साथ किसी को भेजिए, मैं जिससे उसे दिखा सकूँ।"

यह सुनकर राजा बोला—"यदि ऐसा ही है तो मैं ही सपरिवार चलूँगा; जिससे बहुत-सी रत्नमाला मिल जाय।"

वानर ने कहा—"महाराज! ऐसा ही करें।"

फिर क्या था? वानर के साथ सपरिवार राजा उस सरोवर की ओर चल पड़ा। रत्नमाला के लोभ से सभी स्त्रियाँ और सेवक भी उसके साथ हो लिए। राजा ने अपनी पालकी में चढ़ाकर वानर को भी अपनी गोद में ले लिया और बड़े स्नेह के साथ उसे रखकर उस तालाब की ओर प्रस्थान किया अथवा यह ठीक ही कहा गया है—

हे तृष्णा देवि! तुम्हें नमस्कार है। तुम्हारे कारण धनवान भी ऐसे कामों में लगा दिए जाते हैं, जो उन्हें नहीं करना चाहिए; और यही नहीं, उन्हें दुर्गम स्थलों में भी तुम भ्रमण करा देती हो।

और भी—

सौ वाला सहस्त्र की, सहस्त्र वाला लाख की, लाख वाला राज्य की और राज्यवाला स्वर्ग की इच्छा करता है। बुढ़ापे में बाल बूढ़े हो जाते हैं, दाँत बूढ़े हो जाते हैं, आँख और कान भी बूढ़े हो जाते हैं, पर एकमात्र तृष्णा युवती बनती जाती है।

इस प्रकार चलकर उस सरोवर पर पहुँचने पर प्रातःकाल के समय वानर ने राजा से कहा—"देव! सूर्य के आधा निकलने के समय ही जो इस सरोवर में प्रवेश करता है उसे सिद्धि मिलती है। तो सभी लोग एक साथ ही प्रवेश करें और तुम फिर मेरे साथ प्रवेश करना, मैंने पहले वह स्थान देख रखा है, वहाँ पहुँचकर मैं बहुत-सी मालाएँ तुम्हें दिखाऊँगा?"

राजा ने वानर की बात मान ली। राजा के सभी साथ आने वाले स्त्री–पुत्रादि सरोवर में प्रविष्ट हो गए और बात की बात में राक्षस ने उन सबको खा डाला। जब देर हो गई और उनमें से कोई भी बाहर नहीं निकला, तब राजा ने वानर से कहा—"अरे यूथपति! ये हमारे परिवार के आदमी अभी तक नहीं निकले, इन्हें देर क्यों हो रही है?" यह सुनते ही वानर तुरन्त एक पेड़ पर चढ़ गया और राजा से बोला—"अरे नीच राजा! सरोवर के जल में बैठे हुए राक्षस ने तुम्हारे परिवार वालों को सफाचट कर दिया। मेरे कुल का तुमने जो नाश किया था, उस वैर को मैंने चुकता कर लिया। अब तुम वापस चले जाओ। तुम स्वामी थे, यह सोचकर मैंने तुम्हें उन सबों के साथ नहीं घुसने दिया। कहा गया है कि—

बुराई करने वाले के साथ बुराई करनी चाहिए। मारने वाले को मारना चाहिए। दुष्ट के साथ दुष्टता करनी चाहिए, इसमें मुझे कोई दोष नहीं दिखाई पड़ रहा है। तुमने मेरे परिवार का नाश किया और अब मैंने तेरे परिवार का नाश कर दिया।"

वानर की उक्त बातें सुनकर राजा क्रोध और दुःख से भर गया। वह पैदल ही जिस रास्ते से आया था, उसी रास्ते से सरोवर से बाहर निकल गया। राजा के चले जाने पर खूब खाकर सन्तुष्ट राक्षस जल से बाहर निकला और आनन्द के साथ बोला—

"हे वानर! तुम कितने बुद्धिमान हो कि तुम नाल से पानी पीते हो? यही नहीं, तुमने अपने शत्रु का सफाया कर दिया, मुझ जैसा एक मित्र बना लिया और रत्नमाला भी नहीं गँवाई। तुम कितने चतुर हो?"

इसी से मैंने कहा कि—"जो लोभ से काम करता है...इत्यादि।" यह कहानी सुनकर सुवर्णसिद्धि ने फिर चक्रधर से कहा—"भाई! अब मुझे जाने दो, मैं अपने घर जाऊँ।"

चक्रधर बोला—"भाई! आपत्ति के लिए ही दुनियाँ धन और मित्र का संग्रह करती है। तो तुम मुझे इस तरह की विपत्ति में फँसा छोड़कर कहाँ जा रहे हो?

कहा गया है कि—जो आपत्ति में फँसे हुए मित्र को छोड़कर निष्ठुरता करता है, वह कृतघ्न है। उस पाप के कारण वह निस्सन्देह नरक में जाता है।"

सुवर्णसिद्धि बोला—"भाई! यह सत्य है किन्तु यदि मित्र ऐसे स्थान में हो, जहाँ अपनी गति हो। यह तो ऐसा स्थान है जहाँ मनुष्यों की कोई गति ही नहीं है। कोई भी तुम्हें इस विपदा से छुड़ा नहीं सकता। दूसरे यह भी एक कारण है कि ज्यों-ज्यों चक्र घूमता है त्यों-त्यों जब मैं तुम्हारे मुँह के विकार की ओर देखता हूँ तो मुझे लगता है कि मैं जल्दी में यहाँ से भाग जाऊँ नहीं तो मेरा भी कोई अनर्थ हो जायगा; क्योंकि—

हे वानर! जिस तरह की तुम्हारे मुँह की छाया दिखाई दे रही है, उससे मालूम पड़ता है कि तुम भी विकाल के वश में पड़ गए हो, जो यहाँ से भागेगा, वही जीयेगा।"

चक्रधर बोला—"यह कैसे?"

उसने कहा—

[10]

किसी नगर में भद्रसेन नाम का एक राजा रहता था। उसके सभी सुन्दर एवं भाग्य सूचक लक्षणों से सम्पन्न एक रत्नवती नाम की कन्या थी। एक राक्षस उसे ले जाना चाहता था। वह रोज रात में आकर उससे भोग करता था। किन्तु उसकी रक्षा के लिए अनेक तरह के तंत्र-मंत्र किये जाते थे। अतः उसे वह हर नहीं सकता था। राक्षस जब भोग करने आता था, उस समय बेचारी राजकन्या काँपती हुई किसी प्रकार उसके समागम का दुःखद अनुभव करती थी। ऐसे ही समय बीत रहा था कि एक दिन आधी रात के समय जब वह राक्षस राजकुमारी के घर के एक कोने में खड़ा था, उस समय राजकुमारी ने अपनी सखी से कहा—"सखी! देखो यह दुष्ट विकाल रोज रात के समय आकर मुझे परेशान करता है। क्या इस नीच को यहाँ से भगाने का कोई उपाय तुम्हारे पास है?"

राजकुमारी की यह बात राक्षस ने सुन ली। उसने सोचा कि—'मालूम होता है कि जिस तरह मैं इसे हरने के लिए रोज आता हूँ, उसी तरह कोई दूसरा विकाल नाम का और है जो इसे हरना चाहता है और नहीं हर पाता। तो मैं घोड़े का रूप धारण कर घोड़ों के बीच में चलकर देखूँ कि वह विकाल किस तरह का है और उसका प्रभाव कैसा है?' ऐसा सोचकर वह राक्षस घोड़े का रूप धारण कर घोड़ों के बीच में जाकर खड़ा हो गया। जब राक्षस भी घोड़े का रूप धारण कर घुड़साल में गया तो ठीक उसी समय

राजा के घर में घोड़ा चुराने की नियत से एक चोर भी घुसा। उसने जाकर सभी घोड़ों को देखा। राक्षस उन सब में अच्छा था, उसने उसे ही चुना, फिर क्या था! उसी पर वह चढ़ गया। राक्षस ने सोचा—'मालूम होता है कि विकाल इसी का नाम है। इसने मुझे घोड़ा रूप धारण करते हुए देख लिया है और मुझे चोर समझकर मारने आया है। अब क्या करूँ?'

राक्षस इस तरह की चिन्ता कर ही रहा था कि चोर ने उसके मुँह में लगाम लगा दी और कोड़े से दनादन चार-छः चोटें लगाईं। फिर तो बहुत डरा हुआ राक्षस बेतहाशा भागने लगा। राजमहल से बहुत दूर जाकर चोर उस घोड़े की लगाम खींचकर खड़ा करने की कोशिश करने लगा। किन्तु वह कोई साधारण घोड़ा तो था नहीं, और तेजी से भागने लगा। उसे इस तरह लगाम की कोई चिन्ता न करने वाला घोड़ा समझकर चोर ने सोचा अरे! इस तरह लगाम की कोई चिन्ता न करने वाले घोड़े तो हो नहीं सकते। निश्चय ही यह घोड़ा रूप धारी कोई राक्षस है। आगे यदि कहीं धूलवाली जमीन मिले तो मैं अपने को खुद ही गिरा लूँगा। नहीं तो मेरी जिन्दगी ही नहीं बचेगी। इस तरह की चिन्ता में चिन्तित चोर अपने इष्टदेव को मना रहा था कि वह घोड़ा किसी बरगद के नीचे पहुँच गया। चोर ने तुरन्त बरगद की एक बरोह पकड़ ली और उसी में चिपक गया। फिर तो दोनों एक-दूसरे से अलग हो गए और बड़े ही खुश हुए। दोनों को ही अपने-अपने जीवन में आशा दिखाई पड़ी।

उसी बरगद पर राक्षस का मित्र कोई वानर रहा करता था। उसने राक्षस को इस तरह भयभीत देखकर पूछा—"भाई! झूठे भय से डरकर तुम इस तरह क्यों भाग रहे हो? यह तो मनुष्य है जिसे तुम रोज खाते हो। अरे! इसे खा जाओ।"

वानर की उक्त बातें सुनकर राक्षस ने घोड़े का रूप छोड़कर अपना असली रूप धारण कर लिया। किन्तु फिर भी उसके मन में शंका बनी ही रही। अपनी तेज रफ्तार बन्द करके वह पीछे लौट पड़ा। चोर ने जब देखा कि वानर ने उसे फिर वापस बुला लिया है तो वह बहुत क्रोधित हुआ और लटकती हुई उसकी लम्बी पूँछ पकड़कर उसने जोर से चबा लिया। वानर ने समझ लिया कि यह तो राक्षस से भी अधिक बलवान है। अतः डर के मारे उसने फिर कुछ भी नहीं कहा। सिर्फ पीड़ा से दुःखी होकर आँखें मूँदकर बैठ गया। राक्षस ने जब उसे इस तरह देखा तो यह श्लोक पढ़ा—

"वानर! तुम्हारे मुँह की छाया जिस तरह की दिखाई पड़ रही है, उससे मालूम होता है कि तुम्हें भी विकाल ने पकड़ लिया है; अब तो जो भागेगा, वही जीयेगा।"

ऐसा कहकर राक्षस वहाँ से तुरन्त भाग खड़ा हुआ। तो भाई! मुझे भी घर जाने की आज्ञा दो। तुम अपने लोभरूपी वृक्ष का फल यहाँ रहकर चखो।

चक्रधर बोला—"भाई! यह तो बिना किसी कारण के ही हो गया।" मनुष्य को शुभ-अशुभ फल के भोग भाग्यवश भोगने ही पड़ते हैं। कहा गया है कि—

जिस रावण का दुर्ग त्रिकूट था, समुद्र खाईं थे, योद्धा राक्षस थे, कुबेर से अटूट

धन मिला था, जो स्वयं शुक्राचार्य की राजनीति का महान पण्डित था, वह भी दुर्भाग्य से विपत्ति के चक्र में पिस गया। और भी देखो कि—

अंधा, कुबड़ा और तीन स्तनों वाली राजकन्या—ये तीनों कर्म के सम्मुख उपस्थित होकर अन्याय से भी सिद्धि को प्राप्त हुए।

सुवर्णसिद्धि बोला—"यह कैसे?"

उसने कहा—

[11]

उत्तरी प्रदेश में मधुपुर नाम का एक नगर है। वहाँ मधुसेन नाम का एक राजा था। विषय सुख भोगने वाले उस राजा मधुसेन को एक तीन स्तनों वाली कन्या उत्पन्न हुई। तीन स्तनों वाली कन्या की उत्पत्ति सुनकर राजा ने कंचुकियों से कहा—"भाई! यह त्रिस्तनी कन्या को दूर जंगल में ले जाकर छोड़ दो, जिससे कोई जानने भी न पाये।" यह सुनकर कंचुकियों ने कहा—"महाराज! यह तो मालूम है ही कि तीन स्तनों वाली कन्या अनिष्ट करने वाली होती है, फिर भी ब्राह्मण बुलाकर उससे पूछ लेना चाहिए, जिससे दोनों लोक बने रहें; क्योंकि—

जो बराबर दूसरों से पूछता रहता है, सुनता रहता है और यथार्थ बातें धारण करता रहता है उसकी बुद्धि सूर्य की किरणों से कमलिनी की तरह बराबर बढ़ती रहती है। और भी—

जानकार मनुष्य को सदा पूछते रहना चाहिए। प्राचीन काल में राक्षसराज द्वारा पकड़ा हुआ भी एक ब्राह्मण पूछने के कारण छूट गया।"

राजा ने पूछा—"यह कैसे?"

कंचुकियों ने कहा—

[12]

देव! किसी जंगली प्रदेश में चंडकर्मा नाम का एक राक्षस रहता था। एक बार वह जंगल में घूम रहा था कि उसे एक ब्राह्मण मिला। वह उसके कंधे पर कूदकर बैठ गया और बोला—"अरे! आगे-आगे चलो।" ब्राह्मण भी बहुत डर गया, वह उसे कंधे पर लेकर चलने लगा। रास्ते में कमल की पंखुड़ियों के समान कोमल राक्षस के पैरों के तलवे को देखकर ब्राह्मण ने पूछा—"भाई! आपके पैर क्यों इतने कोमल हैं?" राक्षस बोला—"भाई मैंने व्रत रखा है कि गीले पैरों से भूमि का स्पर्श नहीं करता।" यह सुनकर ब्राह्मण अपने छुटकारा पाने का उपाय सोचता हुआ एक सरोवर के किनारे पहुँचा। वहाँ पहुँचने पर राक्षस ने कहा—"जब तक मैं स्नान और देवपूजा करके न आऊँ तब तक तुम इस स्थान से कहीं अन्यत्र मत जाना।" यह कहकर राक्षस सरोवर में नहाने चला गया। ब्राह्मण ने सोचा कि यह देवपूजन करने के बाद निश्चय ही मुझे

खा जायगा। अच्छा है कि जल्दी से भाग चलूँ, जिससे कि यह गीले पैरों से धरती पर मेरे पीछे दौड़ न सके। फिर क्या था, ब्राह्मण वहाँ से भाग खड़ा हुआ। राक्षस ने उसे जाते हुए देखा भी, पर व्रत टूटने के भय से उसका पीछा नहीं किया। इसी से मैंने कहा कि जानकार पुरुष को सदा पूछते रहना चाहिए।

कंचुकियों की यह बात सुनकर राजा ने ब्राह्मणों को बुलाया और उनसे कहा—"ब्राह्मणों! मुझे तीन स्तनों वाली कन्या उत्पन्न हुई है। क्या उसके दोष को शान्त करने का कोई अनुपान है या कोई नहीं है?"

ब्राह्मणों ने कहा—"देव! सुनिए!"

"मनुष्य को हीन अंगों वाली या अधिक अंगों वाली कन्या यदि उत्पन्न होती है तो वह पति के नाश का कारण होती है तथा उसका शील-सदाचार भी अच्छा नहीं होता और जो कन्या तीन स्तनों वाली होती है यदि वह पिता की आँखों के सामने हो तो उसका तुरन्त नाश कर देती है, इसमें सन्देह नहीं करना चाहिए।

इसलिए महाराज उसको कभी मत देखें। यदि कोई इसके साथ ब्याह कर ले तो उसे कन्या देकर देश निकाला दे दीजिए। इस तरह दोनों लोक आपके बने रहेंगे।"

ब्राह्मणों की यह बातें सुनकर राजा ने दुन्दुभी पिटवाकर यह घोषणा अपने राज्य भर में करवा दी कि, "जो कोई तीन स्तनों वाली राजकन्या के साथ ब्याह करेगा, वह एक लाख सुवर्ण मुद्रा पाएगा और उसे यह देश छोड़ना पड़ेगा।" उसकी यह घोषणा जब हुई तब से बहुत समय बीत गया, पर कोई राजकन्या को ब्याहने के लिए तैयार नहीं हुआ। वह भी धीरे-धीरे जवानी के द्वार पर पहुँच गई। राजा ने उसे परम गुप्त स्थान पर ऐसा छिपाकर रखा था कि उसकी आँखों के सामने वह कभी न आए।

राजा के उसी नगर में एक अन्धा रहता था। उसका साथी और सदा लाठी लेकर आगे-आगे चलने वाला एक कुबड़ा था। उन दोनों ने घोषणा की आवाज सुनकर आपस में सलाह की कि यह दुन्दुभी पर जो घोषणा हो रही है, क्या सच है? यदि किसी तरह राजा की वह कन्या मिल जाय तो उसके साथ एक लाख सुवर्ण मुद्रा भी मिलेगी और इस तरह बड़े आराम से जिन्दगी का सब समय बीतेगा और यदि उसके दोष से हमारी मृत्यु भी हो जायगी, तो इस दरिद्रता के महान दुःख से छुटकारा तो मिलेगा। कहा गया है कि—

"लज्जा, स्नेह, स्वर की मिठास, बुद्धि, जवानी की शोभा, स्त्री-संग, स्वजनों के प्रति ममता सुख, विलास, धर्म, शास्त्र, देवता और गुरुजनों में श्रद्धा बुद्धि, पवित्रता, आचार की चिन्ता—ये सारी चीजें मनुष्य को पेट भरने पर ही दिखाई पड़ती हैं।"

यह कहकर अन्धे ने जाकर राजा की दुन्दुभी पर चोट लगा दी। उसने कहा—"अरे! मैं उस कन्या के साथ विवाह करूँगा।" उसकी निश्चय भरी बातें सुनकर राजा के कर्मचारियों ने उससे जाकर कहा—"देव! एक अंधे मनुष्य ने आकर दुन्दुभी पर चोट लगाई है, वह राजकन्या के साथ ब्याह करने को तैयार है। अब महाराज जो चाहे

सो करें।'' राजा ने कहा—''अंधा हो, बहरा हो, कोढ़ी हो या चाण्डाल हो, कोई भी हो यदि वह राजकन्या लेना चाहता है, तो उसे एक लाख सुवर्ण मुद्रा के साथ देश निकाला दिया जायेगा।''

राजा ने आज्ञा दे दी। राजपुरुषों ने नदी के किनारे ले जाकर एक लाख सुवर्ण मुद्रा के साथ त्रिस्तनी कन्या का उस अन्धे के साथ विवाह कर दिया। और उसे जलयान (जहाज) पर बैठाकर केवटों से कह दिया—''केवटों! विदेश में ले जाकर इस अंधे, कुबड़े और राजकन्या को किसी नगर में छोड़ देना।''

केवटों ने वैसा ही किया। उन्होंने जहाज में बैठाकर उसे विदेश में ले जाकर एक नगर में पहुँचा दिया। केवटों के दिखाने पर रुपये से उसने एक सुन्दर महल खरीद लिया और तीनों बड़े आराम के साथ वहाँ अपनी जिन्दगी का समय बिताने लगे। केवल अन्धा सदा पलंग पर सोया रहता था। घर का सारा कारबार कुबड़ा करता था। इस तरह उनका समय आराम से कटा चला जा रहा था कि कुछ ही दिनों में कुबड़े के साथ राजकन्या का अनुचित सम्बन्ध स्थापित हो गया। यह ठीक ही कहा गया है कि—

''यदि आग शीतल हो जाय, चन्द्रमा जलाने वाला बन जाय, समुद्र का पानी मीठा हो जाय तब स्त्रियों को सतीत्व हो सकता है।''

कुछ दिन बीतने पर त्रिस्तनी ने मन्थरक से कहा—''हे सुन्दर! यदि किसी तरह यह अन्धा मर जाय तो हम दोनों सुख की जिन्दगी बिताएँ। कहीं से ढूँढ़कर तुम विष ले आओ, उसे देकर मैं इसका काम तमाम कर दूँ और सुखी बनूँ।''

दूसरे दिन घूमते हुए कुबड़े को एक मरा हुआ काला साँप मिला। उसे लेकर वह प्रसन्न मन से घर वापस लौटा और त्रिस्तनी से बोला—''सुन्दरी! यह एक काला साँप मिल गया है। इसे टुकड़े-टुकड़े काटकर खूब अधिक सोंठ-मिर्च डालकर अच्छे स्वाद का बना डालो। उस अंधे को मछली का मांस बताकर इसे खिला दो। इसे खाते ही चटपट वह खत्म हो जायगा, क्योंकि उसे मछली का मांस सदा बहुत रुचिकर लगता है।''

यह कहकर मन्थरक बाहर चला गया। त्रिस्तनी ने तुरन्त आग जलाई और काले साँप को टुकड़े-टुकड़े काटकर उसमें मट्ठा डालकर चढ़ा दिया और घर के दूसरे कामों में व्यस्त होने के कारण अंधे के पास आकर विनय के साथ कहा—''आर्य पुत्र! आज तुम्हें बहुत अधिक पसन्द आने वाली मछली का मांस मैंने मँगा रखा है, क्योंकि तुम हमेशा उसे पूछा करते थे। उसे मैंने पकाने के लिए आग पर चढ़ा दिया है, मैं जब तक दूसरे कामों को निपटा लूँ तब तक तुम करछी लेकर थोड़ी देर उसे चला दो।'' यह सुनकर अन्धा बहुत खुश हुआ। वह जीभ चाटते हुए तुरन्त पलंग से उठ बैठा और करछी लेकर उसे चलाने लगा। मछली का मांस समझकर कड़ाही में चलाते हुए उस अंधे की आँखों पर छाया हुआ काला परदा साँप की विषैली भाप की गरमी से गलने लगा। उसे तुरन्त बहुत लाभ मालूम हुआ होने लगा। फिर तो उसने खूब फैला-फैलाकर आँखों में उसकी भाप ली। इस तरह थोड़ी देर में उसकी आँखें जब एकदम साफ हो

गईं तो उसने देखा कि कड़ाही में केवल मट्ठा है और उसमें काले साँप के छोटे-छोटे टुकड़े पक रहे हैं, तब उसने सोचा—अरे! इसने क्यों मुझे मछली का मांस बताया, यह तो काले साँप के टुकड़े हैं। तो मैं इसका अच्छी तरह पता लगा लूँ कि इस त्रिस्तनी का मुझे मारने का यह इरादा है या कुबड़े का। या किसी दूसरे ने तो ऐसा नहीं किया है। इस तरह की बातें सोचता हुआ, वह अपने इरादे को छिपाकर पहले की तरह अन्धा बनकर उसे चलाता रहा। इसी बीच कुबड़ा बाहर से आ गया। उसे किसी का कोई डर तो था नहीं, आने के साथ ही त्रिस्तनी का आलिंगन एवं चुम्बनादि करने लगा। उस अन्धे ने कुबड़े की सारी करतूत देख ली, उसे जब समीप में उन्हें मारने का कोई हथियार नहीं दिखा तो वह क्रोध से व्याकुल होकर पहले की तरह अंधा बन कर उन दोनों की शैय्या के पास गया। वहाँ जाकर उसने मजबूती के साथ कुबड़े के दोनों पैरों को पकड़कर अपने शिर के ऊपर घुमाया और घुमाने के बाद त्रिस्तनी की छाती पर उसे जोर से पटक दिया। कुबड़े के मारने से त्रिस्तनी का तीसरा स्तन छाती के भीतर बैठ गया और जोर से ऊपर घुमाने के कारण कुबड़े की टेढ़ी कमर भी सीधी हो गई। इसी से मैंने कहा कि, 'अन्धा, कुबड़ा...इत्यादि।'

यह सुनकर सुवर्णसिद्धि ने कहा—"भाई! यह सच है यद्यपि दैव अनुकूल होने पर सर्वत्र कल्याण ही कल्याण होता है, किन्तु फिर भी मनुष्य को सत्पुरुषों का कहना मानना चाहिए। कभी टूटकर किसी से नहीं चलना चाहिए। जो बातें न मानकर टूटकर तुम्हारी तरह व्यवहार करता है, वह निश्चय ही विनाश के गड्ढे में गिरता है। और भी सुनिए—

एक ही उदर और अलग कण्ठ वाले, एक दूसरे का फल खाने वाले आपस में मेल न होने के कारण भारण्ड पक्षी की तरह नाश होते हैं।"

चक्रधर बोला—"यह कैसे?"

उसने कहा—

[13]

किसी सरोवर में एक भारण्ड नाम का पक्षी रहता था, जिसका पेट तो एक था, पर गले दो थे। वह एक बार समुद्र किनारे घूम रहा था कि समुद्र की लहरों से फेंका गया एक अमृत के समान सुस्वादु फल उसे मिला। उसने खाते हुए कहा—"अरे रे! समुद्र की लहरों से फेंके गए मैंने अनेक प्रकार के फल खाए हैं, पर इस तरह का स्वाद किसी में भी नहीं था, मालूम होता है यह स्वर्ग के पारिजात या हरिचन्दन का फल है। अदृष्ट विधि ने यह कोई अमृतमय फल मेरे लिए लाकर गिरा दिया है।" पहला मुँह इस तरह उसके स्वाद का बखान कर रहा था कि दूसरे मुँह ने कहा—"अरे! यदि ऐसा सुन्दर स्वाद है तो थोड़ा-सा मुझे भी दे दो जिससे मैं भी अपनी जीभ को जुड़वा लूँ।" यह सुनकर हँसते हुए दूसरे मुँह ने कहा—"हम दोनों का तो पेट एक ही है, तृप्ति भी एक ही होती है, तो अलग-अलग खाने से क्या लाभ? यह अच्छा होगा कि इतने से

प्रिया को सन्तुष्ट किया जाय।'' ऐसा कहकर उसने बचा हुआ फल भारण्डी को दे दिया। उस मीठे फल को चखकर भारण्डी बहुत प्रसन्न हुई और आलिंगन, चुम्बनादि देकर प्रथम मुँह की प्रशंसा करने लगी। दूसरा मुँह उसी दिन से बहुत दुःखी रहने लगा और विरक्त हो गया। दूसरे दिन उसने घूमते हुए एक विष का फल पाया। उसे देखकर उसने दूसरे मुँह से कहा—''अरे क्रूर, कुटिल, नीच, मेरी चिन्ता न करने वाले। मैंने यह एक विष का फल पाया है और अब तुम्हारे अपमान के कारण उसे खाने जा रहा हूँ।''

पहले मुँह ने कहा—''मूर्ख! ऐसा मत करो। ऐसा करने से हम दोनों का विनाश होगा।'' किन्तु उसने कुछ नहीं सुना। उसने अपमान से दुःखी मन से उसे खा ही कर छोड़ा। फिर क्या था दो के दोनों ही मर गए। इसी पर मैंने कहा कि एक पेट और दो कंठ वाले...इत्यादि।

चक्रधर ने कहा—''भाई! सच है। तुम घर जा सकते हो, परन्तु अकेले मत जाना। कहा गया है कि—

अकेले कोई स्वाद नहीं लेना चाहिए, अकेले सोकर जागना नहीं चाहिए, अकेले रास्ता नहीं चलना चाहिए तथा अकेले अर्थ चिन्ता नहीं करनी चाहिए; और भी—

दूसरा कायर पुरुष ही क्यों न हो पर साथी होने से वह भी कल्याण कारक होता है। केकड़े ने भी दूसरा साथी बनकर जीवन की रक्षा की।''

सुवर्णसिद्धि बोला—''यह कैसे?''

उसने कहा—

[14]

किसी नगर में ब्रह्मदत्त नाम का एक ब्राह्मण रहता था। एक बार वह किसी काम से एक दूसरे गाँव को जा रहा था, तब उसकी माँ ने कहा—''बेटा! अकेले क्यों जा रहे हो? किसी दूसरे साथी को ढूँढ़ लो।'' उसने कहा—''माता! तुम डरो मत। वहाँ का मार्ग कोई भयानक नहीं है। ऐसा काम ही आ पड़ा है कि अकेला जाना पड़ रहा है।''

बेटे का ऐसा निश्चय देखकर माता ने समीप की बावली से एक केकड़े को उठाकर कहा—''बेटा! यदि तुम अवश्य ही जाना चाहते हो तो यह केकड़ा तुम्हारा साथी रहेगा, इसे साथ लेकर जाओ।'' बेटे ने माँ की बात मान ली। दोनों हाथों से केकड़े को लेकर कपूर की पुड़िया में एक बरतन में रख लिया और जल्दी में चल पड़ा। बीच रास्ते में जाते हुए वह ग्रीष्म की धूप में संतृप्त होकर व्याकुल हो गया और एक पेड़ की छाया के नीचे पहुँचकर लेट गया। लेटने पर उसकी आँखें लग गईं। इसी बीच पेड़ के खोंढ़र से एक साँप निकला जो उसके समीप आ गया। कपूर की सुगन्ध साँपों को सहज प्यारी होती है। अतः उसने ब्राह्मण को तो छोड़ दिया पर उसके वस्त्र को

काटकर उसके भीतर रखी हुई कपूर की पुड़िया को बड़ी चंचलता से खाने लगा। केकड़ा उस पुड़िया में बैठा था। उसने वहीं बैठे-बैठे साँप का काम तमाम कर दिया। ब्राह्मण जब जगा तो उसने देखा कि उसके समीप एक काला साँप मरा हुआ कपूर की पुड़िया के ऊपर पड़ा है। उसे देखकर उसने 'केकड़े ने इसे मारा है,' यह सोचकर बहुत प्रसन्न हुआ और कहा—"मेरी माँ ने सच ही कहा था कि पुरुष को कोई साथी अवश्य बना लेना चाहिए, अकेले कहीं नहीं जाना चाहिए। मैं उसकी बातों पर विश्वास और श्रद्धा रखकर जो चला सो आज केकड़े द्वारा साँप के काटे जाने से मेरी प्राण रक्षा हुई अथवा यह ठीक ही कहा गया है कि—

सूर्य द्वारा बढ़ाया हुआ चन्द्रमा क्षीण होकर भी अमृत बरसाता है और समुद्र को बढ़ाता है। धनिकों की विपत्ति में सहायता तो दूसरे करते हैं और उनके सुख का उपभोग दूसरे करते हैं।

मंत्र, तीर्थ, ब्राह्मण, देवता, ज्योतिषी, औषधि और गुरु में जिसकी जैसी भावना होती है, उसे वैसी ही सिद्धि मिलती है।"

यह कहकर वह ब्राह्मण जहाँ जाना था, वहाँ चला गया। इसी से मैं कहता हूँ कि 'कायर पुरुष भी हो...इत्यादि।'

यह सुनकर सुवर्णसिद्धि भी उससे आज्ञा प्राप्त कर अपने घर को वापस लौट पड़ा।

□□□